Chaos et déterminisme

Sous la direction de
A. Dahan Dalmedico,
J.-L. Chabert, K. Chemla

Chaos et déterminisme

P. Arnoux P. Bergé J.-L. Chabert K. Chemla
A. Dahan Dalmedico S. Diner A. Douady
M. Dubois J.-P. Eckmann M. Farge G. Israël
J. Laskar Y. Sinaï J.-C. Yoccoz

Éditions du Seuil

EN COUVERTURE : Dessin de Léonard de Vinci.
Archives The Royal Library, Windsor Castle.

ISBN 2-02-015182-0

Introduction

Chaos, indéterminisme, hasard, désordre, liberté... Un flot de publications et de discussions a envahi depuis quelques années librairies, ondes et écrans : les derniers acquis scientifiques auraient-ils radicalement modifié la nature de ces questions ? Constatant la passion qui anime souvent ces réflexions, les déformations qu'y subissent parfois les concepts ou les résultats, il ne nous a pas semblé inutile de mettre en circulation un livre de plus sur le sujet. L'enjeu n'est certes pas de clore les débats ; au contraire, nous avons voulu fournir un outil qui permette de mieux y participer. Le lecteur trouvera, dans les deux premières parties de l'ouvrage, une présentation critique des travaux mathématiques et physiques en cause, tandis que la troisième partie vise à les replacer dans un contexte historique ou à en dégager la pertinence pour des questions philosophiques.

La diversité des compétences qu'il nous a paru nécessaire de conjuguer pour traiter de façon cohérente ce sujet nous a amenés à choisir la forme d'un recueil d'articles. Le lecteur pourra à sa guise consulter l'ensemble ou l'un quelconque de ces textes, puisque chacun constitue aussi un tout autonome.

L'article d'Adrien Douady qui ouvre le recueil pose, à l'aide d'un exemple mathématique élémentaire, le problème dans toute son ampleur : il est des systèmes dynamiques qui, pour avoir des avenirs parfaitement déterminés, n'en sont pas moins imprédictibles. En d'autres termes, il suffit d'une légère imprécision sur leur état pour que leur comportement échappe à la prédiction. C'est la désormais célèbre « sensibilité aux conditions initiales ». Bien plus, l'observation d'une trajectoire sur un temps donné ne permet pas de dire si celle-ci résulte d'une dynamique déterministe ou d'un processus aléatoire.

Est-ce que pour autant on ne peut rien dire ? Ce livre montre comment, tant en mathématiques qu'en physique, de tels systèmes sont apparus sur les pages ou les écrans d'ordinateurs des uns, dans les expériences des autres, et comment de nouveaux modes de description permettent de les appréhender.

A l'heure actuelle, on distingue, en mathématiques, deux manières d'aborder ces phénomènes. L'approche topologique, décrite par Jean-Christophe Yoccoz, tente de dégager les comportements dynamiques élémentaires, qui sont significatifs en ce sens qu'ils rendent compte de presque tous les systèmes possibles. L'approche ergodique, présentée par Pierre Arnoux et Karine Chemla, met à profit l'outil probabiliste pour élaborer des critères de description. Lorsque ces deux approches s'appliquent aux mêmes systèmes, elles peuvent fournir des informations différentes et s'avèrent donc complémentaires.

Si les probabilités ont prise sur l'étude de certains systèmes dynamiques, est-ce à dire que ceux-ci seraient nécessairement aléatoires ? Yakov Sinaï argumente la thèse selon laquelle c'est dans le caractère instable manifesté par des systèmes déterministes qu'il faut trouver la raison de l'efficacité des instruments probabilistes. Il analyse ce lien entre instabilité et statistique, et présente plusieurs exemples physiques[1]. Ces systèmes échappant aux descriptions classiques en termes de trajectoires, Jean-Pierre Eckmann introduit, de manière critique, les concepts et les méthodes qui ont été élaborés pour les remplacer. Pierre Bergé et Monique Dubois montrent comment ce sont ces méthodes mêmes qui médiatisent la mise en évidence expérimentale de semblables phénomènes.

Deux domaines de la physique, la mécanique céleste et la turbulence, ont historiquement entretenu des rapports privilégiés avec l'émergence d'une théorie des systèmes dynamiques. En décrivant l'histoire du problème de la stabilité du système solaire, de Laplace à nos jours, Jacques Laskar souligne la modification progressive dans la manière de le poser,

1. Nous remercions ici la Fondation Louis de Broglie de nous avoir aimablement autorisés à reproduire la traduction de cet article, parue dans ses *Annales*.

jusqu'à l'établissement de son caractère chaotique. Marie Farge, quant à elle, analyse la description classique du phénomène de la turbulence développée, en termes statistiques, et explore les nouvelles voies, plus géométriques, qui pourraient être mises à l'œuvre. Dans le traitement de tous ces cas, on notera le rôle prépondérant joué par les possibilités de calculs numériques ou de visualisations graphiques, désormais disponibles grâce aux ordinateurs.

Mais revenons sur nos pas. Dès qu'un domaine scientifique se constitue, la question se pose d'en comprendre la genèse. Des résultats, qui jusqu'alors relevaient de l'histoire de disciplines différentes, sont relus comme les signes avant-coureurs de l'émergence de nouveaux concepts et apparaissent sous un nouveau jour qui révèle leur affinité. Il en va ainsi aujourd'hui de la théorie des systèmes dynamiques. La branche de l'histoire des sciences qui les prend pour objet est en cours de constitution, et nous en présentons ici non pas un récit abouti mais quelques jalons. Le lecteur pourra ainsi suivre l'élaboration des idées fondamentales qu'il aura rencontrées tout au long des deux premières parties de cet ouvrage dans les travaux de deux précurseurs : Henri Poincaré et Jacques Hadamard. Les articles que Jean-Luc Chabert et Amy Dahan leur consacrent permettent, en suivant la genèse des concepts, de les appréhender plus aisément. Pour des époques plus modernes, il nous a paru regrettable que l'historiographie contemporaine accorde l'essentiel de son attention aux travaux américains, en méconnaissant le rôle essentiel joué par les travaux soviétiques. L'article de Simon Diner devrait combler cette lacune, en soulignant ce qui fait l'originalité de l'école russe. Encadrant ces chapitres historiques, deux contributions examinent ce qu'il en est des rencontres, hier et aujourd'hui, entre les développements scientifiques et la problématique du déterminisme. Giorgio Israël étudie divers moments de l'histoire des sciences où de nouveaux acquis ont semblé ébranler le principe du déterminisme : on reconnaîtra dans ces discussions des arguments analogues à ceux qui s'échangent aujourd'hui. Laplace exposait hier une conception de la science que l'on a associée au « dogme » du déterminisme. Amy Dahan, après en avoir précisé la teneur, reprend les divers résultats du livre et montre les aménagements qu'il convient d'apporter à l'idée de déterminisme, qui conserve une place prééminente parmi les principes moteurs de la science.

Telle est la conception d'ensemble qui a présidé à la constitution de ce livre. Deux colloques, l'un organisé à Paris dans le cadre de l'Association Henri Poincaré en octobre 1990, l'autre à Caen dans le cadre du congrès de la Société française de physique, en septembre 1991, ont été l'occasion de soumettre à la discussion plusieurs des articles publiés ici. Espérons que, pour connaître la fixité de l'écrit, ils n'en resteront pas moins matière vivante dans les débats.

A. D. D., J.-L. C., K. C.

I

Approches mathématiques

1. Déterminisme et indéterminisme dans un modèle mathématique [1]

Adrien Douady

Le problème du déterminisme peut s'énoncer ainsi : l'état d'un système à un instant donné *t* détermine-t-il son état à tout instant *t'* ultérieur ? Cette question est en fait théorique. Si on entend par là, « est-il effectivement possible de calculer l'état d'un système ou de faire des prévisions à partir de l'état présent ? », la réponse est clairement non, ne serait-ce qu'en raison des instabilités qui amplifient les erreurs inévitables.

Même dans les situations les plus communes, les instabilités jouent un rôle prépondérant. Un système dans un état instable possède un *temps caractéristique*, c'est le temps au bout duquel de petites variations de l'état initial autour de l'état donné peuvent être amplifiées par un facteur de $e = 2{,}718...$ Pour une épingle posée sur la pointe d'une surface très dure (donc en éliminant l'effet d'écrasement « œuf de Christophe Colomb »), ce temps caractéristique est inférieur à un dixième de seconde. Ceci implique qu'il est impossible, même avec une technologie très sophistiquée, de positionner l'épingle de façon que, lâchée, elle tienne plus que 4 secondes. En effet, en moins de 4 secondes, les fluctuations intervenant à l'échelle atomique (et le principe d'incertitude de Heisenberg exclut que l'on puisse contrôler ces fluctuations) sont amplifiées à un tel point qu'elles rompent l'équilibre de façon observable à l'échelon macroscopique.

Le problème du déterminisme ne se pose donc vraiment que

1. Une première version de cet article, rédigée par A. Douady et J. Hubbard, est parue dans *Universalia*, 1990.

dans le modèle. Faut-il donner d'un système physique un modèle régi par des équations différentielles déterministes, ou un modèle probabiliste, comme on le fait souvent en mécanique quantique ? Une découverte mathématique récente est qu'une même réalité peut admettre, avec une grande précision, à la fois des modèles déterministes et des modèles indéterministes. C'est ce qu'exprime le *lemme de poursuite* que nous allons expliquer ci-dessous.

Le lemme de poursuite s'applique aux situations dites expansives ou hyperboliques. Le modèle expansif le plus simple est celui du doublement des angles que nous allons décrire en détail. Il s'agit d'un modèle à temps discret, dont l'ensemble des états est représenté par un cercle. Un état peut donc être repéré par un nombre x compris entre 0 et 1, les deux valeurs extrêmes 0 et 1 correspondant au même état (on prend pour unité d'angle le tour complet). La loi d'évolution consiste à doubler l'angle :

$$x(t+1) = 2x(t) \text{ modulo } 1,$$

soit $x(t+1) = 2\,x(t)$ si $0 < x(t) \leq 1/2$
(voir figure 1a)
et $2\,x(t) - 1$ si $1/2 < x(t) \leq 1$
(voir figure 1b).

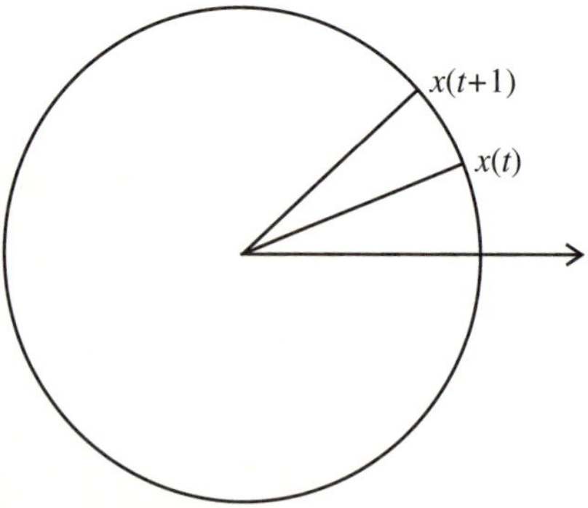

Figure 1a

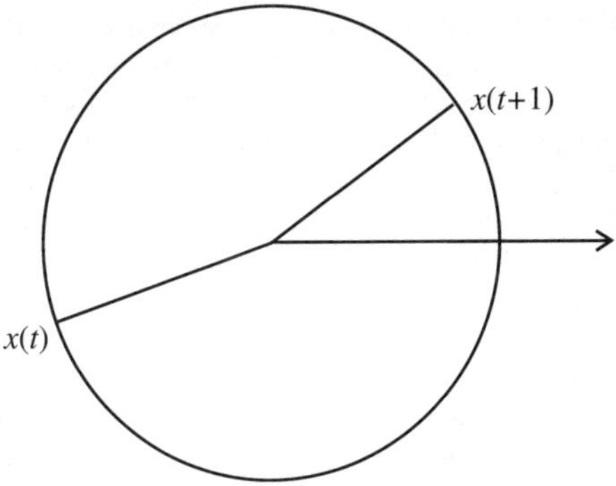

Figure 1b

Les erreurs sont doublées à chaque pas de temps (voir figure 2). Pour pouvoir faire une prévision même grossière (à 1/2 près) à dix coups, il faut connaître la position initiale à moins de 1/1 000 près : en dix coups, une erreur de 1/1 000 est amplifiée jusqu'à couvrir tout le domaine considéré. Pour faire des prévisions à cinquante coups, il faudrait connaître la position initiale à 10^{-15} près, ce que pratiquement aucune expérience physique ne permet.

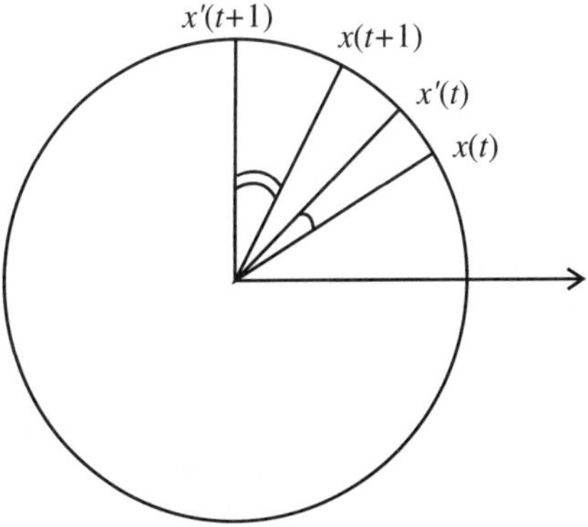

Figure 2

Ce modèle décrit donc un système déterministe, mais qui ne permet pas, en pratique, de prévision à long terme. On peut pousser plus loin l'étude de ce système. Une bonne approche est de représenter $x(t)$ par son développement dyadique (de base 2) : le doublement modulo 1 revient alors à supprimer le premier chiffre après la virgule et à décaler tous les autres d'un cran vers la gauche. A long terme, cela fait remonter vers la région observable les informations enfouies dans les décimales lointaines de la position initiale. Chaque position initiale x_0 détermine une orbite, qui est l'ensemble des $x(t) = 2^t x_0$ pour des valeurs entières de t, puisque le système est discret.

Pour « presque » toute valeur de x_0 (au sens de la théorie de l'intégration), cette orbite est dense, et même « uniformément répartie » : la proportion des $x(t)$, pour t compris entre 0 et n, appartenant à un intervalle J, tend vers la longueur de J lorsque n tend vers l'infini. Ce n'est pas le cas pour toutes les positions initiales : les valeurs rationnelles de x, par exemple, donnent une orbite finie. En fait, les valeurs rationnelles à dénominateur impair donnent des points périodiques, et les rationnels à dénominateur pair donnent des points pré-périodiques, qui tombent au bout d'un certain temps sur un cycle qui ne contient pas la position initiale. Il existe aussi des positions initiales pour lesquelles l'orbite est dense dans un ensemble de Cantor.

Considérons maintenant le même système, mais auquel on a fait subir une perturbation aléatoire infime : $x(t + 1) = 2x(t) + \varepsilon(t)$ modulo 1, où $\varepsilon(t)$ est tiré à chaque fois au hasard dans un intervalle $[-10^{-15}, 10^{-15}]$. Ce bruit est une perturbation indécelable, et pourtant le système est devenu totalement indéterministe : en effet, à chaque pas de temps, l'incertitude augmente et, en une cinquantaine de coups, elle remplit tout l'espace.

Dans cette situation, le lemme de poursuite est élémentaire. Il s'énonce de la façon suivante : soit M le modèle initial non perturbé (déterministe) et M' le modèle perturbé (non déterministe). « A chaque trajectoire $y(t)$ du modèle modifié M', t parcourant toujours l'ensemble des entiers positifs, correspond une position initiale x_0 dont la trajectoire $x(t)$ dans M suit à 10^{-15} près la trajectoire donnée $y(t)$. »

Autrement dit, si on ne peut pas déceler des erreurs de l'ordre de 10^{-15}, l'observation des trajectoires ne permet pas de différencier un système régi par un modèle déterministe d'un système non déterministe.

Dans un cas comme dans l'autre, on n'est pas capable de faire des prévisions à long terme. Dans le cas indéterministe, cette impossibilité est inscrite dans le modèle ; dans le cas déterministe, elle résulte de l'impossibilité pratique d'obtenir les informations nécessaires à la prévision (on peut, bien sûr, tricher, attendre que le système, en évoluant, les révèle au niveau macroscopique mais, alors, on ne peut plus parler de prévision).

Générateurs de nombres aléatoires

La réalisation de programmes construisant des suites de nombres « au hasard » présente une ambiguïté tout à fait analogue. *A priori*, on pourrait penser fabriquer un générateur de bits aléatoires à partir du système :

$$x(t-1) = 2\,x(t) \text{ modulo } 1.$$

En effet, si on entre un nombre $x(0)$ au hasard, la suite engendrée sera aléatoire. Malheureusement, entrer un nombre au hasard n'a aucun sens : un nombre réel comporte une quantité infinie d'informations. Un nombre effectivement entré dans un ordinateur sera représenté avec un certain nombre fini n de bits, qui en sont les chiffres en base 2, et, si on le double plus de n fois, on trouvera des chiffres qui n'ont pas été entrés, et qui seront en pratique tous nuls.

Il y a une astuce qui permet de tourner cette difficulté, et de faire un générateur de nombres aléatoires très simple et cependant très efficace : l'observation, non de x, mais de $u = \cos 2\pi x$. La règle :

$$\cos 2x = 2\cos^2 x - 1$$

implique alors que :

$$u(t+1) = 2\,(u(t))^2 - 1.$$

Prenons donc un nombre au hasard, par exemple $u(0) =$ 0,147 852 369, et considérons la suite des signes des $u(t)$, $t = 1$,

2, 3... Il s'avère que la suite de signes obtenus ne semble posséder aucune propriété statistique particulière. Cela est bien étrange : nous observons le même système qu'auparavant, et les résultats s'en écartent de façon essentielle. En outre, nous n'avons introduit dans la machine qu'une quantité finie, et même bien limitée, d'informations, disons 50 bits.

Lorsque nous étudiions $x(t+1) = 2\,x(t) \bmod 1$, la machine nous rendait exactement ce qu'elle avait reçu, ce qui est très moral. Cette fois, la machine nous en rend bien plus, et semble être prête à nous en rendre une infinité. Où va-t-elle les chercher ?

Ce phénomène s'explique de la façon suivante : la fonction arc cos transforme un nombre décimal à peu de chiffres en un nombre dont les décimales (ou les chiffres du développement en base 2) apparaissent comme aléatoires, et le procédé ci-dessus est une façon de calculer ces chiffres. Les erreurs d'arrondis qui interviennent modifient le générateur de nombres aléatoires, mais ne semblent pas en affecter les propriétés statistiques.

Une interprétation du lemme de poursuite

Le lemme de poursuite dit donc que les trois générateurs de bits suivants sont indistinguables :

1. le système où on observe les signes des $u(t)$ engendrés par $u(t+1) = 2\,(u(t))^2 - 1$, opérant en arithmétique exacte, avec $u(0)$ donne autant de décimales que d'observations ;
2. le système où $u(t)$ est engendré par la même loi, mais opérant sur des réels de précision finie, avec des règles d'arrondi ;
3. le système où $u(t)$ est engendré comme dans (1), avec un bruit non déterministe d'ordre 10^{-16} superposé.

Suivant le point de vue adopté, il y a plusieurs manières psychologiquement distinctes d'aborder ce système. On peut s'imaginer que l'on découvre de façon de plus en plus précise le nombre $u(0)$, ou on peut essayer de préciser les règles d'arrondi menant à la suite observée, ou encore essayer de découvrir les lois statistiques du bruit.

Comme les données sont compatibles avec les trois manières de penser, aucune d'entre elles n'est plus juste qu'une autre.

Les conclusions décrites plus haut s'appliquent à toute une

Une définition mathématique des systèmes chaotiques

L'ensemble des états d'un système est représenté dans un espace X, dit espace des phases. Restreignons-nous, pour simplifier, à des modèles à temps discret. La loi d'évolution d'un système déterministe est définie par une application F de X dans X, qui décrit l'évolution du système par unité de temps : si le système est représenté par le point x_0 au temps $t = 0$, il sera représenté au temps t, pour t entier, par le point $x_t = F_t(x_0) = F(F \dots F(F(x_0)))$ où la composée est effectuée t fois.

Dégageons quelques propriétés qui peuvent avoir lieu pour la famille (F_t), et qui ont effectivement lieu dans le cas du doublement des angles.

La première est la *sensibilité aux conditions initiales*. On dit que le système possède cette propriété sur une partie K de X si, à partir de toute position initiale dans K, des fluctuations arbitrairement petites finissent par créer des divergences macroscopiques. En langage mathématique, cette condition s'exprime de la façon (plus précise) suivante :

Il existe un nombre M (distance macroscopique) tel que, pour toute condition initiale x_0 de K et pour tout $e > 0$, il existe une position initiale x'_0 différant de x_0 de moins de e, et un temps t tels que les points $F_t(x_0)$ et $F_t(x'_0)$ soient à une distance supérieure à M.

Pour définir le chaos, on prend habituellement les trois propriétés suivantes.

Soit K une partie de X, invariante par (F_t) pour $t > 0$. On dit que F est *chaotique* sur K si les trois conditions suivantes sont réalisées :

1. il y a sensibilité aux conditions initiales ;
2. il existe une orbite dense ;
3. les points périodiques sont denses.

Comme on l'a vu, ces trois propriétés sont satisfaites dans le cas du doublement des angles, qui est donc un exemple paradigmatique de situation chaotique.

classe de systèmes dynamiques : les systèmes chaotiques au sens technique de ce terme. Une définition mathématique précise est donnée dans l'encadré p. 17 ; disons ici simplement que les conditions décrites sont faites pour assurer que les petites variations dans l'état initial sont amplifiées. D'ailleurs, les conditions techniques requises ne sont sûrement pas optimales : il existe des systèmes, l'attracteur de Lorenz par exemple, auxquels le lemme de poursuite semble s'appliquer, mais qui ne satisfont pas aux conditions en question.

On rejoint ainsi la différence entre le point de vue de Heisenberg et celui de Schrödinger : l'un considère que le monde est statique et que c'est l'observation qu'on en fait qui évolue ; l'autre, que le monde lui-même change dans le temps. On pourrait dire que l'attitude (1) est inspirée de Heisenberg, et l'attitude (3) de Schrödinger.

On sait depuis longtemps qu'en mécanique quantique ces attitudes sont équivalentes : elles prédisent exactement les mêmes résultats pour toute expérience. Nous retrouvons cette conclusion dans les systèmes chaotiques : le lemme de poursuite dit que quand on prend une décision on peut supposer, avec Schrödinger, que l'on affecte le déroulement de l'histoire, ou, avec Heisenberg, que l'on apprend quelque chose de plus sur l'état de l'Univers au moment du big bang.

Si déterministe qu'on soit, il n'y a aucune autre manière de découvrir l'information en question. Pourquoi ne pas dire qu'on décide, chaque fois qu'on décide quelque chose, l'état de l'Univers au moment du big bang ?

2. Idées géométriques en systèmes dynamiques

Jean-Christophe Yoccoz

La description d'un système dynamique nécessite l'élaboration de concepts appropriés ; nous présentons ici quelques-uns d'entre eux, pertinents dans le contexte géométrique. Cependant une approche particulière, visant *un* système donné, doit se conjuguer avec une approche plus globale. En effet si l'étude des cas particuliers est importante, elle doit céder le pas à la mise en évidence de phénomènes qui permettent de rendre compte du plus grand nombre possible de dynamiques. Pour remplir cet objectif, il faut partir de *l'ensemble* des systèmes, et s'efforcer d'y repérer les comportements significatifs, à l'œuvre dans des classes entières. Or, il est possible de cerner cet aspect de manière mathématique. Nous discuterons donc cette notion de « représentativité » avant de décrire quelques systèmes simples possédant des propriétés « significatives ».

En guise de préambule, je voudrais dire ma conviction qu'il existe un univers mathématique d'une part, un univers physique de l'autre ; que l'univers mathématique est tout à fait cohérent et que l'on essaye d'en utiliser des parties afin de décrire l'univers physique. Le fait de savoir si le modèle mathématique rend bien compte de l'univers physique ne me semble pas être un problème mathématique, et je n'en parlerai donc pas. Disons simplement que, d'un point de vue mathématique, il n'y a pas de contradiction entre un point de vue déterministe et un point de vue probabiliste. *Ce que l'on appelle communément le hasard est modélisé en mathématiques par la théorie des probabilités ; cette approche vaut ce qu'elle vaut, mais il n'y a pas à proprement parler de notion de hasard en mathématiques.*

Orbites et récurrence : formulation du problème général

Dans la discipline dont les systèmes dynamiques sont l'objet, on dispose d'espaces dont nous ne préciserons pas ici les propriétés et que nous appellerons X – et l'on y considère une transformation, une application (f) –, qui à chaque point associe un autre point. On se penche alors sur les *orbites* de cette application. L'orbite du point x consiste en l'ensemble des points obtenus de la façon suivante : on applique f au point x; au point $f(x)$ on applique à son tour f, ce qui donne $f^2(x)$, et en reproduisant ce geste n fois, on obtient un point que l'on notera $f^n(x)$, et ainsi de suite (voir figures 1a et 1b). Chaque point de l'espace X donne naissance à une orbite dont les points sont indexés par la suite des nombres entiers. Le parcours des points successifs de l'orbite peut se lire comme la suite des états d'un système soumis, au cours du temps, à une dynamique décrite par l'application f. L'ensemble des orbites ainsi produites recouvre l'espace. Comment les décrire ?

La notion qui semble la plus fondamentale pour aborder les systèmes dynamiques est celle de *récurrence*. Elle renvoie à

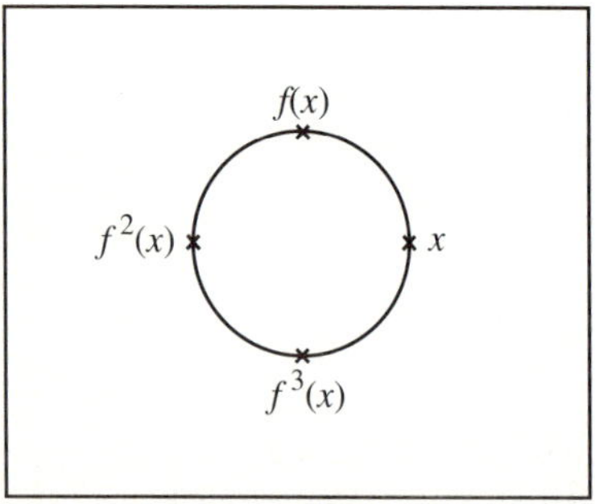

Figure 1a. Exemple d'orbite de x dans une rotation d'un quart de tour.

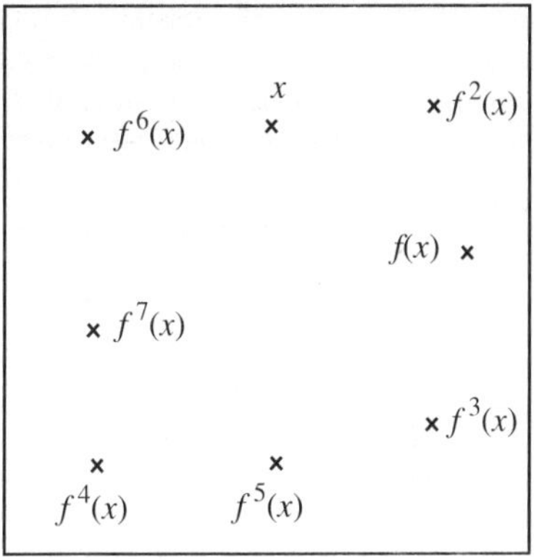

Figure 1b. Exemple d'orbite dans une transformation (nous en marquons les huit premiers points).

l'idée qu'un point x auquel on applique f un grand nombre de fois peut revenir à un certain moment, au bout d'un temps qui est parfois très grand, à un endroit proche de son point de départ. Essayons, afin de préciser cette notion, de décrire la *manière* dont ce retour peut s'opérer. Cela nous conduit à repérer différentes sortes de récurrences parmi lesquelles on distingue les deux formes extrêmes suivantes. La première est figurée par le cas, élémentaire, d'un point fixe : $f(x)$ est x lui-même. La suite de points sera donc particulièrement simple ; il ne se passe absolument rien quand on applique f : on reste continuellement en x. Une généralisation immédiate amène à la notion de *périodicité* : au lieu de présenter un point fixe, le système se déplace dans l'espace mais revient exactement en x au bout d'un certain nombre d'instants. Il parcourt alors un *cycle* (voir figure 1a) : l'application f envoie chaque point sur le suivant, et par conséquent, dans ce cas, on répète indéfiniment un nombre fini de points. Nous disposons ici d'une notion de récurrence très forte, puisqu'elle exige qu'on revienne exactement au même endroit.

A l'autre extrême des modes de récurrence possibles, on trouve une autre notion[1], que l'on désigne par l'expression de

1. Cf. l'article de A. Douady dans ce livre.

récurrence par chaînes : il y est possible de faire une petite erreur entre deux itérations. Partant du point x, on lui applique f; avant de réitérer, on se permet un petit saut, appelons x_1 ce nouveau point, et c'est à lui que l'on réapplique f, puis l'on se permet à nouveau un petit saut, etc. (voir figure 2). Dire ici qu'il y a récurrence, c'est dire qu'en procédant de la sorte, finalement, on arrive également à boucler. On a donc encore affaire à un cycle, à ceci près qu'on peut commettre de petites erreurs à chaque itération. Entre ces deux exemples extrêmes, il existe tout un ensemble de notions que nous n'expliciterons pas dans le cadre de cet article.

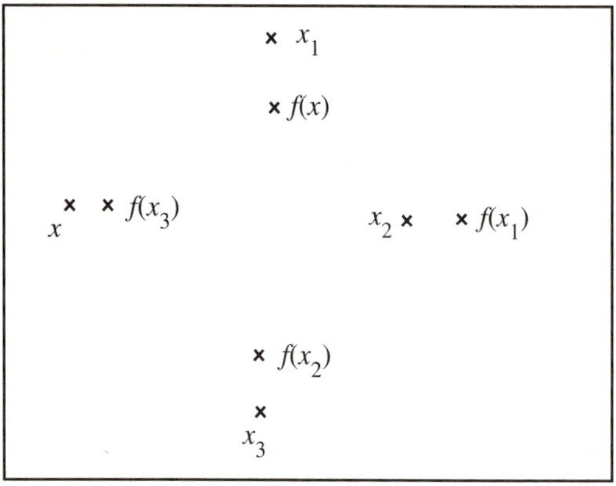

Figure 2. Récurrence par chaînes.

Jusqu'ici, nous n'avons pas spécifié l'espace X. Puisque notre propos est de présenter des idées géométriques, nous travaillerons surtout dans le cadre d'exemples, et nous supposerons désormais que l'espace X est cet objet en forme de pneu qu'est le tore (voir figure 3). Pourquoi le tore ? parce qu'il s'agit d'un espace simple (à comprendre et à visualiser) sur lequel apparaissent déjà la plupart des phénomènes dynamiques connus, ce qui n'est pas le cas, par exemple, du cercle. En fait, il s'agit plus précisément de la surface du pneu plutôt

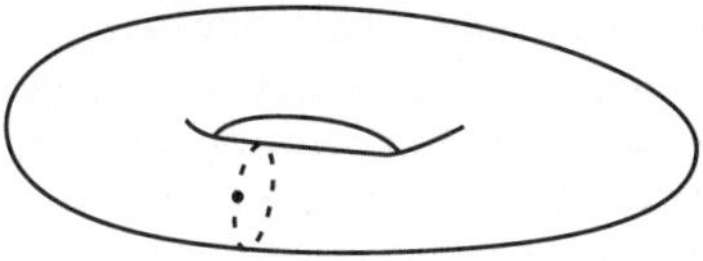

Figure 3. Le tore T avec un méridien en pointillés.

que du pneu dans l'espace à trois dimensions. Comment comprendre cet objet ? Au lieu de le représenter dans l'espace tridimensionnel, comme sur la figure 3, coupons-le le long d'un méridien ; on obtient alors un cylindre (voir figure 4a). Coupons maintenant celui-ci le long d'une de ses génératrices, et l'on obtient le carré (voir figure 4b). Inversement, on peut reconstituer le tore à partir du carré ; mais il est plus agréable à dessiner sous la forme d'un carré puisque nous avons en ce cas la surface de la feuille à notre disposition, tandis que la figure 3 nécessiterait de voir les choses dans l'espace. Une fois nos dessins faits, on peut les voir sur le tore en le recomposant à partir du carré par les opérations inverses : on recolle les bords opposés du carré deux à deux, c'est-à-dire qu'on recolle deux points sur les bords horizontaux lorsqu'ils ont même abscisse et deux points sur les bords verticaux lorsqu'ils

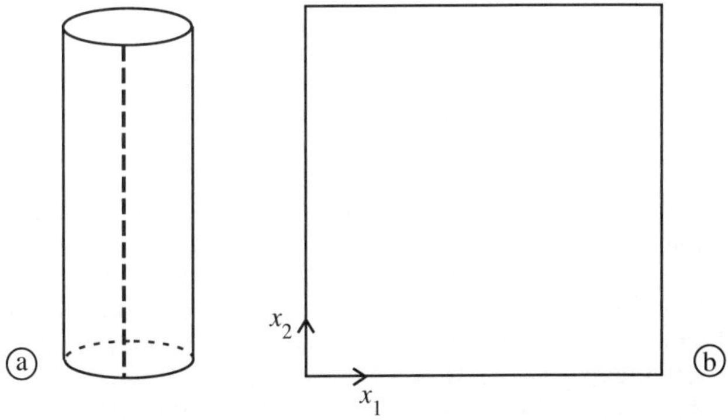

Figure 4. a) Cylindre avec une génératrice en pointillés.
b) Le carré qui représente le tore.

ont même ordonnée. Nous nous limiterons ici à envisager des systèmes dynamiques sur le tore, et nous supposerons de plus, puisque nous faisons de la géométrie, que l'application f est suffisamment régulière ; en d'autres termes, nous nous autorisons à prendre autant de dérivées dans toutes les directions que nous en aurons besoin.

Dans ce cadre particulier du tore, le *problème général* consiste à décrire *toutes* les dynamiques possibles ; c'est-à-dire disposer d'une description de tous les phénomènes de récurrence possibles d'une application du tore T dans lui-même. Nous supposerons en outre que f est une transformation inversible de façon à pouvoir revenir en arrière sur les orbites.

Le concept de généricité

Ce but idéal est certainement inaccessible, car il y a trop de dynamiques possibles d'un point de vue mathématique pour que l'on soit en mesure de les décrire toutes. On est donc conduit à un problème plus restreint qui serait de décrire les dynamiques *significatives*. Discutons tout d'abord ce terme de significatif ; ce n'est pas là un mot technique, et le terme mathématique qui lui est associé est celui de *générique*. Il recouvre un problème spécifiquement mathématique. On voudrait se concentrer sur des dynamiques qui apparaissent suffisamment souvent – c'est-à-dire dans le cadre d'un nombre assez grand d'applications f – pour être représentatives de phénomènes importants. En effet, certains phénomènes peuvent se présenter pour quelques applications f mais néanmoins être *négligeables* en ce sens qu'ils disparaissent très facilement en perturbant l'application f ; et donc on les rencontre de façon très *exceptionnelle*. Ces deux modalités sont articulées l'une à l'autre : les phénomènes qui résisteront aux perturbations de l'application f sont ceux-là mêmes qui ont une chance de se rencontrer pour des classes assez larges de systèmes.

Le mot *significatif* peut recouvrir deux sens mathématiques : *un sens topologique et un sens probabiliste*. Ils renvoient au même problème : considérons *l'espace* D *de toutes les appli-*

cations f d'un espace dans lui-même qui soient suffisamment régulières et inversibles ; c'est dans cet espace D que nous nous plaçons puisque c'est là qu'il s'agit de déterminer si un phénomène est significatif ou pas. Il faut donc savoir y donner un sens à la notion de « taille » : comment peut-on dire si une partie de cet espace est grosse ou petite ? Il y a plusieurs façons de s'y prendre. On peut dire qu'une partie est petite d'un point de vue topologique ou dire qu'elle est petite d'un point de vue probabiliste. Cet aspect de la question pose de sérieux problèmes théoriques. Il se trouve néanmoins que ces deux points de vue existent et qu'ils sont *distincts* dans le sens suivant : on peut rencontrer des phénomènes qui sont rares d'un point de vue topologique mais fréquents d'un point de vue probabiliste, et inversement. Il y a donc là un choix mathématique à faire et, suivant le choix qu'on aura fait, on obtiendra des réponses différentes.

Applications conservatives

Une autre remarque s'impose en ce qui concerne ce terme de significatif : nous avons considéré ici *toutes* les applications *f* de l'espace dans lui-même, l'espace étant pour nous le tore. En fait, on s'intéresse souvent à *certaines classes* d'applications. L'exemple principal est celui des applications dites *conservatives*, à savoir des applications qui préservent les aires : toute partie du tore est envoyée par une telle application sur une partie de même aire. Ces applications sont particulièrement importantes car elles sont associées à la mécanique classique : la conservation des aires correspond aux lois de conservation de la mécanique.

Reprenons la question de savoir ce qui est significatif. Si l'on se place dans le cadre des applications conservatives, des phénomènes qui pouvaient être négligeables (non significatifs) dans l'espace de toutes les applications peuvent, en revanche, devenir très significatifs dans l'espace des applications conservatives. Donnons-en un exemple à propos des comportements typiques d'une dynamique au voisinage des points fixes. On montre que, *presque toujours* (quelle que soit la signification qu'on a convenu de donner à cette expression), il n'y a qu'un nombre fini de points fixes. Éventuellement, il n'y en a aucun. Ces points fixes sont une bonne base pour commencer à étudier la dynamique puisqu'ils se comportent de manière particulièrement simple du point de vue de l'itération.

Commençons par nous intéresser à ce qui se passe dans leur voisinage. Si un point fixe est laissé invariant par l'application, qu'arrive-t-il lorsqu'on considère l'évolution d'un point situé près de lui ? Puisque l'application est régulière, continue, les images successives de ce point demeurent près du point fixe, au moins un certain temps, pour ensuite éventuellement s'en éloigner. Si on cherche à décrire la situation au voisinage de ce point, on peut recourir à une des idées de base du calcul différentiel : rendre compte du comportement de l'application *f*, qui est non linéaire *a priori*, en la remplaçant localement par une application linéaire. Celle-ci peut être de plusieurs types principaux (en trichant un peu, nous ne parlerons que des types qui nous intéressent ici, en laissant de côté des exceptions) et à chacun d'entre eux correspond une dynamique spécifique.

Tout d'abord, pour certaines, le point fixe attire tous les points au voisinage, on l'appelle alors *puits* (voir figure 5). Pour d'autres, au contraire, il repousse tous les points au voisinage, on l'appelle *source* (voir figure 6). Par ailleurs, à certaines dynamiques correspondent des points fixes dits *selles*,

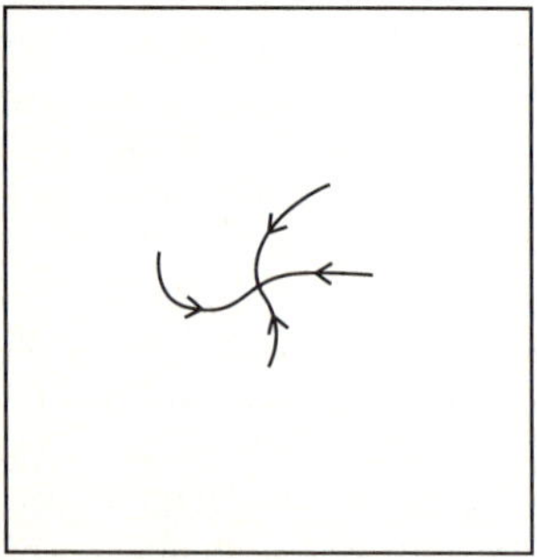

Figure 5. Puits.

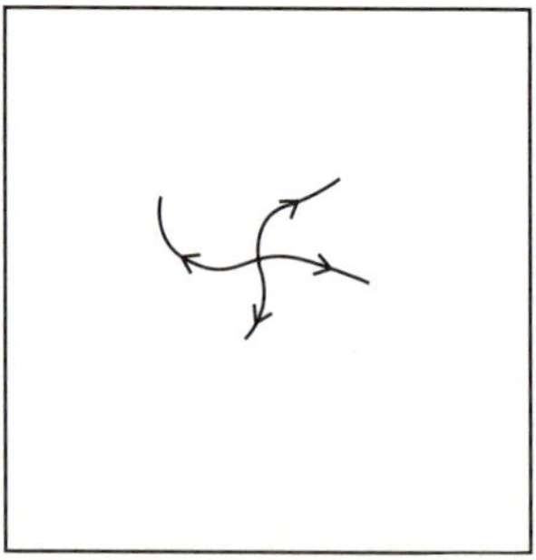

Figure 6. Source.

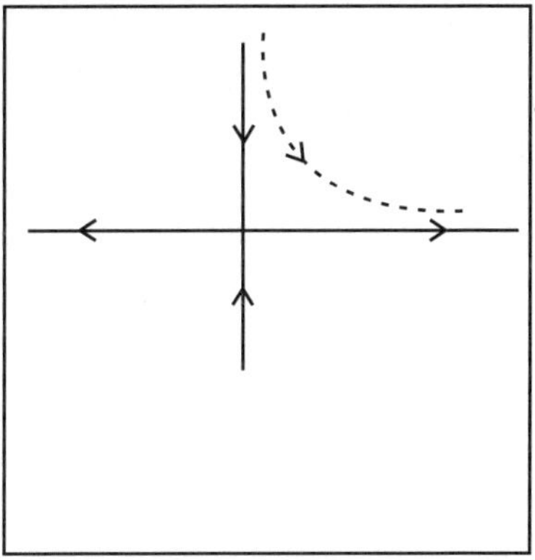

Figure 7. Selle, avec une orbite typique : point fixe hyperbolique.

pour lesquels une direction attire tandis qu'une autre direction repousse. Une orbite caractéristique de ce genre de dynamique est donnée sur la figure 7. On obtient une formule spécifique de ce genre de situations en multipliant l'une des coordonnées par 1/2 (les points sur l'axe correspondant se rapprochent de l'origine), et en multipliant l'autre coordonnée par 2 (les points sur l'axe correspondant s'en éloignent). C'est ce troisième type qu'on appelle *hyperbolique*. Il reste enfin un autre comportement intéressant : c'est celui qu'illustre une rotation (voir figure 8). Il lui correspond justement comme application linéaire une rotation et l'on qualifie alors le point fixe d'*elliptique*.

La question se pose donc de savoir lesquelles de ces dynamiques sont significatives. Dans le cas général de *toutes* les applications, le type elliptique peut être oublié. On peut montrer en fait que, pour presque tous les cas (dans tous les sens possibles de l'expression), tant qu'on travaille dans l'ensemble de toutes les applications, seuls les trois autres comportements – puits, sources et selles – sont importants. Mais *la situation change radicalement quand on se place du point de vue conservatif.* Les deux premiers phénomènes, puits et sources, sont alors exclus, car ils sont contradictoires avec la conserva-

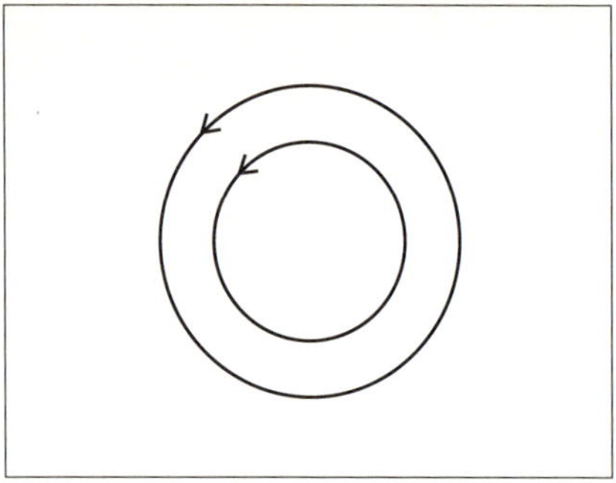

Figure 8. Rotation : point fixe elliptique.

tion des aires : l'image d'un petit disque dans le cas d'un puits est un petit disque contenu dans le premier (dans le cas d'une source, au contraire, il contient le premier). L'aire du disque image est alors strictement plus petite ou plus grande, selon le cas, que celle de l'original, ce qui n'est pas compatible avec une loi de conservation. En revanche, le phénomène elliptique, négligeable dans le cadre de toutes les applications, devient important dans le contexte restreint conservatif. Enfin, le comportement hyperbolique reste important dans le cas conservatif. *Le sens de générique dépend donc beaucoup du cadre dans lequel on se place*; il varie selon qu'on considère seulement les applications conservatives ou que l'on envisage le cas général.

* *
*

L'idée de décrire une dynamique n'est pas en soi très précise, et c'est une bonne partie de la théorie que d'essayer de créer des concepts à cette fin. Ceux que l'on utilise en fait sont reliés à deux idées, ou plutôt à deux types de comportement – disons à deux pôles de la sphère des systèmes possibles, si on la représente par un dessin symbolique (voir figure 9) : l'un que l'on relie à la notion d'hyperbolicité, l'autre à celle d'ellipticité, ou « quasi-périodicité ». Remarquons cependant qu'une même application peut exhiber à la fois, en des régions différentes

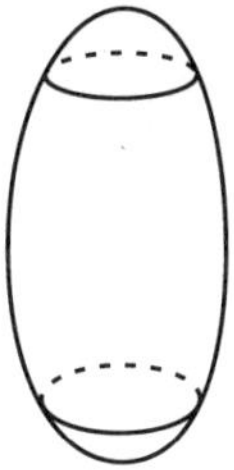

Figure 9. Représentation symbolique de l'ensemble des systèmes.

de l'espace, des comportements hyperboliques et quasi-périodiques.

Essayons donc maintenant de préciser à quoi ces deux concepts d'hyperbolicité et de quasi-périodicité renvoient. Les comportements quasi-périodiques sont plus importants dans le cas conservatif tandis que les phénomènes hyperboliques sont plus importants dans la situation générale, dissipative. Ce n'est pas une association rigoureuse, mais une simple constatation sur les résultats obtenus.

Dynamique quasi-périodique

Les rotations sur le tore (applications de T dans T) sont le type même de système quasi-périodique. Représentons T par le carré dont nous identifions les côtés opposés (voir figure 4b). Il existe alors sur cet espace deux coordonnées, x_1, x_2, qui sont en fait des coordonnées angulaires car, de même qu'un angle est défini modulo 2π, ces coordonnées sont définies modulo 1. Cela revient donc à compter en nombre de tours plutôt qu'en radians, ce qui est mathématiquement plus commode. Chaque point x a des coordonnées (x_1, x_2) qui sont des nombres réels,

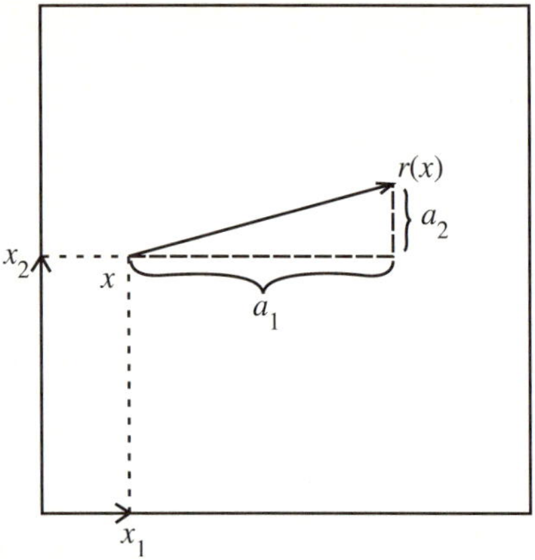

Figure 10. Rotation sur le tore.

à ceci près que deux ensembles de coordonnées différant par des nombres entiers désignent le même point. Avec de telles coordonnées, on peut représenter le système le plus simple qui nous intéresse, la rotation r. Si l'on était sur le cercle usuel et que l'on y considérait une coordonnée x, coordonnée angulaire à nouveau – on compte en nombre de tours –, effectuer une rotation reviendrait à additionner à x un angle a_1. Mais nous travaillons ici sur le tore. Une rotation, c'est en fait dans le carré une simple translation qui à (x_1, x_2) associe $(x_1 + a_1, x_2 + a_2)$, a_1 et a_2 étant ici des paramètres fixés. C'est le prototype de dynamique quasi-périodique sur le tore (voir figure 10).

Quelles sont les propriétés de ce système ? Tout d'abord, il a une propriété que l'on peut appeler *homogénéité*. On entend par là que si l'on connaît une orbite, on les connaît toutes, dans le sens suivant : soient x et y deux points de T, de coordonnées respectives (x_1, x_2) et (y_1, y_2). La translation de vecteur $(y_1 - x_1, y_2 - x_2)$ envoie x sur y; cette même translation envoie $r(x)$ sur $r(y)$, $r^2(x)$ sur $r^2(y)$, l'orbite de x sur l'orbite de y; la connaissance de y et de l'orbite de x détermine simplement l'orbite de y. Notons aussi que la distance euclidienne des points correspondants des orbites de x et de y ne varie pas au cours du temps.

L'autre propriété qui le rend sympathique aux yeux des physiciens, au moins à ceux des expérimentateurs, c'est qu'il est bien analysable, sans que nous rentrions ici dans les détails, par ce qu'on appelle transformation de Fourier en mathématiques, et spectrographie en physique. Ces deux propriétés contribuent à le rendre facile à décrire. Il l'est parce que l'on a des équations, et que l'on peut calculer explicitement la position du point x au temps n, que nous avons convenu de noter $r^n(x)$: c'est simplement $(x_1 + na_1, x_2 + na_2)$. L'itération se laisse donc facilement mettre en formules. Essayons maintenant de dire pourquoi il est significatif. Nous prendrons à cette fin un exemple : a_1 sera égal à $\sqrt{2}$ et a_2 sera égal à $\sqrt{3}$; mais les résultats que nous allons énoncer seront valables pour des classes de nombres beaucoup plus larges que ceux-ci.

Considérons maintenant l'application r comme faisant partie d'un ensemble de telles applications $r_{s,t}$ obtenues en ajoutant à la rotation initiale des paramètres s et t ; (x_1, x_2) devient sous l'action de $r_{s,t}$: $(x_1 + a_1 + s, x_2 + a_2 + t)$. Chaque application $r_{s,t}$ est encore une translation, les paramètres s et t sont astreints à rester petits, et pour $s = t = 0$ on retrouve notre rotation initiale. Soit p une petite perturbation arbitraire de la rotation r; il existe des fonctions $f_1(x_1, x_2)$, $f_2(x_1, x_2)$ telles que l'image par p d'un point de coordonnées (x_1, x_2) ait pour coordonnées $(x_1 + a_1 + f_1(x_1, x_2), x_2 + a_2 + f_2(x_1, x_2))$. Dire que p est une perturbation c'est dire que ces fonctions f_1 et f_2 sont de faible amplitude, ainsi que leurs dérivées de tous ordres. Formons à partir de p une famille d'applications $p_{s,t}$ de la même façon que nous avons défini $r_{s,t}$ à partir de r: un point de coordonnées (x_1, x_2) est envoyé par $p_{s,t}$ en un point de coordonnées

$$(x_1 + a_1 + f_1(x_1, x_2) + s, x_2 + a_2 + f_2(x_1,x_2) + t).$$

Un théorème, qui fait partie d'une classe plus générale de théorèmes appelés KAM (d'après les noms de trois mathématiciens, Kolmogorov, Arnold, Moser), permet d'exprimer l'aspect significatif de la dynamique de r : si on considère la famille que nous venons de constituer, il existe des valeurs précises s_0, t_0, des paramètres telles que l'application perturbée, pour ces valeurs des paramètres, est essentiellement la même que celle que nous avions au départ, à savoir la translation par (a_1, a_2). Plus précisément, à condition de changer de coordonnées de manière appropriée, l'application exprimée dans ces nouvelles coordonnées (x'_1, x'_2), fonctions des anciennes coordonnées, redonne exactement l'ancienne application *r*.

Il suffit donc de connaître le changement de coordonnées pour comprendre complètement cette application. C'est en ce sens que cet exemple de système, que nous avons appelé quasi-périodique, est significatif, puisqu'il persiste dans une famille avec deux paramètres, sous de petites perturbations, quelles qu'elles soient.

Le théorème des courbes invariantes

Donnons un autre exemple, toujours sur le tore, mais « intermédiaire » dans le sens qu'il n'est plus aussi parfait que le précédent. Prenons la transformation T qui à (x_1, x_2) associe $(x_1 + x_2, x_2)$ (voir figure 11). Elle laisse donc la seconde coordonnée inchangée. De plus, chaque horizontale sur le carré qui

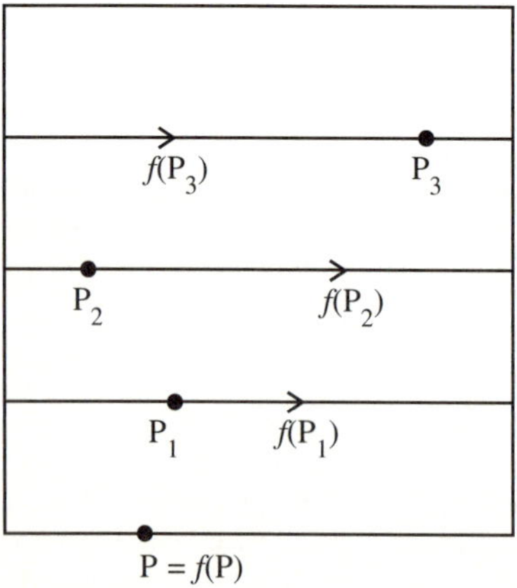

Figure 11

représente le tore (x_2 = constante) est préservée par la transformation. Remarquons qu'une telle horizontale dans le carré donne un cercle sur le tore, puisqu'en recollant les côtés opposés verticaux on a recollé ses deux extrémités. Sur ce cercle, la coordonnée x_1 bouge d'un angle x_2 à chaque application de la transformation. Celle-ci, restreinte à ce cercle, est donc une rotation dont l'angle x_2 dépend du cercle sur lequel on se trouve. Ce système est toujours quasi-périodique, mais la différence avec l'exemple précédent est sensible : tandis qu'auparavant la rotation était la même pour tous les points, on a maintenant décomposé le tore en des cercles, invariants par la transformation, et sur chacun desquels on a une rotation d'angle variable. On peut vérifier que cette transformation T préserve l'aire.

Perturbons maintenant T. Ce genre de dynamique est-il significatif ? Un premier indice nous indique que tel n'est pas le cas. Considérons en effet le cercle de base d'équation $x_2 = 0$. Il est constitué de points fixes pour la transformation, puisque la rotation qui leur est appliquée est d'angle nul. On a donc ici tout un cercle de points fixes. Or nous avons déjà mentionné la possibilité de démontrer qu'il n'y a, *presque toujours*, qu'un nombre fini de points fixes. Si nous avons ici un nombre infini de tels points, ce phénomène disparaît le plus souvent dès qu'on perturbe la dynamique un tant soit peu. En revanche, un grand nombre d'autres caractéristiques de cette dynamique persistent sous l'effet d'une telle perturbation p. On peut, dans ce cadre, énoncer à nouveau une variante d'un théorème KAM, analogue à celui énoncé ci-dessus. L'objectif en est le même : identifier sur cette dynamique, simple à décrire, les phénomènes significatifs, autrement dit ceux qui résistent plus ou moins aux petites perturbations.

On établit que quelque chose persiste effectivement, à condition de supposer que la petite perturbation préserve les aires et qu'elle présente un déplacement vertical moyen nul. La figure 12 montre en effet que notre dynamique préserve la hauteur à laquelle sont les points. Quand on perturbe, ce n'est plus nécessairement le cas ; les points images peuvent monter un peu, ou descendre. Il faut alors supposer, pour pouvoir conclure, qu'il y a autant de mouvement vers le haut que vers le bas, bref que le centre de gravité reste à la même hauteur

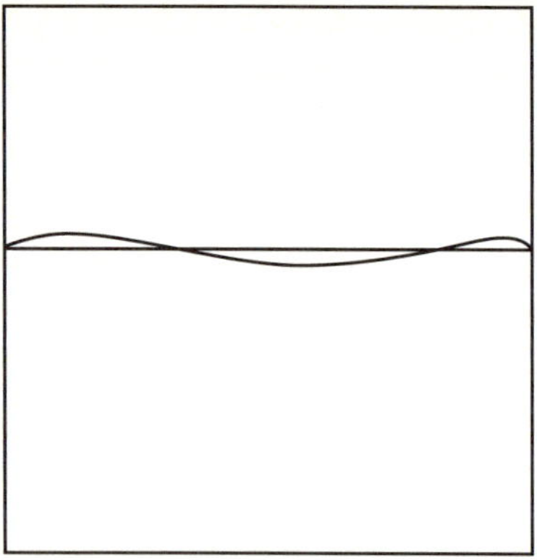

Figure 12

(comme c'est le cas sur la figure 12). Nous avons déjà dit que le cercle de points fixes ne résisterait pas à une perturbation suffisamment générale. Pour les mêmes raisons, tous les cercles qui correspondent à un nombre rationnel $x_2 = p/q$ ne vont pas subsister. En effet, ils sont constitués de points périodiques : au bout de q applications de la transformation, les points reviennent à leur point de départ – on le voit sur la figure 11. Ces points sont donc des points fixes d'une dynamique qui consisterait à appliquer consécutivement q fois notre application. C'est pourquoi la même raison que celle gérant les points fixes nous montre que, à chaque période q fixée, il ne peut correspondre en général qu'un nombre fini de points périodiques. De nouveau ce phénomène que constitue un cercle entier de points périodiques ne persiste pas par une petite perturbation suffisamment générale.

Mais, et c'est là le résultat remarquable, une bonne partie des cercles irrationnels (c'est-à-dire x_2 irrationnel) persistent, c'est-à-dire qu'ils subsistent en se déformant. Si donc l'on prend un cercle au hasard, en supposant la perturbation suffisamment petite, on a une bonne chance de le retrouver dans le système perturbé. A l'origine, ce cercle était purement horizontal, mais dans le nouveau système il n'a pas de raison de l'être resté. Il est légèrement déformé, mais il persiste en restant lisse. La transformation perturbée préserve ce cercle déformé, et y opère exactement de la même façon que la transformation initiale sur le cercle non déformé (pourvu qu'on munisse le cercle déformé d'une coordonnée angulaire appropriée) ; du point de vue qualitatif, c'est exactement la même chose. La plupart des cercles (au sens probabiliste) seront conservés de la sorte.

Dynamique hyperbolique

A l'autre extrême de l'ensemble des dynamiques possibles on rencontre la notion d'hyperbolicité. Considérons-en un exemple sur le tore, où nous gardons les mêmes coordonnées pour un point x, (x_1 et x_2). On envoie ce point x, par la transformation h que l'on examine maintenant, sur un point $h(x)$, de coordonnées x'_1 et x'_2, telles que $x'_1 = 2x_1 + x_2$, et $x'_2 = x_1 + x_2$. Nous travaillons toujours en coordonnées angulaires, mais considérons d'abord, pour comprendre ce qui se passe, le plan dans son entier, sans identifier les points distants les uns des autres de nombres entiers, et en prenant toutes les coordonnées comme des nombres réels. On voit alors qu'en faisant convenablement pivoter les axes – appelons u_1, u_2, les nouvelles coordonnées –, ce système s'écrit de façon plus simple sous la forme $u'_1 = k_1 \cdot u_1$, $u'_2 = k_2 \cdot u_2$, où k_1 est plus grand que 1 tandis que k_2, lui, est plus petit (voir la figure 13). La situation est donc particulièrement facile à décrire. Notons que la description est facilitée par le fait de se placer dans le plan. Sur le tore lui-même, notre compte rendu ne serait valable que localement. La dynamique se casse en deux : d'un côté il y a la coordonnée u_1, de l'autre u_2, qui se transforment chacune de façon complètement autonome. C'est un exemple type d'application (linéaire) hyperbolique. Ici, les points qui sont sur l'axe u_2 se rapprochent de 0 à une vitesse géométrique $(k_2)^n$ (cela est indiqué par une flèche sur la figure), tandis que sur l'axe u_1, au contraire, les points s'en éloignent. On peut dire aussi que les points de cet axe se rapprochent de 0 quand on considère l'application inverse (celle qui consiste à inverser le cours du temps). L'image caractéristique d'une orbite présente la forme de trajectoire que nous avons dessinée sur la figure 7.

La situation est qualitativement différente du cas de la rotation, parce que la transformation est très loin de préserver les distances. Nous avons pour l'instant oublié que nous travaillions modulo 1 ; ce fait n'aura d'importance que lorsque les points seront relativement distants, en tout cas d'une distance comparable à 1. Nous n'avons plus ici l'homogénéité qui caractérisait la rotation. Supposons que l'on ait deux points sur le tore. Dans le modèle plan du tore, nous aurons à identifier tous les points qui diffèrent par des coordonnées entières (voir figure 13, où l'on a dessiné les premiers d'entre eux, notés •). Chacun des points sur le tore correspond donc à un ensemble de points sur le plan. Tant que l'on travaille avec des points suffisamment proches, les questions soulevées par cette identification ne se posent pas. Examinons déjà ce qui se passe géométriquement pour des points proches les uns des autres.

Si l'on commence avec deux points x et y du tore, tels que $u_1(x) = u_1(y)$, que l'on itère l'application h, les points transformés ont, eux aussi, même première coordonnée. Mais la dis-

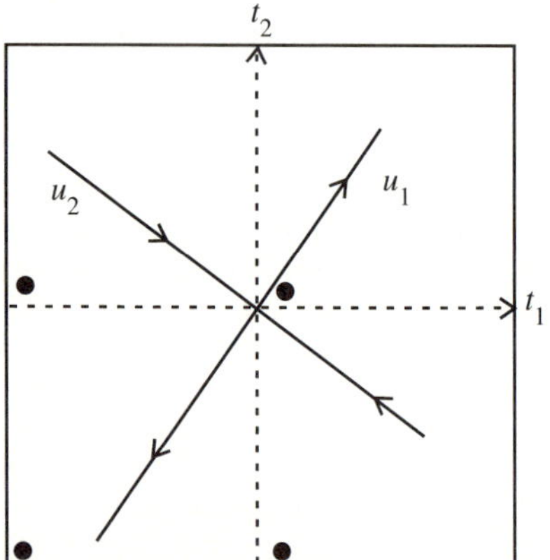

● : points identifiés

Figure 13

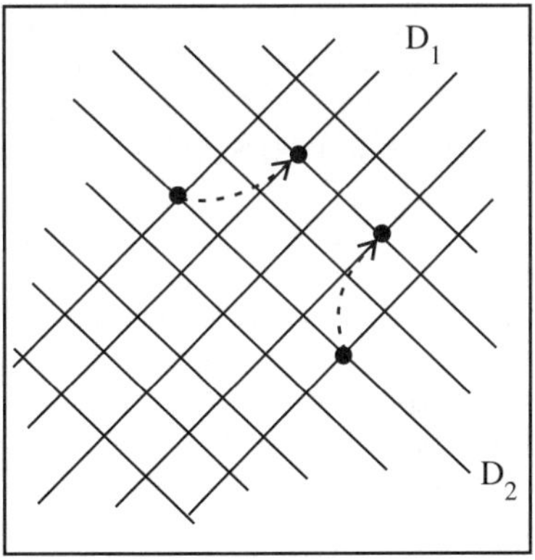

Figure 14. Décomposition de l'espace en deux familles de parallèles.

tance entre les points images successifs, qui est donnée par la différence entre les coordonnées u_2, s'est, elle, contractée. La situation est opposée à celle d'une rotation où les images au temps n de deux points sont à même distance que les points d'origine. Si l'on itère maintenant dans le sens négatif – en inversant le sens du temps –, on échange les rôles de u_1 et de u_2. En fait cela consiste à décomposer l'espace par des parallèles à deux directions, D_1 et D_2 (voir figure 14), où les points qui sont sur une même droite du système de droites D_2 se rapprochent quand on itère dans les temps positifs, tandis qu'au contraire, ceux qui sont sur une même droite de l'autre système de droites se rapprochent quand on itère dans les temps négatifs. C'est ce comportement, avec toutes ses généralisations possibles, que nous n'envisagerons pas ici, que l'on appelle hyperbolique : le qualificatif renvoie essentiellement à une décomposition de l'espace en une direction pour laquelle les points se rapprochent dans le temps positif et une direction pour laquelle ils se rapprochent dans le temps négatif.

Stabilité et lemme de poursuite

Mentionnons deux propriétés liées à ce concept, qui semblent essentielles. D'abord une propriété de *stabilité*. Certes, nous avons écrit une formule explicite et le système ainsi représenté a des propriétés hautement exceptionnelles. Cependant les caractéristiques fondamentales de cette application, à savoir la décomposition de l'espace ainsi que la nature des mouvements des points, sont préservées par de petites perturbations. C'est une propriété de stabilité très forte dans la mesure où nous n'avons pas besoin d'hypothèse sur la perturbation. On la désigne par l'expression de *stabilité structurelle*. Plus précisément, si l'on considère une perturbation, l'ensemble de la situation se conserve à ceci près que les directions stables et instables – les termes techniques sont ceux de « variétés stables et instables » – qui étaient des droites dans le système d'origine vont devenir des courbes dans la nouvelle décomposition du système perturbé. Il y a déformation. Le point faible du dispositif est que le changement de coordonnées permettant de se ramener au modèle de départ n'est pas régulier, bien qu'il soit tout de même continu ; c'est un défaut inévitable.

Mentionnons brièvement l'autre propriété, que A. Douady commente dans son article : c'est *l'existence d'un lemme de poursuite*. Elle rend compte du fait que si l'on part d'un point puis que l'on s'autorise une petite erreur sur son image avant d'itérer à nouveau, et ainsi de suite, on peut corriger le point initial de façon à obtenir une véritable orbite qui reste proche de la suite de points considérés. Cette seconde propriété est importante car ce genre de système peut être décrit de manière tout à fait adéquate par la dynamique symbolique, en particulier par les processus des Markov[2].

Nous disposons donc, pour cette classe de dynamiques

2. Cf. l'article de P. Arnoux et K. Chemla dans ce livre.

hyperboliques, d'une description extrêmement satisfaisante d'un point de vue mathématique. Nous savons qu'elles présentent la propriété que deux points situés sur la même horizontale se rapprochent très vite, tandis qu'ils s'éloignent très vite autrement. Il y a donc une direction favorable du point de vue de l'itération. Mais en général deux points, n'étant pas sur la même horizontale, voient leur distance selon une direction décroître très vite, tandis que, selon l'autre, elle croît très vite. C'est ce que l'on appelle la *sensibilité aux conditions initiales*, qui pose des problèmes pour une approche numérique visant à prévoir explicitement l'évolution d'un système. Pourtant, d'un point de vue mathématique, ce sont les systèmes que l'on sait le mieux décrire, et ce de façon particulièrement simple. Notons par ailleurs que le fait de disposer d'un lemme de poursuite nous assure de l'existence, près d'un ensemble de points supposés être proches de la suite d'états d'un système, d'une véritable orbite pour la dynamique. Cette propriété garantit qu'une orbite, calculée par un ordinateur (qui fait inévitablement des erreurs d'arrondi à chaque itération), est effectivement proche d'une vraie orbite.

Malheureusement, telle que nous l'avons présentée, cette notion d'hyperbolicité pose un problème : elle est très restrictive, et elle n'est pas suffisante pour permettre de décrire un assez grand nombre de systèmes intéressants. Elle est persistante, elle est intéressante, mais elle ne permet pas d'appréhender autant de systèmes que l'on voudrait, parmi lesquels des systèmes très importants. On est donc conduit à l'affaiblir, mais à mesure qu'on l'affaiblit, on perd quelques-unes des belles propriétés que l'on avait, tout en gardant toutefois encore un peu de structure. Parmi les concepts d'hyperbolicité plus faible, on trouve tout ce qui est relié à ce que l'on appelle les exposants de Lyapounov. Ils fournissent encore de la structure mais elle est beaucoup moins jolie à décrire.

* *
*

Nous venons ainsi d'esquisser ce qui semble être les deux pôles du possible, les concepts d'hyperbolicité d'une part, de quasi-périodicité de l'autre. C'est en général à des comportements de nature hyperbolique qu'on associe le nom de chaos. Cette dénomination semble un contresens du point de vue mathématique car, nous l'avons vu, c'est précisément dans ces situations que l'on arrive le mieux à décrire la structure du système dynamique ; alors qu'en revanche, dans le *no man's land* entre les deux pôles, où l'on n'arrive ni à utiliser de concepts de type hyperbolique ni à trouver de phénomènes de type quasi-périodique, on ne sait rien dire sur la structure du système.

C'est là que les mathématiciens, aujourd'hui, ont de véritables problèmes. Tout d'abord la question se pose de savoir s'il y a vraiment quelque chose entre ces deux pôles : y a-t-il, de façon significative, beaucoup de systèmes que l'on ne puisse décrire ni avec des concepts de type hyperbolique ni avec des concepts de type quasi-périodique ? Pour l'instant, on l'ignore. Et si jamais il en existe de façon significative, comment les décrire ? Là, on manque encore des concepts nécessaires.

3. Systèmes dynamiques et théorie ergodique

Pierre Arnoux
et Karine Chemla

De nombreuses situations mathématiques et physiques amènent à rencontrer des évolutions temporelles qui, pour être instables, n'en sont pas moins déterminées. Dans une perspective différente, la théorie des probabilités étudie des processus aléatoires qui visent à rendre compte de suites d'événements comme des jets de dés ou des jeux de pile ou face. Ces systèmes sont-ils aussi différents que nous aurions tendance à le penser ? Cette dichotomie est-elle fondée ? En d'autres termes, y a-t-il une différence de nature entre phénomènes déterministes et phénomènes aléatoires ? Quelques exemples simples vont nous donner des outils pour l'analyse de ces questions.

La transformation du boulanger

Considérons la dynamique suivante, donnée par une transformation T qu'il est devenu classique d'appeller « transformation du boulanger » pour des raisons que la géométrie rendra évidente. Elle opère dans un carré dont les côtés ont pour longueur 1. Grâce à une suite de manipulations (voir figure 1), elle envoie chaque point sur un autre point du carré, de la manière suivante : on aplatit tout d'abord le carré en un rectangle de longueur double et de largeur moitié ; puis on coupe ce rectangle en deux, par une section verticale, et on place la moitié droite au-dessus de la moitié gauche, qui, elle, reste en place, pour reformer le carré initial. Pour appréhender cette

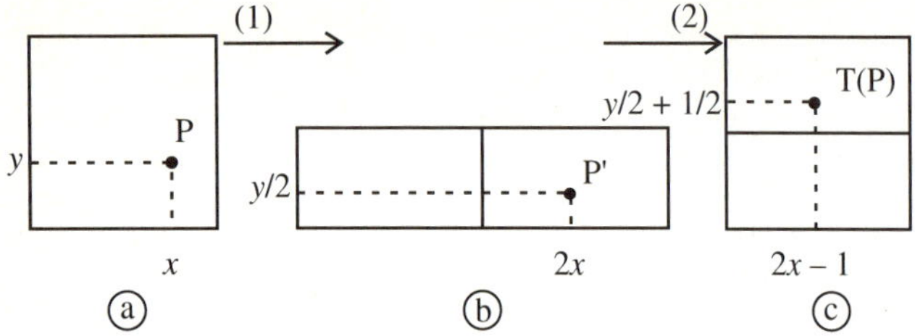

Figure 1

transformation d'une autre manière, on peut suivre un point P du carré, de coordonnées x et y, au cours de ces opérations successives. L'aplatissement du carré en un rectangle envoie ce point sur celui de coordonnées $2x$, $y/2$. Son abscisse a doublé, son ordonnée diminué de moitié. Là, de deux choses l'une : soit l'abscisse de ce nouveau point P' reste inférieure à 1 – auquel cas il se trouve dans la moitié du rectangle qui n'est pas déplacée et T(P) n'est autre que P' –, soit elle lui est supérieure ; P' est alors transporté jusqu'au point T(P) dont l'ordonnée est augmentée de 1/2 et devient $(y/2 + 1/2)$ (on décale la seconde moitié vers le haut) et dont l'abscisse est diminuée de 1 et devient $(2x - 1)$ (on remet cette moitié au-dessus de l'autre).

Cette transformation définit une dynamique à l'œuvre dans le carré qui, entre deux instants consécutifs, amène un point P en T(P). Le devenir de chaque point du carré est entièrement défini par ses coordonnées initiales ; nous prendrons ce système comme exemple type de système totalement déterministe.

Le jeu de pile ou face

Considérons par ailleurs l'exemple le plus simple de système probabiliste, le jeu de pile ou face, avec une pièce non biaisée. A chaque lancer, la pièce tombe sur pile ou face avec une probabilité 1/2. Nous noterons le premier événement 0, le second 1.

On peut étudier des événements relatifs aux résultats successifs d'une série de lancers de pièces, par exemple obtenir face 2 fois en 4 coups. La méthode classique pour ces calculs de probabilités considère les événements formés par 4 lancers successifs, plutôt qu'une suite de 4 événements élémentaires ; chaque série constitue un seul événement : le temps semble disparaître dans cette représentation.

Tant que le nombre de lancers reste petit, il s'agit de questions combinatoires simples ; les problèmes difficiles se présentent, en théorie des probabilités, lorsqu'on tente des évaluations asymptotiques, sur un très grand nombre de lancers. Pour pouvoir les envisager, on est conduit, de la même manière que précédemment, à considérer des événements constitués par le résultat d'un nombre infini de lancers de pièce. L'objet alors construit est une suite infinie de 0 et de 1, vue comme les résultats successifs d'un lancer de pièce depuis la nuit des temps jusqu'à la fin des temps. A chaque place de numéro d'ordre n de cette suite se trouve le résultat du lancer à l'instant n. La valeur à l'instant 0 peut donc être considérée comme le résultat du lancer présent. L'ensemble de toutes les réalisations possibles de suites de lancers forme le cadre dans lequel se développe l'étude des processus stochastiques.

Un événement, comme par exemple le fait d'obtenir le résultat « pile » à l'instant 0, est représenté par l'ensemble des suites pour lesquelles la place 0 contient ce qui correspond à « pile », à savoir le symbole 0. Tout événement auquel il est loisible de s'intéresser peut être associé de même à un ensemble de suites. Ce modèle est pour l'instant statique. Pour représenter le défilement du temps, on introduit la fonction de *décalage* s, qui à une suite donnée associe la même suite décalée d'un cran vers la gauche ; les résultats successifs sont les mêmes, mais l'instant présent est avancé d'un cran : dorénavant, le résultat du lancer à l'instant 0 est donné par le symbole qui était auparavant à la place 1.

Dans ce contexte, définir la probabilité d'un événement, c'est définir la taille relative de l'ensemble des suites qui y satisfont. Reprenons l'exemple précédent : l'ensemble des suites qui comportent à la place 0 le symbole 0, c'est-à-dire l'événement « pile », a pour taille 1/2. On dispose ainsi de la probabilité des deux événéments élémentaires qui consistent l'un à tirer pile, l'autre à tirer face, au temps présent. A partir de ces deux événements, l'énoncé des événements que l'on peut envisager s'obtient par conjonction, disjonction et décalage dans le temps, ce qui permet de calculer la taille des ensembles correspondants. Elle n'est autre, en fait, sur cet exemple élémentaire, que la probabilité que l'on calcule à l'aide d'une simple combinatoire. Cette probabilité est étendue à tous les événements qu'on peut envisager.

Notre lancer de pièce peut être généralisé en considérant un dé à n faces et en associant à chaque face une probabilité de tirage. Les suites doublement infinies que l'on obtient alors, la probabilité qu'on leur associe et le décalage pour représenter l'écoulement du temps, tout ceci définit ce qu'on appelle les systèmes de Bernoulli [1] dont nous verrons l'importance par la suite.

Mise en correspondance

Il est remarquable qu'on puisse faire se correspondre de manière très étroite les deux systèmes que nous avons décrits précédemment. En effet, écrivons en base 2 les coordonnées x et y d'un point du carré qui fournit le cadre de notre première transformation. Elles donnent chacune une suite de 0 et de 1 que nous noterons respectivement $0, x_1 x_2 \ldots x_n \ldots$ et $0, y_1 y_2 \ldots y_n \ldots$ (comme les deux coordonnées sont inférieures à 1, leur développement a une partie entière nulle [2]). Considérons ce que l'on obtient en écrivant le développement binaire de x d'un côté et à sa gauche, inversé, le développement binaire de y. Cette opération produit la suite doublement infinie :

$$\ldots y_n, \ldots, y_2, y_1, x_1, x_2, \ldots, x_n, \ldots$$

Nous conviendrons de ce que x_1 est à la place 0, x_2 à la place 1..., y_1 à la place -1, y_2 à la place -2, et ainsi de suite. Appelons f l'application qui consiste à associer à un point du carré cette suite doublement infinie.

1. En anglais : « *Bernoulli shift* ».
2. x est alors égal à $(x_1/2) + (x_2/2^2) + \ldots + (x_n/2^n) + \ldots$; de même pour y.

Quelle est la transformation agissant sur cette suite qui correspond à la transformation T du carré, c'est-à-dire quelle est la suite doublement infinie à laquelle donnent naissance les coordonnées du point T(P) ? Si l'abscisse du point P est inférieure à 1/2, son double restera inférieur à 1, et le point T(P) qui lui est associé par l'opération sera dans la moitié du rectangle qui reste en place. Que P soit dans cette région du carré signifie que le développement binaire de x est de la forme $0, 0x_2 \dots x_n \dots$[3]. Dans ce cas, la transformation opérée sur l'abscisse est une multiplication par 2, qui donne la nouvelle abscisse $0, x_2 \dots x_n \dots$[4] (on a perdu le premier chiffre). L'ordonnée fait corrélativement l'objet d'une simple division par 2 qui transforme $0, y_1 y_2 \dots y_n \dots$ en $0, 0\, y_1\, y_2 \dots y_n \dots$[5]. Tout se passe dans ce cas comme si le premier chiffre de x, celui que l'on perd, 0, se retrouvait comme premier chiffre dans la nouvelle ordonnée.

Voyons maintenant le cas où l'abscisse de P est supérieure à 1/2. Elle correspond à un développement de la forme $0, 1\, x_2 \dots x_n \dots$ La multiplication par 2 transforme ce nombre en $1, x_2 \dots x_n \dots$, et le déplacement de la moitié correspondante du rectangle revient à diminuer cette abscisse de 1, soit à la remplacer par $0, x_2 \dots x_n \dots$ Que se passe-t-il alors pour l'ordonnée ? La diviser dans un premier temps par 2 la transforme en $0, 0\, y_1\, y_2 \dots y_n \dots$; lui ajouter ensuite 1/2 la remplace par $0, 1\, y_1\, y_2 \dots y_n \dots$ De nouveau, le chiffre 1 que la transformation fait perdre à l'abscisse est celui-là même que gagne l'ordonnée.

Considérons donc l'effet de la transformation sur les suites doublement infinies. Dans le premier cas,

$$\dots y_n, \dots, y_2, y_1, 0, x_2, \dots, x_n, \dots$$

devient : $$\dots y_n, \dots, y_1, 0, x_2, x_3, \dots, x_n, \dots$$

tandis que, dans le second cas,

$$\dots y_n, \dots, y_2, y_1, 1, x_2, \dots, x_n, \dots$$

devient : $$\dots y_n, \dots, y_1, 1, x_2, x_3, \dots, x_n, \dots$$

3. x_1 vaut 0, lorsque x est plus petit que 1/2, et 1 dans le cas contraire.
4. Multiplier par 2 revient ici à passer de $(x_2/2^2) + \dots + (x_n/2^n) + \dots$ à $(x_2/2) + \dots + (x_n/2^{n-1}) + \dots$
5. Diviser par 2 revient ici à passer de $(y_1/2) + (y_2/2^2) + \dots + (y_n/2^n) + \dots$ à $(y_1/2^2) + (y_2/2^2 + \dots + (y_n/2^{n+1}) + \dots$

La dynamique du boulanger sur le carré induit un simple décalage sur la suite doublement infinie que nous avons formée à partir des coordonnées d'un point, ce même décalage S qui modélise le jet au temps présent dans la représentation probabiliste. Ainsi, non seulement la transformation *f* qui fait passer du carré aux suites fait correspondre les points du carré avec les suites doublement infinies, mais de plus, elle transforme la dynamique déterministe T que nous considérions sur le carré en le processus S de l'espace probabiliste. Dans cette mise en relation, *x* se trouve représenter le futur et *y* le passé. Une correspondance est ainsi établie entre deux dynamiques qui semblaient *a priori* provenir de phénomènes essentiellement distincts.

Mesures invariantes. Le cadre de la théorie ergodique

Remarquons que cette transformation *f* ne produit pas toutes les suites possibles de pile et de face que pourraient éventuellement donner les jets d'une pièce. En effet, en arithmétique binaire comme en arithmétique décimale, il y a des développements impropres : de même qu'en décimal 1 pourrait s'écrire 0,999999, en binaire les développements 0,100000 et 0,0111111 correspondent au même nombre 1/2. Certaines suites de 0 et de 1, celles qui proviennent des développements non autorisés, ne seront donc pas obtenues : par exemple, les règles usuelles nous conduisent à garder pour l'abscisse 1/2 le développement binaire propre 0,100000 et à abandonner le développement impropre 0,0111111. Ce dernier correspond à un jeu de pile ou face dans lequel on obtiendrait éternellement face : de tels événements sont négligeables, car de probabilité nulle. On peut en fait montrer que l'ensemble des suites non atteintes par notre transformation a une probabilité nulle et on obtient une correspondance parfaite (c'est-à-dire bijective) si l'on s'autorise à écarter cet ensemble, en considérant que les probabilités nous le permettent.

Nous sommes ainsi conduits à nous pencher sur les propriétés de la transformation S, du point de vue des probabilités, et nous allons remarquer que S et T possèdent une même particularité. On constate en effet que S préserve les probabilités des événements. En d'autres termes, la probabilité d'un événement est la même que celle du même événement, décalé dans le temps. Par exemple, l'événement consistant à tirer face au temps – 1 et pile au temps 0 se voit associer la même probabilité, 1/4, que celui qui consiste à tirer face au temps 0 et pile au temps 1. La probabilité ne change pas au cours du temps, on la qualifie alors de *stationnaire*.

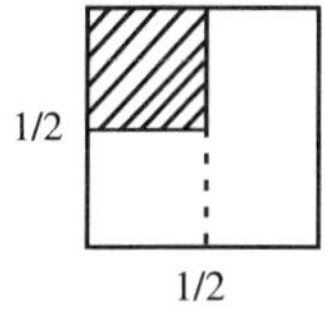

Figure 2

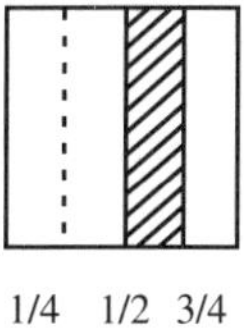

Figure 3

Par ailleurs, on vérifie aisément que T préserve les aires. Considérons un petit rectangle de côtés parallèles aux axes, constitué des points d'abscisse inférieure à 1/2 et d'ordonnée supérieure à 1/2 (rectangle hachuré de la figure 2). C'est le rectangle des points d'abscisse comprise entre 1/2 et 3/4 (rectangle hachuré de la figure 3) qui est transformé par T en ce rectangle-là. Or tous deux ont la même aire, 1/4. Il en va de même de tous les rectangles, et comme toute partie qui n'est pas trop irrégulière peut être approchée aussi finement que l'on veut par des réunions de rectangles, cette propriété d'invariance de l'aire est vérifiée pour tout ensemble raisonnable. En fait, le rectangle que nous venons de considérer du côté géométrique correspond à l'événement que nous avions retenu du côté probabiliste : la conservation des aires est mise en relation avec la conservation de la probabilité. Elle indique que la taille relative, dans le carré, d'un ensemble de conditions initiales possibles pour un système est la même que la taille relative de l'ensemble des états correspondants du système un temps plus tôt.

Ces deux propriétés d'invariance peuvent s'exprimer mathématiquement de la même manière. A chaque ensemble d'états pas trop pathologique, on associe un nombre entre 0 et 1 qui représentera dans un cas une probabilité, dans l'autre une surface. Ces nombres possèdent des propriétés, que nous ne développons pas, mais dont on comprend par notre exemple qu'elles doivent être les mêmes : elles découlent de la nature même des probabilités et des aires. Par exemple, de même que l'aire de deux parties disjointes est la somme des aires de chaque partie, la probabilité de la réalisation de l'un de deux événements disjoints est la somme des probabilités de réalisation de chacun d'entre eux : $A(E \cup F) = A(E) + A(F)$; on peut considérer ces propriétés du point de vue des probabilités ou de celui des aires.

Ces évaluations qui à chaque ensemble associent un nombre sont ce qu'on désigne du nom de *mesure* ; les probabilités en sont un exemple. Notre transformation *f* met en relation, entre géométrie et probabilités, des ensembles de points et des événements de même mesure. De ce point de vue, elle conserve toute la structure des deux exemples. C'est ce que l'on appelle un *isomorphisme*. Elle a des propriétés remarquables, que nous retrouverons ci-dessous. Insistons sur le fait que sa mise en place nécessite la prise en considération de mesures sur les deux espaces, puisque l'association entre eux est parfaite à condition de négliger un ensemble de suites de probabilité nulle. Elle fait alors se correspondre les points des espaces, les mesures qui y sont définies et les transformations qui y opèrent.

C'est cette structure invariante d'une situation à l'autre qui constitue l'objet de la théorie ergodique : le système dynamique mesurable (X, *m*, T), donné par un espace X, une mesure *m* sur cet espace et, en son sein, une transformation T qui préserve la mesure, c'est-à-dire telle que tout ensemble soit l'image d'un ensemble de même mesure. On a donc choisi de retenir une structure unique, commune à des situations qui se présentent dans des contextes très différents, certains déterministes, certains probabilistes ; elle ne retient que les propriétés préservées par notre isomorphisme, indépendamment de toute autre considération sur les systèmes dynamiques.

Ce point de vue est différent de celui adopté par J.-C. Yoccoz sur les mêmes systèmes [6]. Tandis qu'il s'intéresse à des transformations qui préservent les relations de proximité entre les points, nous nous intéressons à la conservation de la mesure.

6. Voir son article dans ce livre.

La différence entre ces points de vue est illustrée par l'exemple du carré : des points situés de part et d'autre de la verticale d'abscisse 1/2 auront par la transformation T des devenirs très différents ; nos deux systèmes ont d'ailleurs des propriétés topologiques distinctes, et il serait impossible de construire un isomorphisme entre eux qui préserve les relations de proximité. Les dynamiques que nous sommes amenés à considérer ne sont donc pas toujours les mêmes ; nos deux cadres ne retiennent pas les mêmes objets.

Nous allons voir que ces points de vue divergents fournissent des résultats très différents. Cependant, nous montrerons aussi que ces deux points de vue sont souvent liés ; ainsi, dans le contexte de systèmes pour lesquels l'approche topologique a un sens, on obtient souvent des résultats ergodiques en considérant des propriétés topologiques.

Le problème de la classification

Une fois que l'on dispose de cet objet de la théorie ergodique, une transformation préservant une mesure, la question se pose de savoir combien de systèmes essentiellement différents on peut rencontrer. Cette recherche suppose que l'on ait précisé ce que signifie pour deux systèmes le fait d'être les mêmes. On établit une telle identité en mettant en évidence un isomorphisme entre deux systèmes, comme par exemple l'application f introduite ci-dessus : elle établissait l'identité entre la transformation du boulanger et un système de Bernoulli particulier, en tant que systèmes dynamiques mesurables. Elle mettait en correspondance non seulement le carré et l'ensemble des suites de pile et de face, mais aussi les transformations T et S dans chacun des deux espaces, et les mesures sur ces espaces.

Plus généralement, si pour deux systèmes (X, m, T) et (X', m', T') on peut exhiber une transformation f de l'un dans l'autre qui mette dans une correspondance parfaite leurs points deux à deux (sauf éventuellement ceux d'un petit ensemble, de mesure nulle) et leurs dynamiques, nous pouvons considérer que, du point de vue qui nous préoccupe, ces deux systèmes sont les mêmes : *f* est simplement un changement de nom d'un ensemble significatif de points du système. En particulier, tout résultat qui sera vrai avec probabilité 1 pour l'un des systèmes sera encore vrai avec une probabilité 1 pour l'autre.

Une fois l'identité définie, le réflexe culturel du mathématicien l'amène à chercher tous les types possibles de systèmes. Le programme de travail qui en découle présente deux aspects : d'une part l'élaboration de moyens pour savoir si deux systèmes donnés sont isomorphes, d'autre part la recherche de tous les systèmes possibles, c'est-à-dire d'une liste d'exemples dans laquelle tous les comportements possibles sont représentés.

Ce programme semble irréalisable, étant donné l'extrême variété des systèmes dynamiques connus aujourd'hui, mais on peut en effectuer des fragments. La technique principale, pour ce faire, consiste à concevoir des invariants, c'est-à-dire des propriétés qui se conservent par isomorphisme. Deux systèmes différents pourront être distingués si l'on trouve des invariants assez fins, permettant de déceler leur différence. Cette recherche permet de rendre compte de bon nombre des travaux en théorie ergodique dans les dernières décennies. Nous présenterons dans ce qui suit quelques-uns des invariants les plus importants.

Ergodicité

Le concept d'ergodicité s'introduit lorsqu'on essaie de trouver des briques de base en lesquelles décomposer une dynamique. On entend par là des sous-ensembles consistants (à savoir de mesure non nulle) de l'espace d'origine à l'intérieur desquels la transformation évolue sans en sortir. On peut alors décomposer la transformation en morceaux disjoints, indépendants du point de vue de la dynamique. C'est pour cela qu'on s'intéresse aux parties indécomposables, en ce sens que ceux de leurs sous-ensembles qui seraient fixés par la transformation sont soit de mesure nulle, donc négligeables, soit de même mesure que toute la partie avec laquelle ils peuvent dès lors être confondus. Un espace présentant, relativement à une dynamique, une telle propriété, à savoir que ses seuls sous-ensembles invariants sont de mesure nulle ou de mesure totale, est dit ergodique.

Le théorème central qui les concerne, mis en évidence par Birkhoff en 1931, montre que, si l'on reprend le vocabulaire des physiciens, la moyenne temporelle pour toute observation raisonnable, en un certain sens que nous ne préciserons pas, qu'elle soit prise sur le passé ou sur le futur pour une condition initiale donnée, est en général égale à la moyenne spatiale. Cette moyenne sur l'espace étant indépendante de la trajectoire considérée, la moyenne temporelle est donc indépendante du point dont on est parti et, partant, constante. Il revient alors au même, pour un temps n assez long, de faire la moyenne des n premières observations sur l'orbite d'un point donné ou de considérer la moyenne de ladite observation sur l'espace tout entier.

Reprenons l'exemple du jeu de pile ou face. On peut considérer l'observation qui donne la valeur d'une série de lancers à l'instant 0. On notera 0 quand on a pile, 1 quand on a face. Pour 50 % des séries de lancers possibles, cette valeur vaut pile. La moyenne de notre observation est 1/2 sur l'espace constitué de toutes les suites. Mais il est clair aussi que, pour une série de lancers donnée, du moment qu'elle est raisonnable, la proportion de pile va tendre vers 50 %. Par la transformation que donne le décalage, les résultats de tous les lancers enregistrés dans cette suite se trouveront à la place 0, à des instants successifs. Regarder les n premiers lancers d'une suite donnée revient à regarder successivement le premier lancer de chacune des n suites obtenues en décalant la suite initiale. Prendre la moyenne temporelle sur l'orbite de cette série est la même chose que prendre la moyenne sur l'ensemble des résultats qu'elle contient, pour le futur ou pour le passé. On trouve 1/2. Il y a donc bien égalité entre la moyenne spatiale du premier cas et la moyenne temporelle du second.

Bien sûr, il existe des suites de lancers pour lesquelles cette proportion n'existe pas ou ne vaut pas 50 %. Il suffit de considérer la suite de lancers qui vaut d'abord pile une fois, puis dix fois face, puis cent fois pile, puis mille fois face... La proportion de pile dans cette suite peut varier, à des instants arbitrairement grands, entre 10 % et 90 %. Cependant, de tels événements sont de probabilité nulle. C'est un des résultats essentiels des théorèmes limites en probabilités. On voit donc ici comment s'articulent ces théorèmes en probabilités et le théorème central de la théorie ergodique. Le fait de considérer les dynamiques en négligeant ce qui se passe sur les ensembles de mesure nulle est capital, et met à nouveau en valeur l'intérêt qu'il y a à se donner une mesure.

Le théorème ergodique de Birkhoff possède une forme plus générale. Il s'étend en fait au cas de toutes nos transformations et montre qu'en général, la moyenne temporelle existe presque partout. Elle sera alors constante non pas sur tout l'espace mais sur les orbites. Cependant, contrairement au cas ergodique, elle ne sera pas partout égale à la moyenne spatiale. Cette dernière propriété s'avère caractéristique des transformations ergodiques. Elle est invariante par l'isomorphisme entre les systèmes.

Théorie spectrale

L'ergodicité est définie en regardant l'évolution d'un ensemble de points ; on peut raffiner, et définir d'autres propriétés invariantes par isomorphisme en regardant l'évolution relative de deux ou plusieurs ensembles. On peut aussi, plutôt que de s'intéresser à des ensembles, considérer des observations, c'est-à-dire des fonctions définies sur l'ensemble X tout entier, un peu de la même façon que l'on passe d'un point avec une position et une vitesse définies, en mécanique classique, à une probabilité de présence en mécanique quantique. On étudie alors la façon dont ces observations évoluent au cours du temps : c'est ce qu'on appelle la théorie spectrale, qui considère des espaces de fonctions plutôt que des ensembles.

On retrouve ainsi toutes les propriétés classiques : par exemple, l'ergodicité veut dire qu'il n'y a pas d'observation invariante, sauf bien sûr l'observation triviale (la fonction valant 1 partout) qui ne permet de distinguer aucun point ; en effet, une observation invariante qui permettrait de distinguer une partie de l'espace donnerait par cela même un ensemble invariant. On trouve aussi des invariants plus subtils, sur lesquels beaucoup de questions sont encore ouvertes. Jusqu'en 1958, tous les invariants connus étaient de nature spectrale.

Partitions et entropie

La transformation du boulanger a pu être associée de manière adéquate à la dynamique particulière du jeu de pile ou face. Ce cas est-il singulier ou bien ce mode de représentation d'un système par un ensemble de suites sur lesquelles opère le décalage est-il un phénomène général ? La question, nous le verrons, ouvre sur un mode de classification.

Il existe en fait un moyen systématique d'obtenir une telle représentation pour une dynamique quelconque. Pour la faire apparaître, découpons l'espace dans lequel on considère cette dynamique en un nombre fini de cellules disjointes – c'est ce qu'on appelle une *partition* –, et associons à chaque point la suite des numéros de cellules par lesquelles il passe au cours de son histoire. Cela revient à s'intéresser à des observations qui ne peuvent prendre qu'un nombre fini de valeurs. Les cellules de la partition contiennent alors tous les points qui fournissent la même valeur pour l'observation. Notons que cette méthode représente bien l'opération de mesure en physique : mesurer une quantité ne peut en général se faire avec une précision infinie, la seule information que l'on obtient concerne la présence de l'objet étudié dans une région de l'espace des positions possibles. Constituer la suite des valeurs que prend un système donné au cours du temps revient à effectuer à des instants successifs la même observation sur ce système et à engranger l'ensemble dans une suite. Le problème est alors de reconstituer, à partir de mesures intrinsèquement imprécises et partielles, des informations concernant la dynamique elle-même, avec une précision qu'une mesure individuelle ne permettrait pas.

L'ensemble de ces suites va fournir le premier élément de la représentation cherchée. Dans l'exemple de la transfor-

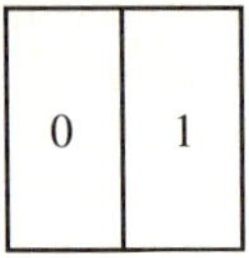

Figure 4

mation du boulanger, on peut utiliser la partition donnée sur la figure 4 ; c'est elle qui produit l'association avec le jeu de pile ou face. Reprenons les suites que l'on associe à chaque point de l'espace. A la place 0, se trouve donc le numéro de la cellule que le point visite au temps 0 ; à la place 1 correspond l'endroit où il se trouvera au temps suivant, et à la place – 1 celui auquel il était un temps auparavant. Le décalage sur la suite, dynamique propre à l'espace des suites, est donc bien en correspondance avec la transformation sur l'espace dans lequel notre point évolue. C'est le second ingrédient de notre représentation.

Pour l'instant, rien ne nous dit que toutes les suites possibles correspondent effectivement à l'histoire d'un point de l'espace d'origine. Nous ne savons pas plus si ce mode de représentation en caractérise les points : il se peut qu'à des points distincts corresponde la même histoire. Le problème important consiste donc à déterminer si l'ensemble des suites muni du décalage donne une partie substantielle, ou éventuellement la totalité, de l'information sur la dynamique d'origine.

En fait, toutes les partitions de l'espace ne présentent pas le même intérêt. On se concentre sur celles que l'on appelle « génératrices » parce qu'elles ont la propriété, justement, de donner de deux points distincts des images distinctes, à savoir des histoires distinctes. On peut penser à une observation physique qui serait assez judicieuse et précise pour permettre de remonter à toute l'information possible concernant un système, à partir de mesures imprécises se déroulant sur un temps très long (en fait infini).

Savoir déterminer s'il existe, pour un système dynamique, des partitions génératrices apparaît donc comme un enjeu important. En fait, un invariant auquel mènent les partitions permet d'apporter une réponse. Considérons en effet une telle partition et les suites auxquelles elle donne naissance pour une dynamique donnée. Sur chaque suite possible, on prélève une sous-suite, celle des numéros des cellules dans lesquelles le système se trouve entre les instants 0 et n. Demandons-nous maintenant combien de telles sous-suites distinctes on peut obtenir. Il est remarquable que pour un temps assez long (n est alors grand), on ne trouve pas là toutes les sous-suites. Au contraire, seul un certain nombre d'entre elles se présentent de manière prépondérante[7]: on en évalue le nombre, en fonction de la longueur du temps n pendant lequel on les considère. Or, il se trouve que l'on peut écrire cette grandeur sous la forme 2^{nh} pour un certain nombre h indépendant de n. De plus, chacune de celles-ci a à peu près la même probabilité d'occurrence : 2^{-nh} et toutes les autres sous-suites ont une probabilité quasiment nulle d'être obtenues. Le nombre h qui apparaît ici est ce que l'on appelle l'*entropie* du système. Il fournit un moyen d'évaluation du nombre de trajectoires distinctes possibles entre les cellules de notre partition[8].

Ce nombre est un invariant de la dynamique. Deux systèmes isomorphes doivent avoir la même entropie. Et c'est un moyen de démontrer que deux systèmes sont irréductiblement différents que de montrer que leur entropie diffère. C'est d'ailleurs à cette fin que Kolmogorov importa, en 1958, ce concept de la théorie de l'information en théorie ergodique : il lui permit de montrer que des systèmes de Bernoulli différents peuvent ne pas être isomorphes. En 1970, il apparut que l'entropie présentait un intérêt encore plus central pour ces systèmes puisque Ornstein établit que deux systèmes de Bernoulli sont isomorphes dès que leur entropie est la même. Cet invariant fournit donc la description exacte de toutes les classes de systèmes de Bernoulli différents[9].

Mais, de manière plus générale, l'entropie permet d'établir l'existence de partitions génératrices. Un théorème publié par Krieger en 1969 montre qu'il suffit pour cela que l'entropie soit finie et que les points périodiques d'un système soient négligeables. On dispose alors d'une partition qui donne naissance à des suites et à un décalage, lesquels fournissent une bonne représentation de la dynamique que l'on analyse. Comme les systèmes mécaniques sont d'entropie finie, ils

7. Si toutes les suites de p cellules étaient obtenues, il y en aurait p^n.

8. On peut en fait l'introduire autrement et démontrer alors la propriété par laquelle nous l'avons introduite : c'est le théorème de Shannon-Breiman-MacMillan.

9. L'entropie d'un système de Bernoulli évoluant sur un nombre e d'états, présentant chacun une probabilité d'occurrence p_i, est égale à

$$-\sum_{i=1}^{e} p_i \log p_i \,.$$

On voit apparaître là la relation avec l'entropie de Boltzmann.

possèdent une partition génératrice dès que leurs points périodiques sont négligeables. C'est *a priori* encourageant. Toutefois, les partitions que l'on obtient sont parfois assez difficiles à manipuler, et ne constituent donc pas toujours la meilleure voie d'accès à la dynamique.

L'approche qui associe, à tout système, des suites de numéros de cellules a amené, ces dernières années, à de nouveaux développements : on considère les mots finis apparaissant dans ces suites comme des éléments d'un langage formel, écrits par le système, et l'on veut décrire la grammaire de ce langage. En particulier, on essaie d'établir une relation entre les grammaires des langages associés à un système et la dynamique de celui-ci. De telles considérations pourraient, par exemple, trouver une utilisation dans l'étude du génome humain, qui peut être considéré comme une collection de suites finies mais extrêmement longues, et ne prenant que quatre valeurs.

Un début de classification : systèmes de Bernoulli, K-systèmes

La notion d'entropie nous permet d'introduire une classification des systèmes, en fonction de la prédictibilité de leurs observables. La première distinction qu'on peut faire oppose les systèmes à entropie nulle, pour lesquels toutes les observations sont prédictibles en fonction du passé, à ceux d'entropie strictement positive. Pour ces derniers, il est établi qu'une partie au moins du futur n'est pas prédictible. C'est à de telles situations qu'on a pu associer le nom de chaos.

En fait, dès qu'un système a une entropie positive, il est possible de trouver des observations pour lesquelles le système se comporte exactement comme un système de Bernoulli. On peut alors distinguer deux cas. Soit seules certaines observations ne sont pas prédictibles, soit aucune observation n'est prédictible. Dans ce dernier cas, le futur lointain est totalement indépendant du passé. L'on désigne ces systèmes du nom de « systèmes de Kolmogorov » ou K-systèmes. Les systèmes de Bernoulli en font partie, sans remplir cette classe qui contient d'autres types de systèmes. Ces transformations de Bernoulli, qu'illustre notre exemple de jets de pièce, constituent le cas extrême de système désordonné, en ce sens que toutes les observations faites sur une telle dynamique présentent le même caractère. Ceci n'est pas fait pour nous surprendre car ces systèmes modélisent des situations comme celle du jet de dés, figure emblématique de l'aléatoire (voir figure 5, d'après l'article d'Ornstein-Weiss[10]).

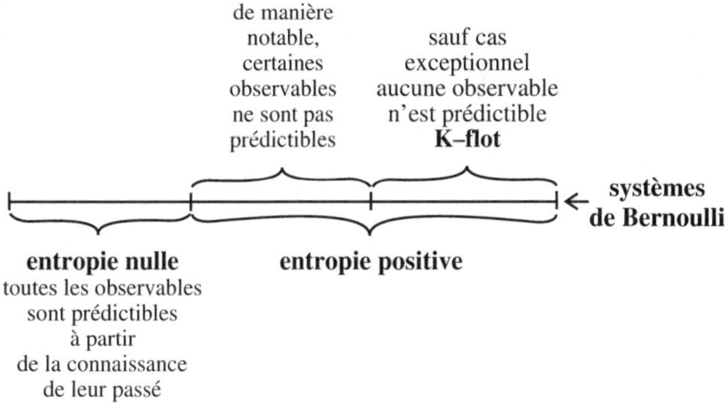

Figure 5

Cependant, désordre n'est pas antinomique de structure : un certain nombre de systèmes classiques se sont révélés être isomorphes aux systèmes de Bernoulli. Nous avons vu que ceux-ci représentaient un des rares ensembles totalement classés de systèmes.

Transformations et flots

Jusqu'à présent, nous n'avons étudié que des transformations ; elles correspondent à des dynamiques que nous regardons sur un temps discret. On peut aussi, c'est souvent plus

10. D. S. Ornstein et B. Weiss, « Statistical properties of chaotic systems », *Bulletin of the American Mathematical Society*, 24, 1991, p. 11-116.

naturel en physique, étudier des systèmes à temps continu. Au lieu de se donner une seule transformation, que l'on itère, on se donne alors une famille de transformations de l'espace, appelée « flot » et indexée par le temps. Une telle famille doit vérifier une propriété, intuitivement évidente : composer la transformation correspondant à un écoulement de temps t avec celle correspondant au temps s revient à appliquer la transformation associée au temps $t + s$.

Souvent la transformation liée au temps 1 permet une première approche du système, grâce aux développements précédemment évoqués. Il s'avère que, pour le temps continu, le problème de la classification est différent, parfois plus simple. Par exemple, il n'existe qu'un seul « flot de Bernoulli », correspondant en temps continu à ce que sont les systèmes de Bernoulli en temps discret. Les systèmes qui apparaissent naturellement, souvent définis par des équations différentielles, sont en général des flots plutôt que des transformations ; on peut alors adopter une approche ergodique ou bien une approche topologique. Nous allons comparer ces deux approches dans le cas des flots géodésique et horocycliques.

Flots géodésique et horocycliques dans un espace non-euclidien

Certains espaces non-euclidiens offrent un cadre dans lequel les trajectoires des points abandonnés à eux-mêmes que considère la mécanique, ou « géodésiques », présentent des propriétés intéressantes d'un point de vue dynamique. Ce n'est pas le cas de la sphère, sur laquelle les points livrés à eux-mêmes suivent des trajectoires périodiques, le long des grands cercles. Il s'agit en fait des surfaces dites « à courbure négative » : cette dénomination renvoie au fait que si l'on essaie d'appliquer un petit disque au voisinage d'un point sur la surface, il est nécessaire, si l'on souhaite que l'application se fasse exactement, de le découper le long d'un de ses rayons pour que les lèvres de la fente puissent s'écarter. La surface du pavillon d'un cor en offre un exemple.

Comme des surfaces, sans bord et de taille finie, où les voisinages de tous les points ont cette allure, ne sont pas représentables dans l'espace tridimensionnel usuel (essayez de voir comment on pourrait prolonger un pavillon de cor du côté de l'évasement !), on en fabrique des modèles. Ainsi l'espace à deux dimensions ayant la propriété que, par un point extérieur à une droite donnée, il passe une infinité de parallèles à cette droite peut être figuré par ce qu'on appelle le demi-plan de Poincaré. C'est sur la feuille de papier le demi-plan supérieur, privé de l'axe horizontal. On peut y faire de la géométrie en prenant comme droites, non pas les droites usuelles, mais des droites conventionnelles qui sont les demi-cercles supérieurs, centrés sur l'axe horizontal et les demi-droites verticales (voir figure 6). De même que le cadre de la géométrie euclidienne conduit à définir la distance usuelle entre deux points, par le théorème de Pythagore par exemple, de même, dans ce contexte, on est amené à définir une distance, dite distance hyperbolique. Nous n'en donnerons pas ici la formule, relativement complexe ; signalons simplement que des segments de longueurs euclidiennes identiques ont des longueurs hyperboliques qui deviennent de plus en plus grandes – et tendent même vers l'infini – au fur et à mesure que ces segments s'approchent de l'axe horizontal (voir figure 7, où l'on a représenté plusieurs segments de même longueur hyperbolique). Le rapport entre la distance hyperbolique et la distance usuelle tend vers l'infini quand on s'approche de l'axe horizontal. Contrairement aux apparences, cet espace n'a pas de bord, puisqu'on ne peut jamais arriver à l'axe horizontal dans la mesure où la distance y devient infinie : cet axe joue le rôle d'un horizon.

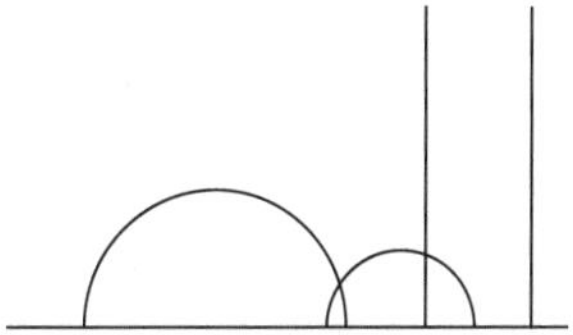

Figure 6

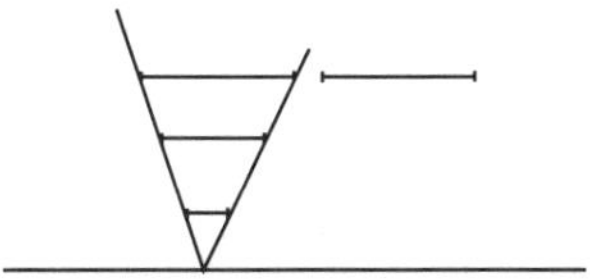

Figure 7

De même que dans l'espace euclidien la droite est le plus court chemin entre deux points, de même, pour cette distance,

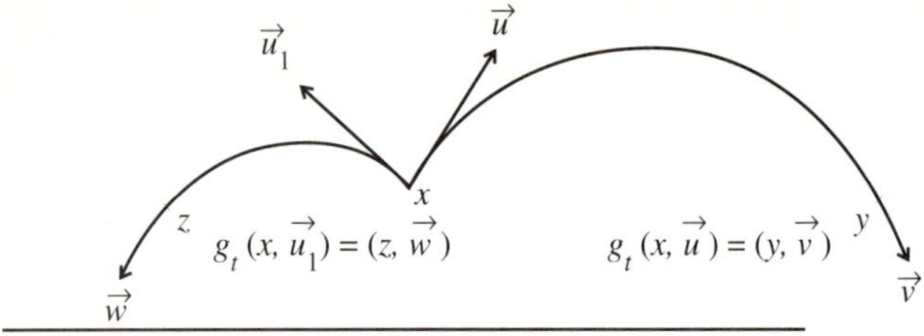

Figure 8

le plus court chemin entre deux points est réalisé par les droites définies ci-dessus. On les appellera pour cette raison *géodésiques*. Dans cette géométrie, une particule livrée à elle-même avec une vitesse initiale d'intensité 1 suivra une géodésique. On définit ainsi le *flot géodésique* g_t (voir figure 8) : pour un point et une direction en ce point donnés, on considère la demi-géodésique déterminée par cette direction, on la suit sur la distance t et l'on considère le point auquel on arrive ainsi que la direction tangente à la géodésique en ce point. Ce déplacement représente l'action de l'opération g_t.

Insistons sur le fait que le flot n'est pas défini sur le plan hyperbolique lui-même mais sur ce qu'on appelle le fibré unitaire tangent, à savoir l'ensemble des directions en chaque point sur le plan hyperbolique : les points de cet espace sont constitués d'un point x et d'une direction u en ce point. Cet espace est de dimension 3. Désormais nous réserverons le mot espace pour cet ensemble et le mot plan pour le plan hyperbolique. Comme tout système de la mécanique classique, ce flot préserve une mesure – appelée mesure de Liouville, qui est ici simplement donnée par le produit de l'aire hyperbolique sur le plan et de la mesure des angles.

Soit (x, u) un point de notre espace. Pour étudier l'orbite de (x, u) par le flot, il est intéressant de connaître les points dont l'orbite se rapproche de celle de (x, u). Ces points se trouvent à l'aide de considérations géométriques élémentaires. Soit Z le point de l'axe horizontal vers lequel la géodésique tend, c'est donc le point limite de cette géodésique – notons qu'il n'appartient pas au demi-plan de Poincaré. L'ensemble des géodésiques qui tendent vers ce point forme un faisceau de cercles (voir figure 9) et par un raisonnement classique on établit que les courbes perpendiculaires en tous points à ces cercles forment encore un faisceau de cercles, tangents cette fois à l'axe horizontal (voir figure 9). Ces cercles sont appelés des *horocycles*. On peut de la même manière leur associer un flot, dit horocyclique, dont la transformation associée au temps t consiste à se déplacer d'une distance t le long d'un horocycle.

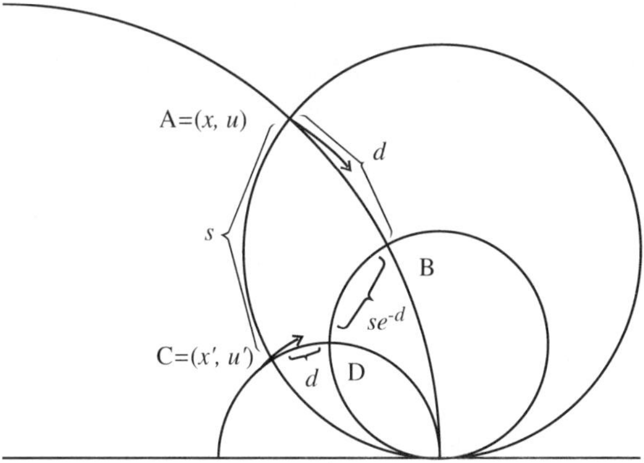

Figure 9

Dynamique hyperbolique

Considérons deux géodésiques et deux horocycles dans ces faisceaux (voir figure 9). La longueur hyperbolique d des deux segments de géodésiques joignant les horocycles, AB et CD, est la même. Et si la longueur du premier segment d'horocycle AC est s, la longueur du deuxième BD est se^{-d} (il faut prendre garde au fait que ces longueurs de segments ne sont pas les distances entre les points, car les horocycles ne sont pas des géodésiques). Les points A et C se rapprochent donc exponentiellement vite sous l'effet du flot géodésique qui les emmène respectivement en B et D. C'est cette propriété qui est à la base de l'étude du flot géodésique.

Nous avons là un exemple, peut-être le plus classique, de variété stable[11]. La variété stable de (x, u) est constituée par le morceau d'horocycle perpendiculaire en (x, u) à la géodésique, puisque le flot géodésique rapproche très vite deux de ses points. Il s'agit en fait ici, plus précisément, de l'horocycle positif, car il existe aussi un horocycle négatif, qu'il faut prendre en considération pour l'étude de notre dynamique : on aurait pu faire le même raisonnement avec l'origine Z' de la géodésique donnée, et l'on aurait alors obtenu l'horocycle négatif, qui constitue, lui, la variété instable : les points se rapprochent exponentiellement vite dans le passé. Ainsi, alors qu'il existe un seul flot géodésique, il y a deux flots horocycliques, l'un positif, l'autre négatif, associés aux variétés stables et instables.

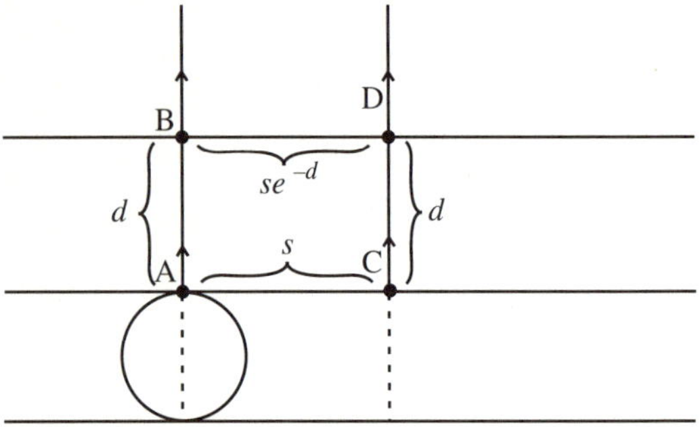

Figure 10

Considérons cette situation dans un cas particulier : celui où la géodésique initiale est une droite verticale orientée vers le haut. Le faisceau de cercles géodésiques de même point limite est alors remplacé par des droites verticales, tandis que les horocycles positifs sont des droites horizontales – l'égalité des longueurs de segments de géodésiques AB et CD est alors évidente, puisque la distance hyperbolique est invariante par translation horizontale (voir figure 10). L'horocycle négatif du

11. Cf. l'article de J.-C. Yoccoz dans ce livre.

point considéré est le cercle tangent au point de base de la géodésique.

En chaque point de l'espace, nous voyons se distinguer trois directions : celle du flot, celle de la variété stable et celle de la variété instable. Chaque point présente une dynamique hyperbolique, c'est ce que l'on appelle un *flot d'Anosov*.

Relation entre les approches ergodique et topologique

D'un point de vue dynamique, le système précédent manque d'intérêt puisque tous les points tendent vers l'infini et qu'il n'y a donc pas de récurrence. C'est pour en introduire que l'on recourt à l'idée de replier notre plan – donc notre espace – sur lui-même. Cet enroulement revient à identifier des points les uns aux autres. Comme on veut préserver localement les rapports de longueur, il faut effectuer cette identification en prenant une fonction f adéquate et en identifiant x et $f(x)$. Telle est bien la manière dont nous engendrons le cercle à partir de la droite : en identifiant x et $x + 1$. Pour ce faire, f doit être une isométrie, et l'on connaît la liste complète des isométries dans le demi-plan de Poincaré. Si l'on représente chacun de ses points par le complexe $z = x + iy$, avec $y > 0$, une telle isométrie est toujours de la forme $f(z) = (az + b)/(cz + d)$ (où a, b, c, d sont des nombres réels tels que $ad - bc$ soit non nul). On peut, selon les repliements utilisés, trouver des tores différents, présentant g trous et auxquels il manque p points ($2g + p$ doit être supérieur ou égal à 3) (voir figure 11).

Que deviennent les flots géodésique et horocycliques sur la surface ainsi repliée ? On la suppose assez repliée pour que son aire soit finie. La notion de distance est préservée sur ce nouvel espace et la notion de géodésique, en particulier, y garde un sens. En fait, les nouvelles géodésiques s'obtiennent par le simple pli des géodésiques d'origine suivant l'opération qui transforme le demi-plan de Poincaré en notre nouvel espace. Ainsi, les flots géodésique et horocycliques sont toujours définis et les notions de variété stables et instables restent perti-

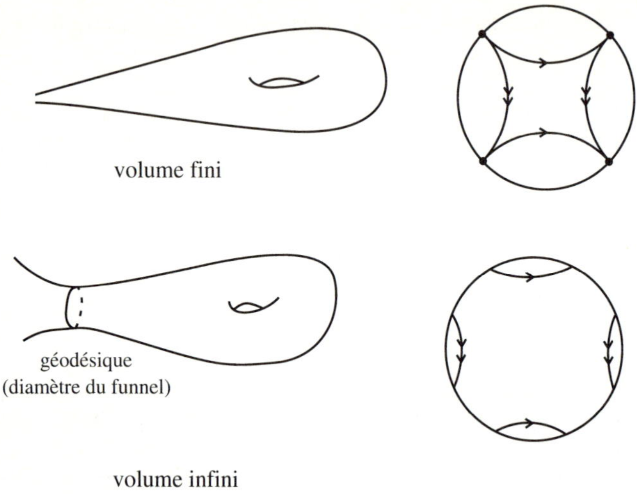

Figure 11

nentes pour décrire leur dynamique. Mais on a acquis une propriété supplémentaire : le flot géodésique préserve une mesure finie. Ce fait va s'avérer important car on peut appliquer alors le théorème ergodique de Birkhoff et en déduire l'ergodicité du nouveau flot.

En effet, prenons une fonction régulière sur la surface – on peut penser à une observation physique sur le système. La moyenne des valeurs de la fonction sur le futur d'un point (x, u) est définie pour presque tout (x, u). Le théorème ergodique nous dit qu'elle est constante sur l'orbite de ce point. Mais par ailleurs, si l'on considère un point (y, v) appartenant à la même variété stable que (x, u), comme l'orbite de (y, v) se rapproche exponentiellement vite de l'orbite de (x, u), la moyenne sur le futur de (y, v) donnera la même valeur (au bout d'un temps assez bref, une mesure physique ne pourra plus faire la différence entre les deux orbites). Tout ce raisonnement peut être reproduit non pas avec le futur mais avec le passé de (x, u), en utilisant cette fois-ci la variété instable. Or le théorème ergodique, dans sa version générale [12], nous assure que ces moyennes prises sur le futur ou sur le passé sont presque partout égales : la valeur est la même pour les variétés stables et instables. Comme on peut toujours passer d'un point à un autre en circulant sur des variétés stables et instables (voir figure 9), on en déduit que ces moyennes ont presque partout la même valeur, c'est-à-dire que le flot géodésique est ergodique [13].

Par ce raisonnement, on a quitté l'approche topologique de notre situation initiale pour adopter une approche plus strictement ergodique. Mais la structure trouvée par la topologie est mise à profit pour établir les résultats relatifs à la mesure. Ce cas est typique. Des arguments analogues permettent de montrer que ce flot satisfait en fait à des propriétés beaucoup plus fortes. D'une part, son entropie est strictement positive. Ce fait renvoie à la divergence exponentiellement rapide des trajectoires et montre qu'on ne peut pas déterminer complètement le futur à partir du passé. Mais il y a plus : la connaissance du passé ne permet pas de déterminer quoi que ce soit du futur lointain (c'est ce que nous avons appelé un K-système). On peut même montrer que ce système est un flot de Bernoulli : il existe une partition de l'espace telle que l'observation d'une trajectoire à intervalles réguliers corresponde à un jet de dés au hasard. (Un physicien qui serait en face de deux écrans, l'un affichant des chiffres au hasard, l'autre indiquant toutes les secondes dans quel ensemble de la partition se trouve la particule observée, n'aurait aucun moyen de reconnaître celui des deux écrans qui correspond au système physique.)

Trois commentaires s'imposent : si nous savons qu'existe une partition sur laquelle notre système soit l'égal d'un jeu de dés, nous sommes cependant dans l'incapacité de l'exhiber. C'est un résultat caractéristique de ceux que l'on obtient en théorie ergodique, par opposition à ceux que fournit l'approche topologique. Par ailleurs, la dynamique que nous étudions provient naturellement de l'étude des systèmes physiques : certes elle est déterministe, mais elle est isomorphe au

12. Cf. page 52.

13. Ce raisonnement serait parfaitement rigoureux si les moyennes étaient partout définies et partout égales ; mais le théorème ergodique oublie toujours un ensemble de probabilité nulle, ce qui oblige à une petite gymnastique pour achever la preuve.

système le moins déterministe qui soit. Enfin, puisque ce système est l'équivalent d'un flot de Bernoulli et que tous ces flots (en temps continu) sont les mêmes à un changement de temps près, l'approche ergodique nous fait perdre toute information sur la géométrie de la surface sur laquelle le flot est considéré : des flots géodésiques sur un tore à 2 trous ou sur un tore à 18 trous sont indistinguables d'un point de vue mesurable.

Une telle situation n'est cependant pas générale, c'est ce que nous montre l'étude du flot horocyclique. En effet, si celui-ci est aussi ergodique, il est en revanche d'entropie nulle – cela découle directement de la relation avec le flot géodésique. On peut même montrer que la structure du flot horocyclique, vue du point de vue de la théorie de la mesure, contient toute l'information sur la géométrie de la surface sur laquelle il se déploie. Deux flots horocycliques sont semblables si et seulement s'ils proviennent de deux surfaces isométriques.

Dans le premier cas, celui du flot géodésique, l'approche par la théorie de la mesure a perdu toute information sur la géométrie, dans le second cas, elle l'a au contraire entièrement conservée.

La classification des systèmes dynamiques a bien avancé depuis Birkhoff, avec en particulier la preuve de l'existence d'un summum du désordre, à savoir les systèmes de Bernoulli. Cependant, plusieurs approches possibles cohabitent en vue de cette classification et leurs rapports s'avèrent complexes : il n'y en a pas une qui s'impose naturellement ; elles peuvent, suivant les situations, fournir des résultats identiques ou indépendants. Il est d'ailleurs fréquent qu'un résultat obtenu par l'une de ces approches utilise des méthodes fournies par une autre. Ces points de vue sont donc non pas contradictoires mais complémentaires.

Bibliographie sélective

I. P. Cornfeld, S. V. Fomin, Y. G. Sinaï, *Ergodic Theory*, Springer, 1982.

P. R. Halmos, *Lectures on Ergodic Theory*, New York, Chelsea, 1956.

A. Lo Bello, « On the origin and history of ergodic theory », *Bolletino di Storia delle Scienze Matematiche*, III, 1983, p. 37-75.

G. Mackey, « Ergodic theory and its significance for statistical mechanics and probability theory », *Advances in Mathematics*, 12, 1974, p. 178-268.

M. Ratner, « Ergodic theory in hyperbolic space », *Contemporary Math.*, 26, 1984, p. 309-334.

4. L'aléatoire du non-aléatoire

Yakov G. Sinaï
*traduit du russe par S. Diner**

La théorie classique des probabilités étudie les événements et les processus aléatoires auxquels sont attribuées dès le départ des probabilités correspondantes. L'exemple le plus répandu de tels phénomènes est celui du jeu de pile ou face, où les probabilités de voir tomber la pièce de monnaie sur l'une ou l'autre face sont déclarées identiques et égales à un demi. Des schémas probabilistes un peu plus complexes apparaissent lorsque l'on considère le battage de cartes, le jeu de roulette, le tirage de la loterie, etc.

Les lois de la théorie des probabilités apparaissent dans de longues séries de jeux ou d'épreuves et consistent en ce que les fréquences d'apparition de telle ou telle combinaison de chiffres, de cartes, de possibilités cessent d'osciller lorsque la longueur de la série augmente et aboutissent à une valeur limite déterminée. Plus la série est longue, plus les oscillations des moyennes deviennent faibles. Pour les jeux les plus simples, une série de 1 000 coups est déjà sans doute très longue. En thermodynamique, où les lois fondamentales ont une origine statistique, nous rencontrons des ensembles de 10^{20} molécules, et les grandeurs telles que la pression, la densité, etc. s'expriment comme des moyennes sur des séries de 10^{20} molécules. Les oscillations des moyennes sont alors si faibles que nous les ignorons complètement et utilisons les moyennes comme des grandeurs totalement définies.

* Article paru en russe dans *Priroda* (La Nature), 3, 1981, p. 72. La traduction française de Simon Diner a été initialement publiée dans les *Annales de la Fondation Louis de Broglie*, vol. 10, 4, 1985.

On souligne habituellement que les phénomènes aléatoires possèdent deux propriétés caractéristiques : la possibilité de principe de répéter indéfiniment les épreuves, par exemple le lancer de la pièce de monnaie, le tirage de la loterie, etc., et l'indépendance mutuelle des résultats de chaque épreuve.

Lors de la résolution de problèmes pratiques, l'hypothèse concernant l'existence de probabilités définies *a priori* n'est pas du tout aussi anodine qu'elle peut paraître à première vue. Elle suppose l'existence d'un quelconque mécanisme « aléatoire » du type disque de roulette, loterie, etc., dont l'action définit les valeurs des probabilités. La nature de ce mécanisme, les caractéristiques de son action ne sont en fait jamais discutées et les valeurs des probabilités sont définies à partir de l'analyse statistique des données.

On peut cependant indiquer de nombreux exemples où il n'existe aucun mécanisme aléatoire visible, et où l'applicabilité des lois de la théorie des probabilités ne fait aucun doute. L'un des exemples le plus important est la turbulence. Le mouvement des liquides ou des gaz obéit à des équations déterministes, les équations de Navier-Stokes, d'aspect relativement simple. Mais lorsque se produit la turbulence, le mouvement est si complexe que la notion de trajectoire individuelle perd son sens et que la seule description possible se fait en termes de caractéristiques moyennes.

Dans de nombreux problèmes de la physique des plasmas, de l'optique non linéaire et de la théorie des vibrations, dans les problèmes de prévision météorologique, dans différents problèmes d'écologie, etc., nous rencontrons des phénomènes où les déductions de la théorie des probabilités sur la stabilité du comportement des valeurs moyennes, sur les relations entre ces valeurs moyennes et d'autres lois statistiques plus fortes, fonctionnent avec une précision étonnante.

Il existe un domaine des mathématiques, la théorie ergodique, dont le problème fondamental est l'analyse des causes engendrant l'apparition de lois statistiques dans les systèmes dynamiques. Soulignons que l'évolution de ces systèmes dynamiques est définie par des équations du mouvement déterministes, c'est-à-dire des équations qui ne contiennent aucun terme aléatoire. Il apparaît alors deux problèmes fondamentaux discutés ci-après.

Premièrement, dans quelles conditions et de quelle manière une dynamique déterministe mène à l'apparition des lois statistiques de la théorie classique des probabilités ? Deuxièmement, pourquoi les lois statistiques sont-elles stables, c'est-à-dire ne sont pas détruites par l'action de faibles bruits, de fluctuations, etc. ? On a longtemps considéré que l'apparition de lois statistiques dans les systèmes dynamiques était inévitablement liée à l'augmentation du nombre de degrés de liberté, permettant d'effectuer des moyennes selon ces degrés. Il est maintenant clair qu'une telle exigence n'est pas nécessaire. Il existe d'importantes classes de systèmes dynamiques à faible nombre de degrés de liberté, avec même seulement deux degrés, pour lesquels une dynamique strictement déterministe conduit à l'apparition de lois statistiques.

Au cours des deux dernières décennies, on a développé une théorie montrant que les lois statistiques se manifestent dans les systèmes dont la dynamique a un caractère instable. H. Poincaré doit, semble-t-il, être considéré comme le père de l'idée du lien entre l'instabilité et la statistique.

On peut trouver des affirmations voisines dans les travaux de J. Hadamard, G. Birkhoff, M. Born, E. Hopf et d'autres encore. Cette idée a été exprimée avec netteté par le physicien soviétique N. S. Krylov dans son ouvrage *Travaux sur les fondements de la physique statistique*[1] publié dès 1950.

Ce livre est souvent cité de nos jours dans les travaux des mathématiciens, des physiciens et des philosophes. Les éditions de l'université de Princeton ont récemment publié une traduction anglaise[2] de ce livre.

La compréhension contemporaine du lien entre l'instabilité et la statistique a pris naissance après l'introduction d'idées et de méthodes provenant de la théorie de l'information. Un rôle d'importance essentielle a été joué là par le travail de A. N. Kolmogorov en 1958, dans lequel un lien avec la théorie de l'information a été découvert pour la première fois. C'est

1. N. S. Krylov, *Travaux sur les fondements de la physique statistique*, Moscou, Éditions de l'Académie des sciences de l'URSS, 1950, 208 pages (en russe).

2. N. S. Krylov, *Works on the Foundations of Statistical Physics*, Princeton University Press, « Princeton Series in Physics », 1979, 283 pages.

à partir de ce travail qu'a commencé le développement impétueux de la théorie que nous allons décrire[3].

On peut se donner une certaine représentation de l'instabilité du mouvement à partir du récit de R. Bradbury : « A sound of thunder ». On y raconte comment, au XXIe siècle, les hommes ont appris à voyager dans le passé. La seule exigence imposée aux voyageurs consistait en ce qu'ils ne devaient pas sortir d'un chemin particulier, construit en quelque sorte dans une autre dimension et n'ayant pas d'influence sur l'évolution de notre univers. Il arriva qu'un groupe de jeunes gens partit à la chasse aux dinosaures. Ayant par mégarde glissé hors du chemin, l'un des chasseurs écrasa un papillon. A leur retour à la maison, les voyageurs effrayés virent qu'un nouveau président avait été élu dans leur pays, que l'on avait adopté une nouvelle orthographe et que bien d'autres changements s'étaient produits.

Cet exemple est typique des mouvements instables. Leur propriété fondamentale consiste en ce qu'une petite variation des données initiales induit des différences croissantes entre les trajectoires du mouvement. Dans le cas d'une instabilité totale, cette différence croît exponentiellement avec le temps. On peut démontrer que dans des conditions normales (absence de singularités dans les équations du mouvement), une croissance plus rapide est impossible. Les systèmes à instabilité totale présenteront pour nous un intérêt fondamental.

Malheureusement, nous ne pouvons pas actuellement déterminer, pour un système dynamique donné concrètement, si son mouvement sera instable. Nous ne savons pour le moment étudier que certaines classes distinctes de systèmes dynamiques. Ce n'est déjà pas si mal, puisqu'il se trouve parmi elles de nombreux exemples importants du point de vue des applications. De plus, ceci donne une base pour des représentations générales. Nous allons décrire trois exemples concrets de systèmes dynamiques instables et éclaircir la signification de cette instabilité.

3. A. N. Kolmogorov, *Doklady Akad. Naouk SSSR*, t. 119, 5, 1958 p. 861.

Exemples de systèmes instables

Le gaz de Lorentz

Supposons que, sur un plan illimité, se trouve placé arbitrairement, mais en moyenne uniformément, un nombre infini de circonférences de même rayon. Nous les nommerons diffuseurs. Considérons le mouvement d'un point matériel se déplaçant à vitesse constante entre les diffuseurs. Lorsque le point atteint un des diffuseurs, il se réfléchit selon la loi d'égalité de l'angle d'incidence et de l'angle de réflexion. Un tel système dynamique est appelé gaz de Lorentz, plus précisément gaz de Lorentz bidimensionnel. Proposé par H. A. Lorentz au début du XXe siècle comme modèle pour la conductivité des métaux, ce système se présente jusqu'à aujourd'hui comme un des modèles fondamentaux de la mécanique statistique de non équilibre[4].

Le gaz de Lorentz bidimensionnel est l'un des exemples de systèmes dynamiques les plus instables. Pour s'en convaincre, considérons un faisceau de trajectoires issues d'un point quelconque q_0 dans des directions différentes. L'angle d'ouverture du faisceau, à savoir l'angle entre les directions extrêmes, est un petit angle α_0. Lors des réflexions successives sur les diffuseurs, chaque trajectoire modifie sa direction et l'angle entre les directions extrêmes se modifie (voir figure 1).

On peut caractériser l'instabilité par le temps nécessaire pour que l'angle α_0 atteigne une grandeur de l'ordre de 1 radian. Autrement dit, au cours de cette durée, « on perd la mémoire » de ce qu'à l'instant initial l'angle α_0 était petit et toutes les directions voisines les unes des autres. Plus ce temps est petit, plus le mouvement est instable.

Il se trouve que, dans le gaz de Lorentz, ce temps croît avec la diminution de α_0 proportionnellement à l'une des fonctions les plus lentes : Ln $(1/\alpha_0)$. La croissance logarithmique est une

4. H. A. Lorentz, *Proc. Amsterdam Academy*, v. 437, 7, 1905, p. 585.

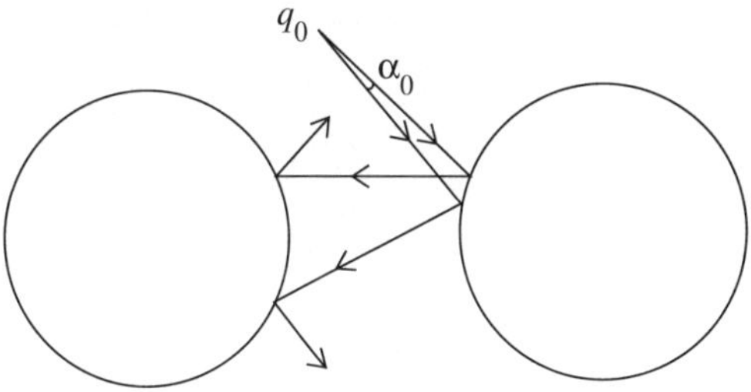

Figure 1. « Perte de mémoire » dans les systèmes instables. Les trajectoires issues d'un même point q_0 dans des directions voisines (angle α_0) divergent très rapidement et leurs directions deviennent différentes. Ceci montre comment se produit la perte de mémoire des conditions initiales dans les systèmes dynamiques.

manifestation du caractère diffusif de la réflexion sur les diffuseurs circulaires. On peut remplacer les circonférences par n'importe quelle courbe convexe à courbure strictement positive : la proportionnalité à Ln $(1/\alpha_0)$ se conserve. Mais si au lieu de circonférences on prend des polygones, dont la courbure des frontières est nulle, Ln $(1/\alpha_0)$ se change en $1/\alpha_0$ et l'on obtient un système beaucoup plus stable.

Des considérations relativement élémentaires permettent de se convaincre de l'instabilité d'un système de deux ou trois boules en collisions élastiques dans un récipient à faces planes. Il existe d'autres exemples, à caractère plus mathématique, de systèmes dynamiques instables. C'est, par exemple, le cas du mouvement inertiel d'un point matériel dans un espace à courbure négative. Ce système dynamique est un cas particulier des systèmes d'Anosov, d'après le mathématicien soviétique D. V. Anosov qui a apporté une contribution importante à l'étude des propriétés topologiques des systèmes dynamiques instables.

Sur l'exemple du gaz de Lorentz, on peut déjà pressentir comment l'instabilité est liée à la statistique. Considérons une suite de 0 et de 1, obtenue par dix lancers successifs d'une pièce de monnaie : 1,0,1,0,0,1,0,1,1,0. Nous écrirons 1 si la pièce tombe sur pile et 0 sur face.

Considérons maintenant un gaz de Lorentz bidimensionnel

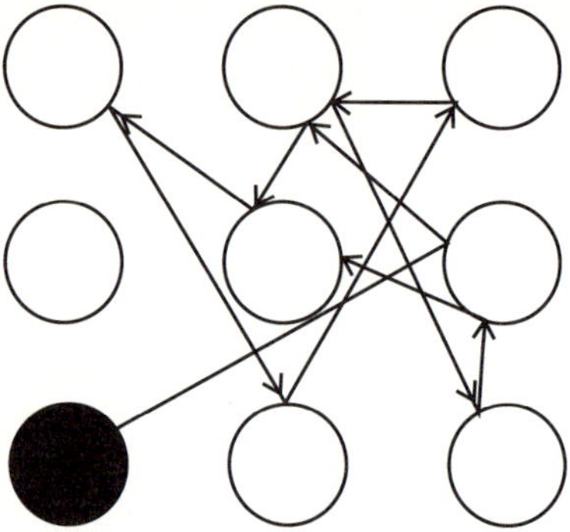

Figure 2. Trajectoire d'un point dans le gaz de Lorentz, reproduisant après dix réflexions la suite « aléatoire » 1,0,1,0,0,1,0,1,1,0 (le début de la trajectoire est sur le diffuseur noir). Pour la trajectoire d'un point du gaz de Lorentz, nous écrivons 1 si la réflexion a lieu sur la demi-moitié gauche du cercle, et 0 sur la demi-moitié droite.

avec une configuration périodique des diffuseurs[5], et écrivons 1 lorsque la réflexion s'effectue sur la moitié gauche de la circonférence et 0 sur la moitié droite. On peut trouver une trajectoire engendrant lors de dix réflexions la même suite de 0 et de 1 que la pièce de monnaie (voir figure 2).

On peut bien sûr objecter que cet exemple est choisi de façon *ad hoc*. Ce n'est pas le cas. Si l'on enregistre les réflexions non pas consécutivement, mais après un certain nombre de réflexions, on pourra pour une suite « aléatoire » de 0 et 1 de longueur quelconque trouver une trajectoire reproduisant cette suite.

Le modèle de Lorenz

Dans de nombreux travaux récemment publiés, on rencontre le terme « attracteur étrange ». Ces attracteurs étranges se

5. On appelle périodique une configuration de diffuseurs dont les centres forment un réseau cristallin régulier. Le gaz de Lorentz avec une configuration périodique des diffuseurs est fondamentalement plus simple pour l'analyse mathématique que le gaz de Lorentz avec une configuration arbitraire.

manifestent dans de nombreux problèmes de la physique, de l'hydrodynamique, de la biologie, de la chimie, etc. Le journal *Progrès des sciences physiques* a publié en 1978 deux grands articles de mise au point de A. S. Monin et de M. I. Rabinovich, consacrées aux « attracteurs étranges » dans les problèmes physiques [6].

L'intérêt pour les attracteurs étranges s'est largement développé au milieu des années 70. Ceci a été favorisé par des travaux mathématiques profonds concernant un domaine dénommé par la suite dynamique différentielle. Dans ces travaux, on étudiait d'une manière abstraite des systèmes dynamiques multidimensionnels dont les trajectoires se comportent de manière complexe (attracteur de Smale-Williams, attracteur de Plykin, etc.).

Par ailleurs, en 1963, le météorologue américain E. N. Lorenz [7] a publié un travail dans lequel il obtenait un système de trois équations différentielles ordinaires, nommé ultérieurement système de Lorenz, qu'il étudiait à l'aide d'un ordinateur.

Ce système se présente ainsi :

$$\frac{dx}{dt} = -\sigma x + \sigma y$$

$$\frac{dy}{dt} = -xz + rx - y$$

$$\frac{dz}{dt} = -xy - bz.$$

Outre les termes linéaires, il n'y a pas plus d'un terme quadratique dans les membres de droite. On peut considérer que c'est là le système le plus simple d'équations différentielles non linéaires. Lorenz a déduit ce système d'équations à partir du problème bien connu de la convection d'un gaz ou d'un liquide placé entre deux plaques horizontales et chauffé par le bas [8] (convection de Bénard-Rayleigh). Les paramètres σ, r, b

6. A. S. Monin, *Ousp. Fiz. Naouk*, t. 125, 1, 1978, p. 97. M. I. Rabinovich, *Ousp. Fiz. Naouk*, t. 125, 1, 1978, p. 123.
7. E. N. Lorenz, *J. Atmos Sci.*, t. 20, 1963, p. 130.
8. Sous diverses variantes, ce problème est envisagé dans l'article de A. V. Gaponov-Grekhov et M. I. Rabinovich, « La dynamique chaotique des systèmes simples », *Priroda*, 2, 1981, p. 54.

ont un sens physique direct. Ainsi, le gradient vertical de température est caractérisé par le paramètre r.

Si, dans le problème de Bénard-Rayleigh, r est inférieur à une certaine valeur critique, c'est la solution de Rayleigh qui s'avère déterminante : le gaz est immobile et la température varie linéairement d'une plaque à l'autre. Pour ces valeurs de r, la solution de Rayleigh est stable. Lorsque r croît et atteint une certaine valeur critique, la solution de Rayleigh devient instable. A sa place apparaissent des mouvements convectifs du type « rouleaux », où l'espace se divise en cellules de convection, à l'intérieur desquelles le gaz a un mouvement selon des courbes fermées. Si l'on continue à augmenter r, les « rouleaux » perdent aussi leur stabilité. Les expériences montrent alors l'apparition de mouvements complexes et irréguliers. E. N. Lorenz a observé dans son modèle de nombreux caractères du problème de départ de Bénard-Rayleigh. Ainsi, pour $r < 1$ toutes les solutions du système de Lorenz tendent vers le point (0,0,0), ce qui correspond à la stabilité de la solution de Rayleigh. Pour $r > 1$, la solution à l'origine devient instable et il apparaît de nouvelles solutions stables, correspondant à des mouvements convectifs. Il y en a deux car il n'existe que deux choix possibles du sens de rotation à l'intérieur des cellules de convection. Lorsque r continue d'augmenter, ces solutions perdent aussi leur stabilité (pour $r > 25$). Lorenz a étudié par ordinateur l'aspect des trajectoires pour $r = 28$, $\sigma = 10$ et $b = 8/3$. Il a trouvé des trajectoires passant du demi-espace $x > 0$ au demi-espace $x < 0$ d'une manière totalement irrégulière et chaotique (voir figure 3).

Plus précisément, si l'on choisit d'avance d'une manière quelconque une suite de passages d'un demi-espace à l'autre, il se trouvera toujours dans le système de Lorenz une trajectoire qui effectuera la même série de passages.

Nous rencontrons de nouveau une situation remarquée dans le cas du gaz de Lorentz : une suite « aléatoire » quelconque de sauts est reproduite par une trajectoire du système dynamique du modèle de Lorenz.

Le modèle de Lorenz fournit un exemple typique d'attracteur étrange. Pour les valeurs des paramètres qui correspondent à l'apparition de solutions « aléatoires », il se forme dans l'espace des points (x, y, z) où a lieu le mouvement, un

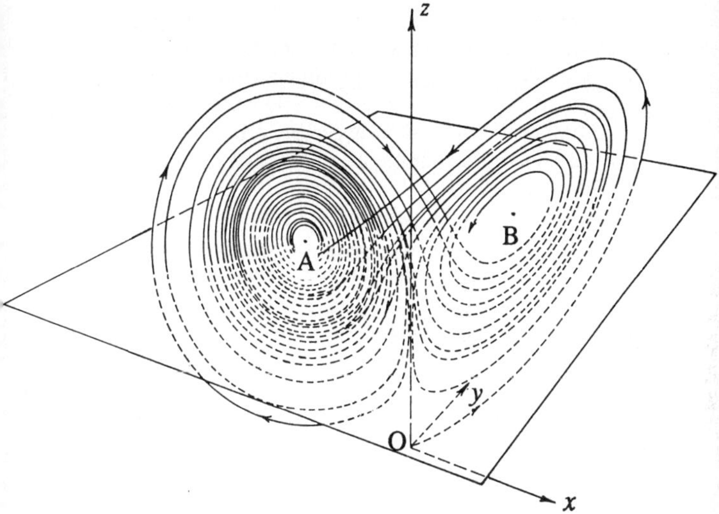

Figure 3. Trajectoire dans un système de Lorenz pour $\sigma = 10$, $r = 28$, $b = 1/3$, obtenue sur ordinateur par le mathématicien américain O. Lanford. On peut voir qu'au départ, la trajectoire effectue des tours à droite, puis quelques tours à gauche, puis de nouveau des tours à droite et ainsi de suite de manière irrégulière. Sur la figure apparaissent environ 50 tours.

ensemble qui attire toutes les trajectoires voisines. De tels ensembles sont appelés des attracteurs. La compréhension de ce qui se produit là a été améliorée par le très important travail des mathématiciens de Gorki : V. S. Afraimovich, V. V. Bykov et L. P. Shilnikov [9]. En simplifiant quelque peu, leur explication revenait à dire que sur l'attracteur lui-même le mouvement a un caractère instable. D'un point de vue topologique, l'attracteur consiste en quelque sorte en un nombre infini de feuillets bidimensionnels, comme des feuilles de papier, mais sa structure dans la direction perpendiculaire est bien plus compliquée et « lacunaire ». Il suffit de dire, par exemple,

9. V. S. Afraïmovich, V. V. Bykov, L. P. Shilnikov, *Doklady Akad. Naouk SSSR*, t. 234, 2, 1977, p. 336.

qu'entre deux feuillets quelconques, il y a des lacunes qui n'appartiennent pas à l'attracteur. C'est précisément à cause de cette structure topologique peu ordinaire que l'on a accolé à ces attracteurs l'épithète « étrange », à la suite de la définition de tels attracteurs donnée dans le célèbre article de D. Ruelle et F. Takens : « On the nature of turbulence », *Comm. Math. Phys.*, 20, 1971, 167-192.

L'instabilité dans le modèle de Lorenz n'est pas aussi importante et régulière que dans le gaz de Lorentz. Elle se manifeste en ce que si l'on modifie les données initiales selon certaines directions les trajectoires correspondantes s'écarteront exponentiellement l'une de l'autre. De plus, on constate que la divergence exponentielle des trajectoires s'observe lorsqu'on enregistre l'intersection des trajectoires avec certains plans seulement, alors que, d'un autre côté, les trajectoires peuvent se rapprocher. Il n'existe pas à l'heure actuelle de méthodes analytiques permettant de déterminer la position des attracteurs étranges et d'étudier le caractère d'instabilité du mouvement sur ces attracteurs. Toute l'information dont nous disposons a été obtenue grâce aux ordinateurs. Mais les résultats sur l'instabilité ainsi décrits sont sûrs et même, en un certain sens, mathématiquement rigoureux.

Le gaz parfait

Le troisième exemple de système instable a un caractère quelque peu dégénéré. Il s'agit du gaz parfait, c'est-à-dire d'un système de points matériels se déplaçant sans interaction dans l'espace. C'est là le système dynamique le plus simple de la mécanique statistique. Ce type de système a pour particularité distinctive le grand nombre (en fait infini) de degrés de liberté et leur « égalité en droits », qui découle de ce que chaque particule influe de la même manière sur le comportement global du système. En ceci, les systèmes de la mécanique statistique diffèrent, par exemple, de ceux de l'hydrodynamique, où l'influence des différents modes s'affaiblit avec la diminution de la longueur d'onde.

Malgré l'absence d'interactions, le gaz parfait possède des propriétés statistiques définies. Ceci a été remarqué tout d'abord par H. Poincaré dans son travail sur le mouvement des

« petites planètes » où il considérait le mouvement circulaire de points matériels à des vitesses angulaires différentes [10].

Poincaré a montré que si ces vitesses sont incommensurables, et si toutes les planètes sont au même point à l'instant initial, elles se répartissent uniformément sur le cercle au cours du temps, à cause de leurs vitesses angulaires différentes. C'est sans aucun doute l'affirmation d'un caractère statistique. Ceci n'est bien entendu pas valable si les vitesses angulaires sont commensurables entre elles.

L'instabilité du mouvement dans un gaz parfait se manifeste par le fait que la distance entre deux molécules, se déplaçant à des vitesses différentes, croît linéairement avec le temps. Évidemment, c'est une instabilité très faible, mais elle suffit à assurer l'apparition de lois statistiques définies pour un gaz parfait à nombre infini de degrés de liberté.

L'affirmation selon laquelle la dynamique d'un gaz parfait possède des propriétés statistiques doit normalement susciter une certaine perplexité. On considère d'habitude que le caractère mélangeant et la relaxation vers l'équilibre qui lui est liée sont dus aux interactions entre molécules, du type des collisions. Mais, dans un gaz parfait, la relaxation a tout de même lieu, à ceci près que seuls relaxent vers l'équilibre des distributions de non équilibre d'un type très particulier.

Les distributions de non-équilibre, obtenues par perturbation des valeurs des paramètres thermodynamiques, ne relaxent pas vers des distributions d'équilibre.

Nous avons ainsi donné trois exemples plus ou moins significatifs de systèmes dynamiques instables.

Comment commence l'analyse des lois statistiques ?

Passons maintenant au problème essentiel : comment les lois statistiques découlent-elles de l'instabilité du mouvement ?

La première considération est la suivante. Du fait de l'insta-

10. H. Poincaré « Réflexions sur la théorie cinétique des gaz », *J. de physique*, série 4, t. 5, 1906, p. 369.

bilité, il y a dans ces systèmes une grande diversité des types de trajectoire. Afin d'éclaircir ceci, considérons l'espace de phase du système dynamique, c'est-à-dire l'espace dans lequel se produit le mouvement. Divisons-le en cellules et enregistrons à chaque unité de temps le numéro de la cellule où se trouve le point mobile. Le résultat de l'observation d'une trajectoire continue sur T unités de temps se présentera comme la suite $\{i_0, i_1,...,i_T\}$, où les symboles i_0,i_1... sont les numéros successifs des cellules visitées. Le type de segment de trajectoire du temps 0 au temps T sera tout le mot $\{i_0,i_1,...,i_T\}$. Dans les systèmes instables, le nombre de types différents de segments de trajectoire croît exponentiellement avec T. L'exposant de l'exponentielle est une caractéristique du système dynamique, qui s'avère une grandeur apparentée à l'entropie de la théorie de l'information.

Par ailleurs, si l'on envisage les mots « aléatoires » $\{i_0,i_1,...,i_T\}$ comme les mots où il n'y a aucune régularité, c'est-à-dire constitués sans aucune règle grammaticale, leur nombre augmente aussi exponentiellement avec le temps. Le nombre des suites « non aléatoires », où il existe des régularités du type périodicité, etc., croît plus lentement que l'exponentielle. Si l'on pose maintenant le problème de l'énumération des types de segments de trajectoire des systèmes dynamiques instables, on arrivera inévitablement à la conclusion qu'il y aura parmi ces types des mots « aléatoires », et ceci en nombre exponentiel.

Les considérations développées ici sont évidemment très schématiques. Il serait très important de savoir évaluer quantitativement pour un système dynamique son degré d'aléatoire, d'étudier par exemple les fonctions de corrélation temporelle, la forme du spectre de fréquence, etc. Nous abordons alors une question générale importante. Dans la mesure où il existe de nombreux types de trajectoires dans les systèmes dynamiques instables, il y a lieu de renoncer à l'étude des trajectoires individuelles, et de la remplacer par la considération des ensembles de trajectoires. Dans les systèmes instables, il n'existe pas de principes généraux permettant de préférer un ensemble à un autre, et ce choix peut se faire de nombreuses manières. Dans les problèmes concrets, on définit habituellement un ensemble en donnant une densité de distribution de probabilité 1 par rapport à cette distribution de probabilité (ces propriétés seront décrites plus concrètement plus loin) et, par suite, ne dépendant pas de fait de cette distribution. Outre des considérations de commodité, ce choix peut être justifié de la manière suivante. Pour ces trajectoires, l'ensemble est stable par rapport à une toute petite perturbation du système dynamique, en ce sens que les propriétés statistiques des trajectoires typiques ne changent pas significativement sous l'action de petites perturbations. De plus, lorsque l'on étudie les systèmes dynamiques instables au moyen de calculs faits sur ordinateur, on a affaire à des transformations individuelles d'espaces de phase discrets. Il existe des arguments sérieux pour penser que les caractéristiques statistiques des trajectoires obtenues par calcul sur ordinateur et celles de l'ensemble décrit plus haut sont voisines. Cependant, à notre connaissance, cette question n'a pas été étudiée d'une manière suffisamment sérieuse.

Supposons, par exemple, que l'on choisisse, au moyen du procédé décrit précédemment, un ensemble de trajectoires. Remarquons que le passage à l'ensemble ne signifie pas l'addition d'un quelconque mécanisme aléatoire extérieur à la dynamique déterministe. C'est là seulement un procédé d'évaluation, un choix particulier des unités de mesure, afin de pouvoir définir quantitativement un lot de trajectoires à propriétés déterminées. Formulons maintenant avec plus de précision les propriétés statistiques que nous voulons extraire des propriétés de la dynamique.

Quelles propriétés statistiques étudie-t-on dans les systèmes instables ?

Existence et propriétés des moyennes temporelles

Nous avons déjà noté que, dans les applications de la théorie des probabilités, les valeurs véritables des probabilités sont déterminées sur la base de l'observation statistique de telle ou telle fréquence. L'existence de limites pour ces fréquences est la conséquence d'une des lois fondamentales de la théorie des probabilités – la loi des grands nombres. Elle est vérifiée dans des conditions précises d'indépendance des résultats des observations statistiques distinctes.

Dans le cas de systèmes dynamiques, il est naturel de considérer, au lieu des séries d'observations statistiques, les caractéristiques moyennes au cours du temps des trajectoires du système, comme par exemple la fraction de temps passée par un segment de trajectoire de longueur T dans une cellule de l'espace de phase donnée à l'avance. L'ensemble est dit ergodique si pour toute cellule et pour des trajectoires typiques, il existe tout d'abord une limite pour la fraction de temps passée par le segment de trajectoire dans la cellule lorsque $T \to \infty$, et si de plus cette limite est la même pour toutes les trajectoires typiques.

Pour les systèmes dynamiques conservatifs de la mécanique classique, qui vérifient la loi de conservation de l'énergie, l'existence d'une limite pour les moyennes temporelles découle des considérations générales de la théorie ergodique. De ce fait, la seule question non triviale est l'indépendance de ces moyennes par rapport à la trajectoire. Dans la littérature, cette question apparaît sous le nom d'« hypothèse ergodique » et remonte à L. Boltzmann. Dans le cas des attracteurs étranges, les problèmes d'existence et d'étude des moyennes temporelles sont loin d'être triviaux et sont liés à la structure des distributions de probabilité naturelles sur ces attracteurs.

Fluctuations des moyennes temporelles

En théorie classique des probabilités, on rencontre constamment, à côté de la loi des grands nombres, la loi de distribution gaussienne pour l'écart entre les fréquences et les probabilités. La distribution de ces écarts peut aussi être étudiée dans le cas des systèmes dynamiques. En admettant que l'ergodicité de l'ensemble soit établie, considérons une fonction f sur l'espace de phase, sa moyenne temporelle

$$\frac{1}{T}\int_0^T f(x_s)\, ds,$$

et la limite de cette moyenne

$$\bar{f} = \lim_{T \to \infty} \frac{1}{T} \int_0^T f(x_s)\, ds.$$

Par x_s on représente ici la position du point mobile à l'instant s. La différence entre ces deux quantités, qui représente la fluctuation de la moyenne temporelle, tend vers 0 quand $T \to \infty$. Pour de nombreuses catégories de systèmes dynamiques instables, il apparaît qu'elle tend vers 0 comme $1/\sqrt{T}$. C'est pourquoi il est naturel de considérer la différence normalisée

$$\sqrt{T}\,(\frac{1}{T} \int_0^T f(x_s)\, ds - \bar{f}).$$

Si la probabilité pour que la différence normalisée soit comprise entre a et b tend pour tout a et b vers une limite égale à

$$\frac{1}{\sqrt{2\pi\sigma}} \int_a^b e^{-v^2/2\pi} dv$$

quand $T \to \infty$, nous avons là une probabilité calculable à l'aide de la distribution classique de Gauss. C'est pourquoi nous dirons dans ce cas que cette différence obéit, pour $T \to \infty$, à la distribution de probabilité de Gauss. Le nombre σ qui figure dans la dernière expression dépend de la fonction f et de l'ensemble.

Le problème consiste ainsi à prouver que les fluctuations des moyennes temporelles obéissent à la loi de Gauss pour $T \to \infty$, dans le cas d'un système dynamique donné et pour une large classe de fonctions f.

Les fonctions de corrélation temporelles et leur comportement

Considérons à nouveau une fonction f sur l'espace de phase. Supposons que nous ayons démontré que l'ensemble est ergodique et que $\bar{f} = 0$. On appelle fonction de corrélation temporelle la limite

$$b(t) = \lim_{T \to \infty} \frac{1}{T} \int_0^T f(x_{s+t})\; f(x_s)\, ds.$$

Il existe de nombreux problèmes où il est important de connaître le caractère du comportement de $b\,(t)$ lorsque $t \to \infty$.

Si $b(t) \to 0$ lorsque $t \to \infty$ pour tout f borné,
le système dynamique est appelé mélangeant (*mixing*).

Dans les problèmes de la mécanique statistique hors-équilibre la vitesse de décroissance de $b(t)$ lorsque $t \to \infty$ est étroitement liée à la détermination des coefficients de transport, comme le coefficient de viscosité ou celui de conductivité thermique, etc. La présence dans $b(t)$ d'une composante périodique, ou presque périodique, signifie l'existence dans le système d'un mouvement périodique, ou presque périodique.

Dans les modèles de la théorie des probabilités, une décroissance rapide (exponentielle) des fonctions de corrélation temporelles se rencontre pour les chaînes ou processus de Markov. Afin d'étudier la vitesse de décroissance de $b(t)$ dans les systèmes dynamiques, on est amené à construire ce que l'on appelle une approximation markovienne du système, dont nous parlerons plus loin.

Étude des propriétés statistiques des systèmes dynamiques

L'étude des propriétés décrites ci-dessus constitue dans le cas des systèmes dynamiques instables une théorie mathématique suffisamment compliquée pour que l'on ne puisse la décrire qu'à grands traits dans le cadre de cet article.

La première considération, relativement attendue et nullement évidente, consiste en ce que les trajectoires des systèmes instables se séparent en faisceaux de trajectoires qui se rapprochent exponentiellement lorsque $t \to \infty$, et en faisceaux de trajectoires qui se rapprochent exponentiellement lorsque $t \to -\infty$. L'existence de tels faisceaux asymptotiques s'avère une conséquence directe de l'instabilité du mouvement, mais il n'est pas aisé de trouver l'aspect explicite de ces faisceaux, même dans des cas concrets comme le gaz de Lorentz par exemple.

Des faisceaux de trajectoires convergentes lorsque $t \to \pm\infty$

sont bien connus en géométrie de Lobatchevsky. Sur des plans de Lobatchevsky, on peut, pour toute droite et par tout point hors de cette droite, faire passer des droites qui coupent la droite donnée, des droites qui ne coupent pas cette droite et s'éloignent d'elle à l'infini, deux droites limites s'approchant asymptotiquement de la droite dans l'une ou l'autre direction. Si par chaque point du plan de Lobatchevsky on fait passer une droite limite, qui s'approche de la droite donnée dans une certaine direction, on obtiendra le faisceau des droites asymptotiques qui nous intéresse. Le caractère insolite des faisceaux asymptotiques dans les systèmes instables est lié à notre mode de pensée « euclidien ». A l'aide de tels faisceaux asymptotiques, on construit des partitions particulières de l'espace de phase, dites partitions markoviennes. Il apparaît alors des liens nouveaux et inattendus avec la mécanique statistique d'équilibre.

Dans la mécanique statistique d'équilibre, on considère des systèmes à grands nombres de particules dans de grands volumes, dont la distribution de probabilité, dite distribution de Gibbs, est déterminée par la fonction de Hamilton du système. Le lien avec la mécanique statistique apparaît si l'on considère d'une manière formelle le grand paramètre d'un système dynamique, le temps, comme un paramètre de volume. L'espace des morceaux de trajectoire d'un système dynamique se présente alors comme l'espace de phase d'un certain système de la mécanique statistique. La distribution de probabilité des ensembles de trajectoires devient alors une distribution d'équilibre de Gibbs avec une fonction de Hamilton construite à l'aide des caractéristiques dynamiques du système.

Rapportons un résultat obtenu récemment à l'aide des méthodes ainsi décrites. Revenons au gaz de Lorentz et supposons que la configuration des diffuseurs soit périodique. En choisissant un instant quelconque T, effectuons une transformation de similitude sur l'espace avec un coefficient $1/\sqrt{T}$, et une transformation analogue de l'axe du temps avec un coefficient $1/\sqrt{T}$. En d'autres termes, augmentons $\sqrt{T}$ fois l'unité de longueur et T fois l'unité de temps. Après cette transformation, pour une grande valeur de T, la trajectoire d'une molécule du gaz de Lorentz consistera en une succession de droites de longueur ~ $1/\sqrt{T}$ et aura un aspect complexe et emmêlé, analogue à celui de la trajectoire d'une particule brownienne. En fait, ce n'est pas seulement une analogie. Le résultat mentionné ci-dessus consiste en ce que, si l'on se donne une densité de distribution de probabilité $p(q_0,v_0)$ pour les coordonnées et les vitesses initiales du point mobile après la transformation d'échelle, pour $T \to \infty$, les distributions de probabilité des coordonnées à tout instant tendront vers la distribution de probabilité d'une particule brownienne.

Le mouvement brownien habituel est le mouvement d'une particule massive sous l'action des collisions d'un grand nombre de particules légères. Dans le gaz de Lorentz, c'est une particule légère qui se déplace en se réfléchissant sur des particules lourdes fixes. Pour de grandes valeurs de T, le mouvement apparaît comme chaotique, brownien, précisément à cause de l'instabilité (voir figure 4).

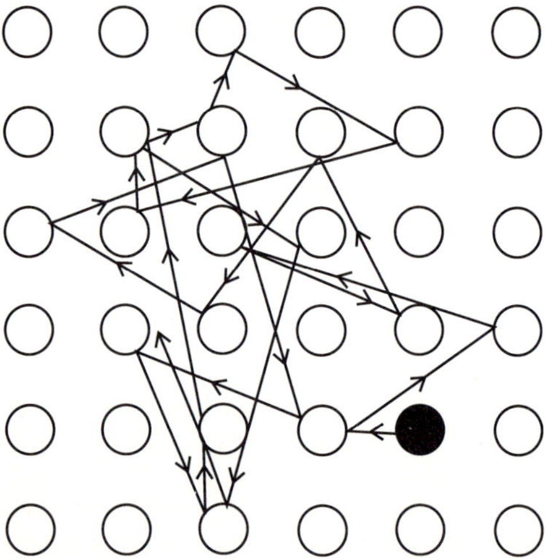

Figure 4. Long morceau d'une trajectoire dans le gaz de Lorentz, débutant sur le diffuseur noir, et évoquant la trajectoire d'une particule brownienne. A la différence du mouvement brownien habituel d'une particule lourde sous l'effet des collisions d'un grand nombre de particules légères, dans le gaz de Lorentz, c'est une particule légère qui se déplace en se réfléchissant sur des particules lourdes.

Ce résultat montre aussi comment, directement à partir des équations de la mécanique, réversibles par rapport au temps, on peut déduire les équations mécaniques irréversibles d'un milieu continu, dans ce cas les équations de la diffusion.

L'instabilité des systèmes dynamiques comporte une propriété remarquable de stabilité par rapport aux petites perturbations. Supposons que nous rajoutions dans le membre de droite des équations du mouvement un bruit faible de nature quelconque. Ce bruit aurait pu défigurer complètement les propriétés statistiques des trajectoires. Il n'en est rien. En fait, il y a dans les systèmes instables de si nombreuses trajectoires différentes que si l'on fait subir une petite perturbation à une trajectoire donnée, la trajectoire perturbée se trouvera au bout d'un temps suffisamment long voisine d'une autre trajectoire du système dynamique non perturbé. Le temps pendant lequel ces trajectoires vont se trouver voisines est suffisamment long pour que les caractéristiques statistiques réussissent à s'établir. Ainsi, il apparaît que le caractère aléatoire d'un système dynamique instable n'est pas détruit par l'action de petits bruits « aléatoires » non contrôlés.

Remarquons que le tirage d'une loterie, comme le loto, s'effectue effectivement en utilisant un système dynamique instable et s'avère de ce fait « aléatoire » au plus haut point.

* *
*

La conclusion immédiate de tout ceci est l'absence de nécessité d'un mécanisme aléatoire extérieur complémentaire pour l'applicabilité des lois de la théorie des probabilités. Les lois statistiques sont souvent le résultat de la manifestation de propriétés déterministes de certaines dynamiques. Une de ces propriétés est l'instabilité du mouvement. Plus le mouvement est instable, plus s'y manifeste avec stabilité des lois statistiques.

L'instabilité d'une dynamique non aléatoire conduit à l'apparition de l'aléatoire[**].

**. Le premier lecteur, critique et rédacteur de cet article a été B. M. Vul. Ses remarques ont permis d'améliorer à un haut degré la précision et la clarté de l'exposé. Je dédie la traduction française de mon article à sa radieuse mémoire. [*Note ajoutée par l'auteur pour la traduction française.*]

II

Physique et calcul

5. Mesures dans un système dynamique chaotique

Jean-Pierre Eckmann

Aujourd'hui, les textes évoquant le chaos abondent. Ils occupent une place de choix dans les vitrines des librairies et pour chaque sujet on peut trouver un texte intitulé « Le chaos et ... ». Tout serait-il chaos ? Évidemment, la réponse est non. Aussi est-il bon de préciser, pour commencer, le cadre dans lequel on se doit d'aborder ce sujet et les principes qui guident son approche, de façon à tenter de mettre un terme à la confusion engendrée par la vogue actuelle. Une fois ce cadre précisé, il sera possible de définir certains des concepts qui permettent d'entreprendre une véritable étude du chaos[1].

Le cadre mathématique des praticiens

La théorie du chaos, telle que les praticiens la comprennent, se situe dans un cadre spécifique et elle n'aborde pas ce qui est extérieur à ce cadre. Il s'agit de systèmes dont l'évolution est supposée déterministe et non linéaire en général. Ce dernier qualificatif peut impliquer, selon les cas, l'existence de termes non linéaires dans les équations ou le fait que le système évolue sur une surface non plane. Quant à l'hypothèse déterministe, elle pose que le futur des systèmes considérés dépend de manière spécifique du passé : la connaissance de l'état du sys-

1. Ce texte est pour l'essentiel basé sur un article de synthèse : J.-P. Eckmann et D. Ruelle, *Reviews of Modern Physics*, t. 57, 1985, p. 617-656.

tème au temps *t* suffit pour analyser son évolution au-delà ; il n'est pas nécessaire de connaître l'histoire du système pour en prédire l'avenir. Nous supposons de plus l'absence de bruit externe dans cette évolution.

On représente l'état du système à un instant donné par des coordonnées (x_i) dans un certain espace, appelé espace des phases. L'un des beaux aspects de la théorie est qu'elle n'utilise aucune information sur ces coordonnées et qu'elle n'en fournit aucune interprétation. On y gagne une grande généralité, même si on perd par ailleurs une certaine spécificité relativement au problème envisagé. Le point (x_i) qui représente le système peut être considéré dans un espace semblable à l'espace tridimensionnel usuel, il peut aussi se trouver sur la surface d'un tore ou même dans un espace à un nombre infini de dimensions. Un tel contexte abstrait évoque celui de la mécanique quantique. Mis à part l'interprétation spécifique des équations de la mécanique quantique, ce qui distingue les deux cas, c'est le fait que celle-ci étudie des évolutions linéaires, tandis que celles que nous considérons ne le sont pas. Notre problème sera de comprendre en quoi cette non-linéarité rend le sujet intéressant et le distingue du cas linéaire.

Une équation différentielle du type $dx(t)/dt = X(x(t))$ peut être l'objet de questions diverses. Le sujet que l'on appelle « chaos déterministe » renvoie uniquement à certaines d'entre elles. Il est principalement fondé sur la décision stratégique qui consiste à considérer les comportements sur des temps longs. On ne s'intéresse donc pas au passage d'un instant à un autre, mais aux propriétés du système dans un futur lointain, à son « état final ». On verra de plus que l'on se concentre sur des aspects globaux de l'état final et l'attention portée au sujet est probablement due au fait que cet état final peut être très intéressant.

Cette décision stratégique a ses avantages et ses inconvénients. Pour ne parler que des avantages, on espère, en considérant des temps longs, éliminer des détails complexes de l'analyse et ne s'attacher qu'à des aspects plus généraux ou plus « génériques » des systèmes. La situation est comparable à celle qui consiste à considérer la limite des grands volumes en mécanique statistique, de façon à éliminer les effets de bord. Ainsi, les interactions sur des temps relativement brefs sont éliminées ici.

Il est probable que la phase moderne du sujet a pour origine le problème suivant : peut-on classifier tous les états finaux envisageables ? Même si ce programme échoue, il est néanmoins intéressant. Il revient à se demander quel est l'ensemble des comportements possibles d'un système sur les temps longs. La réponse à cette question aurait fourni une description universelle des systèmes déterministes. La raison pour laquelle cette description est vouée à l'échec se comprend aisément : les attracteurs, à savoir les états finaux possibles dans les systèmes dissipatifs, peuvent présenter des aspects très divers (voir figures 3 et 4) et la réalisation de ce programme impliquerait la possibilité de classer les attracteurs, voire de classifier l'art, ce qui semble hors d'atteinte.

Le cadre étant posé, envisageons maintenant les concepts permettant d'aborder l'étude de nos systèmes en nous limitant à ceux d'entre eux qui sont dissipatifs.

Prédiction et postdiction

Considérons un système linéaire tel qu'un pendule avec frottement. Pour de petites oscillations, l'équation du mouvement est la suivante :

$$\frac{d^2}{dt^2}\phi(t) = -\rho\frac{d}{dt}\,\phi(t) - \phi(t)$$

où ϕ désigne l'angle du pendule avec la verticale et ρ le coefficient de frottement ($\rho > 0$). Cette équation du second ordre peut se représenter sous la forme d'un système de deux équations linéaires du premier ordre :

$$\frac{d}{dt}p(t) = -\rho p(t) - q(t)$$

$$\frac{d}{dt}q(t) = p(t).$$

Ce système linéaire possède la particularité que la connaissance de son état final ne nous dit rien de son passé : le fait que le pendule soit au repos à la verticale ne permet pas d'en déduire la manière dont il y est arrivé. Ici apparaît une différence conceptuelle importante entre ce cas et celui du comportement chaotique.

En effet, considérons maintenant un pendule auquel on permet de passer au-dessus de son point d'attache et dont la longueur oscille (techniquement, on dit qu'il est paramétriquement entraîné). C'est l'analogue d'une balançoire : les variations de longueur correspondent aux mouvements que l'on fait en se baissant sur la balançoire pour en accélérer le mouvement ; ils reviennent en effet à déplacer le centre de gravité de la masse qui se balance. Cette balançoire particulière peut de surcroît passer au-dessus de l'axe autour duquel elle oscille. Cet exemple classique des systèmes dynamiques présente toutes les propriétés requises pour être intéressant. Le système correspondant s'écrit (voir figure 1) :

$$\frac{d}{dt}p(t) = -0,1\,p(t) - 0,25\ (1 + \mathrm{A}(t))\ \cos(q(t))$$

$$\frac{d}{dt}q(t) = p(t)$$

avec :

$$\frac{d}{dt}\mathrm{A}(t) = 2\,\mathrm{B}(t),\ \ \frac{d}{dt}\mathrm{B}(t) = -2\,\mathrm{A}(t).$$

(Les deux dernières équations ont comme solution particulière, utilisée dans la figure 1, $\mathrm{A} = 3\cos(2t)$ qui génère l'oscillation de la longueur.)

Tout d'abord, le système du pendule paramétrique est non linéaire et possède un point d'équilibre hyperbolique [2] instable, lorsque le pendule se trouve en haut ($p = 0$, $q = \pi$) . Parfois la balançoire arrive à cette position supérieure avec une vitesse presque nulle. Là, la sensibilité aux conditions initiales se révèle : soit le pendule retombe en arrière, soit il a juste assez d'énergie pour repasser au-dessus. C'est dans ce genre de situation qu'on peut alors postdire le passé, car le fait de passer

2. Sur la notion de « point fixe hyperbolique », cf. l'article de J.-C. Yoccoz dans ce livre.

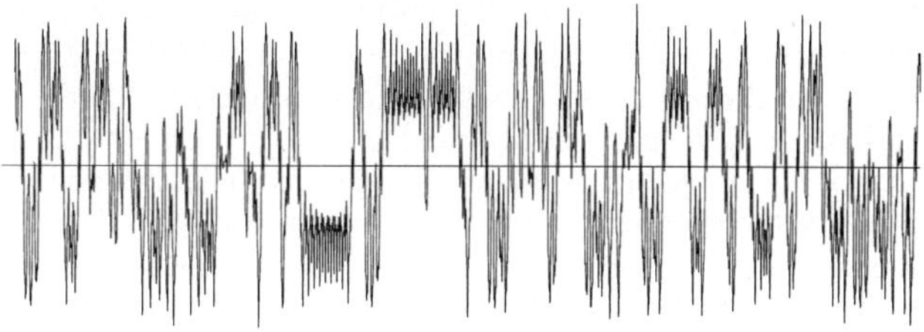

Figure 1. La coordonnée *p* (la vitesse, axe vertical) en fonction du temps (axe horizontal), pour le pendule non linéaire paramétrique. La vitesse change de signe d'une manière « chaotique ».

ou non au-dessus de l'axe dépend de ce qui précède. De petites variations dans le passé ont pour conséquence des modifications notables dans le futur lointain des balancements du système.

Cet exemple met en valeur un autre élément : si l'on observe le système pendant un temps long, il visite souvent ce point instable. Comme l'espace accessible de positions et de vitesses est borné, en raison du frottement et de la non-linéarité du problème, le système revient souvent explorer le point instable. La dichotomie entre le fait de retomber en avant ou en arrière va se répéter à de multiples reprises. C'est un phénomène conceptuellement important ; une différence, même infime, entre deux conditions initiales se marquera par le fait que le système, tôt ou tard, tombera en avant pour l'une, en arrière pour l'autre : les orbites se sépareront à un niveau macroscopique.

La quantité d'information que l'on gagne sur la position et la vitesse initiales, par unité de temps – puisque l'on en saura de plus en plus sur le passé en observant le système pendant longtemps –, est liée à ce que l'on appelle les exposants de Lyapounov ou, plus précisément, l'entropie de Kolmogorov-Sinaï. Ce sont eux qui permettent aussi de mesurer le taux moyen de séparation des orbites.

On peut alors se proposer d'isoler ce qui, dans cette situation, est chaotique. Le mouvement du pendule ne l'est pas, puisque son mouvement est régi par une équation différentielle très simple et le futur est parfaitement déterminé par une connaissance mathématique précise de l'état actuel du système (dans notre cas : p, q, A, B). Par contre, ce sont les prédictions à long terme qui posent problème. Si l'on mesure l'angle q et la vitesse p du pendule toutes les fois qu'une période de la variable A ou B se termine ($t = 0, 2\pi, \ldots$) et que l'on représente chaque mesure par un point dans l'espace des phases, une tendance à long terme se fait jour : toute une région du plan semble être remplie plus ou moins uniformément par ces points expérimentaux. Le mot chaotique renvoie précisément à ce phénomène. Pour le premier pendule, au contraire, les points représentatifs du système aux différents instants s'ordonnent de façon à se rapprocher d'un point, puis de s'y arrêter (voir figure 2). Ainsi, dans le chaos déterministe rien de

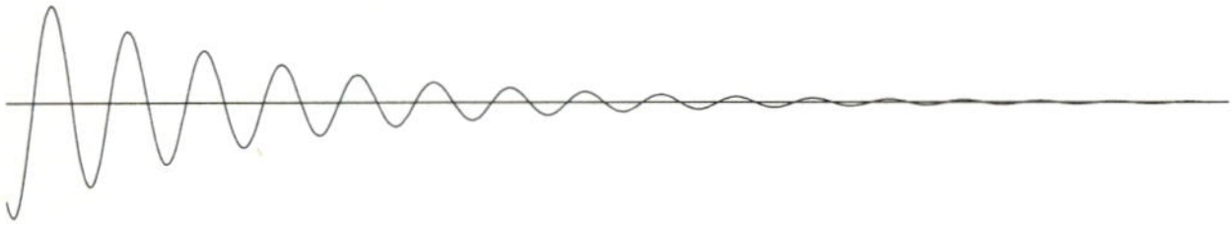

Figure 2. La coordonnée p (la vitesse) en fonction du temps pour le pendule linéaire amorti. La vitesse tend vers 0.

spectaculaire ne se passe à court terme, c'est un phénomène qui s'observe sur des temps longs.

Un autre aspect de la nature « chaotique » du pendule peut être compris en restreignant l'observation à la coordonnée p aux temps $t = 1, 2, \ldots, N$. Pour N grand, on pourra déduire de cette observation la coordonnée q avec une grande précision par la méthode de postdiction du passé évoquée ci-dessus. Mais ceci ne suffira jamais pour obtenir une prédiction parfaite de q et de p dans le futur. La petite ambiguïté dans notre connaissance de q va s'amplifier exponentiellement.

Fractals

La notion de chaos déterministe est souvent évoquée en même temps que la notion de fractal. En fait, ces deux concepts ne sont que superficiellement reliés.

Figure 3. L'attracteur de Mira et Gumowski (pour les équations, voir *Lecture Notes in Mathematics*, vol. 827).

Je mentionne tout de même les fractals pour montrer en quoi ils constituent un sujet mathématique différent de celui des problèmes chaotiques. D'une certaine manière, les fractals sont des objets statiques : si l'on pose la question de savoir si une figure, celle de points dans l'espace des phases par exemple (voir figure 3), représente un fractal, cela suppose que l'on ne s'intéresse plus à l'ordre dans lequel ces points sont apparus pour dessiner la figure. Celle-ci est considérée dans son ensemble, comme obtenue d'une seule pièce. Dans le cas de la figure 3, on repère d'emblée trois parties en forme d'aile, mais si l'on se centre sur l'une d'elles, on constate que dans l'aile apparaît une petite aile, contenant elle-même une petite aile. La dynamique en elle-même a disparu de la discussion et le fait que la question soit devenue statique permet de comprendre qu'elle puisse se poser indépendamment du domaine des systèmes dynamiques.

Les fractals peuvent toutefois être considérés comme apparentés aux systèmes dynamiques chaotiques. Pour comprendre ce point, un nouvel ingrédient est nécessaire. Quand on parle de systèmes dynamiques, il s'agit en général de systèmes présentant un certain degré de continuité, de régularité. Cette idée s'interprète du point de vue physique par le fait que les forces déterminant le comportement du système dans le prochain intervalle de temps dépendent d'une manière régulière du point de l'espace des phases en lequel elles sont considérées. Ainsi la force appliquée au second pendule que nous avons décrit ne présente pas de discontinuité entre deux positions proches de ce pendule.

Pourquoi ce fait implique-t-il la présence de figures fractales dans la description de la dynamique ? On peut l'expliquer de manière approchée : tout d'abord, les systèmes que nous considérons sont non linéaires, par conséquent ils plient les images dans l'espace des phases ; ensuite, la régularité nous dit qu'en amenant près d'un pli quelque chose qui est déjà plié, cela nous donnera un pli de pli. Ainsi, la dynamique dans l'espace des phases peut être ce qui nous fait passer d'une aile à une autre aile dans la figure 3. Puisque l'application est continue, l'image de l'aile est au plus légèrement déformée, mais elle va être appliquée sur un morceau seulement de la nouvelle aile. Si bien qu'après un certain nombre de tours, la première aile peut être appliquée à l'intérieur d'elle-même, y produisant une image d'aile déformée, et ainsi de suite. C'est la raison intuitive pour laquelle les attracteurs produits ont cet aspect « autosimilaire » bien connu et apparemment omniprésent. C'est un reflet de la continuité des forces.

L'attracteur de Lorenz

En face d'un système dynamique, que peut-on faire ? Nous discuterons de cela sur l'exemple préféré des physiciens, l'attracteur de Lorenz [3]. C'est un système dynamique à trois variables – nombre minimal nécessaire pour pouvoir observer un comportement chaotique –, régi par un système de trois équations différentielles non linéaires de la forme :

$$\frac{d}{dt}X = a(Y - X)$$

$$\frac{d}{dt}Y = -XZ + cX - Y$$

$$\frac{d}{dt}Z = XY - bZ.$$

Ce modèle joue le même rôle dans les systèmes dynamiques que les drosophiles en biologie. Il a permis de mettre en évidence des phénomènes que l'on n'imaginait pas *a priori* et il sert à tester des idées et concepts nouveaux.

On peut se représenter les trajectoires dans l'espace des phases en projection sur un plan (voir figure 4). On observe un aller-retour répété de l'orbite qui se poursuivra éternellement. On prendra garde au fait que la figure de la dynamique dans l'espace des phases est symétrique, tandis que notre projection ne l'est pas. En analysant les équations différentielles, on constate que ce système a deux points fixes, au milieu des « oreilles »; ces deux points fixes ont une direction stable et deux directions instables. Il existe en fait un troisième point fixe, entre les deux précédents ; il est totalement instable [4].

3. E. N. Lorenz, « Deterministic nonperiodic flow », *Journal of the Atmospheric Sciences*, 20, 1963, p. 130. Voir aussi l'article de P. Bergé et M. Dubois dans ce livre.

4. Un point d'équilibre instable peut bien avoir des directions stables. Par exemple, pour les deux premières coordonnées du pendule, la position inférieure est totalement stable, et la position supérieure a une direction stable (celle de l'approche) et une instable.

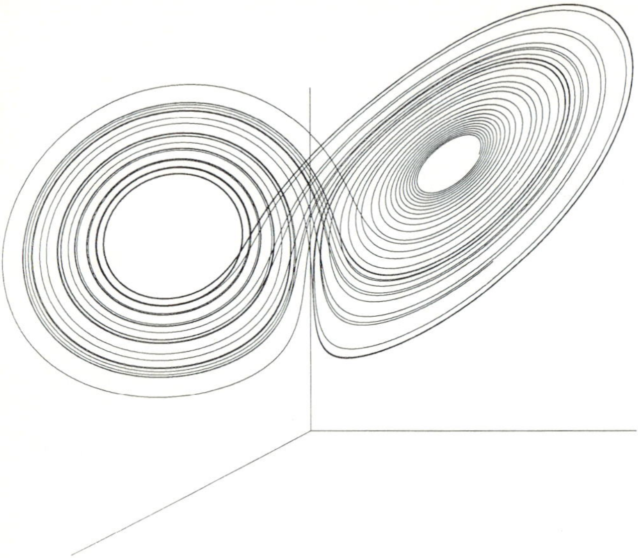

Figure 4. L'attracteur de Lorenz. On a choisi une condition initiale et on a dessiné l'orbite pendant un certain temps. L'aller-retour entre les deux « oreilles » est difficilement prédictible.

Ce système est le prototype des systèmes dits chaotiques. Chacune des orbites est lisse, mais il est difficile de prédire ses passages de gauche à droite et réciproquement. Ceci nous rappelle la question qui se posait avec le pendule : passera-t-on de l'autre côté du point supérieur, ou retombera-t-on en arrière ? On peut établir une transcription entre les deux situations : rester d'un même côté pour l'attracteur de Lorenz revient pour la balançoire à retomber ; et passer de l'autre côté revient à passer par-dessus le point supérieur.

* *
*

Si l'on se trouve en face d'un système dynamique, comment peut-on déterminer s'il est chaotique, régulier ou contaminé par du bruit ? Comment mesurer ses propriétés puisque, par définition, comme nous l'avons dit, l'interprétation des coordonnées ne doit pas intervenir ? Nous allons illustrer l'approche des chaoticiens à l'aide de l'exemple de l'attracteur de Lorenz.

Reconstruire l'attracteur d'un système

Supposons que l'on ne connaisse pas les équations différentielles régissant un système physique donné et que l'on ne dispose que d'informations mesurées, autrement dit, abordons le système d'un point de vue expérimental. Que peut-on faire ? On pourrait rêver de retrouver les coefficients des équations, mais ce n'est pas ce que l'on cherche en systèmes dynamiques.

Supposons que l'on ignore aussi le nombre de variables du système. Pour fixer les idées, supposons que l'une des coordonnées, que nous appellerons x, soit la seule chose qui ait été mesurée, au cours du temps (voir figure 5, par exemple). Voilà toute l'information dont on dispose. Que peut-on en déduire sur la nature de l'attracteur (ici l'attracteur de Lorenz) ?

On cherche tout d'abord à reconstruire l'image de cet attracteur. On mesure le signal de la coordonnée x à des instants successifs, à des intervalles de temps Δt, ce qui fournit une suite de valeurs x_0, x_1, x_2, ... et on se donne un nombre n, pas trop grand. On forme de nouvelles variables : X_0 est le vecteur à n

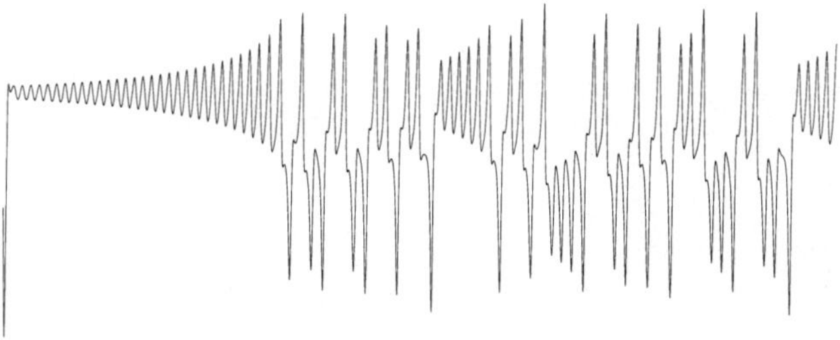

Figure 5. La deuxième coordonnée de l'orbite pour l'attracteur de Lorenz en fonction du temps. C'est à peu près la coordonnée horizontale de la figure 4.

composantes (x_0, x_1,..., x_{n-1}), X_1 correspond à la même chose décalée d'un cran (x_1, x_2,..., x_n), de même $X_2 = (x_2, x_3,..., x_{n+1})$ et ainsi de suite.

Dans le cas de l'attracteur de Lorenz, on a mesuré une coordonnée, à des intervalles de temps choisis en fonction de la nature du système, et on a procédé au regroupement précédent pour $n = 2$ (voir figure 6 où sont représentés quelques diagrammes obtenus en fonction de divers choix d'intervalles de temps Δt). La représentation des points ainsi obtenus donne une image qui rappelle peu ou prou la figure de l'attracteur que

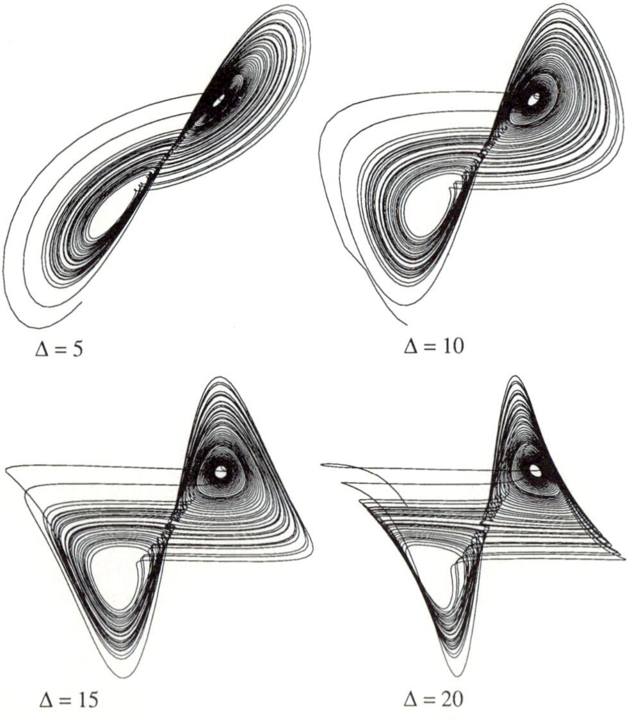

Figure 6. Quelques reconstructions de l'attracteur de Lorenz à partir de la coordonnée de la figure 5.

nous connaissons. L'adéquation plus ou moins grande dépend de l'intervalle de temps choisi entre deux mesures.

Ainsi se pose la question de savoir quelles sont les observables du système accessibles par de telles reconstructions de l'attracteur, et dans quelle mesure elles sont indépendantes de la coordonnée considérée. Puisqu'on ne sait rien *a priori* sur le système (pensons au cerveau sur lequel on mesure le courant, ou à des plantes dont on évalue l'absorption de CO_2), ces observables ne doivent varier ni avec le choix de l'intervalle de temps, ni avec celui de la mesure sélectionnée arbitrairement, ni encore avec l'échelle à laquelle on pratique cette mesure. Sinon, notre reconstruction ne serait pas une caractérisation du système dynamique et n'offrirait pas beaucoup d'intérêt.

Observables et moyennes

Je vais présenter brièvement ici une liste d'observables. Sous des conditions mathématiques raisonnables sur le système dynamique, on montre que ces quantités ne dépendent effectivement pas de la coordonnée mesurée. Ceci suppose que nous soyons dans le cadre défini et que les algorithmes soient valides sous l'hypothèse que le système est déterministe. Bien que nous ne puissions pas appliquer ces résultats à des systèmes possiblement non déterministes, la mesure elle-même permet de distinguer des systèmes déterministes parmi des systèmes qui ne le sont peut-être pas.

Une caractéristique commune à toutes les observables que nous allons examiner est que ce sont des *moyennes*. Ceci traduit le fait que l'observation du système s'effectue sur un temps long. Par ailleurs, les systèmes dynamiques possèdent des mesures au sens mathématique (densités, histogrammes), plus ou moins naturelles, qui ont d'assez bonnes propriétés d'« ergodicité ». Explicitons cette affirmation sur le modèle de Lorenz.

Considérons l'expérience consistant à partir non pas d'une seule condition initiale, mais de vingt conditions, très proches les unes des autres. On laisse évoluer les vingt points correspon-

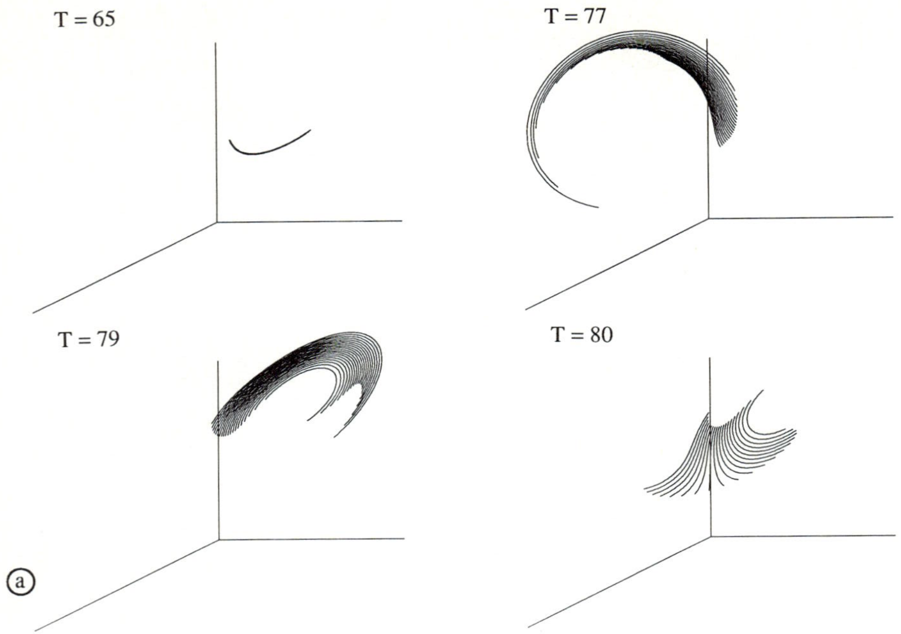
T = 65
T = 77
T = 79
T = 80
a

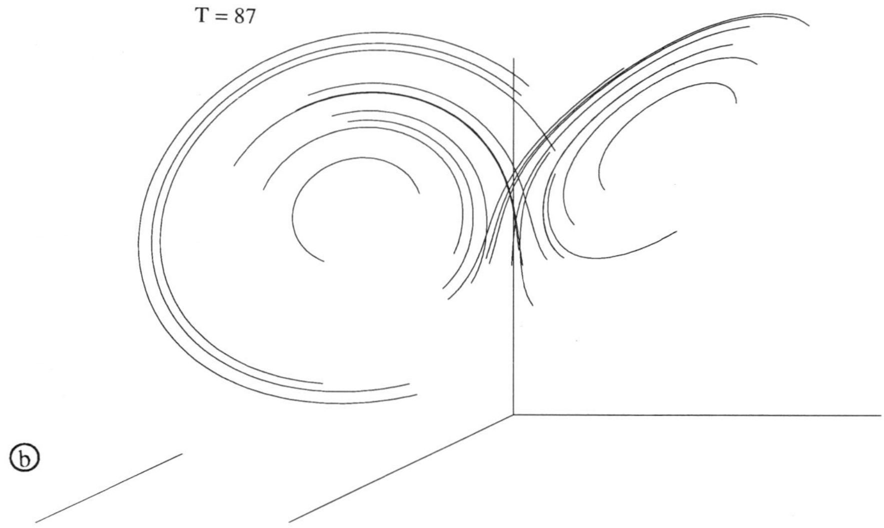

Figures 7a et b. Ces figures montrent la dispersion de 20 orbites en fonction du temps. On notera d'une part la séparation des orbites (malgré un frottement très fort dans les équations de Lorenz) : elle donne lieu à des exposants de Lyapounov positifs. On notera d'autre part une certaine cohérence dans le temps de retour des orbites vers le centre de la figure.

dants et on regarde non pas la trace qu'ils laissent mais la manière dont ils se dispersent au cours du temps (voir figure 7a). Après 79 unités de temps (T), ils sont encore assez proches les uns des autres ; ils changent de côté simultanément. A partir de 80 unités, les orbites commencent à se séparer et le phénomène s'accentue après 87 unités de temps : les points se répartissent sur une figure qui de nouveau rappelle celle de l'attracteur (voir figure 7b). En d'autres termes, une moyenne sur un grand nombre de conditions initiales reproduit essentiellement la même image, en fait avec la même densité, qu'une seule orbite typique, observée pendant un temps assez long. Ceci est la formulation intuitive d'une propriété (d'ergodicité) qui est à la base de la théorie ergodique[5]. C'est un tel phénomène qui rend possible l'application de la théorie ergodique à l'étude du chaos déterministe.

Dimension de l'attracteur

La plus populaire des observables, la *dimension fractale*, représente, en gros, le nombre de coordonnées nécessaires pour localiser un point dans l'attracteur. On la calcule comme suit : on choisit un entier n et on considère dans un espace de dimension n les points correspondant aux vecteurs X_0, X_1,... définis précédemment. Pour r fixé, on note $c(n, r)$ le nombre de paires de points X_i, dont la distance est inférieure à r, divisé par le carré du nombre total de points. (Il existe une variante où on compte le nombre de points à distance au plus r d'un seul point donné.) Puis, on fait tendre r vers 0 et on calcule la limite α_n du rapport $\log c(n, r) / \log r$. Cette procédure est appelée algorithme de Grassberger-Procaccia[6]. Pour une boule de rayon r dans un espace de dimension d, $c(n, r)$ serait de l'ordre de r^d et le rapport des logarithmes ferait bien apparaître la dimension d. Mais, en général, on trouve une limite α_n qui n'est

5. Cf. l'article de P. Arnoux et K. Chemla dans ce livre.
6. P. Grassberger, I. Proccacia, « Characterization of strange attractors », *Physical Review Letters*, t. 50, 1983, p. 346.

pas un entier, on dit alors qu'il s'agit d'une dimension fractionnaire (voir figure 9).

Jusqu'à présent, on a choisi un entier *n*, la dimension de l'espace dans lequel on suppose pouvoir décrire l'évolution du système ; cette quantité est appelée la « dimension de plongement ». Bien sûr, la limite α_n peut dépendre de *n*, la dimension de plongement. Or, un théorème, valable sous certaines hypothèses additionnelles, montre que si la dimension de l'attracteur est bornée par *k*, alors α_n doit atteindre une limite α dès que *n* est supérieur à $2k + 1$.

Dans une expérience de Rayleigh-Bénard, on a représenté le nombre α_n en fonction de différentes valeurs de *n* (voir figure 8). Un plateau apparaît, fournissant la valeur $\alpha = 2{,}8$.

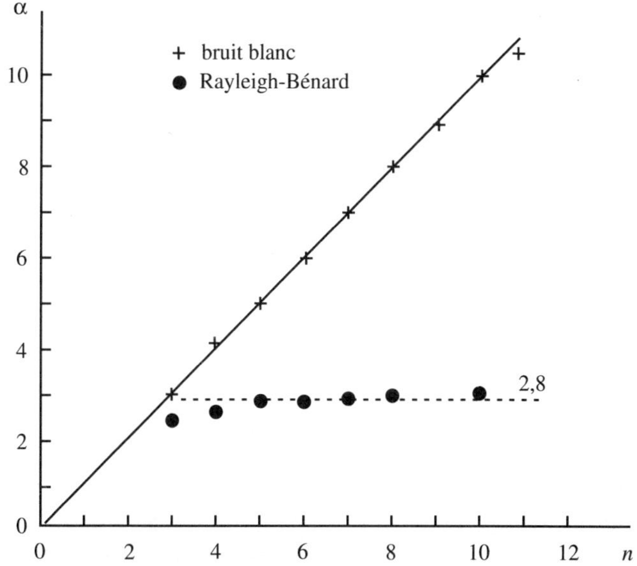

Figure 8. La mesure de la dimension « fractale » en fonction de la dimension de plongement *n* pour une expérience de Rayleigh-Bénard, et pour un signal aléatoire généré sur ordinateur [B. Malraison *et al.*, *Journal de Physique*, t. 44, 1983, p. 897].

Ce plateau traduit une sorte de saturation qui se produit pour des valeurs de n environ doubles de cette limite α. Ainsi 2,8 peut être considéré comme la dimension de l'attracteur dans l'expérience de Rayleigh-Bénard correspondante. Si on envisage maintenant une autre expérience constituée de bruit blanc généré sur ordinateur, la dimension apparente calculée semble égale à la dimension de l'espace dans lequel elle est décrite ; le nombre de variables pertinentes croît sans fin avec n, du moins jusqu'à ce que l'on se heurte à des problèmes de calcul numérique (voir figure 8).

Deux réserves doivent être émises quant à l'utilisation de ces méthodes. Tout d'abord, pour calculer une dimension il faut beaucoup de points expérimentaux. Si la dimension du système est d, pour l'évaluer avec une certaine certitude expérimentale il est indispensable de disposer au moins d'un nombre de points d'ordre 10^d. Il s'agit en effet de calculer la limite d'une expression. Tout d'abord, afin de représenter la courbe des valeurs de $c(n, r)$ en fonction de r (la taille des boules qui recouvrent l'attracteur), il faut calculer cette expression pour différentes valeurs de r. Or, pour dessiner une droite, deux points au moins sont nécessaires ; on doit donc calculer $c(n, r)$ pour au moins deux valeurs de r et, afin d'obtenir un résultat fiable, il faut disposer de plusieurs points dans une boule de rayon r. Ceci conduit à la borne 10^d. On met ensuite en œuvre l'algorithme en traçant, pour n fixé, la courbe donnant le logarithme de $c(n, r)$ en fonction du logarithme de r. En faisant croître n, on obtient des courbes dont la pente α_n tend à se stabiliser : cette pente limite représente la dimension α cherchée (voir figure 9).

Une autre erreur souvent commise dans l'utilisation de l'algorithme tient à l'identification illégitime entre dimension fractale obtenue et nombre de variables entrant dans l'équation différentielle. L'algorithme ne nous fournit pas le nombre de coordonnées dynamiques, mais le nombre de dimensions que remplit l'attracteur. Ces deux nombres sont d'ailleurs indépendants l'un de l'autre, le nombre de coordonnées pouvant être bien plus grand que la dimension de l'attracteur.

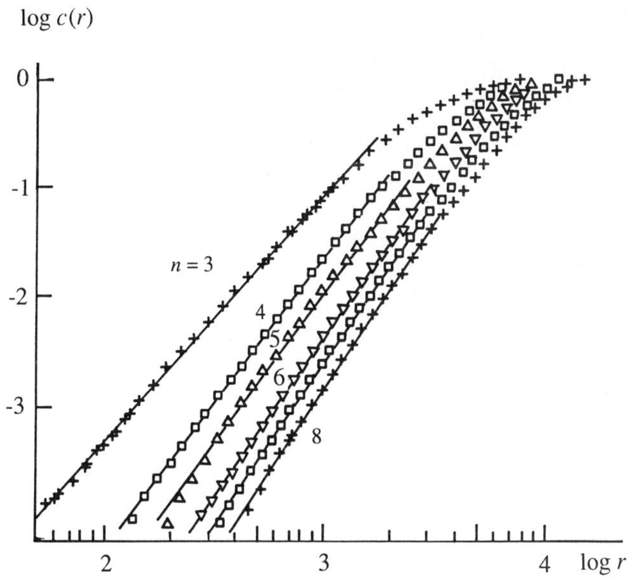

Figure 9. La fonction log $c(n, r)$ (pour n fixé) en fonction de log r. La pente donne la dimension α_n pour la dimension de plongement n. La distance entre les lignes parallèles fournit une estimation de l'entropie de Kolmogorov-Sinaï [références fig. 8].

Entropie

L'entropie de Kolmogorov-Sinaï peut être mesurée par la distance entre les lignes parallèles apparaissant sur le graphique dessiné pour mettre en œuvre l'algorithme de Grassberger-Proccacia (voir figure 9). Sa signification est essentiellement la quantité d'information gagnée sur la condition initiale d'une orbite par unité de temps. En effet, pour la postdiction du passé, regarder un point supplémentaire, comparer les orbites pendant n ou $n + 1$ unités de temps, c'est effectivement comparer le passage en dimension supérieure pour l'espace de représentation : lorsqu'on passe de la dimension de plongement n à la dimension $n + 1$, on remplace l'utilisation de points expérimentaux $(x_i, ..., x_{i+n-1})$ par celle des points $(x_i, ..., x_{i+n})$.

Plus précisément, l'entropie est le nombre de bits d'information gagnés en allongeant l'observation d'une unité de temps. Dans le cas du pendule qui spirale vers le bas, on ne gagne aucune information, alors qu'avec le pendule instable, l'information augmente, comme nous l'avons expliqué précédemment.

Exposants de Lyapounov

Les exposants de Lyapounov nous renseignent sur le taux moyen de séparation des orbites correspondant à des points initiaux proches les uns des autres. Puisqu'on peut, dans une certaine mesure, reconstruire l'attracteur, on peut aussi mettre au point un algorithme permettant de calculer ces taux de séparation. Comme on l'a vu, l'hypothèse ergodique, sur laquelle se fonde l'approche des systèmes dynamiques décrite ici, nous conduit à l'idée expérimentale que nous n'avons en réalité pas besoin de recourir à plusieurs conditions initiales, et qu'une seule expérience suffit. Quand une orbite repasse à proximité de son point d'origine, ce nouveau point peut être considéré comme une seconde condition initiale (par exemple, X_i et X_j dans la figure 10) ; il est alors possible de comparer la suite de l'orbite avec son début (on voit bien la séparation des orbites dans la figure 10). Ceci revient à comparer deux retours vers le même point et on peut le faire de manière systématique à l'aide d'algorithmes qui calculent cette séparation.

Ainsi, en suivant une ou plusieurs de ces orbites « secondaires », comme celle issue de X_i, on obtient une image quantitative du comportement du système dynamique près de X_i. En particulier, on calcule par une méthode des moindres carrés une matrice M_i décrivant l'application transformant les vec-

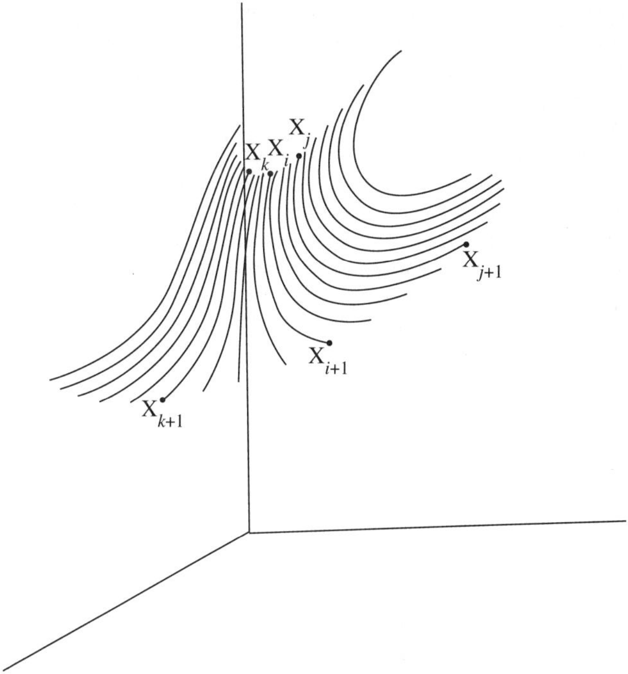

Figure 10. Les orbites secondaires permettent un calcul expérimental des exposants de Lyapounov.

teurs $X_i - X_j$ en les vecteurs $X_{i+1} - X_{j+1}$. Les exposants de Lyapounov sont alors définis par les valeurs propres de :

$$\lim_{n \to \infty} (M^*_{i+n} \dots M^*_i \, M_i M_{i+1} \dots M_{i+n})^{1/n}$$

où M^*_i désigne la matrice adjointe de M_i.

Pour que cette procédure soit valable, il est évidemment nécessaire que les propriétés du système ne changent pas pendant le temps de mesure. Cette condition explique les difficultés qui surgissent fréquemment quand on veut appliquer la théorie du chaos, par exemple dans les sciences humaines ou en biologie.

Corrélation

Il faut ici éviter de croire que les exposants de Lyapounov nous donneraient des informations sur la manière dont les corrélations décroissent dans le système. Comme les orbites se séparent, on pourrait imaginer que les corrélations décroissent en conséquence. Ceci est faux, il n'y a aucune relation entre la décroissance des corrélations et les exposants de Lyapounov. On peut l'expliquer sur le modèle de Lorenz (voir figure 7) : prenons deux orbites, elles vont se séparer et leur taux de séparation est décrit par les exposants de Lyapounov ; cependant, elles gardent une corrélation l'une avec l'autre. Cette corrélation est très forte dans le modèle de Lorenz, car, que les orbites aillent à gauche ou à droite, elles reviennent vers le centre en des temps essentiellement égaux. Elles se séparent, mais reviennent simultanément au centre (on ne peut donc pas s'attendre à une relation entre les exposants de Lyapounov et la décorrélation des orbites). Ainsi, on peut séparer les orbites sans perdre la *cohérence*. Ces deux notions, séparation des orbites et perte de cohérence, sont distinctes. Les exposants de Lyapounov ne mesurent que la première, les corrélations la seconde.

On peut aussi mesurer, quoique avec difficulté – ce sont des travaux plus récents –, ce que Ruelle appelle les *résonances*. Elles donnent des informations sur la perte de cohérence. On commence par la mesure du signal X(t) comme décrit précédemment. Ensuite, on calcule (en supposant ici que la moyenne de X est nulle) la « fonction de corrélation » :

$$C(t) = \lim_{T \to \infty} \frac{1}{T} \int_0^T X(\tau)X(t+\tau)\,d\tau.$$

Pour t fixé, la quantité C(t) mesure la ressemblance de la variable X aux instants τ avec elle-même aux instants $\tau + t$; autrement dit, la fonction de corrélation C évalue l'auto-similitude du signal X au fil du temps.

Sa transformée de Fourier :

$$C(\omega) = \int e^{i\omega t} C(t) dt$$

est alors une fonction (appelée puissance) qui peut avoir des pôles. Ils correspondent aux résonances et sont responsables de la décroissance « ralentie » des corrélations. La description plus détaillée des résonances dépasse le cadre de cette présentation.

L'étude théorique du chaos déterministe nous montre qu'il n'est pas produit par des sauts abrupts et n'a rien de discontinu. Il reflète plutôt la présence d'instabilités qui se combinent avec un comportement non linéaire. Ce dernier autorise le système à explorer plusieurs fois la même instabilité, sans qu'il y ait périodicité. Par ailleurs, l'étude expérimentale de systèmes dynamiques d'allure chaotique, dont on sait ou dont on suppose *a priori* qu'ils sont déterministes, permet de reconstruire certaines caractéristiques de leur évolution, sans avoir à connaître au préalable les équations qui les gouvernent. Il suffit de disposer d'un assez grand nombre de mesures d'une même observable variant avec le temps. Il faut pourtant prendre garde à ne pas interpréter les résultats en oubliant les artefacts possibles de la reconstruction, autrement dit il importe de vérifier que les résultats sont indépendants des choix effectués au cours de cette reconstruction.

Références générales

pour les articles de Jean-Pierre Eckmann,
et de Pierre Bergé et Monique Dubois

P. Bergé, Y. Pomeau, C. Vidal, *L'Ordre dans le chaos*, Hermann, 1984 ; éd. angl., *Order Within Chaos*, Wiley.

P. Bergé (sous la direction de), *Le Chaos*, série « Synthèses », Eyrolles, 1988.

V. Croquette, « Déterminisme et chaos », *Pour la science*, décembre 1982.

P. Cvitanovic, *Universality in Chaos*, Bristol, Adam Hilger, 1984 (recueil d'articles originaux).

M. Dubois, P. Atten, P. Bergé, « L'ordre chaotique », *La Recherche*, 185, 1987, p. 190-201.

J. P. Eckmann, D. Ruelle, « Ergodic theory of chaos and strange attractors », *Reviews of Modern Physics*, t. 57, 1985, p. 617-656.

I. Ekeland, *Le Calcul, l'Imprévu*, Paris, Seuil, 1984.

Hao Bai-Lin, *Chaos*, Singapour, World Scientific, 1984 (recueil d'articles originaux).

F. C. Moon, *Chaotic Vibration. An Introduction for Applied Scientists and Engineers*, Wiley, 1987.

C. Vidal, J. C. Roux, « Comment naît la turbulence », *Pour la science*, 1981.

6. Chaos déterministe expérimental et attracteurs étranges

Pierre Bergé
et Monique Dubois

Introduction

Jusqu'au début des années 70, l'idée couramment admise pour expliquer la turbulence était celle de Landau : un comportement turbulent était fondamentalement relié à la présence d'un grand nombre de degrés de liberté dynamiques. Plus généralement, tout comportement erratique et imprédictible était attribué à l'intervention d'un grand nombre de variables. Son origine étant liée à une loi des grands nombres, de ce fait, seules des méthodes statistiques pouvaient s'appliquer. Aussi ce fut un bouleversement complet, dans le monde des physiciens, quand les travaux de E. Lorenz (1963) et de D. Ruelle et F. Takens (1971) montrèrent que des comportements chaotiques et imprédictibles pouvaient apparaître dans des systèmes *déterministes* et à *petit nombre de variables* dynamiques. E. Lorenz, célèbre météorologue, avait établi un modèle très simple de la convection atmosphérique, avec seulement 3 variables. Il s'aperçut que pour certaines valeurs du paramètre de contrôle, les évolutions temporelles, non seulement présentaient un caractère chaotique, mais dépendaient de façon critique des conditions initiales. *Cette sensibilité aux conditions initiales*, qui est la clé des comportements chaotiques, a ensuite, et tout à fait indépendamment, été démontrée par D. Ruelle et F. Takens qui prédisaient ainsi que la turbulence pouvait apparaître dans un système dynamique ne possédant que 3 fréquences indépendantes. Une « révolution » conceptuelle venait de naître, qui a entraîné dans les années qui ont suivi un ensemble considérable de travaux tant théoriques qu'expérimentaux.

Le premier problème des expérimentateurs était de savoir si ces comportements chaotiques ne se cantonnaient pas au domaine des modèles théoriques, tant il est vrai que les réalités, y compris dans le monde physique, sont souvent plus complexes que les premières idées que l'on s'en fait. Aussi ces expérimentateurs ont cherché des situations où le nombre de degrés de liberté dynamiques soit faible et le mieux contrôlé possible pour tester la présence ou la non-présence de chaos. Il y eut ainsi toute une série de mesures sur les pendules couplés ou forcés. De fait, ces systèmes mécaniques, pour lesquels les degrés de liberté sont connus et bien contrôlés, ont servi de modèle. Les autres situations expérimentales, en particulier en hydrodynamique, ont été recherchées de façon que leur dynamique soit la plus simple possible et sans qu'interviennent leurs propriétés spatiales. Cette condition a généralement conduit à utiliser des géométries confinées.

Dans toutes ces expériences, la démarche consiste à suivre pas à pas la manière selon laquelle la dynamique se complique quand le paramètre de contrôle est augmenté. La notion de routes vers le chaos s'est alors imposée à travers les démarches tant théoriques qu'expérimentales. Enfin, des algorithmes ont été proposés par les théoriciens aux « expérimentateurs » pour mesurer quantitativement les propriétés liées aux comportements chaotiques... Il y eut alors de nombreuses applications de ces mesures à des systèmes très variés, tels que la « turbulence », la climatologie, la biologie, etc.

Notons ici une certaine ambiguïté sur la signification du mot *chaos*. Le domaine des comportements erratiques à petit nombre de degrés de liberté avait été initialement appelé *« chaos déterministe »*. Cette expression pouvait frapper par l'opposition entre le mot chaos – ou désordre total dans le langage habituel – et le mot déterministe qui lui est opposé. Avec les années, le qualificatif « déterministe » a été progressivement abandonné, si bien que dans la littérature d'aujourd'hui (où le mot *chaos* est devenu à la mode), il n'est pas toujours clair *a priori* de savoir s'il est question de chaos déterministe ou d'autres comportements désordonnés.

Considérations théoriques

Modèle de Lorenz – Théorie de Ruelle-Takens

Pour tenter de cerner l'origine de l'imprédictibilité météorologique à long terme, le météorologue E. Lorenz a proposé un modèle théorique de la convection thermique. L'idée de Lorenz était que la physique de la circulation atmosphérique était en partie préservée dans ce modèle ultrasimplifié. C'est ainsi qu'il propose le célèbre système de 3 équations différentielles non linéaires suivantes [1]:

$$\frac{dX}{dt} = Pr(Y - X)$$

$$\frac{dY}{dt} = -XZ + RX - Y$$

$$\frac{dZ}{dt} = XY - bZ$$

où P*r* représente le nombre de Prandtl du fluide, R est proportionnel au nombre de Rayleigh et *b* est relié au vecteur d'onde convectif. Les variables X et Y sont respectivement proportionnelles aux amplitudes du champ de vitesse et du champ de température, alors que Z est relié au mode vertical de température ; *t* est le temps.

Malgré sa simplicité apparente et son déterminisme évident, le système ci-dessus n'est *pas intégrable analytiquement* (dans tout ce qui suit $Pr = 10$, $R = 28$ et $b = 8/3$). Néanmoins, on peut toujours partir d'une valeur initiale X_0, Y_0, Z_0 et, à l'aide d'une méthode pas à pas programmée sur un ordinateur, calculer de proche en proche les valeurs X(*t*), Y(*t*), Z(*t*). On peut voir figure 1 le résultat d'une telle intégration numérique. On y remarque une évolution très irrégulière de la vitesse représen-

1. E. N. Lorenz, *Journ. of Atm. Sciences*, 20, 1963, p. 130.

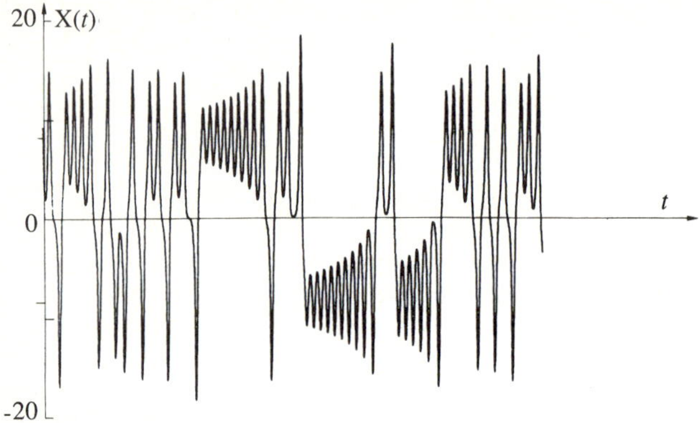

Figure 1. Modèle de Lorenz : évolution de la variable X(*t*).

tée par la variable X. Cette dernière oscille tantôt autour d'une valeur positive, tantôt autour d'une valeur négative, et ce, d'une manière tout à fait imprédictible. Le caractère chaotique est objectivé par le spectre de Fourier de la variable : ce dernier est *continu*, ne révélant aucune structure fine caractéristique des évolutions périodiques. Cette expérience numérique nous amène à une première conclusion importante et paradoxale : un système déterministe (non linéaire) possédant seulement 3 variables peut avoir un comportement erratique, imprédictible ; ceci illustre bien la notion de chaos déterministe.

Pour comprendre que le paradoxe n'est qu'apparent, partons d'une valeur initiale X_0, Y_0, Z_0 et calculons X(*t*), Y(*t*) et Z(*t*). Il est instructif d'en représenter les valeurs successives dans un diagramme de coordonnées X,Y et Z, appelé *« diagramme des phases »*. Les points figuratifs décrivent ainsi une trajectoire qui se « bobine » sur une sorte d'objet à deux lobes autour de deux points (voir figure 4 de l'article précédent). Si au bout d'un temps T on arrête le calcul, on obtient trois valeurs X_1, Y_1 et Z_1. Bien évidemment, si on répète le calcul en repartant de X_0, Y_0 et Z_0 on retrouvera, au bout du temps T, les mêmes valeurs finales X_1, Y_1 et Z_1 (manifestation du déterminisme). Mais entachons les valeurs initiales d'une erreur absolument minime – portant par exemple sur le huitième chiffre décimal des valeurs rentrées dans l'ordinateur (voir figure 2). Cette imperceptible erreur est absolument sans conséquence au début du calcul : la trajectoire est confondue avec celle obtenue dans le calcul précédent. Mais au bout de peu de temps (quelques tours seulement dans l'espace des phases), la seconde trajectoire « décolle » visiblement de la première et s'en sépare radicalement au point de n'avoir plus aucune ressemblance avec cette dernière. Au bout du temps T, les 3 valeurs trouvées X'_1, Y'_1, Z'_1 n'ont plus rien à voir avec les valeurs X_1, Y_1, Z_1 précédemment obtenues. C'est ainsi qu'une connaissance même précise du passé et du présent ne permet de prédire que dans un futur très proche ; au-delà, il est en pra-

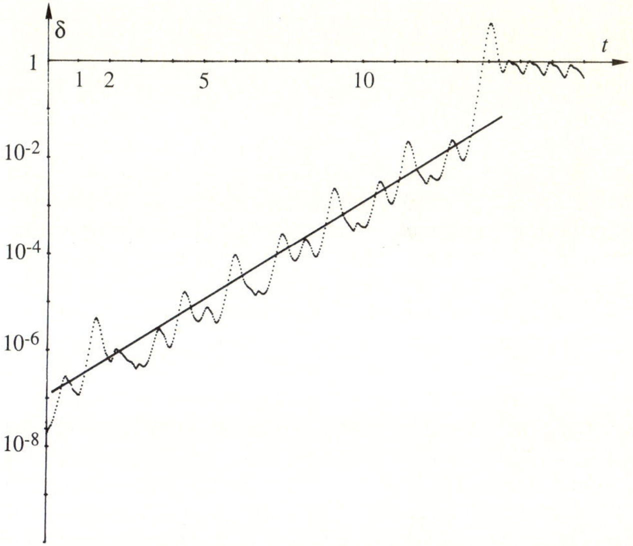

Figure 2. Évolution d'un écart δ introduit dans les valeurs initiales des équations de Lorenz. Le calcul de δ *(normalisé à la taille de l'attracteur)* repose sur la détermination de deux trajectoires issues de deux points situés au voisinage de l'attracteur et séparés seulement de $\delta_0 = 10^{-8}$ l'un de l'autre.

tique impossible de prévoir l'évolution malgré le caractère strictement déterministe du système : cette imprédictibilité naissant dans un système déterministe est la signature authentique du chaos. C'est cette extrême sensibilité aux valeurs initiales qui est la clé de la compréhension du chaos déterministe. Dans ce domaine, on l'appelle *« Sensibililité aux Conditions Initiales »* (SCI).

Indépendamment de Lorenz – mais postérieurement –, D. Ruelle et F. Takens[2] ont, en 1971, abouti à des conclusions semblables. Nous pourrions les traduire de la façon suivante : « Un système dynamique non linéaire oscillant sur trois fréquences incommensurables peut devenir instable et avoir un comportement chaotique. » De plus, ils ont bien montré que ce chaos déterministe était fondamentalement lié à la Sensibilité aux Conditions Initiales.

Systèmes dynamiques, espace des phases et attracteurs

Le modèle de Lorenz modélise un système dynamique, c'est-à-dire que les 3 variables X,Y, Z qui le décrivent entièrement ne dépendent que du temps. Dans la pratique, on peut se demander quels sont les systèmes physiques les plus simples qui puissent devenir chaotiques, donc posséder la propriété de la SCI. Le modèle de Lorenz nous donne déjà une indication : 3 variables sont suffisantes. Sont-elles nécessaires ? La réponse est « oui ». Des études théoriques peuvent en donner la démonstration, mais nous pouvons aussi utiliser un argument topologique sur les trajectoires décrites dans l'espace des variables : à partir de deux conditions initiales très voisines, la propriété de la SCI conduit les deux parties de trajectoires qui en sont issues à s'écarter l'une de l'autre... (voir figure 3) tout en restant dans un espace borné (énergie finie du système, limitations physiques, etc.). Les deux trajectoires, après un certain temps d'évolution, se retrouveront, de ce fait, au voisinage l'une de l'autre sans qu'elles puissent se couper. En effet, ceci serait en contradiction avec le déterminisme – toujours présent – et qui impose une seule évolution pour un point de

2. D. Ruelle, F. Takens, *Comm. in Math. Phys.*, 20, 1971, p. 167.

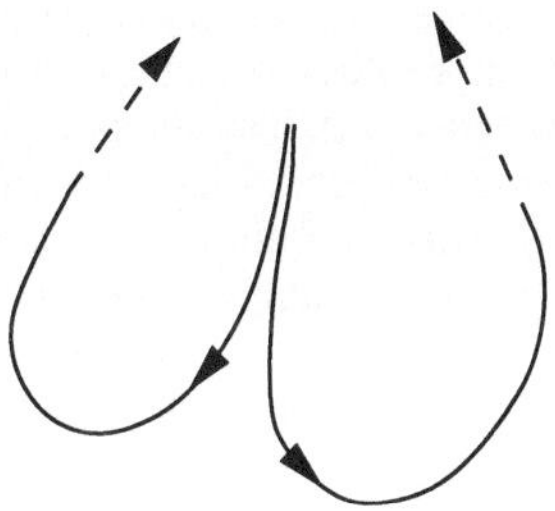

Figure 3. Illustration de la divergence de deux trajectoires de l'espace des phases initialement voisines. Le confinement de l'espace des phases visité amène nécessairement les deux trajectoires à repasser au voisinage l'une de l'autre.

départ donné. Cette double contrainte – divergence puis nécessaire regroupement sans se recouper – ne peut être satisfaite que dans un espace au moins à 3 dimensions. Le système physique, candidat au chaos, doit donc se décrire dans un espace des phases qui soit au moins tridimensionnel, c'est-à-dire avoir au moins 3 variables dynamiques indépendantes.

Dans le monde physique qui nous entoure, la plupart des systèmes dynamiques sont *dissipatifs,* tel le pendule classique, dont le mouvement, s'il n'est entretenu, s'amortit jusqu'à l'état de repos. Les deux variables, θ l'angle du pendule avec la verticale et $\dot{\theta} = d\theta/dt$, sa vitesse, étant alors nulles dans

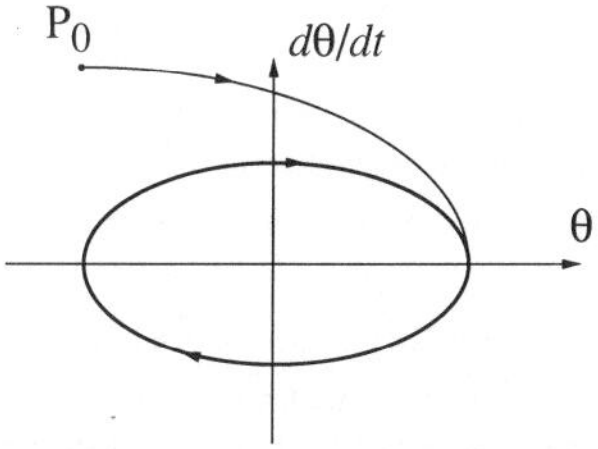

Figure 4. Pendule simple entretenu et son diagramme de phase. L'ellipse représente l'attracteur cycle limite vers lequel tendent toutes les trajectoires issues de n'importe quel point (d'une certaine zone) du plan (tel P_0).

l'espace des phases, on a un *point fixe*. Si le pendule est entretenu, son mouvement évolue vers une oscillation périodique et ceci, quelles que soient les conditions de lancement (telles les horloges comtoises par ex.) : dans l'espace des phases, la trajectoire converge vers une ellipse ou *cycle limite* que les variables θ, $\dot{\theta}$ décrivent à chaque période (voir figure 4). La présence de la dissipation se manifeste dans les deux cas par le fait que tout un ensemble de conditions initiales aboutissent au même comportement : repos ou oscillation d'amplitude et de fréquence bien déterminées. On parle alors de contraction des aires dans l'espace des phases (tous les points du plan sont « attirés » vers le point fixe ou le cycle limite) et de présence d'un *attracteur*.

Un pendule seul ne peut devenir chaotique : il n'est décrit que par deux variables, sa position et sa vitesse, mais il suffit de lui adjoindre une variable supplémentaire pour qu'il puisse le devenir (son espace des phases sera alors à 3 dimensions). Une façon très simple est de stimuler périodiquement le pendule avec une force extérieure : la variable supplémentaire est alors la phase de cette stimulation. La trajectoire dans l'espace des phases s'enroule sur un *tore* T^2 (c'est-à-dire la surface d'une chambre à air), tant qu'il n'y a ni accrochage entre les fréquences du pendule et de sa stimulation, ni comportement chaotique... Le tore est l'attracteur du régime bipériodique (voir figure 5). Un exemple type de pendule forcé est une boussole soumise à deux champs magnétiques : l'un fixe, dans lequel la boussole a sa fréquence propre d'oscillation, l'autre tournant à une autre fréquence. Une réalisation très simple peut se faire avec une boussole dans le champ terrestre, auquel on superpose un champ périodique, créé par quelques spires, alimentées en courant alternatif.

Notons tout de suite qu'il n'est pas aisé de représenter de façon explicite une trajectoire qui se déroule dans un espace à 3 dimensions. Aussi le mathématicien et physicien H. Poincaré a-t-il proposé une méthode pour diminuer d'une unité la dimension nécessaire pour sa représentation : cette méthode consiste à faire une coupe de la trajectoire par un plan dans l'espace des phases et à relever, dans ce plan, tous les points d'intersection de la trajectoire perçant ce dernier dans un sens donné. L'ensemble des points obtenus s'appelle une *section de Poincaré*. En

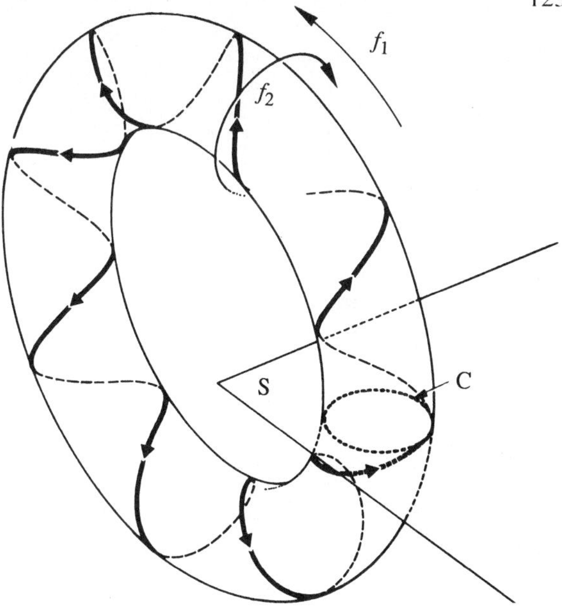

Figure 5. Tore T^2 et sa section de Poincaré C par un plan de coupe S. f_1 et f_2 désignent les deux fréquences de parcours du tore.

somme, la section de Poincaré est une description du mouvement à temps discret. Dans le cas d'un régime bipériodique, la section du tore décrit un cercle ou une ellipse (voir figure 5).

Lorsque le régime bipériodique devient chaotique... ou, plus généralement, lorsqu'un régime chaotique s'installe, que deviennent les attracteurs dans l'espace des phases ? Leurs trajectoires doivent obéir à deux impératifs apparemment contradictoires : se contracter à cause de la dissipation et s'écarter à cause de la SCI. Localement, cela se traduit par une contraction suivant certaines directions et une divergence suivant d'autres. Cette divergence se manifeste par des *étirements*, suivis de nécessaires *repliements* liés au fait que l'extension de l'attracteur est limitée par les valeurs extrémales prises par les variables physiques. Résultat d'une multitude d'étirements et de repliements (voir figure 6), l'attracteur chaotique est donc,

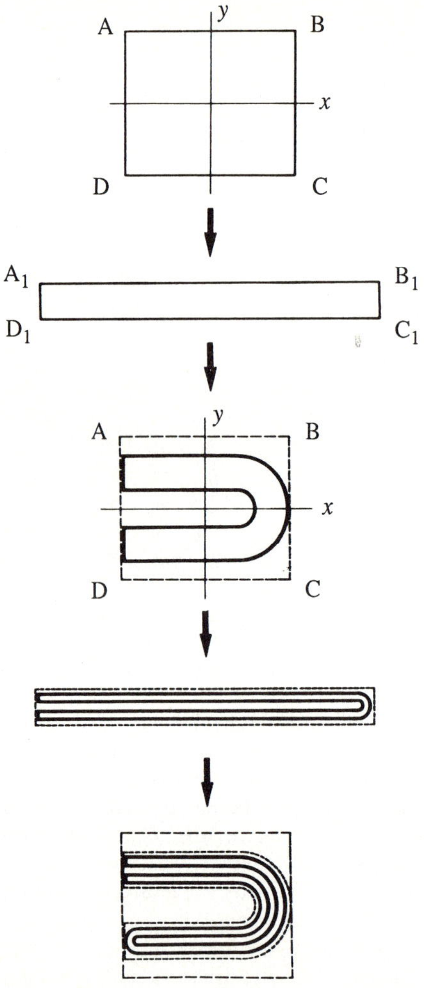

Figure 6. Résultat des deux premières opérations d'étirement et de repliement d'un rectangle ABCD. Le rectangle est d'abord transformé en fer à cheval qui devient à son tour une épingle double. Une suite de très nombreuses opérations identiques conduit à la formation d'une structure feuilletée.

en quelque sorte, fabriqué de la même manière que celle utilisée par le boulanger pour faire sa pâte : il en résulte une *structure feuilletée* caractéristique, que l'on peut retrouver à différentes échelles. Remarquons qu'entre les feuillets, il y a du vide que la trajectoire ne remplit jamais. Ces curieuses propriétés topologiques sont celles d'un objet fractal et ont fait nommer les attracteurs chaotiques *« attracteurs étranges »*. Un exemple numérique (modèle d'un pendule forcé) en est donné figure 7 où la similarité des structures des trajectoires est montrée à différentes échelles.

La présence d'un attracteur étrange dans l'espace des phases est une signature du chaos déterministe dissipatif. Aussi sa mise en évidence à partir de signaux expérimentaux est-elle cruciale. En effet, pour un système expérimental, le nombre de degrés de liberté effectifs, que nous définissons ici comme le nombre de variables indépendantes, n'est généralement pas connu, et, dans ce cas, seule la démonstration de la présence des propriétés spécifiques du chaos déterministe sera valable, c'est-à-dire présence ou non d'un attracteur étrange de faible dimensionnalité dans l'espace des phases.

Les routes vers le chaos

La notion même de chaos est inséparable du phénomène de *transition* vers le chaos. Un système dynamique non linéaire possédant au moins 3 variables *peut* devenir chaotique à partir d'un état dynamique régulier (périodique ou quasi-périodique). Par augmentation progressive d'un paramètre de contrôle μ, le système va *« bifurquer »* de l'état régulier à l'état chaotique. Cette bifurcation se produit pour une valeur parfaitement définie μ_c comme lors d'une véritable transition de phase.

Très généralement, le régime de départ est le régime périodique caractérisé par l'existence d'un attracteur cycle limite. La question qui se pose est donc de savoir de quelle manière peut se déstabiliser ce cycle limite. On sait aujourd'hui qu'il y a 3 scénarios principaux qui peuvent mener au chaos à partir d'un régime périodique[3] (voir figure 8) :

3. P. Bergé, Y. Pomeau, Ch. Vidal, *L'Ordre dans le chaos*, Hermann, 1984 ; éd. angl., *Order Within Chaos*, Wiley.

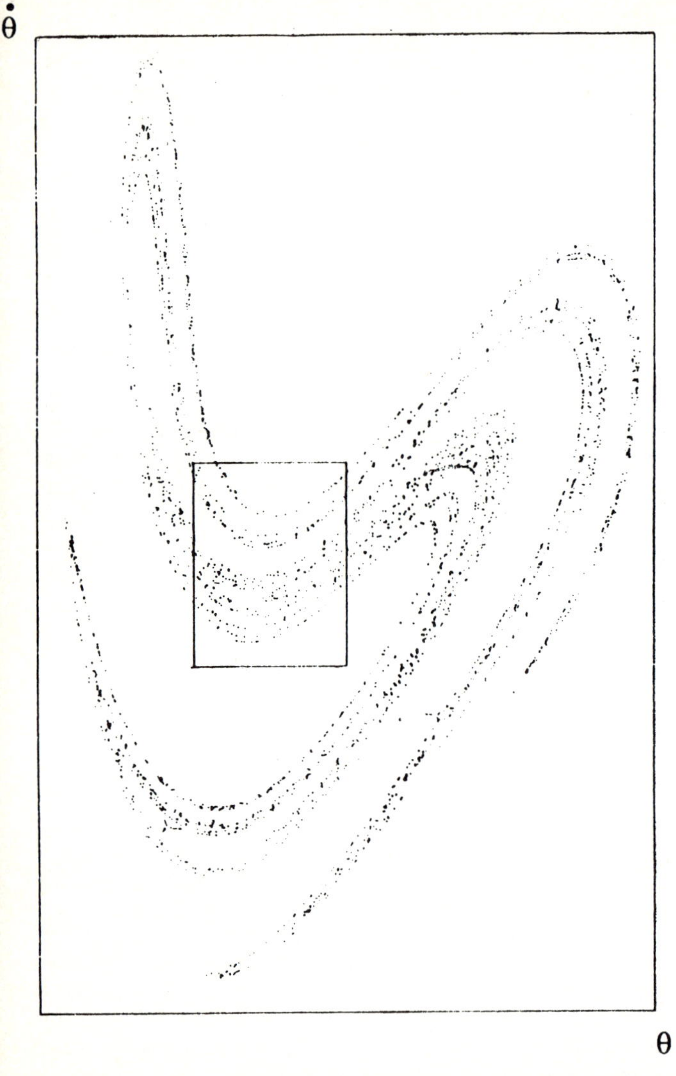

Figure 7. Coupe de Poincaré d'un attracteur numérique représentant la trajectoire chaotique dans l'espace des phases d'un pendule forcé. Les points de coordonnées θ et $\dot{\theta}$ sont tracés à chaque fois que la phase du forçage atteint la valeur $2\pi \times n$, n entier.

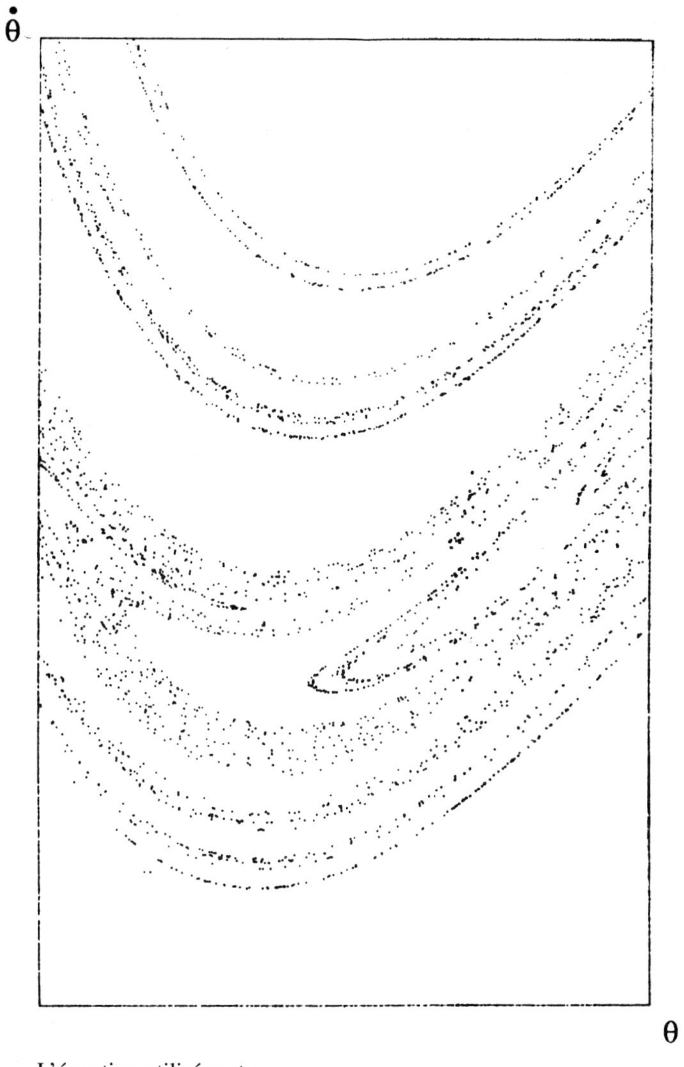

L'équation utilisée est :

$$\frac{d^2\theta}{dt^2} + A(\theta^2 - 1)\frac{d\theta}{dt} + C\theta + \theta^3 = B \ \cos(2\pi f \times t).$$

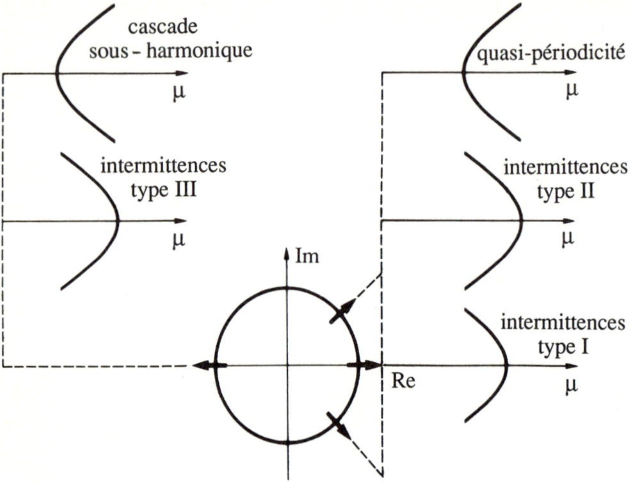

Figure 8. Représentation synoptique des divers scénarios vers le chaos. Le scénario dépend du type de croisement du cercle unité et du caractère de la bifurcation mise en jeu.

1. le scénario par doublement de période pour lequel la période de base est multipliée par 2 à chaque étape de bifurcation, jusqu'à approcher une période de longueur infinie ;
2. le scénario par intermittences où les états périodiques se déstabilisent lentement jusqu'à explosion dans une bouffée turbulente ;
3. le scénario par la quasi-périodicité où l'interaction non-linéaire de 2 (ou 3) oscillateurs conduit à des comportements chaotiques.

(Voir en encadré pages suivantes une description plus détaillée de ces trois scénarios.)

Le chaos dans la réaction chimique de Belousov-Zhabotinsky (BZ)

La réaction de BZ comme système dynamique

Que certaines réactions chimiques puissent être le siège d'une dynamique non monotone a de quoi étonner. Il est vrai que de telles réactions sont plutôt rares et que celle de BZ est – du point de vue de sa dynamique – de loin la plus étudiée. Ce n'est pas le lieu de décrire en détail la réaction elle-même ou le dispositif expérimental capable d'en suivre la dynamique. Indiquons seulement que les réactifs de BZ sont, par exemple, l'acide sulfurique, l'acide malonique, le bromate de sodium et le sulfate de cérium. Les réactifs, mis en proportions convenables dans une solution aqueuse, peuvent donner naissance à une réaction chimique oscillante. Bien entendu, pour rendre le système exploitable quantitativement, il faut renouveler sans cesse les réactifs : en pratique, on a recours à un réacteur ouvert, fortement agité, régulé thermiquement, et alimenté continûment en réactifs dont les débits sont soigneusement ajustés. Le paramètre de contrôle de la réaction de BZ est le temps de résidence dans le réacteur.

Pour caractériser l'état dynamique de la réaction, on capte une propriété spécifique du milieu dans le réacteur, par exemple par spectrophotométrie. Le signal correspondant est ensuite numérisé et les séries temporelles ainsi obtenues sont stockées dans la mémoire d'un ordinateur pour exploitation ultérieure.

Au-delà de l'illustration de nombreuses routes menant au chaos, l'intérêt de la réaction de BZ est qu'elle permet d'illustrer de façon très pure et frappante beaucoup des idées de base du chaos rappelées ci-dessus[4].

Nous nous bornerons, ici, à cet aspect des choses.

4. C. Vidal, H. Lemarchand, *La Réaction créatrice*, Hermann, 1988.

Les 3 scénarios de déstabilisation

Considérons un régime périodique et perturbons légèrement et transitoirement le point de fonctionnement du système dynamique qui lui a donné naissance ; nous créons ainsi un petit écart par rapport au cycle limite dont nous voulons tester la stabilité. Quand le temps passe, cet écart peut croître – signe que le cycle limite est instable – ou, au contraire, régresser, ce qui indique la stabilité de ce dernier. Le fait qu'il y ait divergence ou régression de cet écart infinitésimal dépend des valeurs propres d'une matrice dite « matrice de Floquet ». En effet, ce petit écart est un vecteur $\vec{\delta}$ d'un plan de section de Poincaré de l'espace des phases. Ce vecteur se transforme quand le temps passe et il convient de faire appel à une matrice pour en décrire les transformations. Si toutes les valeurs propres de cette matrice sont à l'intérieur du cercle unité dans le plan complexe, l'écart $\vec{\delta}$ au cycle limite, multiplié à chaque période par un nombre de module inférieur à 1, tend vers 0 et le cycle est stable. Par contre, si après avoir changé un paramètre de contrôle du système, l'une des valeurs propres augmente jusqu'à croiser le cercle unité, alors $\vec{\delta}$ augmentant à chaque période, le cycle limite devient instable.

Le comportement dynamique qui le remplace dépend évidemment de l'évolution temporelle de l'écart qui valait initialement $\vec{\delta}$. Cette évolution est liée fondamentalement au mode de croisement du cercle unité – par les valeurs (+ 1), (– 1) et $(\alpha \pm i\beta)$ – et au type de bifurcation mis en jeu (voir figure 8).

a) Croisement par la valeur (+ 1)

A_n, valeur de l'amplitude du régime périodique mesurée à chaque période n, et constante avant le croisement, peut s'écrire, à l'ordre le plus bas

$$A_{n+1} = A_n(1 + \varepsilon) + a\, A^2_n + \ldots$$

où ε est le paramètre décrivant l'écart au seuil de bifurcation et $a > 0$ (voir figure E_1). Remarquons qu'ici nous raisonnons à temps dis-cret – remplacement des équations continues par des itérations – et que l'indice n représente alors le numéro d'ordre de traversée du plan de coupe de Poincaré par la trajectoire. Multipliée à chaque période par un réel > 1, l'amplitude croît continuellement jusqu'à une valeur limite au-delà de laquelle il y a « explosion », puis retour à un état dit « laminaire », durant lequel l'amplitude A_n évolue à nouveau doucement, puis un nouveau cycle recommence. Il y a donc succession de périodes régulières (ou laminaires) interrompues à des intervalles de temps de longueur aléatoire par des bouffées turbulentes correspondant à l'explosion. C'est le scénario du d'apparition du chaos par *intermittences de type I.*

du régime périodique

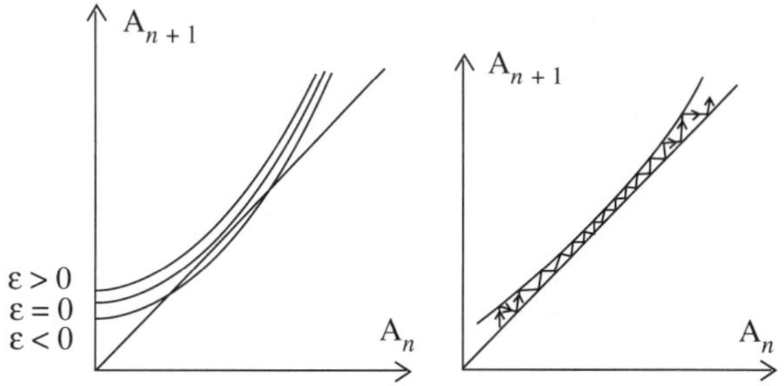

Figure E$_1$. Application $A_{n+1} = A_n(1 + \varepsilon) + aA^2_n$ donnant la variation de l'amplitude A_n dans le cas des intermittences de type I. Sur le schéma de droite est dessiné le passage dans le canal pour $\varepsilon > 0$.

b) Croisement par la valeur (– 1)

$$A_{n+1} = -A_n(1 + \varepsilon) + a\,A^2_n + b\,A^3_n + \ldots$$

Il n'y a plus de solution sauf celle d'amplitude nulle, et il faut poursuivre l'itération à l'ordre $n + 2$ pour déceler l'existence d'autres solutions. Une double itération conduit à

$$A_{n+2} = (1 + 2\varepsilon)A_n + a'\,A^2_n + b'\,A^3_n + \ldots$$

avec $b' = -2(a^2 + b)$ et $a' \ll b'$.

Contrairement au cas **a**) où $\vec{\delta}$ est multiplié par un réel positif, le réel de module supérieur à 1 est ici négatif. Les valeurs successives $\vec{\delta}_1$, $\vec{\delta}_2$, $\vec{\delta}_3$... croissent (au départ) de manière alternée autour du cycle limite.

Si b' est < 0, le terme non linéaire $b'\,A^3_n$ sature la croissance et deux solutions stables apparaissent à $\varepsilon > 0$ (figure E$_2$, remarquons que la bifurcation correspondante est alors supercritique). Le point figuratif dans le plan de Poincaré ainsi que sur la carte de retour oscille alternativement de C_1 à C_2 autour du point C, représentation du fantôme de l'ancien cycle limite. Avant la bifurcation, le point représentatif du régime perçait le plan de Poincaré en C à chaque période. Après la bifurcation il le perce alternativement en C_1 et en C_2. La période du régime a doublé puisqu'il faut maintenant attendre deux « tours » pour se retrouver dans le même état.

Par un nouveau changement du paramètre de contrôle, on peut →

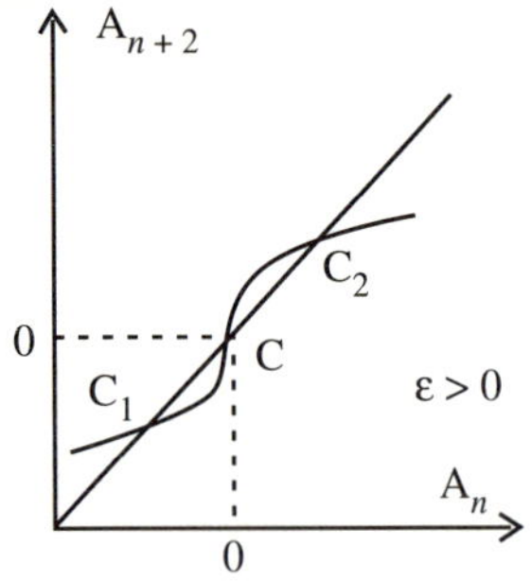

Figure E_2. Application $A_{n+2} = A_n(1 + 2\varepsilon) + b' A^3_n$, $b' < 0$. En plus de la solution instable il apparaît deux solutions stables C_1 et C_2 ($\varepsilon > 0$).

atteindre une seconde bifurcation de doublement de période : la période sera alors quadruplée. C'est ainsi que par une succession de bifurcations de doublement, on obtient une *cascade sous-harmonique* qui amène, en pratique, à ce que le point figuratif de la coupe de Poincaré ne revisite jamais aucun de ses prédécesseurs – la période de retour est devenue infinie, ce qui revient à dire que le régime est apériodique i.e. chaotique. Il s'agit alors du scénario de *transition au chaos par doublement de la période* (ou cascade sous-harmonique).

Si b' est > 0, le terme b' A^3 ne limite plus la croissance de l'amplitude (voir figure E_3) et la bifurcation correspondante est sous-critique. Le mode fondamental décroît en amplitude alors que le taux du sous-harmonique croît et déstabilise le régime

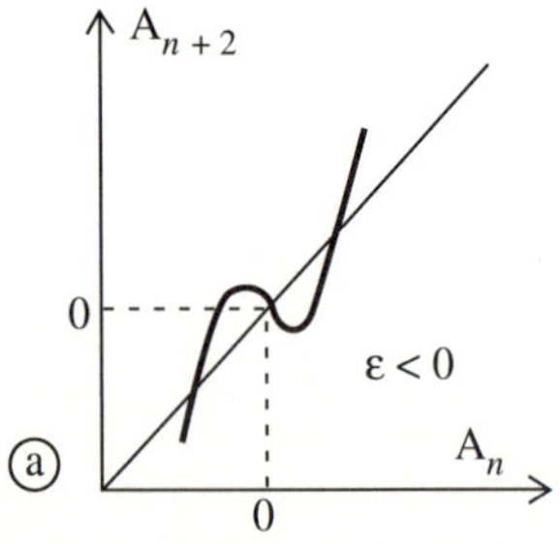

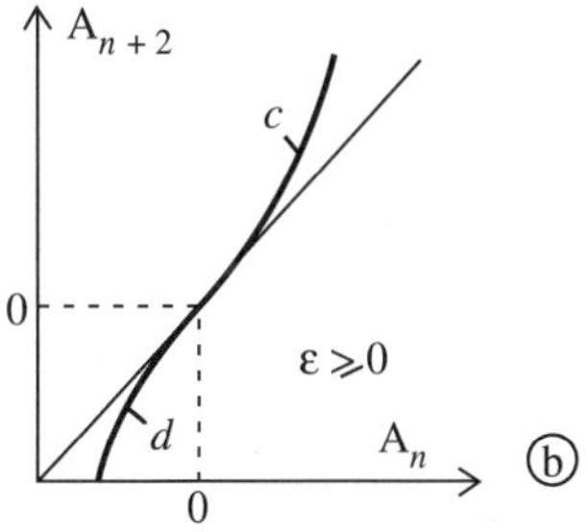

Figure E$_3$. Application $A_{n+2} = A_n(1 + 2\varepsilon) + b' \, A^3_n$, $b' > 0$ pour $\varepsilon < 0$ et $\varepsilon \geq 0$. Ce dernier cas conduit aux intermittences de type III. La partie *c* correspond à la croissance du sous-harmonique, la partie *d* à la décroissance du mode fondamental.

dynamique jusqu'à « l'explosion », avec bouffée turbulente. C'est le scénario *via* les *intermittences du type III.*

c) Dernier cas de figure à considérer pour le croisement du cercle unité : **le croisement par deux valeurs complexes conjuguées** ($\alpha \pm i\beta$). Cette fois, le petit écart initial $\vec{\delta}$ est multiplié par un nombre complexe (de module supérieur à 1). Les écarts successifs $\vec{\delta}_1$, $\vec{\delta}_2$ croissent en module mais en tournant dans le plan complexe avec une certaine vitesse angulaire ω_2 liée à β. Tout comme dans le cas **b**) qui précède, il convient de considérer séparément les cas où la bifurcation est sur-critique ou sous-critique.

Dans le premier cas, les termes non-linéaires saturent l'amplification à un niveau déterminé et, dans le plan de Poincaré, les points figuratifs décrivent à la vitesse angulaire ω_2 un cercle autour du fantôme C_1 du cycle limite. Ils engendrent de ce fait la section de Poincaré d'un tore T^2: une transition entre le régime périodique et le régime bipériodique a été obtenue. Une nouvelle bifurcation semblable mènera au régime quasi-périodique à 3 fréquences, potentiellement générateur de chaos. Mais cette deuxième bifurcation n'est pas toujours nécessaire puisque l'interaction de 2 oscillateurs est suffisante pour engendrer des comportements chaotiques lorsque couplage ou non-linéarités augmentent. Le scénario qui vient d'être décrit est celui de transition au chaos *via* la *quasi-périodicité.*

Dans le cas d'une bifurcation sous-critique nous sommes conduits à des intermittences tout comme dans les cas **a**) et **b**) avec $b' > 0$. Dans ce cas particulier, il s'agit des *intermittences de type II.*

Illustration du déterminisme

Soit une valeur du temps de résidence dans le réacteur telle que la réaction de BZ soit dans le régime chaotique (présence d'un spectre de Fourier à raies larges pour la concentration X d'un ion caractéristique). On verra plus loin que l'on peut obtenir une représentation (équivalente) de l'attracteur dans un espace à plusieurs dimensions. Les coordonnées sont alors $X(t)$, $X(t + \tau)$, $X(t + 2\tau)$ etc., τ étant un retard judicieusement choisi. Dans le cas de notre exemple, les caractéristiques de la dynamique sont suffisamment simples pour qu'il suffise de considérer une représentation tridimensionnelle de l'attracteur – voir figure 9 une *projection* de cet attracteur sur le plan $X(t)$, $X(t + \tau)$. On peut pratiquer une « coupe de Poincaré » de cet attracteur tridimensionnel par un plan et, mettant à profit la structure particulièrement simple de cette dernière, en déduire une « application de premier retour ». Il s'agit de porter une

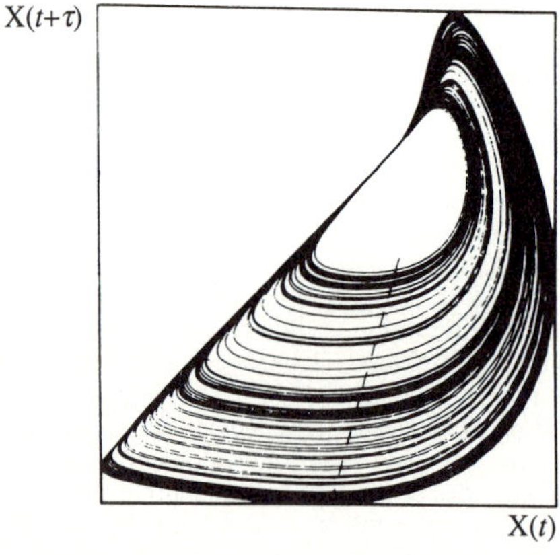

Figure 9. Représentation de l'attracteur du régime chaotique de la réaction BZ. Les boucles présentées correspondent à la projection des trajectoires tridimensionnelles sur le plan ($X(t)$, $X(t + \tau)$). [*D'après J. C. Roux et H. Swinney.*]

coordonnée X_{k+1} d'un point de la section de Poincaré en fonction de la coordonnée X_k du point immédiatement antérieur. On peut voir figure 10a un exemple de résultat ainsi obtenu. Bien que le régime soit chaotique, il est absolument remarquable que tous les points se situent sensiblement sur une courbe bien définie. Ainsi, la connaissance d'un point entraîne, *détermine*, celle du point suivant. Ce fait est une illustration de *l'ordre* qui régit la dynamique chaotique et révèle son origine déterministe.

Illustration de l'attraction

La même expérience et le même diagramme nous permettent d'illustrer l'effet de l'attraction, phénomène transitoire qui suit une perturbation. On a représenté, figure 10b, la courbe continue passant au mieux par l'ensemble des points de la figure 10a discutée précédemment. La perturbation est ici constituée par l'arrivée d'une bulle d'air modifiant transitoirement le fonctionnement du réacteur juste après l'inscription du point n° 4.

L'effet de cette perturbation se traduit par le point n° 5, situé nettement en dehors de la courbe de premier retour. Les points suivants 6, 7 et 8 se rapprochent de plus en plus de la courbe – donc de l'attracteur – et, dès le point 9, la précision de la mesure ne permet plus de détecter un quelconque écart. Ainsi, l'attraction ramène en quatre orbites un point « dissident » sur l'attracteur.

Illustration de la sensibilité aux conditions initiales

Reportons-nous au portrait de phases présenté ci-dessus (figure 9). Ce dernier est obtenu par le tracé d'un grand nombre de points successifs de coordonnées $X(t)$, $X(t + \tau)$, les t étant séparés d'un laps de temps Δt tel qu'il y ait environ une centaine de points par « boucle ». Pour illustrer ce qui suit, nous avons simplifié ce diagramme en ne faisant figurer, en traits pointillés, que quelques projections de trajectoire (voir figure 11).

Par ailleurs, au lieu de porter systématiquement tous les points successifs, opérons maintenant de la façon suivante :

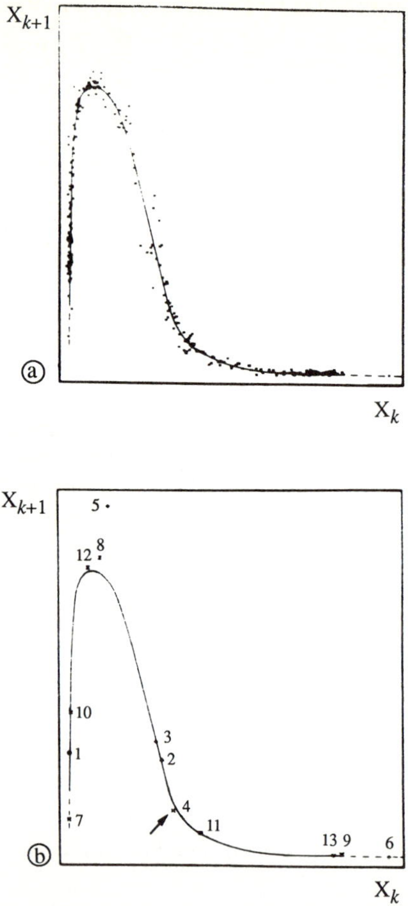

Figure 10. Application de premier retour déduite d'une section de Poincaré. Cette dernière est la coupe de l'attracteur dont la projection est représentée figure 9 et sur laquelle la ligne pointillée représente la projection du plan de coupe.
a) Ensemble des points obtenus pour un régime chaotique du réacteur. La courbe continue est un simple guide pour l'œil.
b) Seule la courbe continue précédente est tracée, ce qui permet d'illustrer l'effet d'une perturbation transitoire du réacteur intervenue sensiblement au moment de l'inscription du point 4 (voir flèche). [*D'après J. C. Roux et H. Swinney.*]

chaque fois qu'un point figuratif passe en O, (X(t), X(t + τ) *et* X(t + 2τ) identiques à une très faible marge d'erreur près) on suit son évolution ultérieure en portant sa position à des intervalles de temps croissants, après son passage en O : figure 11a : 80Δt ; figure 11b : 105Δt; figure 11c : 210Δt. Répétons cette opération quelques dizaines de fois. Il revient au même de considérer que, à un instant initial t = 0, il existe un ensemble de points très voisins pratiquement confondus en O. Au bout de 80Δt, on constate que ces points commencent à se séparer (zone A), cette séparation augmentant ensuite très vite

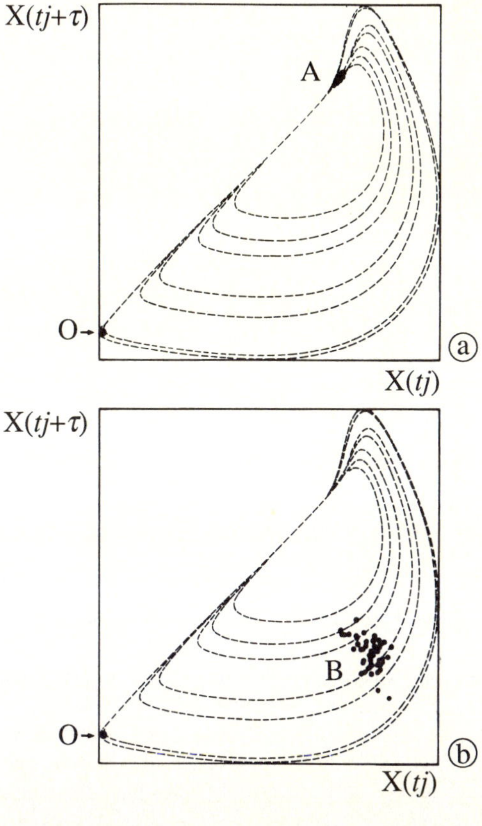

→

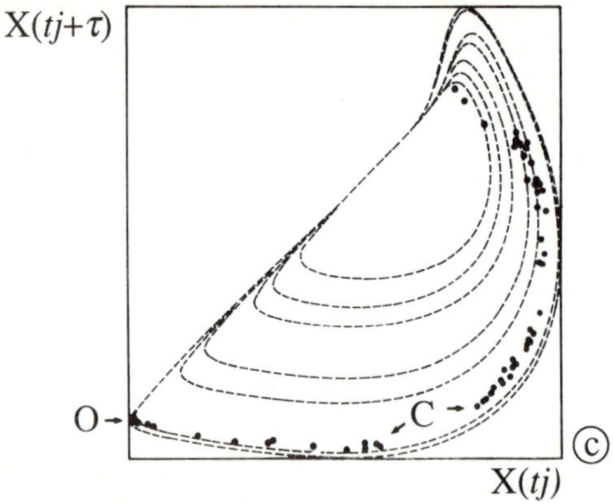

Figure 11. Illustration de la SCI. La position des points au temps origine est O.
a) Position des points après $80\Delta t$.
b) Position des points après $105\Delta t$.
c) Position des points après $210\Delta t$.
($\Delta t = 0{,}88$ s ; il faut, en moyenne, de l'ordre de $120\Delta t$ pour décrire une boucle.) [*D'après J. C. Roux et H. Swinney.*]

quand le temps s'écoule. En particulier, au bout de $210\Delta t$ (temps en gros nécessaire à décrire deux boucles), les points ont envahi presque tout l'attracteur (zone C). C'est dire que la mémoire de la condition initiale (« tous les points sont pratiquement confondus en O ») est perdue du fait de la divergence des écarts (minimes) initiaux. Il s'agit là d'une illustration très directe de l'effet de la « Sensibilité aux Conditions Initiales » (SCI).

Mise en évidence de l'étirement et du repliement

On a vu, ci-dessus, que la SCI impliquait un étirement des trajectoires alors que le confinement de l'espace des phases entraînait nécessairement un repliement de ces dernières. Ces deux opérations peuvent être mises en évidence dans une succession de 9 coupes de Poincaré obtenues dans 9 zones différentes de l'orbite moyenne de l'attracteur chaotique déjà considéré (mais reconstruit avec un retard τ différent de celui utilisé figure 9). La figure 12 montre comment la section de Poincaré se modifie progressivement pendant le temps d'une révolution sur l'orbite moyenne. On voit qu'un repliement se produit entre 2 et 8. L'étirement (moins évident du fait de la

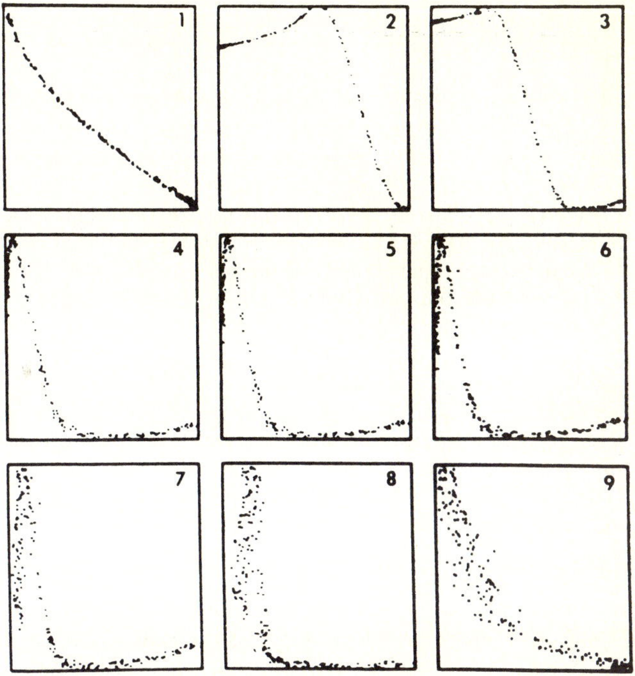

Figure 12. Différentes sections de Poincaré se succédant le long d'une orbite moyenne. Les échelles de la représentation sont variables d'une section à l'autre : exprimées sous forme symbolique (N)EX × EY (où EX est l'échelle relative des abscisses et EY celle des ordonnées de la section de numéro N) elles sont : (1) 0,3 × 0,2 ; (2) 1,1 × 0,9 ; (3) 1 × 1 ; (4) 0,5 × 0,9 ; (5) 0,5 × 0,9 ; (6) 0,5 × 0,8 ; (7) 0,4 × 0,5 ; (8) 0,4 × 0,2 ; (9) 0,4 × 0,08.
[*D'après J. C. Roux, R. Simoyi et H. Swinney.*]

variation importante d'échelle d'une coupe de Poincaré à l'autre) intervient surtout lorsqu'on passe de 9 à 1. C'est d'ailleurs la raison pour laquelle la largeur apparente de la section est beaucoup plus faible en 1 qu'en 9.

Boussole soumise à deux champs magnétiques

Ce système physique est le prototype d'une expérience « modèle ». Un montage, permettant de faire des mesures précises, a été réalisé par V. Croquette[5]. Une aiguille aimantée est soumise à un champ fixe et à un champ tournant, ces deux champs pouvant être ajustés indépendamment (voir figure 13). Le système est constitué par un barreau aimanté, mobile autour d'un axe vertical monté entre deux pivots, et placé entre deux paires de bobines de Helmholtz d'axes horizontaux perpendiculaires. Chaque paire de bobines est traversée par un courant alternatif sinusoïdal de pulsation ω – les deux courants étant en quadrature de phase –, et dont on peut faire varier l'intensité. L'une d'elles est de plus alimentée par un courant continu si bien que ces paires de bobines engendrent, d'une part un champ fixe, et d'autre part un champ magnétique tournant autour de l'axe du barreau aimanté avec la pulsation ω. De petites bobines captrices, perpendiculaires aux bobines de Helmholtz et situées à proximité du barreau, permettent de détecter les mouvements de ce dernier grâce à la force électromotrice induite. Le signal X(t) recueilli est fonction de la vitesse instantanée de rotation du barreau aimanté.

Les états dynamiques ont été étudiés par analyse de Fourier (spectre en fréquences) et par le tracé des trajectoires dans l'espace des phases, le plus souvent sous forme de coupes de Poincaré. Ces dernières ont été tracées en faisant une stroboscopie à la fréquence du champ tournant : les points de coordonnées X(t) et dX/dt sont tracés à chaque rotation de 2π de la phase du champ tournant.

5. V. Croquette, « Déterminisme et chaos », *Pour la science*, décembre 1982, p. 62.

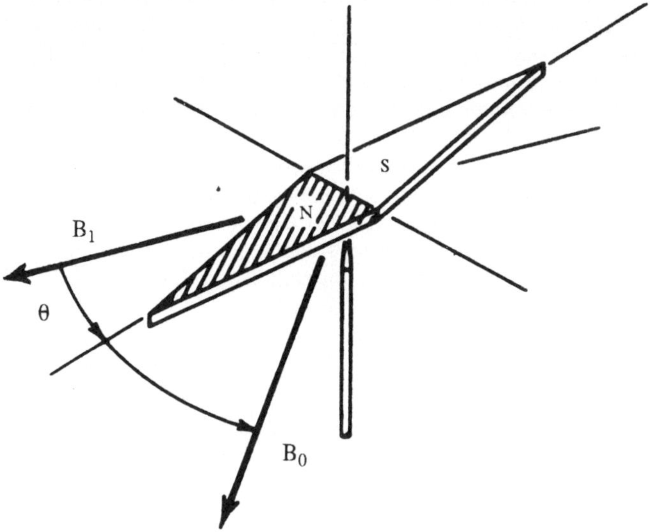

Figure 13. Schéma de principe de la boussole soumise à deux champs magnétiques B_0 = champ tournant. B_1 = champ fixe.

En modifiant la dissipation au niveau du pivot inférieur, par introduction d'huiles de viscosité différente, par exemple, des observations ont été faites sur des états quasi conservatifs, mais aussi sur des états avec dissipation importante. Ici, nous ne considérerons que ce dernier cas. Lorsque la boussole est soumise uniquement au champ fixe, elle oscille autour de ce champ de manière amortie, jusqu'à s'aligner avec lui de façon stationnaire. Si elle n'est soumise qu'au champ tournant, le barreau aimanté tourne avec lui. Lorsque les deux sont présents – champ fixe et champ tournant –, il y a compétition entre les deux comportements associés qui peut mener au chaos.

Le scénario le plus souvent observé est celui du doublement de période. Ici, la cascade a été obtenue par augmentation du champ fixe B_1 alors qu'amplitude et fréquence ($f_0 \cong 2{,}76$ Hz) du champ tournant ont été maintenues constantes. Lorsque B_1 est relativement faible, le barreau oscille autour du champ fixe avec la fréquence f_0. Par augmentation de B_1, un changement de comportement se produit avec un seuil bien défini : à l'oscillation toujours présente à f_0, se superpose une modulation d'amplitude à la fréquence $f_0/2$. Puis à partir de nouvelles valeurs croissantes de B_1, de nouvelles modulations supplémentaires apparaissent à des fréquences $f_0/4, f_0/8, f_0/16$..., chacune avec un seuil bien défini (voir figures 14 et 15). C'est la cascade de doublement de la période, qui conduit rapidement à une période infinie, donc au chaos puisque le signal, ne se répétant jamais, perd toute corrélation avec lui-même.

L'expérience montre, en accord avec les prédictions théoriques, que les seuils se rapprochent de plus en plus au fur et à mesure que les sous-harmoniques élevés apparaissent en suivant la relation

$$\frac{\mu_i - \mu_{i-1}}{\mu_{i+1} - \mu_i} = \delta$$

où μ_i est la valeur du paramètre de contrôle pour lequel apparaît le sous-harmonique $f_0/2^i$ et δ une constante. $\delta = 4{,}66$ pour un système très dissipatif alors qu'il vaut 8,72 dans le cas d'un système conservatif.

Dans le cas des mesures faites avec la boussole, l'espacement relatif des différents seuils μ_i est en accord qualitatif avec la prédiction... mais ne prétend pas en donner une mesure précise – la dissipation étant relativement faible et pouvant légèrement varier dans le temps. Par contre, une mesure de la constante δ a été faite dans une expérience de convection avec

→

Figure 14. Variation temporelle du signal X(t) proportionnel à la vitesse de la boussole, pour 2 valeurs du champ fixe :
a) Présence de la modulation à $f_0/16$ (attracteur *a* de la figure 16, $B_1 \leq B_{1T}$).
b) Régime chaotique (attracteur *c* de la figure 16, $B_1 > B_{1T}$). [*D'après V. Croquette,* B_{1T} étant le seuil critique d'apparition du chaos.]

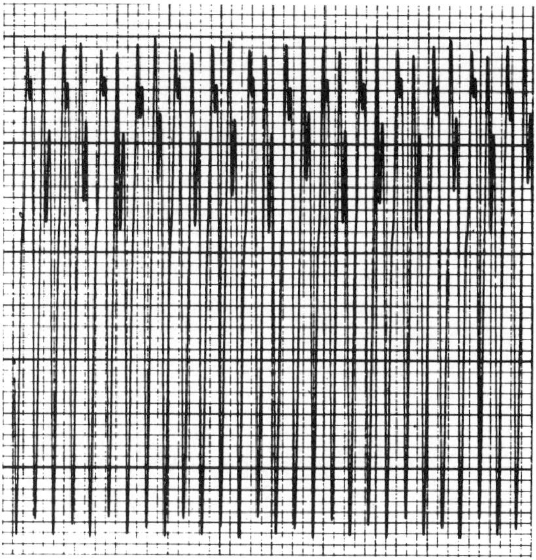

a

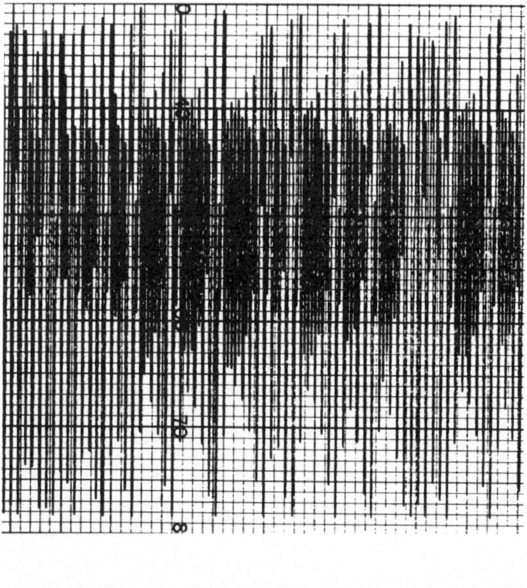

b

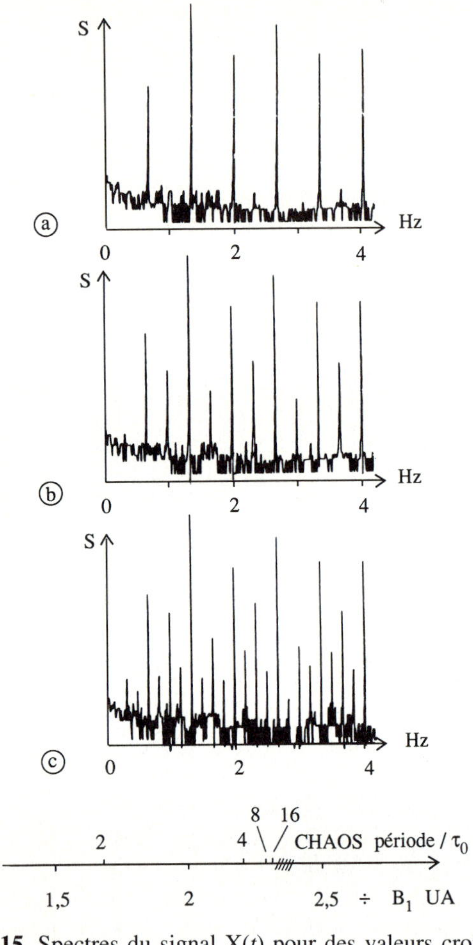

Figure 15. Spectres du signal X(*t*) pour des valeurs croissantes de B_1.
a) Présence de $f_0/4$.
b) Présence de $f_0/8$.
c) Présence de $f_0/16$.
Les seuils d'apparition des sous-harmoniques successifs sont indiqués sur l'axe en bas de la figure. Les valeurs de B_1 sont en unités arbitraires. [*D'après V. Croquette.*]

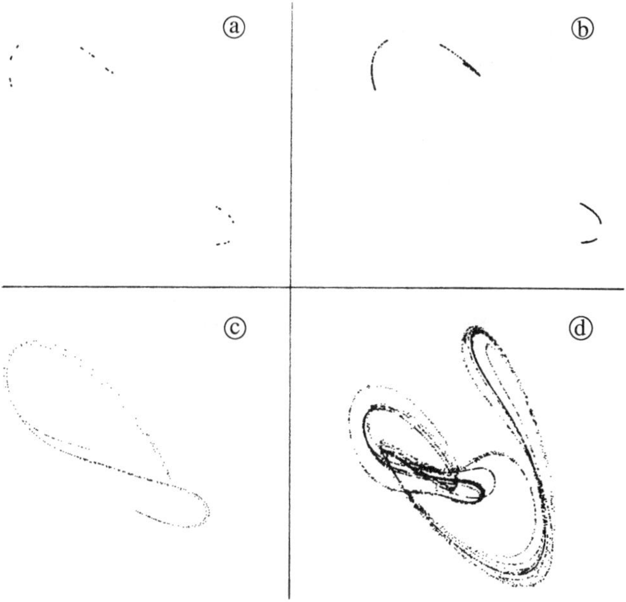

Figure 16. Sections de Poincaré tracées pour des valeurs croissantes du champ fixe et montrant comment, à partir de la présence de $f_0/16$, la dynamique chaotique devient de plus en plus importante jusqu'à être représentée par un attracteur étrange continu. [*D'après V. Croquette.*]

du mercure sous champ magnétique[6]. La valeur expérimentale trouvée était $\delta = 4{,}4 \pm 0{,}1$.

Les mesures faites avec la boussole ont également permis de suivre de façon détaillée le phénomène de la « *cascade inverse* ». Le chaos qui apparaît pour une valeur critique μ_c (ou une valeur bien définie du champ B_1) est d'abord très faible et se développe ensuite progressivement avec l'augmentation de B_1. Cela se manifeste par une déstabilisation des corrélations aux temps les plus longs, c'est-à-dire disparition en premier

6. A. Libchaber, C. Laroche et S. Fauve, *J. Phys. Lettres*, 43, 1982, p. 211.

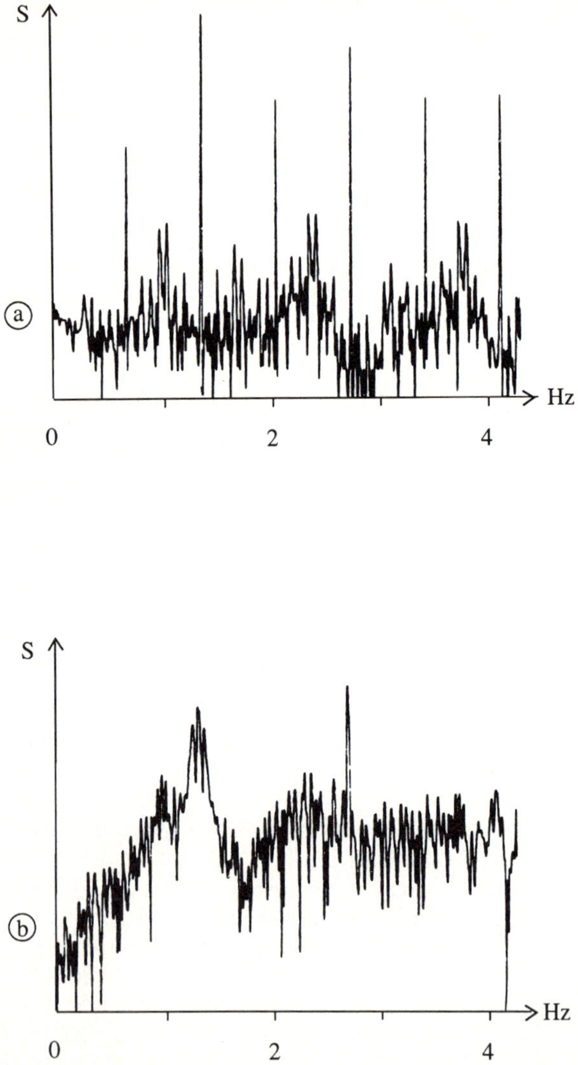

Figure 17. Spectres de Fourier du signal X(t) correspondant aux attracteurs b et c de la figure 16. [*D'après V. Croquette.*]

des basses fréquences, $f_0/32$, puis $f_0/16$, puis $f_0/8$, etc. Ceci est bien mis en évidence sur les spectres et les sections de Poincaré qui, étape par étape, montrent comment les points deviennent des domaines, qui se fondent ensuite 2 par 2 jusqu'à dessiner un attracteur étrange complet (voir figures 16 et 17).

Le chaos dans la convection thermique de Rayleigh-Bénard

Le phénomène

Parmi les systèmes réels se prêtant aux études des transitions vers le chaos, la convection de Rayleigh-Bénard est un candidat de choix.

La convection de Rayleigh-Bénard (RB)[7] est un phénomène qui prend naissance dans une couche horizontale de fluide, confinée entre deux plaques isothermes qui la soumettent à un gradient vertical de température déstabilisant. Ceci implique, si le fluide a une densité qui diminue avec la température, que la partie basse de la couche soit portée à une température supérieure à celle de la partie haute : la stratification ainsi obtenue est potentiellement instable. Au-delà d'une certaine différence de température critique ΔT_c, des mouvements apparaissent dans le fluide et s'organisent sous forme de rouleaux convectifs dont le « diamètre » est comparable à la hauteur de la couche (voir figure 18). Notons qu'il est préférable d'exprimer la différence de température de manière adimensionnelle par le nombre de Rayleigh Ra qui incorpore la hauteur de la couche et les diverses propriétés physiques du fluide. La valeur du seuil devient alors une quantité universelle $Ra_c = 1707$.

Quelles que soient les précautions expérimentales prises, les rouleaux convectifs se disposent spontanément en une structure désordonnée où existent l'analogue de joints de grains, dislocations, etc. Pour préserver l'ordre spatial de la structure convective, on doit adopter une géométrie confinée en limi-

7. P. Bergé, M. Dubois, *Contemp. Phys.*, 25, 1984, p. 535.

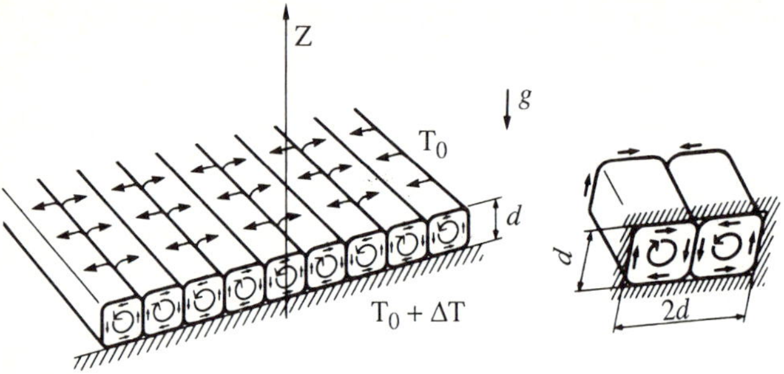

Figure 18. Convection thermique de Rayleigh-Bénard. A gauche une structure comprenant un grand nombre de rouleaux ordonnés, à droite une structure confinée dans une cellule de petite extension horizontale où seulement deux rouleaux sont présents.

tant, par exemple, la plus grande extension horizontale au double de l'épaisseur de la couche fluide (rapport d'aspect $\Gamma_x = 2$). Ainsi, la structure peut ne comporter que deux rouleaux principaux et il est courant que cet ordre spatial soit conservé jusqu'à quelques centaines de fois Ra_c quand le nombre de Prandtl, rapport de la viscosité du fluide à sa diffusivité thermique, est élevé.

Le régime périodique

Dans le cas de la convection de RB à nombre de Prandtl élevé, il se développe des couches limites thermiques très marquées au voisinage des deux parois horizontales de la cellule. Ces couches limites peuvent devenir instables à plus haut nombre de Rayleigh et donner naissance à de véritables oscillateurs thermiques bien localisés. C'est de ce fait que la convection de Rayleigh-Bénard devient un authentique système dynamique. Se prêtant parfaitement à tous les types de diagnostics optiques, ces oscillateurs thermiques peuvent aisément être visualisés et étudiés (méthodes d'ombroscopie, de Foucault, d'interférométrie).

Le simple examen d'une image de la couche thermique en régime oscillant où le « balancier » de l'oscillateur est si clairement identifiable concrétise parfaitement l'idée abstraite qu'un fluide, pourtant animé, à l'échelle microscopique, d'une myriade de mouvements complexes devient, du point de vue de sa dynamique macroscopique, l'équivalent strict d'un pendule entretenu, donc d'un système à deux degrés de liberté. Sans entrer dans une description détaillée des oscillateurs thermiques localisés rencontrés dans la convection de RB à haut nombre de Prandtl [8], nous décrivons ci-dessous les deux les plus souvent rencontrés : l'oscillateur « plume » et l'oscillateur « goutte ».

La « plume » prend naissance près des parois latérales dans la couche limite chaude ou froide suivant que la vitesse y est ascendante ou descendante (voir figure 19a) ; très rapidement après sa croissance, elle est entraînée par la vitesse convective, si bien que l'on peut retrouver la perturbation thermique qui lui est associée sur la ligne de courant qui lui correspond avant qu'elle ne diffuse thermiquement.

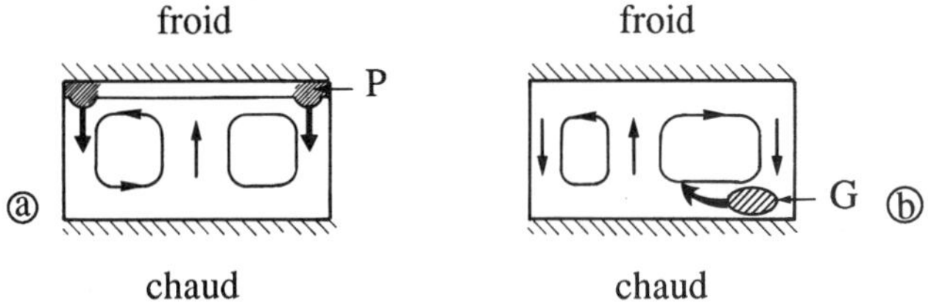

Figure 19. Représentation schématique de deux oscillateurs thermo-convectifs :
a) plumes (ici, froides) ;
b) goutte (ici, chaude).

L'origine de l'oscillateur « goutte » est similaire mais, au contraire de la « plume », la goutte n'est pas favorisée par la vitesse convective en ce sens qu'elle apparaît près d'une paroi latérale, dans la couche chaude si la vitesse y est descendante (voir figure 19b), dans la couche froide si la vitesse est ascendante. L'hétérogénéité thermique qui va donner naissance à la goutte croît d'abord dans la couche limite, puis est advectée

8. *Le Chaos : théorie et expériences*, sous la dir. de P. Bergé, Eyrolles, série « Synthèses », 1988.

par le courant horizontal ; elle reste ainsi en contact avec la paroi chaude ou froide, selon qu'elle est respectivement chaude ou froide. Le long du trajet, la perturbation thermique associée à la goutte s'en trouve donc renforcée, ce qui en fait un oscillateur puissant.

La préférence pour la formation de plumes ou de gouttes est liée au type de structure convective (détails dans l'arrangement spatial des rouleaux). Parmi les autres oscillateurs thermoconvectifs possibles, signalons l'existence d'un type d'oscillateur qui se manifeste par la pulsation globale de l'ensemble de l'une des couches limites thermiques. Contrairement aux deux oscillateurs précédemment décrits, celui-ci est délocalisé puisqu'il concerne la totalité de l'une des deux couches limites.

On peut voir figure 20 un spectre de Fourier des variations de la vitesse dans le cas de l'oscillateur couche limite : il confirme le caractère monopériodique du régime observé.

La route vers le chaos par intermittences

Nous n'aborderons, pour ce qui est de la convection de RB, que les intermittences de type III (cf. encadré p. 130 *sq.*) bien que celles de type I y aient aussi été identifiées ; signalons par contre que les intermittences de type II n'ont, à notre connaissance, jamais été observées [9].

Ainsi que nous l'avons déjà vu, le comportement caractéristique des intermittences est celui d'un signal qui est régulier – périodique ou quasi-périodique – pendant un certain intervalle de temps et qui évolue pour donner pendant un bref instant une « bouffée » généralement chaotique ; il reprend ensuite son comportement régulier et le processus recommence. Le comportement chaotique global est alors donné non seulement par les bouffées elles-mêmes, mais surtout par la distribution aléatoire de la longueur des périodes régulières, appelées encore « périodes laminaires ». En ce qui concerne les intermittences de type III, elles correspondent à la déstabi-

9. *Ibid.*, notes 3 et 8.

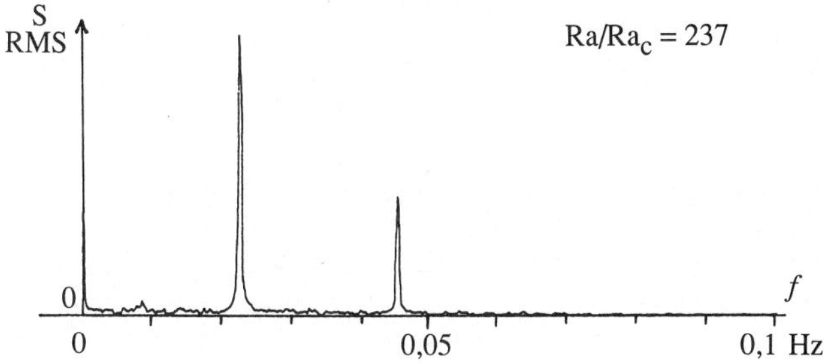

Figure 20. Spectre de Fourier de la modulation de la vitesse convective dans un régime monopériodique. Ce spectre, en échelles linéaires, est relatif à la composante verticale de la vitesse mesurée à l'endroit de la structure où elle est maximale.

lisation du régime périodique par la croissance du mode sous harmonique.

En voici un exemple observé avec un fluide dont le nombre de Prandtl Pr = 38 et qui est placé dans une petite boîte. Après un régime stationnaire, l'augmentation du nombre de Rayleigh a amené l'apparition d'un régime mono-périodique à la fréquence f_0, donné par un oscillateur type plume froide. Puis soudainement, pour une valeur bien définie de Ra, le mode sous-harmonique $f_0/2$ est apparu... mais de manière instable, sa croissance au cours du temps entraînant des bouffées turbulentes irrégulièrement espacées.

Ce dernier comportement est illustré par le signal montré figure 21 qui correspond à la variation du gradient horizontal de température déduit de méthodes optiques et mesuré près de l'oscillateur (plume froide). La croissance de l'amplitude du mode sous-harmonique ainsi que la diminution corrélative de celle du mode fondamental sont tout à fait caractéristiques de la présence d'intermittences de type III. Quand le sous-harmonique atteint une certaine amplitude, le signal perd toute régularité pour faire place à une bouffée chaotique ; ensuite, il redevient régulier mais avec une amplitude initiale du sous-harmonique variable d'un début de période laminaire à l'autre. C'est cette amplitude initiale qui détermine la longueur de la

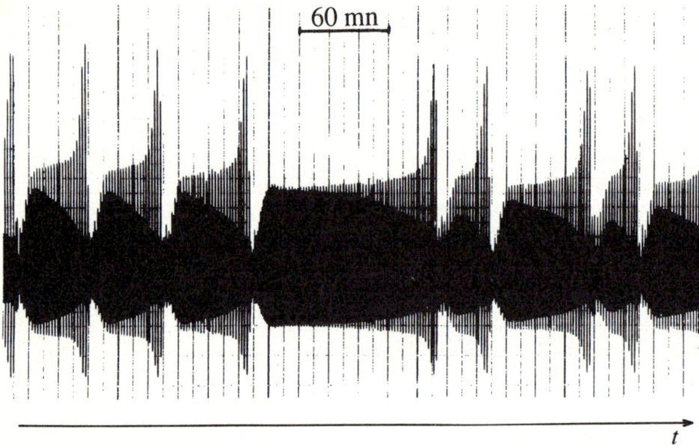

Figure 21. Variation temporelle de l'intensité lumineuse I mesurée par une photodiode sur une image de Foucault dans le cas des intermittences de type III. $Ra/Ra_c = 420$.

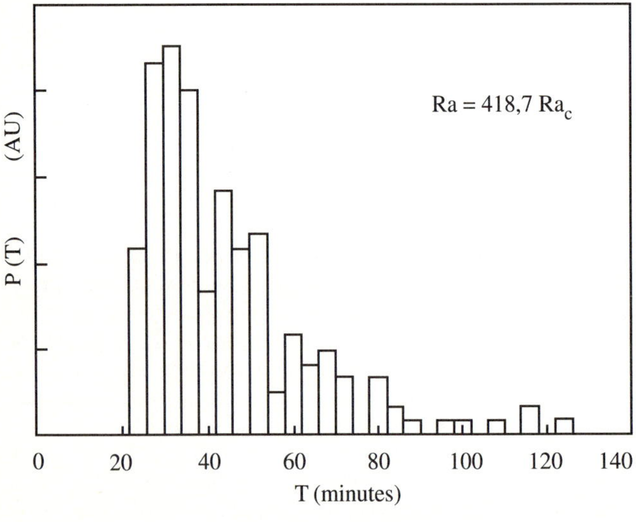

Figure 22. Intermittences de type III : distribution des longueurs des périodes laminaires.

phase laminaire qui mènera à la bouffée chaotique suivante : plus cette amplitude est intense, moins de temps il lui faudra pour atteindre la valeur de déstabilisation amenant la bouffée chaotique ; à l'inverse, moins il y a de sous-harmonique au départ de la période laminaire, et plus celle-ci sera longue.

Une statistique des longueurs des périodes laminaires (liées au taux de sous-harmonique à la réinjection) est présentée figure 22. On y notera la queue de distribution vers les longues durées laminaires : en toute rigueur, si la réinjection s'opérait avec un taux de sous-harmonique *nul*, il faudrait un temps *infini* pour déstabiliser l'oscillation.

La route vers le chaos *via* la quasi-périodicité

Nous avons vu, au début de ce chapitre, qu'il fallait qu'un système non linéaire ait trois degrés de liberté au moins pour pouvoir devenir chaotique. *A fortiori*, dans la convection de RB, la coexistence de deux oscillateurs thermoconvectifs (non linéaires) couplés (quatre degrés de liberté) pourra entraîner l'existence de chaos.

Résumons la succession d'états dynamiques d'une route particulière observée. Par augmentation du nombre de Rayleigh, on observe successivement, à partir du régime stationnaire, le régime mono-périodique dû à l'oscillateur délocalisé de la couche limite (CL) froide, puis le régime bipériodique lié à la coexistence de l'oscillateur précédent avec un oscillateur « plume » froide P (voir figure 23).

Il est bien clair que ces deux oscillateurs CL et P, situés tous deux dans la même zone du fluide, sont couplés. Rien d'étonnant alors à ce que leur évolution par augmentation de la différence de température puisse conduire au chaos (voir figure 24).

Notons que souvent, à l'approche du chaos, le couplage des deux oscillateurs (ici, thermoconvectifs) se manifeste par l'apparition d'accrochages en fréquence. Les deux oscillateurs ont alors des fréquences f_1 et f_2 telles que

$$\frac{f_1}{f_2} = \frac{p}{q},$$

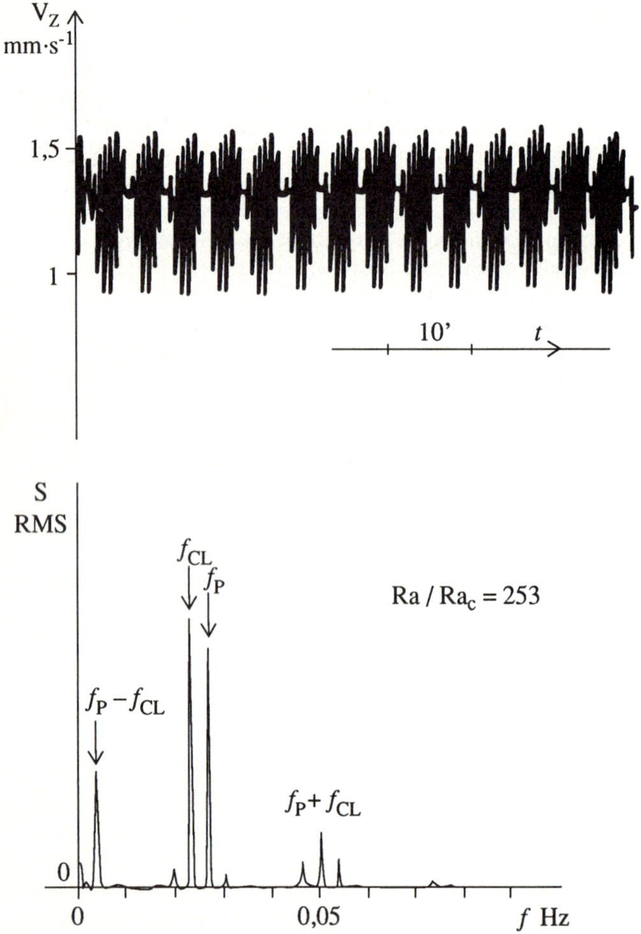

Figure 23. Dynamique de la vitesse en régime bipériodique. En haut, on voit les battements de l'amplitude de la vitesse et, en bas, le spectre qui révèle les deux fréquences caractéristiques f_P de l'oscillateur P et f_{CL} de l'oscillateur CL. Malgré la présentation en échelles linéaires, on peut identifier quelques combinaisons du type $mf_{CL} + nf_P$.

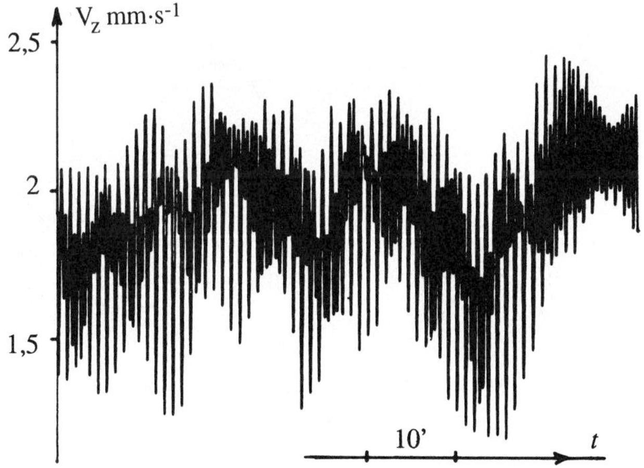

Figure 24. Comportement dynamique en régime turbulent. On voit l'évolution de la vitesse qui est devenue erratique et dont le spectre présente des pics élargis et du bruit au voisinage de la fréquence nulle.

p/q étant un rapport simple. Cette possibilité pour deux oscillateurs de s'accrocher en fréquence montre à la fois leur couplage et leur caractère non linéaire, c'est-à-dire leur potentialité à engendrer aussi des régimes chaotiques. Pour illustrer ce point, nous avons étudié des routes vers le chaos *via* la quasi-périodicité pour lesquelles le voisinage d'un accrochage en fréquence jouait un rôle majeur. Il s'agit, tout d'abord, d'une situation convective telle que pour $Ra/Ra_c < 560$, le régime est quasi-périodique à deux fréquences f_1 et f_2 incommensurables comme en témoigne la section de Poincaré expérimentale de la figure 25a qui est – topologiquement – celle d'un tore T^2.

Par ailleurs, il existe un palier d'accrochage d'ordre 3, i.e. $f_1/f_2 = 3$, avec une section de Poincaré constituée de trois points pour Ra compris entre 570 et 590 Ra_c. Peu en dessous de ce palier, la situation est différente de celle d'un régime quasi-périodique ainsi que le révèle la section de Poincaré (voir figure 25b) qui présente une structuration rappelant qualitativement celle que l'on obtient par étirements et repliements

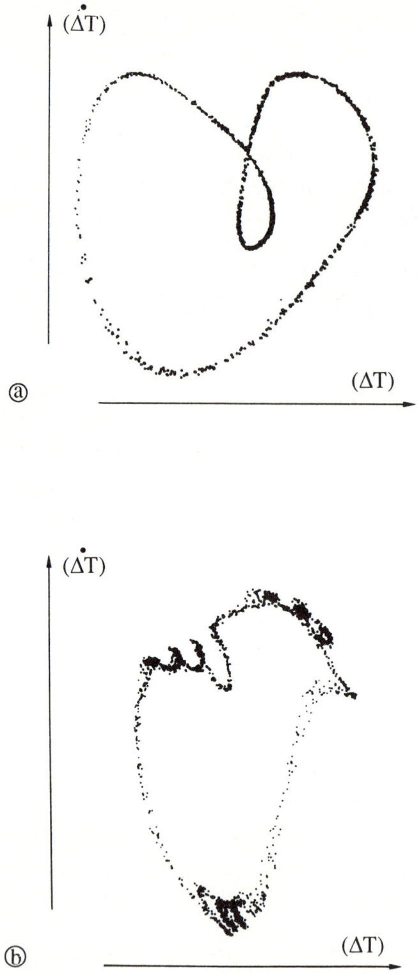

Figure 25. Évolution de la section de Poincaré d'un régime bipériodique.
a) $Ra/Ra_c = 520$.
b) $Ra/Ra_c = 563$ au voisinage du régime de l'accrochage 1/3. Cette section de Poincaré révèle des structurations caractéristiques d'un attracteur étrange.

successifs. Parallèlement, le spectre de Fourier des variables mesurées présente des raies larges confirmant la présence d'un régime chaotique.

Comme deuxième exemple, nous décrivons une autre situation du même système dans laquelle le chaos se manifeste au voisinage d'un accrochage en fréquences d'ordre 7. L'intérêt de cet exemple, outre qu'on a pu l'identifier comme illustrant l'une des routes particulières menant au chaos *via* la quasi-périodicité, est qu'il a été possible de suivre progressivement l'évolution de l'attracteur. Selon la valeur du nombre de Rayleigh, la section de Poincaré de l'attracteur passe de celle d'un tore à peine gaufré (régime presque quasi-périodique) à celle correspondant à un chaos très développé. On peut voir figure 26 quelques sections de Poincaré des attracteurs (étranges) correspondants. Sur la figure 26c d'allure voisine de

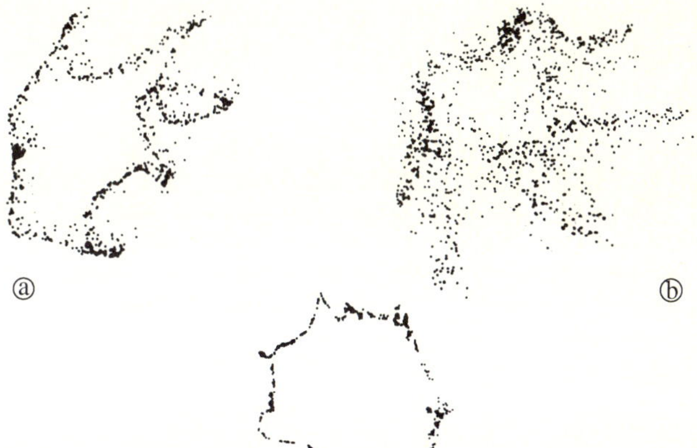

Figure 26. Quelques sections de Poincaré d'attracteurs expérimentaux tracées dans le domaine chaotique. Elles montrent la variation importante de la dynamique dans un petit domaine de nombres de Rayleigh.

a) $Ra/Ra_c \cong 317$.
b) $Ra/Ra_c \cong 318$.
c) $Ra/Ra_c \cong 319{,}5$.

la section de Poincaré d'un tore, on pressent la proximité d'un accrochage à travers la modulation de la densité des points autour de 7 zones distinctes.

Dans ces deux derniers exemples, on voit combien la présence d'un accrochage en fréquences conditionne la route vers le chaos. Dans chacun des cas en effet, c'est au voisinage immédiat du palier d'accrochage que se situe le domaine chaotique. Ce phénomène, noté sur des simulations numériques, est compris théoriquement.

Mesures quantitatives du chaos

Très tôt au cours des études sur les comportements chaotiques est apparue la nécessité de pouvoir leur attribuer des mesures chiffrées, caractéristiques de la dynamique chaotique. En effet, les chercheurs se sentaient frustrés de ne pouvoir aller au-delà de la présentation de trajectoires chaotiques, même lorsque celles-ci montraient des propriétés topologiques semblables à celles d'attracteurs étranges théoriques. Par ailleurs, le tracé de ces attracteurs expérimentaux – ou de leur section de Poincaré – partait généralement d'une reconstruction d'un espace des phases à 3 dimensions. Toute dynamique reliée à plus de 3 variables était donc exclue de ces méthodes... et dans beaucoup de cas, soit le tracé des attracteurs était difficile, soit le résultat obtenu était trop complexe et donc non générateur d'informations.

Aussi une ouverture considérable eut lieu quand les théoriciens proposèrent :

1. des algorithmes pour calculer certaines grandeurs caractéristiques du chaos ;
2. et ceci à partir de trajectoires reconstruites dans des espaces à D dimensions (D variable), à partir d'une seule variable expérimentale.

Ce dernier point est crucial : il est rare que l'on puisse mesurer simultanément un grand nombre de variables sur le système étudié. Cette reconstruction des trajectoires attribue comme coordonnées à chaque point représentatif de l'espace des phases les valeurs $X_1 = X[t]$, $X_2 = X[t + \Delta t]$, $X_3 = X[t + 2\Delta t]$ ...

$X_D = X[t + (D - 1)\Delta t]$, où $X(t)$ est la valeur de la variable à l'instant *t*..., Δt est un décalage en temps et D, ici, est la dimension de l'espace de reconstruction ou de « plongement ». Cette méthode, appelée « méthode des retards », est due à F. Takens qui a démontré que l'attracteur ainsi reconstruit est topologiquement équivalent à celui recherché, à condition que la dimension de l'espace des phases reconstitué soit suffisamment grande (elle doit être nécessairement supérieure à la dimension de l'attracteur).

Le chaos déterministe étant défini par ses propriétés dans l'espace des phases, les grandeurs calculées doivent traduire, elles aussi, certaines de ces propriétés. La plus fondamentale est sans conteste celle qui mesure la séparation de trajectoires issues de 2 points très voisins, c'est-à-dire les « exposants de Lyapounov ». Ces derniers peuvent être calculés, mais les algorithmes sont un peu longs à mettre en œuvre (cf. l'article de J.-P. Eckmann dans ce livre).

Une autre propriété est le caractère fractal et la dimension finie des trajectoires chaotiques. Plusieurs algorithmes ont été proposés pour calculer des dimensions de ces trajectoires, en particulier par P. Grassberger et I. Procaccia [10]. La méthode revient à calculer des distances mutuelles entre les points de l'attracteur reconstruit. En pratique, on calcule le nombre de points N(R) qui se situent à l'intérieur de sphères (ou d'hypersphères) de rayon R, centrées en différents points de l'attracteur (voir figure 27). Le nombre N(R) varie comme R^ν où ν est la dimension de corrélation de l'objet étudié : par exemple, une répartition uniforme de points dans un volume donne une variation de N(R) en R^3. Si plus généralement il existe une pente ν bien définie, lorsque l'on trace les courbes $y = f(x)$ où $x = \log(R)$ et $y = \log N(R)$, et que cette pente soit indépendante de la dimension D quand $D > \nu$, alors ν peut être considérée comme une mesure de la dimension de l'attracteur.

La méthode est aisée à mettre en œuvre et ne demande pas des temps de calcul exorbitants, même sur des calculateurs modestes. Elle a été et est toujours très largement utilisée, même sur des signaux dont la dynamique peut être très com-

10. P. Grassberger, I. Procaccia, *Phys. Rev. Letters*, 150, 1983, p. 346 et *Physica D*, 9, 1983, p. 189.

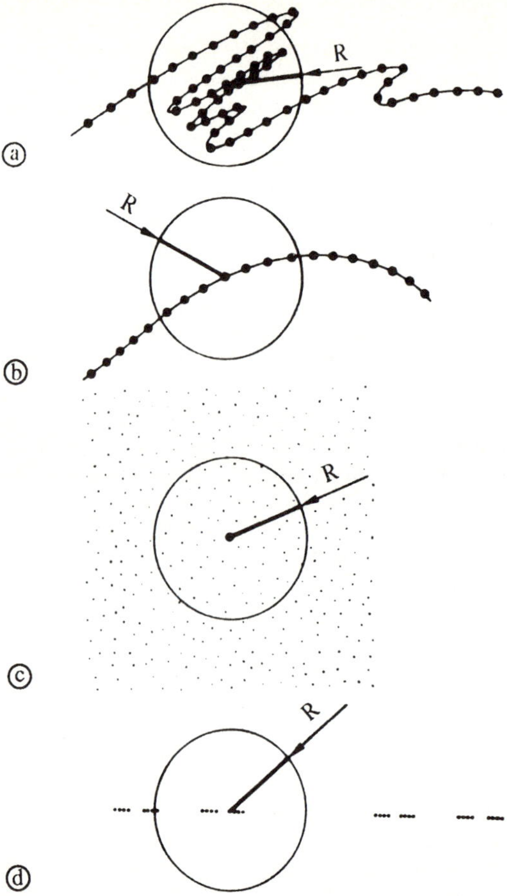

Figure 27. Illustration de la méthode de calcul de la dimension fractale d'un ensemble de points. Un cercle (ou sphère ou hypersphère) de rayon R est tracé en prenant pour centre un point quelconque de l'ensemble ; on détermine alors le nombre N(R) de points situés à l'intérieur du cercle et sa variation en fonction de R.
a) Cas général $N(R)\ \alpha\ R^{\nu}$.
b) Ligne (dimension 1) : $N(R)\ \alpha\ R^{1}$.
c) Surface (dimension 2) : $N(R)\ \alpha\ R^{2}$.
d) Ensemble de Cantor : $N(R)\ \alpha\ R^{0,63...}$.

plexe (biologie, géophysique, etc.). Si des valeurs faibles de ν sont trouvées, on peut en principe affirmer que le nombre de variables *n* représentatives de la dynamique étudiée est faible ($\nu < n < 2\nu + 1$), ce qui est une information fondamentale. Cependant l'algorithme ne doit pas être utilisé sans précaution (voir le chapitre VI de l'ouvrage cité à la note 8) et sans esprit critique, car l'on peut aboutir à des conclusions erronées. En particulier, plus la dimension est élevée, plus la longueur de la série temporelle doit être grande et s'étendre sur un nombre important de « pseudopériodes » du comportement étudié. En pratique, la valeur limite calculable ν_e est reliée au nombre de points N de la série temporelle, donc de l'attracteur [11], suivant

$$\nu_e \approx 2 \log N.$$

La méconnaissance de cette limitation jointe à beaucoup d'autres difficultés intrinsèques a fait trouver par certains chercheurs des dimensions d'attracteurs artificiellement basses. Ils ont ainsi attribué à tort à une origine chaotique une évolution erratique qui relevait d'une phénoménologie toute différente. On n'insistera jamais trop sur le côté très délicat de cette méthode de détermination de la dimension d'attracteurs : quoique pouvant donner d'excellents résultats, elle peut être la source d'erreurs considérables si on ne s'entoure pas de toutes les précautions nécessaires.

Exemple en convection de Rayleigh-Bénard

Au cours de l'expérience décrite au chapitre précédent, nous avons vu qu'au voisinage d'un accrochage 1/7, un comportement chaotique était observé dont les caractéristiques variaient très rapidement avec le nombre de Rayleigh et surtout avec le rapport des 2 fréquences présentes dans la dynamique. Ces caractéristiques, appréciées à partir des spectres, mais surtout à partir de sections de Poincaré des trajectoires, auraient pu rester seulement qualitatives. Mais le calcul des dimensions de corrélation, par l'algorithme proposé par Grassberger et Procaccia [12], a permis de mieux suivre l'évolution dynamique

11. D. Ruelle, *Proc. R. Soc. Lond.*, A, 427, 1990, p. 241.
12. *Op. cit.*, note 3.

observée. Des fichiers de 15 000 points ont été créés à partir d'un signal proportionnel au gradient semi-local de température mesuré en un point de la couche convective, fixé tout le long de l'expérience. L'échantillonnage a été fait de telle manière qu'il y ait environ 16 points par période rapide ($\tau_2 = 1/f_2 = 16$ s). Les attracteurs ont été reconstruits par la méthode des retards et des résultats très semblables ont été obtenus avec les deux retards choisis $\tau_2/3$ et $\tau_2/5$. Les caractéristiques $\log N(R) = f(\log R)$ ont été tracées pour différentes dimensions D de l'espace de plongement (voir figure 28a) et les pentes

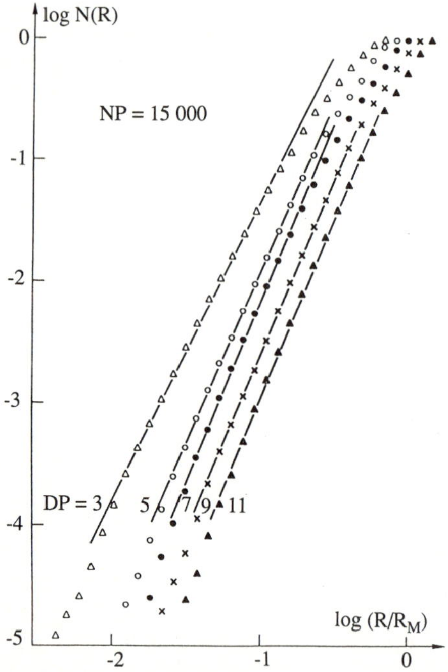

Figure 28 a. Variation de log N(R) en fonction de log (R/R_M) pour différentes dimensions D de l'espace de reconstruction. R_M est l'extension maximale de l'attracteur reconstruit.

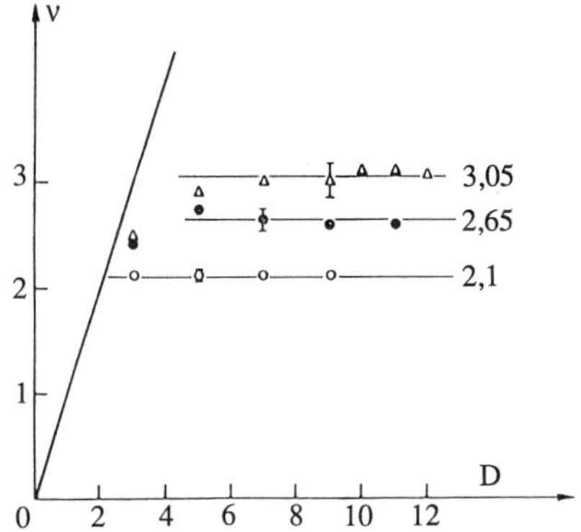

Figure 28 b. Valeurs de la dimension de corrélation ν calculée pour différents attracteurs en fonction de la dimension D de l'espace de reconstruction.

mesurées, d'où les valeurs de ν. La convergence du calcul en fonction de la dimension D de reconstruction varie avec la dimension ν de l'attracteur, mais cette dernière a toujours pu être déterminée (voir figure 28b). Les résultats mettent très bien en évidence la variation spectaculaire de la dimension ν avec le rapport des fréquences, qui se manifeste dans un domaine très limité de valeurs du nombre de Rayleigh (voir figure 29).

Bien que cette mesure ne soit pas absolue, elle permet néanmoins des comparaisons fructueuses entre des signaux de même nature et traités de même façon. Elle confirme par ailleurs que les dynamiques observées sont données par un petit nombre de variables ou degrés de liberté. ν étant compris entre 2 et 4, ces dimensions sont tout à fait compatibles avec un régime chaotique provenant de l'interaction de deux oscillateurs.

Dans le cas de l'attracteur le plus chaotique ($\nu \cong 3{,}15$), les exposants de Lyapounov ont été calculés [13] en utilisant l'algorithme objet de la note 12. Le principe pourrait se décrire schéma-

13. P. Grassberger, *Nature*, 323, 1986, p. 609.

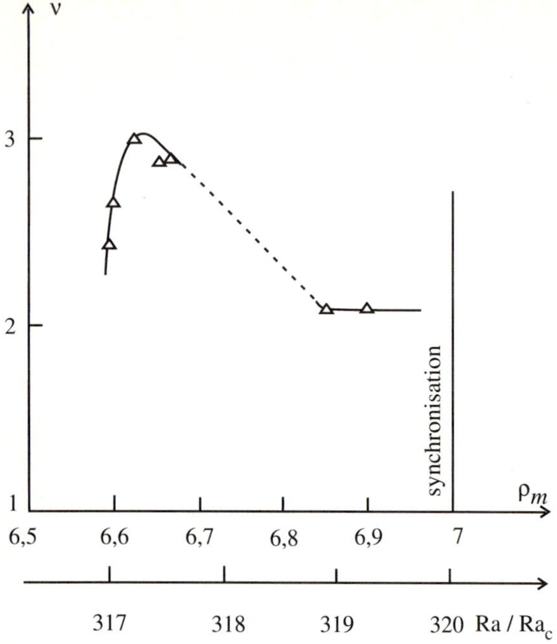

Figure 29. Variation de la dimension de corrélation avec le rapport des fréquences f_1/f_2 mesuré à partir des spectres (en parallèle avec le nombre de Rayleigh).

Δte temps d'échantillonnage	intervalle de temps entre 2 valeurs numérisées consécutives ≅ fraction de la pseudopériode la plus courte : $1/20 < \Delta te/\tau < 1/5$
N nbre de points en mémoire	$= L/\Delta te$. L = longueur en temps du signal le plus grand possible
Δt retard pris pour reconstruction	$= p\Delta te$ (p entier)
D dimension de l'espace de reconstruction	variable ($2 < D <$ quelques fois ν)

Paramètres intervenant dans la reconstruction de trajectoires à partir d'un signal expérimental.

matiquement par l'étude de la déformation d'une sphère de l'espace des phases quand le temps s'écoule et pour laquelle doivent se retrouver les mécanismes de formation des attracteurs étranges : étirements suivant certaines directions, contraction suivant d'autres directions. En pratique, cette sphère est définie par un ensemble de points expérimentaux dont l'évolution des distances mutuelles est étudiée. Les composantes ΔXi de ces distances varient comme $e^{\lambda_i t}$, où λ_i sont les exposants de Lyapounov. La présence de $\lambda_i > 0$ est la signature du chaos déterministe.

A partir du fichier de points expérimentaux, l'attracteur est reconstruit pour différentes dimensions D par la méthode des retards. La pratique des calculs a conduit à utiliser le paramètre τ_e pour la reconstruction de l'attracteur. τ_e, appelé temps de reconstruction, est la longueur en temps du signal utilisé pour définir les D coordonnées d'un point dans un espace des phases à D dimensions, soit $\tau_e = (D - 1)\Delta t$. Les λ_i sont calculés pour différentes valeurs de ce paramètre jusqu'à obtention d'une valeur qui n'évolue plus en fonction de τ_e. En général, la convergence est assez lente et le palier n'est obtenu que pour des valeurs élevées de τ_e. D'autres paramètres, liés à la définition de la « sphère » dont on suit la déformation, interviennent aussi dans le calcul, mais nous ne les discutons pas ici.

Dans le cas de l'exemple choisi, trois exposants de Lyapounov positifs sont trouvés (voir figure 30) :

$$\lambda_1 = (6 \pm 0{,}5)10^{-3}s^{-1}$$
$$\lambda_2 = (3 \pm 0{,}3)10^{-3}s^{-1}$$
$$\lambda_3 \cong 10^{-3}s^{-1}$$

Si on se réfère à la dynamique étudiée, qui semble *a priori* reliée à un comportement chaotique à deux fréquences, il ne devrait y avoir que 2 exposants positifs. En effet, l'espace des phases du régime bipériodique (2 oscillateurs en interaction mutuelle) est à 4 dimensions, dont les 4 exposants de Lyapounov dans le régime chaotique peuvent se répartir ainsi :

1 exposant < 0
1 exposant nul
et au maximum 2 exposants > 0.

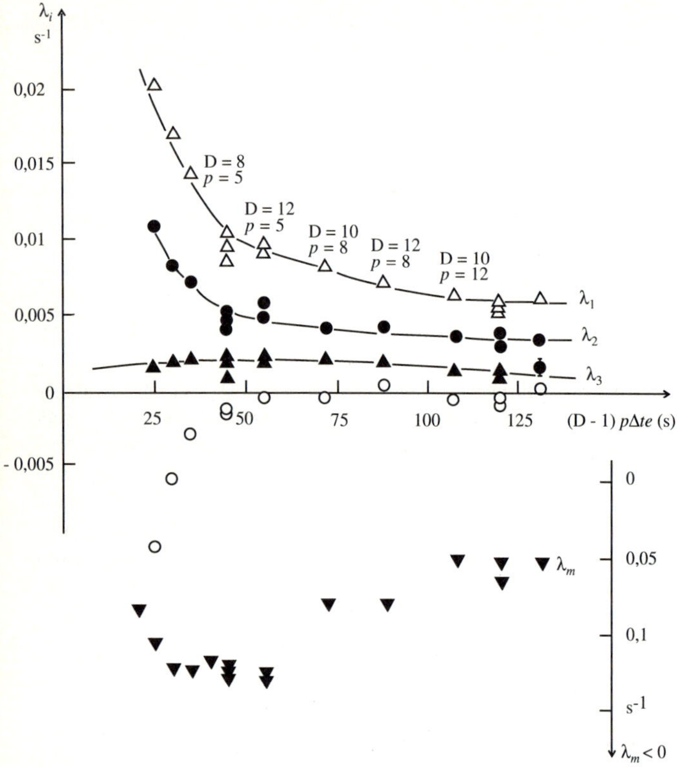

Figure 30. Valeurs des exposants de Lyapounov calculées pour différents temps de reconstruction $\tau_e = (D - 1)\Delta t$... pour l'attracteur le plus chaotique représenté figure 26. La valeur réelle est donnée par les paliers. Il y a autant d'exposants que de dimensions de l'espace reconstruit mais seuls les exposants positifs sont significatifs. Nous avons néanmoins reporté la valeur λ_m de l'exposant le plus négatif. Sur cette figure, p donne la valeur du retard choisi pour chaque calcul soit $\Delta t = p\Delta te$ avec Δte = 1 s.

L'exposant $\lambda_3 \cong 10^{-3}s^{-1}$ peut alors être attribué soit à un degré de liberté supplémentaire, « libéré » par le comportement chaotique, soit au bruit expérimental qui est de l'ordre de 1 à 2 % sur le signal mesuré.

L'entropie métrique, qui est une autre mesure du désordre, peut être estimée à partir des valeurs des exposants de Lyapounov positifs, soit :

$$K \leq \sum(\lambda_i > 0) \cong 10^{-2}s^{-1}.$$

Cette quantité peut aussi être interprétée comme le taux de divergence des trajectoires dans l'espace des phases, dont le temps caractéristique serait ici très voisin de la période lente de la dynamique (fréquence $f_1 \cong 10^{-2}$ Hz).

Une autre méthode pour mesurer l'entropie a été proposée par P. Grassberger et I. Procaccia, méthode qui se sert des mesures de dimensions. Dans le cas de l'attracteur le plus chaotique de la figure 26, la valeur calculée est $K_2 \cong 5\ 10^{-3}s^{-1}$. Il y a donc un accord qualitatif entre les deux valeurs mesurées avec $K \geq K_2$.

Cette étude d'attracteurs hydrodynamiques de faible dimension donne un exemple de tout l'intérêt présenté par les calculs des différentes grandeurs caractéristiques du chaos.

De l'hydrodynamique bien contrôlée aux systèmes ouverts

La convection – mais aussi d'autres instabilités hydrodynamiques – a été le point de départ des mesures quantitatives sur les comportements chaotiques observés dans des systèmes physiques. Le fait de trouver un petit nombre de degrés de liberté pertinents, tout au moins pour des valeurs pas trop élevées du paramètre de contrôle, n'a, en fait, pas trop surpris, car la dynamique était relativement simple, dans un système où les propriétés spatiales étaient fixées. Il y a cependant des exceptions ; citons celle d'une instabilité électrohydrodynamique [14]

14. J.-P. Eckmann, S. Oliffson Kamphorst, D. Ruelle et S. Ciliberto, *Phys. Rev. A*, 34, 1986, p. 49-71.

qui, bien que développée dans une géométrie confinée, a révélé des comportements chaotiques à nombre élevé de variables. Ce résultat a été obtenu par l'intermédiaire du calcul des dimensions de corrélation qui donnait $\nu > 10$. Par ailleurs, des calculs similaires menés avec soin [15] ont montré que dans le cas d'écoulements ouverts turbulents, la dimension de corrélation ne pouvait être calculée (pas de saturation dans le calcul de ν pour les trajectoires reconstruites dans des espaces de dimension de plus en plus élevée) et donc que le nombre de variables représentatives de ces états turbulents était grand.

Cependant, puisqu'un petit nombre de variables peut donner du chaos, à l'inverse, on peut se demander si un comportement apparemment aléatoire ne peut cacher un petit nombre seulement de degrés de liberté effectifs. Bien évidemment, calculs de dimensions de corrélation ou d'exposants de Lyapounov sont alors des outils indispensables. Ce sont surtout les premiers qui ont été utilisés, car très faciles à mettre en œuvre pour étudier des comportements aussi complexes que l'évolution climatique (par exemple l'étude des glaciations par l'intermédiaire de teneurs en ^{18}O), les variations économiques (cours de la bourse), etc. Ces études semblent aboutir aujourd'hui à la conclusion qu'il n'y a pas, dans ces systèmes, d'« attracteurs » de basse dimension, mais néanmoins elles ont stimulé l'élaboration de modèles constructifs, qui permettent de comprendre l'influence de tel ou tel paramètre.

Un autre domaine où les connaissances acquises sur les systèmes dynamiques ont trouvé un champ d'application spectaculaire est celui des rythmes biologiques [16]. De fait, les comportements du monde vivant, bien que très complexes, peuvent présenter aussi des rythmes assez réguliers. Le plus fondamental est, bien sûr, le rythme cardiaque qui, s'il n'est pas rigoureusement périodique, semble cependant, dans des conditions normales de fonctionnement, et sur des temps courts (de l'ordre de quelques minutes), être relié à un petit nombre de variables pertinentes ($\nu \approx 6$). Un autre exemple est

15. P. Atten, J.-G. Caputo, B. Malraison, Y. Gagne, « Bifurcation et comportement chaotique », *J. de mécanique*, vol. spécial, 1984.

16. B. J. West, *Fractal Physiology and Chaos in Medicine,* World Scientific, 1990.

l'étude de l'activité cérébrale. Dans le cas du cerveau, on ne peut pas parler de rythmes périodiques, mais des calculs faits à partir de signaux d'électroencéphalogrammes ont montré que la « dimension » correspondante pouvait varier beaucoup suivant les états du patient : depuis des dimensions non mesurables, en passant par des dimensions moyennes ($\nu \approx 6$) pendant le sommeil jusqu'à des dimensions très faibles dans le cas de certaines maladies ou de méditation !

Faut-il alors parler de chaos expérimental ? C'est l'approche qui ici a tout son sens, approche initiée au départ sur des systèmes bien contrôlés, comme cela a été montré dans cet article.

7. La stabilité du système solaire

Jacques Laskar

Depuis plusieurs siècles, l'homme s'interroge sur la stabilité du système solaire, mais la formulation de ce problème a profondément évolué au cours du temps, et cette question importante pour notre représentation du monde ne se pose pas actuellement de la même manière qu'à l'époque de Ptolémée ou de Kepler.

Dans les anciens temps, le mouvement des planètes est décrit de manière essentiellement phénoménologique. Les planètes sont des « astres errants » qui ne suivent pas le même mouvement que les étoiles. On retrouve bien dans leur mouvement une certaine périodicité, mais par rapport à ces trajectoires régulières, les planètes présentent de larges excursions : les inégalités. Hipparque puis Ptolémée mettent un peu d'ordre dans ces mouvements en représentant toutes ces inégalités par des combinaisons de mouvements circulaires, les fameux épicycles des théories des Anciens. « Ce fut dans l'Antiquité une opinion générale que le mouvement uniforme et circulaire, comme le plus parfait, devait être celui des astres [1]. »

Au fil des ans, les modèles se compliquent, car les observations se perfectionnent, mais les planètes ne semblent jamais suivre précisément les prédictions des beaux systèmes d'épicycles. Un léger désordre subsiste toujours.

Cette vision va considérablement changer avec les découvertes de Copernic et de Kepler. Copernic simplifie considérablement l'organisation du système planétaire en proposant un système héliocentrique où toutes les planètes se meuvent

1. P. S. Laplace, 1796-1835, *Exposition du système du monde*, éd. 1835, Paris, Fayard, 1984, p. 478.

autour du Soleil. Les mouvements complexes de rétrogradation des planètes vues de la Terre s'expliquent alors plus aisément, et le système apparaît beaucoup plus simple. Mais le modèle le plus régulier pour le mouvement des planètes sera donné par Kepler. Jamais une vision du mouvement des planètes n'a été et ne sera plus aussi parfaite dans sa simplicité. Kepler adopte le système de Copernic (après la mort de Tycho Brahé qui avait lui aussi son propre système) et découvre les trois lois qui feront sa renommée. Ces trois lois simples, énoncées dans l'*Astronomia nova* (1609) et l'*Harmonices Mundi* (1618), décrivent alors entièrement le mouvement des planètes bien mieux que ne le faisaient tous les systèmes d'épicycles d'alors :

1) Les planètes décrivent des orbites elliptiques dont le Soleil occupe un foyer.
2) L'aire balayée par le rayon vecteur Soleil-planète croît proportionnellement au temps.
3) Les carrés des périodes sont proportionnels aux cubes des grands axes des orbites.

Ces lois sont des lois descriptives qui ne s'appuient pas sur des principes physiques tels que l'on peut les concevoir depuis Galilée. A l'époque de Kepler, les planètes sont encore des corps sans masse qui se déplacent sur des orbes fixes.

C'est d'ailleurs cette vision d'un mouvement périodique des planètes, se déplaçant sur des ellipses fixes et revenant sur leur trace après une révolution autour du Soleil qui est de nos jours le plus souvent enseignée dans les lycées ou les premiers cycles d'université. Bien peu savent que cela n'est qu'un modèle très imparfait du mouvement des planètes, mais cette description est sans doute celle qui satisfait le plus l'aspiration de beaucoup à l'ordre et à la régularité.

La découverte de la loi d'attraction universelle par Newton[2] vient à la fois confirmer et contredire le modèle de Kepler et marque la naissance de la mécanique céleste. Tout le mouvement des corps devient enfermé dans une unique loi, la loi d'attraction universelle qui s'exprime simplement : *deux corps s'attirent en raison directe de leur masse et en raison inverse*

2. I. Newton, *Philosophiae naturalis principia mathematica*, 1687.

du carré de leur distance mutuelle. Appliquée au mouvement d'une planète unique autour du Soleil, la loi de Newton permet de retrouver les trois lois de Kepler. La grande nouveauté réside dans le fait que la loi de Newton est supposée être un principe universel, s'appliquant aussi bien à la trajectoire d'un boulet de canon qu'au mouvement de la Lune ou des planètes, alors que les lois de Kepler ne sont, comme nous l'avons déjà dit, que des descriptions empiriques. Mais la loi de Newton, par son universalité, vient aussi détruire l'ordre parfait apporté par les lois de Kepler. Si les planètes sont attirées par le Soleil, la loi de Newton implique qu'elles s'attirent aussi entre elles. Toute la stabilité du monde est alors compromise car les planètes n'ont plus aucune raison de décrire constamment la même ellipse autour du Soleil. Comme les masses des planètes sont petites par rapport à celle du Soleil, l'attraction mutuelle entre les planètes est beaucoup plus faible que celle exercée par le Soleil, et le mouvement reste pendant un certain temps proche du mouvement elliptique découvert par Kepler, mais celui-ci n'est plus qu'une approximation du mouvement dont la prédiction à long terme devient un réel problème. Durant les siècles qui suivent se posent alors deux questions fondamentales :

1) La loi de Newton suffit-t-elle à expliquer le mouvement des astres [3] ?
2) Le système solaire, soumis à l'ensemble de ses forces perturbatrices qui éloignent les planètes des orbites elliptiques fixes de Kepler, reste-t-il stable (sous diverses acceptions de ce terme) au cours de son histoire ?

Pour Newton, les interactions gravitationnelles entre les planètes sont suffisamment importantes pour compromettre cette stabilité. Il ne dispose pas à l'époque des outils du calcul infinitésimal qui permettent de faire les calculs de perturbations, et comme le dit Laplace :

3. « Le but final de la mécanique céleste est de résoudre cette grande question de savoir si la loi de Newton explique à elle seule tous les phénomènes astronomiques », H. Poincaré, *Méthodes nouvelles de la mécanique céleste*, t. I, Paris, Gauthier-Villars, 1892 ; réimp. A. Blanchard, 1987, p. 1.

> Dans le grand nombre des perturbations des mouvements célestes, il n'a considéré que celles du mouvement lunaire, dont la plus grande, l'évection, a échappé à ses recherches. Il a bien établi l'existence du principe qu'il a découvert ; mais le développement de ses conséquences et de ses avantages a été l'ouvrage des successeurs de ce grand géomètre. L'imperfection du calcul infinitésimal à sa naissance ne lui a pas permis de résoudre complètement les problèmes difficiles qu'offre la théorie du système du monde[4].

Pour Newton, l'agencement du monde est « le fait d'un être intelligent et tout-puissant[5] » et la stabilité du système solaire, compromise par la loi d'attraction universelle, est assurée par une intervention extérieure :

> Un destin aveugle ne pouvait jamais faire mouvoir ainsi toutes les planètes, à quelques inégalités près à peine remarquables, qui peuvent provenir de l'action mutuelle des planètes et des comètes, et qui probablement deviendront plus grandes par une longue suite de temps, jusqu'à ce qu'enfin ce système ait besoin d'être remis en ordre par son auteur[6].

Pour Newton, l'attraction mutuelle des corps compromet la stabilité du système solaire, qui ne doit son salut qu'à une intervention extérieure, divine, effectuée de temps en temps.

Après Newton, la précision des observations astronomiques s'améliore sans cesse, grâce aux progrès des instruments, et l'une des questions les plus importantes de la mécanique céleste naissante est, comme le dit Laplace, de savoir si la loi de Newton permet seule d'expliquer les mouvements des corps célestes.

> On doit cependant observer que la loi de gravitation universelle n'avait pas pour les contemporains de Newton et pour Newton lui-même toute la certitude que le progrès des sciences mathématiques et des observations lui a donnée. Euler et Clairaut qui les premiers, avec d'Alembert, appliquèrent l'analyse aux perturbations des mouvements célestes, ne la jugèrent pas suffisamment établie, pour attribuer

4. P. S. Laplace, *Exposition du système du monde, op. cit.*, p. 524.
5. *Ibid.*, p. 544.
6. *Ibid.*

> à l'inexactitude des approximations ou du calcul, les différences qu'ils trouvèrent entre l'observation et leurs résultats sur les mouvements de Saturne et du périgée lunaire[7].

Il faudra attendre environ un siècle pour que les méthodes de perturbations se perfectionnent suffisamment, et pour que les travaux de Lagrange et Laplace viennent consacrer la loi d'attraction universelle, en montrant une parfaite adéquation entre les calculs et les observations de l'époque. Toutes les inégalités du mouvement des planètes, c'est-à-dire toutes leurs irrégularités par rapport au mouvement képlérien s'expliquent alors par la seule loi de Newton :

> C'est principalement dans ces applications de l'analyse, que se manifeste la puissance de ce merveilleux instrument [la loi de Newton] sans lequel il eût été impossible de pénétrer un mécanisme aussi compliqué dans ses effets, qu'il est simple dans sa cause. Le géomètre embrasse présentement dans ses formules, l'ensemble du système solaire et ses variations successives[8].

L'œuvre de Laplace

L'œuvre astronomique de Laplace est immense. C'est vraiment lui qui, en exploitant les progrès de l'analyse apportés par Lagrange, son contemporain, va poser les bases de la mécanique céleste classique en montrant que l'ensemble des mouvements des corps célestes peut s'expliquer par la seule loi de Newton, et en ramenant donc l'étude du mouvement des astres à l'étude d'un simple système d'équations différentielles. De toute son œuvre, nous allons évoquer uniquement les points les plus importants pour la stabilité du système solaire, c'est-à-dire les études sur le mouvement séculaire des planètes et la théorie des planètes Jupiter et Saturne.

Le mouvement de Kepler peut être considéré comme le mouvement d'ordre 0 : c'est le mouvement qu'auraient les pla-

7. *Ibid.*, p. 531.
8. *Ibid.*

nètes si leurs masses étaient nulles et si par conséquent elles n'exerçaient aucune perturbation les unes sur les autres. L'œuvre de Laplace consistera à décrire l'approximation d'ordre 1. Il étudie les variations des éléments des ellipses (ordre 0) sous l'effet des pertubations dues aux planètes supposées se déplacer sur des orbites d'ordre 0, c'est-à-dire sur des orbites elliptiques fixes.

> Les planètes sont assujetties, en vertu de leur action mutuelle, à des inégalités qui troublent l'ellipticité de leurs orbites. Les unes sont périodiques et dépendent de la position de ces corps, soit entre eux, soit à l'égard de leurs aphélies ; elles sont peu considérables relativement à l'équation du centre, et se rétablissent d'elles-mêmes après un petit nombre d'années ; les autres altèrent les éléments des orbites par des nuances presques insensibles à chaque révolution des planètes, mais ces altérations, en s'accumulant sans cesse, finissent par changer entièrement la nature des positions des orbites ; comme la suite des siècles les rend très remarquables, on les a nommées inégalités séculaires[9].

Ce sont ces fameux termes séculaires dont l'existence remet en cause la stabilité du système solaire. En effet ces termes, qui s'introduisent dans les solutions au cours de leurs intégrations par approximations successives, s'expriment sous forme de polynômes du temps qui deviennent très vite énormes pour de grandes valeurs du temps.

L'évolution des orbites de Jupiter et Saturne

Les orbites des planètes peuvent être confondues à un instant donné avec une ellipse. Les éléments définissant cette ellipse sont alors (voir figure 1) son demi-grand axe *a* (équivalant au rayon d'un cercle), son excentricité *e* (qui définit l'aplatissement de l'ellipse) et son inclinaison *i* par rapport à un plan fixe.

9. P. S. Laplace, *Mémoire sur les inégalités séculaires des planètes et des satellites*, *Mém. Acad. royale des sciences de Paris*, 1784-1787 ; *Œuvres complètes*, Paris, Gauthier-Villars éd. 1895, t. XI, p. 49.

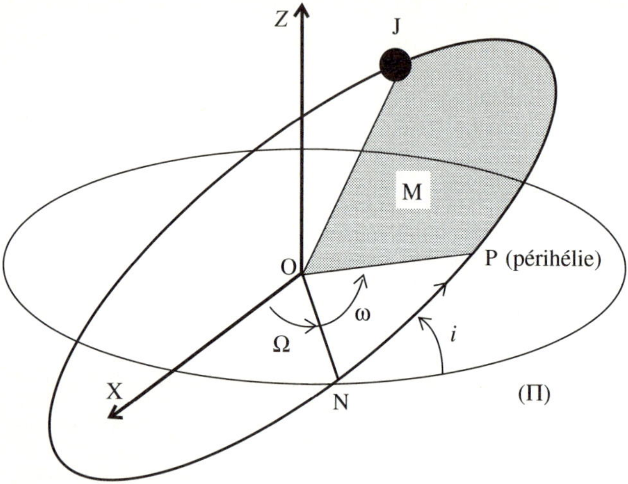

Figure 1. Éléments elliptiques d'une planète. A tout instant, on peut considérer qu'une planète (J) se déplace sur une ellipse de demi-grand axe a, et d'excentricité e (qui définit l'aplatissement de l'ellipse) ayant pour foyer le Soleil (O). L'orientation de cette ellipse par rapport à un plan (Π) et une direction (OX) de références est définie par trois angles :

– l'inclinaison i ;

– la longitude du nœud Ω;

– la longitude du périhélie : $\varpi = \Omega + \omega$, où ω s'appelle l'argument du périhélie (P).

La position de la planète sur cette ellipse est repérée par la longitude moyenne $\lambda = M + \varpi$. M (anomalie moyenne) est un angle proportionnel à l'aire OPJ balayée par le rayon vecteur OJ (troisième loi de Kepler).

Deux autres angles sont aussi nécessaires pour définir la position de l'ellipse dans l'espace (les longitudes du nœud Ω et du périhélie ϖ), et la position de la planète sur cette ellipse est repérée par la longitude moyenne λ. La première question qui se posait était l'existence de termes séculaires dans le demi-grand axe ou ce qui est équivalent, par la troisième loi de Kepler, l'existence de termes séculaires dans la période ou dans le moyen mouvement des planètes [10]. Un changement des demi-grands axes des planètes aurait en effet des conséquences désastreuses, car l'une d'elles pourrait alors s'évader, ou bien deux planètes se croiser ou se rencontrer.

Or, avant Laplace, les astronomes avaient admis des termes séculaires dans les moyens mouvements de Jupiter et Saturne. Le problème était donc bien réel. Euler [11] et Lagrange ont cru en trouver la cause dans l'action mutuelle de ces deux corps, mais leurs résultats diffèrent tellement entre eux que Laplace décide de reprendre ces calculs. Il montre avec une première approximation, en développant les perturbations jusqu'au degré 3 par rapport aux excentricités des planètes, qu'en fait, il n'existe pas de termes séculaires dans les demi-grands axes ou dans les moyens mouvements des planètes. Il considère que cela suffit pour établir la nullité de ces termes sur toute la durée qui couvre les observations astronomiques disponibles, soit moins de cinq mille ans.

Lagrange étend ensuite ces résultats pour toute puissance des excentricités. Pour Laplace, « M. de la Grange l'a étendu depuis sur un temps illimité, en faisant voir par une analyse ingénieuse et simple que les moyennes distances des planètes au Soleil sont immuables [12]». En fait, ce résultat n'est pas tout à fait exact : Laplace et Lagrange effectuaient quand même l'approximation qui consiste à ne considérer que les termes du premier ordre par rapport aux masses planétaires, mais laissons ceci pour le moment.

Le seul problème, c'est qu'en fait les observations mettaient en évidence un changement notable des périodes de révolution de Jupiter et de Saturne au cours des ans, qui venait d'être calculé par Halley [13]. Les oppositions de Saturne en 1713, 1714, 1715, 1716 et 1717 fournissent une position précise pour la

10. Le moyen mouvement n d'une planète est l'inverse de sa période. Il est lié au demi-grand axe a par la troisième loi de Kepler $n^2a^3 = cte$.

11. Son *Mémoire sur les irrégularités du mouvement de Jupiter et de Saturne* avait valu à L. Euler le prix de l'Académie royale des sciences pour 1752. Pourtant, les résultats de ce mémoire donnaient des accélérations séculaires importantes et de même sens pour Jupiter et Saturne, ce qui se révélera être incorrect par la suite.

12. P. S. Laplace, *Œuvres complètes, op.cit.*, t. XI, p. 50.

13. Selon De La Lande (*Astronomie*, 2e éd., 1771, t. 1, p. 582), Kepler avait été le premier à remarquer ces accélérations en 1625.

longitude moyenne de Saturne à une date moyenne de 1715 ; Celles de 1594, 1595, 1596 et 1597 fournissent une donnée de la longitude moyenne de Saturne en 1595. Les observations des Chaldéens rassemblées par Ptolémée donnent, elles, une position de Saturne pour l'an – 228 et de Jupiter en – 240. Halley met alors en évidence une diminution de la vitesse du mouvement de Saturne de 16"· 7/an, et de la même manière une augmentation du moyen mouvement de Jupiter de 6"· 9/an, au terme d'un intervalle de 2 000 ans. Ces changements sont loin d'être négligeables, car ils se traduisent aussi par un changement dans les positions de Jupiter et Saturne de + 3° 49' et – 9° 16' au bout de 2 000 ans.

Bref, il y avait là un réel problème car de tels écarts ne pouvaient être mis sur le compte des erreurs d'observations. Il faut souligner ici l'importance de la précision des observations dans les progrès de l'astronomie, et aussi l'étonnante confiance qu'ont toujours accordée les astronomes aux observations de leurs prédécésseurs, ce qui permet à Halley et Laplace d'utiliser ces observations vieilles de près de 2 000 ans. La loi de Newton est-elle remise en cause par ces observations ? Et la stabilité du système solaire est-elle compromise [14]?

Un premier élément met Laplace sur la bonne voie : c'est l'observation de la conservation de l'énergie du système Soleil-Jupiter-Saturne. Si la loi de Newton est correcte, la conservation de l'énergie du système implique que lorsque l'un des moyens mouvements augmente, l'autre doit diminuer, ce qui est bien observé. En négligeant des termes d'ordre 2 par rapport aux masses, il trouve que la quantité

$$\frac{m_J}{a_J} + \frac{m_S}{a_S}$$

doit rester constante, ce qui donne alors, avec la loi de Kepler ($n^2 a^3 = cte$) :

$$\frac{dn_S}{dn_J} = -\frac{m_J}{m_S}\left(\frac{a_J}{a_S}\right)^{1/2}$$

14. Ces changements sont considérables, car si on les extrapole brutalement, on trouve que Jupiter et Saturne occupaient la même orbite il y a 6 millions d'années environ.

où pour chaque planète Jupiter (J) ou Saturne (S), *m* désigne la masse en unités de masse solaire, *a* le demi-grand axe, et *n* le moyen mouvement. Avec les données de l'époque [15]

planète	$1/m$	a (UA)	n(" / 365 j)
Jupiter	1067,195	5,20098	109182
Saturne	3358,40	9,54007	43966,5

on trouve $dn_S/dn_J = -2,32356$, ce que Laplace [16] traduit par « le retardement de Saturne doit être à l'accélération de Jupiter, à très peu près, comme 7 est à 3 ». En utilisant les valeurs admises par Halley par comparaison aux observations, on obtient $dn_S/dn_J = 2,42$, ce qui permet à Laplace de penser avec une bonne certitude que « les variations observées dans les mouvements de Jupiter et de Saturne sont un effet de leur action mutuelle [17]». La loi de Newton ne semble pas mise en cause, mais il faut trouver la raison de ces variations à partir des équations de Newton elles-mêmes. Comme Laplace vient de montrer qu'il n'existe pas de termes séculaires dans les équations du premier ordre, il en déduit que cette variation du moyen mouvement des planètes provient sans doute d'un terme dit à courte période (combinaison des périodes de Jupiter et Saturne) qui serait de période suffisamment longue pour ressembler à un terme séculaire. Un bon candidat pour cela est la combinaison des longitudes $2\lambda_J - 5\lambda_s$ qui possède une période d'environ 900 ans.

Cette recherche amène Laplace à entreprendre la construction d'une théorie plus complète du couple Jupiter-Saturne. Après de longs calculs, car pour obtenir ces termes il est nécessaire de développer la perturbation à un degré élevé par rapport aux excentricités de Jupiter et de Saturne, il obtient les formules suivantes pour les moyens mouvements de Jupiter et Saturne (ces formules ne comprennent que les termes dominants) :

15. P. S. Laplace, *Théorie de Jupiter et de Saturne*, *Mém. Acad. royale des sciences de Paris*, 1785-1788 ; *Œuvres complètes*, *op. cit.*, t. XI, p. 164.

16. P. S. Laplace, *Mémoire sur les inégalités séculaires des planètes...*, *op. cit.*; *Œuvres complètes*, *op. cit.*, t. XI, p. 52.

17. *Ibid.*

$$\lambda_J = n_J t + \varepsilon_J + 20' \sin(5n_S t - 2n_J t + 49°\,8'\,40'')$$

$$\lambda_S = n_S t + \varepsilon_S + 46'\,50'' \sin(5n_S t - 2n_J t + 49°\,8'\,40'')$$

ε_J et ε_S étant des constantes initiales pour la date 1700 (ap. J.-C.). Laplace corrige les valeurs des moyens mouvements n_J de Jupiter et n_S de Saturne par rapport aux tables de Halley. Il est alors en mesure de comparer sa nouvelle théorie, sans termes séculaires dans les moyens mouvements (ou ce qui est équivalent, sans termes quadratiques dans la longitude), aux observations modernes et anciennes. Les écarts en longitude de sa théorie avec les observations modernes (de 1582 à 1786) sont tous inférieurs à 2' alors que les différences avec les tables de Halley atteignent plus de 20'. Il compare aussi sa théorie avec les observations des Chaldéens de Saturne en −228 et de Jupiter en −240 transmises par Ptolémée dans l'*Almageste*. Ces observations sont de qualité particulièrement bonne, car elles repèrent les planètes précisément par rapport à des étoiles connues. Laplace trouve un écart avec ses formules de seulement 55" pour la première, et 5" pour la seconde.

La nouvelle théorie du couple Jupiter-Saturne que Laplace vient d'achever est donc maintenant en parfait accord avec les observations de − 240 à 1715, sans avoir recours à un terme séculaire empirique dans les moyens mouvements. Toute la théorie découle uniquement de la loi de Newton, et Laplace y voit « une nouvelle preuve de l'admirable théorie de la pesanteur universelle [18]». Il obtient aussi un résultat annexe important, à savoir que la masse des comètes est certainement très petite, sinon leurs perturbations auraient dérangé le mouvement de Saturne.

Le sort des demi-grands axes est donc temporairement réglé, et la nouvelle théorie de Jupiter-Saturne vient confirmer la constance des demi-grands axes moyens, ce qui est un facteur de stabilité pour le système solaire. Mais cela n'est pas suffisant. En effet, si l'excentricité de deux orbites peut varier considérablement, ces deux orbites pourront se croiser, même si leurs demi-grands axes restent constants. Une fois la constance des demi-grands axes moyens assurée, Laplace et Lagrange vont attaquer le problème des excentricités et des inclinaisons.

18. *Ibid.*, p. 53.

Le problème des excentricités

Pour plus de simplicité, nous allons introduire des notations complexes, similaires à celles introduite par Newcomb [19], et qui ne diffèrent en rien d'essentiel de celles de Laplace [20]; on pose $z = e \exp \sqrt{-1}\, \varpi$, $\zeta = \sin (i/2) \exp \sqrt{-1}\, \Omega$. Laplace montre que si on considère les termes du premier ordre par rapport aux masses et du premier degré en excentricité et inclinaison, les solutions pour les variables z_i et ζ_i des différentes planètes sont données par un système d'équations différentielles linéaires à coefficients constants.

$$\frac{d}{dt}\begin{bmatrix} z_1 \\ \vdots \\ z_k \\ \zeta_1 \\ \vdots \\ \zeta_k \end{bmatrix} = \sqrt{-1}\begin{bmatrix} A & 0 \\ 0 & B \end{bmatrix}\begin{bmatrix} z_1 \\ \vdots \\ z_k \\ \zeta_1 \\ \vdots \\ \zeta_k \end{bmatrix}$$

où A et B sont des matrices réelles à coefficients constants. Les deux systèmes en excentricité et en inclinaison sont donc découplés, et leur solutions sont des combinaisons d'exponentielles complexes, de la forme

$$z = \sum_{j=1}^{k} \alpha_j e^{\sqrt{-1}\, g_j t}$$

$$\zeta = \sum_{j=1}^{k} \beta_j e^{\sqrt{-1}\, s_j t}$$

19. *Smithonian Contribution to Knowledge*, vol. XXI, 1876.

20. Laplace utilise les variables réelles $l = e \cos \varpi$, $h = e \sin \varpi$, $q = \tan i \cos \Omega$, $p = \tan i \sin \Omega$.

où les constantes g_j sont les valeurs propres de la matrice A et les s_j les valeurs propres de la matrice B.

Tout le problème de la stabilité du système solaire se résume donc au calcul des valeurs propres de deux matrices réelles (7×7 à l'époque car Neptune n'était pas encore découverte) A et B. Si ces valeurs propres sont toutes réelles et distinctes, alors les solutions sont quasi-périodiques, et les excentricités et inclinaisons ne présentent que des variations périodiques autour de leurs valeurs moyennes, mais si l'une des valeurs propres a une partie imaginaire non nulle, on obtient une instabilité exponentielle, et une excentricité peut devenir très grande, ce qui entraîne alors la possibilité de rencontre de deux planètes. On aura aussi la possibilité de collisions si deux valeurs propres sont identiques.

Le calcul numérique des valeurs propres d'une matrice 7×7 n'est pas à l'époque une chose facile. Mais Laplace trouve une démonstration très simple pour montrer que toutes les valeurs propres de ces matrices sont réelles et distinctes, ce qui, de plus, est valable pour un nombre quelconque de planètes tournant toutes dans le même sens autour du Soleil (moyens mouvements positifs). Cette démonstration est basée sur la constance du moment cinétique. Si on considère le moment cinétique total du système, en négligeant les termes d'ordre 2 par rapport aux masses [21], on obtient :

$$\sum_{i=1}^{k} m_i \sqrt{a_i(1-e_i^2)} \cos i_i = cte.$$

Comme les demi-grands axes sont constants, et en négligeant les termes de degré 4 en excentricité et inclinaison, Laplace obtient alors :

$$\sum_{i=1}^{k} m_i \sqrt{a_i} \left(\frac{1}{2} e_i^2 + 2 \sin^2 i_i/2\right) = cte.$$

Mais à cette approximation, les excentricités sont indépendantes des inclinaisons car leur couplage dans le système d'équations différentielles a disparu. On obtient donc :

21. Il faut souligner que cette restriction n'est pas nécessaire si on utilise les variables canoniques héliocentriques de Poincaré, car le moment cinétique total est alors égal à la somme des moments cinétiques de chaque problème de deux corps « non perturbés ».

$$\sum_{i=1}^{k} m_i \sqrt{a_i} e_i^2 = cte$$

$$\sum_{i=1}^{k} m_i \sqrt{a_i} \sin^2 i_i / 2 = cte.$$

Ces équations doivent être vérifiées pour un temps quelconque ; il ne peut donc exister ni terme polynomial, ni exponentielle réelle dans les solutions, et Laplace en déduit que les valeurs propres des matrices A et B sont toutes réelles et distinctes.

Par ces deux démonstrations, Laplace a donc montré que :

1) Les demi-grands axes des planètes sont constants, à des variations périodiques de faible amplitude et de courte période près.
2) Les excentricités et inclinaisons ne présentent que des variations périodiques autour de leurs valeurs moyennes.

Le modèle de Laplace est pourtant bien différent du modèle de Kepler. En effet, les orbites ne sont plus des ellipses fixes. Demi-grands axes, excentricités, et inclinaisons présentent des variations périodiques (uniquement à courte période pour le demi-grand axe, et à courtes et longues périodes pour les excentricités et inclinaisons). Mais surtout, les orbites ont un double mouvement de précession : la précession du périhélie qui est le lent mouvement de rotation de l'ellipse dans son plan et la précession du nœud qui est le mouvement de ce plan dans l'espace. Ces mouvements ont pour fréquences les valeurs propres du système séculaire ci-dessus qui correspondent à des périodes allant de 50 000 ans environ à quelques millions d'années.

Avec ces deux résultats importants, Laplace montre que la seule loi de Newton permet d'expliquer tous les mouvements des planètes, avec une précision en rapport avec la qualité des observations de l'époque, et il prouve aussi la stabilité (aux approximations considérées) du système solaire. Les demi-grands axes, excentricités et inclinaisons des planètes ne subissent que des petites variations périodiques autour de leurs valeurs moyennes. Laplace n'a plus besoin d'une intervention extérieure, divine, pour assurer la stabilité du système solaire que Newton croyait compromise par la loi d'attraction universelle. Laplace pense de plus qu'il peut alors prévoir les positions des corps sur une durée extrêmement longue, couvrant tous les besoins de l'astronomie.

Laplace fait cependant deux approximations fondamentales dans ses calculs. Tous les calculs sont effectués à l'ordre 1 des masses, en négligeant dans les développements les termes qui dépendraient du carré des masses des planètes. Le théorème de l'invariance des demi-grands axes est obtenu pour toutes excentricités ou inclinaisons ; par contre, le résultat sur les faibles variations quasi-périodiques de l'excentricité et de l'inclinaison est obtenu en négligeant les termes de degré supérieur à 2 dans le développement des perturbations planétaires. Ces approximations imposent donc de limiter la durée de validité des théories de Laplace. Celui-ci est bien conscient de ces approximations, mais il semble qu'il les sous-estime quelque peu.

Les calculs de Le Verrier : une nouvelle formulation du problème de la stabilité du système solaire

Urbain Jean Joseph Le Verrier est surtout connu pour la découverte de la planète Neptune en 1846. Cette découverte est une nouvelle consécration, s'il en fallait encore, de la loi de Newton. En effet, la prédiction de la position et de la masse de la planète est obtenue uniquement par le calcul à l'aide de la loi de Newton, à partir des irrégularités observées dans le mouvement d'Uranus.

A la suite de cette découverte, Le Verrier entreprend un travail gigantesque, qui consiste à refaire plus précisément les théories de toutes les planètes. Il va essentiellement reprendre les méthodes de Laplace, en poussant les développements à des degrés plus élevés. Il ne s'agit plus ici de savoir si la loi de gravitation universelle s'applique réellement aux mouvements des planètes, mais de construire le plus précisément possible des solutions approchées pour le mouvement des planètes à partir de la loi de Newton et des observations.

Les solutions développées par Le Verrier serviront ensuite pendant de nombreuses années à l'établissement des éphémérides des planètes. Le Verrier, dans le tome II des *Annales de l'Observatoire de Paris* (1856), poursuit aussi les études de Laplace sur la stabilité du système solaire. Ayant calculé la fonction perturbatrice entre deux planètes jusqu'au degré 7 en excentricité et 6 en inclinaison mutuelle des planètes, il reprend le calcul de Laplace pour les variations séculaires de l'excentricité et de l'inclinaison des planètes à un ordre plus élevé. Laplace n'avait effectué le calcul que pour la partie quadratique de la fonction perturbatrice, et en ne considérant que les planètes Jupiter et Saturne. Le Verrier pousse les calculs au degré 4, et surtout considère toutes les planètes. Il montre que dans ce cas, la belle démonstration de Laplace sur la stabilité du système solaire ne tient plus, ou plutôt n'a plus les mêmes implications. Rappelons que Laplace avait utilisé la conservation du moment cinétique, tronqué au degré 2 en excentricité et inclinaison, pour obtenir :

$$(1) \qquad \sum_{i=1}^{k} m_i \sqrt{a_i}\, e_i^2 = cte.$$

Cette relation permet de borner les valeurs possibles des excentricités, et donc de conclure que les valeurs propres du système séculaire sont toutes imaginaires pures, mais la borne obtenue n'est d'intérêt pratique que si les masses sont à peu près de même valeur, comme dans le cas de Jupiter et Saturne.

Or, écrit Le Verrier :

> L'excentricité *e* elle-même restera toujours fort petite si la planète *m* constitue une partie considérable de la somme des masses du système des planètes. Mais on ne peut tirer aucune conclusion analogue à l'égard des planètes dont les masses sont une petite fraction de la masse totale du système ; l'intégration complète des équations pourra seule montrer, à l'égard de ces planètes, si leurs excentricités resteront comprises entre d'étroites limites[22].

22. U.-J. Le Verrier, *Annales de l'Observatoire de Paris*, t. II, Paris, Mallet Bachelet, 1856, p. 115.

Le Verrier obtient donc une nouvelle formulation de la stabilité du système solaire, car l'existence de solution quasi-périodique pour le système séculaire ne suffit plus, il faut en plus que les amplitudes des coefficients ne soient pas trop importantes, chose qui n'est plus assurée par la conservation du moment cinétique :

> Les conditions nécessaires pour la stabilité de notre système planétaire, relativement aux excentricités, sont de deux sortes : les unes ont rapport à la nature des racines de l'équation en g; les autres à la grandeur absolue des coefficients N, N_1, ..., N', N'_1, etc.[23].

Le Verrier se pose en plus le problème de la convergence des séries et des approximations qu'il utilise. Il sait que les approximations effectuées *a priori* n'ont de sens que si les excentricités et inclinaisons restent petites :

> Le calcul des coefficients N, N' , ... peut seul nous apprendre si aucun d'entre eux ne sera considérable, et si, par conséquent, aucune des excentricités ne pourra grandir de manière à rendre peu convergentes ou même divergentes les séries sur lesquelles se fonde toute cette analyse ; car l'équation [(1)], dans laquelle nous connaissons la valeur de la constante du second membre par les observations actuelles, nous montre bien qu'il est impossible que les excentricités des masses considérables puissent grandir au-delà de limites assez étroites ; mais elle ne nous apprend rien sur les limites des excentricités des orbites des petites masses[24].

Le Verrier se lance alors dans le calcul des valeurs propres, qui consiste à résoudre une équation du 7e degré (Neptune n'est pas prise en compte dans un premier temps). Cette résolution est à l'époque compliquée et est obtenue avec des approximations successives, en découplant les systèmes de planètes. Il obtient une solution complète pour le système séculaire (linéaire) des 7 planètes et cela lui permet de dériver des valeurs maximales pour les excentricités et inclinaisons et montre ainsi que les excentricités et inclinaisons calculées par les équations séculaires du premier ordre resteront « éternelle-

23. *Ibid.*, p. 119.
24. *Ibid.*, p. 120.

ment petites[25] ». Il est bien conscient que son calcul n'est qu'une approximation. Ce qui est nouveau dans son étude, c'est la considération des corps de petite masse, et en particulier des planètes intérieures. Dans ce cas, ce résultat n'est obtenu, souligne Le Verrier, « que pour les rapports des grands axes que nous avons considérés, et nous ignorons ce qui se produirait pour d'autres distances moyennes des planètes ».

Le Verrier pose aussi ici les bases de l'étude des résonances séculaires des astéroïdes :

> Il existe, par exemple, entre Jupiter et le Soleil, une position telle, que si l'on y plaçait une petite masse, dans une orbite d'abord peu inclinée à celle de Jupiter, cette petite masse pourrait sortir de son orbite primitive, et atteindre de grandes inclinaisons sur le plan de l'orbite de Jupiter, par l'action de cette planète et de Saturne. Il est remarquable que cette position se trouve à très peu près à une distance double de la distance de la Terre au Soleil, c'est-à-dire à la limite inférieure de la zone où l'on a rencontré jusqu'ici les petites planètes[26].

Le Verrier calcule la position de la résonance et trouve 1,977 UA, valeur très proche de celle admise actuellement[27]. A la suite, Le Verrier suggère aussi que la forte inclinaison de l'orbite de Mercure pourrait être due aux résonances séculaires.

Le Verrier a donc poussé beaucoup plus loin que Laplace l'étude du système linéaire, mais surtout, il se pose la question de l'influence des termes non linéaires, c'est-à-dire des termes de degré 3 dans les équations séculaires (ou de degré 4 dans la fonction perturbatrice) :

> Nous avons intégré les équations différentielles dont dépendent les inégalités séculaires des orbites, en négligeant les termes qui sont du troisième ordre, par rapport aux excentricités et aux inclinaisons. Nous pouvons actuellement nous proposer d'avoir égard à ces termes, de reconnaître si, par la méthode des approximations successives, les intégrales se développent effectivement en séries assez convergentes pour qu'on puisse répondre de la stabilité du système planétaire[28].

25. *Ibid.*, p. 164.
26. *Ibid.*, p. 165, addition III, p. [34]-[35].
27. 1 UA (unité astronomique) ≈ distance Terre-Soleil ≈ 150 000 000 km.
28. Le Verrier, *Annales..., op. cit.*, p. 165.

Le Verrier émet ici une nouvelle formulation du problème de la stabilité du système solaire. L'étude de Laplace ne suffit plus. Elle ne représente que le premier terme d'un développement en série infinie. Cette solution de Laplace est sans doute la part la plus importante de la solution, mais encore faut-il s'assurer que les termes suivants ont bien un effet négligeable par rapport à ce premier terme. Le Verrier se pose la question de la convergence de ces séries, mais il se la pose à la manière d'un astronome qui ne considère que les premiers termes de la série et regarde s'ils décroissent suffisamment rapidement : le problème de la convergence mathématique des séries ne se pose pas. Les remarques de Le Verrier sur les possibles résonances séculaires montrent bien qu'il pense que la convergence des séries n'a pas lieu pour toutes les conditions initiales, et que dans certains cas on peut assister à des instabilités dues aux résonances séculaires ou tout au moins, l'approximation de Laplace ne donne pas une bonne idée de la solution et il est nécessaire de regarder les termes de degré supérieur qui sont ici de degré 3 en excentricité ou inclinaison.

Le programme de Le Verrier est clair :

> Nous nous proposons de nous assurer si, par la méthode des approximations successives, les intégrales se développent effectivement en séries assez convergentes pour qu'on puisse répondre de la stabilité du système planétaire ; et, en second lieu, de donner à ces intégrales toute l'exactitude qu'elles sont succeptibles de recevoir dans l'état actuel de nos connaissances sur les masses des planètes[29].

Les problèmes de petits diviseurs

Nous allons suivre les calculs de Le Verrier sur un exemple un peu plus simple qui aidera à comprendre le problème des « petits diviseurs » de la mécanique céleste. On suppose qu'on a déjà effectué la première réduction de Laplace rendant le sys-

29. *Ibid.*, partie III de l'addition III.

tème linéaire diagonal, et on ne considère qu'un seul terme non linéaire dans l'une des équations. On obtient :

$$\frac{dz_j}{dt} = i(c_j z_j + z_1 z_2 z_3)$$

avec $z_j(0) = A_j$ ($z_i = e_i \exp i\,\varpi_i$), et $z_1z_2z_3$ est un terme de degré 3. Si on considère uniquement la partie linéaire, on obtient par intégration :

$$z_j(t) = A_j\, e^{ic_j t}.$$

On recherche une solution pour les faibles excentricités e_i; dans ce cas, $z_1z_2z_3$ est très petit, et on peut supposer que ce terme n'apporte qu'une petite correction à la solution de la partie linéaire. On introduit un petit paramètre formel ε, par exemple en effectuant un changement de variables $z_j \to \sqrt{\varepsilon} z_j$ (la racine carrée $\sqrt{\varepsilon}$ sert à rendre les choses plus jolies). On obtient alors, en changeant aussi les conditions initiales $A_j \to \sqrt{\varepsilon} A_j$

$$\frac{dz_j}{dt} = i(c_j z_j + \varepsilon z_1 z_2 z_3)$$

avec pour condition initiale $z_j(0) = A_j$. On recherche une solution sous la forme d'une série entière en ε

$$z_j = z_j^{(0)} + \varepsilon z_j^{(1)} + \varepsilon^2 z_j^{(2)} + \ldots$$

On introduit de cette manière beaucoup de possibilités pour le choix des conditions initiales des $z_j^{(i)}$, et pour simplifier, on choisira $z_j^{(0)}(0) = A_j$, $z_j^{(i)}(0) = 0$ pour $i \neq 0$. On obtient alors, en effectuant les développement jusqu'à l'ordre 1 en ε et en identifiant les mêmes puissances de ε (on peut toujours rechercher une solution de cette manière) :

$$\frac{dz_j^{(0)}}{dt} = ic_j z_j^{(0)} \quad ; \qquad z_j^{(0)}(0) = A_j$$

$$\frac{dz_j^{(1)}}{dt} = i(c_j z_j^{(1)} + z_1^{(0)} z_2^{(0)} z_3^{(0)}) \quad ; \qquad z_j^{(1)}(0) = 0$$

et tout le problème se ramène à la résolution de la dernière équation avec

$$z_j^{(0)}(t) = \mathrm{A}_j\, e^{ic_jt}$$

ce qui donne, en notant $\mathrm{B} = \mathrm{A}_1\ \mathrm{A}_2\ \mathrm{A}_3$,

$$\frac{dz_j^{(1)}}{dt} = i(c_j z_j^{(1)} + \mathrm{B}e^{i(c_1+c_2+c_3)t})$$

cette dernière équation se résout facilement par la méthode de variation des constantes introduite par Lagrange, en

$$z_j^{(1)}(t) = (i\mathrm{B}\int e^{i(c_1+c_2+c_3-c_j)t}dt + \mathrm{C})e^{ic_jt}$$

où C est une constante d'intégration. On comprend alors la question qui se pose. Si $c_1 + c_2 + c_3 - c_j$ n'est pas nul, il n'y a pas de problème, et on obtient

$$z_j^{(1)}(t) = \frac{1}{c_1 + c_2 + c_3 - c_j}(\mathrm{B}e^{i(c_1+c_2+c_3)t} - \mathrm{B}e^{ic_jt})$$

car on a $z_j^{(1)}(0) = 0$. On voit que les termes de degré 3 viennent rajouter un terme de fréquence $c_1 + c_2 + c_3$ et corriger les amplitudes des termes de la partie linéaire. Il n'y a pas vraiment de difficultés, sauf si la combinaison des fréquences $c_1 + c_2 + c_3 - c_j$ est trop petite, auquel cas l'effet du degré 3 peut devenir plus grand que celui de la partie linéaire, en contrariant fortement une hypothétique convergence. C'est le problème des petits diviseurs de la mécanique céleste. Le Verrier ne se pose pas trop ce problème pour le moment car il en a un beaucoup plus grave à régler. En effet, il existe aussi dans la partie de degré 3 des termes du genre $z_j z_k \bar{z}_k$ pour lesquels la combinaison des fréquences est du type $c_j + c_k - c_k - c_j$ ce qui est donc nul. Un tel terme sera dit résonant, et on aura alors :

$$z_j^{(1)}(t) = i\mathrm{B}te^{ic_jt}.$$

Ceci introduit un terme mixte dans la solution dont l'amplitude Bt croit avec le temps, et qui, s'il correspond à une réalité physique, compromet la stabilité du système solaire.

Mais Le Verrier n'en reste pas là :

> On a pris pour point de départ les intégrales rigoureuses qu'on obtient en ne conservant que les termes du premier ordre, et c'est en faisant varier les arbitraires introduites dans ces équations par l'intégration qu'on a pu tenir compte des termes du troisième ordre. Cette marche produit des arcs de cercles en dehors des signes sinus et cosinus ; mais on peut les effacer en changeant convenablement les valeurs des arguments introduits dans la première approximation [30].

Il introduit ici les prémisses de la méthode que Poincaré appellera ensuite méthode de Lindstedt pour la résolution de tels systèmes. Les solutions faisant intervenir des termes séculaires sont de la forme (en ne tenant compte que de ces termes) :

$$z = \mathrm{A}e^{ict} + i\mathrm{B}te^{ict}.$$

Le Verrier élimine les termes mixtes en $\mathrm{B}te^{ict}$ en changeant légèrement la fréquence de précession c, ce qui revient à considérer $1 + it\,\mathrm{B/A}$ comme le début du développement en série entière de $e^{i\delta ct}$ ($e^{i\delta ct} = 1 + i\,\delta ct + ...$) où δc est la correction de fréquence [31].

> Ainsi les arcs de cercle provenaient d'un petit changement que la seconde approximation apporte aux arguments ; c'est ce dont on pourrait s'assurer autrement. Or, en négligeant cette correction dans les termes du premier ordre, le développement devait nécessairement l'amener en facteur, et y introduire le temps [32].

Le Verrier obtient les corrections atteignant 0",3231/an pour la plus grande fréquence g_6 liée au couple Jupiter-Saturne (g_6 = 22",427). De telles modifications surprennent beaucoup Le Verrier qui sous-entend que Laplace et Lagrange pensaient que leurs formules étaient valables pour un temps infini :

> On pourrait peut-être affirmer que les illustres géomètres [Laplace et Lagrange] qui se sont occupés des inégalités séculaires étaient loin de penser que les termes du troisième ordre pourraient apporter aux arguments des corrections

30. *Ibid.*, p. 166.
31. On a donc δc = B/A.
32. U.-J. Le Verrier, *Annales...*, p. [44].

> aussi considérables. Ils regardaient, en effet, les formules fournies par les termes du premier ordre comme pouvant servir pendant un temps indéfini ; et certainement ils ne se seraient pas exprimés ainsi en parlant de formules dont certains arguments n'étaient pas déterminés à une demi-seconde près, s'ils avaient soupçonnés ces erreurs dans ceux des nombres dont l'exactitude importe le plus à l'emploi des formules dans un avenir reculé [33].

Pour donner un ordre de grandeur, on peut considérer qu'une incertitude de 0",3/an dans une des fréquences de précession limite la durée de validité de la solution à environ 3 millions d'années. On peut donc tempérer le jugement de Le Verrier, en considérant que l'âge admis à l'époque de Laplace pour la Terre n'atteignait cette valeur que dans les calculs les plus optimistes de Buffon (la valeur publiée par ce dernier n'étant que de 75 000 ans).

Ces corrections sont cependant faibles par rapport aux valeurs déjà déterminées, et seule la valeur de g_6 est notablement changée, ce qui porte Le Verrier à penser qu'au moins pour les planètes extérieures dont les masses sont bien connues, ces valeurs sont très proches des valeurs véritables des fréquences, ou, ce qui revient au même, à croire dans une convergence très rapide des séries qui les définissent.

> Nous nous bornerons donc à conclure des calculs précédents, que les corrections des arguments sont assez petites par rapport aux arguments eux-mêmes, pour que les séries suivant lesquelles se développent les intégrales, soient regardées comme convergentes.

Le Verrier semble bien persuadé que les corrections ultérieures que pourront apporter la considération de termes de degrés plus élevés dans les équations viendra apporter des contributions bien moindres que celles-ci, et que par conséquent sa solution sera utilisable sur des durées comparables à l'âge admis à l'époque pour la Terre, qui était de l'ordre de quelques dizaines de millions d'années [34]:

33. *Ibid.*, p. [50].
34. Il faut attendre la découverte de la radioactivité pour passer des estimations de Lord Kelvin (1863) de l'ordre de 90 millions d'années à des durées comparables aux 4,7 millards d'années admis actuellement.

> Au moyen de ce changement, on pourra répondre, à une époque quelconque, de l'exactitude des résultats, dans les limites qui seront fixées au moyen des formules que nous avons données pour tenir compte de l'incertitude des valeurs admises pour les masses. Nous faisons toutefois abstraction de l'influence des termes constants qui, dans la fonction perturbatrice, dépendraient des puissances supérieures des masses, et dont nous ne nous occupons pas ici [35].

Le Verrier est avisé de faire ces réserves, car Hill [36] montrera en 1897 que la contribution du deuxième ordre des masses augmente la valeur de g_6 de près de 5"/an à cause de la présence du terme quasi résonant $2\lambda_J - 5\lambda_S$ entre Jupiter et Saturne.

Enfin, Le Verrier se pose la question de l'existence des petits diviseurs dans le système des planètes intérieures qui est d'autant plus important que certaines des masses sont très imprécises, et qu'un changement de masse admissible peut rendre un diviseur très petit :

> Ces termes acquièrent par l'intégration de très petits diviseurs ; et ainsi il en résulte, dans les intégrales, des termes dus à la seconde approximation, et dont les coefficients surpassent ceux de la première approximation. Si l'on pouvait répondre de la valeur absolue de ces petits diviseurs, la conclusion serait simple : la méthode des approximations successives devrait être rejetée [37].

L'indétermination des masses des planètes intérieures ne permet pas à Le Verrier de trancher et il ne peut alors que lancer un appel aux mathématiciens pour résoudre le problème :

> Il paraît donc impossible, par la méthode des approximations successives, de prononcer si, en vertu des termes de la seconde approximation, le système composé de Mercure, Vénus, la Terre et Mars, jouira d'une stabilité indéfinie ; et l'on doit désirer que les géomètres, par l'intégration des équations différentielles, donnent les moyens de lever cette difficulté, qui peut très bien ne tenir qu'à la forme [38].

35. U.-J. Le Verrier, *Annales..., op. cit.*, p. [48].
36. Hill, 1897, *Astronomical Journal*, 17, p. 81.
37. U.-J. Le Verrier, *Annales..., op. cit.*, p. [50].
38. *Ibid.*, p. 168.

Poincaré : la réponse du géomètre

Laplace avait montré que la loi de Newton suffisait pour expliquer les irrégularités observées à l'époque dans les mouvements des corps du système solaire. Après lui, tout le passé et l'avenir du système solaire devenait calculable et ne dépendait plus que de la précision avec laquelle on pouvait déterminer ses conditions initiales. Laplace avait aussi établi la stabilité du système solaire en considérant l'approximation linéaire des équations moyennisées de son mouvement. Le Verrier, nous venons de le voir, n'est pas si optimiste. Il montre que les problèmes de petits diviseurs rencontrés dans le système des planètes intérieures lui interdisent toute conclusion sur la stabilité du système solaire, et il demande aux géomètres de trouver des moyens nouveaux pour intégrer les équations différentielles du mouvement, afin de pouvoir résoudre ce problème important.

Le Verrier avait examiné l'influence des termes non linéaires dans le développement des équations du mouvement séculaire des planètes. Les méthodes qu'il emploie sont celles de la recherche de solutions sous forme de séries dépendant d'un petit paramètre (masse, excentricité ou inclinaison). Le Verrier ne se pose pas le problème de la convergence de ces séries comme un mathématicien le ferait aujourd'hui. Pour lui, une série converge, ou plutôt converge suffisamment, si les approximations successives qu'il obtient pour la solution apportent des modifications de plus en plus petites. Il pense que c'est à cette condition qu'il obtiendra une formule qui approchera correctement le mouvement des planètes. Pour Le Verrier, cette convergence n'a pas toujours lieu, mais dépend des conditions initiales. Il sait bien que pour certaines de ces conditions initiales, apparaissent des très petits diviseurs qui compromettent la convergence des séries. Dans certains cas, ces phénomènes de résonance correspondent à une réalité physique, comme dans le cas des résonances séculaires des astéroïdes qu'il a observées, mais il ne peut pas établir de résultats systématiques, et ses méthodes, malgré les perfectionnements apportés par la suite par Newcomb[39] et Lindstedt, ne peuvent pas être prolongées facilement à des ordres élevés. L'appel de Le Verrier aux mathématiciens montre bien dans quelle impasse on se trouvait alors.

La réponse à la question posée par Le Verrier sera apportée quelques années plus tard par Henri Poincaré. Dans les trois tomes des *Méthodes nouvelles de la mécanique céleste*, parus entre 1892 et 1899, Poincaré va transformer complètement la mécanique céleste. L'approche de Poincaré est très différente de celle de ses prédécesseurs. Il va sans cesse chercher à simplifier les équations de la mécanique céleste, pour ensuite les étudier dans leur plus grande généralité. Pour cela, il bénéficie de l'introduction du formalisme canonique initié par Jacobi (1804-1851) et Hamilton (1805-1865). Poincaré proposera aux astronomes un jeu de variables, très proches des variables qu'ils utilisaient depuis Laplace, mais qui permettent de simplifier considérablement l'écriture des équations du mouvement qui deviennent alors :

$$(2) \qquad \frac{d\mathrm{I}_i}{dt} = -\frac{\partial \mathrm{H}(\mathrm{I},\theta)}{\partial \theta_i} \qquad \frac{d\theta_i}{dt} = \frac{\partial \mathrm{H}(\mathrm{I},\theta)}{\partial \mathrm{I}_i}$$

où (I_i,θ_i) sont appelées variables canoniques. Les variables métriques I_i sont liées aux demi-grands axes, excentricités, ou inclinaisons des planètes, alors que les variables angulaires θ_i représentent plutôt les longitudes, longitudes du périhélie et longitudes du nœud. La fonction $\mathrm{H}(\mathrm{I},\theta)$, ou hamiltonien, représente l'énergie du système. Dans le cas du système solaire, cette fonction prend une forme particulière

$$(3) \qquad \mathrm{H}(\mathrm{I},\theta) = \mathrm{H}_0(\mathrm{I}) + \varepsilon \mathrm{H}_1(\mathrm{I}, \theta)$$

où $\mathrm{H}_0(\mathrm{I})$ représente l'énergie des planètes orbitant autour du Soleil quand on néglige leurs interactions (mouvement képlé-

39. *Smithonian Contribution to Knowledge*, vol. XXI, 1876.

rien des planètes autour du Soleil) alors que εH_1 (I, θ) représente l'interaction des planètes entre elles qui est beaucoup plus petite (le petit paramètre ε est de l'ordre des masses planétaires). Si on néglige l'interaction des planètes, le deuxième terme est supprimé, et les équations s'intègrent très simplement car les variables d'action I_i sont alors constantes et les angles θ_i des fonctions linéaires du temps ($\theta_i = \nu_i t + \theta_{i0}$). Le mouvement peut dans ce cas être considéré comme une composition de mouvements circulaires uniformes de rayons I_i et d'angle θ_i; le nombre de couples (I_i, θ_i) s'appelle le nombre de degrés de liberté du système. Dans le cas d'un tel système à deux degrés de liberté, les mouvements seront donc représentés par des courbes s'enroulant sur un tore. On comprend ici la puissance de cette formalisation, car chercher à intégrer les équations du mouvement revient maintenant à chercher des transformations qui ramènent ce mouvement qui peut paraître complexe à des produits de mouvements circulaires uniformes. Poincaré montre que toutes les méthodes de perturbations que pouvaient utiliser Laplace ou Le Verrier reviennent à rechercher des changements de variables sous forme de séries en le petit paramètre ε

$$\text{(4)}\qquad \begin{aligned} I' &= I + \varepsilon S_1(I,\theta) + \varepsilon^2 S_2(I,\theta) + \varepsilon^3 S_3(I,\theta) + \ldots \\ \theta' &= \theta + \varepsilon T_1(I,\theta) + \varepsilon^2 T_2(I,\theta) + \varepsilon^3 T_3(I,\theta) + \ldots \end{aligned}$$

qui conservent la forme simple des équations (2), en cherchant à transformer le hamiltonien H(I,θ) en un nouvel hamiltonien qui ne dépend plus que des variables d'action (I_i). Les solutions seront alors des combinaisons de mouvements circulaires uniformes, qui correspondent dans les variables originales à des mouvement quasi-périodiques, combinaisons de mouvements périodiques. Les simplifications et la généralisation apportées par Poincaré lui permettent alors, en un premier temps, de répondre à la supplique de Le Verrier aux géomètres. Mais cette réponse est négative, car dans son mémoire *Sur le problème des trois corps et les équations de la dynamique*[40], couronné par le roi Oscar II de Suède en 1890, Poincaré montre qu'il n'est pas possible d'intégrer les équations du mouvement des trois corps (le Soleil, Jupiter et Saturne, par

40. *Acta Mathematica*, 1890, t. 13, p. 1-270.

exemple) comme on peut le faire pour le problème des deux corps, moyennant des calculs astucieux. Il ne reste plus alors qu'à rechercher des solutions approchées à l'aide des méthodes de perturbations.

Poincaré, en les simplifiant, montre que ces méthodes d'« approximations successives » utilisées par les astronomes peuvent être prolongées à tous les ordres. Mais il montre aussi que les séries de Lindstedt, qui définissent en général ces changements de variables et qui permettent d'obtenir des solutions sous forme quasi-périodique, sont divergentes, à cause des petits diviseurs arbitrairement petits qui apparaissent toujours dans leurs expressions. Il montre de cette manière qu'il n'est pas possible de trouver des séries qui convergent vers des solutions quasi-périodiques sur tout un domaine de conditions initiales, comme pouvait l'espérer Le Verrier, et ces résultats vont profondément ébranler les convictions des astronomes de l'époque qui étaient persuadés que leurs séries convergeaient pourvu que l'on prenne certaines précautions. Poincaré leur laissera cependant quelques espoirs, car il sait bien que les méthodes des astronomes permettent quand même de calculer les mouvements des planètes avec précision sur une durée finie, et il va clarifier les implications de ses découvertes. Il précise la différence de signification pour l'expression « séries convergentes » chez les astronomes et les mathématiciens et pose la base du calcul formel qui peut se faire sur ces séries divergentes :

> Ainsi pour prendre un exemple simple, considérons les deux séries qui ont pour terme général
>
> $$\frac{1000^n}{1\cdot 2\cdot 3\ldots n} \quad \text{et} \quad \frac{1\cdot 2\cdot 3\ldots n}{1000^n}.$$
>
> Les géomètres diront que la première série converge, et même qu'elle converge rapidement, parce que le millionième terme est beaucoup plus petit que le 999999e ; mais ils regarderont la seconde comme divergente, parce que le terme général peut croître au-delà de toute limite.
> Les astronomes, au contraire, regarderont la première série comme divergente, parce que les 1 000 premiers termes vont en croissant ; et la seconde comme convergente, parce que les 1000 premiers termes vont en décroissant et que cette décroissance est d'abord très rapide.

> Les deux règles sont légitimes : la première, dans les recherches théoriques ; la seconde, dans les applications numériques [41].

Les séries des astronomes sont donc en général divergentes, mais elle peuvent quand même servir comme approximation pour le mouvement des planètes pendant un certain temps, qui peut être long, mais pas infini. Poincaré ne semble d'ailleurs pas penser que ses résultats puissent avoir une grande importance pratique, si ce n'est justement pour l'étude de la stabilité du système solaire :

> Les termes de ces séries, en effet, décroissent d'abord très rapidement et se mettent ensuite à croître ; mais, comme les astronomes s'arrêtent aux premiers termes de la série et bien avant que ces termes aient cessé de décroître, l'approximation est suffisante pour les besoins de la pratique. La divergence de ces développements n'aurait d'inconvénients que si l'on voulait s'en servir pour établir rigoureusement certains résultats, par exemple la stabilité du système solaire [42].

Il faut noter que Poincaré entend ici la stabilité sur un temps infini, ce qui est très différent de la stabilité pratique du système solaire, qui n'a de sens que sur un intervalle de temps comparable à sa durée de vie.

Le Verrier avait reformulé la question de la stabilité du système solaire en signalant qu'il fallait tenir compte des termes de degré plus élevés que ceux considérés par Laplace et Lagrange ; Poincaré est encore plus exigeant, en réclamant la convergence des séries :

> Ce résultat aurait été envisagé par Laplace et Lagrange comme établissant complètement la stabilité du système solaire. Nous sommes plus difficiles aujourd'hui parce que la convergence des développements n'est pas démontrée ; ce résultat n'en est pas moins important [43].

41. H. Poincaré, *Méthodes nouvelles de la mécanique céleste*, *op. cit.*, t. 2, réimp. A. Blanchard, 1987, p. 1.
42. *Ibid.*, p. V-VI.
43. *Ibid.*, p. 46.

Poincaré, nous l'avons vu, a montré la divergence des séries de Lindstedt utilisées par les astronomes dans leurs calculs de perturbations. Selon son habitude, il a étudié une variété bien plus importante de séries de perturbations, mais qui ne semblent pas d'un intérêt immédiat pour les astronomes, car elles imposent de modifier les conditions initiales des planètes au cours des calculs. Pourtant, Poincaré n'est pas aussi assuré de la divergence de ce type de séries :

> Les séries ne pourraient-elles pas, par exemple, converger quand x_1^0 et x_2^0 ont été choisis de telle sorte que le rapport n_1/n_2 soit incommensurable, et que son carré soit au contraire commensurable (ou quand le rapport n_1/n_2 est assujetti à une autre condition analogue à celle que je viens d'énoncer un peu au hasard) ?
> Les raisonnements de ce chapitre ne me permettent pas d'affirmer que ce fait ne se présentera pas. Tout ce qu'il m'est permis de dire, c'est qu'il est fort invraisemblable [44].

Les résultats modernes

Ce sera pourtant en revenant sur ces travaux de Poincaré, et en utilisant justement le type de séries que Poincaré avait étudié, mais qu'il n'avait pas retenu, que les mathématiciens A. N. Kolmogorov, V. I. Arnold et J. Moser montreront beaucoup plus tard, entre 1954 et 1967, et en allant à l'encontre de l'intuition de Poincaré sur ce dernier point, que pour certaines valeurs des conditions initiales, il est quand même possible d'obtenir des séries convergentes. Ces théorèmes mathématiques, appelés maintenant théorèmes KAM, montrent que dans le cas d'un système hamiltonien du type $H(I,\theta) = H_0(I) + \varepsilon H_1(I,\theta)$, pour une faible valeur de la perturbation ε, il peut exister un grand nombre de conditions initiales qui vont donner lieu à des mouvements quasi-périodiques définis par des séries convergentes.

Ces théorèmes ont été appliqués par le mathématicien soviétique Arnold au problème des trois corps, et généralisé dans le

44. *Ibid.*, p. 104.

cas de *n* corps[45]. Arnold montre que si les masses, les excentricités et inclinaisons initiales des planètes sont suffisamment petites, alors la plupart des trajectoires sont quasi-périodiques. Ce théorème d'Arnold n'est pas en contradiction avec les résultats de Poincaré qui avait montré que les séries ne convergent pas sur un domaine de conditions initiales, car pour des conditions initiales arbitrairement près de celles conduisant à des solutions quasi-périodiques, donc stables, on peut trouver des conditions initiales qui font diverger les séries. Dans ce cas, on ne peut pas exclure une trajectoire dite « chaotique » qui pourra se promener dans une grande partie de l'espace des phases, sans qu'il soit possible de borner ses variations sur un temps infini. Comment peut-on alors concevoir que la stabilité du système solaire puisse dépendre de la nature arithmétique des lointaines décimales de ses conditions initiales ?

Mais un deuxième résultat, lui aussi dû à un mathématicien soviétique, Nekhoroshev, montre que si on se trouve très près d'une solution quasi-périodique, il est possible de trouver, pour les faibles perturbations, une majoration de la diffusion des variables d'action sur un temps très grand, éventuellement plus grand que l'âge de l'Univers, ce qui limiterait les variations possibles pour les demi-grands axes, les excentricités, ou les inclinaisons des planètes.

Ces résultats récents ont souvent été utilisés comme arguments pour montrer la stabilité du système solaire[46]. Pourtant, aucune application du théorème d'Arnold n'a été faite au système solaire réel. En effet, les valeurs des masses planétaires nécessaires pour une application directe de ces résultats sont

45. V. I. Arnold, « Small denominators and problems of stability of motion in classical and celestial mechanics », *Russian Math. Surveys*, 18, 6, 1963, p. 85-193.

46. « Even if the motion of a planet or an asteroid is regular, an arbitrarily small perturbation of the initial state is sufficient to make it chaotic. Fortunately, however, the rate of development of these chaotic perturbations is extremely small, so the time for which chaos manifests itself under a sufficiently small perturbation of the initial state is large in comparison with the time of existence of the solar system (N. N. Nekhoroshev, 1979). So for the next billion years the main part of the solar system will hardly change essentially and the "clock mechanism" described by Newton will continue in good working order », V. I. Arnold, *Huygens and Barrow, Newton and Hook*, Birkhauser, 1990, p. 82.

extrêmement petites [47]. On pouvait cependant estimer que les conditions demandées pour démontrer les théorèmes d'Arnold ou de Nekhoroshev n'étaient pas optimales, à cause de la difficulté de ces démonstrations, et que, en réalité, ces théorèmes pouvaient s'appliquer pour des valeurs beaucoup plus fortes des perturbations. Ceci justifiait sans doute un certain consensus qui pouvait exister encore jusqu'en 1988 sur la stabilité de notre système solaire, comme en témoigne ce commentaire fait par un astronome cette même année sur les comptes rendus d'un colloque international consacré à la stabilité des systèmes planétaires : « Our planetary system is *probably* stable (by any reasonable definition of the term) over time scales comparable with its age. »

Depuis, beaucoup de choses ont changé, et pour la première fois, le mouvement des planètes ne paraît plus réductible au modèle quasi-périodique de Laplace.

En 1988, les Américains du MIT G. Sussman et J. Wisdom ont montré [48] que le mouvement de Pluton est chaotique, grâce à une intégration numérique sur ordinateur des équations du mouvement des planètes extérieures (Jupiter, Saturne, Uranus, Neptune et Pluton) sur une durée de 875 millions d'années. Ceci se traduit par une extrême sensibilité aux conditions initiales : l'incertitude sur les conditions initiales de Pluton est multipliée par 3 tous les 20 millions d'années, rendant impossible toute prédiction au-delà de 400 millions d'années environ. Cependant, du fait de la très faible masse de Pluton (1/130 000 000 masse solaire), ce résultat n'implique pas une instabilité macroscopique pour le reste du système solaire, et le mouvement des grosses planètes apparaissait toujours très régulier.

Peu de temps après, en utilisant une méthode très différente, j'obtenais des résultats similaires pour les planètes inférieures (Mercure, Vénus, Terre et Mars) qui n'étaient alors pas prises en compte dans les longues intégrations numériques du système solaire [49]. En effet, à cause de leur mouvement orbital trop

47. M. Hénon, « Exploration numérique du problème restreint », *Bull. Astron.*, 3e série, t. 1, 1966, p. 49-66.
48. G. J. Sussman, & J. Wisdom, « Numerical evidence that the motion of Pluto is chaotic », *Science*, 241, 1988, p. 433-437.
49. J. Laskar, « A numerical experiment on the chaotic behaviour of the solar system », *Nature*, 338, 1989, p. 237-238.

rapide, l'intégration numérique directe de ces planètes sur de telles durées n'était pas encore à la portée des ordinateurs. Pour obtenir quand même des résultats sur l'ensemble du système solaire, il a fallu d'abord transformer, en utilisant les méthodes de perturbations du type de celles développées par Laplace ou Le Verrier, le système des équations de Newton en un nouveau système, beaucoup plus volumineux (il contient 150 000 termes) qui ne représente plus le mouvement des planètes, mais le mouvement moyen de leurs orbites. Il a alors été possible d'intégrer numériquement le mouvement du système solaire sur 200 millions d'années en seulement quelques heures de calcul. Le résultat de ces calculs fut assez surprenant. Pour les grosses planètes, on retrouve bien un mouvement régulier en concordance avec les résultats des intégrations numériques directes, mais pour les planètes du système solaire interne (Mercure, Vénus, Terre, Mars) qui n'avaient pas encore été étudiées, il en est tout autrement : le comportement des trajectoires est chaotique. La distance de deux orbites initialement proches est multipliée par 3 tous les 5 millions d'années, interdisant toute prédiction au-delà de 100 millions d'années environ. Une erreur de 0,000 000 01 % sur les conditions initiales conduit à une erreur de seulement 0,000 000 1 % au bout de 10 millions d'années, mais cette erreur atteint 100 % après 100 millions d'années.

Depuis, l'origine de ce mouvement chaotique a été identifiée[50]: il provient de l'existence de résonances entre les périodes de précessions (résonances séculaires) des orbites de Mars et de la Terre d'une part, et entre celles de Mercure, Vénus et Jupiter d'autre part. L'existence de ces résonances de forte amplitude empêche en effet toute tentative de recherche de solution quasi-périodique, et l'on sait d'autre part, grâce aux travaux de Poincaré, et à ceux plus récents du mathématicien S. Smale et du physicien B. V. Chirikov, qu'il existe au voisinage des trajectoires délimitant de telles résonances des régions où la dynamique, dite chaotique, est extrêmement complexe et très sensible aux conditions initiales. En 1991,

50. J. Laskar, « The chaotic behaviour of the solar system : a numerical estimate of the size of the chaotic zones », *Icarus*, 88, 1990, p. 266-291. J. Laskar, « a few points on the stability of the solar system », in Proc. IAU Symposium 152, Ferraz-Mello éd. (1992).

deux intégrations numériques effectuées sur ordinateur de manière indépendante ont confirmé ces résultats [51].

Après les travaux de Poincaré, puis la théorie KAM, on aurait pu encore imaginer que le mouvement du système solaire se situait dans une région de l'espace des phases où subsistent un grand nombre de trajectoires quasi-périodiques, et pendant les 5 milliards d'années qui restent à notre Soleil comme espérance de vie, le mouvement du système solaire serait alors resté proche d'une solution quasi-périodique du genre de celles données par le modèle de Laplace.

L'analyse des solutions du mouvement du système solaire sur plusieurs centaines de millions d'années obtenues sur ordinateur dans les toutes dernières années montre qu'il en est tout autrement, et que la trajectoire du système solaire se trouve dans une zone chaotique relativement large, due à l'existence de résonances séculaires dans les mouvements de précession des orbites des planètes.

Savoir que le mouvement du système solaire est chaotique nous dit en particulier qu'il n'est pas possible de prévoir son évolution au-delà de 100 millions d'années environ de manière précise. Nous n'avons pas par contre de moyens pour le moment de dire quelles sont les variations possibles de ses paramètres au-delà de cette durée. Il n'est pas possible actuellement de dire, par exemple, ce qu'ont pu être les variations de l'excentricité de la Terre au cours de son histoire. Ceci est pourtant du plus grand intérêt pour l'étude des climats du passé de la Terre, qui, selon l'astronome M. Milankovitch, sont étroitement liés aux variations à long terme du mouvement de la Terre. Répondre à une telle question est néanmoins envisageable, mais nécessitera encore de nombreuses années de recherche. Il est cependant possible de donner dès maintenant quelques indications qui pourront éclairer le lecteur sur la nature du chaos dans le mouvement du système solaire, et en particulier des implications sur le mouvement de la Terre.

51. J. Laskar, T. Quinn, S. Tremaine, « Confirmation of resonant structure in the solar system », *Icarus*, 95, 1992, p. 148-152 ; G. Sussman et J. Wisdom, 1992, « Chaotic evolution of the solar system », sousmis à *Science*.

Le mouvement chaotique du système solaire

Tout d'abord, il est nécessaire de prendre en compte l'espérance de vie et l'âge du système solaire qui sont tous deux d'environ 5 milliards d'années car seuls nous intéresseront les effets sensibles sur cette durée.

Revenons ensuite sur la solution de Laplace pour le mouvement moyen du système solaire, ou à toute autre solution quasi-périodique, éventuellement plus perfectionnée, qui, au prix d'un changement de variables, peut toujours s'y ramener. Dans la solution de Laplace, nous l'avons vu, les solutions pour les variables en excentricité $z = e \exp\sqrt{-1}\,\varpi$ d'une planète sont données par des expressions du type

$$z = \sum_{j=1}^{k} a_j e^{\sqrt{-1} g_j t}$$

où les g_j sont les fréquences de précession qui correspondent à peu près à chaque planète du système solaire. Pour le lecteur non mathématicien, la figure 2a donne une représentation graphique de cette formule dans le cas de la Terre. Toutes les solutions, dans le modèle de Laplace, sont des combinaisons de mouvements circulaires uniformes, ayant pour fréquences les fréquences fondamentales de précession g_i et s_i du système solaire, qui correspondent à des périodes allant de 50 000 ans à quelques millions d'années. Dans la figure 2a ne sont représentés que les quatre termes les plus importants pour la solution de la Terre. L'excentricité est donnée par la distance OP, alors que la longitude du périhélie sera l'angle que fait OP avec une direction de référence. Les variations de l'excentricité sont obtenues en faisant tourner chaque point situé sur un cercle avec sa fréquence correspondante g_i. L'inclinaison par rapport au plan invariable du système solaire (plan fixe perpendiculaire au moment cinétique total) pourra aussi se représenter comme la distance OQ de la figure 2b. On comprend

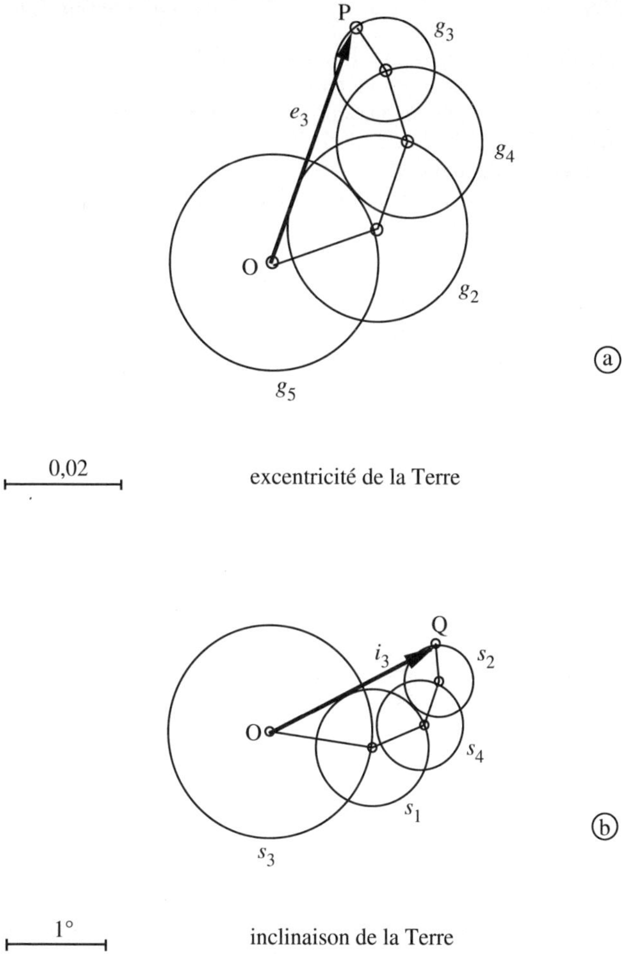

Figure 2. Les solutions de Laplace pour le mouvement de la Terre sont des combinaisons de mouvements circulaires uniformes, ayant pour fréquences les fréquences fondamentales de précession g_i et s_i du système solaire, qui correspondent à des périodes allant de 50 000 ans à quelques millions d'années.
L'excentricité e_3 est donnée par la distance OP de la figure 2a, alors que l'inclinaison par rapport au plan invariable du système solaire i_3 est la distance OQ de la figure 2b.

que l'excentricité comme l'inclinaison de la Terre vont varier considérablement avec le temps, suivant une courbe assez complexe. Ce sont ces variations, dues aux perturbations planétaires, qui, dans le cas de la Terre, induisent les variations climatiques de la théorie de Milankovitch.

Nous voyons donc qu'une solution du type de celle de Laplace introduit déjà de grandes variations dans la configuration du système solaire. Mais qu'en est-il lorsque l'on considère maintenant le système complet sur une très longue période de temps, par exemple dans les solutions obtenues récemment sur plusieurs centaines de millions d'années ?

On peut dans ce cas schématiser l'effet du mouvement chaotique sur nos figures par un élargissement des cercles correspondant à chaque fréquence principale (voir figures 3a et b). La position des points de jonction sur ces cercles est alors indéterminée après un temps suffisamment long.

Un des résultats des travaux récents est la relative stabilité du système des quatre grosses planètes (Jupiter, Saturne, Uranus, Neptune), et l'élargissement des cercles correspondant à leurs fréquences fondamentales (g_5, g_6, g_7, g_8, s_6, s_7, s_8) ne sera même pas visible sur nos dessins et il est possible que pour ce système, les considérations exposées précédemment sur la théorie KAM et le théorème de Nekhoroshev peuvent s'appliquer, ainsi que la remarque d'Arnold (cf. note 46).

Pour les planètes intérieures, et la Terre en particulier, la situation est très différente, et les cercles correspondant aux fréquences liées à ces planètes s'élargissent notablement pour laisser place à des zones où tout mouvement est possible. On remarquera cependant que dans le cas de l'excentricité de la Terre, le premier cercle, lié à g_5, n'est pas élargi, et celui lié à g_2 très peu. Ces deux modes apparaissent en effet beaucoup plus stables que les autres modes qui interviennent dans les résonances séculaires. Un des effets les plus importants résultant du comportement chaotique est la très grande dépendance par rapport aux conditions initiales. C'est ce qui empêchera toute prédiction précise pour le mouvement de la Terre au-delà de 100 millions d'années. Dans la description schématique de la figure 3, cela voudra essentiellement dire que l'on ne saura plus où se trouvent les points de jonction dans les parties grisées de la figure. L'orientation de l'orbite de la Terre sera

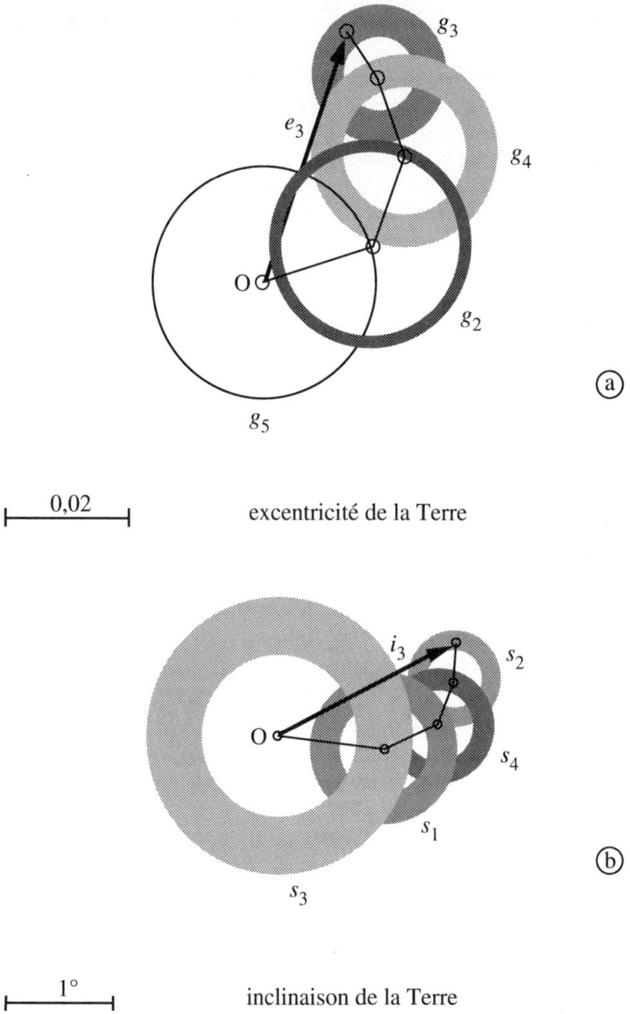

Figure 3. Solutions pour l'excentricité et l'inclinaison de la Terre. On peut schématiser l'effet du mouvement chaotique dans le système solaire par un élargissement des cercles correspondant à chaque fréquence principale. La position des points de jonction sur ces cercles est alors indéterminée après un temps suffisamment long. C'est aussi le cas pour les figures 4 et 5.

alors complètement inconnue. Les variations possibles pour l'excentricité ou l'inclinaison sont plus importantes que dans la figure 2, mais sur notre schéma simplifié elles semblent néanmoins bornées. Il faut cependant bien considérer que ces figures ne sont que très approximatives, et que même si on peut penser que sur quelques centaines de millions d'années, elles pourraient donner une représentation convenable du mouvement, rien ne permet à l'heure actuelle de limiter l'extension des zones que nous avons dessinées sur la figure ; et les résultats théoriques actuels montrent tout au contraire que, sur un temps infini, certaines trajectoires peuvent se déplacer un peu n'importe où dans l'espace des mouvements.

Les variations d'excentricité ou d'inclinaison de la Terre dues à l'effet du chaos sont moins importantes que celles provenant de la partie intégrable du système, mais elles sont loin d'être négligeables. Elles atteignent environ 0,01 pour les excentricités et près de 1 degré pour les inclinaisons sur quelques centaines de millions d'années.

Pour Mars, du fait d'une composition différente des modes propres (voir figures 4a et b), ces variations sont encore plus importantes, mais c'est pour la planète Mercure (voir figures 5a et b) que ces variations sont les plus impressionnantes. Dans ce dernier cas, les variations d'excentricité et d'inclinaison dépendent de modes fortement chaotiques. L'effet résultant est de près de 0,05 sur l'excentricité, et de plusieurs degrés sur l'inclinaison, ce qui est considérable, et permet même d'y voir ici une source possible pour la forte excentricité et l'inclinaison de cette planète.

Bien que l'idée d'un système solaire chaotique puisse surprendre, et même dérange notre conception du monde bâtie sur plusieurs siècles de stabilité, c'est pourtant le contraire qui eût été extraordinaire, dans la mesure où depuis Poincaré nous savons que la plupart des systèmes dynamiques ne sont pas intégrables et sont donc soumis à ce type de comportement. La mécanique céleste, que Laplace avait érigée comme le modèle par excellence de science prédictible, montre ses limites. Mais ces dernières proviennent de la nature même des solutions et non pas des méthodes utilisées pour les déterminer.

Une nouvelle formulation du problème de la stabilité du système solaire s'impose alors aujourd'hui. Nous avons montré

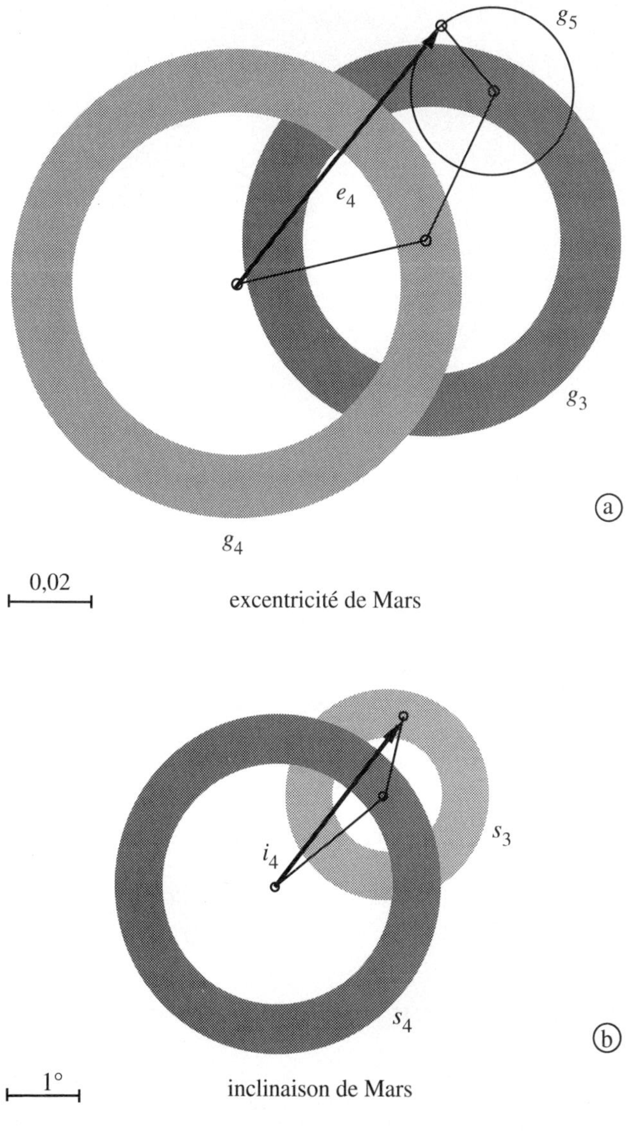

Figure 4. Solutions pour l'excentricité et l'inclinaison de Mars.

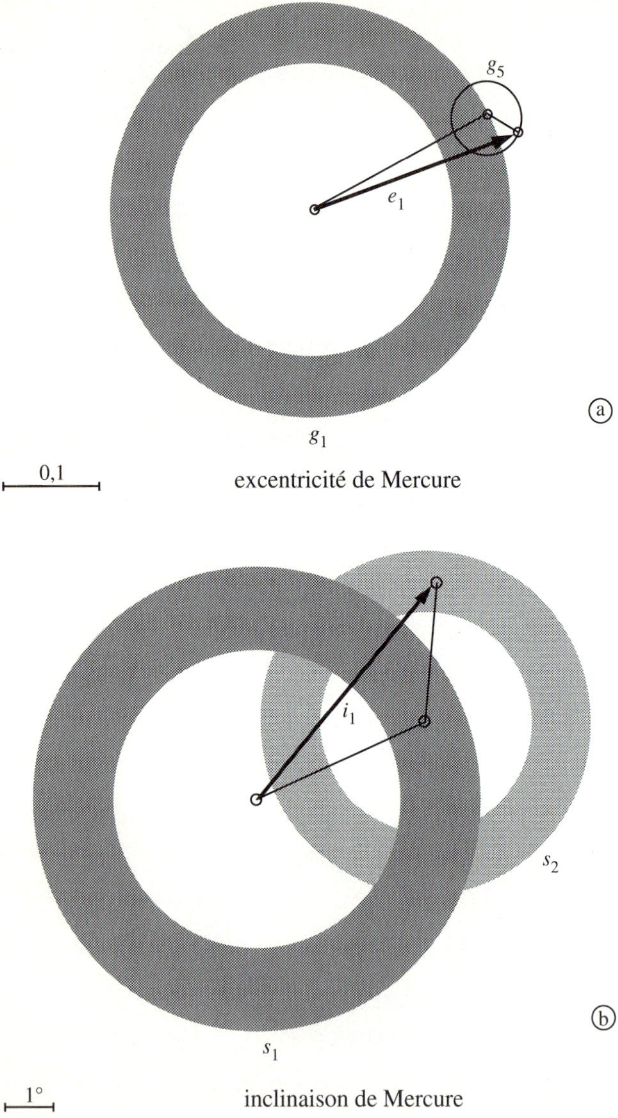

Figure 5. Solutions pour l'excentricité et l'inclinaison de Mercure.

que ce système est instable, il s'agit maintenant de connaître avec précision les effets de ces instabilités sur une durée comparable à son âge. Il n'est plus possible pour cela d'étudier une seule solution, obtenue par exemple sur ordinateur, car nous savons qu'elle sera différente de la solution réelle après 100 millions d'années environ[52]; mais il nous faut étudier plus globalement toutes les trajectoires voisines, en suivant la voie ouverte il y a cent ans par Henri Poincaré :

> Cette époque, où l'on sera obligé de renoncer aux méthodes anciennes, est sans doute encore très éloignée ; mais le théoricien est obligé de la devancer, puisque son œuvre doit précéder, et souvent d'un grand nombre d'années, celle du calculateur numérique[53].

Cette meilleure connaissance de l'ensemble de ces mouvements ne nous permettra pas de prédire si un événement catastrophique, comme une soudaine augmentation de l'excentricité de la Terre, aura effectivement lieu dans les prochains milliards d'années, mais nous autorisera seulement à dire si un tel événement est possible ou non, sur une telle durée.

52. L'étude d'une seule trajectoire sur une très grande période de temps peut quand même avoir un sens si on la considère comme un moyen d'explorer l'espace des mouvements possibles, et non pas comme la solution donnant le mouvement réel du système solaire.

53. H. Poincaré, *Méthodes nouvelles de la mécanique céleste*, *op. cit.*, t. 1, p. 2.

8. Évolution des théories sur la turbulence développée

Marie Farge

> Comme ceux qui ne comprennent pas la nature des choses sont incapables de rien affirmer sur elles, mais les imaginent seulement et prennent l'imagination pour l'entendement, ils croient donc fermement qu'il y a de l'ordre dans les choses, ignorants qu'ils sont et de la nature des choses et de la leur propre. Lorsque les choses sont disposées de façon que la représentation par les sens nous permette de les imaginer facilement, nous disons qu'elles sont bien ordonnées. Dans le cas contraire nous disons qu'elles sont ou mal ordonnées ou confuses. Comme les choses que nous pouvons imaginer facilement nous sont plus agréables que les autres, les hommes préfèrent donc l'ordre à la confusion, comme si, en dehors de l'imagination, l'ordre était quelque chose dans la nature.
>
> Spinoza, *Éthique*, 1, Appendice.

Introduction

L'étude de la turbulence développée est restée jusqu'à présent un problème mal formalisé, sinon mal posé. On ne dispose à ce jour d'aucune théorie complète du phénomène. Celui-ci est trop complexe pour être résolu de façon satisfaisante avec les moyens actuels. Plus exactement, la turbulence développée nous apparaît d'autant plus complexe que les moyens dont nous disposons nous semblent inadaptés. Tout d'abord, la mécanique hamiltonienne ne traite que des états stables, ou au voisinage de l'équilibre, et ne décrit que des phénomènes conservatifs, donc réversibles, alors que les écoulements turbulents sont hautement instables et dissipatifs, donc irréversibles ; de plus, la dynamique classique a toujours raisonné à partir de systèmes composés de peu d'éléments en interaction, et non d'un très grand nombre de degrés de liberté comme c'est le cas en turbulence développée ; si on regarde du côté des mathématiques, alors que la résolution des systèmes d'équations différentielles linéaires ne pose plus guère de problèmes, elles n'ont pas le moyen de résoudre analytiquement les équations aux dérivées partielles non linéaires décrivant l'évolution des écoulements turbulents, ni même en général celui de prouver l'existence et l'unicité de leurs solutions ; enfin, pour comprendre les phénomènes physiques, la méthode suivie jusqu'à présent est le plus souvent réductionniste, tandis que l'étude de la turbulence développée demande probablement une vision plus globale, dans la mesure où l'on ne peut plus dans ce cas isoler le comportement d'une partie de celui de l'ensemble. Il semble donc encore y avoir inadéquation entre les moyens conceptuels et techniques actuels et les caractéristiques intrinsèques aux phénomènes turbulents, ce qui expliquerait le peu d'emprise que nous ayons sur eux.

On définit la turbulence développée comme l'étude des mouvements des fluides dans la limite des grands nombres de Reynolds. Par *fluide* nous entendons un milieu continu mobile et déformable. Ainsi, certains gaz peuvent-ils être traités comme des fluides, à condition que l'hypothèse de continuité reste valable, c'est-à-dire que ces gaz soient suffisamment denses. Le *nombre de Reynolds* [1] quant à lui se définit comme le rapport entre le transport moyen du fluide, proportionnel à sa vitesse, et le frottement moyen dû à la viscosité du fluide, ce qui correspond à la partie de l'énergie cinétique qui est dissipée en chaleur sous l'effet du frottement des couches fluides entre elles ou au contact des obstacles solides. L'ordre de grandeur du nombre de Reynolds est de 10^3 à 10^9 pour les écoulements aérodynamiques, de 10^9 à 10^{12} pour les écoulements atmosphériques et de 10^{12} à 10^{20} pour les écoulements astrophysiques. Tant par ses méthodes que par la gamme de

1. Il s'agit ici du nombre de Reynolds global, par opposition au nombre de Reynolds local qui sera défini plus loin. En pratique, le nombre de Reynolds global d'un écoulement se ramène au produit d'une vitesse caractéristique (la vitesse moyenne, par exemple) par une longueur caractéristique (le diamètre de la conduite, par exemple) divisé par la viscosité cinématique du fluide.

nombres de Reynolds étudiés, la turbulence développée est distincte de l'étude de la transition à la turbulence ou de la turbulence faible, abordée par ailleurs dans ce livre [2]. La distinction tient en particulier au fait que les écoulements faiblement turbulents présentent un petit nombre de degrés de liberté excités et que leur comportement chaotique est essentiellement temporel, tandis que les écoulements turbulents développés présentent un très grand nombre de degrés de liberté et un comportement chaotique, à la fois spatial et temporel. Ainsi pour les écoulements faiblement turbulents, la dimension de l'attracteur [3] caractérisant leur dynamique non linéaire reste-t-elle petite, inférieure à 10, et l'on peut dans ce cas leur appliquer les méthodes de la théorie des systèmes dynamiques. Ces techniques s'avèrent par contre inadéquates pour étudier la turbulence développée, car la dimension de l'attracteur, bien que bornée par l'effet de la dissipation, peut tendre vers l'infini quand le nombre de Reynolds tend vers l'infini [4].

Pour caractériser la turbulence développée, nous écarterons volontairement ici les notions d'ordre et de désordre, voire même de chaos, qui sont, comme l'avait déjà remarqué Spinoza, des notions purement anthropomorphiques, caractérisant essentiellement la facilité que nous avons de représenter un système et de prévoir son comportement. Pour parler de la turbulence développée, nous préférons utiliser le concept de *prédicibilité*, à savoir la possibilité de prédire plus ou moins bien l'évolution de l'écoulement. Ainsi, si l'écoulement est laminaire, c'est-à-dire non turbulent, son évolution est-elle prévisible, et l'information décrivant l'état du système au temps *t*

2. Cf. l'article de M. Bergé et M. Dubois dans ce livre.

3. La dimension de l'attracteur est celle de l'ensemble des points de l'espace des phases, c'est-à-dire de toutes les positions et vitesses accessibles par le système, vers lesquels l'ensemble des solutions tend dans la limite des temps d'évolution très longs. L'attracteur est donc un sous-ensemble de l'espace des phases du système dynamique considéré.

4. Pour avoir plus de détails concernant l'utilisation de la notion d'attracteur en turbulence, se reporter aux articles suivants :

D. Ruelle, « Differentiable dynamical systems and the problem of turbulence », *Proceedings of Symposia in Pure Mathematics,* 39, 1983, 2ᵉ partie.

P. Constantin, C. Foias et R. Temam, « Attractors representing turbulent flows », *Memoirs of AMS*, 53, 1985, n° 314.

P. Constantin, C. Foias et R. Temam, « On the dimension of the attractors in two-dimensional turbulence », *Physica D*, 30, 1988, p. 284-296.

est en principe suffisante pour connaître l'état de celui-ci pour tout temps. Le seul problème reste alors le fait que pour connaître l'état de l'écoulement au temps *t*, c'est-à-dire la position et la vitesse de tous les éléments fluides qui le composent, la quantité d'information nécessaire est énorme et hors d'atteinte de nos appareils de mesure. Il faut donc nous résoudre à ne connaître l'état du système qu'avec une certaine approximation ε. Cette limitation de nos facultés d'observation n'a cependant pas de conséquence sur la prédicibilité de l'écoulement si celui-ci est laminaire. En effet, dans ce cas, si au temps *t* on fait une erreur ε quant à la description de l'état du système, cette erreur reste la même pour tout temps, ou n'évolue que très lentement, car la dynamique d'un écoulement laminaire est stable. Elle n'amplifie pas exponentiellement l'erreur initiale et n'est donc pas *sensible aux conditions initiales.*

Si, par contre, l'écoulement est turbulent, il en va tout autrement ; le système étant devenu très instable et sensible aux conditions initiales, l'erreur ε est amplifiée exponentiellement au cours de l'évolution et le comportement de l'écoulement n'est prévisible que pour un temps d'autant plus court que l'erreur initiale, à savoir la quantité d'information que nous avons négligée, est plus grande. Selon cette vision des choses, un écoulement turbulent reste un système qui peut être décrit, pour l'essentiel, par une dynamique *purement déterministe*, et l'imprévisibilité de son comportement ne tient qu'à des limitations pratiques, et non de principe, à savoir la limitation de la précision de nos appareils de mesure et des moyens de stockage de l'information associés. C'est en quelque sorte une imprédicibilité due à la nature limitée de la connaissance humaine et non intrinsèque à la turbulence elle-même.

L'imprédicibilité des systèmes déterministes sensibles aux conditions initiales nous semble poser également un sérieux problème de mesure. En effet, qui dit acte de mesure dit perturbation incontrôlable du système, aussi infime soit-elle, et qui dit sensibilité aux conditions initiales dit amplification exponentielle de la moindre perturbation : l'acte de mesure sur un tel système doit donc avoir un effet déterminant sur son histoire ultérieure. On rencontre là un problème qui évoque celui de la mesure en mécanique quantique, où tout acte de mesure affecte le sytème de façon déterminante. A l'ordinateur le problème est différent, mais se retrouve repoussé au niveau du principe d'indétermination de Heisenberg attaché à la localisation, spatiale et spectrale, des fonctions analysatrices choisies pour représenter les observables. Il y a là des problèmes de principe posés par le statut de la mesure dans les systèmes dynamiques sensibles aux conditions initiales qui mériteraient une plus ample réflexion.

Mais il se pourrait également que l'imprévisibilité des écoulements turbulents provienne d'un comportement fondamentalement *aléatoire* de ceux-ci, dû au caractère intrinsèquement chaotique de leur évolution qui ne serait plus gouvernée par un système dynamique déterministe, mais purement stochastique. Ainsi un tel écoulement créerait-il à chaque instant de son évolution une information nouvelle, par quelque tirage au sort « divin » entre les différentes évolutions possibles. Dans ce cas, quelle que soit la précision avec laquelle on connaît l'état du système à l'instant t, on ne peut prévoir son état à l'instant $t + \Delta t$, mais seulement la probabilité d'avoir tel ou tel état. Si on cherche à prévoir l'évolution d'écoulements turbulents aussi complexes que celui de l'atmosphère terrestre, nous sommes en quelque sorte confrontés à un *pari pascalien* : la dynamique atmosphérique serait-elle intrinsèquement aléatoire, la meilleure prévision que nous pourrions faire consisterait alors à se contenter d'attendre afin d'observer l'état qui sera effectivement réalisé ; en effet, le plus court programme que l'on peut écrire pour décrire l'évolution d'un système aléatoire, c'est-à-dire dont le comportement est tiré au hasard, consiste à dresser la liste de ses états successifs. Si cette solution ne nous satisfait pas et que nous voulions cependant prédire à l'avance le temps qu'il va faire, nous devons donc parier sur le caractère déterministe, quoique hautement instable et sensible aux conditions initiales, de l'écoulement atmosphérique. Les erreurs de prévision proviennent alors de la description nécessairement approximative que nous pouvons donner de l'état de l'atmosphère au temps t et du fait que la dynamique turbulente va amplifier exponentiellement cette erreur initiale, aussi petite soit-elle [5]. Tout comme quand on fait de la phy-

5. La discontinuité du fluide au niveau microscopique et les fluctuations thermiques qui lui sont associées introduisent inévitablement une erreur dans notre connaissance de l'état du système à l'instant initial.

sique, on doit parier sur le fait que la nature est gouvernée par des lois et que celles-ci nous sont compréhensibles, de même quand on fait de la prévision météorologique, on doit parier sur le caractère déterministe de la turbulence atmosphérique, condition nécessaire à sa prédicibilité, même si celle-ci est limitée à des temps courts.

Au début du XXe siècle, Poincaré avait déjà bien écrit que la dynamique atmosphérique n'est pas aléatoire mais déterministe, et que la difficulté inhérente à la prévision météorologique provient de sa sensibilité aux conditions initiales[6] :

> Pourquoi les météorologistes ont-ils tant de peine à prédire le temps avec quelque certitude ? Pourquoi les chutes de pluie, les tempêtes elles-mêmes nous semblent-elles arriver au hasard, de sorte que bien des gens trouvent tout naturel de prier pour avoir la pluie ou le beau temps, alors qu'ils jugeraient ridicule de demander une éclipse par une prière ? Nous voyons que les grandes perturbations se produisent généralement dans les régions où l'atmosphère est en équilibre instable, qu'un cyclone va naître quelque part, mais où ? Ils sont hors d'état de le dire ; un dixième de degré en plus ou en moins en un point quelconque, le cyclone éclate ici et non pas là, et il étend ses ravages sur des contrées qu'il aurait épargnées. Si on avait connu ce dixième de degré, on aurait pu le savoir d'avance, mais les observations n'étaient ni assez serrées, ni assez précises, et c'est pour cela que tout semble dû à l'intervention du hasard[7].

6. La notion de système dynamique sensible aux conditions initiales avait été pressentie dès le XIXe siècle par Saint-Venant et son élève Boussinesq dans leur étude des solutions d'équations au voisinage de points singuliers, puis par Hadamard dans son traité sur *Les Surfaces à courbures opposées et leurs lignes géodésiques* publié en 1898 (réédité en 1968 par le CNRS dans les *Œuvres complètes* de Jacques Hadamard, 2, p. 729-775) ; les idées de Hadamard furent exposées par Duhem dans *La Théorie physique* publié en 1906 (réédité en 1981 chez Vrin). La notion de système dynamique sensible aux conditions initiales fut reprise plus tard par Maxwell qui avait été vivement influencé par les écrits de Saint-Venant. Pour plus de détails, se reporter à l'article de I. Hacking, « Nineteenth century cracks in the concept of determinism », *Journal of the History of Ideas*, juillet 1983, p. 455-475.

7. H. Poincaré, *Science et Méthode*, Paris, Flammarion, 1908, chap. IV.

Éléments d'histoire

A l'origine, la turbulence a probablement été, comme nombre d'autres domaines de la physique, un problème d'ingénieur : comment endiguer le cours d'un fleuve, construire des piles de pont dont la forme résiste mieux à l'écoulement, ou une étrave qui ne crée pas trop de remous ? Bientôt, elle devint un problème de métaphysicien. Ainsi, l'observation des écoulements turbulents servit-elle à fonder des métaphysiques aussi différentes que celle des taoïstes en Orient, pour lesquels le chaos toujours changeant est l'essence du monde et de l'art, ou celle de Lucrèce, dont la physique et la philosophie élaborées au Ier siècle de notre ère reposent sur la rencontre désordonnée des atomes. Pour ce dernier, à l'origine il n'y a que des atomes tombant dans le vide, puis apparaît un écart, une déclinaison infime *(clinamen)*, et les atomes s'arrangent alors en structures macroscopiques variées et changeantes qui constituent le monde matériel que nous observons :

> Il ne peut y avoir aucun repos pour les atomes à travers le vide immense ; au contraire agités d'un mouvement continuel et divers, ils se heurtent puis rebondissent, les uns à de grandes distances, les autres faiblement. [...] Les atomes descendent bien en ligne droite dans le vide, entraînés par leur pesanteur ; mais il leur arrive, on ne saurait dire où ni quand, de s'écarter un peu de la verticale, si peu qu'à peine peut-on parler de déclinaison. Sans cet écart, tous, comme des gouttes de pluie, ne cesseraient de tomber à travers le vide immense ; il n'y aurait point lieu à rencontres, à chocs, et jamais la nature n'eût pu rien créer[8].

Il poursuit en justifiant la liberté au moyen des mêmes arguments :

> Si, par leur déclinaison, les atomes ne provoquent pas un mouvement qui rompe les lois de la fatalité et qui empêche

8. Lucrèce, *De Natura Rerum*, livre deuxième, vers 72 à 110 et 195 à 232.

> que les causes ne se succèdent à l'infini, d'où vient donc cette liberté accordée sur terre aux êtres vivants [9]?

A la Renaissance, l'étude de la turbulence devint plutôt un problème d'artiste : comment représenter les flots, les nuages, les fumées, le mouvement des flammes ? Faute de modèles satisfaisants, certains artistes préférèrent contourner la difficulté, tel Brunelleschi qui, ne sachant peindre parfaitement les nuages, choisit de remplacer le ciel par un miroir qui reflétait leur image. Mais d'autres apportèrent des réponses plus théoriques. On peut citer l'artiste ingénieur par excellence que fut Léonard de Vinci, dont les croquis et écrits nous révèlent aujourd'hui l'intérêt qu'il portait à la mécanique des fluides, en particulier l'étude des jets, des tourbillons (voir figure 1) et de l'écoulement des fleuves.

Au XVIIe siècle, il faut mentionner Descartes qui, dans son ouvrage *Le Monde ou un traité sur la lumière*, décrivit sa cosmologie d'un univers plein *(plenum)* composé d'une infinité de particules qui s'entraînaient les unes les autres par frottement, car ici, contrairement à la physique de Lucrèce, il n'y avait plus de vide interstitiel. L'ensemble de leurs mouvements et collisions donnait naissance à des tourbillons qui entraînaient les planètes dans leur course et dont le mouvement rapide au centre était supposé produire la lumière des étoiles. Il est amusant de penser que si la physique de Descartes avait eu la prééminence sur celle de Newton, nous ne saurions probablement pas encore aujourd'hui expliquer de façon satisfaisante les phénomènes ne mettant en jeu que quelques corps, tel le mouvement des planètes, mais en contrepartie nous aurions probablement une compréhension plus approfondie des phénomènes, telle la turbulence développée, où un grand nombre d'éléments sont en interaction.

Avec le XVIIIe siècle, l'étude des écoulements devint un problème de mécanicien. Les « physiciens-mathématiciens » d'alors, parmi lesquels Jean Bernoulli, Daniel Bernoulli, Euler, d'Alembert, Lagrange et Laplace, s'appliquèrent à généraliser les idées newtoniennes au cas des fluides. Ils essayaient par exemple de répondre à des questions aussi ardues que : pourquoi les oiseaux volent-ils ? Pour répondre à cette question fut

9. *Ibid.*, vers 233 à 273.

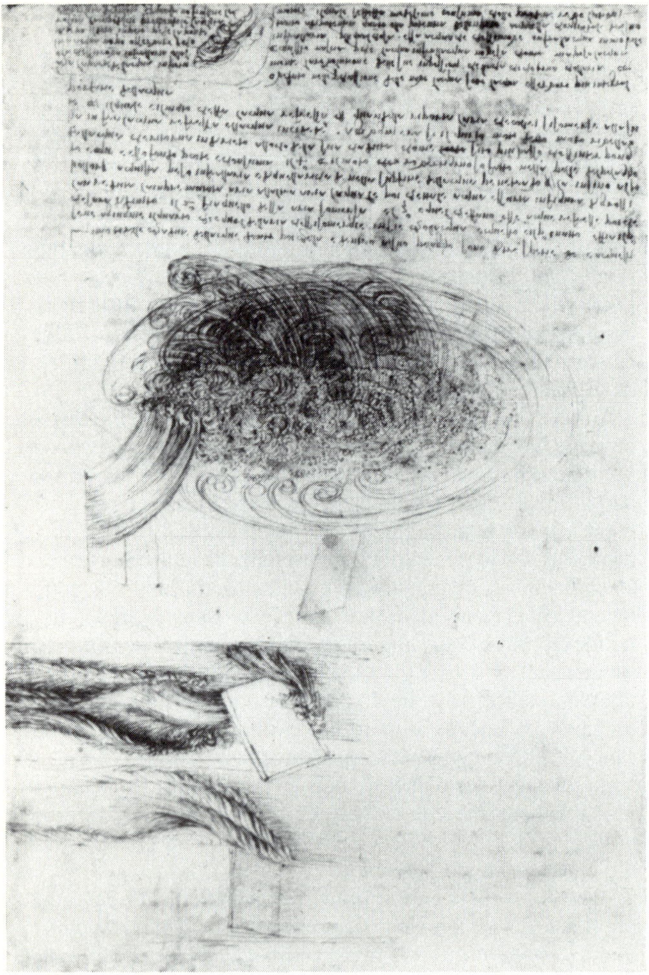

Figure 1. Léonard de Vinci, *Étude de la formation des eaux*, dessin à la plume 29 cm × 20,2 cm, Royal Library, Windsor Castle, Angleterre.

organisé à Dijon un concours auquel se présentèrent quarante physiciens, parmi lesquels d'Alembert et Daniel Bernoulli. Seule la démonstration de d'Alembert fut jugée parfaite du point de vue mathématique ; à ceci près qu'il démontrait que les oiseaux ne pouvaient en aucun cas voler ! Ce désaccord entre théorie et expérience était dû au fait que les mécaniciens d'alors ne tenaient pas compte de la viscosité du fluide, qui justement permet aux oiseaux de voler !

Le domaine de la mécanique des fluides visqueux ne fut fondé qu'au cours du XIXe siècle par des physiciens tels Navier et Saint-Venant en France, von Helmholtz en Allemagne, Sir George Stokes et Maxwell en Angleterre. Cette génération de mécaniciens des fluides fut suivie par celle des premiers expérimentateurs et théoriciens de la turbulence, parmi lesquels Poiseuille, Reynolds, puis au début du XXe siècle Bénard, Prandtl, Taylor, von Karman et Lord Rayleigh qui étudièrent expérimentalement la transition entre état laminaire et état turbulent, ainsi que de nombreuses instabilités hydrodynamiques. C'est Taylor et von Karman qui les premiers introduisirent le terme de « turbulence » en le définissant comme « un mouvement irrégulier qui apparaît dans les fluides, gazeux ou liquides, quand ceux-ci rencontrent des surfaces solides ou même quand des courants du même fluide se rencontrent ». Ils proposèrent alors les premières théories de la turbulence homogène et isotrope. Il faut mentionner également les apports de la théorie des équations aux dérivées partielles, de la théorie des systèmes dynamiques et de celle des processus aléatoires, où s'illustrèrent tout particulièrement les théoriciens de l'école russe [10], parmi lesquels Lyapounov, Pontryaguin, Landau, Kolmogorov, Anosov, Ladyzhenskaya et Arnold, et ceux de l'école française, où l'on peut citer entre autres Poincaré, Hadamard, Leray, Lévy et Ruelle.

10. Cf. l'article de S. Diner dans ce livre.

Prééminence de l'approche statistique

L'équation de Navier-Stokes

L'évolution d'un fluide incompressible – masse volumique constante au cours du temps – et newtonien – déformation proportionnelle aux gradients de vitesse – est gouvernée par l'équation de Navier-Stokes qui correspond à la conservation de la quantité de mouvement d'une particule fluide et s'écrit :

$$\partial_t \vec{V} + (\vec{V} \cdot \nabla) \vec{V} + \frac{1}{\rho} \nabla P = \nu \nabla^2 \vec{V} + \vec{F} \quad (1)$$

$$\nabla \cdot \vec{V} = 0 \quad (2)$$

avec $\vec{V}$: vitesse,
P : pression,
ρ: masse volumique,
$\vec{F}$: résultante des forces extérieures par unité de masse,
ν : viscosité cinématique moléculaire,

système de deux équations aux dérivées partielles auquel s'ajoutent des conditions initiales et des conditions aux limites. Les deux premiers termes de la première équation (1) correspondent au transport des particules fluides par l'écoulement, tandis que le premier terme du membre de droite correspond à la diffusion, c'est-à-dire à la conversion de l'énergie cinétique en énergie thermique par frottement visqueux. Ainsi le nombre de Reynolds, caractérisant le taux de turbulence de l'écoulement, est-il obtenu en faisant le rapport entre le terme non linéaire de transport $(\vec{V} \cdot \nabla)\vec{V}$ et le terme linéaire de diffusion de quantité de mouvement $\nu\nabla^2\vec{V}$ dans la première équation ; il mesure donc, de façon adimensionnelle, le taux de non linéarité de l'écoulement. La seconde équation (2) correspond à la condition d'incompressibilité du fluide. Dans le cas des écoulements compressibles, il faut remplacer celle-ci par une équation de conservation de la masse et une équation d'état qui décrivent la variation de la masse volumique au cours du temps.

Il faut remarquer que la difficulté mathématique de l'équation de Navier-Stokes provient du fait que le petit paramètre ν, qui tend vers 0 dans la limite des grands nombres de Reynolds, c'est-à-dire des écoulements très turbulents, se trouve devant le terme d'ordre de dérivation le plus élevé qui est le terme de diffusion $\nu\nabla^2\vec{V}$. Ainsi le caractère de l'équation, qui est donné par le terme d'ordre de dérivation le plus élevé, change-t-il quand ν tend vers 0, car dans cette limite c'est le terme de transport $(\vec{V} \cdot \nabla)\vec{V}$ qui domine. Dans le cas où la viscosité du fluide est nulle, ce qui correspond à la limite asymptotique où le nombre de Reynolds est infini, l'équation de Navier-Stokes s'appelle alors équation d'Euler et le terme non linéaire de transport n'est plus contrôlé par le terme linéaire de diffusion. De plus, l'équation d'Euler conserve l'énergie cinétique tandis que l'équation de Navier-Stokes dissipe celle-ci ; la première est donc réversible en temps tandis que la seconde est irréversible.

Leray, dans sa thèse de 1933, a initialisé l'étude mathématique des équations de Navier-Stokes et émis l'hypothèse que les phénomènes de turbulence sont liés à l'apparition de singularités des solutions, le vecteur rotationnel devenant infini en module à certains instants et en certains points de l'espace. Cette hypothèse n'a pas à ce jour été confirmée ou infirmée. Leray a également étudié le comportement à l'infini des solutions des équations de Navier-Stokes et, en particulier, la perte de la stabilité et de l'unicité [11] de la solution laminaire – pour laquelle le terme de diffusion l'emporte sur le terme de transport – ceci à partir d'une *valeur critique* du nombre de Reynolds, valeur au-delà de laquelle apparaissent plusieurs solutions turbulentes dont le comportement n'est plus alors descriptible que statistiquement. Cette interprétation conduit ainsi à deux types de théories de la turbulence : celles qui étudient la stabilité de la solution linéaire faiblement perturbée et s'intéressent à la transition entre le régime laminaire et le régime turbulent en se plaçant dans la limite des faibles nombres de Reynolds, et celles qui appliquent un traitement statistique

11. L'unicité, ou la non-unicité, des solutions des équations de Navier-Stokes pour les régimes turbulents est encore à ce jour un problème ouvert.

pour intégrer les équations non linéaires dans le cas où la turbulence est pleinement développée, c'est-à-dire dans la limite des très grands nombres de Reynolds.

Les théories de la stabilité

Le premier type d'approche peut être illustré par la thèse de doctorat de Heisenberg qui, en 1924, étudia la stabilité d'un écoulement entre deux parois parallèles fixes – appelé écoulement de Poiseuille plan – et évalua la valeur du nombre de Reynolds critique dans ce cas à 5 000. Cette approche, largement développée entre 1887 et 1940, avec les travaux de physiciens tels Lord Kelvin, Orr, Lord Rayleigh, Taylor, Hopf et Tollmien, s'avéra plus difficile que prévue et décevante vis-à-vis des vérifications expérimentales. Il apparaissait clairement que le traitement linéaire était insuffisant pour aborder le problème de la turbulence quand celle-ci se développe, car on ne peut plus alors définir d'état quasi-stationnaire permettant de linéariser le problème, sauf cas très particuliers liés à des référentiels appropriés (couches limites, solitons, chocs...).

Les théories statistiques

L'approche statistique remonte à Reynolds qui, à la fin du siècle dernier, émit l'hypothèse que les écoulements turbulents pourraient être décrits en ne considérant que leur comportement moyen, sans avoir à connaître leur comportement détaillé. Pour cela, il proposa de décomposer les moyennes d'ensemble des champs turbulents, c'est-à-dire les moyennes effectuées à partir d'un grand nombre de réalisations d'un même écoulement, en une partie moyenne, correspondant à la valeur moyenne de la distribution, et une partie fluctuante, correspondant à la déviation par rapport à cette moyenne. Reynolds réécrivit alors l'équation de Navier-Stokes en décomposant de la sorte les différents champs et aboutit à une nouvelle équation, dite de Reynolds, qui prédit l'évolution de la partie moyenne du champ de vitesse. Sa résolution pose cependant un problème délicat, dit « de fermeture », dans la mesure où l'on a besoin de connaître les moments du second ordre – moyenne du produit des fluctuations de vitesse – qui eux-mêmes sont définis en fonction des moments du troisième ordre, et ainsi de suite *ad infinitum*... Où que l'on s'arrête dans la hiérarchie des équations de Reynolds, on aura toujours une inconnue de plus que le nombre d'équations.

En 1925, Prandtl proposa une fermeture simple pour résoudre les équations de Reynolds, dans laquelle il remplaçait les moments du second ordre par un terme de « viscosité turbulente » construit à partir d'une « longueur de mélange » caractérisant l'échelle des fluctuations de vitesse, ceci par analogie avec la mécanique statistique. En effet, tout comme la diffusion moléculaire régularise les gradients de vitesse aux échelles de l'ordre du libre parcours moyen des molécules, Prandtl, reprenant en cela les idées de Boussinesq, supposa l'existence d'une *diffusion turbulente* susceptible de régulariser les gradients de vitesse moyenne aux échelles de l'ordre de la longueur de mélange. Le coefficient de transport associé à la diffusion turbulente est la *viscosité turbulente*, et le rapport entre la viscosité turbulente et la viscosité moléculaire est donné par le nombre de Reynolds : donc, plus un écoulement est turbulent et plus ses propriétés diffusives sont importantes.

Toujours dans les années 20, Taylor proposa pour sa part de caractériser les écoulements turbulents, non plus par les valeurs des champs, mais par leurs *fonctions de corrélation*, qui sont des moyennes faisant intervenir plusieurs points d'espace ou de temps, permettant ainsi d'appréhender les écoulements turbulents à différentes échelles, spatiales ou temporelles. Ces travaux de Taylor eurent une incidence importante, en particulier sur la formalisation des processus aléatoires effectuée par Wiener à la fin des années 30. Cependant, Taylor ne savait pas comment identifier les fonctions de corrélation à des grandeurs mesurables. Ce n'est que dix-sept ans plus tard qu'il parvint à relier la fonction de corrélation en deux points à la notion de spectre d'énergie – le spectre étant la transformée de Fourier de celle-ci –, ce qui lui permit enfin de faire le lien entre les théories statistiques et les expériences de laboratoire, les siennes et celles de von Karman. Le point de vue statistique fut ensuite repris et développé par les théoriciens à partir de 1935 avec les travaux de Gebelein, qui essaya d'appliquer la théorie des probabilités de Kolmogorov à l'hydrodynamique, puis dans les années 40 par ceux de Kolmogorov et Obukhov en Union soviétique, d'Onsager aux États-Unis, et ceux de von Weizsäcker et Heisenberg en Allemagne.

En 1941, Kolmogorov étudia comment l'équation de Navier-Stokes en dimension 3 répartit l'énergie entre les différents degrés de liberté d'un écoulement turbulent développé. Si ce type d'approche est très classique en mécanique statistique, la difficulté en théorie de la turbulence provient du fait qu'un écoulement est un système thermodynamique ouvert, c'est-à-dire non isolé de l'extérieur, ceci à cause des forces agissant sur lui, soit à grande échelle (forces extérieures), soit à petite échelle (forces de frottement visqueux). Les prédictions de la théorie statistique de la turbulence développée se limitent donc à une gamme d'échelles intermédiaires, appelée *zone inertielle*, où Kolmogorov suppose que l'énergie est transférée de façon conservative entre les différents degrés de liberté du système, qu'il identifie aux échelles de l'écoulement. Ainsi suppose-t-il que, dans cette gamme d'échelles, l'écoulement se comporte comme un système thermodynamique isolé, dans la mesure où la zone inertielle ne prend en compte ni la très grande échelle où l'énergie est injectée dans le système par les forces extérieures, ni la très petite échelle où l'énergie est extraite par dissipation visqueuse. Il faut remarquer ici que l'existence d'une zone inertielle importante n'est possible que dans le cas de la turbulence pleinement développée, c'est-à-dire pour un nombre de Reynolds très grand, ce dernier pouvant être vu comme le rapport entre la plus grande et la plus petite échelle de la zone inertielle. De plus, pour que l'approche statistique soit applicable aux systèmes hydrodynamiques, on doit également supposer que ceux-ci sont ergodiques, c'est-à-dire qu'au cours de leur évolution ils parcourent tous les états accessibles de l'espace des phases [12]. Il est nécessaire de préciser ici que la correspondance, très partielle, que l'on peut établir entre la mécanique statistique et la mécanique des fluides est d'ordre purement mathématique et indépendante du fait que les fluides sont décrits à l'échelle microscopique par la mécanique statistique : la théorie statistique de la turbulence est distincte de la mécanique statistique des fluides.

12. Ensemble de toutes les positions et vitesses compatibles avec les invariances du système.

Donc, en partant de moyennes d'ensemble et en traitant les composantes de la vitesse comme des variables aléatoires au sens de la théorie des probabilités, Kolmogorov proposa en 1941 que, dans la zone inertielle, les corrélations de vitesse en deux points varient comme $(\eta l)^{2/3}$, η étant le taux de transfert de l'énergie et l la distance entre deux points caractérisant l'échelle. Sa théorie, communément appelée K41, repose sur les hypothèses suivantes :

– la turbulence est statistiquement homogène, isotrope, autosimilaire et stationnaire, c'est-à-dire qu'elle est invariante par translation, rotation et dilatation spatiales et invariante par translation temporelle, ceci en moyenne d'ensemble et non nécessairement pour chaque réalisation prise séparément ;

– les propriétés statistiques ne dépendent que de l'énergie dissipée ;

– dans la zone inertielle, l'énergie est transférée sans dissipation et selon un taux constant η.

L'hypothèse d'homogénéité et d'isotropie remonte aux travaux de Taylor et de von Karman, tandis que celle d'autosimilarité avait peut-être déjà été perçue intuitivement par Léonard de Vinci (voir figure 1) et exprimée plus précisément en 1922 par le météorologue anglais Richardson, dans sa paraphrase d'un célèbre poème de Swift, où les puces étaient devenues des tourbillons : « Les gros tourbillons ont de petits tourbillons, qui se nourrissent de leur vitesse, et les petits tourbillons en ont de plus petits, et ainsi de suite jusqu'à la viscosité (au sens moléculaire). »

Ignorant des travaux de Kolmogorov publiés en russe en 1941, Heisenberg et von Weizsäcker, lors de leur mise en résidence surveillée à Cambridge en 1945 comme prisonniers de guerre, décidèrent de s'attaquer au problème de la turbulence développée, ceci pour deux raisons : c'était le problème difficile, voire insoluble, par excellence, et il ne nécessitait pas de consulter la littérature antérieure, eux-mêmes n'ayant alors accès à aucune bibliothèque. Ils reprirent l'idée de « viscosité turbulente » émise par Prandtl pour fermer la hiérarchie des équations de Reynolds, mais en les écrivant cette fois-ci directement dans l'espace spectral, c'est-à-dire en termes de modes de Fourier représentés par leur vecteur d'onde dont le module k est inversement proportionnel à l'échelle l. Puis, en utilisant des arguments d'analyse dimensionnelle, ils montrèrent que l'énergie turbulente cascade selon un spectre en loi de puissance de la forme $\eta^{2/3}k^{-5/3}$, résultat semblable à K41, étant donné que le spectre d'énergie est la transformée de Fourier de la fonction de corrélation en deux points de la vitesse.

L'allure du spectre d'énergie en $k^{-5/3}$ ainsi prédite est bien vérifiée expérimentalement, même dans des conditions allant au-delà des hypothèses de Kolmogorov. Cependant, dès 1949, les expériences de Batchelor et Townsend mirent en évidence le phénomène d'*intermittence* qui se caractérise par le fait que le support spatial des régions actives de l'écoulement, où s'effectuent les transferts, décroît avec l'échelle. Cette observation allait dans le même sens que les réserves émises par Landau dès 1942 à l'occasion d'un séminaire de Kolmogorov à Kazan ; Landau avait fait remarquer que les tourbillons ne peuvent pas remplir l'espace de façon dense à toutes les échelles, mais que leur support doit diminuer avec celles-ci. Cette remarque conduisit Kolmogorov en 1961, lors du Colloque international de mécanique de la turbulence qui se tenait à Marseille, à reconsidérer ses hypothèses d'autosimilarité et de constance du taux de transfert dans la zone inertielle pour leur substituer l'hypothèse d'une répartition log-normale des fluctuations du taux de dissipation η variant cette fois-ci avec l'échelle, ceci afin de rendre compte du fait que le support spatial des transferts décroît quand les échelles deviennent de plus en plus petites.

Pour une approche plus mécaniste et géométrique

Quels sont les objets et interactions élémentaires caractérisant la turbulence développée ?

Dans cette dernière partie, j'ai choisi d'exposer un point de vue personnel, qui n'engage donc que moi-même, concernant l'état actuel de notre compréhension de la turbulence développée. Après plus d'un siècle d'étude de ce phénomène, aucune explication théorique vraiment convaincante n'a donné lieu à un consensus parmi les physiciens. Certes, il existe un grand nombre de modèles *ad hoc*, dits « phénoménologiques », pour lesquels la plupart des paramètres employés ne sont pas prédits par la théorie mais doivent être mesurés à partir d'expériences effectuées sur des maquettes. Ainsi, faute de théorie vraiment prédictive de la turbulence développée, les modèles phénoménologiques sont-ils encore aujourd'hui largement utilisés par les mécaniciens des fluides pour interpréter le comportement des écoulements turbulents et calculer les nombreuses applications industrielles où la turbulence joue un rôle souvent crucial, en aérodynamique par exemple. Cependant, on ne sait toujours pas si la turbulence développée a bien le comportement universel, c'est-à-dire indépendant des conditions initiales et des conditions aux limites, qu'on lui suppose dans la limite des nombres de Reynolds infiniment grands et des échelles infiniment petites. En fait, je pense qu'il faudra très probablement renoncer à cet espoir, par trop irréaliste, d'un comportement universel de la turbulence. En 1979, dans un article non publié[13], j'émettais déjà des réserves quant à notre compréhension de la turbulence développée et pensais que l'on n'avait pas encore su dégager les « bonnes questions ». Dix ans de travail sur le sujet me confirment dans le fait que nous n'avons toujours pas identifié les « bons objets », j'entends les structures et les interactions élémentaires à partir desquelles on pourra construire une théorie statistique plus satisfaisante.

En effet, on dispose actuellement d'une « théorie statistique » de la turbulence développée, mais non d'une « mécanique statistique », et c'est, à mon avis, l'écueil auquel se heurte toute évolution possible de cette théorie. La théorie cinétique des gaz, qui est l'archétype de la mécanique statistique, est basée sur deux hypothèses, devenues aujourd'hui faits d'observation (ce qui n'était pas le cas du temps de Boltzmann, d'où une polémique acharnée à l'époque), à savoir : l'existence de molécules modélisées sous la forme de sphères dures, et l'existence d'interactions locales modélisées sous la forme de chocs élastiques entre les molécules. La théorie cinétique des gaz est donc fondée sur un modèle mécanique élé-

13. M. Farge, *Notes sur la turbulence*, rapport rédigé pour le cours de J.-M. Lévy-Leblond, 1979, université Paris VII.

mentaire. A ces deux hypothèses s'ajoute une troisième, dite hypothèse ergodique, aujourd'hui démontrée dans certains cas et infirmée dans d'autres (théorème KAM), qui suppose que le système au cours de son évolution parcourt tous les états possibles, c'est-à-dire toutes les configurations accessibles de l'espace des phases ; l'état d'équilibre que va décrire la mécanique statistique correspond aux configurations de loin les plus probables. Or, dans la formulation actuelle de la théorie statistique de la turbulence développée, ces trois hypothèses restent dans un flou plutôt artistique faute de modèle mécanique sous-jacent. L'équivalent, purement formel, des sphères dures serait les modes de Fourier ou les « échelles » de l'écoulement turbulent ; et les interactions seraient supposées « locales » entre ces modes. Or *locales* dans l'espace de Fourier implique *non locales* dans l'espace physique. Assez curieusement donc, le modèle implicite, sous-jacent à la théorie statistique, voit les écoulements turbulents comme une superposition d'ondes interagissant entre nombres d'onde voisins, ceci de façon parfaitement délocalisée dans l'espace physique. De plus, l'hypothèse ergodique que l'on doit postuler pour avoir des états statistiquement représentatifs, en particulier pour avoir équivalence entre les moyennes d'ensemble et les moyennes temporelles ou spatiales, n'est pas démontrée pour les écoulements turbulents.

Pour finir, la notion de *viscosité turbulente*, introduite par analogie avec la mécanique statistique, ne peut se justifier que si l'on suppose une importante séparation d'échelle entre les mouvements microscopiques et ceux macroscopiques ; or, de toute évidence, les mouvements turbulents existent à toutes les échelles de la zone inertielle sans qu'il y ait séparation entre elles [14], et de plus les interactions semblent mettre en jeu un grand nombre d'échelles. En toute rigueur, la notion de viscosité turbulente n'est donc pas fondée, bien qu'elle soit à ce jour très largement utilisée en pratique pour modéliser les écoulements turbulents, ceci aussi bien pour les calculs industriels que dans les théories analytiques plus récentes ; ces dernières utilisent les techniques du groupe de renormalisation, qui ont

14. La non-séparabilité de la dynamique turbulente entre mouvements à grande échelle et mouvements à petite échelle est un obstacle majeur auquel se heurte toute modélisation mathématique de la turbulence.

été importées du domaine de l'électrodynamique quantique par Kraichnan dès 1958, et sont actuellement développées par Yakhot et Orszag.

Un préalable à la formulation d'une mécanique statistique de la turbulence nous semble être l'identification des « objets » élémentaires et de leurs interactions : par objets élémentaires, nous entendons les constituants de l'écoulement qui confinent l'essentiel de l'énergie cinétique (ou toute autre quantité appropriée) et constituent la part dynamiquement active de l'écoulement, qui conditionne l'évolution de celui-ci. Il se pose alors la question de l'*universalité* de la turbulence développée : les « objets » élémentaires sont-ils les mêmes, ou au moins comparables, quel que soit le type d'écoulement turbulent ? Pour répondre à cette question, préalable à toute avancée théorique, il faut œuvrer tels les chimistes du XIXe siècle, en effectuant un travail fastidieux qui tombe vite dans l'oubli de l'histoire, à savoir identifier pour un très grand nombre d'écoulements turbulents ces « objets » et interactions élémentaires, puis essayer de les regrouper en une classification générale. Deux démarches, en fait complémentaires, sont alors possibles : celle du chimiste « analytique », qui inventorie les molécules que l'on rencontre à l'état naturel en étudiant un très grand nombre de réactions chimiques, et celle du chimiste de « synthèse » qui, en combinant différents atomes, forme de nouvelles molécules. Par analogie, pour étudier la turbulence développée, on peut procéder selon les deux démarches suivantes : soit on analyse un très grand nombre de réalisations du même écoulement pour dégager les modes propres dominants[15], soit on observe quelles sont les structures, les « molécules » de turbulence, qui se forment sous l'effet de la dynamique turbulente quand on part de fonctions élémentaires, encore à définir[16], qui joueraient ainsi le rôle d'« atomes ». Ces deux

15. Ceci peut se faire à l'aide par exemple de techniques du type Karhunen-Loève, encore appelées « Proper Orthonormal Decomposition » (J.-L. Lumley, « Coherent structures in turbulence », *Transition and Turbulence*, 1981, éd. R. E. Meyer, Academic Press, p. 215-241), ou en utilisant les paquets d'ondelettes (M. Farge, V. Wickerhauser, Y. Meyer, E. Goirand et F. Pascal, « Improved predictability of two-dimensional turbulent flows using wavelet packets compression », 1991, à paraître in *Fluid Dynamic Research*).

16. Parmi les candidats possibles, il y a les ondelettes et les paquets d'ondelettes qui sont des fonctions bien localisées à la fois dans l'espace

démarches, essentiellement expérimentales, peuvent être effectuées aussi bien en laboratoire qu'à partir d'expériences numériques calculées à l'ordinateur.

En conclusion, pour mieux comprendre la turbulence développée, parallèlement à la théorie statistique qui travaille à partir de moyennes d'ensemble, il nous semble important de chercher à identifier les « objets » dynamiques élémentaires et d'élucider les mécanismes en jeu. Il faut en particulier étudier la formation et l'évolution des *structures cohérentes*, qui sont des condensations du champ de *vorticité* [17], ceci en étudiant chaque réalisation de l'écoulement prise séparément. Ce n'est que dans un second temps que l'on pourra alors définir de nouveaux types de moyennes mieux adaptées à la modélisation de la dynamique des écoulements turbulents développés et espérer peut-être recouvrer ainsi un comportement universel de ceux-ci, universalité que nous n'arrivons pas à obtenir avec les moyennes d'ensemble utilisées jusqu'alors en théorie de la turbulence. On peut, par exemple, envisager des moyennes conditionnelles qui traiteraient séparément la partie cohérente du reste de l'écoulement : chaque réalisation serait segmentée en deux types de régions, les unes cohérentes et les autres incohérentes, et on effectuerait ensuite les moyennes d'ensemble séparément pour chaque type de régions.

La turbulence bidimensionnelle

A titre d'exemple, on peut illustrer cette recherche d'une approche plus mécaniste de la turbulence développée en prenant le cas de la turbulence bidimensionnelle, dont l'étude est très importante pour la modélisation, la simulation et la prévision des écoulements géophysiques à grande échelle, tels ceux que l'on rencontre en météorologie ou en océanographie. L'étude de la turbulence bidimensionnelle présente aussi l'avantage d'être beaucoup plus accessible aux expériences numériques effectuées à l'ordinateur que l'étude de la turbu-

---

physique, c'est-à-dire en position et en échelle, et dans l'espace spectral, c'est-à-dire en nombre d'onde (M. Farge, « Wavelet transforms and applications to turbulence », *Annual Review of Fluid Mechanics*, 24, 1992, p. 395-457).

17. La vorticité est le rotationnel de la vitesse.

lence tridimensionnelle ; en effet, elle permet, à puissance de calcul égale, d'atteindre des nombres de Reynolds beaucoup plus élevés, et donc des niveaux de turbulence plus réalistes que ceux actuellement calculés pour les écoulements turbulents tridimensionnels. De plus, les problèmes d'existence, d'unicité et de stabilité des solutions des équations de Navier-Stokes sont résolus en turbulence bidimensionnelle, mais non en turbulence tridimensionnelle [18]; cependant, malgré cette bonne connaissance du point de vue de l'analyse fonctionnelle, l'étude du comportement qualitatif des solutions des équations de Navier-Stokes pour les écoulements turbulents bidimensionnels reste à ce jour un problème mathématique ouvert : on ne sait par exemple pas expliquer la formation et la persistance des structures cohérentes qui apparaissent dans ce type d'écoulements, phénomène sur lequel nous reviendrons au prochain paragraphe.

L'idée de turbulence bidimensionnelle fut longue à s'imposer, car on pensait la turbulence uniquement liée à l'étirement des tubes de vorticité par les gradients de vitesse, mécanisme qui en dimension 3 assure le transfert de l'énergie vers les petites échelles, mais est inhibé en dimension 2 à cause de la conservation de la vorticité. La turbulence bidimensionnelle a cependant en commun avec la turbulence tridimensionnelle la dynamique non linéaire à l'origine du caractère chaotique et imprédicible de sa structure macroscopique. Elle a aujourd'hui acquis droit de cité, dans la mesure où elle permet de rendre compte de la dynamique des écoulements géophysiques à grande échelle, rendus bidimensionnels par l'effet conjugué d'une stratification stable et d'une forte rotation du référentiel. On peut aussi conjecturer que dans certains écoulements tridimensionnels les régions à forts gradients s'organisent en nappes, pour lesquelles le produit vectoriel de la vorticité par la vitesse s'annule, donnant ainsi localement un comportement du type bidimensionnel.

La théorie statistique de la turbulence bidimensionnelle fut élaborée à la fin des années 70 par Kraichnan, Leith et Batchelor qui, en suivant un raisonnement similaire à celui de Kol-

18. Pour une excellente revue à ce sujet, se reporter à l'article de H. A. Rose et P. L. Sulem, « Fully developed turbulence and statistical mechanics », *Le Journal de physique*, 39, 1978, 5, p. 441-484.

mogorov, montrèrent qu'en dimension 2 il y a, non plus une cascade directe d'énergie, mais une cascade directe d'un second invariant, l'*enstrophie* – intégrale du carré de la vorticité –, la conservation de l'enstrophie est due à la conservation de la vorticité qui provient du fait qu'en dimension 2 la vorticité et la vitesse sont orthogonales. Pour un écoulement turbulent bidimensionnel, le spectre d'énergie varie alors en k^{-3}, et non en $k^{-5/3}$ comme en turbulence tridimensionnelle. De plus l'énergie, bloquée par la conservation de l'enstrophie, au lieu d'être transférée vers les petites échelles comme en turbulence tridimensionnelle, remonte vers les grandes échelles, donnant lieu à une *cascade inverse*, ce que Kraichnan a interprété, par analogie avec la thermodynamique, comme l'apparition d'une « température négative [19]». Cette remontée de l'énergie vers les grandes échelles avait été prévue dès 1953 par Fjörtoft et Onsager. Il faut cependant remarquer qu'en toute rigueur la théorie statistique ne peut pas s'appliquer aux écoulements turbulents bidimensionnels, dans la mesure où la présence d'invariants du mouvement, propres au cas bidimensionnel, invalide l'hypothèse ergodique ; ceci avait déjà été signalé par von Neumann en 1949 dans un article de revue sur la turbulence développée, qui est encore à ce jour le meilleur que je connaisse sur la question et dont je recommande vivement la lecture [20].

Les structures cohérentes

La théorie statistique de la turbulence développée, de par son raisonnement en termes de fonctions de corrélation ou de modes de Fourier, donc de quantités moyennées dans l'espace, élude toute information sur la structure locale de l'écoulement. Si, sous l'effet de l'approche statistique, on avait ainsi perdu le besoin d'aller étudier les choses dans l'espace physique, l'avènement des supercalculateurs et des moyens de visualisation associés a révélé une zoologie propre aux écoulements turbulents, à savoir l'existence des structures cohérentes, dont la théorie statistique ne tient aucun compte. Les structures cohérentes sont des condensations du champ de vorticité qui

19. La justification rigoureuse de ceci reste encore un problème ouvert.
20. J. von Neumann, « Recent theories of turbulence », *Œuvres complètes*, 6, 1949, p. 447.

confinent en leur sein la majeure partie de l'énergie et de l'enstrophie des écoulements turbulents. Elles ont été mises en évidence à la fois par des expériences effectuées en laboratoire, et par des expériences numériques calculées à l'ordinateur à partir des équations fondamentales de la mécanique des fluides. Si les structures cohérentes sont aujourd'hui bien identifiées pour les écoulements bidimensionnels, elles sont également observées au sein d'écoulements tridimensionnels, mais, leur géométrie étant alors beaucoup plus complexe, elles sont plus difficiles à identifier et à étudier ; c'est en particulier le cas des tourbillons « en fer à cheval » *(horseshoe vortices)*, ou des tourbillons filamentaires observés récemment par Couder et Douady à l'École normale[21].

Plus précisément, qu'entend-on par structures cohérentes ? Nous ne disposons pas actuellement de théorie pour caractériser celles-ci de façon précise, aussi doit-on se contenter d'une description qualitative, qui relève plus de la démarche du zoologue que de celle habituelle au mécanicien des fluides. Mais c'est une étape taxonomique et descriptive nécessaire et préalable à toute théorisation. Nous pouvons, cependant, en première approximation, caractériser les structures cohérentes de la façon suivante :

– ce sont des structures tourbillonnaires, c'est-à-dire des régions de l'écoulement pour lesquelles la rotation l'emporte sur la déformation ;

– elles confinent en leur sein l'essentiel de l'énergie et de l'enstrophie de l'écoulement ;

– elles se forment spontanément par une condensation du champ de vorticité sous l'effet de la dynamique turbulente ;

– elles se rencontrent sur une large gamme d'échelles, en général tout le long de la zone inertielle ;

– elles survivent sur des échelles de temps bien supérieures au temps moyen de retournement des tourbillons choisi par la théorie statistique comme temps caractéristique des transferts turbulents.

Quand on étudie la dynamique des structures cohérentes, on peut distinguer les états et les interactions élémentaires suivants :

– états relaxés et axisymétriques en l'absence d'autres structures cohérentes proches (flèche 1 sur la figure 2a) ;

21. Y. Couder et S. Douady , *Phys. Rev. Let.*, 67, 1991, p. 983.

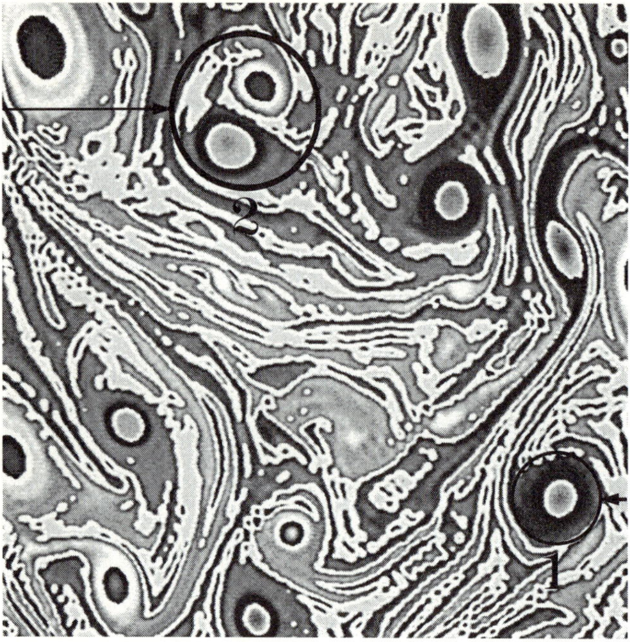

Figure 2a. Écoulement turbulent bidimensionnel simulé numériquement. On observe des structures cohérentes relaxées, ceci en l'absence d'autres structures proches (1), ainsi que la liaison entre deux structures cohérentes de signes opposés (2).
Simulation effectuée sur le Cray-2 du C2VR par Marie Farge et visualisation réalisée en collaboration avec Jean-François Colonna.

– états faiblement excités, caractérisés soit, par une *déformation* sous l'effet d'une structure cohérente voisine de même intensité (voir figure 2b), soit par l'émission d'un filament de vorticité quand la déformation devient trop forte (flèche 4 sur la figure 2b) ;

– états fortement excités, caractérisés, soit par la *liaison* de deux structures cohérentes de signes opposés et d'intensités comparables (flèche 2 sur la figure 2a), soit par la *fusion* de deux ou plusieurs structures cohérentes de même signe (flèche 3 sur la figure 2b).

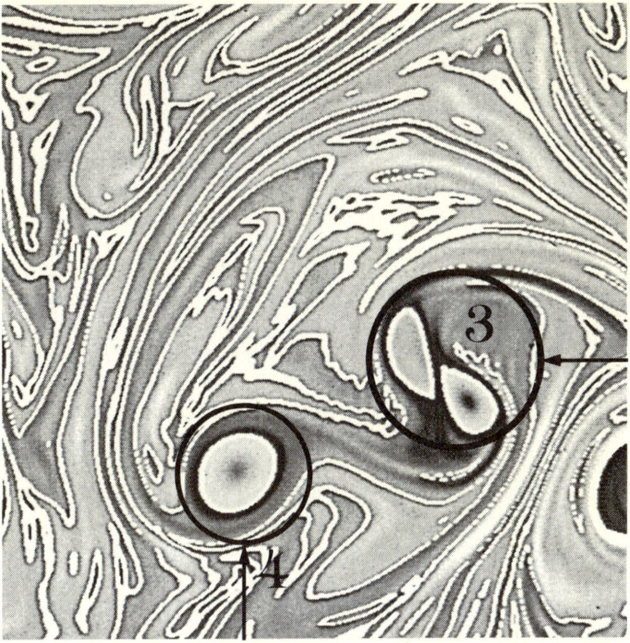

Figure 2b. Écoulement turbulent bidimensionnel simulé numériquement. On observe d'une part deux structures cohérentes de même signe en train de fusionner (3) et d'autre part une troisième structure fortement déformée par l'interaction avec les deux autres, donnant lieu à l'émission de filaments de vorticité (4). *Simulation effectuée sur le Cray-2 du C2VR par Marie Farge et visualisation réalisée en collaboration avec Jean-François Colonna.*

En suivant une méthode proposée en 1981 par Weiss [22] pour la turbulence bidimensionnelle et publiée en 1991, on peut, moyennant certaines hypothèses [23], séparer l'écoulement en deux types de régions où la dynamique est de nature intrinsèquement différente :

22. J. Weiss, « The dynamics of enstrophy transfer in two-dimensional hydrodynamics », *Physica D*, 48, 1991, p. 273-294.

23. On doit en particulier supposer que les variations spatio-temporelles du tenseur de cisaillement de vitesse sont lentes par rapport à celles du rotationnel de la vorticité.

– des *régions elliptiques*, où la rotation domine la déformation et pour lesquelles deux particules fluides initialement voisines le restent pour tout temps, leur écart n'oscillant que légèrement au cours de l'évolution ; ces régions sont associées aux structures cohérentes géométriquement stables ;

– des *régions hyperboliques*, où la déformation domine la rotation et pour lesquelles deux particules fluides initialement voisines s'écartent exponentiellement au cours du temps, leur écart se contractant dans une direction et se dilatant dans l'autre ; ces régions sont associées aux filaments de vorticité formant l'écoulement résiduel incohérent servant de toile de fond au mouvement des structures cohérentes.

C'est, à notre avis, la présence de structures cohérentes et leur forme convexe (par analogie avec le billard de Sinaï[24]) qui rend la dynamique des écoulements turbulents sensible aux conditions initiales et donc difficilement prédicible. Or on rencontre là un paradoxe similaire à celui évoqué par Yoccoz en conclusion de son article[25]. ce seraient ainsi les régions elliptiques *géométriquement stables*, à savoir les structures cohérentes, qui seraient à l'origine de l'imprédicibilité des écoulements turbulents et donc de leur *instabilité dynamique*, et non les régions hyperboliques géométriquement instables, à savoir l'écoulement résiduel incohérent formé de filaments de vorticité. Ces derniers pourraient en fait être négligés ou modélisés par quelque processus stochastique *ad hoc*, leur position n'ayant pas vraiment d'importance, alors que la dynamique des structures cohérentes, et plus particulièrement leur position, devrait être calculée le plus exactement possible si l'on veut sauvegarder, au moins sur des temps courts, la prédicibilité de l'écoulement. Les simulations numériques de turbulence bidimensionnelle suggèrent d'ailleurs que la dynamique des écoulements turbulents serait essentiellement dominée par les interactions entre les structures cohérentes qui brassent l'écoulement résiduel incohérent, formé par les filaments de vorticité émis lors des interactions entre structures cohérentes ; ces filaments, quant à eux, ne semblent jouer qu'un rôle passif[26].

24. Cf. l'article de Y. G. Sinaï dans ce livre.
25. Cf. l'article de J.-C. Yoccoz dans ce livre.
26. A. Babiano, C. Basdevant, B. Legras et R. Sadourny, « Vorticity and-passive-scalar dynamics in two-dimensional turbulence », *J. Fluid Mech.*, 183, 1987, p. 379-397.

L'intermittence

Les expériences numériques tout comme celles effectuées en laboratoire ont confirmé le phénomène d'intermittence [27]; celui-ci est mis en évidence par le fait que les pentes spectrales observées sont plus fortes que celles prédites par la théorie statistique. Un nouveau diagnostic pour détecter et mesurer l'intermittence spatio-temporelle est la visualisation de la variété à six dimensions, définie en espace, en temps, en échelle et en fréquence, pour laquelle le *nombre de Reynolds local* [28] est égal à 1 ; cette variété correspond au lieu des points de cet espace à six dimensions où l'écoulement se laminarise, c'est-à-dire où l'instabilité provenant des termes non linéaires de transport est amortie par l'effet de la dissipation visqueuse. Si cette variété est plane, alors l'écoulement n'est pas intermittent, sinon il l'est. Ce diagnostic, proposé par Farge *et al.* [29], a permis de mettre en évidence une forte intermittence spatiale pour les écoulements de type couche de mélange tridimensionnelle. Celle-ci provient de la présence de tubes de vorticité secondaires tridimensionnels fortement étirés par les tourbillons primaires bidimensionnels sur lesquels ils s'enroulent :

M. Farge, « Transformée en ondelettes continues et application à la turbulence », *Journée annuelle de la Société mathématique de France*, 1990, p. 17-62.

M. Farge, « Wavelets and turbulence », *École d'été INSU sur la dynamique des fluides géophysiques*, 1991, sous presse.

27. Un écoulement turbulent est dit intermittent quand les régions les plus actives ne sont pas distribuées de façon homogène dans l'espace et dans le temps, mais se présentent sous forme de « bouffées » turbulentes plus ou moins violentes. L'intermittence spatio-temporelle remet ainsi en cause les hypothèses d'homogénéité et de stationarité à la base de la théorie statistique de la turbulence.

28. Contrairement au nombre de Reynolds global qui est construit à partir de grandeurs caractéristiques moyennes de l'écoulement, le nombre de Reynolds local se définit comme le rapport des termes de transport et des termes de diffusion calculés localement dans l'écoulement, à la fois en position et en échelle. Il est donc le produit de la vitesse en un point donné et pour une échelle donnée, multiplié par la valeur de cette échelle et divisé par la viscosité cinématique du fluide.

29. M. Farge, Y. Guezennec, C. M. Ho, C. Méneveau, « Continuous wavelet analysis of coherent structures », *Proceedings of the 1990 Summer Program*, Center for Turbulence Research, NASA-Ames and Stanford University, 1990, p. 331-348.

ainsi les zones étirées sont-elles dynamiquement beaucoup plus instables, donc beaucoup plus turbulentes, que le reste de l'écoulement. Plus généralement, l'intermittence spatio-temporelle est liée à la répartition dans l'espace des structures cohérentes et à la répartition dans le temps des moments où elles se rencontrent et donc subissent des interactions fortes.

L'intermittence spatiale pourrait en particulier s'expliquer par la forme quasi-singulière de certaines structures cohérentes en « cusps » (voir figure 3) dont le support spatial décroîtrait en loi de puissance avec l'échelle, ceci jusqu'aux échelles dissipatives[30]. Si, dans un même écoulement, nous avons différentes structures cohérentes *quasi-singulières* ayant chacune un exposant différent, donc une loi de décroissance du support spatial en fonction de l'échelle qui lui est propre, alors la dissipation peut commencer à agir localement à une échelle différente pour chacune d'elles. Ceci correspond, par exemple, aux différents pics observés sur la variété dissipative correspondant au nombre de Reynolds local égal à un dans le cas d'une couche de mélange tridimensionnelle[31]. Cette explication de l'intermittence spatiale en termes de structures cohérentes quasi-singulières est en accord avec la théorie de Castaing[32] qui, contrairement à la théorie de Kolmogorov, suppose la possibilité d'une faible dissipation dans la zone inertielle, celle-ci devenant de plus en plus forte dans la limite des petites échelles. Une hypothèse similaire a été récemment émise par Frisch et Vergassola[33], dont le modèle multifractal d'écoulement turbulent suppose l'existence d'une zone dissipative intermédiaire entre la zone inertielle et les petites échelles dissipatives.

Quant à l'intermittence temporelle, elle proviendrait des interactions fortes entre structures cohérentes, qui ne se pro-

30. M. Farge et M. Holschneider, « Interpretation of two-dimensional turbulence energy spectrum in terms of quasi-singularity in some vortex cores », *Europhysics Letters*, 15, 1991, 7, p. 737-743.

M. Farge, M. Holschneider et T. Philipovitch, « Formation et stabilité des structures cohérentes quasi singulières en turbulence bidimensionnelle », 1991, soumis aux *Comptes rendus de l'Acad. sci.*, Paris.

31. *Idem*, note 28.

32. B. Castaing, « Conséquence d'un principe d'extremum en turbulence », *J. Physique*, 50, 1989, p. 147-156.

33. U. Frisch et M. Vergassola, « A prediction of the multifractal model : the intermediate dissipative range », 1990, soumis à *Europhys. Letters*.

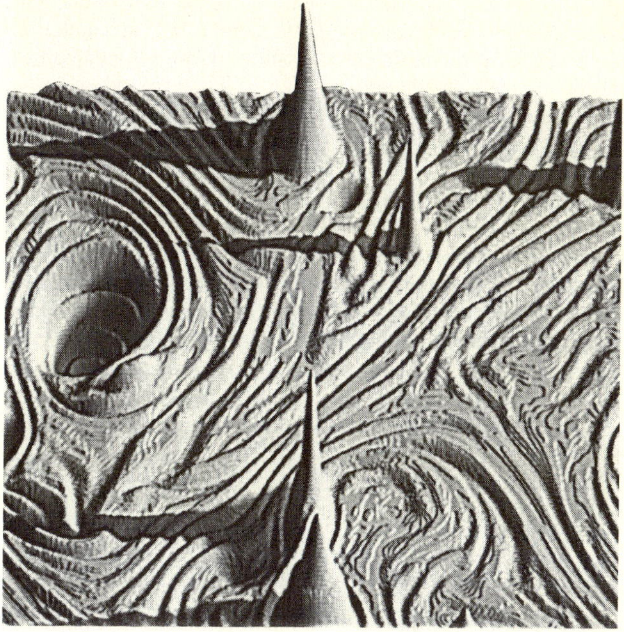

Figure 3. Écoulement turbulent bidimensionnel simulé numériquement. On observe la présence de structures cohérentes quasi-singulières dans le champ de vorticité.
Simulation effectuée sur le Cray-2 du C2VR par Marie Farge et visualisation réalisée en collaboration avec Jean-François Colonna.

duisent que de temps à autre et n'ont qu'une durée limitée au moment où deux ou plusieurs structures se rencontrent. Ces instants et lieux de rencontre sont des régions de grande activité dynamique, caractérisées par des nombres de Reynolds locaux bien supérieurs à ceux rencontrés dans le reste de l'écoulement ; ils sont séparés par des régions beaucoup plus calmes qui ne jouent qu'un rôle dynamique passif, leur comportement étant soumis à celui des régions actives. Nous pensons que c'est ce mélange intime entre des régions spatio-temporelles dynamiquement actives, aussi petites que l'on veut, et des régions beaucoup plus stables et dynamiquement passives, voire esclaves, qui est la source de l'intermittence ; c'est peut-être même la caractéristique la plus fondamentale des écoulements turbulents.

Si la conjecture suggérée par les expériences numériques, selon laquelle seules les structures cohérentes sont dynamiquement actives, était vérifiée, on pourrait alors avoir bon espoir de réduire très sensiblement le nombre de degrés de liberté [34] nécessaires pour intégrer numériquement l'évolution d'un écoulement turbulent. En effet, si on définit les degrés de liberté de l'écoulement à partir des modes de Fourier, comme le fait la théorie statistique, on peut montrer que leur nombre varie comme $Re^{9/4}$ en dimension 3 ou Re en dimension 2, Re étant le nombre de Reynolds global caractérisant le taux de turbulence de l'écoulement que l'on veut calculer. Si maintenant il était prouvé que les structures cohérentes sont la partie dynamiquement active de l'écoulement, il serait alors suffisant de ne considérer que les degrés de liberté attachés à ces dernières, que l'on pourrait exprimer par exemple grâce à une décomposition sur une base d'ondelettes orthogonales [35]. Ceci devrait permettre de mettre au point de nouveaux algorithmes, basés cette fois-ci, non sur une séparation entre modes de Fourier de grande échelle calculés explicitement et modes de Fourier de petite échelle modélisés statistiquement, mais sur une séparation plus physique entre les coefficients attachés aux structures cohérentes, qui seront calculés explicitement, et les coefficients attachés à l'écoulement résiduel non cohérent qui seront paramétrés, ceci localement dans l'espace physique et indépendamment d'une séparation arbitraire entre échelles de tailles différentes.

34. Ensemble des points de l'espace des phases décrivant le système dynamique sous-jacent.

35. M. Farge, « Wavelet transforms and applications to turbulence », *op. cit.* note 16. M. Farge *et al*, « Improved predictability of two-dimensional turbulent flows using wavelet packets compression », *op. cit.* note 15.

Conclusion

Un écoulement turbulent présente un mélange de régions elliptiques, géométriquement stables et dynamiquement actives, et de régions hyperboliques, géométriquement instables et dynamiquement passives. La difficulté provient de ce mélange et c'est cela qu'il faut modéliser. S'il n'y avait que des régions dynamiquement stables, le comportement de l'écoulement serait déterministe et l'on saurait calculer analytiquement son évolution. S'il n'y avait que des régions dynamiquement instables, le comportement de l'écoulement serait stochastique et l'on pourrait appliquer sans grand problème la mécanique statistique, étant donné que l'on pourrait dans ce cas définir des états d'équilibre statistiques. La difficulté en théorie de la turbulence tient au mélange intime de ces deux types de régions où, aussi bien la dynamique que les propriétés géométriques, sont de nature fondamentalement différente. Il nous semble en particulier que l'imprédicibilité des écoulements turbulents provient de ce mélange et de lui seul. En effet, à l'interface entre ces deux types de régions se développent des couches limites, c'est-à-dire des régions paraboliques [36] où l'effet du frottement visqueux est essentiel : c'est là que réside la difficulté mathématique et numérique que l'on rencontre quand on veut prédire le comportement des écoulements turbulents.

A terme, il faudra très certainement revenir à une approche statistique de la turbulence développée, mais basée sur une compréhension des mécanismes élémentaires en jeu et non construite de façon purement formelle. Toutefois, ceci ne sera possible qu'après avoir proprement défini les différentes « phases » présentes au sein des écoulements turbulents : régions géométriquement stables et dynamiquement actives

36. Dans le cas des écoulements bidimensionnels, ces régions paraboliques correspondent à la périphérie des structures cohérentes où se produit, quand il y a interaction entre deux structures voisines, l'émission de filaments de vorticité qui alimentent ainsi en enstrophie les régions hyperboliques.

versus régions géométriquement instables et dynamiquement passives, ou encore structures cohérentes *versus* régions incohérentes. Il faudra ensuite trouver des modèles probabilistes[37], par exemple à base d'automates cellulaires, capables de simuler le comportement des écoulements turbulents. Pour cela, nous prévoyons d'utiliser des « objets » élémentaires construits à l'aide de paquets d'ondelettes[38], c'est-à-dire définis indépendamment en position, en échelle et en nombre d'onde et non plus seulement en position ou en nombre d'onde comme pour les modèles probabilistes actuels.

Pour conclure, nous citerons Frisch et Orszag qui, dans un article récent[39], font remarquer que :

> On connaît moins de choses sur la petite échelle de la turbulence – par exemple, l'échelle de l'ordre du millimètre dans l'atmosphère – que sur la structure du noyau atomique. Notre manque de connaissance sur la turbulence inhibe les progrès dans des domaines aussi divers que la cosmologie, la météorologie, l'aéronautique et la biomécanique. La compréhension de la complexité de la turbulence et de son organisation hiérarchique pourrait bien fournir un paradigme pour comprendre une variété de problèmes à la frontière de la recherche en physique.

Malheureusement, la turbulence développée est restée jusqu'à présent un problème mal formalisé, sinon mal posé.

Da capo [introduction].

37. Y. Pomeau, « Front motion, metastability and subcritical bifurcations in hydrodynamics », *Physica D*, 23, 1986, p. 3. Cette approche a déjà été initiée par Pomeau qui a proposé un modèle de percolation dirigée à une dimension dépendant du temps pour simuler l'intermittence, ceci en considérant l'écoulement comme un mélange de régions productives et de régions absorbantes, ce qui évoque le mélange dont nous venons de parler entre des régions actives fortement turbulentes et des régions passives où les mouvements instables tendent à s'amortir.

38. *Ibid.* note 35.

39. U. Frisch et S. A. Orszag, « Turbulence : challenge for theory and experiment », *Physics Today*, janvier 1990, p. 24-32.

Bibliographie

J. von Neumann, « Recent theories of turbulence », *Œuvres complètes,* 1949, 6, p. 447.
H. W. Liepmann, « The rise and fall of ideas in turbulence », *American Scientist*, 1979, 67, p. 221-228.
U. Frisch et S. A. Orszag, « Turbulence : challenge for theory and experiment », *Physics Today*, janvier 1990, p. 24-32.

Remerciements

Je remercie vivement Armando Babiano, Claude Bardos, Alain Bossavit, Pierre Collet, Amy Dahan, Olivier Darrigol, Gordon Erlebacher, Antonio Galves, Étienne Guyon, Pierre Morel, David Ruelle, Roger Temam et Laurette Tuckerman pour la gentillesse avec laquelle ils ont bien voulu relire ce texte et pour la pertinence de leurs remarques.

III

Quelques retours sur l'histoire et la philosophie

9. L'histoire du principe du déterminisme et ses rencontres avec les mathématiques

Giorgio Israël

Mort du déterminisme ?

Depuis la découverte des systèmes mathématiques dits « chaotiques », un cri s'élève de plus en plus fort : « Le déterminisme a subi un coup fatal, il est malade, peut-être est-il en train de mourir ! »

La question est en fait ouverte : l'évolution de la recherche ne nous apporte pas encore de réponse claire. Aussi, pouvons-nous interroger l'histoire des sciences pour y chercher au moins les éléments d'une prévision, les symptômes de l'évolution future. L'histoire des sciences suggère qu'il n'en sera rien : le déterminisme a survécu à bien d'autres attentats. Et pour ce qui concerne ses rapports avec les mathématiques – qu'on présente parfois comme un long mariage en train de se dissoudre –, l'histoire nous apprend que ce mariage n'a jamais vraiment eu lieu : déterminisme et mathématiques ont tout simplement marché l'un à côté de l'autre. La sœur perfide a souvent semé d'embûches la route de son frère, mais celui-ci ne s'en est pas préoccupé pour autant : il a continué sa marche tranquille et, au cours du temps, il a étendu son empire en éliminant bien des obstacles.

Un seul exemple suffira peut-être à éclaircir ce point : il s'agit de l'élimination presque totale du *finalisme* du contexte des sciences, du moins des sciences physico-mathématiques car la situation est différente en biologie.

En 1955, John von Neumann écrivait dans une lettre à

George Gamow (qui avait énoncé une théorie de la formation des protéines fondée sur l'utilisation de processus stochastiques) : « Je frémis à l'idée que des éléments organisationnels, comme les protéines, poursuivant un but d'une façon extrêmement efficiente puissent avoir leur origine dans un processus aléatoire [1]. »

On pourrait avoir l'impression qu'ici von Neumann est en train de défendre une conception finaliste des organismes biologiques (le « caractère téléonomique des êtres vivants », le fait qu'ils « réalisent et poursuivent un projet », dans le langage de Monod) contre une tentative de réduction à des processus stochastiques. C'est une impression forcément fausse : la pensée scientifique de von Neumann était inspirée par une conception réductionniste, mécaniste et déterministe des plus strictes et cette phrase exprime seulement l'aversion du *déterministe* von Neumann pour la démarche probabiliste [2]. Il est pourtant curieux de constater que cette aversion s'exprime par le recours à une propriété des processus vitaux qui renvoie à leur « finalisme » et ne peut pas être réduite au déterminisme. Pourquoi von Neumann fait-il une confusion si grossière entre finalisme et déterminisme ? Tout simplement parce qu'à l'horizon de la pratique scientifique d'un physico-mathématicien contemporain, qui utilise le langage de la philosophie des sciences d'un point de vue strictement pragmatique, l'interprétation finaliste n'existe même pas comme possibilité.

Il n'en était pas ainsi au XVIIIe siècle. Quand Maupertuis introduisit le principe de moindre action, son intention n'était pas de démontrer un théorème mathématique disant que les mouvements naturels sont ceux qui minimisent une quantité dite « action ». Son intention explicite était plutôt de montrer que le monde des phénomènes mécaniques n'est pas déterminé par des lois aveugles réductibles à des causes et des effets, mais par un « programme », une « intention », un « but ». La

1. Cité dans S. J. Heims, *John von Neumann and Norbert Wiener*, Cambridge, Mass., MIT Press, 1980, p. 154.

2. Von Neumann a déclaré que le principe de causalité est une aspiration de l'esprit humain dont la validité ne peut pourtant pas être démontrée et qui est au contraire contredite par un grand nombre de faits. Mais le penchant *déterministe* de la pensée scientifique de von Neumann est évident : il suffit de penser à sa théorie des jeux (le joueur a une connaissance « parfaite » et un comportement prédéterminé).

nature se « propose » de réaliser un principe d'économie, consistant à épargner la quantité d'action dépensée dans les mouvements et par conséquent les mouvements naturels sont le résultat de la réalisation de ce programme. Des savants comme Euler se rallièrent à cette métaphysique finaliste et même ceux qui s'y opposèrent – comme Lagrange ou Hamilton – n'ont pas catégoriquement nié l'importance du point de vue finaliste. Pourtant, une certaine histoire des sciences – une « mauvaise » histoire des sciences, celle qui est fabriquée ou souhaitée par les scientifiques qui ne la conçoivent que comme hagiographie de l'état présent de la recherche – considère l'histoire du principe de moindre action comme l'histoire d'une « lutte de libération », visant à éliminer le finalisme du domaine de la mécanique.

Il faudra bien écrire une histoire de ce principe qui étudie le rôle du finalisme dans l'évolution de la physique mathématique sans s'arrêter à la description de la conclusion de cette « lutte » donnée par Mach dans sa *Mécanique*, quand il observe que, pour les lois dynamiques qui sont exprimées sous la forme d'un théorème de maximum et de minimum, ce n'est pas le maximum ou le minimum qui est important, mais plutôt la notion de la *détermination univoque*. Mach citait textuellement Petzoldt :

> Dans tout mouvement, la trajectoire réellement parcourue apparaît toujours comme *se distinguant* nettement de *l'infinité des trajectoires imaginables*. Mais analytiquement cela ne signifie rien d'autre que ceci : il est toujours possible de trouver des expressions dont la variation, égalée à zéro, fournit les équations différentielles du mouvement, car la variation ne peut s'évanouir que lorsque l'intégrale prend une valeur *déterminée d'une seule façon*. [...] Les théorèmes d'Euler et de Hamilton, non moins que celui de Gauss, ne sont par conséquent autre chose que *des expressions analytiques du fait expérimental que les phénomènes de la nature sont déterminés d'une façon unique* [3].

Ainsi, le « finalisme » inhérent au principe de moindre action est détruit en tant qu'il est subordonné à un autre principe, celui de la détermination univoque.

3. J. Petzoldt, *Maxima, Minima und Oekonomie*, 1891, Altenburg, p. 11. (Voir E. Mach, *La Mécanique*, 1904, Paris, Hermann, rééd. 1987, Paris, Gabay, p. 358-359.)

Faut-il s'étonner que pour von Neumann, dans le cadre du langage scientifique officiel, « poursuivre un but » ne pouvait être interprété autrement que comme une activité aveugle dictée par des causes extérieures ?

Le déterminisme, au cours de sa longue histoire, a vaincu de nombreux ennemis – nous reviendrons sur ce thème dans la suite. Sera-t-il terrassé par les théories du « chaos » ? Peut-être. Mais si l'histoire des sciences sert aussi, comme le disait Poincaré, à prévoir l'avenir des sciences, on peut raisonnablement penser qu'il n'en sera rien.

Causalisme et déterminisme scientifique

Le thème du déterminisme est encore aujourd'hui peu exploré du point de vue de l'histoire des sciences. Le terme lui-même est souvent utilisé, surtout dans le monde scientifique, d'une façon approximative et confuse. Il n'est pas question ici de dresser une liste de ses différentes définitions philosophiques ou de faire une analyse de tous les niveaux conceptuels auxquels ce concept s'est présenté[4]. D'autant plus que le point de vue que nous adoptons ici est celui de l'histoire des sciences et certainement pas celui de la philosophie analytique ; nous nous bornerons à distinguer deux niveaux de ce concept auxquels renvoient les dénominations classiques de *causalisme* et de *déterminisme scientifique*.

Avec le terme *causalisme* nous nous référons à la doctrine philosophique centrée sur le « principe de causalité efficiente » de Leibniz, doctrine selon laquelle tout fait a un antécédent, une « cause » sans laquelle il ne pourrait exister. Cette doctrine métaphysique, qui déclare que tout événement a un caractère *ontologiquement* déterminé, a été accusée d'introduire une vision fataliste du monde : aucun acte, aucun événement n'est libre, tout est prédéterminé. Le causalisme supprime totalement la liberté, et les tentatives pour concilier les deux termes,

4. On peut se référer pour une telle analyse à M. Bunge, *Causality and Modern Science*, New York, Dover, 1979.

comme la théorie leibnizienne de l'« harmonie préétablie », apparaissent comme des acrobaties soulignant encore davantage leur nature contradictoire.

Il est périlleux de nos jours de parler de « métaphysique » à propos de la science : c'est un peu comme si on blasphémait dans un lieu sacré. Pourtant, il n'est pas difficile de se convaincre que les sciences n'ont jamais pu se passer d'une métaphysique « influente ». Or, les sciences « exactes » et « positives » des deux derniers siècles (les sciences physico-mathématiques particulièrement) ont cohabité assez sereinement avec la métaphysique causaliste. Il est légitime de dire que le causalisme a représenté la métaphysique dominante de la science moderne. Et il n'est pas inexact d'ajouter – même s'il s'agit d'une simplification poussée – que la diffusion du causalisme est liée à la diffusion du modèle scientifique newtonien et, plus généralement, de la vision mécanique du monde ; la discussion de la section précédente en fournit une illustration.

La métaphysique causaliste ne dérangeait pas ceux qui s'inspiraient d'une vision matérialiste (ou mécanico-matérialiste) globale ; dans ce cadre rien, pas même le monde moral, ne se soustrait aux lois de la nécessité, la liberté est une illusion due à l'impossibilité de démêler l'enchevêtrement inextricable des causes, elle est le reflet illusoire de la complexité. Mais même ceux qui nourrissaient une conception dualiste du monde et voulaient soustraire la liberté du monde moral à l'emprise de la nécessité pouvaient s'accommoder aisément de la métaphysique causaliste, car celle-ci permettait – voire même encourageait ! – la division du monde en deux. Comme le remarque Koyré dans ses *Études newtoniennes*, la science moderne a certes unifié l'Univers en « renversant les barrières qui séparaient les Cieux et la Terre », mais « en substituant à notre monde de qualités et de perceptions sensibles [...] le monde de la quantité, de la géométrie réifiée [...] dans lequel il n'y a pas de place pour l'homme ». Ainsi « le monde de la science se sépara du monde de la vie que la science a été incapable d'expliquer même par une explication dissolvante qui en ferait une apparence "subjective" ». Cette division des deux mondes « par un abîme » est la base même de l'acceptation de la vision scientifique newtonienne et causaliste. Nous ne discuterons pas ici de savoir si cette division en deux mondes, en deux vérités, est, comme le dit Koyré, « la tragédie de l'esprit moderne qui résolut l'énigme de l'Univers, mais seulement pour la remplacer par une autre : l'énigme de lui-même ». Nous nous bornerons à insister sur le fait que grand nombre de savants du passé (et du présent), surtout dans le domaine des sciences de l'inanimé, ont justifié leur activité scientifique avec cette vision des « deux mondes » : d'un côté, le monde des phénomènes physiques, régi par des lois strictement causales, de l'autre côté le monde moral, caractérisé par le « mystère » de la liberté subjective.

Le causalisme était plus difficile à accepter dans le domaine des sciences de la vie et des sciences sociales. Car il semblait que la nature même des processus vitaux et sociaux est soit le *finalisme*, le fait qu'ils « réalisent et poursuivent un projet », soit la *liberté*. Une grande partie des chercheurs dans ces domaines – comme les vitalistes et les tenants du point de vue historique – s'opposèrent tout simplement au causalisme. Mais le problème de la conciliation entre d'une part le « fatalisme » (impliqué par le causalisme) et, d'autre part, le finalisme ou la liberté posait une grande difficulté à ceux qui se proposaient d'unifier les « deux mondes » en transférant les concepts et les méthodes de la science newtonienne dans le domaine de la biologie ou des sciences sociales. L'histoire du déterminisme scientifique et de sa genèse à partir du causalisme leibnizien commence précisément en ce « lieu » conceptuel. Il n'est pas possible ici de faire cette histoire, mais, en laissant complètement de côté les sciences de la société[5], nous nous bornerons à analyser la nature du concept de déterminisme scientifique dans le lieu de naissance de ce terme, c'est-à-dire dans l'œuvre de Claude Bernard.

Le fait que le terme « déterminisme » ait été introduit dans le langage scientifique (au moins dans le monde scientifique français) par Claude Bernard a été mis en évidence par Georges Canguilhem qui en a retracé ses origines jusqu'à

5. Pour ces thèmes, voir : B. Ingrao, G. Israël, *The Invisible Hand. Economic Equilibrium in the History of Science*, MIT Press, Cambridge, 1990 ; G. Israël, « El declive de la *mathématique sociale* y los inicios de la economía matemática en el contexto de los avatares del *Institut de France* », *LLULL*, 14, n° 26, 1991, p. 59-116.

Laplace, en passant par Magendie, ceci à partir des affirmations de Claude Bernard lui-même [6].

Tout d'abord, la position de Claude Bernard semble relever d'un point de vue strictement causaliste :

> Il faut admettre comme un axiome expérimental que *dans les êtres vivants aussi bien que dans les corps bruts les conditions d'existence de tout phénomène sont déterminées d'une manière absolue.* Ce qui veut dire en d'autres termes que la condition d'un phénomène une fois connue et remplie, le phénomène doit se reproduire toujours et nécessairement à la volonté de l'expérimentateur. [...] La négation de cette proposition *ne serait rien autre chose que la négation de la science même.* En effet, la science n'étant que le déterminé et le déterminable, on doit forcément admettre comme axiome que dans des conditions identiques tout phénomène est identique et qu'aussitôt que les conditions ne sont plus les mêmes le phénomène cesse d'être identique [7].

Bernard observe que « tout ce qui précède pourra paraître élémentaire aux hommes qui cultivent les sciences physico-mathématiques », pourtant ceci ne l'est pas encore pour ceux qui cultivent les sciences de la vie : son but principal est de combattre les thèses vitalistes et, plus généralement, la thèse selon laquelle l'analyse des phénomènes de la vie n'aurait aucun rapport avec l'analyse des phénomènes de la matière inanimée.

Mais, entre l'*Introduction à l'étude de la médecine expérimentale* de 1865 et les *Leçons sur les phénomènes de la vie communs aux animaux et aux végétaux* de 1878 se produit, dans la conception de Claude Bernard, un « glissement » du causalisme métaphysique à une vision qui tend à éliminer toute interprétation ontologique pour le transformer en une doctrine

6. « Dans la leçon qu'il consacre à la vie et aux travaux de Magendie, en tête des *Leçons sur les substances toxiques et médicamenteuses*, C. Bernard nous apprend que le maître dont il occupe la chaire et continue l'enseignement « puisait le sentiment de la véritable science » auprès de Laplace. [...] Or, si Laplace n'usait pas du terme de déterminisme, il est un des pères spirituels, et en France au moins un père autoritaire et autorisé, de la doctrine que ce terme désigne. » (G. Canguilhem, *Le Normal et le Pathologique*, Paris, PUF, 5e éd., 1984, p. 64-65.)

7. C. Bernard, *Introduction à l'étude de la médecine expérimentale*, Paris, Delagrave, 1865 (rééd. Paris, Flammarion, 1984), p. 109.

de l'analyse des « conditions initiales » qui déterminent les phénomènes [8] :

> Dans aucune science expérimentale on ne connaît autre chose que les conditions physico-chimiques des phénomènes ; [...] Nulle part on n'atteint les causes premières ; les *forces physiques* sont tout aussi obscures que la *force vitale* et tout aussi en dehors de la prise directe de l'expérience. On n'agit point sur ces entités, mais seulement sur les conditions physiques ou chimiques qui entraînent les phénomènes. Le but de toute science de la nature, en un mot, est de fixer le déterminisme des phénomènes. Le principe du *déterminisme* domine donc l'étude des phénomènes de la vie comme celle de tous les autres phénomènes de la nature. Depuis longtemps j'ai émis cette opinion, mais lorsque j'employai pour la première fois le mot de *déterminisme* pour introduire ce principe fondamental dans la science physiologique, je ne pensais pas qu'il pût être confondu avec le déterminisme philosophique de Leibniz. [...] Lorsque Leibniz disait : « L'âme humaine est un automate spirituel », il formulait le *déterminisme philosophique.* Cette doctrine soutient que les phénomènes de l'univers, sont rigoureusement déterminés par la série des phénomènes antécédents, inclinations, jugements, pensées, désirs, prévalence du plus fort motif, par lesquels l'âme est entraînée. C'est la négation de la liberté humaine, l'affirmation du *fatalisme*. Tout autre est le déterminisme physiologique. Il est l'expression d'un fait physique. Il consiste dans ce principe que chaque phénomène vital, comme chaque phénomène physique, est invariablement déterminé par des conditions physico-chimiques qui, lui permettant ou l'empêchant d'apparaître, en deviennent les *conditions* ou les *causes matérielles immédiates ou prochaines*. L'ensemble des conditions déterminantes d'un phénomène entraîne nécessairement ce phénomène. Voilà ce qu'il faut substituer à l'ancienne et obscure notion spiritualiste ou matérialiste de *cause*. Ce principe est fondamental dans toutes les sciences physiques. Là il est hors de conteste ; il n'a pas même besoin d'être affirmé. Il en est autrement dans les sciences de la vie. Lorsque, en effet, il faut étendre le principe du déterminisme aux faits de la nature vivante, les médecins animistes et vitalistes et les philosophes se mettent à la traverse [9].

8. Ce « glissement » était déjà évident dans le *Rapport sur la marche et les progrès de la physiologie générale en France*, Paris, Imprimerie nationale, 1867.

9. C. Bernard, *Leçons sur les phénomènes de la vie communs aux animaux et aux végétaux*, Paris, Baillière, 1878, p. 55-56.

Claude Bernard pense ainsi avoir préservé la « liberté » de toute interprétation réaliste du déterminisme qui en détruirait l'essence : « Le déterminisme en un mot, loin d'être la négation de la liberté morale, en est au contraire la condition nécessaire. » Et cela à cause du fait que « dans la doctrine du déterminisme physiologique l'homme est *forcément* libre... ». Le déterminisme établit des lois qui ne pourraient

> gêner la liberté morale, tandis que, tout au contraire, le fatalisme, c'est-à-dire, le déterminisme philosophique, la conteste et la nie. [...] Le monde psychique ne se passe point du monde physico-chimique ; et c'est là un fait d'expérience toujours vérifié. Les phénomènes de l'âme, pour se manifester, ont besoin de conditions matérielles exactement déterminées ; c'est pour cela qu'ils apparaissent toujours de la même façon suivant des *lois* et non arbitrairement ou capricieusement, au hasard d'une spontanéité sans règles [10].

Le déterminisme scientifique du siècle dernier est une doctrine épistémologique qui dérive des thèses de Claude Bernard et se détache du déterminisme ontologique (ou causalisme) à la Leibniz. Depuis longtemps, aucun savant, même dans le domaine des sciences physico-mathématiques, ne croit plus qu'un modèle mathématique soit l'expression directe de la réalité. Si le modèle est déterministe et décrit bien la réalité, cela ne veut pas dire que la réalité *obéit* à des lois causales, mais tout simplement que l'épistémologie scientifique déterministe

10. *Ibid.*, p. 61-62. Du point de vue historique, cette tentative de concilier le déterminisme avec la liberté morale n'est pas une contribution originale de Bernard. Elle a ses antécédents dans le débat qui eut lieu au cours du XVIIIe siècle sur le thème de la mathématisation des sciences non physiques et, en particulier, des sciences morales. Le thème fondamental de ce débat est que les lois des sciences sociales, bien qu'analogues aux lois physiques, ne sont pas un simple reflet de l'analyse des faits mais doivent être pensées comme des *normes* qu'il faut *imposer* aux faits. L'analyse ne découvre pas ce qui *est*, mais « dévoile » la rationalité qu'on *doit* imposer à la société afin qu'elle soit juste et libre. Cela amène à une conséquence cruciale : les lois qui doivent régir le monde, *en tant qu'expression de la rationalité*, ne sont pas en contradiction avec la liberté du sujet. Au contraire, déterminisme et liberté sont inséparables, car l'individu peut être libre *seulement* s'il agit en conformité avec les principes rationnels et *déterminés* que l'analyse scientifique a établis comme le fondement d'une société juste et ordonnée : c'est une anticipation de l'idée de Bernard selon laquelle « dans la doctrine du déterminisme l'homme est *forcément* libre ». Ces thèmes ont été développés dans les travaux cités à la note 5.

est efficace. Pourtant, si un tel point de vue est, en quelque sorte, obligatoire dans les sciences de la vie et de la société, il n'en est pas ainsi dans les sciences du monde physique. Voilà pourquoi une certaine ontologie causaliste résiste dans la mentalité des savants des disciplines physico-mathématiques, bien que ce pêché un peu honteux soit soigneusement dissimulé. Comment expliquer autrement le débat contemporain autour des « conséquences » de la découverte des systèmes chaotiques ? La mise en évidence de modèles « sensibles aux conditions initiales », et donc totalement imprévisibles, montrerait que le monde n'est pas régi par des lois déterministes. Pourtant si ces modèles sont seulement des schémas conceptuels sans aucun rapport *nécessaire* avec la réalité, cela veut tout simplement dire que la description déterministe des phénomènes rencontre des difficultés et est (peut-être) parfois impossible, sans que cela implique quoi que ce soit par rapport à la nature causale ou non causale des phénomènes ; ce n'est pas la première fois qu'une difficulté de ce genre se présente et l'histoire nous apprend que les conséquences de ces « drames » restent en définitive assez limitées. Car le vrai « drame » pour la science moderne, qu'il soit accepté ou dissimulé sous un air élégant et blasé, a été autre : précisément celui d'avoir dû admettre que la description scientifique du monde issue de la science newtonienne n'a pas de valeur ontologique, qu'elle n'est pas l'image (unique, vraie) de la réalité et donc que, malgré sa puissance et son efficacité, elle opère à un niveau de connaissance différent de l'ancienne description métaphysique du monde à laquelle elle prétendait se substituer.

Déterminisme et équations différentielles : deux histoires presque parallèles

Quand on parle aujourd'hui de déterminisme, l'esprit court immédiatement à Laplace et à l'introduction de son *Essai philosophique sur les probabilités* ; et le fait même que le terme ait été introduit par Claude Bernard justifie le caractère central des écrits de Laplace car, nous l'avons vu, les conceptions de Bernard ont leur source d'inspiration dans la pensée du

« Newton français ». Il n'est pas question ici d'analyser ce texte [11], nous nous bornerons à deux observations. La première concerne la nature du déterminisme de Laplace et la seconde, la question du rapport entre déterminisme et mathématiques établi là pour la première fois.

La lecture du texte de Laplace montre qu'à l'évidence son déterminisme est un causalisme métaphysique à la Leibniz. On y trouve en effet une référence explicite au principe de raison suffisante ; et la lecture des parties plus philosophiques de l'*Essai* ne fait que renforcer cette impression. Même si on a proposé des interprétations plus subtiles, les analyses les plus récentes semblent reconnaître que le point de vue de Laplace est inspiré d'une vision matérialiste, mécaniste et causaliste absolue [12]. C'est même cette vision qui fournit, à ses yeux, la seule justification possible de l'utilisation du calcul des probabilités dans l'analyse scientifique [13]. Donc le passage du causalisme au déterminisme scientifique a eu lieu (au moins explicitement, car la transition historique est beaucoup plus complexe) dans la réinterprétation des conceptions laplaciennes par Claude Bernard.

La deuxième observation concerne le lien entre causalisme et mathématiques qui est posé ici pour la première fois d'une façon explicite dans le passage devenu célèbre :

> Nous devons envisager l'état présent de l'univers comme l'effet de son état antérieur, et comme la cause de celui qui va suivre. Une intelligence qui pour un instant donné connaîtrait toutes les forces dont la nature est animée et la situation respective des êtres qui la composent, si d'ailleurs elle était assez vaste pour soumettre ces données à l'analyse, embrasserait dans la même formule les mouvements des plus grands corps de l'univers et ceux du plus léger atome.

Or, il suffit d'ouvrir un livre moderne quelconque de mécanique pour trouver, comme point de départ, la traduction mathématique explicite de cette proposition. Si le monde est un système de N particules matérielles m_i ($i = 1,\ldots,N$), chacune

11. Voir dans ce livre l'article de A. Dahan Dalmedico, « Le déterminisme de Pierre-Simon Laplace et le déterminisme aujourd'hui ».

12. Je me réfère ici aux recherches de Roger Hahn et au contenu des notes de Laplace sur ce thème (*Dossier Laplace*, Académie des sciences, Paris).

13. Ce point est clairement établi *in* P. Dessì, *L'ordine e il caso, Discus-*

étant soumise à une force F_i, l'évolution du système est définie par les équations de Newton : $m_i a_i = F_i$ ($i = 1,...,N$). Étant donné que l'accélération a_i s'exprime mathématiquement avec la dérivée seconde de l'espace par rapport au temps, il s'agit de résoudre un système d'équations différentielles. La traduction de la thèse de Laplace est que, si l'on connaît les positions et les vitesses de chaque particule et si l'on est capable de résoudre le système (c'est-à-dire de surmonter les difficultés analytiques du problème mathématique), on connaîtra complètement l'évolution future et passée du système [14]. Pour cela il faudrait connaître un théorème mathématique montrant que toute équation différentielle (du genre des équations de Newton) possède une solution et une seulement, une fois que les « conditions initiales » de la solution sont connues : c'est le *théorème d'existence et d'unicité des solutions des équations différentielles ordinaires* qui sera démontré trente années plus tard par Cauchy et ensuite perfectionné par Lipschitz, Picard et Peano dans une série de travaux qui se poursuivent jusqu'à la fin du XIXe siècle.

Dans l'introduction à une réédition de l'*Essai* [15], René Thom observe :

> A l'époque où Laplace écrivit l'essai, on avait intégré de nombreuses équations différentielles, mais il n'existait encore aucun théorème permettant d'affirmer qu'une telle intégration était effectivement toujours possible pour un champ de vecteurs assez « régulier ». Un tel théorème ne devait être établi qu'une trentaine d'années plus tard [...] Il n'est nullement exagéré d'attribuer à Laplace une certaine intuition de ce résultat, qu'il aurait sans doute considéré comme une évidence.

sioni epistemologische e logiche sulla probabilità da Laplace a Peirce, Bologne, Il Mulino, 1989.

14. Ainsi, Arnold observe (en attribuant le principe du déterminisme à Newton) : « En vertu du principe de déterminisme (ou de causalité) de Newton, le mouvement tout entier d'un système est univoquement défini par sa position initiale ($x(t_0) \in R^n$) et ses vitesses initiales ($\dot{x}(t_0) \in R^n$). [...] L'équation [$\ddot{x} = F(x, \dot{x}, t)$] a été posée à la base de la mécanique par Newton. [...] En vertu du théorème d'existence et d'unicité des équations différentielles ordinaires, la fonction F et les conditions initiales $x(t_0)$, $\dot{x}(t_0)$ définisse univoquement le mouvement. » (Cf. Arnold, *Les Méthodes mathématiques de la mécanique classique*, Moscou, MIR, 1976, p. 16-17.)

15. P. S. Laplace, *Essai philosophique sur les probabilités*, Paris, C. Bourgois, 1986.

Le point intéressant de cette observation n'est pas de se demander si Laplace aurait eu une intuition de ce résultat car, du point de vue historique, la question est oiseuse. Il s'agit plutôt du fait que le théorème, en tout cas, *n'existait pas* et donc que l'*a priori* de la formulation par Laplace du déterminisme en langage pré-mathématique était une conception philosophique causaliste. La métaphysique ouvre le chemin et les mathématiques suivent. Faut-il considérer le principe causaliste comme le reflet philosophique d'une intuition physique de la nature causale des phénomènes et donc, faut-il voir dans la démonstration du théorème d'existence et unicité un de ces miracles d'harmonie qui font que « la mathématique apparaît comme un réservoir de formes abstraites et il se trouve, sans qu'on sache bien pourquoi, que certains aspects de la réalité expérimentale viennent se mouler en certaines de ces formes comme par un sorte de préadaptation [16] » ? Il n'en est rien. Non seulement parce que l'approche de Laplace n'a rien d'expérimental, mais aussi parce que le contenu du théorème d'existence et d'unicité a beaucoup de points de divergence avec le principe causaliste. D'une part, ce dernier a une valeur *globale*: il agit sur *tout* le futur et le passé du système, tandis que le théorème a une validité seulement *locale* (les trajectoires d'évolution du système décrit par l'équation différentielle sont en général déterminées seulement dans un voisinage du point initial). D'autre part, l'unicité de la solution, qui est la condition fondamentale requise pour la détermination univoque de l'évolution du système, est vérifiée seulement dans des cas particuliers [17]. C'est justement la découverte de systèmes dans lesquels l'unicité n'est pas satisfaite – et dans lesquels il y a donc une « bifurcation des voies », en contradiction avec le déterminisme – qui va mettre en discussion le paradigme laplacien quelques années seulement après la première version du passage de l'*Essai* concernant le déterminisme (1795) et avant la première édition de l'*Essai* (1814). Ce thème est l'objet du

16. N. Bourbaki, « L'architecture des mathématiques », *Les Grands Courants de la pensée mathématique* (Le Lionnais éd.), Cahiers du Sud, 1948, p. 46.

17. Nous ne discuterons pas des possibles interprétations du point de vue de Cauchy (qui le premier formula ce théorème) sur le déterminisme. Voir sur ce point le premier article cité dans la note 18.

premier des deux *« case studies »* dont nous donnerons une rapide esquisse dans les sections suivantes [18], dans le but de montrer que le rapport entre déterminisme et mathématiques a déjà connu des crises peut-être plus graves que celle récemment provoquée par les théories du « chaos ».

La question des solutions singulières

La première « crise » eut lieu en 1806 et la difficulté qui en était la cause fut mise en évidence par Poisson qui signalait « la difficulté que les intégrales singulières font naître au point de vue d'un déterminisme absolu » :

> [...] il est nécessaire d'avoir égard à ces solutions, lorsqu'on veut représenter, dans toute son étendue, le mouvement rectiligne d'un corps soumis à l'action d'une force donnée, et partant d'une position et avec une vitesse aussi données. En effet, il arrive quelquefois que la loi de ce mouvement ne peut pas être comprise, pendant toute la durée du temps, dans une seule et même équation entre l'espace parcouru et le temps écoulé ; en sorte que cette loi est donnée pendant un certain temps, par l'intégrale de l'équation différentielle du mouvement, et, pendant un autre temps, par la solution particulière ; ou, si l'on veut, il y a, à une certaine époque, un changement brusque dans le mouvement du corps ; mais ce changement est tel que le mouvement continue de satisfaire à l'équation différentielle que l'on obtient par le *principe de d'Alembert*. Dans d'autres cas, c'est la solution particulière elle seule qui représente le mouvement du corps dans toute son étendue ; et l'on serait induit en erreur sur la nature de ce mouvement, si l'on employait l'intégrale complète, en y déterminant les constantes arbitraires au moyen de la position et de la vitesse initiales du corps. [...] C'est [...] un point de la science qui mériterait d'être complètement éclairci, et sur lequel nous sommes loin d'avoir levé toute espèce de difficulté [19].

18. Les thèmes des sections 4 et 5 sont étudiés en détail respectivement dans : G. Israël, « Il determinismo e la teoria delle equazioni differenziali ordinarie », *Physis, Rivista Internazionale di Storia della Scienza*, XXIX, 1991, fasc. 2, p. 305-358 ; M. G. Ianniello, G. Israël, « Boltzmann's Nachwirkung and Hereditary Mechanics », *Proceedings of the International Symposium on L. Boltzmann* (Rome, 1989), Osterr. Akad. der Wissensschaften, Vienne, à paraître.

19. S.-D. Poisson, « Mémoire sur les solutions particulières des équations

Et il ajoutait :

> Le mouvement, dans l'espace, d'un corps soumis à l'action d'une force donnée, et partant d'une position et d'une vitesse aussi données, doit être absolument déterminé. C'est donc une sorte de *paradoxe*, que les équations différentielles dont le mouvement dépend puissent être satisfaites par plusieurs solutions [20].

Poisson est donc convaincu que cette difficulté est seulement un *paradoxe* qu'on pourra éliminer à partir d'une analyse plus précise des circonstances physiques dans lesquelles il se présente [21]. Mais le « paradoxe » des intégrales singulières est complètement oublié dans le *Traité de mécanique* [22] de 1833, sur la base de considérations physiques, ou plutôt métaphysiques. Poisson affirme alors que la forme des forces naturelles est tout simplement incompatible avec l'existence des solutions singulières.

Le silence tombe donc sur ce problème jusqu'au moment où il est repris par Cournot [23]. Dans son intervention sur la question, Cournot essaie d'une part de trouver une solution aux problèmes posés par l'existence des solutions singulières et propose, d'autre part, une tentative de conciliation entre déterminisme et liberté. La « solution » de Cournot, bien que se réduisant en définitive à une acrobatie technique, est intéressante parce qu'elle situe l'origine de la difficulté dans le caractère continu de la représentation mathématique et propose de considérer les équations différentielles des phénomènes naturels dans un sens qui exclut toute bifurcation. Son idée est en fait de les réduire aux équations aux différences finies. Cournot suppose « les variations réelles des choses évaluables à la

---

différentielles et des équations aux différences », *Journal de l'École Polytechnique*, 6, cahier 13, 1806, p. 62-63.

20. *Ibid.*, p. 106.

21. Ainsi, dans l'exemple de l'équation

$$\frac{d^2x}{dt^2} = ax^n,$$

qui présente une indétermination due à la solution d'équilibre $x = 0$, Poisson considère qu'il faut « préférer » la solution de repos à la solution de mouvement.

22. S.-D. Poisson, *Traité de mécanique*, Paris, Bachelier, 1833.

23. A. A. Cournot, *Traité élémentaire de la théorie des fonctions et du calcul infinitésimal*, Paris, Hachette, 1841 (rééd. Paris, Vrin, 1984).

manière des quantités finies, ou mieux à la manière des quantités abstraites, indéfiniment divisibles du géomètre. Évidemment, aucune bifurcation n'est possible dans cette hypothèse, où sont parfaitement déterminés, pour chaque instant, les accroissements élémentaires produits, les véritables différentielles, et, par suite, de proche en proche, pour un temps quelconque, les accroissements finis correspondants [24] ». Cournot est de ceux qui pensent que les équations différentielles reflètent directement la nature des phénomènes du mouvement, et propose une interprétation ontologique des propriétés de ces entités mathématiques (« les infiniment petits existent dans la nature »). Donc, si les équations différentielles sont le miroir des faits physiques et si les faits physiques sont régis par le déterminisme, les équations différentielles ne peuvent pas donner lieu à des formes d'indéterminisme et l'existence des solutions singulières est encore une fois seulement un « paradoxe » qu'il faut s'efforcer d'expliquer.

Pour ce qui concerne la question de la liberté, Cournot remarque que l'homme sait, en de multiples occasions, comment atténuer la part de travail physique qu'on doit exécuter pour mettre en train une machine, et il se réfère au procédé infinitésimal du passage du fini à l'infiniment petit, en observant que ce procédé permet de concevoir comme possible un cas où le travail serait nul. Dans ce passage à la limite l'intervention des forces physiques est remplacée par ce que Cournot appelle le « pouvoir directeur ». Le « pouvoir directeur » est l'expression du finalisme inhérent au comportement des organismes libres et n'agit pas à la manière des forces physiques : il n'ajoute pas son action aux leurs mais il intervient en leur imprimant une direction.

Ce dernier thème remet en scène une fois de plus Claude Bernard qui, une vingtaine d'années plus tard, reprit ce point de vue en tenant compte de la présence de forces morphologi-

24. J. Boussinesq, « Conciliation du véritable déterminisme mécanique avec l'existence de la vie et de la liberté morale », *Mémoires de la Société des sciences, de l'agriculture et des arts de Lille*, 1878, t. VI, 4e série ; extrait (précédé d'un rapport de M. Paul Janet à l'Académie des sciences morales et politiques) publié à Paris, Gauthier-Villars, 1878 ; 2e éd., revue et augmentée, rédigée en 1879 et publiée dans les *Compléments au tome III* de : J. Boussinesq, *Cours de physique mathématique de la Faculté des sciences*, Paris, Gauthier-Villars, 1922, p. 80.

quement actives et pourtant distinctes des processus purement déterministes. Dans le but d'expliquer les processus morphologiquement « orientés » et d'éclairer le rapport entre déterminisme et liberté, il proposa une distinction entre les *forces directrices* (qui caractérisent les phénomènes morphologiques) et les *forces exécutives* (qui caractérisent les corps « bruts ») :

> [...] dans les corps vivants, les *forces directrices* ou évolutives sont morphologiquement vitales, tandis que leurs *forces exécutives* sont les mêmes que dans les corps bruts. Ainsi, un os se fait à l'aide de substances chimiques que le chimiste pourra reproduire ; mais il ne fera pas l'os avec sa forme spécifique, ni avec son arrangement caractéristique. La morphologie organique caractérise donc l'être vivant ; mais cette loi morphologique, qui donne naissance à la matière organisée, est servie, cependant, par les forces physico-chimiques générales. [...] Les sciences modernes, en admettant le déterminisme, en font la condition même de la liberté, ce qui distingue radicalement le déterminisme du fatalisme. En effet, l'acte libre ne peut exister que dans la période directrice du phénomène ; mais, une fois dans la période exécutive, le déterminisme doit être absolu, pour que la liberté en découle nécessairement [25].

C'est ici que se situe le point de départ de l'analyse du physico-mathématicien Joseph Boussinesq. Dans le troisième volume de son *Cours de physique mathématique* [26], il reprend la distinction entre forces directrices et forces exécutives pour proposer une nouvelle analyse du rapport entre déterminisme et liberté morale fondée sur la reprise de la vieille question des solutions singulières.

Le point de vue de Boussinesq est très traditionnel et inspiré par une vision déterministe et continuiste stricte : pour lui, le déterminisme s'identifie avec les « équations différentielles de la mécanique », et en particulier – bien que cela soit énoncé d'une façon implicite – avec leur propriété de satisfaire le théorème d'existence et d'unicité. Cette propriété semble violée par l'existence des solutions singulières : quelle est la signification de cette indétermination des voies ? La solution de Boussinesq veut concilier la liberté morale avec le détermi-

25. *Op. cit.* à la note 8 : p. 223 et 233.
26. *Op. cit.* à la note 24.

nisme et s'inspire de la distinction de Claude Bernard entre faits « bruts », qui obéissent à un déterminisme strict, et événements du monde animé, dans lesquels intervient un *principe directeur*. Selon Boussinesq, l'histoire du problème des solutions singulières (et en particulier les analyses de Poisson et de Cournot) montre que personne n'a eu l'idée de *tirer parti* des solutions singulières en les utilisant comme cadre descriptif des processus dans lesquels entre en jeu la « liberté ». On pourrait en effet concevoir les processus dans lesquels interviennent les corps « bruts » comme étant rigoureusement déterminés, tandis que le cadre descriptif des processus dans lesquels entrent en jeux les corps « animés » serait celui des équations différentielles donnant lieu aux bifurcations des voies. Dans les points de bifurcation, le « pouvoir directeur » – le choix libre du système animé – peut entrer en action et « choisir » la voie qu'il veut suivre sans interférer avec la structure mécanique du processus. Le « pouvoir directeur », qui n'est pas une force physique, ne produit pas des effets mécaniques, il s'astreint à profiter de l'opportunité offerte par la bifurcation.

La pensée de Boussinesq est caractérisée par une vision dualiste (matière brute d'un côté, domaine de la vie de l'autre) et par l'idée que le déterminisme est entièrement bâti autour des principes de la mécanique, enfin qu'il faut se référer à ces principes pour rejeter le vitalisme. Ainsi, il observe que « pour quiconque accepte les principes de la mécanique et rejette les forces vitales de la vieille physiologie, le champ d'action de la vie se trouve forcément aux points de bifurcation qui se présentent quand il y a indétermination mathématique des voies, seule place restée disponible en dehors du domaine incontesté des puissances de la matière brute [27] ».

Le débat qui se développa autour des thèses de Boussinesq fut assez limité : Saint-Venant [28] proposa à nouveau la solution de Cournot, et Joseph Bertrand repoussa les thèses de Boussinesq au nom d'un point de vue spiritualiste, tandis que Claude Bernard se borna à les interpréter comme éléments de persistance des croyances philosophiques en le caractère non déterminé des

27. *Ibid.*, p. 180.

28. A. J. C. B. de Saint-Venant, « Accord des lois de la mécanique avec la liberté de l'homme dans son action sur la matière », *C. R. de l'Académie des sciences*, 84, 1877, p. 421-422.

phénomènes moraux[29]. Ainsi les solutions singulières, plutôt que de résoudre les contradictions entre déterminisme et liberté morale, semblèrent destinées à rester un « paradoxe ».

La mécanique héréditaire

Autour de 1870, Ludwig Boltzmann avait étudié des processus physiques, comme la tension d'un fil élastique, les phénomènes d'hystérésis en électromagnétisme et en théorie de l'élasticité, dans lesquels le système semble conserver une « mémoire » des sollicitations passées : le comportement dynamique d'un fil qui a subi des torsions est différent de celui d'un fil qui n'en a pas subi, et donc n'est pas seulement déterminé par les forces agissant à l'instant présent mais aussi par toutes les actions passées. Pour décrire mathématiquement ce phénomène *(Nachwirkung)*, l'idée de Boltzmann fut de modifier la forme de la force dans l'équation de Newton en introduisant l'effet de toutes les actions passées ; l'équation n'était plus simplement une équation différentielle ordinaire, mais contenait aussi des intégrales en devenant ce qu'on appela ensuite une « équation intégro-différentielle ». Les idées de Boltzmann furent reprises en 1906 par Vito Volterra et Émile Picard dans le contexte d'un programme scientifique qu'ils appelèrent « mécanique héréditaire ». Picard écrivait que l'hypothèse selon laquelle

> l'avenir d'un système ne dépend à un moment donné que de son état actuel [...] est une hypothèse restrictive et que, en apparence au moins, bien des faits contredisent. Les

29. «... la physiologie actuelle marche dans une voie qui établit de plus en plus le déterminisme rigoureux des phénomènes de la vie. Il n'y a pour ainsi dire plus de divergence entre les physiologistes sur ces points. Il n'en est pas de même pour les philosophes ; ils repoussent encore le déterminisme physiologique, et pensent que certains phénomènes de la vie lui échappent nécessairement : par exemple, les phénomènes moraux. Ils craignent que la liberté morale puisse être compromise si l'on admet le déterminisme physiologique absolu. Récemment même un mathématicien, voyant les progrès de cette doctrine, a cherché à établir une conciliation entre le déterminisme scientifique et la liberté morale. » (*Op. cit.* à la note 9 : p. 60.)

> exemples sont nombreux, où l'avenir d'un système semble dépendre des états antérieurs : il y a hérédité. Dans des cas aussi complexes, on se dit qu'il faudra peut-être abandonner les équations *différentielles* et envisager des équations *fonctionnelles*, où figureront des intégrales prises depuis un temps très lointain jusqu'au temps actuel, intégrales qui seront la part de cette hérédité. Les tenants de la mécanique classique pourront cependant prétendre que l'hérédité n'est qu'apparente, et qu'elle tient à ce que nous portons notre attention sur un trop petit nombre de variables [30].

Ce programme fut développé sur le plan mathématique par Volterra avec la constitution d'une théorie générale des phénomènes héréditaires et des équations intégro-différentielles correspondantes. En reprenant les idées de Boltzmann, Volterra montrait que l'idée centrale conduisant à ces équations était la conception des conditions initiales du système sous la forme d'une intégrale (ou plus généralement d'une fonctionnelle) qui représentait toute l'information concernant le passé du système, plutôt que la forme classique d'un vecteur qui en représentait seulement l'état présent. Ainsi, le système n'était plus déterministe dans le sens laplacien strict, car le présent ne suffisait plus à déterminer son évolution ; celle-ci était déterminée par le passé tout entier. Du point de vue mathématique, la différence avec l'approche de Boltzmann était seulement formelle, mais du point de vue conceptuel elle était capitale : en effet, dans le point de vue de Boltzmann, le caractère non strictement déterministe des systèmes héréditaires n'apparaissait pas d'une façon explicite, tandis qu'il constituait le *point de départ* de l'analyse de Volterra.

Le fait de considérer toute une classe de phénomènes mécaniques comme sujets à une sorte de déterminisme « faible » suscita les réactions de ceux que Picard avait appelé les « tenants de la Mécanique classique ». Paul Painlevé attaqua durement les nouvelles théories. A l'instar de Laplace, qui s'opposait à toute interprétation ontologique de l'utilisation du calcul des probabilités, Painlevé acceptait le point de vue héréditaire dans le seul but de venir en aide à l'impuissance présente des tech-

30. E. Picard, « La mécanique classique et ses approximations successives », *Scientia*, I, 1907, p. 14-15.

niques qui ne permettaient pas de déterminer l'état moléculaire actuel d'un système. Painlevé donnait l'exemple de

> deux clous sortis identiques de la même fabrique, mais dont l'un a été martelé à plusieurs reprises tandis que l'autre restait dans un tiroir. Le premier clou n'est pas dans le même état moléculaire que le second ; il a subi des déformations permanentes ; une étude microscopique suffisamment précise nous le montrerait. Mais si nous ne possédons pas de microscope assez puissant, les deux clous nous sembleront identiques ; nous serons incapables de discerner les différences de leur état moléculaire actuel. Qu'on nous dise alors que le premier clou a été martelé et comment il l'a été : nous serons avertis du genre de déformation qu'il a subi ; la connaissance du passé du clou supplée *provisoirement* à l'absence de microscope[31].

Et il soulignait avec force le risque que les nouvelles théories héréditaires puissent mettre en cause le caractère déterministe de la mécanique :

> L'*histoire* d'un corps [...] vient en aide à l'impuissance actuelle de notre technique, ou supprime les complications que cette technique entraînerait. C'est là un stade nécessaire de l'étude moléculaire des corps, mais ce n'est qu'un stade, et il faut se garder de tirer d'une méthode transitoire des conclusions aussi aventureuses qu'injustifiées, et notamment de l'opposer à la doctrine copernicienne. [...] La conception d'après laquelle, pour prédire l'avenir d'un système matériel, il faudrait connaître tout son passé, *est la négation même de la science.*

Volterra répondit en confirmant sa loyauté aux principes de la science classique mais en défendant la nécessité d'assouplir le paradigme laplacien. Nous voilà donc en présence d'une autre crise sérieuse dans les rapports entre mathématiques et déterminisme.

On peut se demander pour quelle raison Boltzmann ne s'était pas posé le problème des implications conceptuelles des nouvelles théories qu'il avait contribué à développer. La réponse la plus spontanée serait que Boltzmann, qui n'avait pas beau-

31. P. Painlevé, « Mécanique », dans *De la méthode dans les sciences*, Paris, F. Alcan, 1910, p. 73-119.

coup de sympathie pour les méthodes mathématiques abstraites en physique, n'attribuait pas d'importance au lien entre le déterminisme et le théorème d'existence et d'unicité, tandis que ce lien était central dans la discussion entre Volterra, Picard et Painlevé. Ceci est bien vrai, à condition de se référer à la conception générale de Boltzmann concernant les rapports entre déterminisme, mécanisme et rôle des équations différentielles dans la physique mathématique. En effet, l'idée qu'il existe un lien étroit entre mécanisme et déterminisme est caractéristique d'un courant de la physique mathématique inspiré par une conception continuiste attribuant un rôle central aux équations différentielles dans la représentation des phénomènes. C'est dans ce contexte que naît la soudure entre mécanisme et déterminisme et donc, en définitive, entre le déterminisme et la théorie des équations différentielles ; c'est le courant que Boltzmann appelait, avec quelque mépris, la *phénoménologie*. Boltzmann ne désavouait pas complètement le « point de vue le plus moderne, qui consiste à décrire simplement les phénomènes [32] » à l'aide des équations différentielles, mais il lui ajoutait « l'idée très ancienne que les corps n'emplissent pas d'une façon mathématiquement continue l'espace qu'ils occupent, mais qu'ils se composent de particules infimes, les molécules, que leur petitesse rend isolément complètement imperceptibles à nos sens ». L'introduction des équations aux dérivées partielles de la physique mathématique (comme l'équation de la chaleur de Fourier) n'était justifiable pour Boltzmann que sur la base de procédures constructives précises fondées sur une interprétation atomiste, tandis que l'introduction de ces équations à partir de la méthode du « passage du fini à l'infini » était pour lui une approche abstraite dans laquelle la particule n'est plus un élément « réel » mais une entité mathématique abstraite ; et il observait que « les concepts du calcul différentiel et intégral dégagés de toute représentation atomiste sont purement métaphysiques, si par là nous entendons, selon une célèbre définition de Mach, les choses dont nous avons oublié comment nous y sommes par-

32. L. Boltzmann, *Vorlesungen über die Gastheorie*, 2 vol., Leipzig, Barth, 1895-1898 ; tr. fr. *Leçons sur la théorie des gaz*, 2 vol., Paris, Gauthier-Villars, 1902-1905 ; réimp., Paris, Gabay, 1987, p. 4.

venus [33] ». On sait que « Boltzmann ira jusqu'à plaider que le concept même de continu est inséparable de l'atomistique [34] » ; par conséquent, sa polémique contre la « phénoménologie », en visant la manière de constituer et concevoir la théorie des équations aux dérivées partielles, visait aussi la conception des équations différentielles ordinaires qui permet le passage du fini à l'infini, et qui est fondée sur la conception des particules élémentaires comme des points géométriques doués de masse, des entités mathématiques abstraites.

Il ne faut pas donc s'étonner si le mécanisme de Boltzmann ne s'identifie pas complètement avec la mécanique et moins encore avec le déterminisme. Il s'agit plutôt d'une forme de description atomiste du monde [35]. Il est bien vrai que pour Boltzmann les phénomènes mécaniques sont régis par ce qu'il appelle le « principe de la détermination univoque de tous les mouvements », qui fait partie d'un principe plus général de détermination univoque de tous les processus naturels, sans lequel les phénomènes ne seraient pas objet de connaissance scientifique, mais seulement objet de curiosité. Mais ce principe ne s'identifie pas avec le contenu du théorème d'existence et d'unicité des solutions des équations de Newton. Boltzmann souligne souvent les difficultés que l'idée de la détermination univoque d'un système mécanique, à partir de ses conditions initiales, pose dans le cadre d'une fondation inductive de la mécanique. En effet, ces conditions incluent *stricto sensu* l'état de l'Univers entier, et l'Univers ne se trouve jamais deux fois dans le même état. Pour parvenir à un fondement non formel de la mécanique, il faudrait définir d'un point de vue empirique le concept d'un « voisinage » qui exercerait son influence sur le mouvement du système matériel. Ainsi, d'une part le déterminisme de Boltzmann est seulement un principe général de détermination des phénomènes, en tant que fondement nécessaire de la vérité de la science ; d'autre part, dans le domaine empirique, c'est une notion dont la signification est uniquement *locale*.

33. L. Boltzmann, « Nochmals über die Atomistik », *Wiedemann Annalen*, 1887, p. 790.
34. R. Dugas, *La Théorie physique au sens de Boltzmann*, Neuchâtel, Éd. du Griffon, 1959, p. 28.
35. Un texte particulièrement éclairant sur ce sujet est : L. Boltzmann, *Über die Grundprinzipien und Grundgleichungen der Mechanik*, Clark University, 1899.

Certes, le déterminisme mécanique joue un rôle important dans la pensée de Boltzmann : il suffit de rappeler sa tentative pour concilier l'interprétation mécanique réversible des phénomènes avec l'irréversibilité contenue dans le deuxième principe de la thermodynamique. Mais dans cette tentative pour répondre aux objections de Loschmidt et Zermelo et faire coexister l'interprétation mécanique avec l'interprétation probabiliste, Boltzmann manipule et interprète avec désinvolture *justement* ces aspects du schéma mathématique qui devraient représenter le déterminisme des phénomènes mécaniques. En effet, pour concilier la réversibilité mécanique et « l'irréversibilité de la durée, révélée par l'expérience [36] », Boltzmann doit tantôt imaginer des processus *locaux* qui expliquent l'irréversibilité, tantôt attribuer une signification spéciale à certains états « initiaux » de l'Univers. Cette sélection dans l'ensemble des états initiaux est faite sur la base d'un critère de probabilité : l'état de l'Univers « au début du temps » est défini comme un état « improbable » [37]. Il est pourtant évident que l'introduction d'un critère de sélection probabiliste entre états initiaux est une infraction au principe selon lequel *tous les états d'un système sont équivalents*, principe qui est le seul fondement possible de la réversibilité des phénomènes mécaniques et du déterminisme. Boltzmann en était certainement conscient ; tout simplement son adhésion au déterminisme n'était pas stricte et, en un certain sens, *sui generis*.

En définitive, ce deuxième exemple ne sert pas seulement à confirmer que le lien entre déterminisme et mathématiques ne s'est jamais vraiment réalisé, il montre aussi que le lien entre déterminisme et mécanisme, dans lequel la représentation mathématique différentielle des phénomènes a un rôle si important, n'est pas nécessaire, contrairement à ce que suggère le cadre conceptuel de la tradition laplacienne.

36. L. Boltzmann, *Vorlesungen über die Gastheorie*, *op. cit.* à la note 32 [p. 256].

37. C'est ainsi qu'en 1896 Boltzmann faisait une curieuse distinction entre équations différentielles et conditions initiales (L. Boltzmann, « Ein Wort der Mathematik an die Energetik », *Wiedemann Ann.*, 57, 1896, p. 39-71.

Conclusion

La science moderne est née avec l'ambition de substituer à l'ancienne métaphysique finaliste une métaphysique causaliste justifiée par l'analyse objective de la réalité. Malgré ses immenses succès, cette ambition s'est révélée irréalisable : elle exigeait, au moins, la division du monde « en deux ». L'alternative était l'adoption d'une interprétation non ontologique du déterminisme, ce qui représentait déjà un grave renoncement. Mais la science ne peut pas se passer d'une métaphysique « influente » et le causalisme n'a jamais cessé d'avoir ce rôle, même déguisé sous la forme d'un « déterminisme scientifique » dont les traductions mathématiques ont été une suite ininterrompue de déceptions.

Au cours de l'époque contemporaine le déterminisme a connu des revers y compris au niveau épistémologique. On en est venu à espérer bâtir de nouvelles structures épistémologiques, de type probabiliste ou mixte ; il est évident que de nombreux savants ont espéré (et espèrent), parfois assez explicitement, arriver à une nouvelle ontologie non causaliste. Mais la seule chose qu'on puisse dire c'est que la science « post-moderne » offre l'image d'une expansion exponentielle, polycentrique et sans règles (véritable exemple de sensibilité aux conditions initiales...), alors qu'il serait nécessaire d'établir des nouveaux centres et des nouvelles règles. Comment remplacer les règles et les centres anciens ? La question est totalement ouverte. C'est ici que réside le vrai « drame » du déterminisme scientifique et du causalisme ; bien qu'accusés de toutes sortes de crimes, en l'absence d'alternatives sérieuses, ils restent, et probablement resteront, l'instrument analytique central et la métaphysique influente de la science. Le drame n'est pas dans le développement des théories du « chaos » qui représentent seulement la énième démonstration de ce que le causalisme, comme tout bon principe métaphysique, est resté « pur » et que son mariage avec les mathématiques, malgré tout, n'a jamais eu lieu.

10. Les idées nouvelles de Poincaré

Jean-Luc Chabert et
Amy Dahan Dalmedico

> Une cause très petite, qui nous échappe, détermine un effet considérable que nous ne pouvons pas ne pas voir, et alors nous disons que cet effet est dû au hasard. Si nous connaissions exactement les lois de la nature et la situation de l'Univers à l'instant initial, nous pourrions prédire exactement la situation de ce même Univers à un instant ultérieur. Mais, lors même que les lois naturelles n'auraient plus de secret pour nous, nous ne pourrions connaître la situation initiale qu'approximativement. Si cela nous permet de prévoir la situation ultérieure avec la même approximation, c'est tout ce qu'il nous faut, nous disons que le phénomène a été prévu, qu'il est régi par des lois ; mais il n'en est pas toujours ainsi, il peut arriver que de petites différences dans les conditions initiales en engendrent de très grandes dans les phénomènes finaux ; une petite erreur sur les premières produirait une erreur énorme sur les derniers. La prédiction devient impossible et nous avons le phénomène fortuit.

Dans cet extrait de *Science et Méthode* (1908), devenu aujourd'hui un grand classique, Henri Poincaré souligne à l'évidence la possibilité d'une « sensibilité aux conditions initiales » et la distinction qui en résulte entre déterminisme et prédictibilité. En fait, les travaux de Poincaré vont bien au-delà et il apparaît maintenant comme le génial initiateur des études contemporaines dans la théorie mathématique des systèmes dynamiques, travaux qui relancent sur de nouvelles bases les réflexions concernant le déterminisme et la prédictibilité. Bien que Poincaré soit tenu pour l'un de nos plus grands esprits, on doit reconnaître que l'intérêt pour ces travaux n'a pas toujours été constant. Leur redécouverte ne date que de la fin des années 60.

Poincaré a écrit des centaines de mémoires scientifiques, auxquels il faut ajouter de nombreux cours de physique mathématique, les trois tomes des *Méthodes nouvelles de la mécanique céleste*, des textes de philosophie scientifique, des rapports, des discours. Son œuvre est immense ; à sa mort, Paul Painlevé a pu écrire dans le numéro du *Temps* daté du 17 juillet 1912 : « Henri Poincaré était vraiment le cerveau vivant des sciences rationnelles. » Ici, nous évoquerons seulement quelques-uns des résultats, concepts et méthodes, qu'il a formulés, et qui jouent un rôle crucial dans la théorie moderne des systèmes dynamiques.

Un thème central : les équations différentielles[1]

« Poincaré emprunta ses sujets d'étude, nous dit Jacques Hadamard, non aux ressources de son esprit, mais aux besoins de la science[2]. » En effet, l'intégration des équations différentielles représente l'un des problèmes théoriques les plus importants en mathématiques et l'une des questions les plus fondamentales pour leurs applications. Ce thème, apparu dès l'invention du calcul infinitésimal, se nourrit constamment des questions de mécanique et de physique. Il est d'ailleurs central dans la réflexion de Poincaré : sujet de sa thèse en 1879, largement développé dans son mémoire *Sur les courbes définies par une équation différentielle*[3] (1881-1886), lié à ses études sur les fonctions, ce thème est toujours présent dans les travaux de mécanique céleste.

Or les systèmes dynamiques sont des systèmes évoluant au cours du temps et mathématiquement décrits par des équations différentielles, cette description exprimant le caractère déter-

1. Une première version de cet article, restreinte au thème des équations différentielles, est parue dans le numéro spécial, consacré au chaos, de *La Recherche* : « La science du désordre », 232, mai 1991.

2. « L'œuvre mathématique de Poincaré », *Acta mathematica*, t. 39, 1921.

3. *Journal de Mathématiques pures et appliquées*, 3e série, t. 7, 1881, p. 375-422 ; t. 8, 1882, p. 251-296 ; 4e série, t. 1, 1885, p. 167-244 ; t. 2, 1886, p. 152-217. *Œuvres* de H. Poincaré, t. 1, p. 1-222.

ministe de leur évolution. La théorie cherche notamment à préciser les comportements asymptotiques de tels systèmes, c'est-à-dire ce que les solutions de ces équations différentielles sont susceptibles de devenir au bout d'un temps long.

L'un des traits du génie de Poincaré se manifeste dans sa façon d'aborder les grands problèmes classiques selon une approche originale. Il en est ainsi de la théorie des équations différentielles. De même qu'il y a peu d'équations algébriques que l'on sache résoudre par radicaux, il y a peu d'équations différentielles que l'on sache résoudre à l'aide des fonctions classiques, comme la fonction logarithme ou la fonction exponentielle. L'une des premières idées de Poincaré a consisté à étendre le champ des fonctions classiques. C'est ainsi qu'il a introduit et étudié une nouvelle classe de fonctions, les fonctions fuchsiennes, généralisation audacieuse des fonctions elliptiques, introduites antérieurement dans le calcul des intégrales. Les fonctions fuchsiennes lui ont permis de résoudre explicitement toutes les équations différentielles linéaires à coefficients algébriques.

L'approche qualitative

Mais c'est d'une autre idée dont nous voulons parler. Les mathématiciens du XIXe siècle, depuis Cauchy jusqu'à Weierstrass, ne savaient pas résoudre en général les équations différentielles ; aussi avaient-ils développé un calcul local : se plaçant au voisinage d'un point déterminé, ils montraient l'existence de solutions et en donnaient des expressions analytiques valables à condition de rester à proximité du point considéré. Se posait alors la délicate question de la mise bout à bout de ces morceaux de solutions en vue d'obtenir une solution complète. Le cadre adéquat au *prolongement analytique* était la théorie des fonctions de la variable complexe, développables en séries entières.

Désirant énoncer des résultats globaux, connaître l'allure générale des courbes solutions, leur disposition relative, Poincaré propose d'adopter, dans un premier temps, un point de vue qualitatif et global, l'étude quantitative ne devant intervenir que dans un deuxième temps. Une analogie avec la résolution algébrique des équations, suggérée par Poincaré lui-même, peut aider à comprendre ce déplacement d'intérêt : pour résoudre une équation algébrique, on s'est tout d'abord attaché à en calculer une solution à l'aide d'une formule explicite ; résolu jusqu'au 4e degré, le problème s'est avéré extrêmement difficile au-delà. Or, la théorie générale n'a vraiment pris naissance que lorsque les mathématiciens, comme Lagrange et surtout Galois, ont envisagé les solutions d'une équation dans leur ensemble et étudié comment elles pouvaient rester invariantes ou permuter entre elles selon certaines transformations. De même, dans le cas des équations différentielles, il faut, selon Poincaré, envisager *toutes* les courbes solutions et leurs rapports mutuels.

Les points singuliers : du qualitatif local

Considérons l'équation différentielle du premier ordre :

$$\frac{dx}{X(x,y)} = \frac{dy}{Y(x,y)}$$

où X et Y sont des polynômes en x et y. Les solutions ou courbes intégrales de cette équation différentielle sont des courbes du plan telles qu'en chacun de leur point (x_0, y_0) la tangente ait pour pente :

$$\frac{dy}{dx} = \frac{Y(x_0, y_0)}{X(x_0, y_0)}.$$

Que sait-on de ces courbes intégrales ? Peu de choses *a priori* : l'étude locale nous a appris que, par un point quelconque du plan, passe une courbe intégrale et une seule, sauf en certains points singuliers, situés à l'intersection des courbes d'équation $X(x,y) = 0$ et $Y(x,y) = 0$. Poincaré commence donc par une étude systématique de ces points singuliers. Celle-ci avait été entreprise auparavant, par Briot et Bouquet notamment, mais c'était dans le cadre dominant de l'époque, celui des nombres complexes. Pour une étude qualitative, seul le point de vue des nombres réels est utile ; on dénombre quatre types de points singuliers : les nœuds, les cols, les foyers et les centres.

L'analogie topographique suivante, élaborée par Poincaré, peut donner une idée de ce que sont certains de ces points singuliers. Imaginons que l'on ait tracé sur une carte des lignes de niveau, lignes joignant les points de même altitude, et que l'on interprète ces lignes comme des courbes intégrales, solutions d'une certaine équation différentielle.

– Les sommets et les fonds correspondent alors aux *centres*, points singuliers entourés de courbes intégrales fermées qui s'emboîtent à la façon de cercles concentriques. [Notons que les courbes de niveau, admettant une équation de la forme $H = c^{te}$, correspondent à des équations différentielles vraiment très particulières, puisqu'on sait les résoudre complètement. D'ailleurs, dans le cas des équations différentielles quelconques, les centres sont des points singuliers tout à fait exceptionnels. Poincaré relève à ce propos la tendance, dans les questions nouvelles et difficiles, à préjuger de la solution en s'inspirant de cas particuliers, méthode qui peut conduire à méconnaître totalement les véritables phénomènes.]

– Les cols, qui ne sont ni des maximums ni des minimums de l'altitude, correspondent à des points singuliers que l'on appelle aussi des *cols* pour l'équation différentielle ; en leur voisinage, les courbes intégrales ont une disposition analogue à celle des hyperboles $xy = c^{te}$ (voir figure 1).

– Si dans l'analogie topographique précédente, on fait jouer le rôle de courbes intégrales, non pas aux courbes de niveau, mais aux lignes de pente, alors les sommets et les fonds correspondent cette fois à des *nœuds*, points singuliers où viennent se croiser une infinité de courbes intégrales (voir figure 1).

– Enfin, un quatrième type de points singuliers n'apparaît pas sur ce modèle : les *foyers*, autour desquels les courbes intégrales tournent, en s'en rapprochant sans cesse à la façon d'une spirale. Les quatre types de points singuliers exhibés sont caractérisés par la configuration des courbes intégrales à leur proximité.

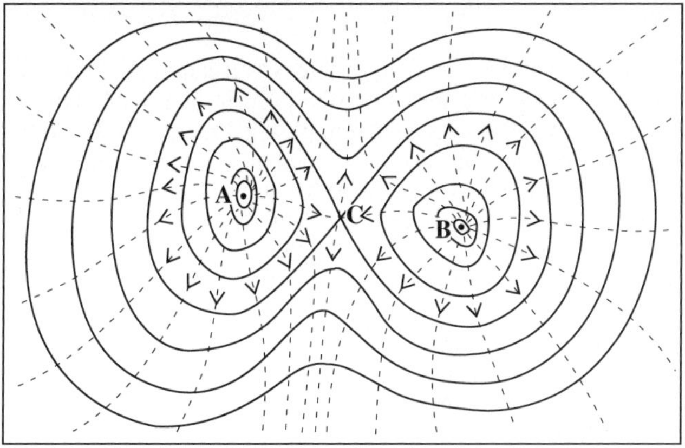

Figure 1. Les courbes en traits pleins correspondent aux lignes de niveau et les lignes en pointillés aux lignes de pentes. Les flèches indiquent le sens de la pente. Le point C est un col ; les points A et B sont des sommets pour les courbes de niveau ; ce sont des nœuds pour les lignes de pente.

L'allure des courbes intégrales à proximité d'un point singulier se lit sur les premiers termes du développement de X et Y au voisinage de ce point. Ainsi, désignant par α et β les coordonnées du point singulier étudié, considérons :

$$X = a_1(x - \alpha) + a_2(y - \beta) + ...$$

et

$$Y = b_1(x - \alpha) + b_2(y - \beta) + ...$$

Soient λ_1 et λ_2 les valeurs propres de la matrice $\begin{bmatrix} a_1 & a_2 \\ b_1 & b_2 \end{bmatrix}$

c'est-à-dire les solutions de l'équation : $\lambda^2 - (a_1 + b_2)\lambda + (a_1 b_2 - a_2 b_1) = 0$. Si les valeurs de λ_1 et λ_2 sont réelles et de même signe il s'agit d'un nœud, mais si elles sont de signes contraires c'est un col. Si par contre elles ne sont pas réelles, ce sont deux nombres complexes conjugués et le point singulier est un foyer, sauf dans le cas particulier où elles sont imaginaires pures, donc opposées, et il peut s'agir d'un centre.

En fait, désirant éviter les courbes présentant des branches infinies, Poincaré transforme d'emblée le plan en la sphère, faisant aussi en sorte qu'il n'y ait plus de centres. Il introduit la notion d'*indice* d'un *cycle* ou courbe fermée. Il s'agit d'un nombre lié au sens selon lequel les courbes intégrales traversent le cycle et à la manière dont évolue ce sens de traversée le long du cycle. Il établit alors la relation remarquable entre les nombres de points singuliers de différents types :

$$N - C + F = 2,$$

où N, C et F désignent respectivement le nombre de nœuds, de cols et de foyers. [On notera l'analogie de cette relation avec celle d'Euler reliant le nombre de sommets, d'arêtes et de faces d'un polyèdre convexe : $s - a + f = 2$.]

Sections tranverses et cycles limites : du qualitatif global

Les points singuliers une fois précisés, Poincaré cherche à appréhender les positions relatives des courbes solutions. A cet effet, il utilise une méthode simple, efficace et fournissant des résultats tout à fait imprévus : il introduit la notion d'arc transverse – ou *arc sans contact* ; il s'agit d'un arc de courbe qui n'est tangent en aucun point à une courbe intégrale. Ainsi, une courbe intégrale qui rencontre un arc transverse le traverse nécessairement. Dans l'analogie topographique, quand les lignes de niveau jouent le rôle de courbes intégrales, les lignes de pente constituent des exemples d'arcs transverses.

En considérant la succession des intersections P_0, P_1, P_2 ... d'une courbe intégrale avec un arc transverse AB, Poincaré ramène l'étude de la forme d'une courbe dans le plan à l'étude de la succession des points sur une ligne (voir figure 2).

Il montre le résultat suivant : parmi les courbes intégrales qui n'aboutissent pas à un point singulier, il y en a qui sont des courbes fermées, c'est-à-dire qui se referment sur elles-mêmes, et toutes les autres sont des spirales s'enroulant asymp-

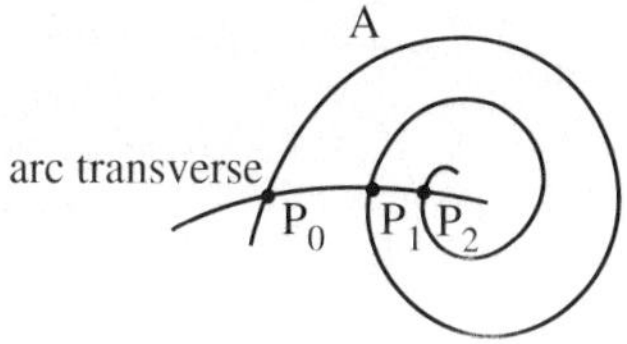

Figure 2. [Poincaré, *Œuvres*, t. I, p. 51.]

totiquement autour de ces courbes fermées ; c'est pourquoi Poincaré appelle ces courbes fermées des *cycles limites* (voir figure 3). Ce théorème fondamental, valable sur le plan ou la sphère, porte aujourd'hui le nom de Poincaré-Bendixson

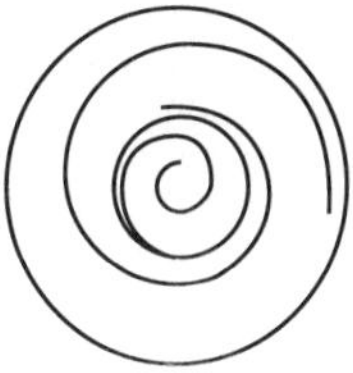

Figure 3. [Poincaré, *Œuvres*, t. I, p. 69.]

– Bendixson en ayant élargi, en 1901, le champ d'application –, et le cycle limite est la première occurrence, autre qu'un point, de ce qu'on nomme actuellement un attracteur. [C'est parce qu'il n'existe pas d'équivalent de ce théorème en dimension supérieure, que l'on y rencontre des attracteurs étranges.] Cycles limites et arcs transverses permettent de subdiviser le plan ou la sphère en régions et fournissent, à partir du comportement au voisinage des points singuliers, un portrait qualitatif global assez précis des courbes intégrales (voir figure 4).

Si nous parcourons toujours dans le même sens une courbe intégrale à partir d'un certain point, nous sommes donc susceptibles d'être confrontés à quatre destins différents : 1) nous arrivons à un nœud ; 2) nous tournons indéfiniment autour d'un foyer ; 3) nous revenons au point de départ, c'est un cycle limite ; enfin, 4) tournant autour d'un cycle limite, nous nous en approchons asymptotiquement. Foyers et cycles limites

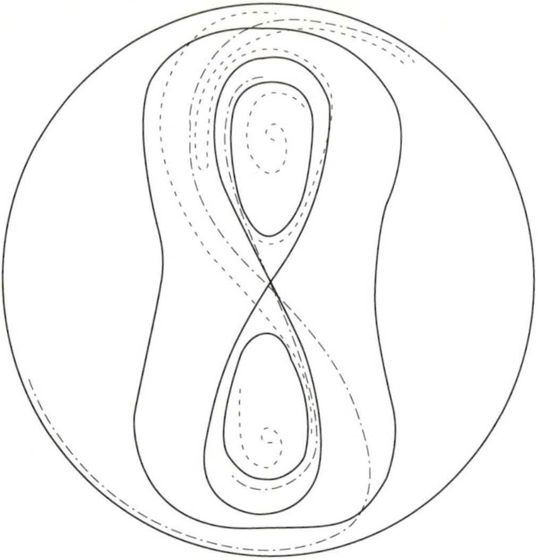

Figure 4. [Poincaré, *Œuvres*, t. I, p. 72.]

n'apparaissaient pas dans l'exemple topographique, tout comme ils n'interviennent pas dans le cas des lignes de force d'un champ magnétique ; ceci explique que ces différentes situations n'aient pu être prévues à partir des exemples communément étudiés.

Il est étonnant de constater à quel point la connaissance des points singuliers et des cycles limites ainsi que les résultats qualitatifs obtenus par Poincaré permettent d'avoir une idée précise, voire complète, de la forme des trajectoires. La notion d'arc transverse, quand il se referme sur lui-même et devient un *cycle sans contact*, s'avère particulièrement utile car une courbe intégrale qui le traverse ne peut le retraverser. En fait, Poincaré montre qu'il existe toujours un système topographique – d'allure analogue au système des courbes de niveau – formé de cycles sans contact et de cycles limites qui sillonnent toute la surface de la sphère, et tel que les fonds et sommets de ce système topographique soient les nœuds et foyers de l'équation différentielle et tel que les cols en soient ... les cols.

Un exemple

Examinons comment se traduisent ces résultats sur l'exemple suivant exposé par Poincaré [4]. Soit à résoudre l'équation différentielle :

$$dx/X = dy/Y$$
$$\text{où } X = AC - B \text{ et } Y = BC + A$$
$$\text{avec } A = x(2x^2 + 2y^2 + 1),\ B = y(2x^2 + 2y^2 - 1)$$
$$\text{et } C = (x^2 + y^2)^2 + x^2 - y^2 + 0{,}1.$$

Les points singuliers sont à l'intersection des courbes $X = 0$ et $Y = 0$, soit en fait des courbes d'équations $A = 0$ et $B = 0$; cela donne trois points : O (0,0), F_1 $(0,\sqrt{2})$ et $F_2(0,-\sqrt{2})$. Le calcul des valeurs propres de la matrice des dérivées partielles

$$\begin{bmatrix} X'_x & X'_y \\ Y'_x & Y'_y \end{bmatrix}$$

montre que O est un col et F_1 et F_2 des foyers (voir encadré p. 279). Par le changement de variables $x = 1/z$ et $y = t/z$, on s'assure qu'il n'y a pas de points singuliers à l'infini, c'est-à-dire pour $z = 0$.

En fait, comme nous l'avons dit, le plan est transformé en une sphère par une projection dont le centre est le centre de la sphère, les courbes sont donc tracées sur cette sphère. Un point du plan est transformé en deux points diamétralement opposés sur la sphère. Les points à l'infini du plan viennent sur le grand cercle de la sphère dont le plan est parallèle au plan initial, que l'on appellera équateur, et il suffit d'étudier ce qui se passe dans l'un des deux hémisphères déterminés par cet équateur.

Avec le changement de variables indiqué, l'équation différentielle prend la forme : $dz/zU(z,t) = dt/V(z,t)$. Par suite l'équateur, d'équation $z = 0$, est une courbe intégrale. Puisque

4. « Mémoire sur les courbes définies par une équation différentielle », *Journal de mathématiques*, t. 8, 1882 ; *Œuvres*, t. I.

l'équateur ne passe pas par un nœud, le théorème de Poincaré-Bendixson permet d'affirmer que c'est un cycle limite.

Essayons maintenant de déterminer un système de courbes sans contact en les cherchant *a priori* – à l'instar de Poincaré – sous la forme :

$$F \equiv (x^2 + y^2)^2 + x^2 - y^2 = k.$$

Les points en lesquels de telles courbes sont tangentes à une courbe intégrale vérifient l'équation : $X F'_x + Y F'_y = 0$. Le calcul montre que cette dernière équation équivaut à $C = 0$. Par suite, excepté pour $k = -0{,}1$, toutes les courbes $F = k$ sont des courbes sans contact. Par contre, la courbe $C = 0$ [c'est-à-dire $F = -0{,}1$] est une courbe fermée solution ; puisqu'elle ne passe pas par un nœud, elle est nécessairement constituée de cycles limites.

Si maintenant on trace les courbes $F = k$, on voit que pour $k < -1/4$, il n'y a pas de points réels ; pour $k = -1/4$, on retrouve les deux foyers F_1 et F_2; pour $-1/4 < k < 0$, la courbe transverse est formée de deux cycles, de même que la courbe $C = 0$ ($k = -0{,}1$) est formée de deux cycles limites ; pour $k = 0$, la courbe a un point double à l'origine ; pour $k > 0$ enfin, la courbe se compose d'un seul cycle (voir figure 4).

Ce réseau de courbes permet de connaître assez bien l'allure des solutions. Ainsi, les courbes solutions, situées à l'intérieur de l'un des deux cycles limites constituant la courbe $C = 0$, tendent asymptotiquement, d'une part vers ce cycle limite, d'autre part vers le foyer contenu dans le cycle (en traversant une fois et une seule chaque cycle sans contact rencontré). Quant aux courbes solutions situées à l'extérieur de la courbe $C = 0$, d'une part elles s'enroulent autour d'un des deux cycles limites précédents, d'autre part elles s'approchent asymptotiquement de l'équateur, le troisième cycle limite. Deux courbes font exception, celles qui passent par le col O ; l'une s'enroule autour des deux cycles constituant la courbe $C = 0$, l'autre s'approche de l'équateur sur chacune des demi-trajectoires.

La discussion de cet exemple est grandement facilitée par la forme même de l'équation différentielle, forme qui permet d'exhiber assez aisément un système topographique de cycles sans contact. Si les cycles limites n'avaient pas été algébriques, on n'aurait pas pu les écrire de façon aussi explicite.

Toutefois, s'il n'y a qu'un nombre fini de cycles, algébriques ou non, on peut encore obtenir des indications qualitatives utiles. En effet, explique Poincaré, « de même que faute de pouvoir exprimer les racines d'une équation en nombres commensurables, on les sépare et on les resserre ensuite dans des limites de plus en plus étroites, je cherche à diviser la sphère en régions [...] que ne traverse aucun cycle limite et en régions [...] aussi restreintes que possible qui contiennent un cycle limite tout entier et n'en contiennent qu'un ». Le fait que les cycles limites soient toujours en nombre fini n'a été véritablement démontré qu'en 1987.

Équations plus générales

Si l'on considère maintenant une équation différentielle générale du premier ordre, c'est-à-dire une équation de la forme :

$$F(x, y, dy/dx) = 0,$$

on peut toujours revenir à la forme étudiée précédemment (où dy/dx s'exprime explicitement en fonction de x et y) en se plaçant sur la surface d'équation $F(x, y, z) = 0$. En fait, tout comme dans le cas du plan, et pour éviter les nappes infinies, Poincaré effectue un changement de coordonnées adéquat et ramène l'étude à celle des courbes intégrales d'une équation $du/U = dv/V$, dessinées, non plus dans un plan ou sur une sphère, mais sur une surface plus générale. L'essentiel de la description locale précédente est conservé, en particulier les notions de nœuds, cols et foyers. La formule qui lie leur nombre sur une nappe S de cette surface devient :

$$N - C + F = 2 - 2p,$$

où p désigne le *genre* de la nappe S. Le genre d'une surface fermée correspond à une notion introduite par Riemann ; c'est un nombre entier p tel que le nombre maximal de courbes fermées que l'on peut tracer sur la surface sans la séparer en deux morceaux soit égal à $2p$. Ainsi, une sphère est de genre 0 puisqu'on fait apparaître deux morceaux disjoints dès que l'on y trace une courbe fermée. Un tore (un pneu) est de genre 1, car il est possible de pratiquer une première section verticale qui fait apparaître un cylindre ; une deuxième section le transforme en un rectangle ; mais une troisième conduit nécessairement à deux morceaux. Une autre manière de voir le genre p consiste à compter le nombre de trous sur la surface (voir figure 5).

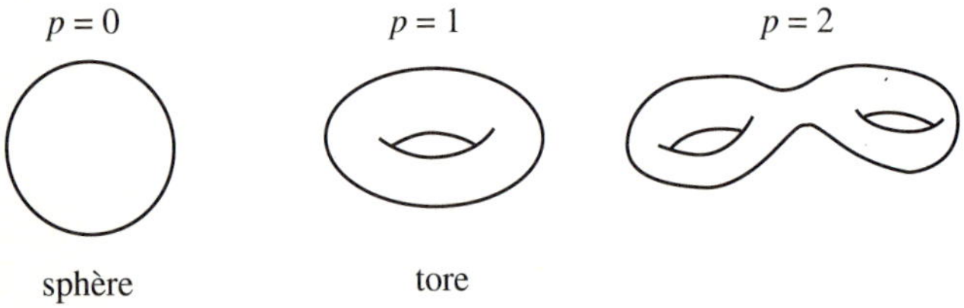

Figure 5

Si l'étude locale diffère peu du cas du genre 0, par contre le comportement global dépend très fortement du genre de la surface. Sur la sphère par exemple, la présence de cycles sans contact peut être un facteur d'instabilité puisqu'une courbe intégrale qui traverse un cycle sans contact ne peut le retraverser et revenir à son point de départ. En revanche sur un tore, qu'une courbe fermée ne coupe pas nécessairement en deux morceaux, une courbe intégrale peut recouper plusieurs fois un même cycle sans contact. Pour certaines équations différentielles simples, chaque courbe intégrale sur le tore peut être dense sur celui-ci, c'est-à-dire qu'elle passe au voisinage de tout point du tore, à une distance aussi petite que l'on veut. Dans ce dernier cas il n'y a donc ni points singuliers, ni cycles limites, ni courbes intégrales s'enroulant asymptotiquement autour de cycles limites. Le tore, surface de genre 1, est d'ailleurs le seul type de surface où il peut ne pas y avoir de points singuliers (puisque alors $2 - 2p = N - C + F = 0$). Dans le langage actuel, on dit que tout champ de vecteurs sur la sphère possède au moins une singularité (on ne peut peigner la sphère sans y laisser un épi) ; tandis qu'il existe, sur le tore, des champs de vecteurs sans singularité. [Le théorème dit de Poincaré-Hopf étend ces résultats dans un cadre très général.] En fait, même dans le cas du tore, *a priori* le plus simple après celui de la sphère, Poincaré ne résout pas entièrement le problème.

Une théorie nouvelle : l'*Analysis Situs*

Ainsi, Poincaré réussit à dénouer, à propos des équations différentielles, des questions jusque-là inextricables, par un abord nouveau fondé sur une intuition géométrique de la situation. C'est bien cette intuition qui lui a permis de considérer les positions des courbes les unes par rapport aux autres, d'envisager le sens selon lequel une courbe intégrale traverse une courbe fermée, d'étudier comment évolue ce sens de traversée le long de la courbe fermée, et de définir l'indice de la courbe fermée. L'indice le conduit à la relation entre les nombres de nœuds, de cols et de foyers et au genre de la surface. Ce *genre* traduit une propriété de la surface dans ce que Poincaré appelait l'*Analysis Situs* ou géométrie de situation et que l'on désigne aujourd'hui par *topologie*. Cette discipline mathématique, dont le mathématicien allemand Riemann a forgé les premiers outils en 1851, étudie les propriétés de formes, de contiguïté, de connexion..., propriétés conservées par des déformations continues, par étirement ou contraction, mais sans qu'il y ait déchirure ou pli. Poincaré y fait allusion en ces termes :

> On a dit que la géométrie est l'art de bien raisonner sur des figures mal faites. Oui, sans doute, mais à une condition. Les proportions de ces figures peuvent être grossièrement altérées, mais leurs éléments ne doivent pas être transposés, et ils doivent conserver leur situation relative.

Poincaré montre magistralement l'utilité de l'*Analysis Situs*, en particulier lors du passage du local au global, où la connaissance de la topologie de la surface sur laquelle on travaille est indispensable. Il développe cette géométrie de situation dans des espaces de dimension plus grande que trois ; c'est le point de départ de la *topologie algébrique* actuelle. Il a d'ailleurs formulé une conjecture qui n'est pas encore résolue pour la dimension 3. [Une variété fermée de dimension n qui a les mêmes groupes d'homologie que la sphère S_n lui est-elle homéomorphe ? La résolution de cette conjecture pour $n > 3$ a valu la médaille Fields à plusieurs mathématiciens, Smale en 1966 pour $n \geq 5$, Freedman en 1986 pour $n = 4$.] Grâce à la topologie, Poincaré ouvre ainsi un univers entièrement inexploré, celui du qualitatif, inatteignable par les mathématiques classiques construites autour du calcul.

Les problèmes de la mécanique céleste

Dès le début de ses travaux, Poincaré avait conçu l'étude qualitative des équations différentielles en relation avec la question de la stabilité du système solaire. En effet cette stabilité est une propriété qualitative globale de la trajectoire des planètes, que ne permettaient pas d'établir les méthodes analytiques utilisées jusque-là par les astronomes. Poincaré s'attaque au problème dans son célèbre mémoire *Sur le problème des trois corps et les équations de la dynamique*, couronné du Grand Prix international offert par le roi de Suède en 1889, puis dans les *Méthodes nouvelles de la mécanique céleste* (dont les trois tomes successifs paraissent en 1892, 1893 et 1899). Le but ultime que Poincaré assigne à la mécanique céleste est « de résoudre cette grande question de savoir si la loi de Newton explique à elle seule tous les phénomènes astronomiques ». On peut distinguer deux aspects dans ses travaux : l'un est relatif à la possibilité de prévoir effectivement le mouvement des planètes, notamment par le calcul des éphémérides ; l'autre est théorique et consiste à développer des méthodes et des concepts puissants, valables non seulement pour notre système solaire dans ses conditions actuelles, mais aussi pour des systèmes dynamiques newtoniens quelconques dont on ne connaît *a priori* aucune solution.

Le problème des n corps est l'étude du mouvement de n masses ponctuelles qui s'attirent conformément à la loi de la gravitation universelle. En négligeant les satellites et les astéroïdes, le cas du système solaire, avec ses neuf planètes, correspond à $n = 10$ et s'avère un problème très difficile. On sait, depuis Newton, que le cas de deux corps (problème qui peut se réduire à un problème à un seul degré de liberté) s'intègre explicitement et conduit au mouvement képlérien, c'est-à-dire aux trajectoires elliptiques des planètes autour du Soleil. Mais il faut bien tenir compte des influences des planètes les unes sur les autres. Or, le cas suivant, celui de trois corps, avait résisté aux tentatives de tous les mathématiciens qui ne parvenaient pas à mettre en évidence suffisamment d'*intégrales premières*. Il s'agit de fonctions constantes le long des trajectoires qui permettent de ramener le problème à des quadratures. Poincaré établit que les seules intégrales premières sont celles déjà connues, correspondant à la conservation de l'énergie, de la quantité de mouvement, et du moment cinétique ; le problème est donc effectivement non intégrable.

Poincaré traite d'abord ce qu'on appelle le *problème restreint* des trois corps, problème plus simple (qui peut se réduire à deux degrés de liberté) où l'on suppose que l'une des masses est négligeable et que le mouvement des deux autres est circulaire autour de leur centre de gravité commun. C'est le cas par exemple du système formé par le Soleil, la Terre et la Lune, quand on néglige l'excentricité de la Terre, l'inclinaison de l'orbite de la Lune sur l'écliptique et la masse de la Lune. La dimension de l'espace « de phase », espace des coordonnées des positions et des vitesses des corps, peut alors être réduite à 3.

Le point de vue quantitatif : les développements approchés

Puisqu'il n'est pas possible d'intégrer complètement le système, les mécaniciens célestes procédaient, depuis Laplace, par approximations successives toujours au voisinage d'une solution périodique. Pour cela, ils effectuaient des développements selon les puissances d'un petit paramètre m de l'ordre de grandeur des masses des planètes (petites par rapport à celle du Soleil). Mais il apparaît en général dans ces développements des termes dits séculaires, c'est-à-dire des termes où la variable temps n'est pas contenue dans une fonction sinus ou cosinus, et, de ce fait, la convergence du processus n'est pas assurée. Comme ces termes séculaires ne sont pas nécessairement liés à la nature du problème, mais à la méthode utilisée, les astronomes se sont employés de diverses manières à les faire disparaître. Poincaré, qui est aussi un maître dans les méthodes analytiques, montre qu'en fait on peut passer de l'une à l'autre de ces techniques en changeant le regroupement des termes, mais que les séries considérées sont généralement divergentes, c'est-à-dire que l'opération de sommation de l'infinité de termes ne conduit pas à une quantité finie. Il montre pourtant que ces séries conviennent dans la pratique dans la mesure où, le paramètre m étant petit, elles fournissent, pour un temps fini donné, les positions avec une précision suffisante[5].

En établissant la divergence des séries de la mécanique céleste, Poincaré ruine définitivement un certain espoir des astronomes. Le problème théorique de l'allure finale (pour un temps très lointain) du mouvement des corps célestes ne pourra être abordé que par une voie très différente.

Partir de l'étude des solutions périodiques

Dans le cas où la loi de Newton est à l'œuvre, des équations différentielles du deuxième ordre (c'est-à-dire utilisant la dérivée seconde) interviennent. Cependant, le problème peut en général se ramener à la résolution d'un système différentiel du premier ordre :

$$dx/X = dy/Y = dz/Z$$

dont les solutions sont cette fois des courbes dans l'espace. Par un point de l'espace passe encore une courbe intégrale et une

5. Cf. l'article de J. Laskar dans ce livre.

seule, sauf aux points singuliers, intersection des surfaces d'équations X = 0, Y = 0 et Z = 0, et l'on peut commencer par faire, comme dans le cas précédemment décrit des équations du premier ordre, une étude des points singuliers. Cette étude ne suffit pas pourtant à débrouiller la situation.

Dans sa théorie de la Lune, G. W. Hill était parvenu, le premier, à démontrer l'existence d'orbites périodiques – c'est-à-dire telles que les différents corps mobiles décrivent des courbes fermées, tout au moins dans un système d'axes convenablement choisi. Poincaré a l'idée de se concentrer d'abord sur les solutions périodiques et d'en faire un instrument privilégié pour l'étude des autres solutions.

Il considère l'*écart* entre une solution périodique et une solution infiniment voisine comme un infiniment petit principal μ; en négligeant les puissances supérieures à la première, il aboutit à des équations linéaires, qu'il appelle *« équations aux variations »*. Si la solution dont on est parti est périodique, les coefficients de ces équations aux variations sont aussi périodiques. Poincaré est conduit à des systèmes dont les propriétés dépendent de certaines constantes, les *exposants caractéristiques,* qui déterminent les relations entre une solution périodique et les solutions infiniment voisines. En appliquant ces principes au problème des trois corps, il exhibe une classe de solutions périodiques.

Poincaré va alors étudier ce qui se passe au voisinage d'une trajectoire périodique C, comme il avait étudié le voisinage des points singuliers; son point de vue est donc à la fois local, puisqu'on est proche de C, mais aussi global, puisqu'on se déplace le long de C, et il combine les avantages des deux méthodes. Se plaçant en un point M_0 de la trajectoire périodique C, Poincaré met en œuvre la méthode fructueuse déjà utilisée avec l'arc transverse : il coupe les trajectoires par le plan normal (perpendiculaire) à la courbe C au point M_0. Si P_0 est un point du plan normal, très proche de M_0, la trajectoire passant par P_0, après avoir effectué un tour dans le voisinage de C, recoupera le plan normal en un point P_1, *a priori* différent de P_0, mais proche de lui, puis au tour suivant elle recoupera le plan en P_2, etc. C'est l'étude de cette suite de points P_0, P_1, P_2,... qui permettra de prévoir l'avenir de la trajectoire issue de P_0.

L'application de premier retour

Cette section de la trajectoire par un plan normal s'appelle aujourd'hui une *section de Poincaré* et l'application du plan normal dans lui-même qui au point P_0 associe son successeur P_1 s'appelle l'*application de premier retour* ou application de Poincaré (voir figure 6). Ainsi les solutions périodiques lui ont permis, en particulier, de ramener le problème difficile de la recherche et de l'étude des autres solutions à un problème dans un espace de dimension inférieure (ici on passe de l'espace au plan). Ces solutions périodiques sont précieuses car il s'agit, dit-il, « de la seule brèche par où nous puissions essayer de pénétrer dans une place jusqu'ici réputée inabordable ».

L'étude des points d'impact dans le plan de section fait alors apparaître certaines analogies avec les différents types de points singuliers évoqués dans le cas d'une équation différentielle du premier ordre, le comportement des courbes intégrales voisines de C dépendant des valeurs propres de la

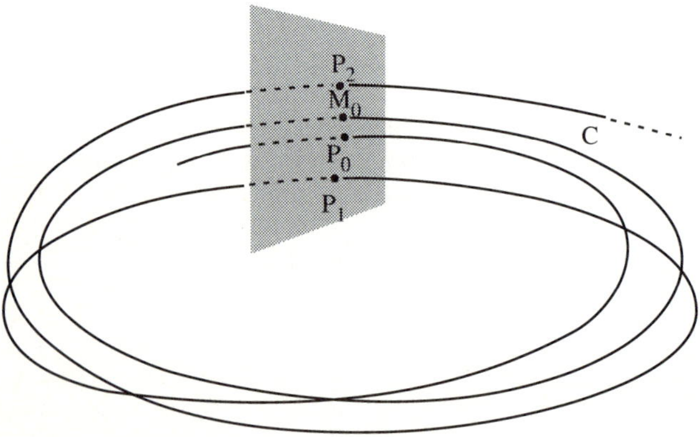

Figure 6

transformation linéaire tangente à l'application de premier retour (voir figure 7). Elle dépend essentiellement du signe de la partie réelle α de ces valeurs propres. En effet, en première approximation, le déplacement des points d'impact est propor-

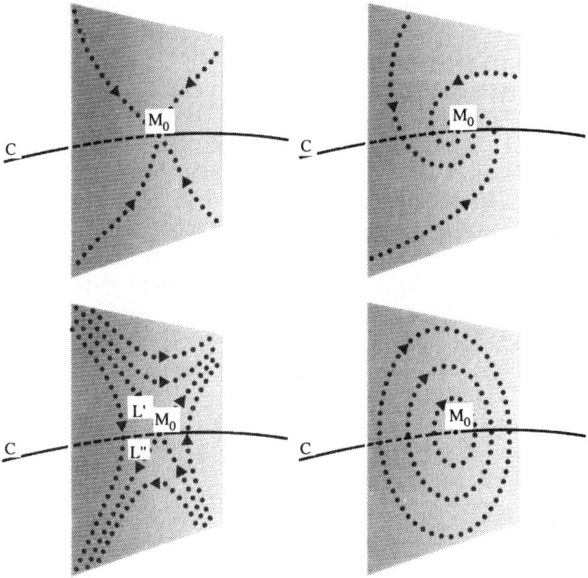

Figure 7. Dans le cas 1, l'analogue des nœuds, et dans le cas 2, l'analogue des foyers, les trajectoires s'approchent toutes – ou s'éloignent toutes – de C (les parties réelles des valeurs propres sont de même signe). On imagine, dans le cas 2, une approche asymptotique s'effectuant « en tire-bouchon ». Dans le cas 3, analogue des cols (les parties réelles de valeurs propres sont de signes opposés), une ligne de points d'impact L' correspond à une contraction, alors qu'une autre ligne L" correspond à une dilatation. Ainsi les trajectoires qui rencontrent L' vont se rapprocher asymptotiquement de C, celles qui rencontrent la ligne L" vont au contraire s'en éloigner, les autres en restent à distance finie. Enfin, dans le cas 4, l'analogue des centres, les trajectoires semblent situées sur des tores, sortes de chambres à air se contenant les unes les autres et entourant C (les parties réelles des valeurs propres sont nulles).

tionnel à $e^{\alpha t}$, d'où une contraction si α est négatif et au contraire une expansion s'il est positif.

L'application de premier retour, première *« récurrence »* apparue dans le cadre des systèmes dynamiques, est un outil fondamental. L'idée directrice de Poincaré consiste essentiellement à associer à une solution d'une équation différentielle une récurrence *discrète* P_1, P_2..., P_n... (le temps ne varie plus continûment, mais est symbolisé par une suite d'entiers *n*) et cette dernière est une transformation ponctuelle opérant dans un espace de dimension inférieure. Cette idée a permis de mettre en évidence des analogies entre singularités d'une équation différentielle (avec les comportements de type col, foyer, nœud...) et points doubles d'une transformation ponctuelle. Cette récurrence a acquis une vocation interdisciplinaire. Aujourd'hui, de nombreux problèmes de physique, de sciences de l'ingénieur (systèmes de communication ou de commande..), de biologie, etc., sont modélisés par des systèmes dynamiques discrets. Et les méthodes numériques itératives de résolution d'équations différentielles ou d'équations algébriques conduisent très souvent à l'étude de telles récurrences.

Dix ans après les *Méthodes nouvelles*, Poincaré reprend la recherche des solutions périodiques, mais avec des hypothèses plus larges et donc des conditions plus difficiles, sans se borner aux petites valeurs du paramètre *m*. Il veut pouvoir obtenir des solutions périodiques même sans se situer *a priori* au voisinage d'un cas d'intégration connu. Il ramène la question à un « théorème de géométrie[6] » relatif aux transformations ponctuelles des figures planes en elles-mêmes, et à l'existence de points fixes d'une telle transformation. Dans le cadre du problème restreint des trois corps, il s'agit du « dernier théorème » de Poincaré : une transformation d'une couronne sur elle-même qui d'une part fait tourner les cercles frontières en des sens opposés et qui d'autre part conserve les aires, possède deux points fixes. N'arrivant pas à trouver une démonstration satisfaisante de son théorème, et pressentant qu'il ne disposait

6. « Sur un théorème de géométrie », *Rendiconti del Circolo Matematico di Palermo*, t. 33, 1912, p. 375-407. *Œuvres*, t. VI, p. 499-538.

plus que d'un temps limité pour y travailler, il livre, quelques mois avant sa mort, ses intuitions et sa démonstration incomplète. Il devait revenir à Birkhoff, en 1913, d'en achever la preuve.

Les invariants intégraux

Pour des équations différentielles quelconques, Poincaré explique que le cas où les trajectoires se situent sur des tores concentriques (analogue à celui des centres, voir cas 4 de la figure 7) est *a priori* très exceptionnel. Pourtant, dans le cas des équations de la dynamique, cette situation s'avère tout à fait ordinaire. Ce phénomène résulte d'un concept important introduit par Poincaré, celui d'*invariant intégral*. Un invariant intégral est l'intégrale d'une certaine fonction calculée sur un certain domaine, et dont la valeur demeure constante, quand le domaine d'intégration varie au cours du temps conformément à la loi définie par l'équation différentielle.

On peut se représenter cette notion d'invariant d'après le modèle imaginé par Poincaré : considérons un fluide incompressible contenu dans un récipient et une portion de ce fluide occupant un volume V à un instant donné. Si on suit les trajectoires des molécules composant cette portion de fluide, alors à tout autre instant les molécules en question occuperont un volume toujours égal à V. Dans le cas des équations différentielles du mouvement d'un fluide incompressible, dit Poincaré, le volume est un invariant intégral.

En fait, le modèle des fluides incompressibles est chargé de figurer un système mécanique, formé de N particules, dont l'état est déterminé, à chaque instant, par les 3N coordonnées des particules et les 3N composantes de leurs vitesses. Les différents états peuvent être représentés par des points ω d'un espace de dimension 6N appelé espace de phase. Si le système est conservatif (ce qui est le cas des systèmes hamiltoniens), les trajectoires des points ω évoluent sur des hypersurfaces correspondant chacune à une valeur donnée de l'énergie. L'une quelconque de ces hypersurfaces est figurée par le récipient du modèle de Poincaré. Ceci signifie que dans le cas qui nous concerne, celui des systèmes hamiltoniens, si l'on considère un ensemble de trajectoires dans l'espace de phase, le « volume » occupé par les points ω situés sur ces trajectoires à un instant donné sera toujours le même quel que soit l'instant considéré.

La stabilité

Les invariants intégraux vont permettre à Poincaré de s'attaquer au problème de la stabilité des trajectoires. En fait, même en présence d'un invariant intégral, l'étude de la stabilité reste délicate :

> Il peut arriver, dit Poincaré, ou bien qu'un point très voisin de la trajectoire fermée en reste très voisin, ou bien qu'il s'en éloigne une infinité de fois pour en redevenir une infinité de fois très voisin, ou bien enfin qu'après s'en être éloigné il en demeure très éloigné.

Le concept de stabilité peut prendre plusieurs significations. Le sens primitif adopté par Lagrange correspondait à la stricte périodicité d'une trajectoire. Poisson avait élargi la notion au cas où la trajectoire revient, non forcément à son point de départ, mais une infinité de fois dans le voisinage immédiat de son point de départ. Dans ces deux cas de stabilité, périodicité ou « stabilité au sens de Poisson », il s'agit d'une propriété *intrinsèque* de la solution considérée. On a vu que dès qu'il existe des surfaces fermées transverses, une trajectoire située dans le voisinage de la trajectoire périodique ne peut revenir sur elle-même. D'une façon générale, les courbes asymptotiques à une trajectoire périodique (cas 1, 2 et 3 de la figure 7) ne peuvent être « stables au sens de Poisson ».

En fait, Poincaré montre que s'il y a bien une infinité de solutions particulières qui ne sont pas stables au sens de Poisson, elles sont « exceptionnelles » au sens du calcul des probabilités. Ce résultat décisif constitue le « théorème de récurrence » de Poincaré [7]: l'état futur d'un système mécanique isolé reviendra arbitrairement près de son état initial, sauf pour un ensemble exceptionnel d'états initiaux de probabilité nulle. Notons que cet énoncé ne dit rien sur le temps qu'il faudra effectivement attendre pour ce retour ; ce temps peut être excessivement long. Ainsi, une propriété est attribuée aux systèmes mécaniques avec une probabilité égale à 1 ; en d'autres termes, les exceptions pour cette propriété ne sont pas exclues mais ont une probabilité égale à 0. Le théorème de récurrence de Poincaré est le premier théorème de ce qu'on appelle actuellement la *théorie ergodique* dont nous reparlerons ci-dessous.

Poincaré ne s'intéresse pas seulement à ce type de stabilité concernant une trajectoire particulière ; il considère aussi la stabilité des comportements d'un *ensemble* de trajectoires, stabilité qui sera mesurée par l'écart au cours du temps entre une trajectoire et les trajectoires voisines à un instant donné. Cette dernière notion, que précisera peu après Lyapounov, est l'analogue de celle d'équilibre stable. Les solutions se partagent alors en solutions stables et en solutions instables, d'après la nature des *exposants caractéristiques* [8]. Ceci se lit aussi sur l'application de premier retour dans le plan de section de Poincaré, où l'on observe les phénomènes de contraction ou de dilatation.

Évoquons brièvement un autre type de stabilité. De la même façon que Poincaré a pu étudier les solutions voisines de solutions périodiques, il étudie des systèmes dynamiques dépendant d'un paramètre μ, où les valeurs de μ sont proches d'une valeur μ_0 pour laquelle il connaît le système. Il se demande si des solutions stables pour $\mu = \mu_0$ le restent ou deviennent instables lorsque μ varie au voisinage de μ_0.

En fait, c'est à partir de ses études sur la « figure des planètes » (c'est-à-dire le vieux problème de la détermination des figures d'équilibres de masses fluides en rotation) que Poincaré introduit une notion pertinente pour l'étude du problème précédent, la notion de *forme de bifurcation.* Une bifurcation

7. « Sur le problème des trois corps et les équations de la dynamique », *Acta mathematica*, t. 13, 1990, p. 67.

8. Cf. l'article de J.-P. Eckmann dans ce livre.

correspond à un point double de la variété formée des solutions périodiques, variété considérée dans un espace ayant une dimension supplémentaire pour introduire la variation du paramètre μ. Poincaré étudie les *échanges de stabilité* des solutions quand on passe par une forme de bifurcation. En particulier, il montre comment, dans le cas de deux degrés de liberté, « si, pour certaines valeurs des paramètres, une solution périodique perd la stabilité ou l'acquiert, c'est qu'elle se sera confondue avec une autre solution périodique, avec laquelle elle aura échangé sa stabilité ».

Solutions doublement asymptotiques

Revenons à la stabilité au sens de Lyapounov [9] et considérons le cas d'une solution périodique C instable en ce sens, pour laquelle il y a, à la fois, une direction contractante et une direction dilatante (cas 3 de la figure 7). Nous avons vu une classe de solutions que Poincaré appelle asymptotiques : les solutions qui rencontrent la ligne L' se rapprochent indéfiniment avec le temps de cette trajectoire C, elles sont asymptotes à C. La réunion de toutes ces trajectoires constitue une surface S', actuellement appelée la variété stable. Poincaré considère aussi les solutions qui rencontrent L'' et qui donc sont asymptotes à C mais du point de vue du passé (en remontant le temps). La réunion de ces trajectoires constitue une nouvelle surface S'', la variété instable (voir figure 8).

Poincaré cherche alors à établir l'existence de *solutions doublement asymptotiques*, c'est-à-dire tendant asymptotiquement vers C à la fois dans le passé et dans le futur, ce qui revient à montrer que les surfaces S' et S'' se coupent ailleurs que suivant C. C'est une des questions les plus difficiles que Poincaré ait rencontrées, pour laquelle il a d'ailleurs été amené à introduire la notion d'invariant intégral. Dans un cas du problème restreint des trois corps, il prouve que ces surfaces S' et S'' se coupent ; elles se coupent même une infinité de fois et ceci d'une manière extrêmement compliquée. La trajectoire d'un point de

9. Cf. l'article de J.-C. Yoccoz dans ce livre.

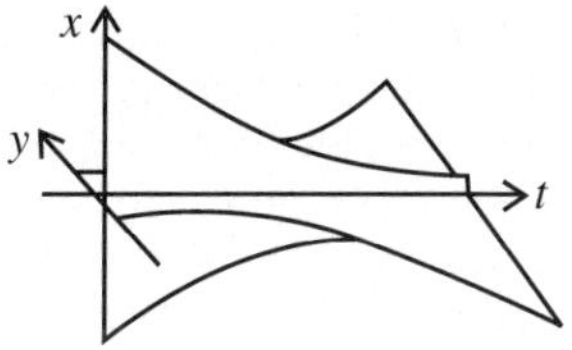

Figure 8. La direction de l'axe des *x* est contractante, celle de l'axe des *y* est dilatante.

cette intersection, contenue tout entière dans cette intersection, est une solution doublement asymptotique, encore appelée *trajectoire homocline*.

Laissons à Poincaré le soin de décrire les courbes que formerait l'intersection d'un plan avec S' et S":

> Que l'on cherche à se représenter la figure formée par ces deux courbes et leurs intersections en nombre infini dont chacune correspond à une solution doublement asymptotique, ces intersections forment une sorte de treillis, de tissu, de réseau à mailles infiniment serrées ; chacune de ces courbes ne doit jamais se recouper elle-même, mais elle doit se replier elle-même d'une manière très complexe pour venir recouper une infinité de fois toutes les mailles du réseau.

Et Poincaré ajoute :

> On sera frappé de la complexité de cette figure, que je ne cherche même pas à tracer. Rien n'est plus propre à nous donner une idée de la complexité du problème des trois corps et en général de tous les problèmes de la dynamique où il n'y a pas d'intégrale uniforme...

La question de l'hypothèse ergodique

Tout au long de cet ouvrage [10] s'est manifestée l'importance, dans l'étude des systèmes dynamiques et du chaos déterministe, de concepts de la théorie des probabilités, qu'ils aient été

10. Cf. les articles de Y. G. Sinaï, P. Arnoux-K. Chemla, J.-P. Eckmann...

exprimés dans le langage classique ou dans celui, contemporain, de la théorie de la mesure. Dans cet article même, relatif à l'œuvre de Poincaré, nous les avons déjà rencontrés à l'occasion du théorème de récurrence : un système dynamique reviendra arbitrairement près de son état initial, *sauf* pour un ensemble de cas *exceptionnels* de probabilité nulle. Ils interviennent aussi dans le modèle de fluide incompressible utilisé par Poincaré pour illustrer la notion d'invariant intégral. En effet, nous verrons que, dans l'étude de ce modèle, différents auteurs postulent peu ou prou une propriété de densité des trajectoires des molécules dans l'espace de phase, ce que l'on appelle maintenant l'hypothèse ergodique. Boltzmann la formule dans le cadre de la mécanique statistique et Maxwell en théorie cinétique des gaz. En 1912, Poincaré explicitera plus clairement ces relations.

Plaçons-nous d'abord dans le cadre de ces physiciens. En mécanique statistique quand un physicien étudie l'état d'un système, il effectue des mesures portant sur les valeurs de fonctions f de l'état du système, à savoir les observables, température, pression, etc. Si l'on tient compte du grand nombre de particules et du fait que, dans un intervalle de temps donné, se produit un nombre très élevé de microphénomènes (collisions de particules...), le physicien ne peut identifier sa mesure, avec la valeur théorique instantanée de la fonction f, mais seulement avec la *moyenne temporelle* portant sur un grand nombre d'instants consécutifs 0, 1, 2, ..., n :

$$\frac{1}{n+1}\sum_{0}^{n} f(\omega_k)$$

où ω_0, ω_1, ω_2, ..., ω_n désignent les états successifs correspondants. C'est ici que l'hypothèse *« ergodique »* de Boltzmann prend tout son intérêt ; elle permet d'affirmer que cette moyenne temporelle de la fonction f, prise sur un temps très long, est égale à sa *moyenne* (spatiale) *sur l'espace de phase* :

$$\frac{1}{m(\Omega)}\int_{\Omega} f(\omega)d(\omega)$$

Ω désignant la variété des états compatibles avec les données de l'expérience ; ou plus simplement, que les moyennes temporelles prises sur une trajectoire ont la même valeur que les moyennes d'ensemble prises sur tous les états possibles du système étudié.

Boltzmann justifie cette identification, à partir d'arguments de la mécanique statistique :

> La grande irrégularité du mouvement thermique et la diversité des forces externes agissant sur les corps rendent probable, qu'en vertu du mouvement que nous appelons chaleur, les atomes des corps prennent toutes les positions et les vitesses possibles, compatibles avec l'équation des forces vives[11]...

Ceci peut s'interpréter par le fait que, dans l'espace de phase, chaque trajectoire « remplit » la surface d'énergie correspondante. Maxwell formule une hypothèse assez semblable pour la théorie cinétique des gaz.

Les critiques au postulat de Maxwell-Boltzmann

Dans un mémoire[12] de 1894, Poincaré discute, très précisément, le modèle de la théorie cinétique des gaz, qu'il attribue alors uniquement à Maxwell. Ce modèle était en butte aux critiques de plusieurs savants, notamment Lord Kelvin ; Poincaré en résume l'idée fondamentale :

> Dans un problème de mécanique, il y a certaines fonctions des coordonnées *q* et de leurs dérivées qui doivent demeurer constantes pendant toute la durée du mouvement. C'est ce qu'on appelle des intégrales. [...] Maxwell admet que, quelle que soit la situation initiale du système, il passera toujours une infinité de fois, je ne dis pas par toutes les situations compatibles avec l'existence des intégrales, mais aussi près que

11. « Einige allgemeine Sätze für Wärmegleichgewicht », *Sitzber. Akad. Wiss. Wien*, t. 63, 1871, p. 679-711 ; *Œuvres*, t. I, p. 284.

12. « Sur la théorie cinétique des gaz », *Revue des sciences pures et appliquées*, t. 5, 1894, p. 513-521. *Œuvres*, t. X, p. 246-263.

> l'on voudra d'une quelconque de ces situations[13]. C'est ce que l'on appelle le postulat de Maxwell.

Poincaré analyse comment Maxwell, à partir de son postulat, établit les principaux théorèmes de la théorie cinétique des gaz, dont le plus important est le « théorème de Maxwell » qui affirme en particulier :

> S'il n'y a pas d'autre intégrale uniforme que celle des forces vives, et si la force vive du système est décomposable en deux parties indépendantes, les *valeurs moyennes* de ces deux parties, pendant un temps très long, *seront entre elles comme le nombre de leurs degrés de liberté.*

Poincaré cite d'autres corollaires comme le fait que les vitesses soient uniformément distribuées dans toutes les directions. Tous ces résultats sont fondés sur le concept de *valeur moyenne*; selon Poincaré, il s'agit toujours de la moyenne prise à la fois par rapport au temps et par rapport aux diverses molécules du gaz : « C'est la moyenne des moyennes, pour ainsi dire. C'est elle seule, en effet, qui peut être supposée accessible aux observations. »

Poincaré ajoute : « [Si le postulat de Maxwell est] la véritable pierre angulaire de la théorie cinétique des gaz qui s'écroulerait sans lui [...], il ne repose que sur une base bien fragile. » Poincaré puise dans ses résultats de mécanique céleste de quoi suspecter sa validité universelle. Il est clair en effet que les solutions périodiques ne vérifient pas le postulat de Maxwell. De plus nous avons vu que les solutions asymptotiques ne possèdent pas la stabilité au sens de Poisson et donc *a fortiori* ne vérifient pas non plus le postulat de Maxwell. Poincaré donne un énoncé plus proche de la formulation actuelle en précisant :

> Ces solutions, il est vrai, sont très particulières, elles ne peuvent se rencontrer que si la situation initiale est tout à fait exceptionnelle. Il faudrait au moins ajouter à l'énoncé du postulat cette restriction, déjà bien propre à provoquer nos doutes : *sauf pour certaines situations initiales exceptionnelles.*

13. Il s'agit là d'une version affaiblie de l'hypothèse de Boltzmann.

Plus radicalement, il poursuit :

> Ce n'est pas tout : si le postulat était vrai, le système solaire serait instable ; s'il est stable en effet, il ne peut passer que par des situations peu différentes de sa situation initiale. C'est là la définition même de sa stabilité. Or, si la stabilité du système solaire n'est pas démontrée, l'instabilité l'est moins encore et est même peu probable.
> Il est possible et même vraisemblable que le postulat de Maxwell est vrai pour certains systèmes et faux pour d'autres, sans qu'on ait aucun moyen de discerner les uns des autres. Il est permis de supposer provisoirement qu'il s'applique aux gaz tels que la théorie cinétique les conçoit ; mais cette théorie ne sera solidement assise que quand on aura justifié cette supposition mieux qu'on ne l'a fait jusqu'ici.

En 1912, dans la deuxième édition du *Calcul des probabilités* [14], Poincaré revient sur les tentatives de démonstration du postulat qu'il désigne maintenant sous le nom de Boltzmann-Maxwell. Il développe ses idées sur un exemple de mélange de liquides ; l'un d'eux est constitué de molécules roses disposées arbitrairement au temps initial, l'expérience montre qu'elles sont uniformément réparties au bout d'un certain temps. Si on considère deux volumes v et v', et P et P' les probabilités respectives pour qu'une molécule prise au hasard dans ces volumes soit rose, comment *démontrer* que, quelle que soit la distribution initiale du liquide, le rapport P'/P tend vers 1 quand t croît indéfiniment ? Cette fois Poincaré établit précisément l'équivalence entre le modèle du liquide et celui d'un système hamiltonien ; il traduit le problème de la répartition uniforme des molécules roses en la question suivante : « Quelle que soit la probabilité de telle ou telle situation du système à l'instant 0, n'allons-nous pas avoir une probabilité uniforme pour cette situation à l'instant t, pourvu que t soit assez grand ? »

Les objections de Poincaré sont le point de départ de travaux purement mathématiques qui donneront un cadre théorique rigoureux à l'hypothèse ergodique. Cette question devait s'avérer ardue puisqu'il fallut attendre vingt ans, et le développement de la toute récente théorie de la mesure de Borel et

14. Chapitre XVI, paragraphe 237 : « Mélange des liquides », dans *Calcul des probabilités*, 2e édition revue et augmentée, 1912.

Lebesgue, pour que Birkhoff en 1931 d'une part, et von Neumann en 1932 d'autre part, établissent, dans des cadres mathématiques distincts, les deux premiers grands théorèmes de la théorie ergodique (égalité des moyennes temporelles et spatiales). Encore cette dernière ne devait-elle prendre son essor qu'après les travaux de Kolmogorov, dans les années 50.

La nouveauté des points de vue, tant géométrique, topologique, que probabiliste, de Poincaré, la puissance des outils qu'il a introduits, la profondeur de ses idées le désignent comme le fondateur incontestable de la théorie des systèmes dynamiques et nourrissent encore les recherches contemporaines. Et pourtant, si son génie fut vite reconnu, les travaux que nous avons décrits ont connu une éclipse relative dans la période des années 30 à 60. Painlevé, faisant le point en 1904 sur l'intégration des équations différentielles, ne mentionnait même pas l'analyse qualitative de Poincaré ! George Birkhoff, que nous avons cité à deux reprises, fut son seul véritable disciple. Sans doute, le privilège accordé à l'intuition géométrique et le style partiellement discursif de Poincaré sont à l'origine de cette situation. Après 1930, l'essor des méthodes algébriques de l'école allemande de David Hilbert et Emmy Noether est le phénomène dominant en mathématiques ; il sera relayé par la formalisation des structures avec Nicolas Bourbaki en France. Quant à la physique, la mécanique quantique en occupe le devant de la scène et occulte tout intérêt pour les phénomènes non linéaires de la mécanique classique.

L'héritage d'Henri Poincaré ne s'est pas dissous pour autant ; on peut en repérer des éléments significatifs au moins dans les écoles russe[15] et américaine. A-t-il perduré, de façon plus souterraine, en France ? Ceci contribuerait à expliquer le rôle très honorable des scientifiques français dans les travaux actuels sur les systèmes dynamiques.

15. Cf. l'article de S. Diner dans ce livre.

Bibliographie

A. Chenciner, « Systèmes dynamiques différentiables », *Encyclopaedia universalis*, 1985, vol. XX, p. 594.

I. Ekeland, *Le Calcul, l'Imprévu*, Seuil, 1984.

C. Gilain, « La théorie qualitative de Poincaré et le problème de l'intégration des équations différentielles », *Cahiers d'histoire et de philosophie des sciences*, n° 34, 1991, p. 215-276.

J. Hadamard, « L'œuvre mathématique de Poincaré », *Acta mathematica*, t. 38, 1921 ; repris dans le t. 12 des *Œuvres* de Poincaré.

J.-M. Kantor, « Henri Poincaré aujourd'hui », dans Archéo-bibliographie de *Préfaces*, 1988.

A. Lo Bello, « On the origin and history of ergodic theory », *Bolletino di Storia delle Scienze Matematiche*, anno III, n° 1, juin 1983.

J. von Plato, « Boltzmann's ergodic hypothesis », *Archive for History of Exact Sciences*, vol. 42, n° 1, 1991.

H. Poincaré, *Œuvres*, 12 volumes, Paris, Gauthier-Villars.

H. Zeipel, « L'œuvre astronomique de Poincaré », *Acta mathematica*, t. 38, 1921 ; repris dans le t. 12 des *Œuvres* de Poincaré.

« Symposium in honor of Henri Poincaré », 1980, *Proceedings of Symposia in Pure Mathematics*, t. 39, 1983.

11. Hadamard et les géodésiques des surfaces à courbure négative

Jean-Luc Chabert

« Hadamard, vous êtes un traître ! » C'est en ces termes qu'un jour, en pleine affaire Dreyfus, Charles Hermite apostrophe Jacques Hadamard venu, selon la coutume, lui présenter ses vœux. Hadamard est dreyfusard, Hermite ne l'est pas, bien au contraire. Hadamard blêmit sous cette accusation de traîtrise [à la patrie] ; Hermite précise : « Vous avez trahi l'analyse pour la géométrie. » En effet, Hermite ne s'occupe que de théorie des fonctions et méprise la géométrie, alors que Hadamard, analyste de longue date, travaille à son mémoire sur les surfaces à courbure négative, mémoire dans lequel il utilise de façon essentielle les méthodes qualitatives et les intuitions géométriques dont Poincaré avait montré avant lui le rôle fondamental [1].

C'est justement de ce mémoire que nous allons parler, en essayant de mettre en évidence l'originalité des résultats obtenus. Paru en 1898, il est intitulé *Les Surfaces à courbures opposées et leurs lignes géodésiques* [2]. Dans le cas général, l'étude des lignes géodésiques sur une surface peut s'avérer extrêmement délicate. Le mémoire montre en revanche que si on se restreint à des surfaces dont la courbure en chaque point est négative, on est conduit, par « des voies extrêmement élémentaires », selon Hadamard, à des énoncés assez complets. Ces méthodes simples relèvent de l'*Analysis Situs* ou géomé-

1. Cette anecdote est rapportée par Szolem Mandelbrojt dans un entretien avec son neveu Benoît Mandelbrot : « Souvenirs à bâtons rompus », *Cahiers du séminaire d'histoire des mathématiques*, Institut Henri-Poincaré, t. 6, 1985, p. 1-46.

2. *Journal de mathématiques pures et appliquées*, t. IV, 1898, p. 27-73 ; *Œuvres*, t. II, p. 729-775, éditions du CNRS, Paris, 1968.

trie de situation, discipline centrée sur les propriétés des figures tracées sur une surface qui sont conservées lors des déformations continues subies par la surface [3].

Une telle étude met en évidence des géodésiques dont le comportement très embrouillé est tout à fait inattendu, et « c'est cette complication même qui est instructive ». En effet, si les géodésiques sont interprétées, du point de vue de la mécanique, comme les trajectoires de points se mouvant sur la surface, elles présentent la propriété de ce que nous appelons maintenant « la sensibilité aux conditions initiales » : « Tout changement, si minime qu'il soit, apporté à la direction initiale, explique Hadamard, suffit pour amener une variation absolument quelconque dans l'allure de la courbe... »

Une telle interprétation mécanique, évoquée par Hadamard lui-même, permet de considérer ce mémoire de mathématiques pures comme la première description d'un modèle dans lequel le phénomène physique de sensibilité aux conditions initiales apparaît clairement et s'y présente même d'une façon essentielle. Pierre Duhem, qui en saisit toute l'importance conceptuelle, développe cet exemple, dès 1906, dans *La Théorie physique, son objet, sa structure*, mettant ainsi en évidence le caractère irréductible de la distinction entre détermination mathématique et prédiction physique. Le modèle de Hadamard restera longtemps le seul exemple de ce phénomène sur lequel on sache déployer une démonstration complète et il constituera de ce fait un véritable archétype pour cette notion de sensibilité.

Géodésiques et mécanique

Commençons par rappeler la signification des notions de courbure en un point d'une surface et de lignes géodésiques tracées sur celle-ci. Les géodésiques sont les courbes « de plus court chemin » : l'arc d'une géodésique limité par deux points est le plus court chemin joignant ces deux points, du moins lorsque les deux points sont suffisamment proches. Dans l'espace usuel muni de la distance euclidienne ordinaire, les

3. Cf. l'article précédent : « Les idées nouvelles de Poincaré ».

géodésiques sont tout simplement les droites. Sur une sphère, les géodésiques sont les grands cercles de la sphère, tels les méridiens sur la surface terrestre.

Quel est le lien naturel entre la notion de géodésiques et le thème du déterminisme physique ? C'est l'extension de la loi d'inertie en mécanique selon laquelle un corps qui n'est soumis à aucune force possède, relativement à un repère galiléen, un mouvement rectiligne uniforme, autrement dit décrit une droite dans un repère bien choisi. Selon l'extension einsteinienne de cette loi d'inertie, un point matériel libre, c'est-à-dire qui n'est soumis à aucune force, décrit une « droite » de l'Univers dans lequel il est plongé ; toutefois, l'Univers ici est courbe, il est muni d'une métrique riemannienne qui intègre les forces de gravitation, si bien que les « droites » de cet Univers sont les géodésiques, courbes « de plus court chemin » relativement à cette métrique.

En fait, le texte de Hadamard date de 1898. Aussi s'agit-il plus modestement de l'utilisation des lois de la mécanique classique : un point matériel qui se déplace librement sur une surface – c'est-à-dire qui n'est soumis à aucune force autre que la contrainte à rester sur la surface – décrit une géodésique. La métrique d'une telle surface, simplement plongée ici dans l'espace usuel, est induite par la distance euclidienne classique ; la distance entre deux points n'est autre que la plus petite longueur des courbes tracées sur la surface joignant ces deux points.

Courbure d'une surface en un point

On se représente assez bien la courbure d'une courbe plane C en un point P : parmi tous les cercles tangents à C en P, il y en a un qui épouse au mieux la forme de C, c'est le cercle osculateur qui coupe C en trois points « confondus » en P, son rayon r est alors appelé le *rayon de courbure* de C et son inverse $k = 1/r$ est la *courbure* de C en P (voir figure 1).

On formalise l'idée de courbure d'une surface S en un point P en se ramenant au cas des courbes planes. Pour cela, on

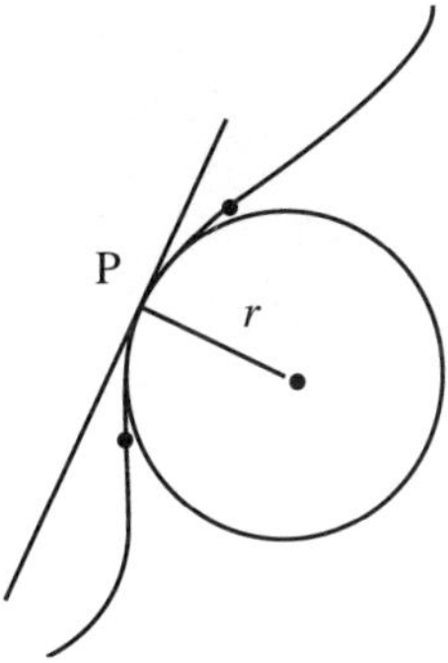

Figure 1

coupe la surface S par des plans P passant par la normale ν à S en P ; l'intersection est une courbe C (voir figure 2a). Lorsque le plan P tourne autour de ν, il se peut que la courbure de la courbe intersection C soit toujours dirigée dans la même direction ou bien, qu'au contraire, cette courbure change de direction. Selon le cas, on dit que la courbure est positive ou négative (voir figures 2b et 2c). En fait, la positivité de la courbure de la surface en P est caractérisée par le fait que, au voisinage du point P, la surface est toute entière située d'un même côté du plan tangent.

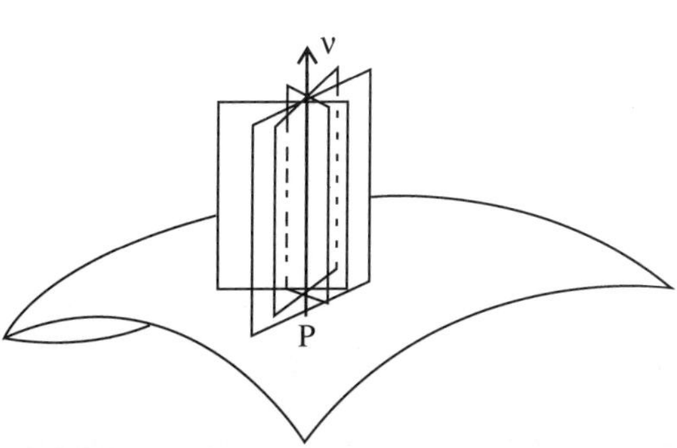

Figure 2 a. Section par des plans normaux en P.

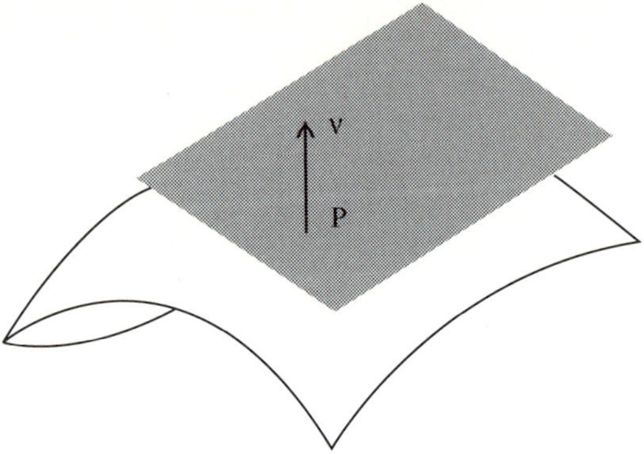

Figure 2 b. Courbure positive.

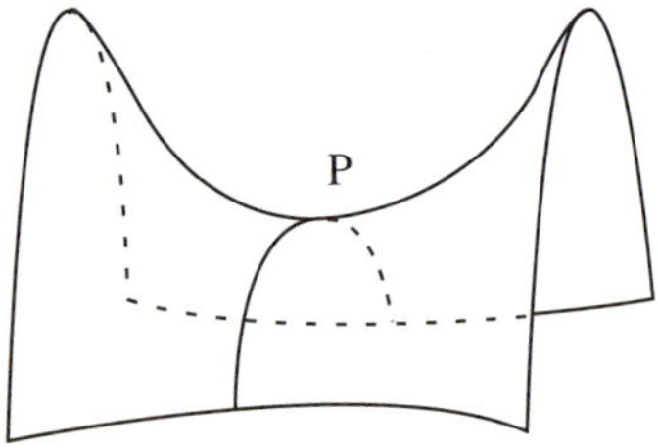

Figure 2 c. Courbure négative
en P (forme de « selle de cheval »).

Plus précisément, lorsque le plan P tourne autour de la normale orientée ν à S en P, la courbure de la courbe intersection affectée d'un signe passe par un maximum $k_1 = 1/r_1$ et un minimum $k_2 = 1/r_2$. La courbure de la surface S en P est alors par définition le produit

$$k = k_1 \cdot k_2 = 1/r_1 r_2$$

des deux courbures précédentes. [C'est la « règle des signes » pour la multiplication qui permet d'appeler surface à courbure négative ce que Hadamard appelle surface à « courbures opposées ».]

Surfaces à courbures opposées

Revenons à Hadamard. Les surfaces qu'il considère sont des surfaces classiques, réelles, plongées dans l'espace usuel à trois dimensions. Il a déjà étudié les géodésiques de telles surfaces dans un mémoire précédent[4]. Il a montré que, dans le cas particulier des surfaces à courbure partout positive, « les énoncés obtenus prennent une forme particulièrement simple ». Mais maintenant, il s'agit du cas particulier des surfaces à courbure partout négative. Comme Poincaré, par des considérations liées à la géométrie de situation, il aboutit à la mise en évidence de phénomènes étonnants.

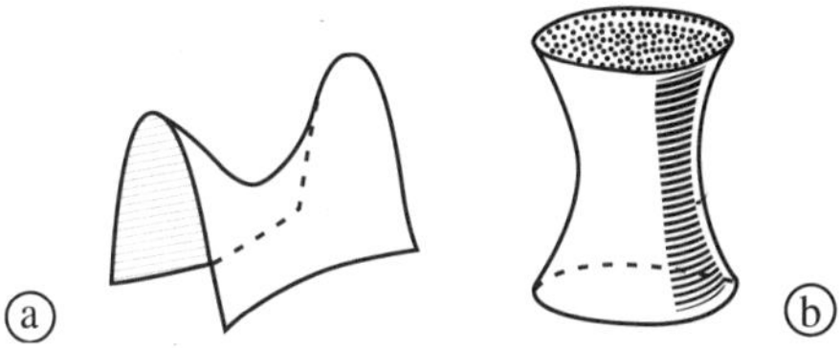

Figure 3. a) Paraboloïde hyperbolique. **b)** Hyperboloïde à une nappe.

Ainsi, Hadamard considère une surface S, située dans l'espace à trois dimensions, ayant en chaque point une courbure négative[5] [à l'exception éventuelle de quelques points en nombre fini en lesquels la courbure peut être nulle]. Le paraboloïde hyperbolique et l'hyperboloïde à une nappe constituent des exemples classiques de telles surfaces (voir figure 3).

4. « Propriétés des trajectoires en dynamique », *Journal de mathématiques pures et appliquées*, t. III, 1897, p. 331-387.

5. Il serait encore plus simple de considérer des surfaces compactes à courbure constante négative (cf. l'article de P. Arnoux et K. Chemla dans ce livre) ; mais de telles surfaces n'existent pas dans l'espace tridimentionnel usuel.

Nous allons voir toutefois que le projet de Hadamard nécessite la considération d'autres surfaces.

Déjà, sur ces exemples classiques, on note l'existence de nappes infinies. C'est un phénomène général : la surface S possède nécessairement des nappes infinies (contrairement au cas de la sphère, surface à courbure positive en tout point). En effet, si l'une des coordonnées, x par exemple, ne peut pas devenir aussi grande que l'on veut, il y a au moins un point de la surface S en lequel x atteint son maximum x_0, la surface est alors tout entière située d'un côté du plan tangent $X = x_0$ et la courbure n'y est pas négative (ni nulle). Hadamard précise

Afin de construire des surfaces avec des nappes infinies, Hadamard explicite l'exemple suivant. Soient P et P' deux points situés sur l'axe Oy symétriquement par rapport à O (voir figure 4). A tout point M associons sa projection M_0 sur le plan horizontal xOy et notons δ et δ' les distances respectives de M_0 à P et P'.

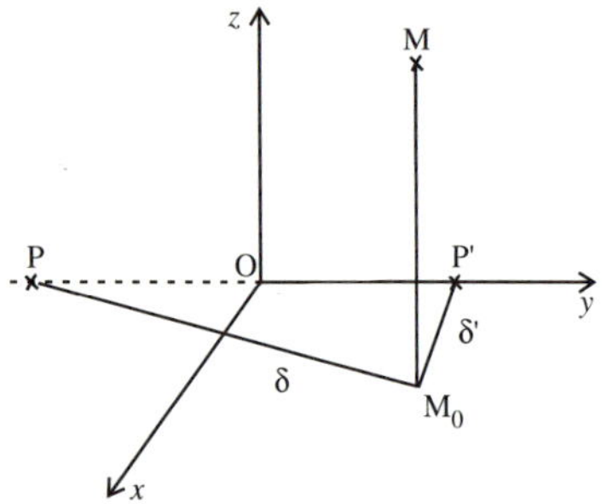

Figure 4

La surface d'équation :

$$z = k \log (\delta/\delta')$$

où k est une constante est une surface à courbures opposées qui présente trois nappes infinies, l'une du côté des $z > 0$, une autre du côté des $z < 0$ et la troisième dans le sens horizontal (voir figure 5).

Pour augmenter le nombre de nappes infinies, il suffit d'aug-

même que le nombre de ces nappes infinies peut être quelconque (voir encadré ci-dessous).

Ordre de connexion

Hadamard formule une hypothèse qui en fait est assez générale et permet de ramener l'étude de la surface infinie à celle d'une surface finie.

A titre d'exemple, regardons la surface S représentée à la

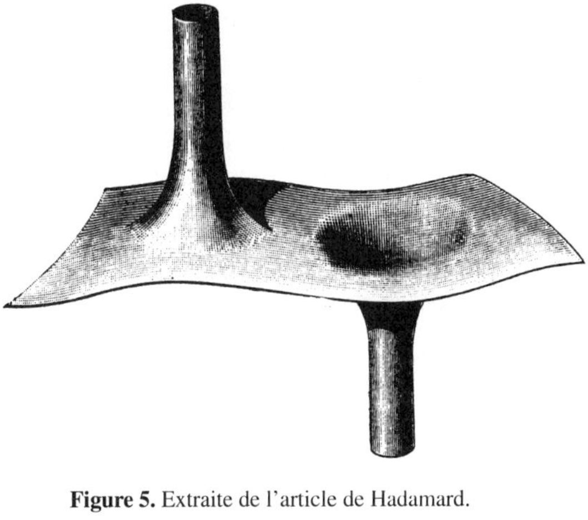

Figure 5. Extraite de l'article de Hadamard.

menter le nombre de points P et P'. Soient $P_1, ..., P_m$ et $P'_1, ..., P'_n$ des points quelconques du plan horizontal *x*O*y*. Notons $\delta_1, ..., \delta_m, \delta'_1, ..., \delta'_n$ les distances respectives de M_0 à ces points. La surface d'équation :

$$z = k \log (\delta_1 ... \delta_m / \delta'_1 ... \delta'_n)$$

est à courbures opposées et présente $m + n + 1$ nappes infinies (m dans le sens des $z > 0$ et n dans le sens des $z < 0$).

figure 5. Il est possible, pour chacune des trois nappes infinies N_i, de tracer sur S une courbe C_i de telle sorte que, d'une part la nappe infinie N_i limitée par la courbe C_i puisse être engendrée par C_i lorsque celle-ci s'éloigne à l'infini sur la nappe, et que d'autre part, après avoir ôté de S les nappes infinies, la surface restante S' limitée par C_1, C_2, C_3 soit finie (voir figure 6).

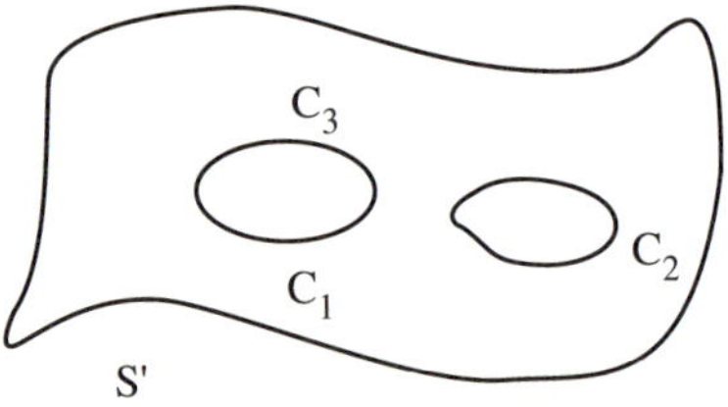

Figure 6

Hadamard suppose que, d'une manière analogue, il existe une partie finie S' de la surface S limitée par certaines courbes fermées C_1, C_2, ..., C_n telles qu'on puisse « les faire varier continûment de manière à les éloigner toutes à l'infini (par conséquent à faire tendre S' vers la surface entière S) sans que, dans cette variation, la surface S' cesse de rester identique à elle-même, au point de vue de la géométrie de situation ». Cette surface finie S' existe en fait dans des situations assez générales. C'est déjà le cas de la surface de la figure 5. C'est aussi le cas de toute surface S algébrique, c'est-à-dire de toute surface définie par une équation polynomiale $f(x, y, z) = 0$.

« Les propriétés topologiques de S sont alors, par définition même, nous dit Hadamard, celles de la surface S' dans l'un quelconque des états de sa transformation. » Ces propriétés sont caractérisées par deux nombres. Le premier n est le nombre de « bords » ou courbes frontières C_i, c'est-à-dire aussi le nombre de nappes infinies N_i de S. Le deuxième nombre g est défini de la façon suivante : on déforme continûment S' de sorte que chaque courbe frontière C_i se réduise à un point ; on obtient une nouvelle surface S", finie comme S', qui de plus n'a pas de bords. Les propriétés topologiques de S" sont alors caractérisées par le nombre g de « trous », appelé le *genre* de la surface.

Depuis Riemann, on sait que ce nombre g est aussi tel que $2g$ soit exactement le nombre maximal de sections que l'on peut effectuer sur la surface S" sans la couper en deux morceaux. Selon la terminologie de Riemann, utilisée par Hadamard, l'*ordre de connexion* de S est égal à $2g + n$ [nombre, augmenté de 1, de sections qu'il faut pratiquer sur la surface S pour la transformer en une surface simplement connexe, surface à la fois d'un seul morceau et sans trou.] On notera qu'une nappe infinie possède le même ordre de connexion qu'un cylindre ou qu'une couronne, à savoir 2.

Nappes évasées

Parmi les nappes infinies, on peut distinguer les nappes évasées de celles qui ne le sont pas. Tant dans l'exemple du paraboloïde hyperbolique que dans celui de l'hyperboloïde à une nappe (voir figure 3), les nappes infinies sont évasées. Cette notion peut être formalisée de la façon suivante : la longueur d'une courbe C, qui par son déplacement peut engendrer la nappe infinie, augmente indéfiniment dès lors que la courbe C s'éloigne à l'infini et ceci quelle que soit la façon dont elle s'éloigne.

Les surfaces définies précédemment à l'aide des distances à un certain nombre de points (voir figure 5) présentent au contraire des nappes infinies non évasées, d'une façon tout à fait semblable aux surfaces de révolution dont la méridienne possède une asymptote parallèle à l'axe de révolution (voir figure 7).

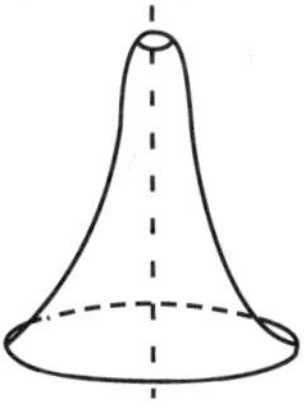

Figure 7

D'ailleurs, il existe en général un cylindre asymptote pour les nappes infinies non évasées. Si bien que « les nappes non évasées se présentent dans la théorie actuelle comme un cas singulier » et, pour éviter les difficultés qu'elles risquent d'y introduire, Hadamard fait l'hypothèse que la surface S considérée ne possède que des nappes infinies évasées.

Il est en fait possible de modifier légèrement la définition de la surface d'équation $z = k \log (\delta/\delta')$ représentée à la figure 5 afin que les nappes infinies deviennent évasées. Il suffit par exemple d'augmenter le rayon de chaque section horizontale d'une quantité proportionnelle à z. [L'ordre de connexion de cette surface est $3 + 2 \cdot 0 = 3$.] On a là un moyen de créer des surfaces à courbures opposées ayant un nombre quelconque de nappes infinies évasées.

On peut aussi construire des surfaces à courbures opposées ayant un nombre quelconque de trous (voir encadré ci-dessous).

Pour obtenir des surfaces avec des trous, Hadamard suggère la construction suivante. On considère deux hyperboloïdes d'équations respectives :

$$\mathrm{U} \equiv \frac{(x-\alpha)^2}{a^2} + \frac{y^2}{b^2} - \frac{z^2}{c^2-1} = 0$$

$$\mathrm{V} \equiv \frac{(x+\alpha)^2}{a^2} + \frac{y^2}{b^2} - \frac{z^2}{c^2-1} = 0$$

La partie de la surface $\mathrm{UV} = \varepsilon$ située dans la région $\mathrm{U} > 0$ et $\mathrm{V} > 0$ est à courbure négative, elle possède deux nappes infinies et un trou (voir figure 8). [Son ordre de connexion est $2 + 2 \cdot 1 = 4$.]

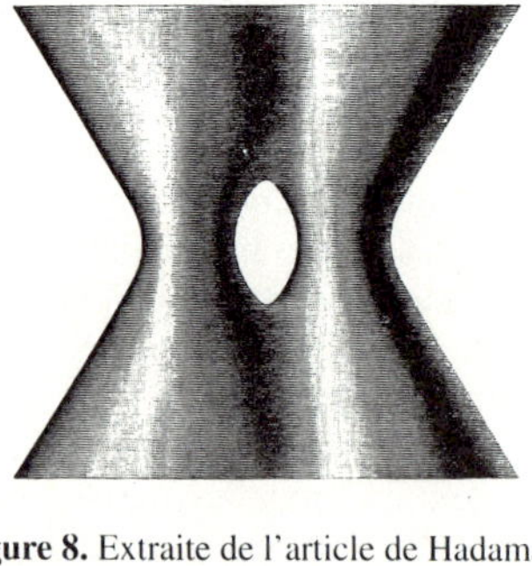

Figure 8. Extraite de l'article de Hadamard.

On obtiendrait deux nappes infinies et un nombre quelconque de trous en considérant un nombre quelconque d'hyperboloïdes égaux ayant un axe transverse suivant une même droite.

Géodésiques et *Analysis Situs*

Dans cette situation, celle d'une surface S avec une surface finie S' et des nappes infinies évasées, Hadamard décrit les géodésiques d'une façon assez complète. Adoptant, comme Poincaré, un point de vue qualitatif, il met en évidence trois catégories de géodésiques :

1) Les géodésiques fermées et les géodésiques qui leur sont asymptotes, c'est-à-dire qui s'en rapprochent indéfiniment.
2) Les géodésiques qui s'éloignent à l'infini.
3) Les géodésiques d'un nouveau type qui justifient le présent exposé du mémoire de Hadamard.

Rappelons quelques notions fondamentales de l'*Analysis Situs* en adoptant la terminologie de Hadamard : deux courbes fermées, C et C', tracées sur la surface appartiennent à « la même espèce si elles sont réductibles l'une à l'autre par une déformation continue, effectuée sur cette surface » (voir figure 9a). Et aussi : deux courbes C et C' joignant deux points *a* et *b* appartiennent au « même type si l'on peut passer de l'une à l'autre par une déformation continue dans laquelle les points *a* et *b* restent fixes » (voir figure 9b). Ou encore : deux courbes C et C' joignant un point *a* et une ligne L sont du « même type si l'on peut passer de l'une à l'autre par une déformation continue dans laquelle l'extrémité *a* reste fixe, pendant que l'autre extrémité décrit la ligne L » (voir figure 9c).

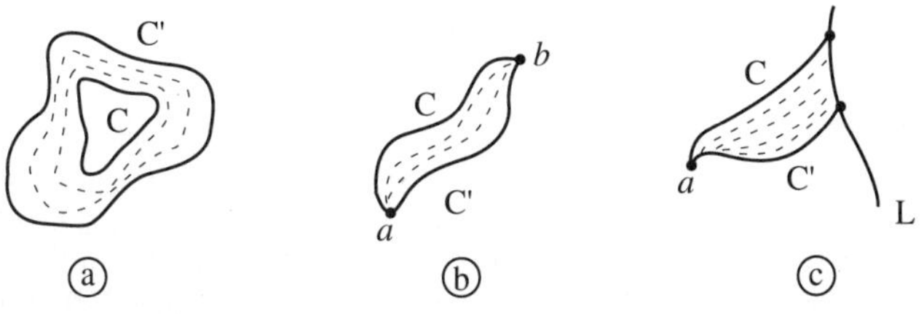

Figure 9

Un arc de géodésique joignant deux points *a* et *b* est plus court que tout autre chemin ayant les mêmes extrémités et le même type. Cette précision, « de même type », a son importance (voir encadré ci-dessous).

Sur un cylindre, un arc de géodésique joignant deux points *a* et *b* est un arc d'hélice. Or, il existe une infinité de manières d'obtenir des arcs d'hélice joignant deux points sur un cylindre (voir figure 10). Ce sont tous des arcs de géodésiques et leurs longueurs sont différentes ; en fait, ils ne sont pas réductibles l'un à l'autre par une déformation continue.

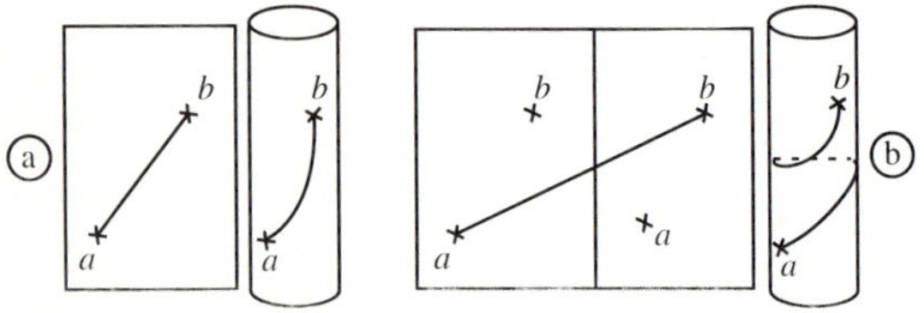

Figure 10. a) Le rectangle représente le cylindre coupé selon une génératrice, on y trace le segment *ab*, puis on recolle le rectangle pour former un cylindre et obtenir un arc d'hélice joignant *a* et *b*. **b**) Si l'on dédouble le cylindre, on peut tracer un segment *ab* plus long, d'où par enroulement un nouvel arc d'hélice ; c'est encore un arc de géodésique car, de toutes les courbes joignant *a* et *b* et du même type (faisant un tour complet), c'est la plus courte.

Géodésiques fermées et géodésiques asymptotes

Sur une sphère, deux points diamétralement opposés sont joints par une infinité de demi-grands cercles et ceux-ci sont tous de même type. Ici, ceci ne peut avoir lieu ; c'est une propriété importante : sur une surface à courbures opposées, il ne peut exister deux arcs de géodésique ayant mêmes extrémités et même type. Ainsi, à chaque type de courbe joignant deux points *a* et *b* correspond un arc de géodésique et un seul ayant mêmes extrémités et même type. De même, à chaque espèce de courbe fermée correspond une géodésique et une seule de cette espèce. [Cette dernière assertion pourrait être en défaut pour une courbe fermée C correspondant à une nappe infinie non évasée.]

Les géodésiques fermées correspondent aux trajectoires périodiques utilisées par Poincaré ; elles vont jouer ici ausi un rôle central. Or, selon la propriété évoquée précédemment, il n'existe pas sur les surfaces à courbures opposées de géodésique fermée réductible à un point par déformation continue. En particulier, sur une surface à courbures opposées simplement connexe, comme le paraboloïde hyperbolique (voir figure 3a), il n'existe pas de géodésique fermée puisque celle-ci serait réductible à un point. Sur une surface à connexion double, comme l'hyperboloïde à une nappe, il n'y a qu'une géodésique fermée (voir figure 13). Pour que l'étude des géodésiques fermées devienne intéressante, il est donc nécessaire que l'ordre de connexion de la surface soit au moins égal à 3 ; et, dans ce cas, les géodésiques fermées sont en nombre infini, mais cet ensemble infini – et c'est important, nous le verrons – reste dénombrable (il peut être mis en correspondance avec l'ensemble des entiers).

Par ailleurs, on sait que dans un plan hyperbolique, le plan de la géométrie non euclidienne, deux droites L et L' sont susceptibles de trois positions relatives : être sécantes, ou bien admettre une perpendiculaire commune (elles sont alors « non sécantes »), ou encore être asymptotes (on dit qu'elles sont « parallèles ») (voir figure 11).

De façon semblable, sur une surface à courbure négative, généralisation dans une certaine mesure du plan hyper-

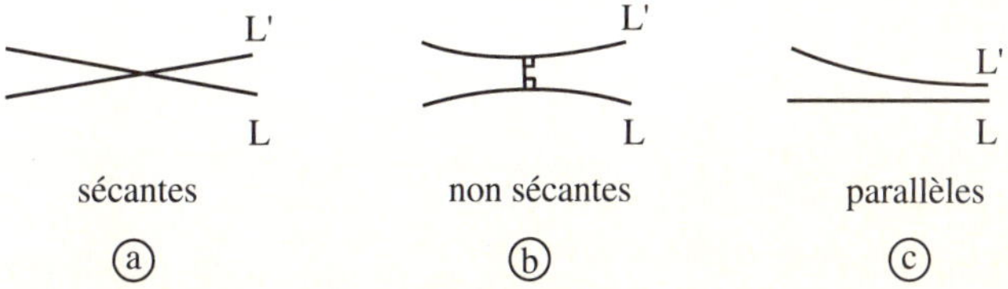

Figure 11

bolique[6], deux géodésiques L et L' peuvent relativement l'une à l'autre présenter trois situations différentes que l'on peut décrire de la façon suivante : *m* désignant un point se déplaçant sur la ligne L, la distance de *m* à L', mesurée en utilisant des géodésiques d'un type donné, peut 1) croître de – l'infini à + l'infini ; 2) partir de l'infini et y revenir après être passé par un minimum ; 3) partir de l'infini et tendre vers 0. Dans ce troisième cas, on dira que les géodésiques L et L' sont asymptotes selon le type considéré. On notera l'analogie de ce dernier cas avec les trajectoires asymptotes aux cycles limites, chez Poincaré.

Nous avons déjà dit que si la surface S est simplement connexe, les géodésiques fermées n'existent pas ; par suite, les géodésiques asymptotes ne peuvent non plus y exister. Seules subsistent des géodésiques s'éloignant à l'infini.

Géodésiques s'éloignant à l'infini

Revenons à la partie finie S' de S limitée par des courbes fermées C_1, C_2, ..., C_n. Nous avons vu que les nappes étant supposées évasées, il existe pour chaque courbe fermée C_i une géodésique et une seule Γ_i de même type. Nous pouvons supposer, et nous supposerons désormais, que ce sont ces géodésiques Γ_1, ... Γ_n qui limitent S'.

Une géodésique Γ, qui pénètre alors dans une nappe infinie, rencontre nécessairement une géodésique frontière Γ_i. Par suite, la distance à Γ_i d'un point *m* qui se meut sur Γ, ayant commencé à croître quand la géodésique Γ pénètre dans la nappe infinie, ne peut que continuer à croître indéfiniment ; et donc une géodésique qui a pénétré dans une nappe infinie ne peut en ressortir et s'éloigne à l'infini sur cette nappe. Ces frontières, géodésiques fermées Γ_i, rappellent les courbes fermées transverses de Poincaré, courbes qui une fois traversées par une trajectoire ne peuvent plus être retraversées.

Précisons la situation de ces géodésiques qui partent à

6. Cf. l'article de P. Arnoux et K. Chemla dans ce livre.

l'infini. A cet effet, plaçons-nous en un point O de la partie finie S' et considérons une géodésique Γ_i frontière de la nappe infinie N_i. Une géodésique Γ issue de O et pénétrant dans la nappe N_i coupe Γ_i en un point *m*, puis elle s'éloigne à l'infini sur la nappe N_i. Lorsque le point *m* varie et décrit la courbe fermée Γ_i, la géodésique issue de O varie et décrit l'« angle » A formé par les deux géodésiques issues de O, asymptotes à Γ_i selon le type O*m*. Notons que ces deux asymptotes restent pour leur part à distance finie (voir figure 12).

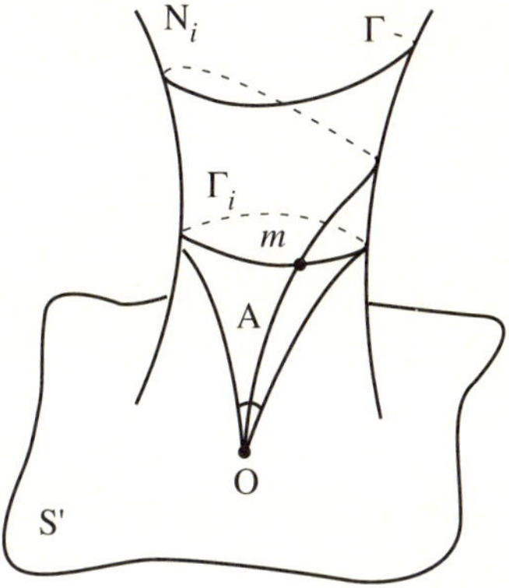

Figure 12

Lorsque la surface S est simplement connexe (comme un paraboloïde hyperbolique), nous savons qu'il n'y a pas de géodésique fermée. En fait, la distance, à un point fixe O, d'un point *m* se mouvant sur une géodésique croît indéfiniment et toutes les géodésiques s'en vont à l'infini. La distribution des géodésiques est d'ailleurs, dans ce cas, tout à fait semblable à celle des droites d'un plan hyperbolique.

Lorsque la surface S a un ordre de connexion égal à 2 (comme un hyperboloïde à une nappe), la géodésique fermée correspondant à l'une des nappes infinies partage la surface en deux nappes infinies, il n'y a pas de partie finie S' : toutes les géodésiques s'éloignent à l'infini sauf celles qui sont asymptotes à la géodésique fermée (voir figure 13).

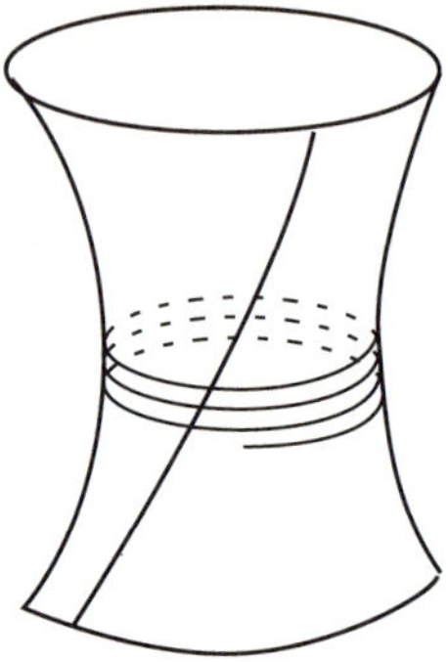

Figure 13

Une troisième catégorie de géodésiques

Supposons, au contraire, que l'ordre de connexion de la surface S soit strictement supérieur à 2 [comme par exemple la surface de la figure 8 ou celle de la figure 5, une fois rectifiée pour transformer les nappes en nappes évasées]. Il y existe alors nécessairement des géodésiques n'appartenant pas aux deux catégories précédemment décrites.

La nécessité d'une nouvelle catégorie de géodésiques résulte d'un simple dénombrement, plus précisément de la distinction, mise en évidence par Cantor, entre l'infini dénombrable et l'infini non dénombrable. Fixons en effet un point O dans la partie finie S' et considérons l'ensemble E des directions initiales de lignes géodésiques partant de O et ne s'éloignant pas indéfiniment. D'après le paragraphe ci-dessus, l'ensemble E est exactement formé des directions non contenues à l'intérieur des « angles » A, angles limités par deux asymptotes issues de O à l'une des géodésiques frontières Γ_i. L'ensemble E contient en particulier ces asymptotes définissant les angles A.

Cet ensemble E est un ensemble *parfait*, c'est-à-dire identique à l'ensemble de ses points d'accumulation (points limites de points de l'ensemble initial). Il est assez facile de s'en assurer. Or, d'après les travaux de Cantor, un tel ensemble est nécessairement non dénombrable ; ses points ne peuvent être rangés en une suite. Comme, à l'intérieur de cet ensemble non dénombrable des géodésiques qui ne partent pas à l'infini, les géodésiques fermées et les géodésiques qui leur sont asymptotes constituent un ensemble tout au plus dénombrable, c'est qu'il existe nécessairement des géodésiques d'une autre catégorie.

Que peut-on dire d'une telle géodésique Γ qui n'est ni fermée, ni asymptote à une géodésique fermée et qui ne s'éloigne pas à l'infini ? Cette dernière condition impose à notre géodésique Γ de rester à l'intérieur de la surface finie S' et, comme Γ reste confinée sur une surface finie, on peut trouver des points *m* et *m*' sur Γ qui sont à la fois éloignés sur la géodésique Γ et très proches relativement à une distance mesurée sur un autre type de géodésique (voir figure 14).

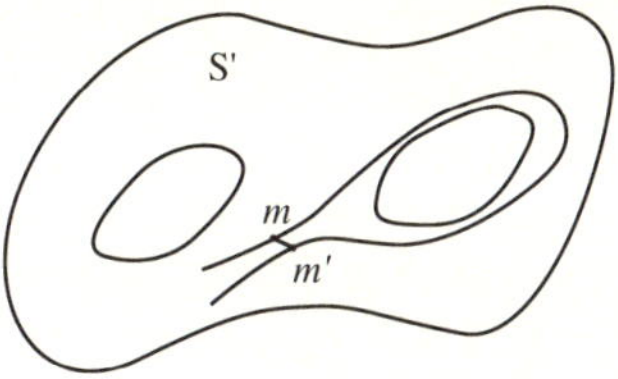

Figure 14

A une telle situation on peut associer une géodésique fermée dont Γ se rapprochera ; puis, comme Γ ne peut lui être asymptote, après s'en être rapprochée jusqu'à un certain minimum, elle s'en éloignera. Ce même raisonnement répété montre que Γ se rapprochera ensuite d'une autre géodésique fermée pour s'en éloigner à nouveau ; et ainsi de suite, indéfiniment Γ « serrera ces géodésiques successives de plus en plus près et cela sur des longueurs de plus en plus considérables ».

> En un mot, poursuit Hadamard, la géodésique en question possède la propriété indiquée par M. Poincaré [7], à savoir que les équations du problème admettent *une solution périodique*

7. *Les Méthodes nouvelles de la mécanique céleste*, t. I, p. 82.

(dont la période peut, il est vrai, être très longue), telle que la différence des deux solutions soit aussi petite qu'on le veut, pendant un temps aussi long qu'on le veut.

Sensibilité aux conditions initiales

L'exemple le plus simple et naturel d'ensemble *parfait* est un intervalle fermé $[a,b]$. C'est justement pour construire un ensemble parfait différent, qui n'est « condensé dans aucun intervalle », que Cantor a construit son ensemble *triadique*, actuellement connu comme l'un des prototypes d'ensemble fractal. Il possède la propriété singulière que, pour tout élément de cet ensemble, aussi proche de cet élément que l'on soit, on en trouve toujours un autre, et même une infinité d'autres, qui n'appartiennent pas à l'ensemble triadique.

Or, l'ensemble parfait précédent E possède une propriété tout à fait semblable. Rappelons donc la façon dont l'ensemble triadique peut être construit afin d'y mettre en évidence cette propriété. Partageant l'intervalle [0,1] en trois intervalles égaux, on en garde les deux parties extrêmes, à savoir [0,1/3] et [2/3,1]. On fait ensuite subir à chacun de ces deux intervalles la même opération, obtenant alors 4 intervalles de longueur 1/9. Et ainsi de suite, l'étape n fournissant 2^n intervalles de longueur $1/3^n$ chacun. L'ensemble triadique de Cantor est constitué des points restants, c'est-à-dire des points qui n'ont pas été enlevés au cours de l'une de ces opérations. Il en reste ! Ce sont les points x dont le développement triadique (analogue en base 3 du développement décimal) ne comporte que des 0 et des 2, le développement des points z enlevés présentant un 1 à un moment donné.

Or, si l'on considère un point restant x et si grand que l'on prenne l'entier k, il existe toujours des points enlevés z dont la distance à x est inférieure à $1/3^k$: il suffit de remplacer par 1 le chiffre de rang k dans le développement triadique de x. Alors, qu'au contraire, autour d'un point enlevé z, il existe tout un intervalle de points enlevés : si z est enlevé, c'est que, à un certain rang h, un 1 est apparu dans son développement ; or, tous les points dont la distance à z est inférieure à $1/3^{h+1}$ présenteront aussi un 1 au rang h.

Hadamard montre donc que, de la même façon, l'ensemble E des géodésiques ne s'éloignant pas à l'infini « n'est condensé dans aucun intervalle » : tout près d'une ligne appartenant à E, il y en a une infinité qui n'y appartiennent pas. Ainsi, dans le voisinage d'une ligne restant à distance finie, il y a à la fois des géodésiques allant à l'infini sur une nappe infinie N_i quelconque, des géodésiques asymptotes à une géodésique fermée Γ_i quelconque et des géodésiques de la troisième catégorie.

> En un mot, conclut Hadamard, tandis que toute géodésique qui s'éloigne à l'infini est entourée d'un continuum de géodésiques jouissant de la même propriété, au contraire, tout changement, si minime qu'il soit, apporté à la direction initiale d'une géodésique qui reste à distance finie suffit pour amener une variation absolument quelconque dans l'allure finale de la courbe, la géodésique troublée pouvant affecter n'importe laquelle des formes énumérées précédemment [8].

Nous disposons donc là d'un modèle théorique sur lequel apparaît clairement, et de façon prouvée, le phénomène de sensibilité aux conditions initiales, lorsque les géodésiques y sont interprétées en termes de trajectoires. Bien sûr, la question se pose – et, très clairement, Hadamard la pose – de savoir si les circonstances que nous venons de rencontrer se retrouveront dans des problèmes de mécanique et en particulier dans l'étude du mouvement des corps célestes.

Imaginons le front d'un taureau ....

Pierre Duhem semble être l'un des premiers, avec Poincaré, à avoir saisi l'importance conceptuelle des travaux de Hadamard, en particulier pour une approche théorique de la physique et de la mécanique. Afin d'illustrer le chapitre intitulé « La déduction mathématique et la théorie physique » de son

8. *Œuvres*, t. II, p. 772-773.

ouvrage [9], il utilise le modèle mathématique étudié par Hadamard dont il donne une description particulièrement imagée :

> Imaginons le front d'un taureau, avec les éminences d'où partent les cornes et les oreilles, et les cols qui se creusent entre ces éminences ; mais allongeons sans limite ces cornes et ces oreilles, de telle façon qu'elles s'étendent à l'infini ; nous aurons une des surfaces que nous voulons étudier.
> Sur une telle surface, les géodésiques peuvent présenter bien des aspects différents.
> Il est, d'abord, des géodésiques qui se ferment sur elles-mêmes. Il en est aussi qui, sans jamais repasser exactement par leur point de départ, ne s'en éloignent jamais infiniment ; les unes tournent sans cesse autour de la corne droite, les autres autour de la corne gauche, ou de l'oreille droite, ou de l'oreille gauche ; d'autres, plus compliquées, font alterner suivant certaines règles les tours qu'elles décrivent autour d'une corne avec les tours qu'elles décrivent autour de l'autre corne, ou de l'une des oreilles. Enfin, sur le front de notre taureau aux cornes et aux oreilles illimitées, il y aura des géodésiques qui s'en iront à l'infini, les unes en gravissant la corne droite, les autres en gravissant la corne gauche, d'autres encore en suivant l'oreille droite ou l'oreille gauche. Malgré cette complication, si l'on connaît avec une entière exactitude la position initiale d'un point matériel sur ce front de taureau et la direction de la vitesse initiale, la ligne géodésique que ce point suivra dans son mouvement sera déterminée sans aucune ambiguïté. On saura très certainement, en particulier, si le mobile doit demeurer toujours à distance finie ou s'il s'éloignera indéfiniment pour ne plus jamais revenir.
> Il en sera tout autrement si les conditions initiales ne sont pas données mathématiquement, mais pratiquement ; la position initiale de notre point matériel ne sera plus un point déterminé de la surface, mais un point quelconque pris à l'intérieur d'une petite tache ; la direction de la vitesse initiale ne sera plus une droite définie sans ambiguïté, mais une quelconque des droites que comprend un étroit faisceau dont le contour de la petite tache forme le lien ; à nos données initiales pratiquement déterminées correspondra, pour le géomètre, une infinie multiplicité de données initiales différentes.
> Imaginons que certaines de ces données géométriques correspondent à une ligne géodésique qui ne s'éloigne pas à l'infini, par exemple, à une ligne géodésique qui tourne sans

9. *La Théorie physique, son objet, sa structure*, Paris, 1906.

cesse autour de la corne droite. La géométrie nous permet d'affirmer ceci : parmi les données mathématiques innombrables qui correspondent aux même données pratiques, il en est qui déterminent une géodésique s'éloignant indéfiniment de son point de départ ; après avoir tourné un certain nombre de fois autour de la corne droite, cette géodésique s'en ira à l'infini soit sur la corne droite, soit sur la corne gauche, soit sur l'oreille droite, soit sur l'oreille gauche. Il y a plus ; malgré les limites étroites qui resserrent les données géométriques capables de représenter nos données pratiques, on peut toujours prendre ces données géométriques de telle sorte que la géodésique s'éloigne sur celle des nappes infinies qu'on aura choisie d'avance.

On aura beau augmenter la précision avec laquelle sont déterminées les données pratiques, rendre plus petite la tache où se trouve la position initiale du point matériel, resserrer le faisceau qui comprend la direction initiale de la vitesse, jamais la géodésique qui demeure à distance finie en tournant sans cesse autour de la corne droite ne pourra être débarrassée de ces compagnes infidèles qui, après avoir tourné comme elle autour de la même corne, s'écarteront indéfiniment. Le seul effet de cette plus grande précision dans la fixation des données initiales sera d'obliger ces géodésiques à décrire un plus grand nombre de tours embrassant la corne droite avant de produire leur branche infinie ; mais cette branche infinie ne pourra jamais être supprimée [10].

« Une déduction mathématique à tout jamais inutile aux physiciens »

Voici comment le physicien et épistémologue de la physique Pierre Duhem utilise ce modèle. Dans une théorie physique la déduction mathématique joue un rôle d'intermédiaire ; or, cet intermédiaire ne peut introduire dans ses calculs les faits sous la forme concrète où ils sont observés et ne peut en tirer les conséquences sous la forme concrète où elles sont constatées. En effet, au départ comme à l'arrivée s'effectue une traduction, du *fait pratique* en *fait théorique* tout d'abord, et une traduction inverse ensuite. Le fait théorique, ensemble de données

10. Cf. « Le lemme de poursuite » dans l'article de A. Douady.

mathématiques, correspond à quelque chose de précis et de déterminé, alors que le fait pratique, dans sa description tout au moins, introduit nécessairement de l'à-peu-près. Cette dernière affirmation apparaît avec netteté lorsque le fait pratique est représenté par le résultat d'une mesure. Si bien qu'un fait pratique, si précisément évalué soit-il, correspond toujours non pas à un fait théorique unique, mais à une infinité de faits théoriques différents, un faisceau de faits théoriques.

Le raisonnement mathématique déduit d'un fait théorique un autre fait théorique, mais, comme les conditions d'une expérience ne peuvent être traduites que par un faisceau de faits théoriques, les calculs mathématiques à partir de ce faisceau conduiront eux-mêmes à un autre faisceau de faits théoriques. Ce faisceau déduit ne pourra être en retour traduit en un seul fait pratique que s'il est assez étroit, ce qui est le cas si la largeur du faisceau obtenu est inférieure à la sensibilité de l'appareil de mesure. Si, par contre, le faisceau correspond à plusieurs faits pratiques, alors cette déduction mathématique est, selon Pierre Duhem, inutilisable par le physicien.

Toutefois, le caractère utile ou non d'une déduction n'est pas absolu puisqu'il dépend entre autres de la sensibilité des appareils de mesure. Et l'on peut imaginer que l'on pourra toujours arriver à resserrer le faisceau des faits théoriques traduisant les données pour obtenir, au terme du processus, un faisceau suffisamment fin. Cette idée se fonde sur un principe de continuité des effets par rapport aux causes. Si l'on admet en règle générale une telle continuité, une déduction mathématique serait donc toujours susceptible de devenir utile à un moment donné.

Par contre, si, dans certaines expériences, quelque étroit que soit le premier faisceau, les brins du second finissent toujours par se séparer les uns des autres, on serait alors, selon Duhem, dans le cas de « déductions mathématiques à tout jamais inutiles aux physiciens ». Or, les travaux de Jacques Hadamard fournissent un exemple saisissant d'une telle situation : si un point matériel est lancé sur l'une de ses surfaces, avec une position et une vitesse mathématiquement fixées, la trajectoire du point, qui est une géodésique de la surface, est mathématiquement parfaitement déterminée. Cependant, si grande que soit la précision avec laquelle position ou vitesse sont déterminées, le faisceau des trajectoires correspondant à ces données peut très bien diverger et le point est alors susceptible de destins totalement différents. Duhem veut faire saisir par cette formule surprenante le fait que, dans ce type de situation, la conclusion du mathématicien ne permettra absolument jamais au physicien de prédire le résultat de l'observation dans un futur lointain.

Précisons toutefois que, dans l'exemple du point se déplaçant sur une surface de Hadamard, s'il y a imprévisibilité, celle-ci n'est pas totale. Ainsi, lorsque les conditions initiales correspondent à un faisceau contenant une géodésique restant à distance finie, alors l'avenir est complètement incertain ; si, au contraire, le faisceau est un faisceau assez étroit autour d'une géodésique partant à l'infini sur une certaine nappe, le point ira sûrement à l'infini sur cette nappe. Augmenter la précision des conditions initiales ou suivre la trajectoire sur un temps de plus en plus long ne permettra pas de prédire quoi que ce soit dans un avenir éloigné, sauf dans le cas où la géodésique s'engage sur une nappe infinie avec un degré d'approximation suffisant pour y entraîner tout un faisceau la contenant. Voilà donc un système, dans la classe des systèmes à entropie positive, où certaines observations – qu'un point parte à l'infini sur telle nappe – sont prédictibles tandis que d'autres – qu'un point reste à distance finie – ne le sont pas.

Par la suite, le mémoire de Hadamard sera évoqué par G. D. Birkhoff [11], puis H. M. Morse [12] dans leurs études sur les « mouvements récurrents ». Notons, par ailleurs, que si on désirait considérer sur cet exemple la notion d'ergodicité, il faudrait pouvoir y définir une mesure finie et rendre, à cette fin, la surface compacte [13]. Il n'y aurait plus alors de géodésiques partant à l'infini et la connaissance du passé ne permettrait plus aucune prédiction dans un futur lointain. En 1934, G. Hedlund [14] prouvera justement cette ergodicité dans le cas

11. *Bulletin de la société mathématique de France*, t. 40, 1912, p. 305-323.
12. *American Journal of Mathematics*, t. 43, 1921, p. 33-51.
13. Cf. l'article de P. Arnoux et K. Chemla dans ce livre.
14. *Annals of Mathematics*, t. 35, 1934, p. 787-808.

d'une surface compacte à courbure négative constante. Dans son cours, Szolem Mandelbrojt [15] exposera les résultats de Hadamard, avant de traiter du principe ergodique, expliquant que « le seul cas connu où le principe ergodique se présente d'une manière très typique est celui des géodésiques des surfaces à courbure négative constante [16]». E. Hopf étendra ensuite le résultat de Hedlund au cas d'une surface de courbure variable [17]. Enfin, Anosov résoudra, en 1962 seulement, la question de l'ergodicité dans le cas des variétés compactes, à courbure négative non constante, de dimension plus grande que deux.

Les surfaces à courbure négative constituent donc vraiment l'exemple paradigmatique des systèmes dynamiques avec sensibilité aux conditions initiales. Et Duhem exprime bien l'essentiel, dans sa savoureuse description du modèle théorique de Hadamard, lorsqu'« il insiste sur le fait que ces systèmes, bien que déterministes, ne permettent pas la prédiction [18] ».

15. Cours de mathématique et mécanique au Collège de France, 1939.

16. On parle maintenant du flot géodésique des surfaces à courbure négative constante.

17. *Mathematische Annalen*, t. 117, 1940, p. 590-608.

18. René Thom, préface à l'*Essai philosophique sur les probabilités* de Pierre-Simon de Laplace, Paris, Christian Bourgois, 1986.

12. Les voies du chaos déterministe dans l'école russe

Simon Diner

En 1985 est inaugurée à Moscou une série de petits ouvrages : « Problèmes contemporains des mathématiques. Orientations fondamentales. » Sous la direction de R. V. Gamkrelidze, cette série, aux nombreuses parutions – on compte aujourd'hui plus de quatre-vingts volumes –, se donne pour ambition d'exposer les résultats des mathématiques contemporaines, avec peu de démonstrations et beaucoup de commentaires, à l'usage de la communauté scientifique. Projet original et ambitieux, témoignant par les sujets traités et les auteurs, de la vigueur des mathématiques soviétiques [1].

Que les huit premiers volumes, ouvrant ce tour d'horizon exhaustif des mathématiques, soient consacrés aux « systèmes dynamiques » est une affirmation hautement significative de la puissance de l'école russe en ce domaine. Ces volumes sont le plus souvent dirigés (et même rédigés) par les deux mathématiciens : V. I. Arnold et Y. G. Sinaï [2]. La réputation de ces deux élèves de A. N. Kolmogorov (1903-1987), l'un des géants mathématiques du XXe siècle, n'est plus à faire. Et pourtant, le grand public en Occident ignore largement que ce sont essentiellement des savants russes qui ont pendant cinquante ans exploité la partie de l'héritage d'Henri Poincaré, concernant la « théorie qualitative des systèmes dynamiques » et la « mécanique non linéaire » dont le chaos déterministe n'est qu'un des aspects les plus spectaculaires.

1. La traduction en anglais de cette série est en cours chez Springer-Verlag, sous la dénomination de : *« Encyclopaedia of Mathematical Sciences »*.
2. Y. G. Sinaï n'intervient que pour le volume 2. En fait au moment où nous terminons la rédaction de cet article paraît le volume 9, sous la direction d'Anosov, consacré aux systèmes dynamiques hyperboliques.

Situation créée par la conjonction de l'isolement relatif de l'Union soviétique et les mobiles internes du développement des mathématiques dans un univers de la physique où la mécanique quantique a ravi la vedette à la mécanique classique. Le langage de Poincaré semblait opaque et ses idées en ont souffert, d'autant plus que les applications qu'il envisageait ne concernaient que l'astronomie. En Occident, son seul véritable héritier dans ce domaine a été le mathématicien américain G. D. Birkhoff (1884-1944), créateur de la théorie moderne des systèmes dynamiques, dont l'œuvre a été prolongée par son élève G. M. Morse. Et ce n'est que dans les années 60 que se développent les travaux de S. Smale, dont R. Thom a pu dire au congrès mathématique de 1966 à Moscou qu'il était presque le seul mathématicien (occidental !) à avoir lu Poincaré et Birkhoff. En compagnie, il est vrai, de C. L. Siegel [3] et J. Moser [4].

Pendant tout ce temps l'URSS a vu éclore de nombreux travaux, dans des circonstances où ont simultanément joué des facteurs idéologiques et intellectuels, des traditions scientifiques nationales et la constitution d'écoles scientifiques poursuivant des programmes, pour ne pas dire des « plans ». L'émergence de la science du non-linéaire s'est produite en URSS sous l'effet de l'importance attribuée à la physique appliquée par des physiciens à solide culture mathématique. C'est l'école de Mandelshtam et Andronov qui a promu les oscillations non linéaires, et les auto-oscillations en particulier, au rang de paradigme physique universel, attirant ainsi l'attention de nombreux physiciens et ingénieurs sur les travaux abstraits des mathématiciens. C'est le développement de la radiophysique, de l'électronique, de la régulation automatique, des accélérateurs de particules qui ont mis les travaux de Poincaré, Lyapounov, Birkhoff, Hopf et Kolmogorov au fronton des mathématiques appliquées.

Cet article veut dresser un tableau, forcément très sommaire, des travaux soviétiques sur les systèmes dynamiques et les phénomènes non linéaires. Il cherche à montrer à un large

3. C. L. Siegel (né en 1896) : travaux sur le problème à 3 corps en mécanique céleste.
4. J. Moser (né en 1928) : le troisième larron du théorème KAM.

public l'indécence qu'il y a à les ignorer, – comme cela se produit si souvent, en particulier à la suite du livre de J. Gleick [5], où entre Poincaré (1890) et Lorenz (1963) il ne se serait rien passé et où les contributions soviétiques sont à peine évoquées –, pour que la mode déferlante du chaos [6] s'abreuve à ses véritables sources.

Traditions et écoles scientifiques en URSS

Les études de mécanique ont en Russie une longue tradition marquée le plus souvent par une tendance à un rapprochement entre la théorie et la pratique. Ce caractère apparaît chez M. V. Ostrogradski (1801-1861), fondateur d'une école scientifique partagée entre Moscou et Saint-Pétersbourg, et chez P. L. Chebychev (1821-1894), fondateur de la première grande école mathématique en Russie. Le phénomène de formation d'écoles se manifeste assez tôt et touche aussi des villes moins importantes comme Kazan, Kiev, Odessa et Kharkov. Citons encore l'école d'hydromécanique et d'aéromécanique fondée à Moscou par N. E. Joukovski (1847-1921). D'autres travaux donnent à leurs auteurs des figures de précurseurs. En particulier, I. A. Vichnegradski (1831-1895), ingénieur militaire, précurseur de la théorie de la régulation automatique, et bien sûr A. M. Lyapounov, dont le travail paru en 1892 fonde la théorie de la stabilité du mouvement [7]. Tous ces travaux sont le fait de

5. J. Gleick, *Chaos. Making a New Science*, 1987 ; trad. franç. : *Théorie du chaos*, Paris, Flammarion, 1991.

6. Le mot « chaos » a été introduit en 1974 par Li et Yorke. Il a aussitôt fait fureur de par sa puissance suggestive qui provoque bien des dérives verbales. Les mathématiciens émettent toutes sortes de réserves quant à l'utilisation de ce terme. Nous l'emploierons néanmoins, car notre article s'adresse au plus large public possible.

7. Notons que ce travail a pris naissance dans l'étude des figures d'équilibre des fluides en rotation, sujet que P. L. Chebychev a proposé à A. M. Lyapounov pour sa thèse. Ce sujet en vogue à l'époque et largement marginalisé aujourd'hui, a aussi fait l'objet de travaux de H. Poincaré et a été très étudié en France jusqu'à la Première Guerre mondiale.

mathématiciens ou d'ingénieurs. Avant 1917, la physique est peu développée en Russie. Vers 1906, il y a au plus une centaine de physiciens. Seule exception de marque, l'école moscovite de P. N. Lebedev, élève de A. Kundt de Strasbourg.

Le physicien allemand A. Kundt (1839-1894) est le fondateur à Strasbourg, pendant l'administration allemande de l'Alsace, d'un des premiers « instituts de physique » (1877). Physicien expérimentateur remarquable, il va créer là une véritable école internationale de physique, attirant dans cette ville, qui à l'époque n'était pas du tout une ville de « province », de nombreux étudiants étrangers, russes en particulier. Directement ou indirectement, par ses élèves, il est à l'origine de trois grandes écoles russes de physique, celle déjà citée de Lebedev, celle de Ioffé (élève de Röntgen à Munich, qui est, lui-même, un élève de Kundt et doit sa célébrité à la découverte des rayons X) et celle de Mandelshtam (élève de Braun à Strasbourg, lequel est l'élève et le successeur de Kundt et a mis au point l'oscillographe cathodique).

La physique ne se développe en Russie qu'après 1917 à travers la formation de quelques grandes écoles :

1) L'école de A. F. Ioffé à Leningrad, qui a joué un rôle important dans le développement de la physique du solide et dont deux représentants très importants sont : L. P. Kapitza et Ya. I. Frenkel.
2) L'école d'optique et de spectroscopie de D. S. Rozhdestvensky à Leningrad à laquelle appartient le physicien théoricien V. A. Fock, qui a joué un rôle important dans le développement des méthodes de la mécanique quantique.
3) L'école de L. I. Mandelshtam à Moscou, dont nous reparlerons en détail.
4) L'école d'optique et de luminescence de S. I. Vavilov à Moscou, dont P. A. Cerenkov est un représentant célèbre.
5) L'école de physique théorique de I. E. Tamm à Moscou. Tamm a obtenu le prix Nobel en 1958, avec I. M. Frank et P. A. Cerenkov, pour ses travaux sur l'effet Cerenkov découvert en 1934. C'est une très grande école de physiciens à laquelle appartiennent V. L. Ginsbourg, A. D. Sakharov, D. I. Blokhintsev.
6) L'école de physique théorique de L. D. Landau, d'abord à

Kharkov (1932-1937), puis à Moscou. Citons quelques-uns de ses membres les plus connus : E. M. Lifschitz (coauteur avec Landau du célèbre traité de physique théorique), A. B. Migdal, B. V. Berestetski, I. M. Khalatnikov, A. A. Abrikosov, I. Ya. Pomeranchuk, A. I. Akhhieser.

Dans les années 30, toutes ces écoles de physique sont d'une manière ou d'une autre engagées dans le grand mouvement international de la physique quantique, manifestant par là le niveau de formation des physiciens russes et le non-isolement initial de la Russie soviétique. A cette époque, le développement de la physique semblait exclure toute perspective de construire une image mécaniste du monde, et la mécanique avait perdu de ce fait sa position de discipline reine. Mais la situation historique et politique de l'Union soviétique des années 30 va contribuer à créer comme une bulle fermée, où vont se faire sentir certains effets positifs de l'idéologie marxiste-léniniste, à l'influence trop souvent stérilisante par ailleurs. Sous l'influence de cette idéologie matérialiste, qui s'oppose d'une manière militante à l'ensemble des démarches idéalistes, positivistes et formalistes, dominantes dans les « sociétés bourgeoises », de nombreux savants et penseurs soviétiques privilégient les travaux qui cherchent à garder ou à restaurer une « image réaliste du monde ». Et ceci d'autant plus que dans la Russie de l'époque, les transformations économiques liées à l'électrification et à l'industrialisation (y compris le développement d'un complexe militaro-industriel) mobilisent non seulement les ingénieurs mais aussi les chercheurs universitaires.

Ce n'est pas un hasard si en 1930, Andronov, qui va être un de nos héros, écrit un livre, injustement oublié, qui révèle son admiration pour les idéaux de la physique classique : *Laplace. Sa vie, sa vision du monde et sa place dans l'histoire des sciences*. Ce n'est pas par hasard non plus si c'est parmi les physiciens et les philosophes des sciences soviétiques, ainsi que ceux d'obédience marxiste en Occident, que se manifestent les oppositions les plus systématiques aux interprétations « idéalistes » de la mécanique quantique. Ce n'est pas un hasard enfin, alors que les mathématiciens occidentaux sont saisis par le « bourbakisme », si les Soviétiques développent une puissante école de théorie et d'application des probabilités et des processus stochastiques, créant en URSS les conditions d'une véritable culture probabiliste, qui mettra longtemps à se développer ailleurs, notamment chez les physiciens. Il faut aussi mentionner le rôle actif de l'État soviétique dans la publication d'ouvrages scientifiques à caractère hautement pédagogique diffusés dans un vaste public.

Tout ceci montre que dans l'Union soviétique entre les années 30 et 70 s'établit une zone de culture scientifique, souvent isolée, où des thèmes privilégiés vont se développer à l'intérieur d'écoles scientifiques puissantes. L'étude des systèmes dynamiques non linéaires et celle des processus stochastiques sont parmi les thèmes les plus importants. Physiciens et mathématiciens vont interagir pour jeter les bases de la physique non linéaire, dont le chaos déterministe est un chapitre particulier.

L'école de Mandelshtam-Andronov et le paradigme des auto-oscillations

Quelques points d'histoire sur les oscillations non linéaires

Parmi tous les mouvements mécaniques et physiques, les oscillations occupent une place à part. Ce sont les mouvements ou les changements d'état qui présentent un certain degré de répétitivité ou de périodicité. Dans le cas le plus simple, celui des petits mouvements d'un pendule (balançoire) ou d'un ressort, la force responsable du mouvement reste simplement proportionnelle aux déplacements du système. Ce sont les oscillations linéaires dont l'oscillateur harmonique est le modèle universel. A vrai dire, toutes les oscillations qui existent réellement dans la nature sont plus ou moins non linéaires. Les oscillations linéaires ne sont qu'un modèle mathématique approché dont l'importance est liée au rôle mathématique joué par les fonctions périodiques (analyse de Fourier). Au XIXe siècle, le modèle de l'oscillateur linéaire s'est imposé à travers le développement de l'étude des ondes en optique, en acoustique et en électromagnétisme. Ce caractère universel du modèle d'oscillateur linéaire triomphe dans le célèbre livre de Lord Rayleigh : *The Theory of Sound* (1877).

L'oscillateur linéaire va aussi sous-tendre et structurer toute la physique quantique. De par l'utilisation qu'elle fait de la théorie des opérateurs linéaires dans l'espace vectoriel des états (espace de Hilbert), la mécanique quantique est comme l'apothéose d'un paradigme en développement depuis deux siècles. Apothéose et baroque d'un paradigme. En effet, les oscillations de la microphysique restent abstraites. « Ça » oscille, mais on ne sait pas pourquoi ni comment. En fait, le modèle d'oscillateur linéaire convient parfairement aux phénomènes stationnaires, ceux dont l'évolution présente l'harmonie et la régularité d'un équilibre mobile. Mais dès qu'il s'agit d'évolutions temporelles dramatiques, en particulier de phénomènes de transition d'un état d'équilibre à un autre, de phénomènes de création ou de disparition de mouvements, la non-linéarité devient une propriété organique essentielle. C'est précisément le cas lorsque l'on engendre et entretient des oscillations à partir de phénomènes non oscillatoires : chute d'un poids dans une horloge, frottement de l'archet dans un violon, souffle de l'instrumentaliste dans une flûte, émission de la voix humaine.

L'horlogerie est le domaine privilégié des oscillations non linéaires. On sait construire depuis longtemps des horloges mécaniques en Europe, comme l'atteste par exemple un fameux dessin du carnet de Villard de Honnecourt (XIIIe siècle). Au début du XVIIe siècle, les travaux de Galilée et de Huyghens sur les oscillations jouèrent un rôle important dans le développement de la mécanique classique, tout en s'accompagnant de progrès dans la réalisation d'horloges, par utilisation de mécanismes pendulaires. Mais durant les XVIIIe et XIXe siècles, le développement de l'horlogerie pendulaire doit beaucoup plus à l'habileté des horlogers qu'à la constitution d'une véritable théorie. Lord Rayleigh est le premier à distinguer les traits caractéristiques des systèmes susceptibles d'engendrer des oscillations non amorties, en particulier la non-linéarité des équations du mouvement.

En fait, l'intérêt pour l'étude théorique des oscillations non linéaires ne va pas venir de l'horlogerie, mais de deux autres domaines techniques : la régulation des machines et la radiotechnique. Dans la seconde moitié du XIXe siècle, la construction de régulateurs pour les machines devient un problème technologique essentiel. L'enjeu est d'empêcher l'apparition d'oscillations. Worms de Romilly (1872) et I. A. Vichnegradski (1876) reconnaissent la nécessité du frottement pour la stabilisation des régulateurs. H. Léauté (1885) montre le rôle essentiel joué par la non-linéarité dans certains types de régulateurs, que l'on ne peut étudier par linéarisation comme le faisaient I. A. Vichnegradsky et A. Stodola (1893).

Au début du XXe siècle, commence la réalisation de dispositifs radiotechniques, pour l'émission et la réception des ondes électromagnétiques. Il s'agit là d'engendrer des oscillations. Dans les dispositifs radiotechniques, tenir compte de la non-linéarité s'avère essentiel, mais les approches restèrent longtemps *ad hoc*. C'est dans cet esprit que s'effectuèrent en particulier les travaux fondamentaux du radiophysicien hollandais B. Van der Pol.

L. I. Mandelshtam et la « pensée non linéaire »

L. I. Mandelshtam a étudié [8] et longtemps travaillé (1899 - 1914) à Strasbourg dans le cadre de l'école de radiophysique de Braun. De retour en Russie, il se fait le champion d'une approche vibratoire de la physique. Il disait que chaque domaine de la physique – l'optique, la mécanique, l'acoustique – parle son langage « national », mais qu'il existe un langage « international », celui de la théorie des vibrations. Il affirmait que les découvertes fondamentales en physique, à commencer par la découverte de Copernic, sont d'essence « vibratoire » et que le mathématicien et philosophe anglais A. N. Whitehead a sans doute raison lorsqu'il prétend que la naissance de la physique est liée à l'application de l'idée abstraite de périodicité à un grand nombre de phénomènes concrets variés. Remarquons que la mécanique quantique elle-

8. L. I. Mandelshtam a été exclu de l'université d'Odessa à la suite de sa participation à des manifestations d'étudiants. Sa famille l'a envoyé poursuivre ses études à Strasbourg, où se trouvait déjà un oncle, biologiste.

même semble tomber sous le coup d'une telle appréciation, tant en ce qui concerne l'onde de De Broglie, que pour ce qui a trait à la mécanique de matrices de Heisenberg ou la mécanique ondulatoire de Schrödinger.

Les travaux de Mandelshtam dans les domaines de l'optique (découverte simultanée de l'effet Raman), de la radiophysique et de la théorie des vibrations permirent la naissance d'une importante école de physique dont les membres les plus connus furent A. A. Andronov, A. A. Vitt, G. S. Gorelik, G. S. Landsberg, M. A. Leontovich, S. M. Rytov, I. E Tamm, S. E. Khaikin... Mais ce qui tenait le plus à cœur à Mandelshtam était la création d'une véritable « pensée physique non linéaire ». Il aspirait à voir la création de doctrines mathématiques rigoureuses pour unifier le domaine des phénomènes non linéaires. Cela sera l'œuvre de son élève A. A. Andronov, qui va découvrir que ces doctrines existent déjà dans les travaux mathématiques de H. Poincaré et A. M. Lyapounov.

A. A. Andronov et le paradigme des auto-oscillations

A 26 ans, en 1927, A. A. Andronov, d'excellente formation mathématique [9], chercheur débutant aux vastes intérêts, élève de Mandelshtam, choisit l'étude des vibrations non linéaires de préférence à celle de la mécanique quantique, qui attire déjà beaucoup de physiciens et va tous les mobiliser dans les décennies suivantes. Ce choix a lieu en 1927, année du « principe d'incertitude de Heisenberg » et du livre *Dynamical Systems* de G. D. Birkhoff, successeur de Poincaré. Andronov choisit la voie de Birkhoff et non celle de Heisenberg.

Au moment même où naît la mécanique quantique, Andronov participe à l'émergence d'un nouveau paradigme, dont l'acte fondateur, son travail de diplôme, paraît – en français ! – dans les *Comptes rendus de l'Académie des sciences* du 14 octobre 1929 : « Les cycles limites de Poincaré et la théorie des oscillations auto-entretenues ». Andronov y reconnaît, pour la première fois, que dans un oscillateur de la radiophy-

9. Andronov a suivi les cours à l'université au moment où s'épanouit la grande école mathématique de N. N. Lusin , le maître de A. N. Kolmogorov.

sique comme celui de Van der Pol, système non conservatif (dissipatif), dont les oscillations sont entretenues en puisant de l'énergie à des sources non vibratoires, le mouvement dans l'espace de phase est du type *cycle limite*, notion introduite par Poincaré en 1880, dans un contexte purement mathématique. Il reconnaît d'emblée le caractère très général de ces «*auto-oscillations*», comme il les nomme, les voyant intervenir en acoustique, en radiophysique, en chimie (réactions périodiques) et en biologie.

Les auto-oscillations ont des caractéristiques spécifiques :

– amplitude et fréquence indépendantes des conditions initiales ;

– apparition en l'absence d'excitation périodique extérieure ;

– contrôle, par rétroaction, de la source d'énergie, pour compenser la dissipation, sans influer sur l'amplitude et la fréquence.

Le schéma général d'un « auto-oscillateur » peut se figurer ainsi :

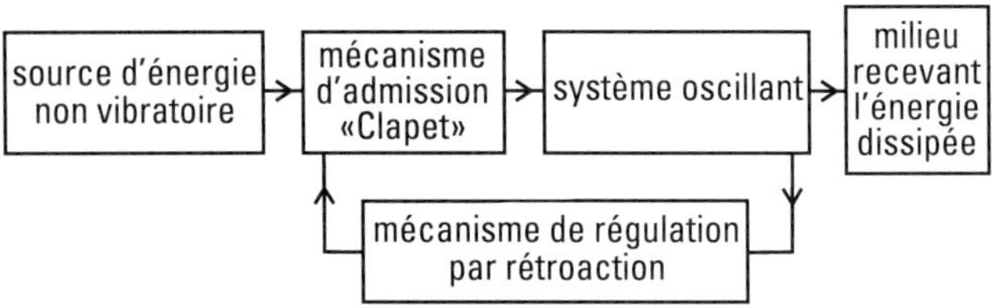

Par sa « remarque », Andronov ouvre une ère nouvelle de la mécanique. Tout d'abord, il montre l'applicabilité des travaux mathématiques de Poincaré (analyse qualitative dans l'espace de phase), de Lyapounov (stabilité du mouvement) et de Birkhoff (dynamique topologique, classification générale des mouvements) à l'étude des oscillations non linéaires de la physique. C'est à l'élaboration d'une théorie générale de ces oscillations qu'il va s'attacher après son installation à Gorki, où il fonde une école. Toutes les recherches vont s'organiser autour des systèmes auto-oscillants. On peut dire que l'auto-oscillateur va prendre un caractère de paradigme analogue à celui de l'oscillateur harmonique.

L'auto-oscillateur reçoit en effet une définition très générale : système engendrant des oscillations non amorties, entretenues par une source d'énergie extérieure, dans un dispositif non linéaire dissipatif, et dont l'aspect et les propriétés sont déterminés par le système lui-même sans dépendre des conditions initiales. Dans ces conditions, les auto-oscillations peuvent être non seulement périodiques, mais quasi-périodiques et même stochastiques. Andronov a eu en effet le mérite de montrer pour la première fois l'existence physique d'un attracteur qui ne soit pas un point d'équilibre. Le cycle limite est en effet un attracteur périodique. Par la suite, la notion d'attracteur sera élargie, jusqu'à l'apparition du concept *d'attracteur étrange,* forme mathématique des auto-oscillations stochastiques.

On attribue souvent à E. Lorenz la découverte en 1963 du premier « mouvement chaotique sur un attracteur étrange ». Découverte qui passa inaperçue et ne commença à être reconnue que dans la seconde moitié des années 70. On ne sait pas que dans les années 50, les travaux de l'école de Gorki, sous la direction d'un élève d'Andronov, Yu. I. Neimark, ont mis en évidence l'existence d'auto-oscillations stochastiques, par l'application de la méthode des transformations ponctuelles. Mais ces mouvements étaient appelés « mouvements centraux non périodiques, stables selon Poisson ». Terminologie remontant à Poincaré et Birkhoff (1927) et qui se trouvait dans l'ouvrage très influent de V. V. Nemytski et V. V. Stepanov : *Théorie qualitative des équations différentielles* (Moscou, 1947). C'est à ce même ouvrage que renvoyait Lorenz dans son article. Par la suite, dans les recherches théoriques de l'école de Gorki des années 64-70, on a compris le rôle des courbes homoclines et hétéroclines de Poincaré dans l'apparition de ces mouvements non périodiques stables selon Poisson, que l'on identifiait à des mouvements stochastiques (travaux de Yu. I. Neïmark et L. P. Shilnikov [10]).

10. Cette époque est déjà celle où Smale et son école ont aussi compris cet aspect des phénomènes chaotiques.

L'école de Gorki développe les méthodes et les paradigmes de la physique non linéaire

Avec les systèmes auto-oscillants comme cible favorite, Andronov et ses élèves vont baliser tout le champ des vibrations non linéaires et créer les outils et les concepts fondamentaux de la physique non linéaire. Dès 1933, dans son rapport à la première conférence soviétique sur les vibrations, Andronov développe le thème de la théorie des bifurcations, c'est-à-dire du changement de caractère qualitatif du portrait de phase d'un système dynamique, lors de la variation des paramètres du système. C'est ainsi, par exemple, qu'un cycle limite peut naître à partir d'un point d'équilibre (bifurcation de Hopf-Andronov). L'école de Gorki va développer l'étude des bifurcations sous toutes leurs formes, les répertoriant et les analysant d'une manière systématique pour les systèmes dynamiques dont l'espace de phase est un plan. De ces travaux émergera la conception fondamentale des « systèmes grossiers », dénommés vingt ans plus tard « systèmes structurellement stables » par Smale. C'est là l'objet de l'article fondateur d'Andronov et Pontryaguin [11] en 1937, année même où paraît la bible des vibrations non linéaires : *La Théorie des vibrations* de A. A. Andronov (A. A. Vitt), S. E. Khaïkin [12].

L'école de Gorki est caractérisée par le lien très étroit qui s'établit entre des études purement théoriques et des applications pratiques à la physique ou à la technologie. Ainsi, par exemple, sera développée la théorie des horloges mécaniques comme systèmes auto-oscillants (N. N. Bautin). Dans les années 40, l'emploi de la méthode des transformations ponctuelles (application du premier retour de Poincaré) va être étendu de la théorie des oscillations non linéaires à la théorie de la régulation automatique. Seront ainsi posés les fondements de la théorie qualitative des systèmes régulateurs non

11. L. S. Pontryaguin (1908-1988) : grand mathématicien, célèbre pour ses travaux sur la topologie et la théorie des processus optimaux.

12. Le nom de Vitt, absent dans l'édition de 1937, pour des raisons politiques, sera rétabli sur la seconde édition, fortement augmentée, en 1959. A. A. Vitt a été assassiné pendant les grandes purges staliniennes.

linéaires. La méthode des transformations ponctuelles va devenir, en particulier sous l'impulsion de Neïmark dans les années 50-60, une méthode privilégiée d'étude pratique (en cette époque sans ordinateurs, comme on les connaît aujourd'hui) des systèmes oscillants non linéaires théoriques et techniques. C'est cette méthode, avec l'étude des récurrences qu'elle engendre, qui va s'avérer si importante pour l'examen des systèmes exhibant le chaos déterministe. C'est cette méthode qui a été utilisée en 1964 par M. Hénon et C. Heiles dans le travail [13], à partir duquel commence le boom contemporain d'étude du chaos déterministe (avec des ordinateurs en particulier). Comme nous l'avons déjà dit, le travail de Lorenz, qui précède celui-ci d'un an, n'a pas eu un retentissement aussi immédiat. C'est sur une récurrence de ce type que sera découvert l'attracteur étrange de M. Hénon (1976).

Sous la pression des besoins de la radiotechnique, l'école de Gorki a étudié les fluctuations, sous l'effet des bruits parasites, des systèmes auto-oscillants. Pontryaguin, Andronov et Vitt ont écrit sur ce sujet un article pionnier essentiel : « Sur le traitement statistique des systèmes dynamiques » (1933). Les travaux effectués à Gorki après la guerre seront à la pointe de ce domaine central de l'électronique moderne. Ils concernent aussi bien les générateurs d'auto-oscillations à lampes, que les générateurs quantiques (masers, puis lasers [14]). L'étude des fondements de la radiophysique statistique et des bruits dans les systèmes dynamiques non linéaires doit beaucoup à l'école de Gorki (A. N. Malakhov, M. I. Rabinovich) et aux élèves de Mandelshtam (M. A. Leontovich, S. M. Rytov), sans parler du rôle capital joué par R. L. Stratonovich.

Entre l'école de Gorki et l'école de Mandelshtam, à Moscou, les rapports furent longtemps étroits, jusqu'en 1952, date de la mort d'Andronov. A partir de cette époque, le groupe de Moscou a concentré son activité sur la régulation automatique. Citons les travaux de N. G. Chetaev, fondateur dans les années 30 du groupe de Kazan, avec N. G. Malkin, consacrés à l'étude

13. « The applicability of the third integral of motion : some numerical experiments », *Astron. J.*, 69, 1964, p. 73-79.

14. Rappelons que le maser a été découvert simultanément en URSS par Basov et Prokhorov, et par Townes aux USA en 1952. Travaux qui leur ont valu le prix Nobel.

de la stabilité du mouvement. En 1946, Chetaev a publié une monographie, *La Stabilité du mouvement*, premier ouvrage sur ce sujet dans la littérature mondiale après le livre de Lyapounov (1892). Mentionnons encore les travaux de A. I. Lurié, M. A. Aizerman, A. M. Letov et bien sûr ceux sur le contrôle optimal de Pontryaguin et de ses collaborateurs. Il va sans dire que la force scientifique de ces écoles a totalement contribué à la formation de générations d'ingénieurs très qualifiés, qui sont responsables de l'ensemble des réalisations du complexe militaro-industriel, des tanks sans vibrations de la Seconde Guerre mondiale aux spoutniks.

L'héritage scientifique de l'école de Gorki s'est développé selon deux directions. D'une part, il a contribué au développement de la physique non linéaire, essentiellement tournée vers l'étude des systèmes dissipatifs. D'autre part, il a inspiré les travaux mathématiques consacrés au comportement qualitatif des systèmes conservatifs. C'est ce double héritage qui a présidé à la création à Gorki, en mars 1972, d'une rencontre régulière entre mathématiciens et physiciens soviétiques travaillant sur tous les sujets qui vont du chaos déterministe à la formation de stuctures dans les systèmes dissipatifs. Ces rencontres, déjà au nombre de huit, ont eu beaucoup d'influence sur le développement des recherches en URSS [15].

Naissance d'une véritable culture non linéaire : stochasticité et mélange

Si nous nous sommes étendus sur le sujet des oscillations non linéaires – encore aurait-il fallu parler des travaux si importants de l'école de Kiev sur les méthodes asymptotiques (N. M. Krylov, N. N. Bogoliubov, V. A. Mitropolski) –, c'est que cette activité scientifique a créé dans l'URSS autour des années 60 un véritable « climat de physique non linéaire ». Une sensibilité particulière se met en place, à laquelle ne seront pas indifférents

15. Les comptes rendus de ces rencontres ont toujours été publiés. Depuis 1989, Springer Verlag publie des textes de cette école de Gorki : A. V. Gaponov-Grekhov, M. I. Rabinovich, J. Engelbrecht, éds., *Nonlinear Waves*, 1, 2, 3.

les mathématiciens. Le fait le plus étonnant de la physique non linéaire n'est pas l'apparition de phénomènes stochastiques intrinsèques ou les manifestations d'auto-organisation, mais l'extraordinaire mélange des genres auquel cette physique se prête. Que l'ordre et le désordre s'y côtoient, s'y relayent, s'y confortent, voilà la surprise ! Le développement de l'étude des oscillations non linéaires a préparé les esprits à donner à cette surprise une réalité scientifique.

Dès le début de l'apparition de l'ordinateur, E. Fermi, aux USA, a eu l'idée de l'utiliser pour tester les conjectures de base de la mécanique statistique. La célèbre étude de Fermi-Pasta-Ulam, a ouvert une voie toute nouvelle à la physique théorique. C'est ainsi que B. V. Chirikov, travaillant à l'institut de physique nucléaire de Novossibirsk, a étudié à l'aide de calculs numériques sur ordinateur le problème des oscillations non linéaires qui apparaissent dans les accélérateurs de particules. Dès 1953, F. K. Goward et M. G. Hine avaient mis en évidence au CERN, sur des expériences numériques, une instabilité (stochastique) de vibrations non linéaires. En 1959, Chirikov étudie ce problème et montre que l'interaction de résonances non linéaires peut produire une véritable instabilité stochastique. Les oscillations prennent un caractère aléatoire. C'est ce qui peut d'ailleurs se produire par perturbation d'un oscillateur non linéaire sans frottement. Les travaux de Chirikov seront rassemblés dans sa thèse : « Recherches concernant la théorie de la résonance non linéaire et la stochasticité [16]» (Novossibirsk, 1969). Dans les années 60, des travaux dans le même sens sont effectués par G. M. Zaslavsky, qui publie en 1970 une petite brochure intitulée *L'Irréversibilité statistique des systèmes non linéaires*. L'année suivante, Zaslavsky et Chirikov publient un article de revue : « L'instabilité stochastique des vibrations non linéaires [17]» . Toutes ces publications autour de 1970 sont les manifestations de la découverte de l'existence d'instabilités stochastiques dans les systèmes physiques réels, qui consolide le travail initial de Hénon et Heiles...

Il faut en effet rappeler ici que pendant plus de trente-cinq ans les travaux cherchant à montrer l'apparition de propriétés

16. Une traduction anglaise a paru au CERN à Genève en 1970.
17. Dans la revue *Progrès des sciences physiques*, Moscou.

statistiques dans des systèmes déterministes étaient le fait de mathématiciens et n'étaient pas connus des physiciens, ou ne suscitaient de leur part aucune conviction, malgré les travaux du géant L. Boltzmann (1844-1906), créateur de la théorie cinétique des gaz. Pourtant, la délicate question du fondement de la mécanique statistique classique était en jeu dans ce que l'on désigne comme « la théorie ergodique ». Pendant longtemps, le concept d'*ergodicité* a attiré toute l'attention, semblant être le concept clé. Pour un système ergodique, presque toutes les trajectoires balayent tout l'espace de phase, si bien qu'il est indifférent de prendre des moyennes temporelles le long des trajectoires ou des moyennes sur des ensembles de trajectoires. Pourtant, G. W. Gibbs avait déjà [18] défini un autre concept, celui de *mélange* (en anglais, *mixing*), concept repris par H. Poincaré [19] et par E. Borel [20]. Mais la formulation mathématique précise du concept est due au mathématicien allemand E. Hopf en 1934.

En 1937, année du livre d'Andronov sur les vibrations, Hopf fait paraître à Berlin son ouvrage fondamental : *Ergodentheorie* (la théorie ergodique). Il y regrette que les exemples de mélange soient rares et inventés *ad hoc*. Ceci signifie par exemple que la fameuse « transformation du boulanger », dont il a démontré le caractère mélangeant, lui semble n'avoir qu'un intérêt mathématique. En 1939 (en même temps que le Suédois Hedlund), Hopf démontrera le caractère mélangeant du flot associé aux lignes géodésiques sur les surfaces compactes à courbure négative constante. Mais c'est là une vieille connaissance mathématique, dont Hadamard, Duhem et Morse avaient déjà depuis longtemps signalé le caractère étrange [21].

Un pionnier : N. S. Krylov

Tout ceci avait peu d'écho chez les physiciens, jusqu'à ce qu'un jeune élève de V. A. Fock à Leningrad, N. S. Krylov, soutienne en juillet 1941 (en pleine guerre déjà) une thèse inti-

18. *Elementary Principles in Statistical Mechanics, Developed with Special reference to the rational foundation of thermodynamics* (1902)
19. *Leçons sur la thermodynamique* (1908).
20. *Mécanique statistique classique* (1925).
21. Cf. l'article de J.-L. Chabert dans ce livre.

tulée : « Les processus mélangeants dans l'espace de phase ». Krylov devait mourir très jeune, en 1947, sans avoir achevé la grande monographie sur les fondements de la mécanique statistique qu'il projetait d'écrire et ses textes ont été publiés d'une manière posthume en 1950. Cet ouvrage a eu une énorme influence sur les physiciens et les mathématiciens soviétiques. Il n'a malheureusement été traduit en anglais qu'en 1979, provoquant en Occident une immense surprise !

Pour fonder la physique statistique à la manière de L. Boltzmann, Krylov prend à contre-pied la démarche traditionnelle à l'époque, en résolvant le problème à l'envers. Au lieu de prendre comme point de départ l'hypothèse ergodique, qui n'est qu'une conjecture, il part d'un fait certain, l'existence d'un processus et d'un temps de relaxation vers l'équilibre. Il en déduit les propriétés du système au niveau microscopique. Il montre ainsi que l'ergodicité est nécessaire mais non suffisante pour obtenir la propriété de relaxation, et qu'en fait la propriété essentielle suffisante est le mélange. Krylov est sans aucun doute le premier à comprendre que si l'on veut prouver l'applicabilité de la mécanique statistique à un système mécanique, il faut démontrer que celui-ci a un caractère mélangeant. Et il s'y emploie, en utilisant l'idée que la propriété de mélange est liée à une caractéristique locale du mouvement, son instabilité locale.

C'est ainsi qu'il procède à la première étude de fond jamais faite depuis Boltzmann d'un système physique réel : un gaz de boules dures en collisions élastiques. Il montre (en physicien !) que dans l'espace de phase de ce système, des trajectoires initialement très proches s'écartent très rapidement entre elles, écart qui s'accroît exponentiellement avec le temps. Le problème s'avère en fait du type de celui étudié par Hopf et Hedlund, des lignes géodésiques sur des surfaces à courbure négative constante. Krylov fait une remarque prophétique :

> Cette méthode de réduction d'un problème mécanique au problème de l'étude de la divergence des géodésiques dans un espace de Riemann, correspondant au principe variationnel de Jacobi, s'avère être une méthode universelle d'étude de l'instabilité mécanique des systèmes.

Curieusement, parce que les mentalités ne sont pas prêtes sans doute, Krylov n'assigne pas les propriétés probabilistes à chaque trajectoire mais à des faisceaux de telles trajectoires [22]. L'apparition de la probabilité nécessite alors un processus de vision à une échelle grossière que Krylov ne trouve pas d'une façon naturelle dans l'étude d'un système dynamique, même si ce système est quantique. Il partage aussi sans doute cette confusion répandue chez les physiciens selon laquelle le caractère aléatoire implique forcément l'irréversibilité temporelle. Comment dans une telle conception des équations du mouvement symétriques par rapport au temps peuvent-elles donc avoir une solution aléatoire !? Et de fait l'irréversibilité n'apparaît que pour des grandeurs moyennées ou mesurées de manière grossière, qui ont perdu une partie de l'information contenue dans les solutions exactes des équations du mouvement. Bien sûr, Krylov voit bien cela et comme il ne trouve aucun procédé naturel pour le faire, il en vient à admettre qu'un tel procédé ne peut apparaître que d'une manière complémentaire de par nos méthodes de description et d'observation. Aussi fonde-t-il l'applicabilité de la mécanique statistique aux systèmes dynamiques, non seulement sur l'existence du caractère mélangeant, mais sur une doctrine de « complémentarité » (au sens quantique) entre le comportement microscopique et les caractéristiques macroscopiques [23].

Ceux qui croyaient au chaos et ceux qui n'y croyaient pas

Les démarches de Krylov sont un bon exemple de ce potpourri scientifique et philosophique où se distinguent mal l'aléatoire et l'irréversibilité, l'ontologique et l'épistémique. Marmite de confusion où baignent trop souvent encore les dis-

22. Nous verrons que ce rapport entre le comportement des faisceaux de trajectoires et celui des trajectoires individuelles reste toujours un problème délicat. Si la théorie de la complexité algorithmique permet en principe de caractériser le comportement individuel, c'est par l'étude des comportements relatifs que sont acquis la plupart des résultats actuels. C'est ce qui se produit dans la théorie ergodique, théorie des systèmes dynamiques avec une mesure invariante, qui est fondamentalement une théorie des ensembles de trajectoires.

23. Krylov est un élève de Fock, adepte de la complémentarité quantique ! Remarquons qu'une telle doctrine de complémentarité sera développée plus tard par I. Prigogine, sous l'influence de L. Rosenfeld, représentant avéré de l'école de Copenhague.

cussions actuelles sur les systèmes dynamiques et la mécanique statistique. En tout cas, ceci permet de comprendre comment Krylov arrive à la conclusion qu'il réaffirme maintes fois et selon laquelle on ne peut déduire la mécanique statistique directement de la mécanique classique ou de la mécanique quantique.

Émouvante situation de Krylov, qui déclenche un double courant de pensée en URSS : ceux qui croient à la transition possible du comportement dynamique au comportement statistique et ceux qui partagent le pessimisme de Krylov. Parmi ces derniers figurent Landau et Lifschitz qui écrivent dans le tome « Physique statistique » de leur fameux traité en 1964 :

> Nous verrons que, pour un grand nombre de particules, apparaissent de nouvelles lois originales. Celles-ci, dites lois statistiques, déterminées précisément par la présence d'un grand nombre de particules composant l'objet, ne peuvent en aucune mesure être ramenées à des lois purement mécaniques. Leur spécificité se révèle en ce qu'elles perdent tout contenu lorsque l'on passe à un système mécanique à peu de degrés de liberté.

A l'opposé, Chirikov, dans des travaux qu'il situe dans le prolongement de l'école de Mandelshtam-Andronov et des idées de Krylov, apporte des éléments prenant le contre-pied absolu des déclarations autoritaires de Landau et Lifschitz. Citons-le à son tour [24] :

> Comme nous avons affaire à la mécanique statistique et en particulier aux équations cinétiques, il est difficile de résister à la tentation de faire un certain nombre de remarques générales sur la nature des lois statistiques, l'irréversibilité et d'autres problèmes de ce genre qui sont encore quelque peu mystérieux.
>
> Sur cette question nous avons l'avantage de l'étude détaillée faite dans ce travail de la transition du comportement dynamique au comportement statistique pour un système mécanique très simple, probablement le plus simple possible, le modèle élémentaire qui représente un oscillateur non linéaire à une dimension soumis à l'action d'une perturbation périodique.
>
> A la question essentielle de savoir si le mouvement d'un tel système est un « véritable » processus aléatoire, nous répon-

24. Thèse, 1969.

> dons par l'affirmative, à la différence de nombreux autres auteurs engagés dans l'étude de ce problème. Parmi ceux-ci se trouve Krylov, dont le point de vue est par ailleurs très proche du nôtre et dont les idées sont en fait développées dans ce travail.
> Si l'on accepte cette affirmation, la voie est ouverte pour une explication générale des lois de la nature sur la base du modèle mécanique classique. Dans ce cas, les lois statistiques sont valables dans un système dynamique, pour autant que le système soit stochastique au sens donné à ce mot dans ce travail. Ce point de vue est parfaitement naturel aujourd'hui pour les mathématiciens avec leur théorie ergodique, mais assez curieusement, apparemment étranger aux physiciens en mécanique statistique courante...

Et de renvoyer ici à Landau et Lifschitz et à I. Prigogine [25].

Revenons au sens que Chirikov donne au mot stochastique. Il appelle *stochastique* un mouvement qui a les attributs d'un processus aléatoire : ergodicité, mélange, et entropie de Kolmogorov positive [26]. Mais Chirikov connaît les travaux effectués dans les années 50 sur les propriétés « statistiques » des suites de nombres arithmétiques, par les mathématiciens moscovites N. M. Korobov et A. G. Postnikov. Il sait que l'ergodicité équivaut à la propriété de distribution uniforme de la suite (suite équidistribuée), définie par H. Weyl (1916). Cette propriété n'assure pas à la suite un caractère aléatoire, mais suffit pour assurer la convergence de calculs « type Monte-Carlo » lors de l'intégration numérique d'intégrales multiples. On dit dans ce cas que la suite est « quasi aléatoire ».

Le mélange est une propriété plus exigeante qui implique en plus de l'équidistribution une perte de la mémoire au cours de l'engendrement des nombres successifs de la suite. Mathématiquement, cela s'exprime par la « décroissance asymptotique vers 0 de la fonction d'autocorrélation des nombres de la suite ». C'est cette propriété que J. Bass (Paris) a qualifiée en 1959 de « pseudo-aléatoire ». Dans un système mélangeant,

25. *Non Équilibrium Statistical Mechanics*, New York, Interscience-Wiley, 1962.

26. La positivité de l'entropie de Kolmogorov est une propriété plus forte que le mélange. Elle est liée au mélange et à la fois indépendante. Elle a été définie dans l'article de P. Arnoux et K. Chemla, et nous en reparlerons dans la section suivante.

presque toutes les trajectoires ont ce caractère pseudo-aléatoire. Ce sont des « fonctions pseudo-aléatoires ». Leur définition implique que la transformée de Fourier de la fonction d'autocorrélation est une fonction continue. C'est là une caractérisation dite « spectrale » des trajectoires. A la différence des trajectoires périodiques ou quasi-périodiques, qui présentent un spectre de raies, les trajectoires pseudo-aléatoires ont un spectre continu [27]. Cette décroissance de la corrélation entre les points de plus en plus éloignés de la trajectoire est en fait la marque fondamentale de l'apparition d'un caractère aléatoire [28]. Le chaos déterministe, c'est essentiellement cela.

La vitesse avec laquelle la décroissance de la corrélation s'effectue peut être très variable. Elle peut être lente et la trajectoire peut sembler fort peu aléatoire. Elle peut décroître exponentiellement. Korobov a défini une suite complètement équidistribuée comme une suite où tous les n-uples, quel que soit n, sont équidistribués, et a montré comment en construire pratiquement. Ces suites présentent en fait une propriété analogue à celle de « mélange d'ordre infini » impliquant un effondrement des corrélations de tous ordres. Mais de telles suites ne peuvent être solutions d'équations dynamiques. Cependant, une suite à mélange infini est asymptotiquement complètement équidistribuée. En 1963, J. N. Franklin a démontré que toute suite arithmétique complètement équidistribuée selon Korobov est un bruit blanc (la corrélation s'effondre instantanément). Dans le chapitre suivant, nous reviendrons sur la caractérisation du comportement aléatoire de suites de nombres.

Ainsi, vers la fin des années 60, il se dégage, en URSS principalement, la conviction qu'un mouvement à caractère mélangeant est un véritable processus aléatoire, que l'on dénomme *stochastique*, avant que ne soit inventé le terme de chaos. De nombreux exemples s'accumulent prouvant l'existence de tels comportements stochastiques dans les systèmes dynamiques. La parution en 1970 de l'article de Y. G. Sinaï,

27. J. Bass, *Fonctions de corrélation. Fonctions pseudo-aléatoires et applications*, Paris, Masson. 1984.

28. On a pu dire que la théorie des probabilités était la théorie de la mesure plus la propriété d'indépendance. C'est cette indépendance qui s'introduit avec le mélange.

prouvant une partie des conjectures avancées dès 1962, et démontrant qu'un billard plan peut être un système dynamique mélangeant, constitue un des événements majeurs de l'histoire du chaos déterministe. La démonstration analytique, en une cinquantaine de pages, du caractère stochastique du comportement de la boule de billard donne en fait au chaos déterministe un véritable droit de cité dans la panoplie des conceptions de l'univers physique. Cette démonstration couronne en quelque sorte les démarches de la physique non linéaire en s'appuyant sur les travaux des mathématiciens de l'école de Kolmogorov qui ont jeté les bases profondes d'une compréhension et d'une justification des phénomènes de comportement stochastique dans les systèmes dynamiques déterministes. Dans les quelques pages qui suivent, nous essayons de mettre en perspective le mouvement des idées mathématiques qui a finalement amené à ce splendide résultat. Notons que c'est seulement actuellement que commence à devenir accessible aux personnes extérieures à son école une réelle compréhension de la démonstration de Sinaï.

La théorie du chaos l'école de Kolmogorov

Il n'est pas question ici d'écrire une histoire complète de l'école de Kolmogorov et des principales découvertes qui lui sont dues dans le domaine des systèmes dynamiques. Cette histoire reste à écrire, tout comme celle du calcul des probabilités et de la théorie des processus stochastiques depuis les travaux de fondement axiomatique de Kolmogorov. Mais Kolmogorov vient seulement de disparaître (27 octobre 1987) et ses élèves sont en pleine activité. Il est donc sans doute un peu tôt. On pourra cependant lire le très bel article biographique de A. N. Shiryaev [29].

L'activité de A. N. Kolmogorov s'étend sur une très large

29. A. N. Shiryaev, « Kolmogorov : life and creative activities », *Annals of Probability* 17, 1989, p. 866-944.

portion des mathématiques et comprend une action originale et profonde dans les secteurs pédagogiques et historiques. Mais son nom reste tout d'abord attaché au fondement axiomatique du calcul des probabilités [30] et au développement d'une théorie générale des processus aléatoires [31]. Le calcul des probabilités du XXe siècle est une création de Kolmogorov et de quelques autres mathématiciens dont N. Wiener et P. Lévy. C'est Kolmogorov qui a fait jouer un rôle central à la théorie de la mesure, faisant dire plaisamment que le calcul des probabilités n'est que la théorie de la mesure avec une âme. Ce faisant, il est l'auteur d'une synthèse conceptuelle qui ne se démentira pas au long de son œuvre, et qui réalise les retrouvailles de la logique et de la mécanique dans un esprit tout à fait aristotélicien. C'est ce qui apparaît en particulier à partir de 1950 lorsqu'il applique la théorie de l'information et la logique (théorie des algorithmes) à l'étude des systèmes dynamiques et des fonctions.

On a publié à Moscou (1985-1987) trois volumes d'œuvres choisies de Kolmogorov [32]. V. M. Tikhomirov [33] a admirablement caractérisé l'œuvre de ce mathématicien telle qu'elle apparaît au travers de ces volumes :

> Le premier volume – *Mathématiques et Mécanique* – est consacré aux phénomènes déterministes, le royaume de l'ordre, le deuxième – *Théorie des probabilités et Statistique mathématique* – aux phénomènes aléatoires, le royaume du chaos, quant à l'idée fondamentale du troisième volume – *Théorie de l'information et Théorie des algorithmes* – c'est que ces deux royaumes n'ont pas de frontière naturelle.
> C'est là en effet que se développe l'idée d'une étude parallèle de la complexité dans les phénomènes déterministes et de la régularité dans les phénomènes aléatoires.
> La conception de l'aléatoire comme complexité algorithmique, la tentative de découvrir l'essence des notions d'ordre et de chaos accomplissent la vie créatrice d'Andrei Nico-

30. Proposé dès 1929 et exposé dans son livre *Les Concepts fondamentaux de la théorie des probabilités*, 1933.
31. A partir de 1931, lorsque paraît son travail : *Sur les méthodes analytiques de la théorie des probabilités*.
32. Traduction anglaise : V. M. Tikhomirov (éd.), *Selected Works of A. N. Kolmogorov*, Kluwer, 1991.
33. V. M. Tikhomirov, « La vie et l'œuvre de A. N. Kolmogorov », *Progrès des sciences physiques*, 1988.

> laievich (Kolmogorov) et, pour ainsi dire, lient en un nœud unique tous ses efforts créateurs. Dans cette conception se sont conjuguées les idées de la théorie des probabilités, les constructions de la logique mathématique et de la théorie des algorithmes, les concepts et les méthodes de la théorie de l'information, les résultats de la théorie ergodique et de la théorie des systèmes dynamiques, ainsi que l'expérience de l'étude des phénomènes de la nature.

Le mérite de Kolmogorov est d'avoir su utiliser l'extraordinaire poste d'observation que constituait la théorie des processus aléatoires pour rabattre sur les systèmes dynamiques les techniques et les concepts à l'œuvre chez les probabilistes. La théorie spectrale des processus stationnaires à laquelle Kolmogorov a largement contribué (avec E. E. Slutsky [34] et A. Ya. Khintchine [35]) a été la source de l'emploi systématique de la théorie de la mesure et des techniques de l'espace de Hilbert dans le domaine des systèmes dynamiques.

Dès le début des années 40, Kolmogorov s'intéresse, en probabiliste, à la turbulence. Point de vue qui n'avait jusqu'alors pas réussi à s'exprimer, malgré une tentative en 1935, due à H. Gebelein, d'appliquer la théorie des chaînes de Markov, tentative que le grand hydrodynamicien von Karman commentait ainsi : « Gebelein a essayé de résoudre le problème de la turbulence en le considérant depuis la haute tour de la théorie générale de probabilités ; je crois que cette tour est trop élevée pour nous permettre de voir les simples faits. » On doit à Kolmogorov d'avoir imposé le point de vue des fonctions aléatoires en théorie de la turbulence[36]. En 1941, en utilisant l'analyse dimensionnelle, il obtient la forme asymptotique des corrélations du champ des vitesses en turbulence homogène et isotrope, prédictions largement confirmées par l'expérience dans les vingt années suivantes. De la théorie des probabilités, en passant par la turbulence, Kolmogorov va être amené dans les années 50 à l'étude des systèmes dynamiques. Il abordera

34. E. E. Slutsky (1880-1948).
35. A. Ya. Khintchine (1894-1959).
36. Point de vue que défendaient à la même époque les Français H. Dedebant, P. Wehrlé et J. Kampé de Fériet, mais sans obtenir de véritables résultats quantitatifs.

la théorie générale des systèmes hamiltoniens de la mécanique classique et la théorie ergodique des systèmes dynamiques où il utilisera la toute jeune théorie de l'information.

Kolmogorov et la mécanique classique. Le théorème KAM (Kolmogorov, Arnold, Moser)

Commentant son travail, Kolmogorov déclare : « Mes travaux en mécanique classique ont été influencés par les articles de von Neumann sur la théorie spectrale des systèmes dynamiques et par-dessus tout par le travail classique de N. M. Krylov [37] et N. N. Bogoliubov [38] en 1937 ». Krylov et Bogoliubov montraient l'existence de mesures invariantes, introduisaient le concept important d'ensemble ergodique et démontraient des théorèmes sur la séparation des mesures invariantes en mesures invariantes indécomposables localisées sur des ensembles ergodiques. L'espace de phase d'un système dynamique non ergodique peut être décomposé (à des ensembles de mesure nulle près) en une somme de sous-ensembles sur lesquels le système est ergodique [39]. Pour un tel système non ergodique, si pour presque toutes ses composantes ergodiques le système dynamique a un spectre purement ponctuel (mouvement quasi-périodique) le système est dit intégrable.

La décomposition en sous-ensembles ergodiques joue le rôle souvent rencontré en mathématique de décomposition en éléments premiers : nombres premiers, représentations irréductibles des groupes. Précisément ce qui a intéressé Kolmogorov, c'est l'existence et la nature de ces « briques ergodiques » dans le cas des systèmes dynamiques de la mécanique classique.

L'histoire contemporaine des chapitres de la théorie des systèmes dynamiques qui nous intéressent commence avec

37. A ne pas confondre avec N. S. Krylov, de Leningrad, dont on a parlé dans la section précédente.

38. Effectivement, en 1937, Krylov et Bogoliubov, les deux fondateurs de l'école non linéaire de Kiev, publient un ouvrage, *Introduction à la mécanique non linéaire*, et un article important, « La théorie générale de la mesure dans la mécanique non linéaire ». 1937 est une année remarquable. C'est l'année du livre d'Andronov et de ses collaborateurs, *Théorie des oscillations,* et celle de l'introduction de la notion de système grossier par Andronov et Pontryaguin.

39. Cf. l'article de P. Arnoux et K. Chemla dans ce livre.

l'exposé de A. N. Kolmogorov au congrès international de mathématique d'Amsterdam en 1954. Dans cet exposé, il présente une splendide synthèse des résultats obtenus depuis H. Poincaré. Il rappelle que, selon Poincaré, le problème fondamental de la dynamique est de trouver les mouvements quasi-périodiques des systèmes hamiltoniens et d'étudier leur comportement sous l'effet de petites perturbations de l'hamiltonien. Et Kolmogorov formule la première version du résultat fondamental qui va devenir, quelques années plus tard, le théorème de Kolmogorov, Arnold et Moser (théorème KAM), sur la préservation des mouvements quasi-périodiques dans les systèmes hamiltoniens.

Pour un système hamiltonien intégrable, les « briques ergodiques » de l'espace de phase sont des tores invariants sur lesquels les orbites sont quasi-périodiques. Le théorème KAM assure que pour une faible perturbation d'un système hamiltonien intégrable, l'espace de phase du nouveau système est, dans une large mesure, couvert par des tores invariants, qui ne sont que de petites déformations des tores invariants initiaux. L'ensemble de ces tores invariants ne recouvre pas tout l'espace de phase et la partie complémentaire croît avec la perturbation. Mais pour des perturbations suffisamment petites, le système reste globalement non ergodique. Ce résultat fondamental a infirmé tout d'un coup l'hypothèse ergodique telle que les physiciens se la représentaient naïvement, mais il a fallu attendre les années 80 pour que son impact sur les fondements de la mécanique statistique commence à être perceptible. Ceci a pour conséquence que « beaucoup » de systèmes hamiltoniens ont un comportement régulier, non chaotique. On a ainsi pu expliquer qualitativement le résultat, surprenant pour les physiciens de l'époque, du travail de Fermi-Pasta-Ulam, déjà cité. On a même pu penser, à la suite de ce résultat et du théorème KAM, qu'il serait très difficile de trouver des systèmes hamiltoniens ergodiques, ceci contrairement à une idée répandue chez les physiciens, selon laquelle la plupart des systèmes hamiltoniens seraient ergodiques.

Il est vrai qu'il y a très peu de tels systèmes ergodiques. Par exemple, presque tous les systèmes où l'hamiltonien contient un potentiel ne sont pas ergodiques. Cette situation pourrait pousser à abandonner les tentatives de justification de la mécanique statistique à partir de la dynamique hamiltonienne et à introduire des effets dissipatifs. Par ailleurs, on a démontré le caractère ergodique et mélangeant de systèmes hamiltoniens importants comme les billards.

La situation s'avère subtile. Quand la perturbation d'un système hamiltonien intégrable croît, la partie occupée par les tores invariants diminue et laisse apparaître des trajectoires exceptionnelles, chaotiques, puis des zones entières de comportement chaotique, avec, éventuellement, un comportement chaotique dans presque tout l'espace de phase. C'est ce dernier cas qui s'avère rare. Dans le cas général, le système hamiltonien présentera un mélange complexe de trajectoires quasi-périodiques et de trajectoires chaotiques. Mais on ne sait presque jamais le prouver pour un système donné (comme un simple pendule forcé par exemple). Ceci permet de dire qu'un système hamiltonien typique n'est ni intégrable ni ergodique, mais présente un mélange variable d'ordre et de désordre. C'est là sans doute le paradigme central de toute la physique non linéaire : un extraordinaire mélange des genres dont la théorie KAM révèle la subtilité.

Application de la théorie de l'information à l'étude des systèmes dynamiques : l'entropie de Kolmogorov comme caractérisation du chaos

Dès le début des années 50, Kolmogorov s'intéresse à la théorie de l'information de Shannon. Contrairement à ses collègues américains rencontrés au congrès d'Amsterdam en 1954, il pense qu'il ne s'agit pas là d'un domaine technique, mais d'un sujet de mathématiques pures. Avec ses élèves I. M. Gelfand [40] et A. M. Yaglom, en même temps que A. Ya. Khintchine, il contribue à donner des meilleures bases mathématiques à la théorie de l'information. Il est alors naturel pour Kolmogorov, même si c'est une surprise pour beaucoup de mathématiciens, de songer à coder les trajectoires des sys-

40. I. M. Gelfand (né en 1913) est célèbre pour ses travaux dans beaucoup de domaines des mathématiques. En 1952, il publie avec S. V. Fomin un travail sur les flots géodésiques sur les surfaces à courbure négative, qui a eu beaucoup d'importance pour la théorie ergodique et la théorie de la représentation des groupes.

tèmes dynamiques dans l'esprit de la théorie de l'information, et d'utiliser ce codage pour étudier un problème essentiel de la théorie ergodique, théorie où l'avait introduit ses précédents travaux sur la mécanique classique [41]. Ce problème est celui de l'isomorphisme des systèmes dynamiques, c'est-à-dire la possibilité de mise en correspondance des trajectoires de systèmes dynamiques distincts. Or von Neumann (1932) et von Neumann et Halmos (1942) avaient montré que des systèmes dynamiques isomorphes avaient une caractéristique commune : le spectre. Ceci résultait de l'introduction de méthodes d'analyse fonctionnelle pour la description des systèmes dynamiques.

Le lecteur sait sans doute que toutes les matrices qui se déduisent les unes des autres par des transformations orthogonales des bases sont équivalentes et ont le même spectre discret. Ce spectre n'est autre que la diagonale d'une des matrices de la famille, celle qui n'a d'éléments non nuls que sur la diagonale. Il est donc naturel que tous les systèmes dynamiques ayant le même spectre discret soient isomorphes. Mais il n'en est plus de même si le spectre est continu. Deux systèmes dynamiques ayant le même spectre continu peuvent ne pas être isomorphes. Comment les distinguer ? C'est la réponse à cette question vieille de près de trente ans que Kolmogorov donne dans son travail de 1958. Il introduit l'« entropie métrique » d'un système dynamique et montre que des systèmes dynamiques peuvent avoir le même spectre continu et des entropies différentes. L'entropie permet donc de distinguer ces systèmes non isomorphes. En 1970, D. S. Ornstein montrera que, pour une classe restreinte de systèmes dynamiques, les systèmes de Bernoulli, l'égalité de l'entropie implique l'isomorphisme. Mais derrière ce problème d'isomorphisme, qui peut paraître académique, se cache le problème du comportement chaotique.

Les travaux de Kolmogorov, puis ceux de Sinaï, sur l'entropie des systèmes dynamiques introduisent une caractéristique différente du spectre. La propriété de mélange correspond à une propriété spectrale particulière : l'existence d'un spectre continu. Mais une étude plus approfondie, en particulier en liaison avec le problème du flot géodésique sur une surface à

41. Cf. de nouveau l'article de P. Arnoux et K. Chemla dans ce livre.

courbure négative, nécessite une caractérisation plus fine du chaos. C'est ce qui se produit lorsque l'on considère une classe des systèmes dynamiques à entropie non nulle : les *K-systèmes*. Les K-systèmes sont des systèmes mélangeants particulièrement chaotiques [42]. Il semble qu'il soient très répandus. En fait les K-systèmes présentent un type particulier d'instabilité : deux trajectoires de phase voisines s'écartent localement [43] exponentiellement l'une de l'autre et l'entropie est une mesure de l'importance de cet écart. C'est ce type d'instabilité qui est souvent considéré comme une définition du chaos, sous le nom de « sensibilité aux conditions initiales ». Mais c'est là une définition liée à des systèmes particuliers. Il existe des systèmes chaotiques ne présentant pas l'instabilité exponentielle [44]. La séparation des trajectoires peut aussi être évaluée par les exposants de Lyapounov [45]. Ce mode de caractérisation du chaos, lié à celui utilisant l'entropie de Kolmogorov, a fait l'objet des travaux fondamentaux de V. I. Oseledets (1968) et de Ya. B. Pesin [46].

Une classe générale de K-systèmes : les systèmes structurellement stables d'Anosov

Introduite en 1937 par Andronov et Pontryaguin, la notion de système *structurellement stable* [47] est certainement une des plus importantes de la théorie qualitative des systèmes dynamiques. Un système dynamique structurellement stable est en quelque

42. En pratique, on constate le plus souvent que dans ces systèmes la propriété de mélange s'installe avec une rapidité exponentielle. L'entropie de Kolmogorov est une mesure approximative de cette rapidité. Mais c'est là une question délicate que nous ne pouvons aborder ici.

43. C'est là un comportement dit hyperbolique sur lequel nous reviendrons avec plus de précision au paragraphe suivant.

44. Dans l'article de Y. G. Sinaï de ce livre, l'instabilité exponentielle est appelée instabilité totale (ex. gaz de Lorentz, modèle de Lorenz). Le gaz parfait est présenté comme un cas d'instabilité simple responsable de propriétés stochastiques.

45. Cf. l'article de J.-P. Eckmann dans ce livre.

46. Ya. B. Pesin, « Characteristic Lyapounov exponents and smooth ergodic theory », *Russian Math. Surveys*, 32, 1977, p. 55-114.

47. Andronov et Pontryaguin parlent de système grossier, terminologie encore employée par les Soviétiques, Anosov en particulier. Le qualificatif, structurellement stable, est dû à Smale.

sorte un système topologiquement stable, c'est-à-dire un système dont le portrait de phase se modifie peu et reste topologiquement semblable à lui même sous l'influence de faibles perturbations des équations du mouvement. Un système structurellement stable est un système qui conserve ses propriétés qualitatives essentielles lors d'une faible perturbation.

Les systèmes structurellement stables sont précieux pour le physicien théoricien, car ils peuvent être modélisés d'une manière approchée en toute sécurité, sans craindre de perdre dans le modèle certaines propriétés essentielles. Ils sont précieux pour le mathématicien qui voudrait en un sens y trouver l'image de la notion très générale de « système typique ». Andronov et Pontryaguin ont démontré que les systèmes structurellement stables dans le plan présentent une image qualitative très simple et ont établi que ces systèmes sont « typiques », c'est-à-dire constituent un ensemble partout dense dans l'espace de tous les systèmes. Autrement dit, l'immense majorité des systèmes dynamiques à 2 dimensions est structurellement stable. S. Smale, mathématicien américain, a démontré en 1960 que ce n'est plus le cas pour des dimensions supérieures à 2.

Comment retrouver des systèmes structurellement stables ? D. V. Anosov, élève de Pontryaguin, et travaillant à l'institut de mathématiques Steklov, à Moscou, en contact avec Sinaï, va axiomatiquement définir une catégorie générale de systèmes dynamiques grossiers et stochastiques. Il définit ces systèmes comme ceux vérifiant une certaine condition (la condition d'Anosov), qui se trouve en particulier vérifiée par les flots associés aux géodésiques sur les variétés à courbure négative. C'est en quelque sorte une généralisation et une axiomatisation de ce système paradigmatique étudié par Hadamard, Morse, Hopf et Hedlund, et Krylov.

La condition d'Anosov dit, en gros, qu'au voisinage de toute trajectoire, le comportement des autres trajectoires par rapport à elle rappelle le comportement des trajectoires au voisinage d'un point singulier du type selle-col, soit un comportement hyperbolique. Les systèmes présentant ce comportement ont des trajectoires très instables : deux trajectoires issues de points voisins s'écartent localement l'une de l'autre de façon exponentielle dans une direction, alors qu'elles se rapprochent dans une autre [48]. Ceci signifie qu'un volume de l'espace de phase s'étire exponentiellement dans une direction alors qu'il se contracte de même dans une autre. Cette instabilité locale est quantitativement liée à l'entropie de Kolmogorov. Les systèmes d'Anosov ont deux propriétés essentielles :

1) Ils sont structurellement stables [49].
2) Ce sont des K-systèmes.

Les systèmes d'Anosov présentent ainsi un caractère exemplaire, au même titre que les systèmes auto-oscillants d'Andronov. Ce sont des modèles de systèmes chaotiques. Mais leur propriété sans doute la plus étonnante et par là même la plus importante est de lier l'existence d'une instabilité locale à l'apparition d'une instabilité globale des orbites et d'une stabilité globale du portrait de phase, la stabilité structurelle. Voilà de nouveau ce mélange des genres de la physique non linéaire : certains types d'ordre n'apparaissent que grâce au désordre. Ce qui était vrai pour les systèmes auto-oscillants l'est à nouveau, sous une autre forme, pour les systèmes d'Anosov.

L'introduction des systèmes d'Anosov est le début de l'existence d'une classe assez riche permettant l'étude théorique des systèmes chaotiques. L'étude des systèmes d'Anosov se poursuit encore de nos jours. Cela a été un moment charnière dans la théorie des systèmes dynamiques. La publication, en 1967, de l'article d'Anosov [50], a ouvert et fermé à la fois deux périodes distinctes de l'étude des systèmes dynamiques. On peut par ailleurs considérer que cette publication marque la fin de l'isolement de l'école soviétique.

Un système hyperbolique concret : le billard de Sinaï

Les systèmes d'Anosov sont des systèmes hyperboliques réguliers et idéaux, et les flots géodésiques des variétés riemaniennes compactes à courbure négative sont des systèmes

48. Cf. l'article de J.-C. Yoccoz dans ce livre.
49. En particulier, un système d'Anosov reste un tel système lorsqu'on le perturbe.
50. D. V. Anosov, « Geodesic flows on closed Riemannian manifolds with negative curvature », *Proc. Steklov. Inst. Math.*, 90, 1967.

d'Anosov. Les études relatives aux flots associés aux géodésiques sont en fait à la base de toute la théorie des systèmes hyperboliques, depuis les travaux de Hopf. Mais tout ceci reste largement abstrait si l'on ne peut donner un exemple concret de système dynamique, modèle d'un système physiquement réalisable, présentant des propriétés d'hyperbolicité. Or c'est ce qui a été accompli par Y. G. Sinaï avec l'étude des « billards dispersifs ».

Un billard est un système dynamique correspondant au mouvement inertiel d'un point matériel à l'intérieur d'un domaine aux frontières régulières par morceaux, avec réflexions élastiques sur ces frontières ; mais les billards sont des systèmes irréguliers à cause des discontinuités sur les surfaces frontières. Les trajectoires de phase peuvent avoir des comportements assez différents. L'étude de ces systèmes s'avère, cas par cas, très difficile. Et c'est le grand mérite de Y. G. Sinaï d'avoir, pour la première fois, démontré le caractère chaotique d'une catégorie de billards dont la figure ci-dessous montre deux représentants. Ces billards sont des systèmes hyperboliques et des K-systèmes.

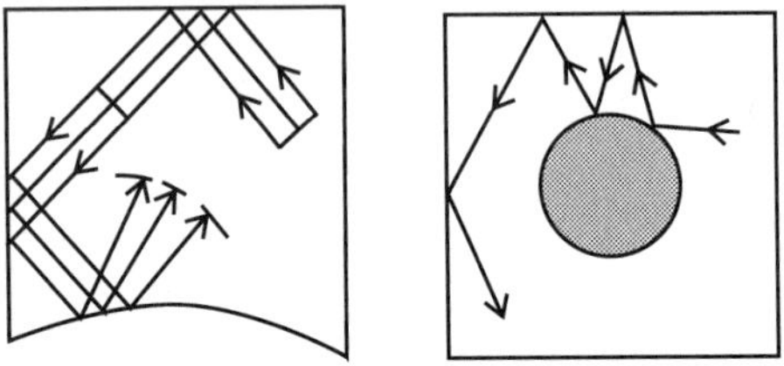

Publiée en 1970, cette démonstration, qui adapte en fait des techniques introduites par Hopf, fait sortir le problème du chaos hors des mathématiques pures et inaugure véritablement une ère d'étude du chaos dans les systèmes physiques. Ce sont des physiciens occidentaux travaillant en mécanique statistique comme J. L. Lebowitz, O. Penrose, J. Ford qui vont dès le début dès années 70 propager la bonne nouvelle du billard de Sinaï. C'est le commencement de la « mode » du chaos chez les physiciens et les biologistes.

La complexité algorithmique de Kolmogorov : une caractérisation universelle du comportement aléatoire

Lorsque, en 1933, Kolmogorov publie son axiomatique du calcul des probabilités, il suppose que « l'expérimentateur » sait discerner dans la nature les expériences aléatoires, c'est-à-dire celles où « le hasard intervient ». Pour le physicien ou le biologiste, il s'agit en général d'une expérience où les résultats varient, même lorsque l'on fixe avec précision les valeurs de tous les paramètres sur lesquels on sait agir. En fait, le calcul des probabilités de Kolmogorov suppose connue une « catégorie d'épreuves » où l'on va distinguer des événements intéressants et des événements élémentaires dont on suppose connaître *a priori* une « mesure » de probabilité. Le calcul des probabilités se borne à formaliser la manière dont on peut utiliser les probabilités des événements élémentaires pour calculer les probabilités des événements complexes. Mais il ne donne aucune justification (origine physique) de l'existence du hasard et des probabilités, sinon une justification empirique *a posteriori*, difficile à mettre en œuvre, car dépendant d'une infinité de résultats d'expérience : l'interprétation fréquentiste de la probabilité. De ce point de vue, dans les années 30, le calcul axiomatique des probabilités adopte une démarche formaliste algébrico-logique très voisine de celle de la mécanique quantique. Celle-ci prétend en effet fournir un calcul de probabilités pour la microphysique fondé sur une recette *a priori* de l'obtention des probabilités. Celles-ci sont obtenues à partir d'un objet mathématique : la fonction d'onde. Et d'adopter, à l'instar du calcul classique des probabilités d'ailleurs, toutes sortes d'interprétations de ces probabilités : fréquentiste, logique (Carnap), subjective (De Finetti, Savage), potentielle (Popper, Fock)...

Mais dans tout cela, point de réponse à la question fondamentale : « Quel est le sens du mot aléatoire ? » Peut-on donner une définition mathématique précise du hasard, tel qu'on pense le voir à l'œuvre dans une suite de nombres, telle que : 10001011001010101111101 ? Dès 1919, von Mises a tenté une telle définition basée sur la convergence des fréquences d'apparition des 1 et des 0 et sur l'absence de toute stratégie intérieure permettant à un joueur de s'assurer une victoire à long terme. Certaines difficultés inhérentes aux formulations de von Mises furent levées par Wald et Church. Ce dernier mit en œuvre pour cela la théorie des fonctions récursives (ou fonctions effectivement calculables) dont il était l'auteur avec A. M. Turing. Mais, en 1939, Ville montra que toutes ces tentatives n'étaient pas satisfaisantes. Et la question en resta là pour vingt ans !

En 1958, l'année même où il publie son travail sur l'entropie des systèmes dynamiques, Kolmogorov fait paraître un article (en collaboration avec son élève V. A. Uspenski) sur la définition des algorithmes. La théorie des algorithmes s'est développée depuis le milieu des années 30, sous l'impulsion de Church, Gödel, Herbrand, Kleene, Post et Turing. Le développement des ordinateurs, comme réalisation physique de l'algorithme de programmation, donne alors toute son importance à la notion d'algorithme. Kolmogorov manifeste là son intérêt constant pour la logique et amorce une confluence avec ses recherches sur les probabilités, la théorie de l'information et les systèmes dynamiques. En 1963-1965, il publie deux articles où il revient sur la théorie des suites aléatoires de Mises-Church et propose une définition algorithmique du hasard. Il définit la complexité de la description d'objets individuels finis et l'utilise comme mesure du contenu individuel d'information et du caractère aléatoire. En 1960-1964, R. J. Solomonoff, un élève du logicien R. Carnap, avait eu des idées analogues, mais Kolmogorov l'ignorait lorsque ses propres idées se développèrent. En 1965, G. J. Chaitin, âgé de 18 ans, publie des conceptions identiques, indépendamment de Solomonoff et Kolmogorov.

L'idée générale commune est relativement simple. Elle se place à l'intérieur de la conception, nouvelle pour l'époque, d'algorithme et de programme. Sa mise en œuvre relève de conceptions mathématiques et logiques sophistiquées, qu'il n'est pas question d'aborder dans le cadre de cet article. Il s'agit de définir la complexité d'un algorithme de calcul, comme la quantité d'information nécessaire pour obtenir le résultat du calcul selon cet algorithme. On peut alors se poser la question de savoir si l'algorithme est compressible, c'est-à-dire si l'on peut trouver un algorithme moins complexe (en gros, plus court) qui produit les mêmes résultats. Ainsi, pour une suite de 0 et de 1, à dix chiffres par exemple, l'algorithme général doit spécifier la valeur du chiffre (0 ou 1) pour les dix positions. Cela correspond d'une manière générale à 10 choix binaires, c'est-à-dire à 10 bits d'information. Mais parmi toutes ces suites, on voit que la suite (très régulière) : 1111111111 peut être spécifiée par un programme plus court, qui s'énonce simplement : « dix fois un », et ne mobilise en fait que l'information du nombre 10, soit les 4 bits de la représentation binaire 0101. Si la suite devient irrégulière, comme par exemple : 1001110000, on voit intuitivement qu'il va être difficile de comprimer l'algorithme général. Une suite aléatoire est une suite dont on ne peut obtenir les nombres par aucun algorithme plus simple que celui qui consiste à en donner successivement les valeurs.

Un phénomène aléatoire est un phénomène dont la description ne peut être plus simple que la donnée même de tout le phénomène. C'est donc un phénomène qui échappe à une description globale condensée, et par là même à toute tentative de prédiction globale. Puisque prédire, c'est pouvoir devancer le phénomène, par une procédure plus simple [51]. Si, pour décrire une droite, on ne possédait que l'équation différentielle disant qu'en chaque point la pente est égale à la même constante : $dy/dx = C$, partant du point $x = 1$, $y = C$ par exemple, on devrait parcourir pas à pas toute la droite pour connaître la valeur de y lorsque $x = 10^{2,780}$. Imaginez l'infinité du temps de parcours que cela représente. Mais la droite peut aussi être définie par une relation intégrale, issue de l'« intégration » de l'équation différentielle. On obtient la relation : $y = Cx$, et dans ce cas, la réponse à la question précédente est immédiate : pour $x = 10^{2,780}$, y vaut $C \cdot 10^{2,780}$. La droite est bien sûr, en tant qu'objet le plus régulier possible, un phénomène d'une prévisibilité simple et absolue. Il n'en est pas ainsi lorsque l'on

51. Il s'agit ici de prédicibilité algorithmique. Dans leur article de ce livre, Arnoux et Chemla introduisent un autre type de prédicibilité, que nous appellerons prédicibilité empirique (la prédiction de l'avenir en fonction de la connaissance du passé).

s'intéresse à la solution (trajectoire) chaotique d'une équation différentielle « non intégrable ». Cette solution est en fait algorithmiquement aléatoire. La trajectoire n'est pas prévisible, même si l'on connaît avec une précision absolue les conditions initiales. Il n'y a pas d'algorithme simple pour définir la trajectoire autre que celui qui permet de la parcourir d'une manière continue.

Comme dans toute cette problématique, prévision et rétrodiction n'ont pas de véritable sens temporel et sont donc parfaitement symétriques, on voit intuitivement que l'absence de prévisibilité signifie aussi absence de rétrodiction, c'est-à-dire en fait perte de mémoire. Ainsi la définition de l'aléatoire, et donc du chaos déterministe, comme absence de prédicibilité algorithmique est équivalente à sa définition comme phénomène de perte de mémoire (propriété de mélange). Kolmogorov a pour ainsi dire saisi le phénomène du chaos par les deux bouts : perte de mémoire, donc sensibilité aux conditions initiales et écartement des trajectoires voisines, et complexité algorithmique donc imprédicibilité. Toutes ces caractéristiques étant organiquement liées entre elles pour une cause « physique » profonde d'instabilité locale [52].

Épilogue

Ainsi, entre 1927 et 1967, pendant quarante années, l'école soviétique, développant l'héritage de Poincaré, Lyapounov et

52. Dans son ouvrage fondateur de 1933, Kolmogorov renvoyait à Von Mises pour l'applicabilité du calcul des probabilités aux données empiriques. Lorsqu'en 1974 paraît la deuxième édition de cet ouvrage historique, le texte est inchangé, mais Kolmogorov ajoute une nouvelle préface où il renvoie à ses conceptions sur la complexité algorithmique. Il cite en particulier l'exposé détaillé fait par ses élèves en 1970, année où paraît l'article de Sinaï sur le billard (A. K. Zvonkin et L. A. Levin, « La complexité des objets finis et le fondement de la théorie de l'information et de l'aléatoire à l'aide de la théorie des algorithmes », *Progrès des sciences mathématiques*, t. 25, 1970). Au congrès international de mathématique, à Nice en 1970, Kolmogorov présente un court exposé de synthèse sur « Les fondements combinatoires de la théorie de l'information », rappelant ses propres travaux, ceux de Solomonoff et Chaitin, ainsi que ceux de ses élèves dont le Suédois P. Martin-Löf.

Birkhoff, a véritablement forgé la théorie des systèmes dynamiques comme outil fondamental de la physique non linéaire. En 1967, tous les concepts sont en place pour un développement rapide de cette discipline. C'est alors que l'Occident découvre les travaux de l'école soviétique et entre progressivement dans ce domaine [53]. La mode du chaos s'installe grâce à l'exploitation systématique des possibilités de calcul offertes par les ordinateurs [54].

On peut dire, pour conclure, que les mathématiciens et les physiciens soviétiques ont été à l'origine d'un véritable renouveau du mécanisme. Ce qui n'est pas sans poser des questions quant à l'influence de l'idéologie matérialiste marxiste régnant sur la culture et l'éducation en URSS ces années-là. Mais abandonnant une attitude réductionniste simpliste, ce mécanisme s'oriente vers une conception émergentiste. Ceci se traduit par une prise en considération privilégiée du qualitatif, du global, du géométrique, aux dépens du quantitatif, du local, de l'analytique. Ceci s'accompagne aussi d'une prise en compte systématique des niveaux d'observation, des échelles, et aboutit à des efforts systématiques pour définir correctement (et judicieusement) la complexité, l'information, le sens. Ce néo-mécanisme correspond à un changement total de point de vue, responsable d'une approche réaliste (ontologique) de l'aléatoire, des probabilités et de la mécanique statistique. Il débouche sur une nouvelle approche des problèmes d'apparition de l'ordre et de l'organisation dans les systèmes matériels qui consacre un renouvellement total des conceptions sur le déterminisme, l'évolution, la causalité, la finalité, la régulation, le codage et le décodage, l'apprentissage, la rationalité. L'instauration d'une véritable conception dialectique des rapports de l'ordre et du désordre qui n'a pas fini de nous étonner.

53. Cette découverte a lieu essentiellement à partir de l'article de S. Smale, « Differentiable dynamical systems », *Bull. Amer. Math. Soc.*, 73, 1967, p. 747-817 et du livre de V. I. Arnold et A. Avez, *Problèmes ergodiques de la mécanique céleste*, Paris, Gauthier-Villars, 1967.

54. Depuis vingt ans, les travaux développés en Occident ont surtout concerné les systèmes dissipatifs, auxquels on a systématiquement appliqué les concepts et les outils développés par l'école russe sur les systèmes conservatifs. On a étudié les phénomènes de bifurcations et les mécanismes de transition vers le chaos dans les systèmes dissipatifs.

D'aucuns appellent cela « l'esprit post-moderne ». A coup sûr, dans des conditions historiques tragiques, une « avant-garde russe » y a fortement contribué [55].

Mais malgré tous les progrès dont nous avons tenté de retracer quelques étapes, on peut affirmer qu'il y a dans le domaine des systèmes dynamiques toujours plus d'inconnu que de connu.

55. En Occident , même si la mécanique non linéaire n'a pas été très populaire après Birkhoff, des mathématiciens de la stature de A. Denjoy, C. L. Siegel, S. Lefschetz, J. E. Littlewood, N. Levinson, S. Ulam, y ont substantiellement contribué. En particulier, les travaux de C. L. Siegel sur les « petits dénominateurs » ont directement influencé Kolmogorov au moment de sa découverte du théorème KAM. Les travaux de J. E. Littlewood et M. L. Cartwright, entrepris en Angleterre durant la Seconde Guerre mondiale pour les besoins de la radio et du radar, ont conduit à la suite de travaux très difficiles à la première démonstration analytique de l'existence de mouvements très compliqués dans certaines équations du type de Van der Pol, travaux repris par N. Levinson. A. Weil, un des chefs de file de l'école bourbakiste, a même vu sans doute dans ces travaux, tout en ignorant ceux de l'école soviétique, le seul exemple digne d'intérêt de mathématiques inspirées par des problèmes pratiques. Ainsi écrit-il dans *Les Grands Courants de la pensée mathématique*, édité par F. Le Lionnais aux Cahiers du Sud en 1947 : « L'étude globale des équations différentielles ordinaires pose un grand nombre de problèmes intéressants, difficiles mais déjà à notre portée : il suffira d'en donner pour exemple la belle démonstration toute récente par E Hopf du caractère ergodique des géodésiques sur toute variété riemanienne compacte à courbure partout négative. On peut rattacher aussi à ce sujet l'étude des équations de Van der Pol, et des oscillations dites de relaxation, l'une des très rares questions intéressantes qui aient été posées aux mathématiciens par la physique contemporaine ; car l'étude de la nature, autrefois l'une des principales source de grands problèmes mathématiques, semble, dans les dernières années, nous avoir emprunté beaucoup plus qu'elle nous a rendu. »

Bibliographie

On n'indique ici que les textes, trop rares, qui existent sur l'histoire moderne de la théorie des systèmes dynamiques. L'histoire des fondements de la mécanique statistique, tout comme celle de la théorie de la turbulence, n'est pas non plus très développée. De ce fait il nous a semblé important de signaler un certain nombre d'ouvrages en russe que nous avons largement consultés.

1. A. N. Kolmogorov et A. P. Yushkevitch, éd., *La Mathématique au* XIX*e siècle*, t. 3, Moscou, Naouka, 1987. (2e partie, §6. La théorie qualitative des équations différentielles. La théorie qualitative de Poincaré. La théorie de la stabilité de Lyapounov.)

2. A. A. Tyapkin et A. S. Shibanov, *Poincaré*, Moscou, La Jeune Garde, 1979. Biographie romancée, où apparaît l'influence sur Poincaré de Charles Briot et Jean Bouquet. Ce dernier faisait partie avec Darboux du jury pour la thèse de Poincaré en 1879.

3. A. T. Grigorian et I. B. Pogrebysski, éd., *Histoire de la mécanique de la fin du* XVIII*e siècle au milieu du* XX*e siècle*, Moscou, Naouka, 1972. Le chapitre IV, écrit par Pogrebysski, constitue un remarquable exposé historique de la théorie de la stabilité du mouvement après Lyapounov.

4. A. L. Tsykalo. *Alexandre Mikhaïlovich Lyapounov*, Moscou, Naouka, 1988.

5. I. Gumowski et C. Mira, *Dynamique chaotique. Transformations ponctuelles. Transition ordre-désordre*, Toulouse, Cepadues, 1980.

6. C. Mira, « Some historical aspects concerning the theory of dynamic systems », *in* S. Diner, D. Fargue, G. Lochak, éd., *Dynamical Systems. A Renewal of Mechanism,* Reidel, 1986.

7. E. S. Boïko, *L'École de l'académicien A. A. Andronov*, Moscou, Naouka, 1983.

8. Dans le tome I des *Œuvres complètes de L. I. Mandelshtam* (Éditions de l'Académie des sciences de l'URSS, 1948), on trouve un exposé de la vie et de l'œuvre de Mandelshtam par son plus proche ami et collaborateur, N. D. Papaleksi.

9. Dans les *Œuvres choisies d'Andronov* (Éditions de l'Académie des sciences de l'URSS, 1956), on trouve de remarquables exposés historiques :

a) L. N. Mandelshtam et la théorie des vibrations non linéaires ;

b) I. A. Vychnegradski et son rôle dans l'établissement de la théorie de la régulation automatique ;

c) sur les travaux de J. K. Maxwell, I. A. Vychnegradski et A. Stodola dans le domaine de la théorie de la régulation des machines.

10. N. V. Vdovichenko, *Le Développement des principes fondamentaux de la physique statistique dans la première moitié du XXe siècle*, Moscou, Naouka, 1986. Analyse de l'œuvre de N. S. Krylov.

11. O. V. Kuznetsova, *Histoire des fondements de la mécanique statistique,* Moscou, Naouka, 1988.

Sur les écoles russes, il existe des exposés, souvent très documentés, dans des ouvrages collectifs sur l'histoire des mathématiques ou de la mécanique en URSS :

12. *La mathématique en URSS pendant 40 ans. 1917-1957,* Moscou, 1959.

13. A. Yu. Ischlinskii, éd., *Le Développement de la mécanique en URSS*, Moscou, Naouka, 1967.

14. *La mécanique en URSS pendant 50 ans. 1917-1967*, Moscou, Naouka, 1968.

15. *Histoire des mathématiques nationales,* 4 tomes, Kiev, Naoukova Doumka, 1970. Le tome 4, en 2 parties, concerne la période 1917-1967.

16. A. T. Grigorian et B. N. Fradlin, *La Mécanique en URSS*, Moscou, Naouka, 1977.

17. *Aperçus du développement des mathématiques en URSS* Naoukova Doumka, 1983. Concerne essentiellement la période d'après-guerre, jusqu'en 1980.

Sur la théorie de la complexité algorithmique et le chaos :

19. G. J. Chaitin, *Algorithmic Information Theory,* Cambridge University Press, 1987.

20. M. Li et P. M. B. Vitanyi, « Kolmogorov complexity and its applications », *in* J. Van. Leeuwen éd., *Handbook of Theoretical Computer Science,* Elsevier, 1990.

21. A. N. Kolmogorov, « Combinatorial foundations of information theory and the calculus of probabilities », *Russian Math. Surveys*, 38, 1983, p. 29-40.

22. L. Brisson et F. Meyerstein, *Inventer l'Univers,* Paris, Les Belles Lettres, 1991. On trouvera p. 166 une présentation succincte (en français !) de la notion de complexité algorithmique.

13. Le déterminisme de Pierre-Simon Laplace et le déterminisme aujourd'hui

Amy Dahan Dalmedico

La discussion sur le problème du déterminisme [1] est très passionnelle. Certains auteurs présentent un plaidoyer vibrant pour l'indéterminisme et semblent, dans des textes très lyriques, exorciser un vrai cauchemar laplacien, celui d'un monde immuablement réglé et étouffant [2]; à l'opposé, d'autres auteurs assimilent violemment tous les adeptes de l'indéterminisme à de nouveaux partisans de l'irrationalisme et de l'obscurantisme [3]. Il y a encore et toujours querelle. A la fin de cet ouvrage, nous ne pouvions manquer d'y revenir.

Le déterminisme de Pierre-Simon Laplace

> Nous devons donc envisager l'état présent de l'Univers comme l'effet de son état antérieur, et comme cause de celui qui va suivre. Une intelligence qui pour un instant donné connaîtrait toutes les forces dont la nature est animée et la situation respective des êtres qui la composent, si d'ailleurs

1. Cf. Karl Popper, *L'Univers irrésolu. Plaidoyer pour l'indéterminisme* (*The Open Universe*), trad. franç. par R. Bouveresse, Éd. Hermann, 1988. On pourra lire à propos de ce livre l'article d'Alain Boyer, « Déterminisme, mécanisme et prédiction », *Cahiers du CREA*, 13, 1989, p. 227-243.
2. Cf. le ton qu'Ivar Ekeland adopte dans son ouvrage, par ailleurs très réussi, *Le Calcul, l'Imprévu*, Paris, Seuil, 1984.
3. Cf. en particulier les articles de René Thom qui sont repris dans le dossier rassemblé sous le titre *La Querelle du déterminisme*, Gallimard, coll. « Le Débat », Paris, 1990.

> elle était assez vaste pour soumettre ses données à l'analyse, embrasserait dans la même formule les mouvements des plus grands corps de l'Univers et ceux du plus léger atome : rien ne serait incertain pour elle, et l'avenir, comme le passé, serait présent à ses yeux [4]...

L'histoire a pris l'habitude de retenir cette citation de Laplace, tirée de l'*Essai philosophique sur les probabilités* publié en 1814, comme le moment crucial dans l'évolution du déterminisme, ultérieurement baptisé de *scientifique*. Or près de quarante ans plus tôt, au tout début de sa carrière, Laplace formulait déjà un énoncé très semblable [5], dans un contexte analogue, celui qu'on appelait l'analyse des hasards. Comment déterminisme et hasard, deux termes apparemment contradictoires, sont-ils alors, dès l'œuvre fondatrice du savant français, noués de façon prémonitoire ?

Laplace, le « Newton de la France »

Présentons brièvement la carrière et l'œuvre scientifiques de Pierre-Simon Laplace, né en 1749 en Normandie (à Beaumont-en-Auge) et mort à Paris en 1827. Nous dégagerons ainsi son projet scientifique global et serons mieux à même d'analyser la formulation du déterminisme laplacien. On peut distinguer essentiellement trois périodes dans sa carrière [6]:

Les vingt premières années de cette carrière (de 1768 à 1789) constituent une période de formation et d'ascension du jeune savant. Laplace publie un grand nombre de mémoires divers sur le calcul intégral, l'astronomie, la cosmologie, la théorie des jeux. En analyse, il obtient déjà des résultats impor-

4. *Essai philosophique sur les probabilités*, rééd. Bourgois, 1986, p. 32-33.

5. « L'État présent du système de la nature est évidemment une suite de ce qu'il était au moment précédent, et, si nous concevons une intelligence qui, pour un instant donné, embrasse tous les rapports des êtres de cet Univers, elle pourra déterminer pour un temps quelconque pris dans le passé ou dans l'avenir la position respective, les mouvements, et généralement les affections de tous ces êtres », « Recherches sur les suites récurro-récurrentes et sur leurs usages dans la théorie des hasards... », *Mémoires de mathématiques et de physique présentés... par divers savants* (1773-1776), *Œuvres* de Laplace, t. VIII, p. 5-27.

6. Cf. C. Gillispie, « Laplace », *Dictionary of Scientific Biography*, t. XV.

tants et forge les techniques mathématiques qu'il privilégiera toute sa vie. Son style analytique se dessine, moins formaliste que celui de son collègue Lagrange, davantage tourné vers l'utilité des formules mathématiques et la précision numérique. Laplace exprime ce qui constituera le socle philosophique de son œuvre et élabore les grandes lignes d'un programme de recherches dans les deux domaines qui resteront ses domaines de prédilection : les probabilités et la mécanique céleste. Pourtant, dès la décennie 1780, Laplace pénètre dans ce qui sera le troisième champ d'intérêt de sa maturité, la physique, d'abord comme collaborateur de Lavoisier en théorie de la chaleur, puis comme personnalité centrale de la communauté scientifique qui suit toute la production de son époque.

Pendant la période révolutionnaire et notamment celle du Directoire, la carrière de Laplace est à son zénith. Il publie une grande série de mémoires, puis en 1796 un ouvrage de haute vulgarisation l'*Exposition du système du monde* où se trouvent expliquées, sans formules, toutes les connaissances astronomiques du temps ; entre 1799 et 1805 paraissent les quatre premiers tomes de son monumental *Traité de la mécanique céleste*. La renommée du savant est alors considérable, il est couramment appelé le « Newton de la France ». Investi de nombreuses charges et responsabilités, Laplace joue le rôle de représentant officiel de la science auprès du pouvoir.

Dans la dernière partie de sa vie, de 1805 à 1827, Laplace revient aux probabilités ; il achève la *Théorie analytique des probabilités* en 1812 et publie l'*Essai philosophique*, un ouvrage de diffusion des connaissances qui accompagne l'ouvrage technique. Par ailleurs, à partir de la Société d'Arcueil et de sa collaboration avec Berthollet, il donne le coup d'envoi au mouvement historique de la mathématisation de nombreuses disciplines restées jusque-là lieu de spéculations plutôt qualitatives et métaphysiques. Il aborde les domaines de la capillarité, de la théorie de la chaleur, de l'optique corpusculaire, du son, etc. La dernière partie du tome IV de la *Mécanique céleste* et le tome V, qui paraissent entre 1823 et 1825, regroupent ces travaux. Si cette école de physique de Laplace possède aujourd'hui mauvaise réputation [7], elle a eu néanmoins une influence décisive sur la physique mathématique française au XIXe siècle.

Ajoutons que les mémoires mathématiques de Laplace, dont nous ne parlerons guère, se situent eux aussi au carrefour, crucial pour le savant (et pour notre sujet), de l'astronomie théorique et des probabilités. Il en va ainsi des équations aux différences finies partielles, dont les probabilités vont dépendre, et qui sont un analogue discret des équations aux dérivées partielles ; des séries à un très grand nombre de termes – qu'on appellera plus tard asymptotiques – et qui jouent un rôle important dans la théorie des perturbations. L'interpolation fait le lien entre les équations aux différences, l'ajustement des courbes et les observations astronomiques ; les méthodes d'approximations successives sont au service de la théorie des mouvements elliptiques ou encore de celle des perturbations ; enfin, le calcul des fonctions génératrices (englobant transformées de Laplace et de Fourier), conçu comme un calcul exponentiel d'opérateurs différentiels, forme toute la première partie de la *Théorie analytique des probabilités*, est à l'œuvre dans la *Mécanique céleste* et est au cœur de l'ensemble de ses travaux.

Le postulat déterministe

La conviction « déterministe » de Laplace s'impose d'emblée et est assez courante à cette époque, bien que ce mot n'ait pas été en usage au XVIIIe siècle. L'astronomie, sous sa forme de mécanique céleste, avait fourni le paradigme par excellence de ce déterminisme, entendu au sens de la *possibilité de prédiction, par le calcul ou la loi mathématique*; l'idée que le monde est écrit en langage mathématique, selon l'expression de Galilée, est à son apogée, notamment après le calcul par

7. En effet, les laplaciens se sont opposés notamment au point de vue phénoménologiste de Fourier et à la théorie ondulatoire de la lumière de Fresnel ; ils paraissent avoir été à contre-courant de plusieurs étapes importantes qui ont marqué l'évolution de la physique. Néanmoins cette analyse, trop sommaire, doit être fortement nuancée. On peut consulter à ce sujet Ivor Grattan-Guinness, *Convolutions in French Mathematics, 1800-1840*, 3 vol., Birkhaüser, 1990 et Amy Dahan Dalmedico, *Aspects de la mathématisation au XXe siècle. La physique mathématique de Cauchy* (thèse doctorat d'État), à paraître, Paris, Lib. Blanchard, 1992.

Clairaut du retour de la comète de Halley. La loi newtonienne de la gravitation universelle semble le résultat le plus incontestable et le plus admirable qui ait jamais pu être découvert, et Laplace, à diverses reprises, exprime la nostalgie de n'avoir pu être celui qui ait eu l'occasion de trouver cette équation, unique, du monde. Pourtant en mécanique céleste, bien des questions restent non résolues ; comme l'écrit Royer-Collard, à la mort de Laplace : « Il y avait encore, il n'y a pas trente ans, des scandales dans le ciel ; il y avait des planètes réfractaires aux tables des astronomes. » La théorie s'avérait d'une efficacité bien inférieure à celle de l'astronomie physique et de ses méthodes empiriques, et Laplace, toute sa vie, va s'efforcer de corriger cette distorsion. Parmi les questions en suspens, les mouvements exacts des corps célestes constituaient la plus criante, mais il faut mentionner aussi la stabilité du système solaire, la figure de la Terre, celle des planètes et de leurs satellites, la question si controversée des comètes – faisaient-elles partie ou non du système solaire ? Enfin, une interrogation englobait toutes les autres : la loi de Newton serait-elle suffisante pour expliquer toutes les lacunes ou faudrait-il y adjoindre d'autres « causes étrangères » ?

La formulation laplacienne du déterminisme possède, nous le savons maintenant, une contrepartie mathématique : le théorème d'existence et d'unicité des solutions des équations différentielles. Certains de nos contemporains ont pu penser que Laplace l'avait extrapolé à partir de la constatation mathématique simple qu'une équation différentielle linéaire du second ordre possède une unique courbe solution, passant par un point donné, avec une tangente donnée ; autrement dit, en termes mécaniques, un corps en mouvement, soumis à une force qui ne dépend que de la position spatiale du corps, a une trajectoire entièrement déterminée dès que la position et la vitesse à un instant donné le sont. Mais, à cette époque, aucun résultat mathématique sur ce sujet n'est connu, et le premier théorème précis est prouvé par Cauchy, dans les années 1830[8]. De plus, en mécanique céleste, les choses sont beaucoup plus compliquées puisqu'on est confronté, non pas à une équation différentielle, mais à un système différentiel provenant d'un

8. Cf. l'article de G. Israël dans ce livre.

problème à *n* corps et Laplace savait mieux que quiconque qu'on était incapable, à ce jour, de les résoudre, à peine d'en approcher les solutions [9].

C'est tout simplement dans le cadre d'une métaphysique matérialiste, courante à la fin du XVIIIe siècle et que de nombreux auteurs – comme d'Holbach, Herschell, Condorcet puis Biot – ont également exprimée, que Laplace croit à la possibilité de la détermination des lois mathématiques de l'Univers, et qu'il affirme qu'une intelligence supérieure toute théorique, aux possibilités cognitives infinies, pourrait calculer tous les effets des lois de la nature. Cette intelligence n'est pas censée posséder de qualités surnaturelles et en cela le déterminisme laplacien s'oppose au déterminisme antérieur *théologique* dans lequel le rôle de l'intelligence omnisciente était tenue par Dieu. Pourtant, désigner le déterminisme laplacien sous le vocable de « déterminisme scientifique » est source de confusions car il ne saurait être établi scientifiquement. Il vaudrait mieux, pensons-nous, parler de *déterminisme ontologique global*, fondé sur une intime conviction métaphysique : la nature est connaissable, elle obéit à des lois mathématiques. Affirmation spéculative donc, qui a des conséquences sur l'heuristique scientifique, que l'on pourra tenter de confronter aux données scientifiques proprement dites, mais qui n'est certainement pas un résultat de la science. Laplace reconnaît simultanément que l'homme restera toujours infiniment éloigné de cette intelligence supérieure. Ce présupposé de la finitude de l'entendement humain est essentiel pour penser toute théorie de la connaissance, on le sait depuis l'entreprise critique de Kant, et essentiel pour définir ce qui relève de la science.

La science des probabilités, un outil de la philosophie naturelle

En fait, la véritable originalité de Laplace est qu'il propose, pour remédier à l'*impossibilité pratique* d'une telle intelligence, la « science des hasards et des probabilités », comme guide dans la recherche scientifique. Dès le début de sa carrière, Laplace s'est persuadé que « le système entier des

9. Cf. l'article de J. Laskar dans ce livre.

connaissances humaines se rattache à la science des probabilités » et il a résolu d'y consacrer une grande partie de ses recherches. Auparavant, la « doctrine des chances » (*theory of chances* chez les Anglais) avait défini des objectifs de deux sortes : d'abord, calculer la probabilité d'apparition d'événements à propos desquels on est dans l'incertitude, en premier lieu sur leur occurrence ; ensuite, calculer les espérances qui s'attachent à leur éventualité. Cette doctrine s'occupait surtout de théories des jeux et de questions relatives à la vie civile (assurances, démographie etc.). Ses fondements avaient été soumis à des « objections très fines », pour reprendre l'expression de Laplace à propos des vives réticences de d'Alembert sur l'analyse des hasards. Laplace, en mettant l'accent sur le terme de *probabilités*, suggère l'apparition d'une branche nouvelle des mathématiques ; celle-ci comprendra de fait non seulement les mathématiques des jeux et des urnes hypothétiques, mais aussi l'estimation des erreurs scientifiques, la quantification de la crédibilité des évidences, l'inférence statistique et même, et peut-être surtout, la causalité philosophique.

Deux mémoires des années 1774-1776 donnent les grandes lignes de toute la configuration de l'œuvre laplacienne à venir [10]. Laplace y exprime sa philosophie et sa méthodologie, et le mariage entre probabilité et astronomie, annoncé dans le deuxième titre, ne sera pas de pure convenance. Laplace commence par « fixer le sens de ces mots hasard et probabilité. Nous regardons une chose comme l'effet du hasard, lorsqu'elle n'offre à nos yeux rien de singulier, ou qui annonce un dessein, et que nous ignorons d'ailleurs les causes qui l'ont produite. *Le hasard n'a donc aucune réalité en lui-même : ce n'est qu'un terme propre qu'à désigner notre ignorance* sur la manière dont les différentes parties d'un phénomène se coordonnent entre elles et avec le reste de la nature. *La notion de probabilité tient à cette ignorance...*»

Il poursuit : « L'incertitude des connaissances humaines porte sur les événements ou sur les causes des événements... »

10. Le « Mémoire sur la probabilité des causes par les événements » et le mémoire intitulé « Recherches 1) sur l'intégration des équations différentielles aux différences finies et sur leur usage dans la théorie des hasards, 2) sur le principe de la gravitation universelle et sur les inégalités séculaires des planètes qui en dépendent », *Œuvres* de Laplace, t. VIII, p. 27-65 et p. 69-275.

– soit la cause est connue et l'événement est incertain, « si l'on est assuré, par exemple, qu'une urne ne renferme que des billets blancs et noirs dans un rapport donné, et que l'on demande la probabilité qu'en prenant au hasard un de ces billets il sera blanc, l'événement est incertain, mais la cause dont dépend la probabilité de son existence, c'est-à-dire le rapport des billets blancs aux noirs, est connue [11] »;
– soit l'événement est connu et la cause est inconnue, par exemple « une urne étant supposée renfermer un nombre donné de billets blancs et noirs, si l'on en tire un billet blanc, déterminer la probabilité que la proportion des billets blancs aux noirs dans l'urne est celle de p à q [12] »;
– il peut aussi y avoir incertitude sur les deux éléments [13].

Laplace est le premier (si l'on excepte le mémoire plus limité de Bayes de 1763, qu'il n'avait certainement pas lu) à s'intéresser principalement au deuxième problème, celui des probabilités inverses. Il va prendre les probabilités comme un instrument et un guide pour pallier les lacunes de la connaissance humaine et s'attaquer à la recherche des causes. Il écrit dans l'*Exposition du système du monde* :

> Nous sommes si loin de connaître tous les agents de la nature et leurs divers modes d'action, qu'il *serait peu philosophique de nier les phénomènes*, uniquement parce qu'ils sont inexplicables dans l'état actuel de nos connaissances. Seulement nous devons les expliquer avec une attention d'autant plus scrupuleuse, qu'il paraît plus difficile de les admettre ; et c'est ici que le *calcul des probabilités devient indispensable*, pour déterminer jusqu'à quel point il faut multiplier les observations ou les expériences, afin d'obtenir en faveur des agents qu'elles indiquent une probabilité supérieure aux raisons que l'on peut avoir d'ailleurs, de ne pas les admettre.

11. *Ibid.*, § XXV p. 144-153.
12. *Ibid.*
13. *Ibid.*, par exemple : « Une urne étant supposée pouvoir également renfermer tous les nombres des billets blancs et noirs depuis 2 jusqu'à n inclusivement, déterminer la probabilité qu'en tirant au hasard deux de ces billets, ils seront blancs. Le rapport des billets blancs et noirs, le nombre total des billets et l'événement qui doit en résulter sont inconnus ; mais on doit regarder ici comme cause de l'événement l'égale possibilité de tous les nombres depuis 2 jusqu'à n, et l'indifférence des billets à être blancs ou noirs ; ainsi ce problème est du genre de ceux dans lesquels, la cause étant inconnue, l'événement est inconnu. »

Comme l'a écrit Bernard Bru [14], « il ne s'agit plus de savoir si les lois de la nature sont nécessaires ou contingentes [suivant les termes du fameux débat lancé par l'Académie de Berlin sur les principes de la mécanique, auquel participèrent d'Alembert et Euler], déterministes ou indéterministes, mais de calculer leurs effets avec le plus de précision possible et de restreindre l'indétermination à la portion congrue ». Le calcul des probabilités doit permettre d'aller plus loin dans la précision numérique et dans la prévision. Il doit aussi permettre, dans certaines circonstances, d'induire des causes à partir d'effets observés et répétés mais nous verrons que ceci a lieu sans que l'on ait à se prononcer sur la nature physique explicite de la relation entre les causes et les effets.

Le principe de la probabilité des causes

Nous avons cité les exemples d'urnes de Laplace, mais ce qui est remarquable, c'est l'assimilation d'une mesure physique ou d'une observation à la réalisation d'un événement aléatoire (que ce soit en astronomie ou bien en histoire naturelle de l'homme où, par exemple, Laplace assimile les naissances à des tirages de boules). Le principe de la détermination des causes par les événements s'énonce :

> Si un événement peut être produit par un nombre *n* de causes différentes, les probabilités de l'existence de ces causes prises de l'événement sont entre elles comme les probabilités de l'événement prises de ces causes, et la probabilité de l'existence de chacune d'elles est égale à la probabilité de l'événement prise de cette cause, divisée par la somme de toutes les probabilités de l'événement prises de chacune de ces causes [15].

14. Cf. B. Bru : postface à la réédition de l'*Essai philosophique*, Paris, Christian Bourgois, 1986.

15. Dans les *Leçons à l'École normale de l'An III*, ce principe est énoncé ainsi : « Chacune des causes auxquelles un événement observé peut être attribué est indiquée avec d'autant plus de vraisemblance qu'il est plus probable que, cette cause étant supposée exister, l'événement aura lieu ; la probabilité de l'existence d'une quelconque de ces causes est donc une fraction dont le numérateur est la probabilité de l'événement résultant de cette cause, et dont le dénominateur est la somme des probabilités semblables relatives à toutes les causes », *Œuvres* de Laplace, t. XIV, p. 162.

Ce théorème est aujourd'hui connu sous le nom de théorème de Bayes.

La relation entre ordre et causalité est elle-même soumise au calcul des probabilités : ainsi Laplace effectue un petit calcul pour montrer comment l'idée intuitive, selon laquelle là où nous apercevons de la symétrie (ou de l'ordre) dans l'Univers, nous croyons toujours reconnaître l'effet d'une cause régulière, est bien conforme aux probabilités. Considérons un tel effet, qui peut être le résultat soit du hasard, soit d'une cause régulière. Soit $1/n$ la probabilité de son existence s'il est dû à une cause régulière et $1/m$ cette probabilité s'il est dû au hasard. Par la règle de Bayes, la probabilité de l'existence de la cause régulière sera égale à

$$\frac{\frac{1}{n}}{\frac{1}{n}+\frac{1}{m}} = \frac{1}{1+\frac{n}{m}}.$$

Donc plus m est grand relativement à n, plus grande est la probabilité qu'un événement « symétrique » ait une cause régulière. Dans le premier mémoire, Laplace soulève aussi la question, qui a pris tout son relief aujourd'hui, des précautions à prendre dans l'utilisation de la science des hasards quand on passe du cas mathématique au cas physique. Ainsi, quand on joue à pile ou face, si la pièce n'est pas parfaitement symétrique et qu'on ne connaît pas le sens de son asymétrie, on croyait jusque-là que cette incertitude ne changeait rien. Or Laplace montre que ceci n'est pas vrai dès qu'interviennent des probabilités composées et non pas seulement des probabilités simples, donc que le jeu entre les joueurs se poursuit au-delà du premier lancer. Cette question des asymétries l'a sensibilisé à la distinction entre « causes régulières » et « causes accidentelles ».

Un exemple d'application : la distribution des comètes

Dans les interactions entre astronomie et probabilités, deux aspects peuvent être distingués, même s'ils sont souvent imbriqués. L'un est philosophique et concerne les remarques sur l'ordre, la causalité et la connaissance. L'autre est plus directement technique et appartient à l'analyse probabiliste des phénomènes et des observations, la distribution des erreurs dans les données, l'application de certaines techniques mathématiques. Le mémoire sur la distribution des comètes [16] illustre parfaitement ces deux aspects : ses motivations renvoient à l'aspect philosophique et cosmologique, tandis que les méthodes techniques renvoient à l'aspect mathématique.

L'incertitude régnait encore sur le statut des comètes dans le système solaire. Laplace avait même commencé par invoquer leur action, comme un *deus ex machina* possible pour expliquer les inégalités séculaires des moyens mouvements de Jupiter et Saturne qui apparaissaient inexplicables sur la base des forces intérieures au système. En fait, toutes les planètes connues et leurs satellites (16 corps au total) ont leur révolution dans le même sens et presque dans le même plan, avec des orbites très peu excentriques. La probabilité qu'une même « cause » soit derrière cette régularité est calculée par Laplace (il y a quatre mille milliards à parier contre un, écrit-il dans l'*Essai*) – si l'on suspend provisoirement la question de savoir ce qu'est une cause, Laplace ayant reconnu d'ailleurs lui-même ne pas pouvoir en donner une réponse satisfaisante. Quant aux comètes, elles ont des mouvements directs ou rétrogrades, et leurs orbites, à forte excentricité, sont inclinées avec tous les angles possibles sur l'écliptique. Dionis du Séjour avait déterminé, à partir des 63 comètes recensées, que la moyenne arithmétique de leurs inclinaisons valait 46° 16' (ce qui s'éloigne peu de 45°) et que le rapport des directes aux rétrogrades était de 5/4 (ce qui est presque égal à 1). Il en déduisait que les comètes ont un « principe d'indifférence », alors que le système solaire se caractérise par un principe d'ordre. Cette conclusion ne semble pas déraisonnable à Laplace mais, lui a besoin d'un calcul pour savoir quel est son degré de certitude et donc d'exactitude. En considérant les comètes, comme *n* corps lancés au hasard dans l'espace, il va chercher la probabilité pour que l'inclinaison moyenne des orbites par rapport à un plan donné se trouve entre des limites données.

16. Ce « Mémoire sur l'inclinaison moyenne des orbites des comètes » constitue la troisième partie, rendue autonome, du deuxième mémoire « Recherches... » cité précédemment, *Mémoires de l'Académie royale des sciences de Paris, Savants étrangers, année 1773*; t. VII, 1776. *Œuvres* de Laplace, t. VIII, p. 279-321.

> Car, dit-il, si par exemple l'inclinaison moyenne des orbites était 45° + α, et qu'il y eut un très grand nombre, comme un million à parier contre l'unité qu'elle doit être au-dessous, on pourrait en conclure, avec beaucoup de vraisemblance, à une cause qui détermine les comètes à se mouvoir dans un plan plutôt que dans un autre.

Laplace résout le problème progressivement, comme d'ailleurs il avait entamé la discussion des « valeurs moyennes » d'une série d'observations astronomiques dans le mémoire sur la probabilité des causes. Ici, la moyenne est une simple moyenne arithmétique et la probabilité cherchée est directe. Il traite d'abord le cas de deux corps : AB représente l'inclinaison maximale de 90°. Il trace la « courbe de probabilité » AZM*z*B, dont chaque ordonnée est proportionnelle à la probabilité que l'abscisse correspondante mesurée le long de AB représente l'inclinaison moyenne. Ainsi la probabilité que l'inclinaison moyenne soit AY = x, est égale à YZ. Et un raisonnement élémentaire lui permet d'affirmer que la probabilité pour que l'inclinaison moyenne soit entre Y et y sera égale au quotient des aires YZM*zy*/AMB (voir figure 1).

Ensuite, il traite le cas de trois corps.

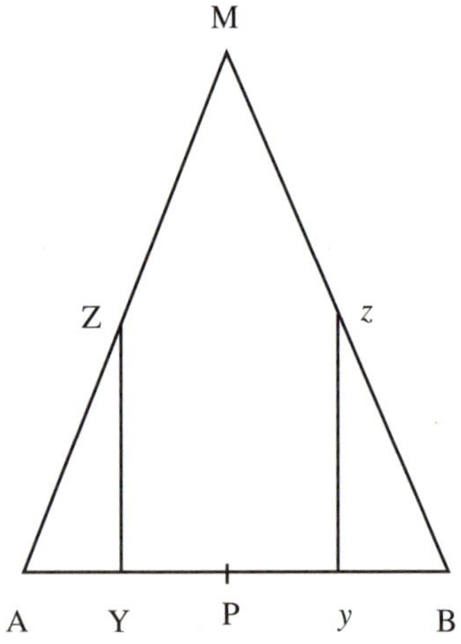

Figure 1

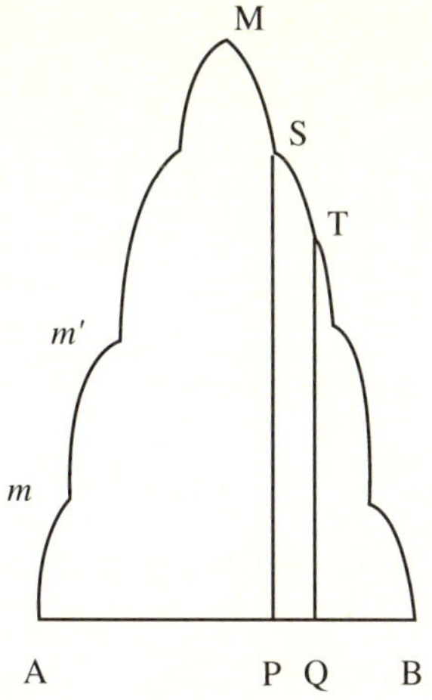

Figure 2

Enfin, il passe à celui des n corps : dans ce cas, AB est divisée en n parties égales ; Laplace cherche l'expression de la « courbe de probabilité » relative à la r-ième partie. Il aboutit à une relation de récurrence à multi-indices qui lui permet de passer du cas de $n - 1$ corps à celui de n corps [17]:

$$a^{n-2} = {}_r y_{n,z}.$$

Pour déterminer ensuite la probabilité que l'inclinaison moyenne des n orbites soit comprise entre deux points P et Q, on calcule l'aire STPQ et le quotient de cette aire par l'aire entière exprime la probabilité demandée (voir figure 2).

L'application complète aurait due être faite pour $n = 63$ mais le calcul est trop difficile. Laplace l'effectue pour $n = 12$. Il faut diviser 90° en 12 parties égales, approximativement de 7° 1/2. Il calcule la probabilité pour que l'inclinaison moyenne des 12 comètes les plus récentes soit comprise entre 37° – 1/2 et 52°+ 1/2. Il trouve 0,339. Et en se référant aux 12 comètes

17. La méthode mathématique avait été trouvée dans le mémoire sur les équations aux différences finies (*Œuvres* de Laplace, t. VIII).

les plus récentes, il trouve que leur inclinaison moyenne est 43° 30'. Il conclut :

> Pour soupçonner dans ces comètes une cause qui tende à les faire mouvoir dans le plan de l'écliptique, il faudrait qu'il y eut un très grand nombre à parier contre l'unité que, si elles étaient lancées au hasard, leur inclinaison moyenne surpasserait 42° 30'. Or nous venons de trouver qu'il y a 839 contre 161, ce qui ne fait pas 6 contre 1, à parier qu'elle sera au dessus de 37° 1/2 et il y a considérablement moins à parier qu'elle sera au-dessus de 42° 30'.

Cette conclusion confirme donc celle de Dionis du Séjour. Jamais la phrase qui clôt l'*Essai philosophique* – « la théorie des probabilités n'est au fond que le bon sens réduit au calcul » – n'a paru si justifiée. Il nous faut pourtant retenir la virtuosité de Laplace à mettre en œuvre, dans la distribution des comètes, une méthode générale issue de la théorie des chances.

Recherche des causes et théorie des erreurs

On a vu que Laplace s'est intéressé à la détermination du « milieu », ou la « valeur moyenne », à prendre parmi toute une série d'observations. Dans les années 1770, des difficultés analytiques l'arrêtent puisqu'il aboutit pour trois observations seulement à une équation du 15e degré. Ce n'est que progressivement – et la distribution des orbites des comètes a joué un rôle important à ce sujet, que Laplace a mis en forme une *théorie analytique des erreurs*, c'est-à-dire qu'il a calculé la probabilité pour que la moyenne des erreurs d'un grand nombre d'observations soit comprise dans des limites données. Ce résultat de calcul intégral, publié [18] en 1810, qu'on appelle aujourd'hui le *théorème central limite*, améliore beaucoup la « loi des grands nombres » énoncée par Jacques Bernoulli en 1713. Il est significatif que, dès le début, ce soit en astronomie que l'application de ce calcul ait été effectuée, pour minimiser les observations et les erreurs instrumentales, mais aussi dans une recherche de causalité philosophique.

18. « Mémoire sur les approximations des formules qui sont fonctions de très grands nombres, et sur leur application aux probabilités », *Œuvres* de Laplace, t. XII, p. 301-353.

Une fois ce résultat acquis, Laplace aura tendance à reléguer au second plan le principe qui lui permet de remonter des événements aux causes et des observations aux éléments. Il privilégiera plutôt, dans la *Théorie analytique des probabilités*, la théorie dite *asymptotique*, dans laquelle les lois d'erreurs des éléments déterminés à partir d'observations nombreuses et les paramètres qui interviennent dans ces lois peuvent être calculés *directement*, avec une très bonne approximation et une très grande probabilité, à partir des observations elles-mêmes ; autrement dit, sans faire intervenir la recherche des causes. Cournot appellera ce dernier point de vue celui « de Bernoulli ». En fait, les historiens actuels des probabilités, comme Sheynin [19], ont montré que, dans les deux cas, des procédés convergeant en probabilité sont à l'œuvre, et que Laplace suit tantôt le point de vue initial « bayesien-laplacien », tantôt l'autre, suivant les problèmes à résoudre.

Laplace jette aussi les bases de l'*inférence statistique*. Soit par exemple une urne contenant des boules rouges et blanches dans un rapport inconnu. On a effectué $p + q$ tirages qui ont donné p rouges et q noires. Le problème est de déterminer la probabilité pour que dans les $m + n$ tirages suivants il y ait m rouges et n noires. Laplace se demande surtout quelles grandeurs doivent avoir p et q et dans quelles limites doivent se trouver m et n pour qu'on puisse calculer le rapport m/n sur la base du rapport p/q. Les résultats de statistique mathématique vont se succéder. Bien sûr Laplace, emporté par son élan, ne résiste pas à appliquer sa méthode à des questions plus discutables comme la probabilité que le soleil se lève demain sachant qu'il s'est levé chaque matin pendant 5 000 ans (répondant indirectement à un texte célèbre de Hume) ou bien la « probabilité que la disposition du système du monde ne soit pas due au hasard mais à une cause primitive qui aurait dirigé les mouvements planétaires », question qui le conduit à énoncer, avec assez de précautions toutefois, son « *hypothèse* cosmogonique » sur la formation du système solaire à partir d'une nébuleuse en rotation.

19. Parmi ses nombreux articles, citons : « P. S. Laplace's Work on Probability », *Archive for History of Exact Sciences*, vol. 16, n° 2, 1976, p. 137-187 et « P. S. Laplace's Theory of Errors », *ibid.*, vol. 17, n° 1, 1977, p. 1-61. Voir aussi B. Bru, postface à l'*Essai philosophique*, *op. cit.*

Causes et effets en mécanique céleste

Dans la *Mécanique céleste,* Laplace étudie les causes de nombreuses inégalités des mouvements célestes. La méthode est systématique : à partir d'une régularité observée dans la nature, Laplace postule qu'elle est due à une certaine cause constante. Pour déterminer avec quelle probabilité cette cause est impliquée, il conçoit d'abord que cette cause n'existe pas et que le phénomène provient de causes accidentelles et d'erreurs d'observation. Il applique alors les méthodes probabilistes de la théorie des erreurs. Il est ainsi à même de discerner, par une longue suite d'observations, l'effet très petit d'une cause constante ; ceci même si les erreurs ou les perturbations produites par des causes accidentelles peuvent excéder l'effet lui-même de cette cause constante. On peut dire que « les séries statistiques se comportent comme des données d'erreurs autour d'une vérité fixe, et peuvent renseigner sur l'existence de cette vérité et fournir en fin de compte une régularité [20]». Ajoutons cependant que chez Laplace se posent la question de la vraisemblance d'une hypothèse, celle du degré d'exactitude d'une théorie, et par conséquent les questions de leur légitimité, mais jamais directement celles de leur *vérité*.

Voici par exemple comment Laplace résume ses découvertes sur la théorie de la Lune :

> Ce fut encore par la considération des probabilités que je reconnus la cause de l'équation séculaire de la Lune. Les observations modernes de cet astre, comparées aux anciennes éclipses, avaient indiqué aux astronomes une *accélération dans le mouvement lunaire*; mais les géomètres, et particulièrement Lagrange, ayant inutilement cherché dans les perturbations que ce mouvement éprouve, les termes dont cette accélération dépend, ils la rejetèrent. Un examen attentif des observations anciennes et modernes, et des éclipses intermédiaires observées par les Arabes, me fit voir qu'elle était indiquée avec une grande probabilité. Je repris alors sous ce point de vue la théorie lunaire, et je reconnus que l'équation séculaire de la Lune est due à l'action du Soleil sur ce satellite, combinée avec la *variation séculaire de l'excentricité de*

20. Cf. Nicole et Jean Dhombres, *Naissance d'un nouveau pouvoir : sciences et savants en France 1793-1824*, Paris, Payot, 1989.

> *l'orbe terrestre*; ce qui me fit découvrir les équations séculaires des mouvements des nœuds et du périgée de l'orbite lunaire, équations qui n'avaient même pas été soupçonnées par les astronomes. L'accord très remarquable de cette théorie avec toutes les observations anciennes et modernes, l'a portée au plus haut degré d'évidence [21].

Appliquant encore la même méthode, Laplace attribue à l'ellipticité du sphéroïde terrestre la cause d'une autre inégalité lunaire dite « équation annuelle ».

Remarquons que les « causes » – variation séculaire de l'excentricité, aplatissement du sphéroïde terrestre, etc. – que trouve Laplace sont le plus souvent des causes *formelles*, c'est-à-dire des éléments explicatifs se situant déjà au niveau interne et mathématique. Pour expliquer la loi des mouvements moyens des trois premiers satellites de Jupiter [22], Laplace avance comme cause l'action mutuelle (gravitationnelle) des satellites, pourvu qu'à l'origine les rapports de leurs moyens mouvements aient approché de cette loi dans certaines limites qu'il calcule. Ici, la « cause » de la loi (qui joue, elle, le rôle d'effet) se réduit au principe de la gravitation universelle de Newton, *et* à des valeurs des conditions initiales, qui soient conformes, avec une certaine approximation, à la loi. Effets et causes sont donc mathématiquement homogènes. De ce point de vue, on peut remarquer que Laplace reste imprégné de l'idéal de la physique newtonienne qui incarnait, pour les scientifiques du XVIIIe, plutôt un type de *méthodologie non causale*, par opposition avec l'école mécaniste ou cinétiste cartésienne notamment, faisant appel, elle, à des tourbillons et de petites boules qui se cognent, c'est-à-dire à des causes proprement physiques se situant à un niveau *bathygène*, plus profond, d'organisation de la matière.

L'idéal d'intelligibilité rationnelle du monde

Dans l'introduction à la *Théorie analytique des probabilités*, Laplace écrit :

21. *Essai philosophique sur les probabilités*, p. 99.
22. Loi suivant laquelle la longitude moyenne du premier, moins trois fois celle du second, plus deux fois celle du troisième, est rigoureusement égale à la demi-circonférence.

> Les causes régulières des phénomènes sont le plus souvent ou inconnues ou trop compliquées pour être soumises au calcul ; souvent encore leur action est troublée par les causes accidentelles et irrégulières ; mais elle reste toujours empreinte dans les événements produits par toutes ces causes et elle y apporte des modifications qu'une longue suite d'observations peut déterminer. L'analyse des probabilités développe ces modifications et assigne leurs degrés de vraisemblance.

Comme le note Gillispie, il semble qu'une même conviction anime Laplace : d'une part, la régularité de l'Univers pris dans sa globalité annonce la règle d'une loi naturelle ; d'autre part, là où apparaissent des facteurs perturbatifs (pièces imparfaites, anomalies dans le mouvement planétaire, indétermination dans la forme de la Terre, larges variations des inclinaisons des plans des orbites des comètes, etc.), de telles données peuvent suggérer une cause accidentelle. Ainsi, tant l'apparente symétrie que les exceptions manifestent une certaine forme de causalité, qu'elle soit générale ou particulière ; le but de l'analyse mathématique est de traiter de manière unitaire les deux cas, en déterminant les degrés de probabilité et de certitude. La conviction en la structure causale de la nature n'est pas contradictoire avec l'idéal newtonien, que nous venons de mentionner, d'une « méthodologie non causale ». Cette conviction s'appuie avant tout sur des motifs de légalité, d'intelligibilité mathématique : il y a des lois dans la nature, la tâche du savant est de les déterminer, au moins de les approcher le mieux possible.

En bref, Laplace déterministe, Laplace théoricien des probabilités sont les deux profils d'une même figure. Sa conviction du déterminisme joue un rôle direct dans l'élaboration de la théorie analytique des probabilités, c'est un fondement. Et bien que le hasard ne soit lié qu'à notre ignorance, la probabilité, elle, est signe *objectif* d'un état des choses. Calculer une probabilité, l'encadrer dans des limites précises, c'est améliorer notre connaissance des lois de la nature, c'est avoir un outil pour démêler la cause des événements. Déterminer les raisons de la certitude, traquer la compréhension du probable constituent le cœur du projet scientifique de Laplace ; observations et calculs sont au service d'un idéal d'intelligibilité rationnelle du monde.

La physique laplacienne

Dès les années 1780, Laplace est attiré par l'abondance des idées nouvelles et des découvertes résultant de la révolution chimique ; et il effectue des tentatives pour donner une formulation mathématique à des domaines encore très peu mathématisés. Ainsi, il s'intéresse avec Lavoisier au phénomène de la chaleur ; leurs recherches aboutissent à un commun *Mémoire sur la chaleur* en 1783, date importante pour la mathématisation des sciences expérimentales car elle marque l'apparition d'une hypothèse physique duale sur la chaleur : chaleur comme fluide répandu dans toute la nature ou bien chaleur comme résultat des mouvements insensibles des particules de matière ; mais, en fait, la mathématisation à l'œuvre reste très rudimentaire et ne préjuge en rien de l'hypothèse physique. Plus tard, l'influence de Laplace est nette dans les écrits de Berthollet [23] avec qui il s'associe au sein de la Société d'Arcueil et dont il complétera l'ouvrage *Sur la statique chimique* par une « Note V sur la nature des gaz [24]». Laplace y donne, à partir d'une interprétation moléculaire, une formule sur le rapport des chaleurs spécifiques des gaz (à volume constant et à pression constante). Il avance notamment l'idée qu'il existe des forces répulsives entre molécules, inversement proportionnelles à une puissance de leurs distances. C'est surtout entre 1805 et 1810, que Laplace publie une série de textes portant d'abord sur la capillarité [25], puis sur d'autres phénomènes physiques dont l'action de la lumière [26], où il cherche notamment à montrer que la loi de Huygens relative à la double réfraction dans les cristaux – loi appartenant au cadre de la théorie ondulatoire mais que diverses expériences de

23. Cf. C.-L. Berthollet, *Recherches sur les lois de l'affinité* (1801) et *Essai de statique chimique* (1803), Paris, Firmin-Didot.

24. Cf. *Œuvres* de Laplace, t. XIV, p. 329-332.

25. On pourra consulter sur ce sujet J. Dhombres, « La théorie de la capillarité selon Laplace : mathématisation superficielle ou étendue ? » *Revue d'histoire des sciences*, 1989, LXII/1-2, p. 43-77.

26. Cf. « Mémoire sur les mouvements de la lumière dans les milieux diaphanes » lu le 30 janvier 1809, *Mémoires de l'Académie des sciences*, 1ère série t. X, 1810. *Œuvres* de Laplace, t. XII, p. 267-298.

Malus avaient corroborée – pouvait être déduite d'une théorie corpusculaire de la lumière et d'une hypothèse de forces attractives et répulsives.

Le programme esquissé dans le mémoire de 1810 est repris très explicitement et de manière élargie dans la notice introductive au livre XII de la *Mécanique céleste*. Laplace écrit :

> Au moyen de ces suppositions, les phénomènes de l'expansion de la chaleur et des vibrations des gaz sont ramenés à des forces *attractives et répulsives* qui ne sont sensibles qu'à des distances imperceptibles. Dans ma théorie de l'action capillaire, j'ai ramené à de semblables forces les effets de la capillarité. *Tous les phénomènes terrestres dépendent de ce genre de forces* comme les phénomènes célestes dépendent de la gravitation universelle. *Leur considération me paraît devoir être maintenant le principal objet de la philosophie mathématique*. Il me semble même utile de les introduire dans les démonstrations de mécanique, en abandonnant les considérations abstraites de lignes sans masse, flexibles ou inflexibles, et de corps parfaitement durs. Quelques essais m'ont fait voir qu'en se rapprochant ainsi de la nature, on pouvait donner à ces démonstrations autant de simplicité et beaucoup plus de clarté que par les méthodes usitées jusqu'à ce jour[27].

En d'autres termes, la matière est formée de corpuscules pondérables qui exercent entre eux des forces d'attraction instantanées, portées par la ligne qui joint les corpuscules, et dont l'intensité est fonction de la distance qui les sépare. Les lois de l'attraction universelle, qui règlent les corps de la mécanique céleste, sont encore valables à l'échelle des constituants de la matière pondérable. A ces forces attractives moléculaires, il faut adjoindre des forces répulsives qui évitent notamment l'effondrement de la matière sur elle-même. Ces deux types de forces moléculaires sont des « *forces ad distans* insensibles à des distances sensibles ». C'est ainsi que dans les derniers livres de la *Mécanique céleste*, Laplace traite de la réfraction astronomique, du mouvement des fluides élastiques, de la vitesse du son, du mouvement des marées et de la stabilité des mers, de l'atmosphère, etc.

27. *Œuvres* de Laplace, t. V, p. 104-119.

Déterminisme et réductionnisme mécaniste

C'est cette ambition universelle d'explication par les forces attractives et répulsives que de nombreux historiens des sciences ont désignée sous le terme de *physique laplacienne* ou de *programme mécanico-moléculaire laplacien.* Les disciples de Laplace ont tenté de le mettre en œuvre dans de nombreux domaines : la lumière avec Malus, la chaleur avec Poisson, l'électricité et le magnétisme avec Poisson et Ampère, etc. La physique laplacienne conduit à une vision du monde cohérente et harmonieuse où les lois physiques établies à notre échelle de perception se transfèrent à l'échelle microscopique et cette cohérence est renforcée par la similitude mathématique des lois entre corpuscules. De plus, quel que soit le domaine considéré, une grande unité méthodologique se manifeste : la méthode consiste toujours à effectuer un bilan des actions en présence sur *une seule* molécule, puis à éliminer, grâce à des intégrations, l'expression de la loi d'action à distance dont on sait seulement qu'elle devient insensible lorsque la distance entre molécules s'accroît.

Cette expression de la physique laplacienne va donner lieu à une interprétation philosophique radicale : tous les phénomènes observables sont réductibles à l'ontologie sous-jacente de la matière, du mouvement et de la force ; et les lois de la nature, dont il faut rendre compte, peuvent toutes l'être à partir du *corpuscule* et des forces à distance de corpuscule à corpuscule. Ce réductionnisme mécaniste est indissociable de la nouvelle formulation laplacienne du déterminisme : si, en 1774, Laplace envisageait que l'intelligence omnisciente puisse embrasser les « affections de tous les êtres », il n'en est plus question dans l'*Essai* où elle pourrait (seulement, si l'on ose dire) « embrasser dans la même formule les *mouvements* des plus grands corps de l'univers et ceux du plus léger atome ».

Le déterminisme, aujourd'hui

Trois éléments caractérisent le déterminisme de Pierre-Simon Laplace : la conviction – d'ordre métaphysique – du déterminisme global de la nature et de la structure causale de cette dernière, conviction indissolublement liée à un idéal d'intelligibilité du monde ; l'affirmation corrélative de la possibilité de prédiction par les lois mathématiques ; enfin, le réductionnisme mécaniste. Quant à la théorie des probabilités, qui prend son véritable essor dans son œuvre, elle est un outil indispensable et privilégié dans la connaissance des lois de la nature, mais elle n'est pas chargée d'une densité ontologique. Cette conception est-elle définitivement caduque et où en est-on aujourd'hui ?

Niveaux de réalité et théorie physique

Au cours du XIXe siècle, la naissance et le développement de nouvelles théories physiques, distinctes de la mécanique classique, que ce soit la théorie cinétique des gaz, la théorie électro-magnétique de Faraday-Maxwell, la thermodynamique, etc., ont souligné à l'évidence la très grande faiblesse du programme de la physique laplacienne et de son ontologie sous-jacente. De l'univers laplacien, en effet, est exclue l'idée de niveaux d'organisation qualitativement différents, puisque chaque niveau est réductible à celui, ultime, des particules en mouvement soumises à des actions à distance ; comme sont aussi exclues certaines attitudes devenues courantes dans la démarche scientifique et qui consistent à articuler l'Univers en systèmes tout en laissant un espace à ce qui reste inconnu, à conjuguer des théories physiques distinctes dans des domaines de validité différents ou relatives à des classes de phénomènes différents.

Avec la mécanique statistique de Boltzmann en particulier, une première renonciation au déterminisme individuel est intervenue sans qu'il y ait pour autant acceptation d'une limitation de connaissance et renonciation à la prédictibilité. On renonce à une description au niveau moléculaire, non pas tant par ignorance, que par *non-pertinence*; les idées probabilistes faisant le lien entre des concepts macroscopiques (pression, température, viscosité etc.) et les descriptions microscopiques (les milliards de milliards de molécules). Et on obtient ensuite des descriptions déterministes comme le sont les équations de transport. La mécanique statistique est certainement le premier moment important où l'on prend pleinement conscience qu'il y a des niveaux de réalité qui ne se réduisent pas les uns aux autres et ne sont pas susceptibles d'être décrits par les mêmes modèles ; ce qu'on a appelé « déterminisme statistique » s'impose dans l'étude du comportement des gaz. D'ailleurs, personne n'a véritablement éprouvé, depuis, le besoin de rendre compte, en termes moléculaires, des grandes équations d'évolution, qui avaient été antérieurement établies, comme par exemple l'équation de Fourier pour la chaleur, l'équation de Riemann pour la propagation du son, ou l'équation de Navier-Stokes pour le mouvement d'un fluide.

On connaît au XXe siècle les succès du programme réductionniste en physique en particulier dans sa phase de descente analytique ; il a ainsi vu se constituer successivement physique atomique, physique nucléaire, puis physique des particules, pour atteindre aujourd'hui l'échelle « quarkienne [28]». Mais on doit souligner aussi les limites de la phase de remontée synthétique ; il est encore très difficile, et quelquefois impossible, d'expliquer certaines propriétés d'un objet d'un niveau supérieur à partir de ses constituants à l'échelle inférieure (non seulement la matière macroscopique à partir de ses atomes et molécules, ou encore le fonctionnement d'une cellule à partir de ses constituants physico-chimiques, mais aussi bien les noyaux et électrons à partir des nucléons et autres particules, ceux-ci à partir des quarks, etc.). D'ailleurs, il faut mentionner que tenter d'expliquer l'émergence des niveaux d'organisation supérieurs à partir des niveaux d'organisation inférieurs a tou-

28. Nous renvoyons ici à une très belle conférence, non encore publiée, de Jean-Marc Lévy-Leblond, prononcée au Collège de France (Fondation « Pour la science »), le 11 janvier 1990 : « Une matière sans qualités ? Grandeurs et limites du réductionnisme physique ».

jours ranimé le conflit entre déterminisme et indéterminisme ; c'est pour répondre aux vitalistes opposés au déterminisme mécaniste que Boussinesq a écrit en 1878 son texte *Conciliation du véritable déterminisme mécanique avec l'existence de la vie et de la liberté morale*. Le problème fondamental, encore controversé, de la mécanique statistique est bien dans le passage du microscopique au macroscopique, comment expliquer que des lois microscopiques réversibles et déterministes conduisent à des descriptions macroscopiques irréversibles et stochastiques ? L'intervention de concepts des probabilités dans ce passage, et notamment au travers de l'hypothèse ergodique, constitue un élément décisif incontestablement absent de l'œuvre de Laplace.

L'univers dans sa totalité est-il un objet de la science ?

Une possibilité pour sauver une formulation globale du déterminisme est d'accepter qu'au-delà des hétérogénéités de niveaux, il y ait un principe transversal qui les régisse tous et qui garantisse l'unicité, la cohérence et le rapport de détermination du passé à l'avenir. Mais comment ce principe peut-il être justifié ou falsifié ? Soit c'est une affirmation d'ordre ontologique et elle relève de la métaphysique ; soit elle a prétention à être un énoncé de la science qui aurait alors pour objet l'Univers dans sa totalité.

La question de savoir si l'Univers dans sa totalité est un objet de la science est très controversée et je n'ai certainement pas les moyens de la trancher. Mais accepter ou non de raisonner sur l'Univers tout entier peut avoir des conséquences importantes ; ainsi, Cournot définissait le hasard comme l'intersection de séries causales indépendantes qui, dans l'Univers global, n'existent pas. De nos jours, l'étude des systèmes dynamiques instables ayant montré par exemple que si l'on voulait considérer, dans le billard de Sinaï, le choc de neuf boules, il faudrait tenir compte de la position des spectateurs dans la salle, ou que si l'on voulait prévoir le temps à quelques semaines, il faudrait tenir compte de l'effet d'un électron à 10^{10} années-lumière de distance, certains auteurs en concluent que, en toute rigueur, il n'y a pas de système fermé auquel on puisse appliquer les lois de la physique, isolément. Pour ces auteurs-là, le seul objet en droit de la physique est donc l'Univers tout entier (mais ne nous est-il pas aussi inaccessible que les noumènes de Kant ?). Il est vrai que certaines théories, comme la relativité générale ou les cosmologies, semblent s'appliquer à l'Univers dans sa totalité ; par ailleurs les recherches actuelles d'une théorie de grande unification, si elles ne prennent pas directement l'Univers comme objet, ont une ambition analogue d'extrême universalité. Pourtant l'idée d'appliquer le deuxième principe de la thermodynamique à l'Univers entier a conduit à plusieurs affirmations aberrantes ; d'ailleurs le statut du second principe semble très différent dans les systèmes isolés, où il est associé à l'idée de dégradation de l'énergie, et dans les systèmes vivants, où au contraire il rend possibles les processus d'auto-organisation. Plusieurs questions laissent perplexes : peut-on légitimement parler de la fonction d'onde globale de l'Univers entier ? Comment, dans l'Univers, considérer à la fois entropie et gravitation, alors que les contacts entre les théories de la thermodynamique et de la gravitation paraissent si ténus ? Comment définir le concept de conditions initiales ou même le concept d'état pour l'Univers dans sa totalité ? Deux grands acquis de la méthode scientifique contemporaine vont en tout cas à l'encontre de cette utilisation ; tout d'abord le concept d'échelle, caractérisé par le plus petit volume à l'intérieur duquel on renonce à distinguer la non-uniformité et par le plus court intervalle de temps pendant lequel on renonce à distinguer des variations, et ensuite le concept de domaine d'observation caractérisé par le plus grand volume et par la plus longue durée auxquels on étend les investigations.

Face à cette difficulté de l'Univers global, une position de repli est évidemment d'énoncer un principe de déterminisme, (toujours) ontologique, mais local : pour chaque classe de phénomènes, il existe un système dans lequel ils se produisent, tel que l'état du système, caractérisé à un instant donné par les valeurs des variables appropriées, est déterminé par ses états précédents et détermine strictement ses états postérieurs.

En relation avec ces deux formulations ontologiques, effectuons une courte digression. La démarche scientifique produit une dichotomie entre des lois qui sont universelles et des conditions initiales qui sont locales. Du point de vue du déterminisme, on peut dire que les conditions structurelles générales sont nécessaires, et que les conditions de réalisations particulières sont contingentes. S. Amsterdamski[29] a explicité les deux interprétations de cette dichotomie. Selon la première, les lois (qu'elles soient déterministes ou statistiques) ne déterminent que la possibilité des mondes réels, tandis que la réalisation de cette possibilité dépend chaque fois de conditions qui, du moins par rapport à ces lois, sont accidentelles. Donc notre monde est un des mondes possibles. Selon la seconde, la structure du monde détermine aussi les conditions initiales. Si on la connaissait pour l'Univers global, on connaîtrait les conditions initiales pour chaque système isolé. Il vient que notre monde est le seul monde possible. Ces deux interprétations ne se laissent ni confirmer, ni falsifier, mais elles conduisent à deux attitudes face à la science :

– la première entraîne que la dichotomie est impossible à éliminer et l'idée que l'on peut trouver une structure théorique globale de l'Univers est une utopie. Chaque ordre que l'on peut trouver concerne un fragment de l'Univers et jamais l'Univers dans sa totalité ;

– au contraire, la seconde implique que la dichotomie entre lois et conditions initiales est à éliminer. C'est un des objectifs de la recherche scientifique.

Le déterminisme des *théories*

Obligés de rejeter la conception réductionniste laplacienne de l'Univers physique, limitons-nous d'abord, raisonnablement, à la formulation du déterminisme à tel ou tel niveau d'organisation de la réalité, à telle ou telle classe de phénomènes ; et si chacun d'entre eux est autonome, il y aura autant de déterminismes que de niveaux. Surtout, nous ne pouvons pas en rester à des formulations ontologiques de ce principe, ni global, ni même local, car la question du déterminisme ne sera pas *tranchée* au sein de la métaphysique. Ceci ne veut pas dire

29. Nous reprenons ici ses conclusions sur ce point, présentées dans le texte : « Halte aux espoirs, silence aux accusations », paru dans *La Querelle du déterminisme*, Gallimard, coll. « Le Débat », Paris, 1990.

que la métaphysique [30] ne joue pas un rôle important dans les programmes de recherche et encore moins qu'elle est dépourvue de toute signification. Mais aucune procédure de falsification ou de vérification ne peut être trouvée à ce niveau et conduire à un consensus même provisoire.

Or une théorie physique est bien ce qui ordonne, en un tout conceptuellement cohérent et formalisé, la *représentation* d'une classe de phénomènes. Pour examiner si une théorie physique donnée est conforme ou non au principe du déterminisme, il faut *entrer dans le formalisme* de cette théorie et examiner les définitions que ce formalisme donne notamment d'un système physique, d'un objet de ce système, de leurs états, de la notion de système clos. Nous devons alors bien admettre que certaines *théories* physiques sont déterministes, que d'autres peuvent ne pas l'être, ou l'être en un sens différent.

C'est par exemple le cas, déjà longuement débattu, de la mécanique quantique par rapport à la mécanique classique. En effet, on sait depuis 1927 qu'en partant des principes de la mécanique quantique, on peut démontrer qu'il est impossible – à cause des relations d'indétermination de Heisenberg – de mesurer simultanément avec une précision absolue deux variables canoniques conjuguées, par exemple une coordonnée spatiale et le « moment » correspondant. Cette découverte a entraîné des conséquences très importantes du point de vue du déterminisme et fait couler des torrents d'encre : il n'était plus possible de déterminer l'état exact d'une entité physique au moment t_0 en vue de prévoir son état futur, puisque cette détermination implique la connaissance d'au moins deux grandeurs conjuguées, comme position et vitesse. De même, pour pouvoir vérifier expérimentalement le principe du déterminisme causal *exact* – « mêmes causes/mêmes effets » –, il faut au moins constater l'identité absolue des valeurs respectives de deux paires de variables conjuguées ; or ceci est encore, par principe, impossible ; on ne peut constater une différence de leurs produits qui serait inférieure à la constante de Planck *h*.

30. Ceci est évidemment une conséquence de ce que G. Israël désigne « comme un vrai "drame" de la science moderne : avoir dû admettre que la description du monde issue de la science newtonienne n'est pas de valeur ontologique, qu'elle n'est pas l'image (unique, vraie) de la réalité... » Cf. son article dans ce livre.

C'est pourquoi Heisenberg a cru pouvoir terminer son article fondateur en écrivant que la mécanique quantique avait définitivement établi la non-validité, ou pour le moins la *non-applicabilité pour le physicien expérimentateur* [31], du principe du déterminisme causal exact. En fait, pour appréhender complètement cette question, on doit ajouter d'une part que si on considère maintenant un système quantique isolé, en l'absence d'une opération de mesure, il est régi par l'équation de Schrödinger et cette dernière présente un caractère tout à fait déterministe [32]; et d'autre part que pour un objet quantique, comme l'électron, l'existence d'une *position ponctuelle* (caractérisée par un nombre unique) est une idéalisation qui ne correspond pas à la nature physique de l'objet. Celui-ci présente un caractère à la fois ondulatoire et corpusculaire sans être jamais tout à fait l'un d'eux ; on sait que c'est sa description, par Dirac, comme vecteur d'état dans un espace fonctionnel (de Hilbert) qui s'est avérée la plus opératoire. Ainsi, dans le cas de la mécanique quantique, on peut dire que, plus peut-être que le déterminisme, ce sont avant tout les modes de description des objets, venus de la mécanique classique, qui se sont avérés inadéquats [33]. Enfin, remarquons que de nombreux paradoxes imaginés à partir de la mécanique quantique – comme celui du chat de Schrödinger – impliquent le passage, toujours mal décrit aujourd'hui, du niveau quantique propre au niveau macroscopique (qui est le niveau expérimental). Et là encore la probabilité se situe à l'articulation indispensable de ces niveaux.

31. On pourra consulter à ce sujet l'excellente étude d'Alexandre Kojève, *L'Idée du déterminisme dans la physique classique et dans la physique moderne*, Paris, Hachette, éd. Livre de poche, 1990.

32. Ce qui se traduit par le fait que, une fois connue la fonction d'onde à l'instant $t = t_0$, on peut déterminer la fonction d'onde à chaque instant t; et la convergence dans l'espace de Hilbert de la fonction d'onde correspondante est même uniforme par rapport à t. On pourra lire sur ce point l'article de P. Souplet, « Un aperçu du problème du déterminisme scientifique », Paris, *Cahiers du CREA*, 14, 1990.

33. On pourra se reporter à l'ensemble des contributions contenues dans l'ouvrage de S. Deligeorges *et al.*, *Le Monde quantique*, Paris, Seuil, coll. « Points Sciences », 1984. Cf. aussi l'article de Jean-Marc Lévy-Leblond, « Hasard et mécanique quantique », in *Le Hasard aujourd'hui*, Paris, Seuil, coll. « Points Sciences », 1991.

Déterminisme mathématique des lois, imprédictibilité des faits

En fait, bien avant la mécanique quantique, les limites éventuelles de l'application pour le physicien du principe du déterminisme causal exact avaient été soulevées par Pierre Duhem à propos des résultats mathématiques de Jacques Hadamard sur le flot géodésique des surfaces à courbure négative [34]. Dans ce cas, écrivait Duhem, l'idée de conférer un sens physique à la notion, mathématiquement bien définie, de déduction de l'évolution à partir d'une condition initiale est illusoire, puisque toute définition physique d'une condition initiale (aussi précise soit-elle) est compatible avec une infinité de définitions mathématiques ponctuelles qui, elles, vont donner des évolutions divergentes. Duhem en concluait que cette déduction mathématique serait à tout jamais inutile au physicien. Or nous avons vu dans cet ouvrage que des systèmes dynamiques instables (chaotiques), parmi lesquels celui de Hadamard joue un rôle paradigmatique, se rencontrent très souvent en mécanique non linéaire et en physique, un des objectifs même de la théorie des systèmes dynamiques étant de les étudier.

Avant même Hadamard, les travaux de Poincaré, longuement évoqués dans ce livre [35], avaient déjà mis en lumière la possibilité que des systèmes hamiltoniens aient des trajectoires très embrouillées et que la prédiction y soit impossible. De plus, en démontrant le caractère divergent des séries de la mécanique céleste – séries utilisées pour exprimer les fonctions qui lient le temps aux positions des planètes –, Poincaré établit qu'il y aura toujours, dans le cadre d'une relation mathématiquement déterministe, des événements non prédictibles, puisque non calculables.

Aujourd'hui, il nous faut distinguer définitivement les notions, confondues chez Laplace, de déterminisme et de prédictibilité. Certains peuvent penser que les questions de termi-

34. Cf. l'article de J.-L. Chabert sur ce sujet dans ce livre.

35. Cf. l'article de J.-L. Chabert et A. Dahan Dalmedico et celui de J. Laskar dans ce livre.

nologie sont toujours secondaires ; pourtant, chacune des locutions, déterminisme, prédictibilité, aléatoire, ordre, etc., ne prend une signification précise que dans le cadre d'un formalisme mathématique et aucune discussion fructueuse ne peut éviter cette étape. La notion de « système dynamique » idéalise et exprime mathématiquement le principe du déterminisme : à un système isolé S correspond un espace de phase M pourvu d'un champ de vecteurs dont l'intégration fournit une loi d'évolution temporelle et si x est une condition initiale, il existe une trajectoire ou évolution unique issue de ce point. La question est alors de savoir quel rapport il y a entre ce *déterminisme mathématique* [36] et la *détermination physique* d'un point ultérieur de la trajectoire (ou d'un état ultérieur de l'évolution). Or cette opération de détermination physique qui se fait par une procédure expérimentale, une mesure ou un calcul (nécessairement approchés), quand elle est toujours possible, est ce qu'on a nommé quelquefois « déterminisme physique [37] » et correspond à ce qu'on désigne communément aujourd'hui par *prédictibilité*.

Physiquement, une condition initiale ne peut être définie qu'approximativement, c'est-à-dire non pas par un point mais par un petit domaine autour de ce point. Pour que le déterminisme physique ou prédictibilité ait un sens, il faut donc que les trajectoires issues de ce domaine soient stables relativement à de petites perturbations des conditions initiales. Le déterminisme physique, ou prédictibilité, correspond ainsi à une propriété de stabilité des trajectoires d'un système dynamique mathématiquement déterministe. Ce que nous a appris tout l'acquis conceptuel et expérimental de la science du

36. Jean Petitot l'appelle « déterminisme physico-mathématique » (cf. « Note sur la querelle du déterminisme », in *La Querelle du déterminisme*, *op. cit.*). Karl Popper parle de théorie « idéalement déterministe » (cf. *L'Univers irrésolu*, Hermann éditeur, 1984). La formulation ontologique correspondante, utilisée par Kojève, est celle de « déterminisme causal exact » de la nature.

37. Certains distinguent dans le déterminisme physique expérimental, celui qui est non statistique et s'identifie alors à la prédictibilité, et le déterminisme physique statistique. Cf. A. Favre, H. et J. Guitton, A. Lichnérowicz et E. Wolff, *De la causalité à la finalité. A propos de la turbulence*, Paris, Éd. Maloine, 1988. Mentionnons une formulation ontologique correspondante au déterminisme physique non statistique qui apparaît chez Kojève sous l'expression de « déterminisme causal approché ».

chaos, c'est que l'indéterminisme physique est tout à fait compatible avec le déterminisme mathématique. Donc, dans le cadre conceptuel local d'étude d'un système, à partir d'une théorie donnée, on devra distinguer précisément entre le déterminisme mathématique qui réfère à la structure mathématique des équations différentielles ou aux dérivées partielles de la théorie ; et le déterminisme physique (de caractère expérimental) ou prédictibilité des faits.

Déterministe et aléatoire : une dichotomie brouillée

Dans son langage plus purement mathématique, le modèle du doublement d'angle dans un cercle, présenté par Adrien Douady [38], illustre parfaitement le cas d'un système déterministe du point de vue mathématique, et qui ne l'est pas d'un point de vue physique. En effet, il montre que tout modèle perturbé de ce modèle initial est totalement indéterministe, ce qui est bien la même chose que de dire que, du point de vue physique (de la mesure), le modèle initial était *physiquement* indéterministe (imprédictible). Et le lemme de poursuite, qu'il expose, affirme alors qu'une même réalité peut admettre à la fois des modèles déterministes et des modèles indéterministes ; ceci avec une précision aussi grande que l'on veut puisque à chaque trajectoire du modèle perturbé (indéterministe) correspond une position initiale dont la trajectoire dans le modèle non perturbé (déterministe) suit la trajectoire donnée à une précision qu'on peut fixer sur un temps donné.

Par ailleurs, face à une description *qualitative* (expérimentale) d'un système dynamique, même à un petit nombre de degrés de liberté, comme par exemple le modèle de Lorenz quand les paramètres ne sont pas connus, on peut être soit face à un système dynamique chaotique pour certaines valeurs des paramètres, soit face à une perturbation stochastique – une fluctuation, un bruit –, pour d'autres valeurs des paramètres. On a le choix, ici aussi, pour décrire une même réalité, entre deux modèles, l'un déterministe, l'autre aléatoire. Ce sont les mesures elles-mêmes, effectuées en supposant *a priori* que le

38. Cf. son article dans ce livre.

système est déterministe, qui permettent de distinguer des systèmes déterministes dans un ensemble de systèmes qui ne le sont peut-être pas tous [39].

La transformation du boulanger (dite aussi décalage de Bernoulli dans le cas où elle est binaire), présentée ici [40], est totalement déterministe ; pourtant si une partie de l'information, par exemple celle concernant la première coordonnée, est tronquée, l'évolution d'un point donné va apparaître comme aléatoire. Or, grâce aux travaux de Birkhoff et de Smale, on sait aujourd'hui que les mouvements de la mécanique céleste se ramènent dans certaines régions, suivant une « analogie » très précise, à des décalages de Bernoulli. De même, on peut mettre en évidence un caractère « aléatoire » (en un sens à préciser) dans certains mouvements, régis par les lois newtoniennes de la gravitation : c'est l'exemple, rapporté par Ekeland [41], de la configuration particulière formée d'une étoile double et d'un astéroïde se déplaçant sur la droite perpendiculaire au plan de l'orbite des deux étoiles et passant par le centre de cette orbite. Si l'on supposait connues les dates de passage de l'astéroïde, depuis la nuit des temps, cela ne suffirait pas à déterminer la date suivante de passage de l'astéroïde ; davantage même, toute série de dates arbitraires choisies serait compatible avec l'ensemble des informations connues. Il y a donc bien indépendance du futur par rapport au passé, ce qu'on a coutume d'appeler caractère aléatoire par opposition au déterminisme. Ici, l'aspect aléatoire vient d'une information exacte mais tronquée, car si l'astronome connaissait la vitesse de l'astéroïde ne fût-ce qu'à un seul de ses passages, cela lui suffirait, théoriquement du moins, à calculer la date du suivant (calculs d'Alekseev et Chitnikov). Dans ce cas, le caractère déterministe est une propriété de la réalité dans son ensemble. Par conséquent, dès que l'on isole dans une réalité globale une

39. C'est exactement le problème qu'expose, dans cet ouvrage, J.-P. Eckmann dans la deuxième partie de son article.

40. Cf. l'article de P. Arnoux et K. Chemla. Rappelons qu'à tout couple (x_0, y_0) de nombres décimaux (compris entre 0 et 1), elle associe le couple (x_1, y_1) tels que x_1 est obtenu en retirant la première décimale de x_0, et cette même première décimale est insérée comme premier chiffre après la virgule dans y_0 pour obtenir y_1. Par exemple, au couple (0,1001101.. ; 0,1101011..) elle fait correspondre (0,001101.. ; 0,11101011..).

41. Cf. *Le Calcul, l'Imprévu, op. cit.*

série de phénomènes que l'on prétend décrire, on court le risque, comme l'a souligné Ekeland, de n'apercevoir de cette réalité, même si elle est déterministe, qu'une projection aléatoire. Or n'est-ce pas le propre de toute modélisation dans la conception contemporaine d'une théorie physique que de donner une représentation d'une série isolée de phénomènes situés à un certain niveau de réalité ? On est ramené ici à la question antérieure de l'Univers global. A partir de cette constatation, René Thom affirme [42] que, généralement, lorsqu'on se trouve en présence d'un nuage de points (loi statistique), on devrait toujours le considérer comme projection d'un mécanisme déterministe à temps discret, après multiplication par un espace de variables cachées. Par conséquent, en présence d'un système fortement stochastique, il faudrait, quitte à augmenter la dimension de l'espace de phase, chercher une description déterministe. Voilà un exemple clair où la conviction du déterminisme ontologique a des conséquences directes sur l'heuristique scientifique, mais rien ne prouve évidemment que ce programme soit réalisable.

Nous avons vu aussi que cette transformation du boulanger, transformation géométrique déterministe, modélise les jets d'une pièce dans la représentation probabiliste. Elle réalise donc un « isomorphisme », en un sens qui a pu être ici précisé [43], entre des systèmes relevant de descriptions de nature *a priori* différente. Ainsi, de nombreux résultats rapportés par les auteurs de cet ouvrage concourent à brouiller la dichotomie entre phénomènes déterministes et aléatoires.

Les non spécialistes n'ont trop souvent retenu, de la vogue du chaos déterministe, que la seule « sensibilité aux conditions initiales ». Pourtant, les liens entre instabilité et statistique, très étudiés par les scientifiques de l'école russe notamment, sont tout aussi significatifs. Ils n'ont été bien compris qu'avec l'introduction des idées et de la méthode de la théorie algorithmique de l'information de Kolmogorov. En effet, comme l'a rappelé S. Diner [44], Kolmogorov a déployé, dans l'étude du

42. On pourra se reporter à ses interventions successives dans *La Querelle du déterminisme*, *op. cit.*

43. Cf. l'article de P. Arnoux et K. Chemla dans ce livre.

44. Cf. l'article de S. Diner, « Les voies du chaos déterministe dans l'école russe » dans ce livre.

chaos déterministe, un arsenal de points de vue différents – sensibilité aux conditions initiales et divergence des trajectoires voisines, perte de mémoire, complexité algorithmique, donc imprédictibilité –, en cherchant comment toutes ces caractéristiques étaient organiquement liées entre elles. Face au phénomène d'instabilité locale et d'imprédictibilité individuelle (d'une évolution), un recours s'avère être l'appréhension holiste d'un ensemble de trajectoires; et l'étude d'un système dynamique peut aussi exiger celle de classes de systèmes [45]. De plus, non seulement les concepts et descriptions statistiques sont indispensables dans l'étude des systèmes dynamiques chaotiques, mais une véritable dialectique entre l'instabilité d'un système dynamique chaotique et sa stabilité structurelle s'instaure, que Y. G. Sinaï, dans son texte[46], souligne magistralement; l'instabilité des systèmes dynamiques s'accompagne d'une propriété remarquable de stabilité des lois statistiques. Autrement dit, plus le mouvement est instable, plus s'y manifeste la stabilité des lois statistiques qui ne peuvent être détruites par l'action de faibles bruits et de fluctuations.

*

* *

La question du chaos a un sens technique précis mais elle a engendré de formidables spéculations sur les idées d'ordre et de désordre. Pour certains, en révélant des régularités latentes au-delà des irrégularités manifestes, la théorie du chaos consacrerait une conquête victorieuse du déterminisme universel; pour d'autres, en instituant la distinction entre déterminisme et prédictibilité, elle permettrait de sauvegarder la liberté humaine et l'exercice du libre arbitre [47]. A notre avis, c'est lui

45. C'est ce que montre tout l'article de J.-C. Yoccoz dans ce livre.
46. Cf. Y. G. Sinaï, « L'aléatoire du non-aléatoire » dans ce livre.
47. Ceci n'est pas très éloigné de la position exprimée par David Ruelle dans *La Querelle du déterminisme* déjà cité. On peut mentionner aussi que selon les uns il y aurait un platonisme latent dans la « chaologie contemporaine » *(sic)*, tandis que selon les autres (cf. P. Thuillier dans *La Recherche*, n° spécial de mai 1991 sur « La science du désordre »), elle annoncerait la mort de Platon ou du moins son agonie. Sur les enjeux de la théorie du chaos, on pourra lire l'article de A. Boutot, « La philosophie du chaos », *Revue philosophique de la France et de l'étranger*, 2, 1991.

faire trop crédit, la théorie du chaos ne se prononce pas sur ces questions. Dernièrement, Jacques Harthong [48] proposait, non sans humour, d'énoncer un cinquième conflit des idées transcendantales :

Thèse :

La loi ultime du monde est le hasard et tout déterminisme partiel qu'on peut y trouver est un effet de la loi des grands nombres.

Antithèse :

La loi ultime du monde est entièrement déterministe et tout phénomène aléatoire qu'on peut y observer est un effet du chaos déterministe.

Au niveau de l'ontologie, nous n'avons pas les moyens de résoudre ce conflit transcendantal. Au niveau épistémologique, des rapports réalité-modèle, nous avons vu qu'à une même réalité peuvent correspondre deux modèles, qu'on pouvait avoir le choix, et que même si nous pouvions être sûr qu'une réalité est déterministe nous pourrions n'en percevoir qu'une manifestation aléatoire. Enfin, le recours conjoint à des schémas déterministes et à des schémas statistiques s'est avéré indispensable et fructueux. Non seulement, comme l'ont écrit ici plusieurs auteurs, la question du déterminisme ne se pose que dans le modèle, en fait ajouterons-nous, elle ne se pose vraiment que par rapport à *l'histoire des modélisations mathématiques* de classes de phénomènes physiques. En effet, cette question relève fondamentalement de l'histoire des sciences et il ne faudrait pas conclure, de notre prudence, que la théorie du chaos ne représente aucun enjeu épistémologique. Certes, nous n'en étions plus au temps où, par exemple, Hermite se détournait avec effroi de ces « monstres » qu'étaient les fonctions sans dérivées ; pourtant, jusqu'à une époque récente, l'étude des phénomènes irréguliers, instables, pathologiques, loin de constituer le cœur de l'activité scientifique, était repoussée à ses marges. Ce n'est plus le cas aujourd'hui et ce changement

48. Exposé au Colloque de Cerisy, « Le continu mathématique », organisé par H. Sinaceur et J.-M. Salanskis en septembre 1989.

accompagne bien un changement de paradigme et d'image de l'Univers [49], dont nous n'avons pas fini de mesurer les effets.

Par contre, ce qui incontestablement demeure, c'est que le déterminisme, par le biais notamment de la théorie des systèmes dynamiques, avec sa puissance, sa souplesse et son universalité, semble avoir prouvé une fécondité exceptionnelle. Confrontée à ce que Marie Farge a nommé un « pari pascalien », la science mise encore sur le déterminisme comme idéal d'intelligibilité de la nature, et comme condition, aussi, de la poursuite de son aventure.

49. A cet égard, le résultat le plus frappant évoqué dans cet ouvrage est sans doute la démonstration, par J. Laskar, de l'instabilité du système solaire.

Les auteurs

Pierre Arnoux. Mathématicien. Maître de conférences à l'Université de Paris VII.

Pierre Bergé. Physicien. Dirige le Département de Recherche sur l'État condensé, les Atomes et les Molécules (CEA, Saclay).

Jean-Luc Chabert. Mathématicien. Professeur à l'Université de Picardie.

Karine Chemla. Chercheur au CNRS en Histoire des Mathématiques.

Amy Dahan Dalmedico. Chercheur au CNRS en Histoire des Sciences et maître de conférences à l'École polytechnique.

Simon Diner. Physicien. Directeur de Recherche au CNRS, Institut de Biologie Physico-Chimique, Paris.

Adrien Douady. Mathématicien. Professeur à l'Université de Paris-Sud (Orsay).

Monique Dubois. Physicienne. Dirige le laboratoire « Instabilités et Turbulences » du Service de Physique de l'État condensé (CEA, Saclay).

Jean-Pierre Eckmann. Physicien et mathématicien. Professeur à l'Université de Genève.

Marie Farge. Physicienne, chercheur au CNRS. Travaille au laboratoire de Météorologie dynamique du CNRS, laboratoire commun à l'École normale supérieure et à l'École polytechnique.

Giorgio Israël. Historien des Sciences. Professeur au Département de Mathématiques de l'Université de Rome « La Sapienza ».

Jacques Laskar. Astronome. Chercheur au CNRS et au Bureau des Longitudes.

Yakob Sinaï. Mathématicien. Professeur à l'Université de Moscou.

Jean-Christophe Yoccoz. Mathématicien. Professeur à l'Université de Paris-Sud (Orsay).

Index sélectif des noms propres

Index terminologique

Les folios en caractères gras renvoient aux pages où sont définis les noms cités.

Table

TROISIÈME PARTIE

Quelques retours sur l'histoire et la philosophie

COMPOSITION : CHARENTE-PHOTOGRAVURE À L'ISLE D'ESPAGNAC (16340).
RÉALISATION : ATELIER PAO ÉDITIONS DU SEUIL.
IMPRESSION : MAURY-EUROLIVRES - 45300 MANCHECOURT.
DÉPÔT LÉGAL : MAI 1992 - N° 15182 (92/04/M0538).